Das Buch

Vor dem Haus von General Balantyne wird die Leiche eines Mannes gefunden. Mit den Ermittlungen wird der für seinen Scharfsinn in ganz England bekannte Oberinspektor Pitt beauftragt. Doch bevor dieser überhaupt erste Spuren verfolgen kann, wird er in einem Erpressungsfall dringend um Hilfe gebeten. Cornwallis, sein Vorgesetzter, erhält anonyme Briefe. Man droht ihm, seinen untadeligen Ruf zu ruinieren: Auf den ersten Blick zwei Fälle, die nichts miteinander zu tun haben. Doch dann bringt Charlotte, Pitts kluge Ehefrau, in Erfahrung, dass auch General Balantyne Drohbriefe erhält, und vermutet eine Verbindung – zu Recht, wie sich zeigen soll. In den folgenden Tagen wächst die Zahl der Erpressungsopfer. In allen Fällen handelt es sich um angesehene Männer der Londoner Gesellschaft und eindeutig scheint es der Erpresser auf deren Ruf und Ehre abgesehen zu haben. Fieberhaft macht sich Pitt, unterstützt von Charlotte, auf die Suche nach dem Drahtzieher der Verschwörung, um schließlich eine gänzlich unerwartete Entdeckung zu machen.

Die Autorin

Anne Perry, 1938 in London geboren, lebt und schreibt in Portmahomack, Schottland. Ihre historischen Kriminalromane um Oberinspektor Pitt und seine kluge Ehefrau Charlotte zeichnen ein lebendiges und hintergründiges Bild des spätviktorianischen London. Weitere Inspektor-Thomas-Pitt-Romane im Heyne Taschenbuch:

Das Mädchen aus der Pentecost Alley (01/10851), *Der blaue Paletot* (01/10582), *Mord im Hyde Park* (01/10487), *Belgrave Square* (01/9864), *Schwarze Spitzen* (01/9758), *Der weiße Seidenschal* (01/9574), *Ein Mann aus bestem Hause* (01/9378), *Die roten Stiefeletten* (01/9081), *Die dunkelgraue Pelerine* (01/8864), *Die Frau in Kirschrot* (01/8743), *Frühstück nach Mitternacht* (01/8618).

ANNE PERRY

Schatten
über
Bedford Square

ROMAN

Aus dem Englischen
von K. Schatzhauser

WILHELM HEYNE VERLAG
MÜNCHEN

HEYNE ALLGEMEINE REIHE
Band-Nr. 01/13594

Die Originalausgabe
BEDFORD SQUARE
erschien bei Hodder Headline Book PLC, London

Umwelthinweis:
Dieses Buch wurde auf
chlor- und säurefreiem Papier gedruckt.

2. Aufgabe

Taschenbucherstausgabe 06/2002
Copyright © 1999 by Anne Perry
Published by Arrangement with Author
Copyright © der deutschsprachigen Ausgabe 2001
by Wilhelm Heyne Verlag GmbH & Co. KG, München
Printed in Denmark 2003
Umschlaggestaltung: Hauptmann und Kampa Werbeagentur,
CH-Zug, unter Verwendung des Gemäldes
PARK ROW, LEEDS von John Atkinson Grimshaw, 1882
Satz: Leingärtner, Nabburg
Druck und Bindung: Nørhaven Paperback A/S, Viborg

ISBN 3-453-21209-6

http://www.heyne.de

Für meine Mutter

KAPITEL
EINS

Pitt beugte sich im Nachthemd aus dem Schlafzimmerfenster und sah auf die Straße hinab. Der Streifenpolizist, der auf dem Gehweg stand, hob den Blick zu ihm. Die Anspannung und der Gram auf seinen im gelben Licht der Straßenlaternen erkennbaren Zügen waren keineswegs ausschließlich darauf zurückzuführen, dass er um vier Uhr morgens den Vorsteher der Revierwache in der Bow Street aus dem Schlaf gerissen hatte.

»Er is tot, Sir«, beantwortete er Pitts Frage. »So, wie der aussieht, kann ich mir nich' vorstell'n, dass das 'n Unfall war. Ich muss gleich wieder dahin, wo ich 'n gefunden hab, Sir. Könnte ja einer Spuren verwischen, Sir.«

»Da haben Sie Recht«, pflichtete ihm Pitt bei. »Kehren Sie an den Fundort der Leiche zurück. Sie haben sich richtig verhalten. Ich ziehe mich an und komme schnellstens nach. Vermutlich hatten Sie noch keine Gelegenheit, den Polizeiarzt zu benachrichtigen oder für den Abtransport der Leiche zu sorgen?«

»Nein, Sir, ich bin auf dem kürzesten Weg hergekommen.«

»Ich erledige das. Gehen Sie zurück und halten Sie Wache.«

»Ja, Sir. Entschuldigung, Sir.«

»Dazu gibt es keinen Grund. Sie haben sich richtig verhalten«, wiederholte Pitt. Er fröstelte unwillkürlich, als er vom Fenster zurücktrat. Obwohl es Juni

7

und damit zumindest dem Kalender nach Sommer war, hing ein leichter Dunst über London und die Nächte waren nach wie vor kühl.

»Was gibt's?« Charlotte hatte sich im Bett aufgesetzt und tastete nach einem Streichholz. Er hörte, wie es angerissen wurde, und sah, wie die Flamme den Docht der Kerze entzündete. In ihrem Licht wurden Charlottes Züge und der dunkle, warme Farbton ihres sich auflösenden Zopfes sichtbar. Sie machte ein besorgtes Gesicht.

»Leichenfund am Bedford Square«, gab er zur Antwort. »Es sieht ganz nach Mord aus.«

»Musst du dich wirklich selber darum kümmern?«, fragte sie ärgerlich. »Ist das ein wichtiger Mensch?«

Seit seiner Beförderung wurde von Pitt erwartet, dass er sich auf politisch bedeutsame Fälle konzentrierte oder auf solche, die sich zu Skandalen auszuweiten drohten.

»Möglicherweise nicht«, gab er zur Antwort, schloss das Fenster und trat zu dem Stuhl, über dessen Lehne seine Kleidungsstücke hingen. Er zog das Nachthemd aus und begann sich anzukleiden, ohne aber Kragen oder Halstuch umzubinden. Er goss ein wenig Wasser aus der Kanne in die Schüssel auf dem Waschtisch. Es blieb nicht genug Zeit, den Küchenofen anzuheizen und Rasierwasser heiß zu machen. Unglücklicherweise blieb auch nicht genug Zeit für eine Tasse Tee, die ihm noch lieber gewesen wäre. Während er sich das Gesicht mit kaltem Wasser besprengte, spürte er, wie es ihm in die Haut biss. Mit geschlossenen Augen tastete er nach dem Handtuch.

Charlotte hielt es ihm hin und er nahm es ihr mit einem »Danke« aus der Hand. Er rieb sich kräftig das Gesicht mit dem groben Baumwolltuch und spürte, wie das den Blutkreislauf anregte. Allmählich wurde ihm warm. »Es sieht ganz so aus, als wäre die Tat unmittelbar vor einem der großen Häuser geschehen.«

»Ach so.« Sie begriff, was das bedeutete. Zur Zeit reagierte man in London besonders empfindlich auf Skandale. Dafür hatte ein Vorfall gesorgt, zu dem es im Vorjahr, 1890, auf dem Landsitz Tranby Croft gekommen war. Der Prozess in dieser bedauerlichen Angelegenheit erschütterte das ganze Land. Es hieß, ein gewisser Sir William Gordon-Cumming habe beim Baccarat, einem verbotenen Glücksspiel, betrogen. Selbstverständlich hatte dieser den Vorwurf hell empört zurückgewiesen. Allerdings ließ sich weder vertuschen noch entschuldigen, dass der Prinz von Wales, der Thronfolger also, mit in den Fall verwickelt war und daher als Zeuge vor Gericht aussagen musste. Halb London schlug morgens die Zeitungen mit angehaltenem Atem auf.

Pitt kleidete sich fertig an. Er umarmte Charlotte und spürte die Wärme ihrer Haut, als er sie küsste. Er schob ihren schweren Zopf mit den Fingern beiseite und genoss die Weichheit der Haare mit einem Wohlbehagen, das zu seinem Bedauern nur flüchtig war.

»Leg dich doch noch einmal schlafen«, sagte er zärtlich. »Ich komme zurück, sobald ich kann, glaube aber nicht, dass ich schon zum Frühstück wieder da bin.« Um die Kinder und das Dienstmädchen Gracie nicht zu wecken, die ein Stockwerk über ihnen schliefen, ging er auf Zehenspitzen zur Schlafzimmertür und öffnete sie leise. Im Schein der Gasbeleuchtung auf dem Treppenabsatz, die auf kleiner Flamme die ganze Nacht hindurch brannte, ging er nach unten. In der Diele trat er ans Telefon, das er seit kurzem im Hause hatte, und bat die Vermittlung, ihn mit der Revierwache in der Bow Street zu verbinden. Als sich der Dienst tuende Beamte meldete, wies Pitt ihn an, den Polizeiarzt und den Leichenwagen zum Bedford Square zu schicken. Dann hängte er den Hörer wieder auf, zog die Straßenschuhe an, nahm sein Jackett vom Haken neben der Haustür, schob den Sperrriegel zurück und trat hinaus.

Die Luft war feucht und kalt, aber bald würde es Tag werden. Rasch schritt er über den im frühen Morgendämmer schimmernden Gehweg auf die Ecke zur Gower Street zu, wo er sich nach links wandte. Da der Bedford Square nur wenige Schritte entfernt lag, sah er schon bald einen Polizeibeamten, der etwa auf halbem Wege bedrückt Wache hielt. Er schien unendlich erleichtert zu sein, als er Pitt aus dem Halbdämmer auf sich zukommen sah. Jedenfalls hellte sich seine Miene sichtlich auf, während er seine Handlaterne schwenkte.

»Hierher, Sir«, rief er.

Pitt sah in die Richtung, in die er wies. Dann erkannte er eine dunkle Gestalt auf den Eingangsstufen eines der großen Häuser gleich links von ihm. Es sah fast so aus, als hätte sie noch im Fallen die Hand nach der Türklingel ausgestreckt. Die Todesursache ließ sich auf den ersten Blick erkennen: eine klaffende, blutige Wunde seitlich am Kopf. Es war nicht so recht vorstellbar, wie sich der Mann die bei einem Unfall hätte zuziehen sollen. Kein Fahrzeug hätte ihn so weit von der Fahrbahn herüberschleudern können und eine weitere Verletzung wies er, soweit man sehen konnte, nicht auf.

»Halten Sie mir die Laterne«, forderte Pitt den Polizisten auf, kniete sich neben den Toten und sah ihn aufmerksam an. Dann legte er leicht die Fingerspitzen an dessen Kehle. Zwar spürte er keinen Puls, aber der Körper war noch nicht kalt. »Wann haben Sie ihn gefunden?«, fragte er.

»Um sechzehn Minuten vor vier, Sir.«

Pitt sah auf seine Taschenuhr. Es war dreizehn Minuten nach vier. »Und wann sind Sie davor zuletzt hier vorbeigekommen?«

»Gegen Viertel vor drei, Sir. Da war er noch nich hier.«

Pitt wandte sich um und hob den Blick zu den Straßenlaternen. Sie brannten nicht. »Schaffen Sie den Laternenanzünder herbei«, sagte er. »Er muss erst vor kurzem hier gewesen sein. In der Keppel Street brennen die Lampen noch, und es ist kaum hell genug, dass man etwas erkennen kann. Der gute Mann scheint es mir ein wenig eilig zu haben.«

»Ja, Sir«, stimmte ihm der Polizist diensteifrig zu.

»War sonst noch jemand hier?«, fragte Pitt, während jener ein wenig beiseite trat.

»Nein, Sir. Für die Lieferanten is es noch zu früh. Die komm' nich vor fünf. Die Hausmädchen sind ja noch nich mal auf. Das dauert mindestens noch 'ne halbe Stunde. Für Nachtschwärmer is es schon zu spät. Von denen sind die meisten um drei zu Hause. Natürlich weiß man nie. Man könnte sich ja mal erkundigen...«

Pitt lächelte belustigt. Es war unüberhörbar, dass der Mann nicht im Entferntesten daran dachte, diese Aufgabe selbst zu übernehmen. Von ihm aus durfte Pitt sich gern die feinen Leute, die am Bedford Square wohnten, selbst vornehmen und fragen, ob sie zufällig eine Leiche vor ihrer Haustür gesehen hatten oder Zeugen einer Auseinandersetzung auf der Straße geworden waren, während sie von ihren nächtlichen Eskapaden heimkehrten.

»Wenn es unbedingt sein muss«, gab Pitt zurück. »Haben Sie in seinen Taschen nachgesehen?«

»Nein, Sir. Ich wollte Ihn' nich vorgreifen.«

»Vermutlich wissen Sie nicht, um wen es sich bei dem Toten handelt? Könnte es ein Dienstbote aus einem der Häuser der näheren Umgebung oder ein Lieferant sein, der einem der Dienstmädchen nachsteigt?«

»Nein, Sir, den hab ich noch nie geseh'n. Ich glaub auch nich, dass der hierher gehört. Soll ich jetz den Laternenanzünder suchen, bevor er zu weit weg is?«

»Ja, und bringen Sie ihn her, sobald Sie ihn gefunden haben.«

»Ja, Sir.« Bevor Pitt weitere Fragen stellen konnte, hatte der Mann seine Handlaterne auf eine Treppenstufe gestellt, auf dem Absatz kehrt gemacht und war in der Morgendämmerung verschwunden.

Pitt nahm die Laterne und betrachtete den Toten genauer. Sein hageres Gesicht war wettergegerbt, wie bei jemandem, der sich viel im Freien aufhält. Bartstoppeln bedeckten seine Wangen. Das früher vermutlich einmal blonde Haar war von stumpfem Braun. Er hatte recht angenehme, wenn auch ein wenig verhärmte Gesichtszüge. Die Oberlippe war zu kurz und in einer seiner nicht besonders buschigen Augenbrauen klaffte eine deutliche Lücke, möglicherweise durch eine alte Narbe hervorgerufen. Ein Dutzendgesicht, das man leicht wieder vergessen konnte; es sah aus wie zahllose andere. Pitt schob den Stoff des kragenlosen Hemdes ein Stück beiseite. Die Haut darunter war hell, fast weiß.

Als Nächstes sah er sich die schmalen und kräftigen Hände des Mannes genauer an. Sie wiesen keinerlei Schwielen auf, waren also, auch wenn die nicht besonders sauberen Fingernägel eingerissen waren, nicht die Hände eines Menschen, der körperlich arbeitet. Die Haut über den Knöcheln war aufgeplatzt, so, als sei der Mann vor kurzem in eine körperliche Auseinandersetzung verwickelt gewesen, möglicherweise wenige Augenblicke vor seinem Tode. Blut allerdings sah man kaum und Blutergüsse hatten sich in der kurzen Zeit wohl nicht bilden können.

In der Jackentasche des Toten ertastete Pitt ein Metallkästchen. Er zog es heraus und betrachtete es im Schein der Laterne prüfend von allen Seiten. Verblüfft sah er, dass es sich um ein aufwendig gearbeitetes Kunstwerk handelte. Es sah aus wie ein winziges Reliquiar in einer Kirche, in dem man die Gebeine von Heiligen aufbewahrt. Ob es aus massivem Gold bestand oder nur Talmi war, hätte Pitt nicht sagen können. Den Deckel zierte eine winzige Gestalt in langen geistlichen Gewändern und mit der Mitra eines Bischofs auf dem Kopf. Es sah aus, als ruhe sie im Tode. Pitt öffnete das Kästchen und roch vorsichtig daran. Ganz wie er vermutet hatte: eine Schnupftabaksdose. Dem Mann, der da tot zu seinen Füßen lag, konnte sie kaum gehört haben. Selbst wenn sie nur vergoldet sein sollte, wäre sie wegen der aufwändigen Arbeit mehr wert, als jener in einem ganzen Monat oder auch in einem Jahr verdient haben mochte.

Sogleich gingen Pitt zwei Fragen durch den Kopf: Warum hatte man den Mann, sofern er beim Diebstahl der Dose ertappt worden war, hier auf den Stufen liegen lassen? Und vor allem: Warum hatte der Täter die Dose nicht wieder an sich genommen?

Pitt versuchte festzustellen, ob die Taschen des Mannes noch mehr enthielten, fand aber außer einem kurzen Stück Bindfaden und einem Paar offenkundig unbenutzter Schnürsenkel lediglich einen Schlüssel, einen Stofffetzen, der dem Mann als Taschentuch gedient haben mochte, drei Shilling und vier Pence in kleinen Münzen sowie mehrere Stücke Papier. Eins davon erwies sich als zwei Tage zuvor in einem Laden am Red Lion Square ausgestellte Quittung über den Kauf von drei Paar Socken. Er fand weder einen Hin-

weis auf den Namen noch auf die Wohnung des Toten, doch ließe sich anhand der Quittung unter Umständen ermitteln, wer er war.

Allerdings gab es Tausende von Obdachlosen, die
ihre Nächte in Hauseingängen, unter Brücken und
Eisenbahnunterführungen oder, zu dieser Jahreszeit,
im Freien zubrachten, sofern die Streifenpolizisten
ein Auge zudrückten und sie nicht verjagten. Sofern
dieser Mann hier einer jener Elenden war, konnte er
erst kürzlich ins Unglück geraten sein. Zwar waren
seine Socken voller Löcher – es waren, wie Pitt auf den
ersten Blick sah, nicht die neu gekauften –, die Schuhsohlen an mehreren Stellen dünn wie Papier und seine
Kleidung fadenscheinig, doch wies nichts darauf hin,
dass er obdachlos gewesen wäre. Weder war ihm
Nachtfeuchte anzumerken noch der geradezu einge-
wachsene Schmutz und der dumpfe Modergeruch, der
solche Menschen auf Schritt und Tritt begleitet.

Pitt richtete sich auf, als er hörte, dass sich jemand
näherte. Ein Blick in Richtung Charlotte Street
zeigte ihm die wohlvertraute eckige Gestalt Wachtmeister Tellmans. Sogar im düsteren Schein der
Handlaterne wäre er unverwechselbar gewesen, doch
mittlerweile war es am östlichen Himmel so hell,
dass sie nur noch nötig war, um in dunkle Winkel zu
leuchten.

Tellman blieb neben Pitt stehen. Dass er sich in
größter Eile angekleidet hatte, war lediglich daran zu
erkennen, dass er beim Schließen seines Uniform-
rocks einen Knopf übersprungen hatte. Der Kragen
lag glatt und gerade wie immer, das Halstuch saß vor-
schriftsmäßig und die Haare hatte er angefeuchtet
und straff nach hinten gekämmt. Sein hohlwangiges
Gesicht sah so mürrisch aus wie eh und je.

»Ein feiner Herr, der so betrunken war, dass er einer
Droschke nicht mehr ausweichen konnte?«, fragte er.

Pitt wusste, was Tellman von solchen Menschen hielt. »Falls er den besseren Kreisen angehörte, dürfte es ihm schon eine ganze Weile ziemlich übel gegangen sein«, gab er mit einem Blick auf den Leichnam zur Antwort, »und er ist auf keinen Fall von einem Fahrzeug angefahren worden. Seine Kleidung ist nur an den Stellen beschmutzt, an denen er beim Sturz den Boden berührt hat. Wohl aber sind seine Fingerknöchel abgeschürft, als hätte er sich geprügelt. Sehen Sie selbst.«

Nach einem misstrauischen Blick zu Pitt hinüber beugte sich Tellman über den Toten und untersuchte ihn gründlich. Als er sich wieder aufrichtete, hielt ihm Pitt die Schnupftabaksdose entgegen.

Tellmans Brauen hoben sich erstaunt. »Hatte er die bei sich?«

»Ja.«

»Dann war er ein Dieb.«

»Damit erhebt sich die Frage, wer ihn getötet hat, und warum hier vor der Haustür? Er hat das Haus weder betreten noch verlassen.«

»Wahrscheinlich hat man ihn nicht hier umgebracht«, sagte Tellman mit einer Spur Befriedigung in der Stimme. »Die Wunde muss ziemlich stark geblutet haben – das tun Kopfwunden immer. Das weiß jeder, der sich da mal schneidet. Auf der Treppenstufe aber ist kaum Blut zu sehen. Ich denke, dass man ihn woanders umgebracht und hier hingelegt hat.«

»Weil er gestohlen hat?«

»Scheint mir ein guter Grund.«

»Aber warum hat man ihm dann die Dose gelassen? Einmal ganz von ihrem möglichen Wert abgesehen, lässt sich unschwer ermitteln, aus welchem Haus sie stammt. Viele von der Art kann es nicht geben.«

»Das weiß ich nicht«, räumte Tellman ein und biss sich auf die Lippe. »Es ergibt keinen rechten Sinn. Wahrscheinlich werden wir in allen Häusern rund um den Platz hier nachfragen müssen.« Seinem Gesicht war deutlich anzusehen, mit welchem Widerwillen er an diese Notwendigkeit dachte.

Sie hörten Hufgeklapper. Einer Droschke, die sich von der Ecke Caroline Street her näherte, folgte der Leichenwagen. Während Letzterer ein Dutzend Schritte entfernt am Bordstein stehen blieb, hielt die Droschke unmittelbar neben ihnen an. Mit wehenden Rockschößen sprang der Polizeiarzt heraus, strich sich den Kragen glatt, trat zu ihnen und nickte grüßend. Er zog seine Hosenbeine ein wenig hoch, um den Stoff nicht zu dehnen, und ging mit einem schicksalsergebenen Blick neben dem Toten in die Hocke, um ihn zu begutachten.

Dann hörte man Schritte. Pitt wandte den Kopf und sah den Streifenpolizisten mitsamt dem Laternenanzünder, der äußerst nervös zu sein schien. Im Dämmerlicht, das durch die Baumwipfel fiel, sah der schmächtige, blondhaarige Mann mit seiner langen Stange, neben der er winzig klein wirkte, wie ein sonderbarer Ritter mit einer Turnierlanze aus, die zu schwer war, als dass er sie hätte einlegen können.

»Ich hab nix geseh'n«, sagte er, bevor Pitt ihn fragen konnte.

»Sind Sie hier vorübergekommen?«, vergewisserte sich Pitt. »Ist das Ihr Bezirk?«

Das konnte der Mann nicht gut bestreiten. »Ja.«

»Wann?«

»Heute Morgen«, gab er zur Antwort, als wäre das klar. »Wie immer, wenn's hell wird.«

»Wissen Sie, um wie viel Uhr das war?«, fragte Pitt geduldig.

»Hab ich doch schon gesagt – wie's hell geworden is!« Der Mann warf einen unruhigen Seitenblick auf den Leichnam, den der darüber gebeugte Arzt halb verdeckte. »Da war er noch nich da. Ich hab ihn nich geseh'n.«

»Haben Sie eine Uhr?«, beharrte Pitt, hatte aber wenig Hoffnung.

»Wozu? Wird doch jeden Tag zu 'ner andern Zeit hell«, sagte der Laternenanzünder, womit er zweifellos recht hatte.

Es war Pitt klar, dass er Genaueres von ihm nicht erfahren würde. Vom Standpunkt des Laternenanzünders aus war seine Antwort ausreichend.

»Haben Sie sonst jemanden hier um den Platz herum gesehen?«, fuhr Pitt fort.

»Nich auf dieser Seite«, sagte der Mann kopfschüttelnd. »Gegenüber hat 'ne Droschke 'nen feinen Pinkel nach Haus gebracht. Er konnte nich mehr grade sitzen, is aber nich rausgefallen. Hier war er aber nich.«

»Und sonst haben Sie niemanden gesehen?«

»Nee.«

Während der vorigen Runde des Streifenpolizisten war es noch dunkel gewesen und während dieser kaum Tag, als er die Leiche gefunden hatte. Der Laternenanzünder musste kurz zuvor vorübergekommen sein. Mithin musste jemand die Leiche in einem Zeitraum von etwa fünfzehn bis zwanzig Minuten zwischen den Runden der beiden dort hingeschafft haben, wo man sie gefunden hatte. Es war also denkbar, dass jemand in einem der Häuser auf dieser Seite des Platzes Schritte, Rufe oder gar einen Schrei gehört hatte.

»Danke«, entließ Pitt den Mann. Der Himmel hinter den dicht belaubten Bäumen in der Mitte des Platzes war jetzt hell. Das Licht fiel auf die fernen

17

Dächer und spiegelte sich in den Fenstern der obersten Stockwerke. Er wandte sich dem Arzt zu, der mit seiner vorläufigen Untersuchung fertig zu sein schien.

»Ein Streit, der vermutlich nicht lange gedauert hat«, sagte er. »Ich werde mehr wissen, wenn ich ihn unbekleidet untersucht habe. Es ist gut möglich, dass er noch weitere Abschürfungen aufweist, andererseits sieht man an seinem Mantel weder Risse noch Flecke. Dort, wohin er gestoßen wurde oder gefallen ist, muss der Boden trocken gewesen sein. Also war das auf keinen Fall die Fahrbahn der Straße. Ich kann weder Schlammspuren noch Straßenkot entdecken, obwohl es in der Gosse ziemlich nass ist.«

Er sah sich um. »Gestern Abend hat es geregnet.«

»Ich weiß«, gab Pitt mit einem Blick auf die feucht glänzenden Pflastersteine zurück.

»Natürlich«, sagte der Arzt mit einem Nicken. »Ich glaube nicht, dass ich Ihnen etwas sagen kann, was Sie nicht bereits wissen. Aber ich muss es versuchen, werde schließlich dafür bezahlt. Ein wuchtiger Schlag seitlich am Kopf hat den Tod herbeigeführt. Die Tatwaffe dürfte ein Stück Bleirohr, ein Schürhaken oder ein Kerzenleuchter gewesen sein – etwas in der Art. Der Wunde nach zu urteilen war es wohl eher Metall als Holz, ziemlich schwer.«

»Darf man annehmen, dass auch am Täter Spuren der Tat zu finden sind?«, fragte Pitt.

Nachdenklich verzog der Arzt den Mund. »Vielleicht ein paar Abschürfungen dort, wo ihn die Faust des Toten getroffen hat. Nach den Rissen um die Knöchel herum zu urteilen, kommt dafür wohl am ehesten ein Kiefer oder ein anderer Schädelknochen infrage. Kleidungsstücke und Fleisch sind zu weich, die würden keine solchen Spuren an der Hand hinterlassen. Der andere war vermutlich bewaffnet, der hier aber nicht, sonst hätte er sich nicht mit den Fäusten wehren müssen. Üble Sache.«

»Wird wohl so sein«, sagte Pitt trocken. Die Morgenkälte ließ ihn frösteln. »Können Sie etwas über den Zeitpunkt des Todes sagen?«

»Nichts, worauf Sie nicht von selbst kommen würden«, gab der Arzt zur Antwort. »Sollte ich mehr über den armen Kerl hier herausbekommen«, fügte er hinzu, »mache ich Ihnen Mitteilung. Kann ich die Nachricht in die Bow Street schicken?«

»Natürlich. Vielen Dank.«

Mit leichtem Achselzucken neigte der Arzt den Kopf und ging zum Leichenwagen, um seinen Untergebenen Anweisungen für den Abtransport zu geben.

Pitt sah erneut auf seine Taschenuhr. Es war Viertel nach fünf.

»Wir sollten allmählich die Leute wecken«, sagte er zu Tellman. »Kommen Sie!«

Dieser seufzte tief auf, musste sich aber wohl oder übel fügen. Gemeinsam stiegen sie die Stufen zu dem Haus empor, vor dem man die Leiche gefunden hatte, und Pitt zog am Messinggriff der Glocke. Zwar war es Tellman recht, dass Pitt nicht den Dienstboteneingang benutzte, wie sich das eigentlich für einen Polizeibeamten gehörte, doch so sehr er es im Grundsatz billigte, so unangenehm war es ihm, dass Pitt es in seiner Anwesenheit tat. Mochte sich Pitt so verhalten, wenn er allein war.

Es dauerte mehrere unbehagliche Minuten, bis jemand die Riegel zurückschob und den Schlüssel im Schloss drehte. Die Tür öffnete sich und ein Lakai sah sie schlaftrunken an. Er trug keine Livree, sondern war offenbar in aller Eile in eine Hose gefahren und hatte sich eine Jacke übergeworfen.

»Ja, Sir?«, sagte er beunruhigt. Ihm ging ersichtlich die Hochnäsigkeit ab, die den wahren Diener eines vornehmen Haushalts kennzeichnete.

»Guten Morgen«, sagte Pitt. »Ich bedaure, Sie zu so früher Stunde stören zu müssen, doch leider hat es einen Vorfall gegeben, der es erforderlich macht, dass ich das Personal und die Herrschaften befrage.« Er hielt dem Mann seine Karte hin. »Oberinspektor Pitt von der Revierwache Bow Street. Würden Sie bitte Ihrem Herrn meine Karte überreichen und ihn fragen, ob er einige Minuten für mich erübrigen kann? Da es um ein schweres Verbrechen geht, kann ich keine günstigere Uhrzeit abwarten, so Leid es mir tut.«

»Ein Verbrechen?« Der Lakai sah verblüfft drein. »Sie müssen sich irren, Sir. Hier gibt es kein Verbrechen. Bei uns hat niemand eingebrochen.« Er wollte die Tür schon wieder schließen, erleichtert, die drohende Unannehmlichkeit aussperren zu können. Offensichtlich ging es um die Schwierigkeiten anderer Leute.

Tellman trat vor, als wolle er einen Fuß in die Tür setzen, überlegte es sich dann aber anders. Ein solches Verhalten war würdelos. Die ganze Sache gefiel ihm nicht. Am liebsten hatte er es mit einfachen Menschen aus dem Volk zu tun. Die bloße Vorstellung, dass jemand einem anderen diente, war ihm zuwider. Seiner Ansicht nach war es mit der Menschenwürde unvereinbar, sich seinen Lebensunterhalt auf diese erniedrigende Weise verdienen zu müssen.

»Der Einbruch, sofern es einen gegeben hat, ist nebensächlich«, sagte Pitt mit Nachdruck. »Hier geht es um einen Mord.«

Bei diesen Worten erstarrte der Lakai. Das Blut wich ihm aus dem Gesicht. »Um einen ... einen was?«

»Einen Mord«, wiederholte Pitt gelassen. »Wir haben auf der Vortreppe dieses Hauses eine männliche Leiche gefunden. Würden Sie jetzt bitte Ihren Herrn wecken und ihm mitteilen, dass ich mit allen im Hause sprechen muss und dazu gern seine Erlaubnis hätte.«

Der Lakai schluckte, so dass man seinen Adamsapfel zucken sah. »Gewiss ... Sir. Wenn Sie ... ich meine ...«, sagte er unsicher. Er hatte nicht die geringste Vorstellung, wohin man Polizeibeamte um fünf Uhr morgens bitten konnte, damit sie auf das Eintreffen des Hausherrn warteten. Normalerweise würde man sie gar nicht einlassen. Höchstens bat man an einem kalten Tag den zuständigen Streifenbeamten zu einer Tasse Tee in die Küche, denn dorthin gehörten solche Menschen.

»Ich warte im Empfangszimmer«, half ihm Pitt aus der Verlegenheit. Er dachte nicht daran, in der Kälte vor der Haustür stehen zu bleiben.

»Ja, Sir. Ich sage dem General Bescheid.« Der Lakai trat beiseite und machte Pitt und Tellman Platz.

»Dem General?«, fragte Pitt.

»Ja, Sir, Sie befinden sich im Hause des Generals Brandon Balantyne.«

Pitt kannte den Namen. Es dauerte eine Weile, bis er wusste, woher. Das konnte nur der General Balantyne sein, der vor nahezu zehn Jahren am Callander Square gewohnt hatte, als Pitt den Tod der kleinen Kinder untersuchte, und der fünf oder sechs Jahre später in die Tragödie von Devil's Acre verwickelt gewesen war.

»Das war mir nicht bekannt.« Kaum hatte Pitt dies gesagt, als ihm aufging, wie töricht es war. Er sah, dass sich Tellman überrascht zu ihm umwandte. Es wäre ihm am liebsten gewesen, wenn er nicht über die Ereignisse der Vergangenheit mit ihm reden musste, und sofern es nicht unerlässlich war, würde er es auch nicht tun. Mit raschem Schritt folgte er, von Tellman begleitet, dem Lakaien durch das Vestibül ins Empfangszimmer.

Der Raum entsprach genau Pitts Vorstellung und einen Augenblick lang kam er sich vor wie in der fernen Vergangenheit. Das Bücherregal, die vom häufigen Gebrauch abgewetzte grün-braune Ledergarnitur – alles war wie im vorigen Haus. Im Licht der Gaslampen, die der Lakai angezündet hatte, schimmerte auf dem glatten Holz eines Tischchens die Messing-Nachbildung eines der in der Schlacht von Waterloo eingesetzten englischen Geschütze. Ein Bild über dem Kaminsims, an das sich Pitt noch erinnern konnte, zeigte den Sturmangriff der Royal Scots Greys bei Waterloo. Daneben hingen außer dem ihm wohl bekannten Zuluspeer Afrikagemälde, auf denen in blassen und von der Sonne ausgebleichten Farben Schirmakazien und rote Erde zu sehen waren.

Er hatte Tellman nicht ansehen wollen, fing aber zufällig einen missbilligenden Blick von ihm auf, als er sich umwandte. Ohne dass Tellman den Hausherrn kannte, war ihm klar, dass Offiziere zur aktiven Zeit dieses Generals ihr Patent meist durch Kauf und nicht durch Leistung und Verdienst erworben hatten. Gewöhnlich handelte es sich um Söhne aus wohlhabenden Familien mit militärischer Tradition, die bisweilen nach dem Besuch der besten Schulen des Landes wie Eton, Rugby oder Harrow ein oder zwei Jahre in Oxford oder Cambridge studierten, meist aber gleich ins Militär einzutreten pflegten. Dabei bekleideten sie vom ersten Tag an einen Rang, den zu erreichen ein einfacher Mann aus dem Volk unter keinen Umständen hoffen durfte. Selbst wenn er jahrzehntelang in fernen Weltgegenden seine Haut zu Markte getragen und auf dem Schlachtfeld sein Leben in die Schanze geschlagen hatte, gab es für ihn keine größere Belohnung als das Handgeld, das man ihm einst bei der Anwerbung gezahlt hatte.

Pitt hatte Balantyne als umgänglichen Menschen kennen gelernt, doch wäre es sinnlos gewesen, das Tellman mitzuteilen. Dieser hatte im Laufe seines Lebens zu viel Ungerechtigkeit gesehen und in der eigenen Familie miterlebt, als dass er solche Äußerungen ernst genommen hätte. Also wartete Pitt schweigend am Fenster stehend und sah zu, wie das Licht des Tagesgestirns einen immer größeren Teil des Platzes erhellte und die Schatten unter den Bäumen dunkler wurden. Stare und Spatzen lärmten. Ein rumpelndes Lieferfuhrwerk blieb immer wieder stehen. Ein junger Fahrradbote mit einer Mütze, die ihm bis über die Ohren reichte, flitzte so schnell um die Ecke, dass er fast gestürzt wäre.

Als sich die Tür öffnete, wandten sich Pitt und Tellman um. Im Eingang stand ein breitschultriger Mann mit kräftigen Gesichtszügen, einer Adlernase, hohen Wangenknochen und einem breiten Mund. Sein nicht mehr sehr volles braunes Haar begann an den Schläfen grau zu werden. Er war hagerer, als Pitt ihn in Erinnerung hatte, als hätten die Zeit und der Kummer seine Kraftreserven aufgezehrt. Doch er hielt sich nach wie vor aufrecht und gerade. Auch wenn er ein weißes Hemd und eine schlichte dunkle Hausjoppe trug, konnte man ihn sich ohne weiteres in Uniform vorstellen.

»Guten Morgen, Pitt«, sagte er ruhig. »Darf man Ihnen zur Beförderung gratulieren? Ihrer Karte entnehme ich, dass Sie es mittlerweile zum Oberinspektor gebracht haben.«

»Vielen Dank, General Balantyne«, gab Pitt zurück und spürte, wie ihm eine leichte Röte der Verlegenheit in die Wangen stieg. »Das ist Wachtmeister Tellman. Ich bedaure, Sie zu so früher Stunde stören zu müssen, Sir, aber der für dies Revier zuständige Streifenbeamte hat heute morgen gegen Viertel vor vier auf den Stufen vor Ihrem Haus einen Toten gefunden.« Auf Balantynes Zügen sah er, dass diesen die Mitteilung unangenehm berührte, wenn nicht gar entsetzte. Überrascht konnte er nicht sein, denn gewiss hatte ihn sein Lakai über den Vorfall informiert.

»Wer ist es?«, fragte Balantyne, trat vollständig ins Zimmer und schloss die Tür hinter sich.

»Das wissen wir noch nicht«, gab Pitt zur Antwort. »Allerdings trug er verschiedene Papiere und Gegenstände bei sich, die es uns sicherlich ermöglichen werden, ihn zu identifizieren.« Er sah Balantyne aufmerksam an, konnte auf dessen Zügen aber keine erkennbare Veränderung wahrnehmen. Weder presste er die Lippen aufeinander, noch umschatteten sich seine Augen.

Der Hausherr wies mit einer Hand auf die Sessel und lud Pitt ein, Platz zu nehmen. Offenbar war Tellman stillschweigend mit gemeint.

»Vielen Dank, Sir«, sagte Pitt. »Es wäre mir lieb, wenn Sie mir gestatten würden, Ihr Personal durch Wachtmeister Tellman befragen zu lassen. Unter Umständen hat jemand einen Streit oder eine andere Art von Unruhe mitbekommen.«

Balantyne zeigte sich bestürzt. »Soll das heißen, dass der Mann keines natürlichen Todes gestorben ist?«

»Das steht zu befürchten. Er hat einen Schlag auf den Kopf bekommen, höchstwahrscheinlich im Verlauf einer handgreiflichen Auseinandersetzung. Auch wenn sie wohl nicht lange gedauert hat, muss sie doch sehr heftig gewesen sein.«

Balantyne riss die Augen auf. »Und Sie meinen, das hat sich vor meiner Tür abgespielt?«

»Das wissen wir noch nicht.«

»In dem Fall soll Ihr Mann unbedingt mit meinen Leuten reden.«

Pitt nickte zu Tellman hinüber, der den Raum bereitwillig verließ und die Tür hinter sich schloss. Daraufhin nahm Pitt in einem der schweren Ledersessel Platz, während sich Balantyne ein wenig steif ihm gegenüber setzte.

»Es gibt nichts, das ich Ihnen sagen könnte«, begann Balantyne. »Zwar geht mein Schlafzimmer zum Platz hin, aber ich habe nichts gehört. Raubüberfälle sind in dieser Gegend eigentlich ungewöhnlich.« Eine mit Trauer vermischte Unruhe trat flüchtig auf seine Züge.

»Man hat den Mann nicht beraubt«, sagte Pitt. Was er als Nächstes tun musste, gefiel ihm überhaupt nicht. »Jedenfalls nicht im üblichen Sinne. Er hatte noch Geld in der Tasche.« Balantynes Überraschung entging ihm nicht. »Und das hier.« Er nahm die Schnupftabaksdose heraus und legte sie auf seine flache Hand.

Balantyne starrte mit unnatürlicher Reglosigkeit darauf. Weder bewunderte er die Schönheit des Objekts, noch zeigte er sich erstaunt, dass jemand, der bei einer gewalttätigen Auseinandersetzung ums Leben gekommen war, einen solchen Gegenstand besessen haben sollte. Doch wie sehr er sich auch in der Hand haben mochte, er konnte nicht verhindern, dass ihm das Blut aus dem Gesicht wich und seine Haut aschfahl wurde.

»Erstaunlich...« Er stieß langsam den Atem aus. »Man sollte glauben...« Er schluckte. »Man sollte nicht glauben, dass ein Räuber so etwas übersehen kann.« Pitt begriff, dass er sprach, um die Leere zwischen ihnen zu überbrücken, während er überlegte, ob er zugeben sollte, dass die Dose sein Eigentum war. Welche Erklärung würde er liefern?

Pitt sah ihn unverwandt an. »Da stellen sich viele Fragen«, gab er ihm Recht. »Haben Sie die Dose schon einmal gesehen, General?«

Balantynes Stimme klang ein wenig rau, als hätte er einen trockenen Mund. »Ja… ja, sie gehört mir.« Er schien noch etwas hinzufügen zu wollen, überlegte es sich dann aber wohl anders.

Pitt stellte die unvermeidliche Frage. »Wann haben Sie sie zuletzt gesehen?«

»Ich… ich glaube nicht, dass ich das sagen könnte. Der Mensch gewöhnt sich an den Anblick der Gegenstände, die ihn umgeben. Ich bin nicht sicher, dass mir ihr Fehlen aufgefallen wäre.« Er sah äußerst unbehaglich drein, wich aber Pitts Blick nicht aus. Bevor dieser die nächste Frage stellen konnte, sagte er: »Sie befindet sich gewöhnlich in einem Schrank in der Bibliothek.«

»Vermissen Sie sonst etwas, General Balantyne?«

»Nicht, dass ich wüsste.«

»Vielleicht haben Sie die Güte, einmal nachzusehen, Sir. Ich werde festzustellen versuchen, ob den Dienstboten aufgefallen ist, dass jemand etwas entwendet hat oder ob es im Hause sonstige Hinweise auf einen Einbruch gibt.«

»Gewiss.«

»In manchen Fällen verschaffen sich Einbrecher schon vorher Zugang zum Haus, um die Gelegenheit auszuspähen oder –«

»Ich verstehe«, sagte Balantyne. »Sie glauben, dass unter Umständen ich oder jemand vom Personal den Mann wieder erkennen könnte.«

»Ja. Es könnte hilfreich sein, wenn Sie und vielleicht Ihr Butler und einer Ihrer Lakaien sich den Mann einmal ansähen.«

26

»Wenn Sie das wünschen«, stimmte Balantyne zu. Auch wenn ihm der Gedanke erkennbar unangenehm war, schien ihm klar zu sein, dass er sich der Bitte nicht verschließen konnte.

Es klopfte kräftig an die Tür. Bevor Balantyne den Mund auftun konnte, öffnete sie sich und eine Frau trat ein. Pitt erinnerte sich sogleich an Lady Augusta Balantyne. Sie sah in ihrer dunklen, kühlen Art gut aus. Ihr Gesicht wies auf Charakterstärke hin. Auch sie erkannte Pitt wohl wieder, denn die frostige Reserviertheit, mit der sie ihm entgegentrat, ging über das Maß hinaus, das durch die frühmorgendliche Störung gerechtfertigt schien. Andererseits rief sein Anblick in Anbetracht ihrer beiden früheren Begegnungen wohl schmerzliche Empfindungen in ihr hervor.

Sie trug der Mode entsprechend ein klassisch geschnittenes dunkelgraues Seidenkleid, das für morgendliche Besuche geeignet, gleichzeitig aber zurückhaltend war, wie es ihrem Alter und ihrer gesellschaftlichen Stellung entsprach. Auch wenn weiße Strähnen ihr dunkles Haar an den Schläfen durchzogen und der Kummer seine Spuren auf ihren Zügen hinterlassen hatte, lag in ihren dunklen Augen nach wie vor eiserne Entschlossenheit.

Pitt stand auf. »Ich bitte um Entschuldigung, dass ich so früh bei Ihnen eindringe, Lady Augusta«, sagte er ruhig. »Bedauerlicherweise ist vor Ihrem Haus ein Mensch ums Leben gekommen und ich muss Erkundigungen einziehen, ob jemand etwas von dem Vorfall bemerkt hat.« Er wollte ihre Empfindungen schonen, so weit er konnte, und da sie ihm nicht besonders sympathisch war, bemühte er sich um mehr als die übliche Rücksichtnahme.

»Ich hatte mir schon gedacht, dass etwas in der Art Ihren Besuch veranlasst hat, Inspektor«, sagte sie. Mit dieser Äußerung wies sie jegliche Möglichkeit eines wie auch immer gearteten gesellschaftlichen Kontakts zwischen ihnen zurück. Menschen wie ihn konnten ausschließlich Berufspflichten in ihr Haus führen.

Pitt merkte, wie er innerlich zusammenfuhr. Er spürte die Zurückweisung wie eine Ohrfeige. Aber damit hätte er rechnen müssen. Wie konnte er nach all der Tragik und den schuldhaften Verstrickungen der Vergangenheit etwas anderes erwarten? Der Versuch, seine kindische Gekränktheit abzuschütteln, misslang ihm.

Auch Balantyne hatte sich erhoben. Jetzt sah er seine Gattin und Pitt an, als müsse er sich entschuldigen – bei ihm für ihre herablassende Haltung, bei ihr wegen Pitts Anwesenheit und weil es schon wieder zu einer Tragödie gekommen zu sein schien.

»Man hat irgendeinen Unglücklichen überfallen und getötet«, sagte er ohne Umschweife.

Sie holte tief Luft, bewahrte aber Haltung. »Ist es jemand, den wir kennen?«

»Nein«, sagte Balantyne sogleich. »Es sei denn …«, wandte er sich an Pitt.

»Wohl kaum.« Pitt sah die Gattin des Generals an. »Es scheint sich um jemanden zu handeln, dem das Leben in letzter Zeit übel mitgespielt hat. Er war wohl in eine gewalttätige Auseinandersetzung verwickelt. Beraubt hat man ihn, wie es aussieht, aber nicht.«

Die Spannung wich von ihr. »In dem Fall würde ich vorschlagen, Inspektor, dass Sie das Gesinde befragen, um festzustellen, ob jemand etwas gehört hat. Sollte sich zeigen, dass das nicht der Fall ist, werden wir Ihnen wohl bedauerlicherweise nicht helfen können. Guten Tag.« Sie rührte sich nicht. Mit diesen Worten hatte sie hinreichend klar gemacht, dass er entlassen und sie entschlossen war, im Zimmer zu bleiben.

Balantyne sah unbehaglich drein. Zwar legte er keinen Wert darauf, die Unterhaltung fortzusetzen, doch war es ihm offenbar auch nicht recht, von seiner Frau aus dieser Situation gerettet zu werden. Da es nicht zu seinen Gewohnheiten gehörte, einer Schlacht auszuweichen, und er auch jetzt nicht daran dachte, das zu tun, sagte er zu Pitt: »Sagen Sie mir, wann es Ihnen passt, dass ich Sie zum Leichenschauhaus begleite, und ich komme mit. Unterdessen wird Ihnen Blisset zeigen, was Sie zu sehen wünschen. Er wird zweifellos auch wissen, ob etwas nicht an seinem Platz ist oder gar fehlt.«

»Was sollte fehlen?«, wollte seine Gattin wissen.

Balantynes Züge verhärteten sich. »Der Mann war möglicherweise ein Einbrecher«, sagte er knapp und ohne eine weitere Erklärung abzugeben.

»Das denke ich mir.« Sie zuckte leicht mit der Achsel. »Das würde seine Anwesenheit hier am Platz erklären.« Sie tat einen Schritt ins Vestibül und wartete schweigend, dass Pitt den Raum verließ.

Am Fuß der Treppe stand in militärischer Haltung mit steif durchgedrücktem Rücken der Butler Blisset, ein Mann in mittleren Jahren. Höchstwahrscheinlich war er ein Veteran, den Balantyne in seine Dienste genommen hatte, weil er sich auf ihn verlassen konnte.

»Kommen Sie bitte mit, Sir«, forderte er Pitt auf und ging ihm, unübersehbar hinkend, durch das Vestibül zur mit grünem Filz bezogenen Tür voraus, die in den Dienstbotentrakt führte. Pitt vermutete, dass sein Hinken auf eine Kriegsverletzung zurückging.

Tellman stand am langen Esstisch in der Gesindestube. Er war zum Frühstück gedeckt, doch war zu erkennen, dass noch niemand gegessen hatte. Wartend stand ein Hausmädchen da und sah Tellman mit unverhohlener Abneigung an. Sie trug ein graues Kleid aus leichtem Wollstoff und eine frisch gebügelte saubere weiße Schürze. Ihr Spitzenhäubchen saß ein wenig schief, als hätte sie es in Eile aufgesetzt. Ein etwa neunzehn- oder zwanzigjähriger Lakai stand an der Küchentür und der Stiefelputzer sah Pitt mit großen Augen an.

»Bisher ergebnislos«, sagte Tellman und biss sich auf die Lippe. Er hatte Bleistift und Notizbuch in den Händen, aber kaum etwas notiert. »Jeder hier im Hause scheint einen festen Schlaf zu haben«, sagte er mit sarkastischem Unterton.

Pitt überlegte, dass auch er vermutlich tief schlafen würde, wenn er Tag für Tag um fünf Uhr morgens aufstehen und fast ohne Pause bis neun oder zehn Uhr abends arbeiten müsste, verkniff es sich aber, das zu sagen.

»Ich würde gern mit den Hausmädchen sprechen«, sagte er zum Butler. »Könnte ich das im Aufenthaltsraum der Wirtschafterin tun?«

Zögernd erklärte sich dieser damit einverstanden, bestand aber darauf, im Interesse seiner Untergebenen, für die er verantwortlich war, dabei zu bleiben.

Zwei Stunden ausführlicher Befragung und eine gründliche Durchsuchung der Räume des Hauses erbrachten keine verwertbaren Hinweise. Beide Hausmädchen hatten die Schnupftabaksdose im Hause gesehen, konnten sich aber nicht erinnern, wann das zum letzten Mal der Fall gewesen war. Sonst fehlte nichts. Nichts wies auf einen Einbruch oder darauf hin, dass sich jemand unerlaubt in den oberen oder unteren Räumen aufgehalten hätte. Niemand hatte Geräusche vor dem Haus auf der Straße gehört. Kein Lieferant oder sonstiger Besucher, den man nicht schon seit Jahren kannte, war da gewesen. Auch waren weder Landstreicher, Bettler, Hausierer noch neue Lieferanten an die Tür gekommen und auch keine Verehrer der weiblichen Dienstboten – so jedenfalls lautete die Aussage.

Pitt und Tellman verließen den Bedford Square um halb zehn und nahmen eine Droschke zur Bow Street. In wenigen Schritten Entfernung von der Polizeiwache machten sie an einem Verkaufsstand Halt, um eine Tasse heißen Tee und ein Schinkenbrot zu kaufen.

»Getrennte Schlafzimmer«, sagte Tellman, während er mit vollen Backen kaute.

»Das ist in diesen Kreisen üblich«, gab Pitt zurück und nippte vorsichtig an seinem zu heißen Tee.

»Wüsste nicht, wozu das gut sein soll.« Tellmans Gesichtsausdruck sagte überdeutlich, was er von solchen Menschen hielt. »Auf jeden Fall heißt das für uns, dass kein Mensch im Haus sagen kann, wo die anderen waren. Falls der Bursche da drin beim Diebstahl erwischt worden ist, könnte es jeder getan haben.« Er biss erneut von seinem Brot ab. »Eins der Hausmädchen hätte ihn reinlassen können. So was kommt vor. Jeder von den Bewohnern hätte ihn hören und mit ihm aneinander geraten können, sogar der General selber.«

Pitt hätte diesen Gedanken gern zurückgewiesen, doch dazu war ihm der Ausdruck, der beim Anblick der Schnupftabaksdose in Balantynes Augen getreten war, noch zu frisch im Gedächtnis.

Tellman sah ihn abwartend an.

»Für Spekulationen ist es zu früh«, sagte Pitt. »Wir müssen erst noch weitere Beweismittel sammeln. Versuchen Sie in den anderen Häusern um den Platz herum festzustellen, ob dort eingebrochen worden ist, Gegenstände nicht an ihrem Ort sind oder sonst etwas nicht in Ordnung ist.«

»Warum sollte der Kerl Sachen woanders hintun, statt sie mitzunehmen?«, wollte Tellman wissen.

»Das nicht.« Pitt sah ihn gelassen an. »Wer auch immer ihn auf frischer Tat ertappt und getötet hat, würde ihm wahrscheinlich abnehmen, was in das betreffende Haus gehörte, nicht aber die Schnupftabaksdose, denn die gehörte ihm nicht und ihr Auftauchen würde nur unnötige Fragen heraufbeschwören. Wir warten ab, was der Arzt uns sagen kann, wenn er sich den Toten genauer angesehen hat. Außerdem haben wir die Quittung für die Socken.« Der Tee war jetzt ein wenig abgekühlt und Pitt nahm einen Schluck. »Dabei ist nicht einmal gesagt, dass es uns sehr viel weiter hilft, wenn wir den Namen des Mannes wissen.«

Die Nachfragen in den Häusern um den Bedford Square sowie in denen der unmittelbaren Nachbarschaft des Platzes ergaben keinerlei brauchbaren Hinweis. Niemand hatte etwas gehört, nichts fehlte und nichts war am falschen Platz. Alle erklärten, die ganze Nacht hindurch tief und fest geschlafen zu haben.

Am Spätnachmittag entledigten sich General Balantyne und sein Butler Blisset der Aufgabe, sich den Toten im Leichenschauhaus anzusehen, aber keiner von beiden kannte ihn. Aufmerksam beobachtete Pitt den General, als das Laken vom Gesicht des Toten zurückgeschlagen wurde. Er sah eine gewisse Überraschung, fast, als hätte Balantyne einen anderen dort erwartet, möglicherweise jemanden, den er kannte.

»Nein«, sagte er beherrscht. »Den Mann habe ich noch nie gesehen.«

Pitt kam erst spät nach Hause und konnte mit Charlotte nur kurz über den Fall reden, weil eine schwierige häusliche Angelegenheit ihre ganze Aufmerksamkeit beanspruchte. Er nahm sich vor, ihr vorerst nicht zu sagen, dass General Balantyne in den Fall verwickelt war. Er erinnerte sich, dass der General ihr sympathisch gewesen war und sie sogar eine Weile bei ihm im Hause zugebracht hatte, um ihm bei irgendeiner Sache zur Hand zu gehen. Es war besser abzuwarten, ob sich die Angelegenheit nicht von selbst auflöste, so dass er Charlotte nicht unnötig zu beunruhigen brauchte. Am Ende eines langen Tages war für so etwas ohnehin nicht der richtige Zeitpunkt.

Am nächsten Vormittag erstattete er dem stellvertretenden Polizeipräsidenten Cornwallis Bericht über den Vorfall, weil dergleichen in einer solch ruhigen Wohngegend unüblich war. Auch wenn möglicherweise keiner der dortigen Anwohner oder ihrer Dienstboten etwas mit der Sache zu tun hatte, würden sie die damit verbundenen Unannehmlichkeiten wohl oder übel ertragen müssen.

Cornwallis übte sein Amt noch nicht lange aus. Als jemand, der den größten Teil seines Berufslebens in der Marine gedient hatte, kannte er eine Welt von Befehl und Gehorsam; Verbrechen und Politik hingegen waren für ihn Neuland. Da ihm jegliche Verstellung wesensfremd war, schienen vor allem die Gepflogenheiten auf dem Gebiet der Politik sein Fassungsvermögen bisweilen zu übersteigen. Für das Leben auf See taugte weder persönliche Eitelkeit noch taktierendes Verhalten; zwischen der Härte, mit der es die Tölpel von den Tüchtigen und die Furchtlosen von den Ängstlichen schied, und dem, was in Regierung und Gesellschaft als Antriebskraft genügen mochte, um ans Ziel seines Ehrgeizes zu gelangen, lagen Welten.

Cornwallis war mittelgroß und eher hager. Er machte den Eindruck eines Menschen, zu dessen

Wesen eine körperliche Tätigkeit weit besser passt als ein Schreibtischberuf. Seine Bewegungen waren beherrscht und von natürlicher Anmut. Mit seiner eher langen Nase sah er nicht besonders gut aus, aber auf seinem gleichmäßig geschnittenen Gesicht lag der Ausdruck von Aufrichtigkeit. Er war vollständig kahl, was gut zu ihm passte. Pitt hätte sich ihn mit Haaren auf dem Kopf gar nicht so recht vorstellen können.

»Was gibt es?« Cornwallis hob bei Pitts Eintritt den Blick von seinen Papieren. Es war ein drückender Tag und durch die offenen Fenster drang der Verkehrslärm von der Straße herauf: das Knarren von Wagenrädern, die gelegentlichen ermunternden Zurufe von Fuhrmännern oder Droschkenkutschern an ihre Pferde, das schwere Poltern von Brauereifuhrwerken, der laute Ruf umherziehender Kaminkehrer, die eine Kleinigkeit zu verdienen hofften, und die reißerischen Sprüche, mit denen fliegende Händler ihre Ware anpriesen, seien es Schnürsenkel, Blumen, belegte Brote oder Zündhölzer.

Pitt schloss die Tür hinter sich.

»Man hat gestern am frühen Morgen am Bedford Square einen Toten gefunden«, gab er zur Antwort. »Ich hatte gehofft, dass er nichts mit einem der hochherrschaftlichen Häuser da zu tun haben würde, aber er lag unmittelbar vor der Tür von General Brandon Balantyne und hatte eine Schnupftabaksdose aus dessen Besitz in der Tasche.«

»Einbruch?«, fragte Cornwallis. Es klang wie eine Aussage. Eine leichte Falte bildete sich zwischen seinen Brauen, als warte er auf Pitts Erklärung dafür, warum er sich die Mühe machte, ihm den Fall zu melden, und dazu in eigener Person.

»Möglicherweise ist der Mann in eins der Häuser eingedrungen und dabei vom Eigentümer oder einem seiner Dienstboten ertappt worden. Dabei könnte es zu einem Kampf gekommen sein, in dessen Verlauf er getötet wurde«, sagte Pitt. »Dann hat man ihn, vermutlich aus Angst vor den Folgen, vor Balantynes Tür gelegt, statt ihn zu lassen, wo er war, und die Polizei zu rufen.«

»Ich verstehe.« Cornwallis nickte. »So verhält sich kein Unschuldiger, nicht einmal in Panik. Was hat den Tod herbeigeführt?«

»Ein Hieb auf den Kopf mit einem Schürhaken oder einem ähnlichen Gegenstand. Dem Zustand seiner Fingerknöchel nach hat allerdings vorher ein Kampf stattgefunden.« Pitt setzte sich Cornwallis' Schreibtisch gegenüber. Er fühlte sich wohl in diesem Raum mit den aquarellierten Seestücken an den Wänden und dem auf Hochglanz polierten Messing-Sextanten im Bücherregal. Es enthielt neben Schriften zur Polizeiarbeit, Werken Jane Austens und einer Bibel auch mehrere Bände Lyrik – Shelley, Keats und Tennyson.

»Wissen Sie, um wen es sich handelt?«, fragte Cornwallis, die Ellbogen auf den Schreibtisch gestützt und die Fingerspitzen gegeneinander gelegt.

»Bisher nicht, aber Tellman geht der Sache nach«, gab Pitt zur Antwort. »Der Tote hatte eine zwei Tage alte Quittung über den Kauf von drei Paar Socken in der Tasche – die hilft uns unter Umständen weiter.«

»Gut.« Cornwallis schien der Sache keine weitere Bedeutung beizumessen, vielleicht beschäftigte ihn auch etwas anderes.

»Die Schnupftabaksdose in seiner Tasche gehörte General Balantyne«, wiederholte Pitt.

Cornwallis runzelte die Brauen. »Wahrscheinlich hat er die gestohlen. Das muss aber keineswegs bedeuten, dass er in Balantynes Haus den Tod gefunden hat. Ich könnte mir denken...« Er hielt inne. »Ach so, ich verstehe. Sie meinen ... Unangenehm und verwirrend ... Ich ... ich kenne Balantyne ein wenig. Ein anständiger Mann. Ich halte es für ausgeschlossen, dass er etwas so ... so Dummes tut.«

Pitt spürte Cornwallis' Besorgnis, doch schien er diese schon vor seinem Eintreffen empfunden zu haben. Es kam ihm vor, als beschäftige ihn etwas anderes so sehr, dass er sich nicht auf das konzentrieren konnte, was ihm Pitt mitzuteilen hatte. »Das denke ich auch«, stimmte er zu.

Cornwallis hob ruckartig den Kopf. »Was?«

»Auch ich kann mir nicht vorstellen, dass General Balantyne so töricht wäre, eine Leiche vor seine eigene Haustür zu legen, statt einfach die Polizei zu rufen«, sagte Pitt geduldig.

»Kennen Sie ihn denn?« Cornwallis sah ihn an, als wäre er zufällig in eine Unterhaltung geraten und merke, dass er den Anfang verpasst hatte.

»Ja. Ich habe in zwei Fällen ermittelt, mit denen er zu tun hatte – mittelbar, als Zeuge.«

»Ach, das war mir gar nicht bekannt.«

»Bereitet Ihnen etwas Sorgen?« Pitt konnte Cornwallis gut leiden und hatte eine hohe Meinung von dessen Geradlinigkeit und seinem Mut, die Dinge beim Namen zu nennen. Auch sein Mangel an politischer Erfahrung war ihm bekannt. »Geht es etwa schon wieder um Tranby Croft?«

»Was? Nein, um Gottes willen!« Zum ersten Mal, seit Pitt hereingekommen war, entspannte sich Cornwallis und hätte fast laut herausgelacht. »Die Leute tun mir alle Leid. Ich habe keine Ahnung, ob Gordon-Cumming betrogen hat oder nicht, aber er ist so oder so erledigt, der arme Teufel. Und was ich vom Prinzen von Wales oder den anderen Leuten halte, die dem lieben Gott damit die Zeit stehlen, dass sie von einer Hausgesellschaft zur anderen ziehen und in einem fort Karten spielen, bleibt selbst im engsten Kreise besser ungesagt.«

Pitt wusste nicht recht, ob er nachhaken sollte oder ob sein Vorgesetzter die Sache damit auf höfliche Weise abgebogen hatte. Doch offenkundig beschäftigte diesen etwas so sehr, dass es sich sogar dann in seine Gedanken drängte, wenn er sich ganz auf Dinge konzentrieren wollte, um die es gerade ging.

Cornwallis schob seinen Sessel zurück und stand auf. Er trat ans Fenster und schloss es mit einem kräftigen Ruck. »Ein entsetzlicher Radau da draußen!«, sagte er verärgert. »Lassen Sie es mich wissen, wenn es in der Sache vom Bedford Square Fortschritte gibt.«

Damit war Pitt entlassen. Er stand auf. »Gewiss, Sir.« Er trat zur Tür.

Cornwallis räusperte sich.

Pitt blieb stehen.

»Ich …« setzte der stellvertretende Polizeipräsident an und zögerte.

Pitt wandte sich erneut zu ihm um.

Auf Cornwallis' hageren Wangen lag leichte Röte. Er machte einen zutiefst unglücklichen Eindruck. Dann entschloss er sich zu sprechen: »Man hat mir … man hat mir einen Erpresserbrief geschickt …«

Pitt war verblüfft. Von allen Möglichkeiten, die ihm durch den Kopf gegangen waren, schien ihm diese die abwegigste.

»Er besteht aus Wörtern, die jemand mit Hilfe von aus der *Times* ausgeschnittenen Buchstaben zusammengesetzt und auf ein Blatt Papier geklebt hat«, fuhr Cornwallis in der knisternden Stille fort.

Es kostete Pitt Mühe, seine Gedanken zu sammeln. »Und welche Forderungen enthält er?«

»Das ist ja gerade das Sonderbare daran.« Cornwallis stand starr und mit angespannten Muskeln da. Er sah Pitt unverwandt an. »Keine. Der Erpresser will nichts. Er droht einfach.«

»Haben Sie den Brief?«

Pitt stellte die Frage ungern, doch es nicht zu tun hätte bedeutet, den Mann im Stich zu lassen, auf dessen Freundschaft er Wert legte und der ganz offensichtlich Hilfe brauchte.

Cornwallis nahm einen Brief aus der Tasche und reichte ihn Pitt. Wie er gesagt hatte, bestanden die Wörter aus aufgeklebten Buchstaben, meist aus einzelnen, bisweilen aus Paaren und gelegentlich auch aus drei oder vier zusammenhängenden, wenn der Zeitungstext ein Wort enthielt, das der Verfasser brauchen konnte. Der Brief lautete:

Ich weiß alles über Sie, Kapitän Cornwallis. In den Augen anderer sind Sie ein Held, aber ich kenne die Zusammenhänge besser. Nicht Sie haben an Bord der *Venture* die kühne Tat begangen, für die Sie die Anerkennung entgegengenommen haben, sondern der Vollmatrose Beckwith. Da er nicht mehr lebt, kann er der Wahrheit nicht zum Sieg verhelfen. Das ist unrecht. Die Menschen sollten erfahren, wie es wirklich war. Ich weiß es.

Pitt las die Mitteilung noch einmal. Weder wurde darin eine ausdrückliche Drohung ausgesprochen, noch Geld oder etwas anderes verlangt. Dennoch stand so großer Nachdruck dahinter, dass die Buchstaben fast vom zerknitterten Papier zu springen schienen, als hätten sie ein boshaftes Eigenleben.

Die Kiefermuskeln in Cornwallis' bleichem Gesicht waren angespannt und die Schläfenader pochte sichtbar.

»Ich nehme an, Sie haben keine Vorstellung, um wen es sich handeln könnte?«

»Nicht die geringste«, gab Cornwallis zur Antwort. »Ich habe die halbe Nacht wach gelegen und mir den Kopf darüber zerbrochen.« Seine Stimme klang, als hätte er so lange nicht gesprochen, dass seine Kehle jetzt ganz ausgedörrt war und schmerzte. Er holte tief Luft, ohne den Blick von Pitts Augen zu lösen. »Ich bin den Vorfall, auf den sich der Verfasser vermutlich bezieht, in Gedanken immer wieder durchgegangen, um mich zu erinnern, wer dabei war und die Situation falsch gedeutet haben könnte, komme aber zu keinem Ergebnis.« Er zögerte. Auf seinen Zügen war deutlich zu erkennen, dass ihm die ganze Sache unangenehm war. Es fiel ihm schwer, seine Gefühle auszudrücken; viel lieber war ihm die stumme Selbstverständlichkeit des Handelns. Er biss sich auf die Lippe. Er hatte das Bedürfnis, den Blick abzuwenden, und zwang sich gerade deshalb, es nicht zu tun. Offenkundig spürte er Pitts Unbehagen und verschlimmerte es unbeabsichtigt. Er merkte, dass er selbst unentschlossen war, obwohl er gerade das vermeiden wollte.

»Vielleicht wäre es gut, wenn Sie mir die ganze Geschichte berichten«, sagte Pitt ruhig. Er traf Anstalten, sich zu setzen, um zu zeigen, dass er bereit war, noch eine Weile zu bleiben.

»Ja ... natürlich«, stimmt Cornwallis zu. Er wandte sich ab und sah zum Fenster hin. Das grelle Tageslicht hob die tief eingekerbten Linien um seine Augen und den Mund hervor. »Zu dem Vorfall ist es im Winter vor achtzehn Jahren gekommen – genau gesagt achtzehneinhalb. Damals war ich noch Leutnant. Wir segelten durch die Biskaya. Das Wetter war entsetzlich. Ein Mann enterte auf, um das Bramsegel am Besanmast einzuholen –«

39

»Das was?«, unterbrach ihn Pitt fragend.

Cornwallis sah ihn an. »Ach so ... es war ein Dreimaster.« Er verdeutlichte seine Worte mit Gesten. »Das mittlere Segel am mittleren Mast ... Rahsegel natürlich. Eine Stück Tauwerk, das nicht richtig belegt war, muss seine Hand eingeklemmt haben.« Er verzog das Gesicht, wandte sich erneut dem Fenster zu und von Pitt ab. »Ich bin sofort zu ihm aufgeentert. Normalerweise würde man einen Mannschaftsdienstgrad in den Mast schicken, aber Vollmatrose Beckwith, der einzige Mann, der sich außer mir an Deck befand, war zu keiner Bewegung fähig. So etwas kommt vor.« Er sprach abgehackt. »Es blieb keine Zeit, sich nach einem anderen umzusehen. Das Schiff stampfte. Das Wetter wurde immer schlimmer. Ich fürchtete, dass sich der Verletzte nicht im Mast halten könnte und ihm womöglich der Arm abgerissen würde. Höhenangst hatte ich nie gehabt. Ich habe mir nichts Besonderes dabei gedacht, selbst aufzuentern – das hatte ich schließlich als Kadett oft genug getan.« Sein Mund straffte sich. »Ich habe ihn losbekommen. Dazu musste ich das Tau kappen. Der Mann war nahezu bewegungsunfähig. Ich habe ihn über die Rah bis zum Mast geschleppt, aber er war verdammt schwer. Der Wind frischte immer mehr auf und das Schiff stampfte in der schweren See.«

Pitt versuchte sich die Szene vorzustellen: die wilde, schäumende See, Cornwallis, der sich, das Gewicht eines hilflosen Mannes auf den Schultern, in zwölf oder fünfzehn Metern Höhe verzweifelt an einem schwankenden Mast festzuhalten versuchte, im einen Augenblick das harte Deck und im nächsten das Wasser unter sich. Er merkte, dass er seine Hände ineinander geschlungen hatte und den Atem anhielt.

»Gerade, als ich ihn mir auf der Schulter zurechtlegen wollte, um nach unten zu steigen«, fuhr Cornwallis fort, »muss Beckwith aus seiner Erstarrung erwacht sein, denn mit einem Mal ist er unmittelbar unter mir aufgetaucht. Gemeinsam haben wir den Mann dann nach unten geschafft.

Inzwischen war ein halbes Dutzend Leute an Deck, unter ihnen der Kapitän. Für sie hat es sich wohl so dargestellt, als hätte Beckwith mich gerettet. Der Kapitän hat das auch gesagt, aber Beckwith war ein anständiger Kerl und hat die Dinge zurechtgerückt.« Er sah Pitt erneut an, das Licht war hinter ihm. »Aber heute kann ich nicht mehr beweisen, dass sich die Sache so verhalten hat. Beckwith ist einige Jahre nach dem Vorfall gestorben und der Mann, den ich aus dem Mast geholt habe, hat überhaupt nicht mitbekommen, was sich da oben abgespielt hat; er konnte sich nur undeutlich an den ganzen Vorfall erinnern.«

»Ich verstehe«, sagte Pitt ruhig. Cornwallis sah ihn aufmerksam an und Pitt erkannte in seinem Gesicht etwas von der Angst, die er zu verbergen suchte. Cornwallis hatte ein halbes Leben lang im Kampf gegen ein Element seinen Mann gestanden, das keinen Pardon kannte und weder Mensch noch Schiff schonte, und er hatte sich immer an die Regeln gehalten, stets Zucht und Ordnung hochgehalten. Er war Zeuge geworden, wie Männer umgekommen waren, die das nicht getan oder nicht so viel Glück gehabt hatten wie er. Wohl kaum einer von denen, die in der Sicherheit des festen Landes lebten, wusste so gut wie er, welch hohen Wert Treue, Ehre, Einsatzbereitschaft, sofortiger und unabdingbarer Gehorsam haben, doch war ihm auch klar, dass all das nichts nützt, wenn man sich nicht rückhaltlos auf die Menschen verlassen kann, mit denen man Hand in Hand arbeitet. So wenig die Hierarchie auf einem Schiff je in Frage gestellt werden durfte, so unverzeihlich wäre es gewesen, die mutige Tat eines anderen als seine eigene auszugeben.

Wie Pitt seinen Vorgesetzten kannte, war ein solches Verhalten bei ihm undenkbar. Er lächelte zu Cornwallis hin und sah ihm in die Augen. »Ich gehe der Sache nach. Wir müssen wissen, wer dahinter steckt, vor allem aber, was er will. Sobald eine Forderung auf dem Tisch liegt, ist es eine Straftat.«

Cornwallis zögerte, den Brief nach wie vor in der Hand haltend, als fürchte er bereits jetzt die Folgen jeglichen Handelns. Dann merkte er, was er tat, und schob Pitt das Blatt hin.

Dieser nahm es und steckte es ein, ohne noch einmal einen Blick darauf zu werfen. »Ich werde mich unauffällig um die Sache kümmern«, versprach er.

»Ja«, sagte Cornwallis gequält. »Ja, natürlich.«

Pitt verabschiedete sich, verliess den Raum und ging nach unten. Während er auf die Straße trat, grübelte er über Cornwallis' schwierige Lage nach. Kaum hatte er ein Dutzend Schritte getan, als er fast mit einem Mann zusammengestoßen wäre, der ihm unvermittelt in den Weg getreten war.

»Mr. Pitt?«, fragte der Unbekannte und sah ihn an. Trotz des fragenden Tons in seiner Stimme lag auf seinem Gesicht Gewissheit.

»Sie wünschen?«, gab Pitt mit einer Spur Schärfe zurück. Er schätzte es nicht, wenn man ihm den Weg verstellte, und er wollte nicht in seinen Überlegungen zu der Geschichte gestört werden, die ihm sein Vorgesetzter anvertraut hatte. Er wusste nicht recht, wie er Cornwallis vor einer Gefahr beschützen sollte, die er als durchaus real einschätzte.

»Ich heiße Lyndon Remus und arbeite für die *Times*«, sagte der Mann rasch, der nach wie vor unmittelbar vor Pitt stand. Er zog eine Karte aus der Innentasche seines Jacketts und hielt sie ihm hin.

Ohne sie anzusehen, fragte Pitt: »Was gibt es, Mr. Remus?«

»Was können Sie mir über den Toten sagen, den man gestern Morgen am Bedford Square gefunden hat?«

»Nichts, was Sie nicht schon wissen«, gab Pitt zur Antwort.

»Sie stehen also vor einem Rätsel«, folgerte Remus, ohne zu zögern.

»Das habe ich nicht gesagt.« Pitt war verärgert. Wortklaubereien waren ihm zuwider und der Mann hatte nicht den geringsten Grund, einen solchen Schluss zu ziehen. »Ich habe gesagt, dass ich Ihnen nur sagen kann, was Sie schon wissen, nämlich, dass der Mann tot ist und wo man ihn aufgefunden hat.«

»Vor der Tür von General Brandon Balantynes Haus«, sagte Remus. »Sie wissen also doch etwas, können es uns aber nicht sagen! Ist der General oder einer der Bewohner seines Hauses in den Fall verwickelt?«

Pitt merkte, dass er sehr viel sorgfältiger formulieren musste, und ärgerte sich noch mehr.

»Mr. Remus, man hat am Bedford Square einen Toten gefunden«, sagte er brummig. »Wir wissen noch nicht, wer er war oder wie er ums Leben gekommen ist, und können lediglich sagen, dass es vermutlich kein Unfall war. Spekulationen wären in diesem Stadium unverantwortlich und könnten dem Ruf unschuldiger Menschen schweren Schaden zufügen. Sobald wir Genaueres wissen, werden wir es der Presse mitteilen. Würden Sie mir jetzt bitte den Weg freigeben und gestatten, dass ich meiner Arbeit nachgehe!«

Remus rührte sich nicht vom Fleck. »Werden Sie General Balantyne in Ihre Nachforschungen einbeziehen, Mr. Pitt?«

Jetzt saß er in der Falle. Er konnte das nicht bestreiten, ohne zu lügen und zugleich den Eindruck zu erwecken, er sei voreingenommen oder unfähig. Falls er ja sagte, würde Remus daraus folgern, dass Balantyne der Tat verdächtig sei. Schwieg er aber, konnte Remus daraus machen, was er wollte.

Remus lächelte. »Mr. Pitt?«

»Als Erstes werde ich Nachforschungen über den Toten anstellen«, gab Pitt schwerfällig zur Antwort. Ihm war klar, dass er diese eigentlich vorhersehbaren Fragen nicht angemessen beantwortete. Er holte tief Luft. »Allen Spuren, die sich dabei ergeben, werde ich nachgehen.«

Mit einem alles andere als freundlichen Lächeln fragte Remus: »Ist das nicht eben der General Balantyne, dessen Tochter Christina um das Jahr 87 herum in die Mordfälle von Devil's Street verwickelt war?«

»Erwarten Sie nicht, dass ich Ihre Arbeit für Sie tue, Mr. Remus!«, knurrte Pitt und wich ihm mit einem Schritt zur Seite aus. »Guten Tag.« Während er davonging, legte sich ein befriedigtes Lächeln auf Remus' Züge.

Müde und unglücklich kehrte Pitt von seiner Arbeit nach Hause zurück. Der ausführliche Bericht des Polizeiarztes über die Todesursache des Mannes vom Bedford Square unterschied sich nicht grundlegend von dem, was der Arzt Pitt anfänglich mitgeteilt hatte, und hatte nichts Neues ergeben. Tellman ging der Spur mit der Sockenquittung nach und befragte alle Anwohner des Platzes. Niemand hatte etwas gehört oder gesehen, was sich verwerten ließ.

Eigentlich beunruhigte Pitt der Brief, den Cornwallis bekommen hatte, mehr als der Tote, obwohl beide Fälle insofern gewisse Gemeinsamkeiten aufwiesen, als die Gefahr bestand, der gute Ruf eines ehrenwerten Mannes könnte durch Gerüchte, Verdächtigungen und versteckte Andeutungen Schaden nehmen. Sofern andere sie glaubten, konnten sie einen Menschen zugrunde richten. General Balantyne wie Cornwallis waren angreifbar, da sie keine Möglichkeit hatten, die wahren Umstände zu beweisen, aber da Pitt seinen Vorgesetzten kannte, hielt er ihn in jeder Hinsicht für schuldlos. Sonderbar kam ihm vor, dass er einen Brief bekommen hatte, in dem trotz seines eindeutig drohenden Inhalts keine Forderung gestellt wurde. Sie würde vermutlich bald folgen.

Pitt trat ins Haus, hängte seinen Mantel auf, bückte sich dann, schnürte die Schuhe auf und zog sie aus. Auf Strümpfen ging er zur Küche, wo er Charlotte vermutete. Zwar war Gracie ein erstklassiges Dienstmädchen, aber meist kochte Charlotte selbst. An vier Tagen in der Woche kam eine Zugehfrau, die sich um die große Wäsche kümmerte, die Böden schrubbte und ähnliche grobe Arbeiten erledigte. Jedenfalls nahm er das an, denn er selbst brauchte sich mit derlei nicht zu beschäftigen.

Wie vermutet stand Charlotte am Herd. Ihre Schürze war an einer Ecke umgeschlagen. Aus der Backröhre stieg ihm ein verführerischer Duft in die Nase. Alles war sauber, roch nach frischer Wäsche und reinlich gescheuerten Bodendielen. Er hob den Blick und sah, dass Laken zum Trocknen unter der Decke hingen. Blau-weiß schimmerte auf der Anrichte Porzellan im Sonnenlicht, das durch die Fenster hereindrang. Charlottes Kleid war vorn mit Mehl bestäubt und die Haarnadeln vermochten die Fülle ihres Haares nicht zu halten.

Ohne auf den langen Löffel in ihrer Hand zu achten, von dem Eidotter über die Herdfläche auf den Boden lief, umarmte und küsste er sie.

Sie gab ihm einen leidenschaftlichen Kuss, tadelte ihn aber sogleich.

»Sieh nur, was du getan hast!« Sie wies auf das Ei. »Überall hat es gekleckert!« Sie ging ans Waschbecken, wrang ein feuchtes Tuch aus und wischte das Eigelb auf. Von der Herdplatte her roch es verbrannt.

Pitt blieb stehen. Er hatte Cornwallis' Gesicht deutlich vor seinem inneren Auge. Jener lebte nicht wie er in einer von der Außenwelt abgeschirmten kleinen Welt, die ihn schützte, hatte niemanden, der an ihn glaubte, ganz gleich, was andere sagen mochten, nicht einmal jemanden, der ihm half, die Anspannung zu lösen, mit der er auf den nächsten Brief wartete, oder dem er erklären könnte, warum ihm die Sache so wichtig war.

»Was gibt es?«, fragte Charlotte und musterte ihn aufmerksam. Mechanisch zog sie den Topf mit der Eierspeise an eine kühlere Stelle der Herdplatte. »Geht es um den Toten vom Bedford Square? Ist jemand aus den Häusern dort in die Sache verwickelt?«

»Möglich. Ich weiß es noch nicht«, gab er zur Antwort und setzte sich auf einen der Küchenstühle. »Heute Nachmittag hat mich ein Zeitungsmensch auf der Straße angehalten. Er wollte wissen, ob ich Nachforschungen über General Balantyne anzustellen gedenke.«

Sie erstarrte mitten in der Bewegung. »Welchen Grund könntest du dazu haben? Der wohnt doch am Callander Square.«

»Er ist umgezogen«, gab er zur Antwort, nach wie vor außerstande, die Angst abzuschütteln, die er um

Cornwallis empfand, »Man hat den Toten vor seiner Haustür aufgefunden. Wohl nur ein dummer Zufall.«

Die Sache mit der Schnupftabaksdose fiel ihm erst gegen Ende der Mahlzeit ein, während er mit großem Genuss der Eierspeise zusprach, und ihm ging auf, dass er Charlotte nicht annähernd die ganze Wahrheit gesagt hatte. Doch war es sinnlos, sie dadurch zu beunruhigen, dass er ihr jetzt alles berichtete. Sie könnte ohnehin nichts unternehmen.

So sehr war er in seinen Gedanken gefangen, dass ihm ihr Schweigen nicht besonders auffiel. Wo sollte er seine Nachforschungen im Zusammenhang mit dem an Cornwallis gerichteten Brief anfangen? Wie konnte er den Mann schützen, den er so sehr schätzte?

KAPITEL
ZWEI

Es hatte Charlotte zutiefst betrübt zu erfahren, dass General Balantynes Name erneut im Zusammenhang mit einem Mord genannt wurde, wenn auch nur insofern, als man den Toten vor seiner Haustür gefunden hatte. Allerdings handelte es sich dabei um öffentlichen Grund und Boden, und so war es ohne weiteres möglich, dass ihm der Mann völlig unbekannt war und ohne sein Wissen oder Zutun dort hingelangt war.

Am nächsten Morgen ließ sie Gracie nach Pitts Weggang das Frühstücksgeschirr abräumen, während sie die neunjährige Jemima und den siebenjährigen Daniel zur Schule brachte. Nach ihrer Rückkehr las sie in der Küche die Zeitung, die Mr. Williamson, der ein Stück die Straße hinunter wohnte, gebracht hatte. Als Erstes sprangen ihr die Berichte über den jüngsten Stand im Prozess um die Affäre von Tranby Croft in die Augen. Die Spekulationen darüber, ob der Prinz von Wales tatsächlich als Zeuge vor Gericht vernommen würde und vor allem über das, was er dabei sagen würde, überschlugen sich regelrecht. Bisher hatte niemand angenommen, er müsse wie ein gewöhnlicher Bürger vor Gericht aussagen, zumal derlei bisher nie vorgekommen war. Es war vorgesehen, Eintrittskarten für den Gerichtssaal auszugeben, weil sich die Menschen danach drängen würden, den Thronfolger neugierig anzustarren und zu hören, was er auf die Fragen der Anwälte zu sagen hatte.

Sir Edward Clarke war Sir William Gordon-Cummings Anwalt, während Charles Russell die Interessen der Gegenseite vertrat. In der Zeitung hieß es, neben vielen anderen hätten sich auch Mrs. Lycett-Green, Lord Edward Somerset und der Graf von Coventry im Gerichtssaal befunden.

Nicht nur war Baccarat verboten – viele Menschen missbilligten jede Art von Glücksspiel und insbesondere das Kartenspiel galt vielen als des Teufels Gebetbuch. Natürlich war allgemein bekannt, dass Tausende von Menschen spielten, aber es machte einen gewaltigen Unterschied, ob man von etwas hörte oder es selbst mit ansah. Von Königin Viktoria hieß es, sie sei vor Zorn außer sich. Allerdings kennzeichneten schon lange außergewöhnliche Strenge und geradezu puritanische Vorstellungen ihr Wesen. Seit ihr Prinzgemahl Albert fast dreißig Jahre zuvor an Typhus gestorben war, schien sie jede Freude am Leben verloren zu haben und ziemlich entschlossen zu sein, dafür zu sorgen, dass es anderen nicht besser ging als ihr. Das jedenfalls hatte Charlotte gehört und die seltenen Auftritte der Monarchin in der Öffentlichkeit trugen kaum dazu bei, diese Ansicht zu widerlegen.

Ihr Sohn, Thronfolger und Prinz von Wales, war nicht nur ein der Völlerei ergebener Verschwender, er betrog auch seine Gemahlin, die schwer geprüfte Prinzessin Alexandra, in geradezu schamloser Weise – in erster Linie mit Lady Frances Brooke, zu deren Verehrern auch Sir William Gordon-Cumming gehörte. Bisher hatte Charlotte für den Prinzen kaum Sympathien empfunden. Was auch immer er vor Gericht von Sir Edward Clarke zu erwarten hatte und wie sich das auf die Öffentlichkeit auswirken würde – es war vermutlich nichts verglichen mit dem, was er von seiner Mutter zu erwarten hatte.

Dann sah Charlotte weiter unten auf derselben Seite einen Artikel über den Leichenfund vom Bedford Square. Verfasst hatte ihn ein gewisser Lyndon Remus.

Es ist nach wie vor ein Rätsel, wer der Tote ist, den man vor zwei Tagen bei Tagesanbruch vor General Brandon Balantynes Haustür gefunden hat. Oberinspektor Thomas Pitt aus der Bow Street hat dem Verfasser dieser Zeilen zu verstehen gegeben, dass die Polizei bisher keinen Hinweis auf seine Identität besitze.

Näher befragt, war er nicht bereit mitzuteilen, ob er im Falle General Balantynes Nachforschungen anstellen werde. Bei Letzterem handelt es sich um den Vater der unrühmlich bekannten Christina Balantyne. Unsere Leser werden sich erinnern, dass ihr Name im Zusammenhang mit den Mordfällen von Devil's Acre genannt wurde, die im Jahre 1887 großes Aufsehen in London erregten.

Darauf folgte ein kurzer und reißerischer Bericht über den schrecklichen und tragischen Fall, den Charlotte nur allzu gut kannte. Die Erinnerung daran erfüllte sie mit tiefem Kummer. Vor ihrem inneren Auge sah sie, wie entsetzt Balantyne gewesen war, als er die Wahrheit erfahren hatte. Niemand hatte etwas für ihn tun oder ihn trösten können.

Jetzt drohte ihm erneute Unbill und alles Elend und aller Kummer der Vergangenheit kamen wieder hoch. Sie war fuchsteufelswild über den Bericht dieses Lyndon Remus, wer auch immer sich hinter diesem Namen verbergen mochte, und ihre besorgten Gedanken wandten sich Balantyne zu.

»Geht es Ihnen nicht gut, Ma'am?«, drang Gracies Stimme in ihre Gedanken. Sie nahm das Bügeleisen zur Hand und vertrieb den rötlich getigerten Kater Archie aus seinem Nest oben auf dem Wäscheberg. Er streckte sich lediglich und zog träge ab, im Bewusstsein, dass sie ihm nicht wirklich etwas tun würde.

Charlotte hob den Blick. »Nein, mir fehlt nichts«, sagte sie. »Die Leiche, die Mr. Pitt neulich entdeckt hat, lag vor der Tür des Hauses von General Balantyne, eines guten Bekannten, in dessen Familie es vor einigen Jahren ein grausiges Verbrechen gegeben hat. Die Zeitungen mussten die Geschichte natürlich gleich wieder ausgraben und breittreten. Bei der Gelegenheit haben sie durchblicken lassen, dass der General in die Sache verwickelt sein könnte – und gerade jetzt haben seine Frau und er vielleicht angefangen, die Dinge ein wenig zu vergessen und wieder ein normales Leben zu führen.«

»Manche von diesen Zeitungsschreibern sind richtig gemein«, sagte Gracie aufgebracht und schwang das Bügeleisen wie eine Waffe. So, wie sie eine getreue Verbündete ihrer Freunde war, stand sie auch unverrückbar auf der Seite der Erniedrigten, Schwachen und Benachteiligten, ganz gleich, wer sie sein mochten. Gelegentlich ließ sie sich mit viel Überredungskunst und Vernunftargumenten dazu bewegen, ihre Ansicht zu ändern, aber das kam nicht häufig vor und war überdies alles andere als einfach. »Woll'n Se ihm helfen?«, fragte sie und sah mit zusammengekniffenen Augen zu ihrer Gnädigen hinüber. »Was hier zu tun is, schaff ich auch alleine.«

Wider Willen musste Charlotte über Gracies Drang lächeln, der gerechten Sache zum Sieg zu verhelfen. Als eltern- und heimatloses dürres kleines Geschöpf in viel zu großen Kleidern und mit löchrigen Schuhen war sie vor mehr als sieben Jahren in Pitts Haushalt gekommen. Da das Mädchen seither kaum gewachsen war, musste man nach wie vor alle Kleider für sie kürzen und enger machen. Sie war eine tüchtige Haushaltshilfe, die alle anfallenden Arbeiten beherrschte, und hatte mit Charlottes Hilfe Lesen und Schreiben gelernt. Zählen hatte sie schon gekonnt. Noch wichtiger aber war, dass diese Waise, von der niemand etwas hatte wissen wollen, zu einer jungen Frau herangewachsen war, deren ganzer Stolz darin bestand, für den besten Polizisten in London – und das hieß zugleich überall – zu arbeiten. Sie war bereit, das jedem mitzuteilen, dem das nicht klar war.

»Ich danke dir«, sagte Charlotte, die sich mit einem Mal entschlossen hatte. Sie stand auf, nachdem sie die Zeitung zusammengelegt hatte, und stopfte sie mit Nachdruck in den Kohleneimer. »Ich mache einen Besuch beim General, um festzustellen, ob ich ihm behilflich sein kann – und wenn ich ihm nur mitteile, dass ich nach wie vor auf seiner Seite stehe.«

»Gut«, erklärte Gracie. »Vielleicht können wir ja was tun, um ihm zu helfen.« Voll Stolz schloss sie sich mit ein. Sie war durchaus überzeugt, sich bei der Polizeiarbeit nützlich machen zu können, und hatte auf diesem Gebiet in der Tat schon Beachtliches geleistet. Daher hoffte sie, auch künftig wieder etwas beitragen zu können.

Charlotte ging nach oben und zog statt ihres schlichten Hauskleides aus blauem Musselin ihr bestes Ausgehkleid an, dessen sanfte Gelbtöne ihr sehr schmeichelten und das gut zu ihrem Teint und ihrem kastanienbraunen Haar passte. Es war erstklassig geschnitten, hatte eine enge Taille, Keulenärmel, einen weit schwingenden Rock und eine ganz kleine Tournüre, wie sie gerade Mode war. Mit seinem Kauf hatte sie sich ausnahmsweise einmal etwas Besonderes geleistet. Meist musste sie sich damit begnügen, zweckmäßige Kleider zu kaufen, die sie mit geringen Änderungen mehrere Jahre tragen konnte. Zwar bedachte ihre Schwester Emily, die eine gute Partie gemacht hatte, dann verwitwet und inzwischen in zweiter Ehe mit einem Unterhausabgeordneten verheiratet war, sie großzügig mit abgelegten Kleidern und Fehlkäufen, aber Charlotte wollte sich nicht gern allzu abhängig davon machen, weil sie Thomas sonst immer wieder daran erinnern würde, einen welch großen gesellschaftlichen Abstieg es für sie bedeutet hatte, einen Polizeibeamten zu heiraten. Ohnehin waren zur Zeit Parlamentsferien und Emily und Jack waren aufs Land gezogen und hatten Großmutter mitgenommen. Auch Charlottes Mutter Caroline hielt sich gerade nicht in London auf, da sie ihren neuen Gatten Joshua begleitete, der sich in Edinburgh auf Theatertournee befand.

Fraglos hatte sie nie etwas Großartigeres als dies Kleid getragen, ob aus ihren eigenen Beständen oder geliehen.

Sie trat aus dem Haus auf die im Sonnenschein daliegende Straße. Da es bis zum Bedford Square nur wenige hundert Schritt waren, brauchte sie sich nicht den Kopf darüber zu zerbrechen, wie sie ihr Ziel erreichen sollte. Es war eine sonderbare Vorstellung, dass General Balantyne so in ihrer Nähe lebte, ohne dass sie ihm je begegnet war. Aber sicher gab es Dutzende von Nachbarn, die sie noch nie gesehen hatte. Gesellschaftlich gesehen lagen trotz der geringen Entfernung Welten zwischen dem Bedford Square und der Keppel Street.

Sie nickte zwei nebeneinander gehenden jungen Damen zu. Diese erwiderten höflich ihren Gruß und begannen sogleich ein angeregtes Gespräch miteinander. Eine offene Kalesche, deren Insassen ihre Umgebung aufmerksam musterten, fuhr vorüber. Ein kräftig ausschreitender Mann, der nicht links und rechts sah, verschwand ebenso rasch, wie er aufgetaucht war.

Charlotte wusste nicht, welches das Haus der Balantynes war. Ihr Mann hatte lediglich gesagt, dass es an der Nordseite in der Mitte liege. Sie biss die Zähne zusammen und zog die Glocke an einem Haus, von dem sie annahm, es könne das richtige sein. Eine niedliche Zofe kam an die Tür und teilte ihr mit, sie habe sich geirrt, General Balantyne wohne zwei Häuser weiter.

Charlotte dankte ihr mit so viel Haltung, wie sie aufbringen konnte, und zog sich zurück. Am liebsten hätte sie die Sache aufgegeben. Sie hatte sich noch nicht einmal überlegt, was sie sagen würde, falls der General zu Hause und bereit war, sie zu empfangen. Sie war einfach einem Impuls gefolgt. Vielleicht hatte er sich seit ihrer letzten Begegnung völlig verändert. Immerhin lag das vier Jahre zurück und solche Tragödien prägen Menschen, die sie erleiden.

Ihr Einfall war lächerlich, überspannt und konnte überdies völlig falsch aufgefasst werden. Warum ging sie eigentlich weiter, statt auf dem Absatz kehrt zu machen und nach Hause zu gehen? Weil sie Gracie gesagt hatte, sie wolle einen Besuch bei einem guten Bekannten machen, dem das Schicksal übel mitgespielt hatte, und ihn ihrer freundschaftlichen Treue versichern. Welchen Eindruck würde es machen, wenn sie zurückkam und zugeben musste, dass der Mut sie verlassen hatte und sie fürchtete, sich zum Narren zu machen? Gracie würde sie verachten. Sie selbst würde sich verachten!

Sie ging die Stufen zur Haustür empor und zog kräftig an der Glocke, bevor sie es sich anders überlegen konnte.

Mit hämmerndem Herzen stand sie da, als ob ihr eine tödliche Gefahr drohte, wenn sich die Tür öffnete. Sie musste an den Lakaien Max denken, der vor Jahren bei den Balantynes in Dienst gestanden hatte, und an Christina … All diese tragischen und gewalttätigen Ereignisse hatten den General vermutlich schwer getroffen. Schließlich war sie seine einzige Tochter gewesen.

Plötzlich kam Charlotte ihr Vorhaben widersinnig vor. Sie drang in unentschuldbarer Weise in das Leben anderer Menschen ein. Wie konnte sie nur annehmen, dass er sie jetzt noch sehen wollte, nach allem, was Pitt seiner Familie hatte antun müssen – und sie hatte ihm dabei geholfen. Sie war wirklich der letzte Mensch auf der Welt, dem herzlich zu begegnen der General Grund hatte. Bestimmt lag ihm nichts an ihrer Freundschaft. Einfach herzukommen war geschmacklos und in höchstem Grade anmaßend von ihr.

Gerade, als sie von der Tür zurücktrat und sich zum Gehen wenden wollte, wurde geöffnet und ein Lakai fragte vernehmlich: »Guten Morgen, Ma'am! Womit kann ich Ihnen dienen?«

»O … guten Morgen.« Sie konnte sich nach dem Weg irgendwohin erkundigen, so tun, als suche sie jemanden, den sie sich ausgedacht hatte. Sie brauchte nicht zu sagen, dass sie einen Besuch hatte machen wollen. »Ich … ich wüsste gern, ob …«

»Miss Ellison! Ich meine … Ich bitte um Entschuldigung, meine Dame, Mrs. Pitt, nicht wahr?«

Sie sah den Mann erstaunt an. Sie wusste nicht, wer er war. Wie konnte er sich da an sie erinnern?

»Ja …«

»Treten Sie doch bitte näher, Mrs. Pitt. Ich werde nachsehen, ob Lady Augusta oder der General Sie empfangen kann.« Er tat einen Schritt zurück, um sie eintreten zu lassen.

Jetzt gab es kein Zurück mehr.

»Vielen Dank.« Sie merkte, dass sie zitterte. Was konnte sie zur Dame des Hauses sagen, falls diese anwesend war? Sie hatten einander schon vor der Sache mit Christina nicht ausstehen können und jetzt würde es noch schlimmer sein. Was um Himmels willen konnte sie nur sagen? Welchen Vorwand gab es für ihre Anwesenheit?

Sie wurde ins Empfangszimmer geführt und erkannte auf dem Tisch die aus Messing gefertigte Nachbildung eines Geschützes aus der Schlacht bei Waterloo. Es kam ihr vor, als hätten sich die Jahre ineinander geschoben und wären nie vergangen. Sie spürte das durch die Morde in Devil's Acre ausgelöste Entsetzen, als wären sie erst kürzlich geschehen, all den Schmerz und die Ungerechtigkeit, die damit zusammenhingen.

Sie schritt im Zimmer auf und ab. Einmal ging sie sogar zur Tür, die ins Vestibül führte, und öffnete sie. Aber auf der Treppe war ein Hausmädchen, so dass sie das Haus keinesfalls ungesehen verlassen konnte. Einfach davonzugehen würde einen noch schlechteren Eindruck machen, als wenn sie bliebe.

Sie schloss die Tür wieder und wartete, ohne sie aus dem Auge zu lassen, als rechne sie mit einem Angriff.

Nach einer Weile öffnete sie sich und General Balantyne trat ein. Er war erkennbar gealtert. Die tragischen Ereignisse hatten sein Gesicht gezeichnet. Man sah in seinen Augen und um den Mund herum Spuren, die der Schmerz dort eingegraben hatte und die noch nicht da gewesen waren, als sie einander kennen lernten. Aber er hielt sich so aufrecht wie eh und je, seine Schultern waren gerade und sein Blick so offen und frei, wie sie es an ihm kannte.

»Mrs. Pitt?« Auf seinem Gesicht lag Überraschung und zugleich ein Ausdruck, der eigentlich nichts anderes als Freude bedeuten konnte.

Jetzt merkte sie erst richtig, wie gern sie den Mann hatte. »General Balantyne.« Ohne sich im Geringsten zu bedenken, trat sie vor. »Ich weiß wirklich nicht, warum ich gekommen bin, außer um zu sagen, wie sehr ich es bedaure, dass ein unglücklicher Mensch betrüblicherweise ausgerechnet auf den Stufen vor Ihrer Haustür den Tod gefunden hat. Ich hoffe, man kann den Fall rasch aufklären und Sie ...« Sie hielt inne. Er hatte es nicht verdient, mit Banalitäten abgespeist zu werden. Lyndon Remus hatte bereits genug Schaden damit angerichtet, dass er den Fall von Devil's Acre der Öffentlichkeit erneut ins Bewusstsein gerufen hatte. Keine Lösung des neuen Mordfalls wäre imstande, diesen Schaden wieder gut zu machen. »Es tut mir Leid«, sagte sie aufrichtig. »Ich denke, dass ich weiter nichts sagen wollte. Ich hätte natürlich auch schreiben können, nicht wahr?«

Er lächelte kaum wahrnehmbar. »Einen wunderbar gedrechselten, über alle Maßen taktvollen Brief, der nicht viel bedeutet und Ihrem Wesen in keiner Weise entsprochen hätte«, gab er zur Antwort. »Dann müsste ich annehmen, Sie hätten sich geändert, und das fände ich bedauerlich.« Er errötete leicht, als fürchte er, zu offen gesprochen zu haben.

»Ich hoffe, etwas gelernt zu haben«, sagte sie. »Selbst wenn ich es mitunter nicht in die Tat umsetze.« Wenigstens einige Minuten wollte sie noch bleiben. Vielleicht gab es tatsächlich etwas, womit sie ihm helfen konnte – wenn es ihr doch nur einfiele! Aber zu fragen wäre ungehörig und aufdringlich und außerdem hatte Pitt das vermutlich bereits reichlich getan. Wie kam sie nur auf den Gedanken anzunehmen, sie könne darüber hinaus noch etwas tun?

Er brach das Schweigen. »Wie geht es Ihnen? Und den Kindern?«

»Sehr gut. Sie wachsen erstaunlich schnell, vor allem Jemima ...«

»Ach ja, Ihre Große.« Wieder trat ein Lächeln auf seine Züge. Zweifellos dachte er, genau wie sie, an Jemima Waggoner, die Frau seines einzigen Sohnes Brandy, nach der Pitt und Charlotte ihre Tochter genannt hatten. »Die beiden haben Ihr Kompliment erwidert, müssen Sie wissen.«

»Welches Kompliment?«, fragte sie.

»Nun, sie haben ihrem zweiten Sohn den Namen Thomas gegeben.«

»Ach!« Sie lächelte ebenfalls. »Das wusste ich nicht. Ich werde es meinem Mann sagen. Das gefällt ihm sicher. Ich hoffe, es geht ihnen gut.«

»Ganz und gar. Mein Sohn hat einen Posten in Madrid bekommen. Wir sehen die Kinder also nicht sehr oft.«

»Sie müssen Ihnen fehlen.«

»Ja.« Tiefe Einsamkeit lag in seinen Augen. Er sah beiseite und richtete den Blick aus dem Fenster in den stillen, sommerlichen Garten, über dem die Morgensonne stand. Der Tau, der auf den voll erblühten schweren Rosen gelegen hatte, war bereits verdunstet.

Die Uhr auf dem Kaminsims tickte.

»Meine Mutter hat wieder geheiratet«, sagte Charlotte in die unbehagliche Stille hinein.

Er kehrte in die Gegenwart zurück und wandte sich ihr erneut zu. »Tatsächlich? Ich … hoffe, dass sie glücklich ist.« Er formulierte es nicht als Frage; das wäre zu persönlich gewesen. Ohnehin galt es als Mangel an Einfühlsamkeit, über Glück oder Unglück zu sprechen.

Sie lächelte ihm zu und sah ihm in die Augen. »Ich glaube schon. Sie hat einen Schauspieler geheiratet.«

Er sah verwirrt drein. »Wie bitte?«

Hatte sie sich zu weit vorgewagt? Vielleicht fasste er ihren Versuch, die Atmosphäre ein wenig zu lockern, als leichtfertig auf. Da es jetzt kein Zurück

58

mehr gab, fuhr sie tapfer fort: »Ja, einen Schauspieler. Er ist deutlich jünger als sie.« Ob er darüber wohl entrüstet war? Sie spürte die Röte auf ihren Wangen. »Er ist ganz bezaubernd und sehr mutig. Ich meine ... wer zu Freunden halten will, die in Schwierigkeiten sind, und für das kämpfen, was man selbst auch für richtig hält, braucht viel Mut.«

Seine Züge entspannten sich, die Falten um seinen Mund glätteten sich. »Das freut mich.« Einen Augenblick lang, fast zu kurz, als dass sie hätte sicher sein können, lag leidenschaftliches Bedauern in seinem Blick. Nach einer Atempause fuhr er fort: »Ich nehme an, dass Sie ihn gut leiden können.«

»Ja, und Mama ist richtig glücklich, obwohl sich für sie vieles verändert hat. Sie lebt jetzt in Gesellschaft von Menschen, von deren Bekanntschaft sie sich noch vor wenigen Jahren nichts hätte träumen lassen. Bedauerlicherweise kommen manche ihrer früheren Bekannten nicht mehr und sehen sogar beiseite, wenn sie ihr auf der Straße begegnen.«

Ein Anflug von Belustigung legte sich um seinen Mund. »Das kann ich mir denken.«

Die Tür öffnete sich und Lady Augusta trat herein. Sie sah hinreißend aus. Ihr dunkles Haar war zu einem dicken Kranz aufgetürmt, dessen Wirkung durch die Silbersträhnen, die es durchzogen, noch unterstrichen wurde. Sie trug ein nach der neuesten Mode geschnittenes grau-lila Kleid und dazu passend wunderbare Amethyst-Ohrringe und eine Halskette aus dem gleichen Stein. Mit einem Blick voll kalter Zurückweisung sagte sie: »Guten Morgen, Mrs. Pitt. Das ist doch hoffentlich die richtige Anrede?« Diese sarkastische Spitze sollte Charlotte wohl daran erinnern, dass sie einst, um ihre Verbindung zu Pitt und der Polizei zu vertuschen, unter ihrem Mädchennamen ins Haus gekommen war, unter dem Vorwand, dem General bei Schreibarbeiten zu seinen Memoiren behilflich zu sein.

Wieder spürte Charlotte, wie ihre Wangen heiß wurden. »Guten Morgen, Lady Augusta. Wie geht es Ihnen?«

»Sehr gut, vielen Dank«, gab diese zurück und trat näher. »Ich nehme nicht an, dass bloße Höflichkeit Sie veranlasst hat zu kommen und sich nach unserem Befinden zu erkundigen?«

Es gab für Charlotte keine andere Möglichkeit, als sich selbstsicher diesem frostigen Frontalangriff zu stellen, und so sagte sie mit heiterem Lächeln: »Doch.« Zwar würde der Gattin des Generals klar sein, dass sie log, doch durfte sie ihr das zumindest nicht ins Gesicht sagen. »Mir ist erst gestern aufgefallen, dass wir beinahe Nachbarn sind.«

»Ach ja, die Zeitungen«, erwiderte Lady Augusta mit unendlicher Herablassung. Vornehme Damen nahmen in der Zeitung höchstens die Gesellschaftsspalten und die Anzeigen zur Kenntnis. Auch wenn Charlotte früher einmal eine Dame gewesen sein mochte, so hatte sie doch durch ihre Eheschließung mit einem Polizisten jeden Anspruch auf Vornehmheit eingebüßt.

Charlotte hob die Brauen, so hoch sie konnte. »Ach, hat Ihre Adresse in der Zeitung gestanden?«, fragte sie betont unschuldig.

»Natürlich!«, fuhr Lady Augusta sie an. »Sie wissen sehr wohl, dass man vor unserer Haustür einen unglücklichen Menschen umgebracht hat. Heucheln Sie nicht, Mrs. Pitt! Das schickt sich nicht für Sie.«

Balantyne errötete über und über. Wie den meisten Männern waren ihm heftige Gefühlsausbrüche peinlich, vor allem dann, wenn Frauen einander angifteten. Aber seiner Pflicht hatte er sich noch nie entzogen.

»Augusta! Mrs. Pitt ist gekommen, um uns ihr Mitgefühl auszusprechen«, verwies er sie. »Vermutlich hat sie von dem Fall über Oberinspektor Pitt und nicht aus den Zeitungen erfahren.«

»Meinst du, Brandon?«, gab seine Gattin eisig zurück. »Falls du das annimmst, bist du sehr vertrauensselig. Aber das ist deine Sache. Ich werde jetzt Lady Evesham einen Besuch abstatten.« Sie sah Charlotte erneut an. »Zweifellos werden Sie bei meiner Rückkehr nicht mehr da sein und so wünsche ich Ihnen schon jetzt einen guten Tag, Mrs. Pitt.« Mit raschelnden Röcken wandte sie sich um und verließ den Raum, wobei sie die Tür demonstrativ offen ließ.

Balantyne ging hin und schloss sie vernehmlich, was den Lakaien, der seiner Herrin den Umhang hinhielt, offenkundig überraschte.

»Es tut mir Leid«, sagte der General peinlich berührt. Er gab sich keine Mühe, die Situation zu retten oder zu erklären. Das hätte das Ende jeder Offenheit zwischen ihnen bedeutet. »Das war…«

»Höchstwahrscheinlich wohlverdient«, beendete Charlotte seinen Satz kleinlaut. »Es war ziemlich ungeschickt von mir herzukommen. Ich hatte ehrlich gesagt auch nicht die geringste Ahnung, was ich sagen wollte, außer, dass ich mit Ihnen fühle und Sie meiner Freundschaft versichern möchte, ganz gleich, wie sich die Dinge entwickeln.«

Diese unverblümten Worte verblüfften ihn sichtlich, schienen ihn aber auch zu freuen. »Vielen Dank. Ich weiß das zu würdigen.« Er schien noch etwas hinzufügen zu wollen, unterließ es dann aber. Offensichtlich war er nach wie vor verstört. Hinter seiner Verlegenheit wegen Charlottes Freimut oder dem Ärger über das Verhalten seiner Gattin schien sich noch eine stärkere Empfindung zu verbergen.

»Ich habe die Zeitung doch gelesen«, gab sie zu.

»Das habe ich mir gedacht«, sagte er mit einem flüchtigen Lächeln.

»Der Artikel war schändlich! Ganz und gar unverantwortlich. Er hat mich so empört, dass ich einfach kommen musste, um Ihnen zu sagen, dass ich auf Ihrer Seite stehe.«

Er sah beiseite. »Sie sagen das, ohne die näheren Zusammenhänge zu kennen, Mrs. Pitt. Sie können nicht ahnen, was dabei möglicherweise zutage gefördert wird.«

Das war kein leeres Gerede. Seine starre Haltung und unglückliche Miene, die Art, wie er beiseite sah – all das zeigte, dass er etwas Bestimmtes fürchtete und die Angst davor all seine Gedanken durchzog.

Er tat ihr zutiefst Leid. Sogleich hatte sie das spontane Bedürfnis, ihn in Schutz zu nehmen.

»Natürlich nicht«, gab sie ihm Recht. »Aber was für Freunde sind das, die ihre Unterstützung davon abhängig machen, was in Zukunft geschehen könnte, die sicher sein wollen, dass es keine unangenehmen Überraschungen gibt, weder Unbequemlichkeiten noch Peinlichkeiten oder sonst etwas, was die Beziehung belasten könnte?«

»So verhalten sich viele«, sagte er. »Aber es sind nicht die besten Freunde. Treue muss für beide Seiten gelten. Weder darf man zulassen, dass sich ein Freund ahnungslos in Gefahr oder eine unangenehme Lage begibt, noch darf man ausdrückliche oder stillschweigende Zusicherungen erwarten, bei denen man nicht weiß, was es kosten wird, sie einzuhalten.« Er merkte, dass er zu viel in ihr Angebot hineingelesen hatte, und sah ein wenig beklommen drein. »Ich meine …«

Sie ging zur Tür, wandte sich um und sah ihn an. »Sie müssen nichts erklären. Zwar liegt unsere letzte Begegnung lange zurück, aber so lange nun auch wieder nicht. Sie brauchen nicht zu befürchten, dass wir einander falsch verstehen. Ich biete Ihnen meine Freundschaft an, wie viel oder wie wenig auch immer Sie damit anfangen können. Guten Tag.«

»Guten Tag, Mrs. Pitt.«

Charlotte kehrte unverzüglich nach Hause zurück und schritt dabei so rasch aus, dass sie an zwei Bekannten vorüberging, ohne sie zu sehen. Von der Haustür aus eilte sie sogleich in die Küche, ohne den Hut abzunehmen.

Die Bügelwäsche war verschwunden und Archie schlief im leeren Wäschekorb.

Mit besorgtem Gesicht hob Gracie, das Messer in der Hand, den Blick von den Kartoffeln, die sie schälen sollte.

»Setz den Kessel auf«, sagte Charlotte und ließ sich auf den ihr zunächst stehenden Stuhl fallen. Normalerweise hätte sie selbst Wasser aufgesetzt, aber es empfahl sich nicht, in einem gelben Kleid an einen Herd zu treten, und wäre er noch so blitzsauber.

Gracie befolgte die Aufforderung sogleich, nahm dann Teekanne, Tassen und Untertassen heraus und holte Milch aus der Speisekammer. Sie stellte den blau-weißen Krug auf den Tisch und nahm das mit Glasperlen beschwerte Musselindeckchen ab.

»Wie geht's dem General?«, fragte sie, während sie die Keksdose von der Anrichte nahm. Obwohl sie sich dazu nach wie vor auf die Zehenspitzen stellen musste, war sie nicht bereit, die Dose auf ein tieferes Brett zu stellen. Damit hätte sie sich ihrer Ansicht nach eine Blöße gegeben.

»Er ist sehr niedergeschlagen«, gab Charlotte zur Antwort.

»Weiß er, wer der Tote war?«, fragte Gracie und stellte die Kekse auf den Küchentisch.

»Danach habe ich ihn nicht gefragt«, seufzte Charlotte. »Allerdings steht das zu befürchten. Etwas macht ihm große Sorgen.«

»Aber er hat wohl nich gesagt, was es ist?«

»Nein.«

Ein Dampfwölkchen stieg vom Kessel auf, Gracie nahm ihn vom Herd, goss ein wenig heißes Wasser in die Teekanne, schwenkte sie und schüttete es in den Spülstein. Dann gab sie drei Löffel Teeblätter in die Kanne und ging damit zum Herd, um das Wasser darüber zu gießen. Mechanisch füllte sie den Kessel sofort erneut. Selbst im Juni empfahl es sich, immer heißes Wasser zur Hand zu haben.

»Und was machen wir jetzt?«, fragte sie, während sie die Teekanne zum Tisch trug und vor Charlotte hinstellte. Die Kartoffeln konnten vorerst warten. Das hier war wichtiger.

»Ich weiß nicht, was wir tun könnten.« Charlotte sah zu ihr hin und nahm abwesend den Hut ab.

»Meinen Sie, er könnte was getan haben?« Gracie verzog das Gesicht.

»Nein.«

Gracie biss sich auf die Lippen. »Wirklich nich'?«

Charlotte zögerte. Was bedrückte Balantyne? Es war unübersehbar, dass ihn etwas ängstigte. Vielleicht hatte es damit zu tun, dass man seine Privatangelegenheiten schonungslos vor der Öffentlichkeit ausbreiten würde? In jeder Familie gibt es Kummer, Peinlichkeiten, Auseinandersetzungen oder Fehltritte, von denen man wünscht, dass sie nicht der Öffentlichkeit und erst recht nicht dem eigenen Bekanntenkreis preisgegeben werden. Ebensogut könnte man sich auf offener Straße entkleiden. Selbst Tiere wollen in manchen Situationen lieber nicht beobachtet werden.

»Eigentlich nicht«, sagte sie und legte den Hut auf den Tisch. »Meiner Ansicht nach ist er ein absoluter

Ehrenmann, aber jeder von uns kann sich irren. So manch einer tut törichte und übereilte Dinge, um Menschen zu schützen, die er liebt oder für die er sich verantwortlich fühlt.«

Gracie goss den Tee ein. »Und für wen is' der General verantwortlich?«

»Was weiß ich – für seine Frau, vielleicht für einen der Dienstboten oder einen guten Bekannten.«

Gracie dachte mehrere Minuten darüber nach. »Was für 'n Mensch is seine Frau eigentlich?«, fragte sie schließlich.

Charlotte nahm einen Schluck Tee und bemühte sich um eine unvoreingenommene Beschreibung.

»Sie sieht sehr gut aus und ist sehr abweisend.«

»Ob der Tote ihr Liebhaber gewesen sein kann?«

»Nein.« Ein solches Ausmaß an Verstellung konnte sich Charlotte bei Lady Augusta nicht vorstellen, schon gar nicht, wenn man ihren Liebhaber tot vor ihrer Tür gefunden hätte. Erst recht schien es ihr unvorstellbar, dass bei dieser Frau die Flammen der Leidenschaft hoch genug schlugen, ihn aus welchem Grund auch immer umzubringen. Andererseits dürfte Lady Augusta durchaus imstande sein, einen Menschen in Gegenwehr zu töten.

Gracie sah sie besorgt an. »Sie könn' die Frau wohl nich' aussteh'n, was?«

Charlotte seufzte. »Nein, nicht besonders. Aber ich glaube nicht, dass sie einfach auf einen Menschen losgehen würde, und ich kann mir keinen Grund denken, warum sie jemanden umbringen sollte, ohne anschließend die Polizei zu rufen und die Situation zu erklären, beispielsweise wenn sie ihn bei einem Diebstahl im Hause überrascht und er sie angegriffen hätte.«

»Wenn 'n aber der General ertappt hat?«, fragte Gracie und nahm einen Keks.

»Das würde keinen Unterschied ausmachen. Warum sollte er die Polizei nicht rufen?«

»Was weiß ich?« Sie nippte an ihrem Tee. »Sind Sie sicher, dass er sich wegen der Leiche Sorgen macht? Kann das nich auch was anderes gewesen sein?«

»Ich glaube nicht.«

»Dann wär's wohl am besten, wir seh'n zu, dass wir über alles auf dem Laufenden sind, was der gnä' Herr rauskriegt«, sagte Gracie ernsthaft.

»Ja«, pflichtete Charlotte ihr bei und wünschte sich, wenigstens von einem Teil Kenntnis zu erhalten, bevor ihr Mann es erfuhr.

Gracie sah sie an. Offenbar erwartete sie von ihr einen klugen Schlachtplan.

»Wachtmeister Tellman ist mit dem Fall beschäftigt«, sagte Charlotte.

Sie wusste, dass sich dieser zu Gracie hingezogen fühlte, ganz gegen sein besseres Wissen, war sie doch in so gut wie keiner Hinsicht seiner Meinung. Sie sah es als ausgesprochenen Glücksfall an, in Pitts Haus arbeiten zu dürfen, ein Dach über dem Kopf, Abend für Abend ein warmes Bett zu haben und sich jeden Tag satt essen zu können – lauter Vorzüge, die sie weder immer gehabt noch je zu haben erwartet hatte. Hinzu kam, dass sie ihrer Überzeugung nach eine sehr wichtige und nützliche Arbeit tat, auf die sie daher gebührend stolz war.

Tellman hingegen betrachtete voll Ingrimm das gesellschaftliche Übel, dass ein Mensch anderen Menschen diente. Aus diesem grundlegenden Unterschied zwischen ihnen ergab sich eine große Zahl von Streitpunkten mit Bezug auf ihre Auffassung von Gerechtigkeit in der Gesellschaft. Hinzu kam, dass Gracie von fröhlichem und offenem Wesen war, er hingegen schwarzseherisch und mürrisch. Dabei traten beide leidenschaftlich für Gerechtigkeit ein, verabscheuten jede Art von Scheinheiligkeit und waren bereit, ihre eigene Sicherheit aufs Spiel zu setzen, um für das zu kämpfen, woran sie glaubten. Diese Gemeinsamkeit aber war ihnen noch nicht aufgegangen.

»Ich wüsste nich', wie uns der helfen könnte«, gab Gracie zur Antwort und rümpfte ein wenig die Nase. »Auch wenn er auf seine Art ziemlich klug is'.« Letzteres fügte sie widerwillig hinzu. »Aber für Generäle un' so Leute hat er nich' viel übrig.«

»Das ist mir bekannt«, bestätigte Charlotte und dachte an Tellmans Ansicht zur Frage ererbter Vorrechte. Zweifellos war ihm bekannt, dass Offiziere zu Balantynes aktiver Zeit ihr Patent hatten kaufen können. »Aber immerhin haben wir ihn.«

»Sie meinen, damit wir mit ihm darüber reden können?«, fragte Gracie verwirrt.

»Ja.« Allmählich nahm in Charlottes Kopf ein Plan Gestalt an, der allerdings noch verbesserungsbedürftig war. »Wir können ihn möglicherweise dazu bringen, uns zu sagen, was er weiß.«

Beträchtlich munterer fragte Gracie: »Meinen Sie? Wenn Sie 'n danach fragen?«

»Ich hatte eigentlich eher angenommen, dass du das tust.«

»Ich? Mir würde der nie im Leben was sagen, sondern mir klar machen, dass mich das nix angeht. Ich seh'n schon richtig vor mir, wie er mich abfertigt, wenn ich'n nach seiner Arbeit frag. Der würde mir ganz schön die Meinung geigen.«

Tief Luft holend erläuterte Charlotte: »Ich hatte eher daran gedacht, dass er statt in der Bow Street hier im Hause Bericht erstattet und unter Umständen zu einem Zeitpunkt, da Mr. Pitt gerade nicht da ist.«

»Und wie wolln wir das deichseln?«, fragte Gracie verdutzt.

Charlotte musste daran denken, wie Tellman Gracie beim vorigen Mal, als die beiden einander begegnet waren, angesehen hatte. »Ich denke, das ließe sich einrichten, wenn du sehr nett zu ihm wärest.«

Gracie öffnete den Mund, um etwas zu sagen, und wurde dann puterrot. »Das ginge vielleicht. Wenn's wichtig is' ...«

Charlotte strahlte sie an. »Danke! Dafür wäre ich dir wirklich dankbar. Natürlich ist mir klar, dass das Ganze sorgfältig geplant sein will und auch eventuell nicht jedesmal nach Wunsch verläuft. Möglicherweise müssten wir von Zeit zu Zeit Zuflucht zu einer kleinen Notlüge nehmen.«

Gracie runzelte die Stirn, erklärte sich aber nach kurzem Zögern einverstanden.

Lächelnd nahm sie noch ein Schlückchen Tee und einen zweiten Keks. Im selben Augenblick erwachte Archie in seinem Wäschekorb, streckte sich und begann zu schnurren.

Mit seinen Nachforschungen zu der Frage, um wen es sich bei dem vor General Balantynes Haustür aufgefundenen Toten handelte, hatte Wachtmeister Tellman selbstverständlich im Leichenschauhaus begonnen. Nur höchst ungern unterzog er sich seiner Pflicht, Menschen, die auf die eine oder andere Art zu Tode gekommen waren, aufmerksam zu betrachten. Da die Leichen unbekleidet waren, sah er sich erstens gezwungen, in die Intimsphäre von Menschen einzudringen, die sich nicht dagegen wehren konnten. Obwohl er die Notwendigkeit dazu durchaus einsah, war ihm das zuwider. Zweitens hob sich wegen der Mischung von Gerüchen nach totem Fleisch, Formaldehyd und Karbolsäure sein Magen und drittens war es im Leichenschauhaus zu jeder Jahreszeit kalt, so dass es ihn dort selbst an heißen Tagen fröstelte. Doch als gewissenhafter Beamter erledigte er auch unangenehme Aufgaben gründlich.

So aufmerksam er aber die Leiche betrachtete, er sah nichts, was ihm nicht schon im Schein der Gaslaterne am Bedford Square aufgefallen wäre. Seiner Schätzung nach war der magere, fast ausgezehrte Tote Anfang fünfzig gewesen. Seine Hände waren nicht die eines körperlich arbeitenden Mannes. Die Haut war bleich, wo er Kleidungsstücke getragen hatte, und wettergegerbt, wo sie den Elementen ausgesetzt gewesen war. Tellman sah ein halbes Dutzend unterschiedlich große alte Narben, von denen keine auf eine schwerere Verletzung zurückzugehen schien – es handelte sich um Spuren eines vorwiegend auf der Straße verbrachten Lebens oder eines solchen, das mit einer gefährlichen Tätigkeit verbunden ist. Eine Ausnahme bildete eine lange, schmale Narbe links über dem Brustkorb, die auf einen Messerstich zurückgehen mochte.

Tellman breitete das Laken wieder über den Toten und beschäftigte sich anschließend mit dessen ungepflegter Kleidung, die stark abgetragen sowie ziemlich verschmutzt war. Die Schuhe hätten dringend neu besohlt werden müssen. Alles in allem war es genau die Art Kleidung, die man bei einem mittellosen Menschen erwarten würde, der den ganzen Tag und möglicherweise auch die Nacht davor im Freien verbracht hatte. Auch sie lieferte ihm keinerlei neue Erkenntnisse.

Ganz anders allerdings sah es mit dem Tascheninhalt aus. Vorrangige Beachtung verdiente natürlich die Schnupftabaksdose, die der Tote bei sich getragen hatte. Es konnte ein Dutzend Erklärungen dafür geben, aber wie auch immer die Lösung aussehen mochte, auf jeden Fall musste General Balantyne mehr oder weniger in die Sache verwickelt sein. Pitt hatte die Dose in

Verwahrung genommen, weil er sich selbst um diese Angelegenheit kümmern wollte. Das wurmte Tellman und er wusste nicht recht, was er davon halten sollte. Noch vor einem Jahr hätte er geargwöhnt, dahinter stehe der Wunsch, den General als Angehörigen der höheren Schicht zu schonen und der gerechten Strafe zu entziehen, doch inzwischen war ihm klar, dass so etwas nicht zu befürchten stand.

Von Bedeutung für die Frage, um wen es sich bei dem Toten wie dem Täter handelte, schien ausschließlich die Quittung über den Kauf von drei Paar Socken zu sein. Es verwunderte Tellman, dass jemand, der in so ärmlichen Verhältnissen lebte, wie das bei dem Toten der Fall gewesen zu sein schien, seine Socken in einem Laden gekauft haben sollte, der so vornehm war, dass er seine Anschrift auf den Quittungsblock drucken ließ. Eher hätte er angenommen, dass ein solcher Mensch seinen Bedarf bei einem Hausierer, einem Straßenhändler oder an einem Marktstand deckte. Nun aber war die Quittung einmal da und er würde der Sache nachgehen.

Erleichtert trat er wieder ins Freie und ins Licht der Sonne, wo die vergleichsweise frische Luft der Straße mit ihrem Geruch nach Rauch, Pferdemist und ausgetrockneter Gosse die Lunge füllte und man die Geräusche des Alltags hörte: das Rumpeln von Wagenrädern, Hufschlag auf Kopfsteinpflaster, die Rufe fliegender Händler und in der Ferne die Klänge einer Drehorgel und das falsche Pfeifen eines Botenjungen.

Er rannte einem Pferde-Omnibus nach, der gerade angefahren war, und sprang nach einigen schnellen Schritten unter den missbilligenden Blicken einer dicken Frau in einem Bombasin-Kleid auf die Stufen.

»Sie werden sich noch den Hals brechen, junger Mann«, sagte sie mahnend.

»Das hoffe ich nicht, aber vielen Dank für Ihr Mitgefühl«, erwiderte er höflich, was beide überraschte. Er gab dem Schaffner das Fahrgeld und hielt Ausschau nach einem Sitzplatz. Da es keinen gab, musste er während der ganzen Fahrt stehen, wobei er sich an der Stange im Mittelgang festhielt.

In High Holborn stieg er aus und legte die zwei Nebenstraßen bis zum Red Lion Square zu Fuß zurück. Ohne die geringste Mühe fand er die auf der Quittung angegebene Kurzwarenhandlung und trat ein.

»Guten Morgen«, sagte der junge Mann hinter der Theke. »Darf ich Ihnen etwas zeigen? Wir haben erstklassige Hemden zu besonders günstigen Preisen.«

»Socken«, sagte Tellman und überlegte, ob er sich ein neues Hemd leisten konnte. Die im Laden ausgestellten sahen sehr sauber und frisch aus.

»Gern, der Herr. Welche Farbe? Wir sind bestens sortiert.«

Tellman dachte an die Socken, die der Tote getragen hatte, und sagte: »Grau.«

»Gewiss, mein Herr. Und welche Größe?«

»Dreiundvierzig.« Wenn sich der Mann Socken hatte leisten können, konnte er das auch.

Der junge Mann beugte sich über eine hinter ihm befindliche Schublade und nahm drei verschiedene Paare graue Socken der Größe dreiundvierzig heraus.

Tellman wählte die aus, die ihm am besten gefielen, und legte nach einem Blick auf das Preisschild das abgezählte Geld auf die Theke. Für die Rückfahrt mit dem Omnibus zur Bow Street blieb ihm noch genug, für ein Mittagessen aber leider nicht.

»Vielen Dank, mein Herr. Ist das alles?«

»Nein.« Tellman hielt dem Verkäufer die mitgebrachte Quittung hin. »Ich bin Polizeibeamter. Können Sie mir sagen, wer vor fünf Tagen diese grauen Socken gekauft hat?«

Der junge Mann nahm ihm die Quittung aus der Hand. »Ach je. Wir verkaufen ziemlich viele Socken und Grau ist zur Zeit eine äußerst beliebte Farbe. Es ist heller als Schwarz und macht einen besseren Eindruck als Braun – das sieht immer ein bisschen nach Dorfbewohner aus, wenn Sie verstehen, was ich damit sagen möchte.«

»Bitte überlegen Sie gut. Es ist sehr wichtig.«

»Hat er was angestellt? Bezahlt sind sie, das kann ich beschwören.«

»Das sehe ich selbst. Ich weiß nicht, was er getan hat, aber er ist tot.«

Dem jungen Verkäufer wich die Farbe aus dem Gesicht. Vielleicht war es ein taktischer Fehler gewesen, ihm das zu sagen.

»Graue Socken«, wiederholte Tellman unerbittlich.

»Gewiss, mein Herr. Wissen Sie, wie er ausgesehen hat?«

»Etwa so groß wie ich«, sagte Tellman und dachte mit einem unbehaglichen Gefühl daran, wie sehr er dem vor der Haustür aufgefundenen Mann ähnelte. »Schlank, drahtig, ziemlich helles Haar, Stirnglatze.« Immerhin in diesem Punkt unterschieden sie sich. Tellmans Haar war dunkel, glatt und noch sehr dicht. »Schätzungsweise Mitte fünfzig. Er hat im Freien gelebt oder gearbeitet, aber nicht mit seinen Händen.«

»Da kämen zwei oder drei Männer in Frage, die ziemlich oft herkommen«, sagte der junge Mann nachdenklich. »Ich denke an George Mason und Willie Strong. Es könnte aber auch ein Kunde gewesen sein, der nur einmal hier war. Ich kenne nicht alle mit Namen. Können Sie mir sonst nichts über ihn sagen?«

Tellman überlegte lange. »Er hatte eine lange Narbe wie von einer Messer- oder Bajonettverletzung auf der Brust.« Er wies auf die Stelle, doch dann fiel ihm ein, dass der Verkäufer damit wohl nicht viel anfangen konnte. »Vielleicht war er irgendwann einmal Soldat«, fügte er hinzu, in erster Linie, um eine Begründung für seine Aussage zu liefern.

Das Gesicht des Verkäufers hellte sich auf. »Ach, dann weiß ich, wer es gewesen sein könnte. Ich hab mich ein bisschen mit einem Kunden unterhalten und er hat gesagt, er war Soldat und weiß daher, wie wichtig es ist, auf seine Füße zu achten. Ich hör ihn noch richtig: ›Ein Soldat mit wund gelaufenen Füßen ist zu nichts nütze‹. Er hat gesagt, dass er zur Zeit davon lebt, Schnürsenkel zu verkaufen. Aber ich kann Ihnen weder seinen Namen noch seine Adresse sagen. Ich wüsste auch nicht, dass er früher schon mal hier gewesen wäre. Außerdem habe ich ihn nicht besonders gut gesehen, denn er hatte sich ganz eingemummelt, weil er erkältet war, wie er gesagt hat. Aber er war etwa so groß wie Sie und ziemlich schlank. Ob seine Haare hell oder dunkel waren, kann ich nicht sagen.«

»Hat er gesagt, wo er seine Schnürsenkel verkauft hat?«, fragte Tellman rasch.

»Ja. Im Anwaltsviertel, Ecke Lincoln's Inn Fields und Great Queen Street.«

»Vielen Dank.«

Es kostete Tellman den ganzen Tag, George Mason wie auch Willie Strong zu finden, die beiden Männer, deren Namen ihm der Verkäufer gesagt hatte. Beide erwiesen sich als durchaus lebendig.

Danach zog er Erkundigungen über die in Lincoln's Inn Fields tätigen Straßenhändler ein und erfuhr, dass ein früherer Soldat namens Albert Cole gewöhnlich an der Nordwestecke nahe der Great Queen Street stand. Allerdings konnte sich niemand erinnern, ihn in den letzten fünf oder sechs Tagen gesehen zu haben. Einige der Anwälte, die ihre Kanzleien in den nahe

gelegenen Inns of Court hatten und ihre Schnürsenkel bei ihm zu kaufen pflegten, lieferten ihm eine
recht gute Beschreibung. Einer von ihnen erklärte
sich sogar bereit, am folgenden Tag zum Leichenschauhaus zu kommen, um zu sehen, ob er den Mann
identifizieren konnte.

»Ja«, sagte er bestürzt. »Ich fürchte, er sieht ganz
wie Cole aus.«

»Sind Sie Ihrer Sache auch sicher?«, drang Tellman
in ihn. »Sagen Sie es ruhig, wenn Ihnen dabei nicht
wohl ist.«

»Wohl ist mir dabei nicht im Geringsten«, knurrte
der Anwalt. »Aber ich bin mir sicher. Armer Kerl.«
Er nahm vier Guineen aus der Tasche und legte sie
auf den Tisch. »Verwenden Sie das für ein anständiges Begräbnis. Er hat als Soldat seiner Königin und
seinem Land gedient und soll nicht einfach in einem
Armengrab enden.«

»Vielen Dank«, sagte Tellman überrascht. Solche
Großzügigkeit gegenüber einem Fremden, noch dazu
einem so armen Schlucker, hatte er einem Angehörigen der Schicht, die er durch und durch verachtete,
nicht zugetraut.

Mit einem eisigen Blick wandte sich der Anwalt
um.

Tellman folgte ihm auf die Straße. »Wissen Sie
noch mehr über den Mann, Sir? Es ist von großer Bedeutung.«

Unwillig verlangsamte der Anwalt den Schritt,
fühlte sich aber durch seine Achtung vor dem Gesetz
veranlasst zu sagen: »Er war Soldat und wahrscheinlich Invalide. Ich weiß nicht, in welchem Regiment
er gedient hat, habe ihn nie danach gefragt.«

»Das lässt sich vermutlich feststellen«, sagte Tellman und hielt mit ihm Schritt. »Wissen Sie sonst
noch etwas? Vielleicht, wo er gewohnt hat oder ob er

seine Ware noch woanders als in Lincoln's Inn Fields feilgeboten hat?«

»Glaub ich nicht. Er war eigentlich immer da, bei Wind und Wetter.«

»Hat er je gesagt, wo er seine Schnürsenkel bezogen hat?«

Der Anwalt warf ihm einen überraschten Blick zu. »Nein. Ich habe ihm nur hie und da ein Paar abgekauft und mich nicht lange mit ihm unterhalten. Es tut mir wirklich Leid, dass er tot ist, aber ich kann Ihnen nicht weiterhelfen.« Er nahm seine goldene Taschenuhr heraus und ließ den Deckel aufspringen. »Ich muss in die Kanzlei zurück, habe schon genug Zeit für die Sache aufgewendet, eigentlich sogar mehr, als ich mir leisten kann. Ich wünsche Ihnen alles Gute bei der Suche nach dem Mörder. Guten Tag.«

Tellman sah ihm nach, wie er in der Menge verschwand. Kurz darauf hielt eine Droschke an, der Anwalt stieg ein und fuhr rasch davon. Zumindest wusste Tellman jetzt, wer der Tote war, noch dazu von einem Zeugen, wie er ihn sich besser nicht wünschen konnte, denn sicherlich würde die Aussage eines Anwalts vor Gericht Bestand haben.

Was aber hatte der ehemalige Soldat Albert Cole, der davon lebte, Schnürsenkel zu verkaufen, mitten in der Nacht am Bedford Square getrieben? Zwar war er kaum weiter als einen Kilometer von seinem Standort entfernt, doch verließen Straßenhändler ihr nur wenige Häuserblocks großes Revier höchst selten – gerieten sie doch damit auf das Gebiet eines Konkurrenten. Das aber galt als schweres Vergehen und hatte oft äußerst unangenehme Folgen. Andererseits neigten Straßenhändler nicht zu Gewalttaten. Selbst wenn es zu Auseinandersetzungen kam, endeten diese höchstens durch einen unglücklichen Zufall mit dem Tod des Gegners.

75

Auf keinen Fall aber zog jemand nach Mitternacht mit Schnürsenkeln über die Straße und so musste den Mann etwas anderes vor General Balantynes Haustür geführt haben. Bestimmt war es keine Liebesbeziehung zu einem Hausmädchen, denn in dem Fall wäre er an die Hintertür gegangen. Nicht nur würde mit Sicherheit kein Dienstmädchen seinen Liebsten zur Haustür einlassen – da sie zur Straße lag, hätte ihn dort auch jeder Vorüberkommende und der Streife gehende Polizist gesehen.

Würde sich aber jemand, der einen Einbruch beabsichtigte, auch nur eine Sekunde länger als nötig an der Haustür aufhalten? Höchstwahrscheinlich würde er von einem Seitengässchen zum anderen eilen und dann seinen Weg durch die Stallungen, über den Hinterhof und den Dienstboteneingang nehmen, wo Brennmaterial und Lebensmittel angeliefert und alle Abfälle abgeholt wurden.

Was also hatte der Mann an der Haustür gewollt, noch dazu mit Balantynes Schnupftabaksdose in der Tasche?

Tief in Gedanken versunken schritt Tellman mit gesenktem Kopf aus. Er fand keine zufriedenstellende Lösung, war aber sicher, dass das Ganze kein Zufall war. Es musste einen Zusammenhang geben und bestimmt hatte General Brandon Balantyne auf die eine oder andere Weise mit der Sache zu tun. Er musste über ihn und seine Gattin unbedingt mehr in Erfahrung bringen, aber wie?

. Weder war er ein Feigling, noch brachte er Menschen wegen ihrer Stellung oder ihres Reichtums übertriebene Achtung entgegen. Trotzdem war ihm der Gedanke unbehaglich, dieser Frau gegenüberzutreten, die er in keiner Weise verdächtigte, schon gar nicht als Alleintäterin.

Was den General betraf, sah die Sache anders aus. Mit Männern kam Tellman deutlich besser zurecht und es würde keine übertriebenen Schwierigkeiten bereiten, sich genaue Angaben über seine militärische Laufbahn zu verschaffen. Das meiste stand vermutlich in den Militärakten, in denen er wohl auch Angaben über Albert Cole finden konnte.

»Also Albert Cole«, wiederholte der Mann auf der Schreibstube, »und wie ist der zweite Vorname?«

»Keine Ahnung.«

»Geburtsdatum?«

»Keine Ahnung.«

»Viel wissen Sie nicht, Wachtmeister!« Der Mann, den seine Tätigkeit sichtlich langweilte, ging ungeheuer umständlich vor, zumal es sich um eine komplizierte und unangenehme Aufgabe zu handeln schien. Nur weil er auf die Angaben angewiesen war, gelang es Tellman mit Mühe, höflich zu bleiben.

»Ich weiß lediglich, dass man ihn umgebracht hat«, gab er zur Antwort.

Mit den Worten »Mal sehen, was ich tun kann«, ging der Mann mit verkniffenem Gesicht davon. Tellman setzte sich im Vorraum auf eine hölzerne Bank.

Er musste fast eine volle Stunde warten, erfuhr dafür aber alles Wissenswerte.

»Albert Milton Cole«, sagte der Mann feierlich. »Das müsste er sein. Geboren am 26. Mai 1836 in Battersea. Den Unterlagen nach hat er im 33. Fußregiment gedient.« Er hob den Blick zu Tellman. »Das ist das Regiment des Herzogs von Wellington. 1875 Schusswunde im linken Bein. Oberschenkelknochen durchschlagen. Mit einer Pension aus dem aktiven Dienst entlassen. Damit enden die Eintragungen. Es liegt auch nichts gegen ihn vor. Soweit ich den Unterlagen entnehmen kann, war er nicht verheiratet. Nützt Ihnen das was?«

»Nicht ganz. Ist das mit der Schussverletzung sicher?«

»So steht es hier.«

»Was können Sie mir über General Brandon Balantyne sagen?«

Die Brauen des Mannes hoben sich. »Und jetzt auf einmal Generäle? Das ist was völlig anderes. Haben Sie eine Genehmigung?«

»Ja. Ich untersuche den Mord an einem Soldaten, den man mit eingeschlagenem Schädel vor General Balantynes Haustür gefunden hat!«, knurrte Tellman.

Nach kurzem Zögern siegte die Neugier des Mannes. Für Generäle hatte er nicht besonders viel übrig. Falls es sich nicht umgehen ließ, Angaben zu liefern, und das war seiner Einschätzung nach der Fall, konnte es ihm nur von Nutzen sein, wenn er sie bereitwillig zur Verfügung stellte.

Er ging erneut davon und kehrte eine Viertelstunde später mit mehreren Aktenblättern zurück, die er Tellman vorlegte.

Dieser nahm sie und las: ›Brandon Peverell Balantyne, geboren am 21. März 1830 in Bishop Auckland, Grafschaft Durham, als ältester Sohn von Brandon Ellwood Balantyne. Schulbesuch in Addiscombe, Abschluss mit sechzehn Jahren.‹ Zwei Jahre später hatte sein Vater ein Offizierspatent für den jungen Mann erworben, woraufhin sich dieser als Leutnant im bengalischen Pionierregiment nach Indien eingeschifft hatte. Dort war er sogleich in den zweiten Krieg gegen die Sikhs verwickelt worden, hatte an der Belagerung von Multan teilgenommen und sich bei der Schlacht von Gujarat trotz einer Verwundung ausgezeichnet. 1852 hatte er bei der ersten Expedition in die Schwarzen Berge von Hazara an der Nordwestgrenze einen Stoßtrupp angeführt und im Jahr darauf in Peschawar an einem Kommandounternehmen gegen die Jowaki Afridis teilgenommen.

Während des indischen Aufstandes war er mit Outram und Havelock an der ersten Entsetzung von Lucknow wie auch an der Einnahme der Stadt beteiligt gewesen. Dort hatte er sich erneut ausgezeichnet und in den Jahren 1858 und 1859 bei Oudh und Gwalior aufrührerische Banden verjagt. Später hatte er im Chinesischen Krieg von 1860 eine Division geführt und die Tapferkeitsmedaille verliehen bekommen.

Er hatte 1867 unter General Robert Napier in Bombay gedient und hatte ihn begleitet, als dieser im selben Jahr zu einer Strafexpedition des Militärs nach Abessinien beordert worden war.

Danach war er befördert worden und in Afrika geblieben, wo er sich in den Jahren 1873 und 1874 immer wieder in den Kämpfen gegen die Aschanti und später auch im Zulukrieg hervorgetan hatte. Danach hatte er den Dienst quittiert und war nach England zurückgekehrt.

Diese steile und ehrenvolle Karriere mit all ihren Auszeichnungen stützte sich auf unverdiente Vorrechte, für die sein Vater gezahlt hatte.

Sosehr Tellman diese Ungerechtigkeit des Gesellschaftssystems verstimmte, dem er voll Verachtung gegenüberstand, ärgerte es ihn vor allem, dass sich Balantynes und Albert Coles Wege nie gekreuzt zu haben schienen.

Er dankte dem Mann auf der Schreibstube für seine Hilfe und ging.

Am nächsten Morgen machte sich Tellman mit Nachdruck daran, mehr über Balantyne herauszubekommen. Er wartete vor dem Haus am Bedford

Square auf dem Gehweg unter den Bäumen, wobei er gelegentlich betont gelangweilt stehen blieb und dann wieder auf und ab ging. Von Zeit zu Zeit drehte er sich um und sah zur Haustür hin. Er hatte nur wenig Hoffnung, von einem der Dienstboten etwas zu erfahren. Wer in einem solchen Hause arbeitete, kannte seine Pflichten. Wer über die Herrschaft klatschte, musste damit rechnen, seine Stellung ohne Empfehlungsschreiben zu verlieren. Das aber konnte sich niemand leisten, denn ohne ein solches Schreiben fand man keine neue Anstellung.

Kurz nach halb elf tauchte General Balantyne in der Haustür auf. Er trug eine dezente dunkle Hose und einen Mantel, der sichtlich von einem erstklassigen Schneider stammte. Tellman hatte eindeutige Vorstellungen von Menschen, die einen Kammerdiener brauchten, um sich richtig anzuziehen. Aufrecht, als wäre er auf dem Weg in eine Schlacht, ging – oder besser gesagt, marschierte – der General zur Bayley Street, bog dort nach links in die Tottenham Court Road ein und setzte in der Oxford Street seinen Weg Richtung Westen fort. Dabei schien er weder nach links noch nach rechts zu sehen. Ein kaltherziger, starrer Mann, ging es Tellman durch den Kopf, während er ihm folgte. Wahrscheinlich ist er so stolz wie Luzifer.

Was mochte der Mann über die zahlreichen Menschen um ihn herum denken? Dass es sich um Zivilisten handelte, nicht mehr wert als ein Infanterist, Leute, denen er weder einen Blick schenken noch ausweichen musste? Jedenfalls schien er sie so gut wie nicht zur Kenntnis zu nehmen. Er sprach niemanden an und lüpfte vor niemandem grüßend den Hut. Er kam an zwei oder drei Soldaten in Uniform vorüber, achtete aber nicht weiter auf sie und sie nicht auf ihn.

An der Argyll Street machte er eine scharfe Wendung nach rechts, die Tellman beinahe nicht mitbekommen hätte. Im letzten Augenblick sah er, dass er die Stufen zu einem ansehnlichen Haus emporstieg und eintrat.

Tellman folgte ihm und sah an der Tür eine Messingtafel mit der eingravierten Inschrift ›Jessop Club‹. Er zögerte. Sicher gab es im Vestibül einen Diener, der alle Mitglieder dieses Versammlungsortes für Herren aus den besseren Kreisen kannte. Zwar wäre ein solcher Diener eine vorzügliche Informationsquelle, doch auch dessen Lebensunterhalt hing vom Grad seiner Zurückhaltung ab.

Tellman musste sich etwas einfallen lassen. Auf der Straße herumzustehen hatte keinen Sinn. Womöglich hielt man ihn für einen Straßenhändler! Er zupfte die Aufschläge seines Jacketts zurecht, nahm Haltung an und läutete an der Tür.

Ein Clubdiener in einer gut geschnittenen, leicht verschossenen Livree öffnete.

»Ja, Sir?« Der Diener, ein Mann in mittleren Jahren, sah Tellman ausdruckslos an und hatte ihn sichtlich mit dem ersten Blick gesellschaftlich eingeordnet.

Tellman spürte, wie sein Gesicht blutrot wurde. Am liebsten hätte er ihm seine Meinung über die Nichtstuer gesagt, die den Tag mit Karten- und Billardspiel totschlugen – einer wie der andere Schmarotzer auf Kosten anständiger Menschen! Er hätte auch seine Verachtung für diejenigen hinzufügen können, die davon lebten, solchen Blutsaugern jeden Wunsch von den Augen abzulesen.

»Guten Morgen«, sagte er steif. »Ich bin Wachtmeister Tellman von der Revierwache in der Bow Street.« Er hielt dem Mann seine Karte hin.

Dieser sah darauf, nahm sie aber nicht in die Hand, als wäre sie unrein. »Aha«, sagte er ausdruckslos.

Tellman biss die Zähne zusammen. »Wir suchen jemanden, der sich als pensionierter höherer Heeresoffizier ausgibt und damit Menschen um hohe Beträge prellt.«

Das Gesicht des Mannes verzog sich angewidert. Jetzt schien er Tellman zuzuhören. »Ich hoffe, dass Sie ihn fassen!«, sagte er heftig.

»Wir tun, was wir können«, sagte Tellman mit Nachdruck. »Der Mann ist hoch gewachsen, breitschultrig, hält sich sehr aufrecht, macht einen militärischen Eindruck und kleidet sich gut.«

Der Clubdiener runzelte nachdenklich die Brauen. »Das passt auf eine ganze Reihe von Herren. Können Sie mir mehr über ihn sagen? Zwar kenne ich selbstverständlich alle Mitglieder dieses Clubs, aber gelegentlich bringt jemand einen Gast mit.«

»Soweit wir wissen, ist er glatt rasiert«, fuhr Tellman fort. »Das kann sich natürlich ändern. Er hat ziemlich helles und schon recht schütteres Haar, graue Schläfen. Adlernase. Blaue Augen.«

»Ich könnte nicht sagen, dass ich ihn gesehen habe.«

»Ich bin gerade einem Mann hierher gefolgt.«

Das Gesicht des Dieners hellte sich auf. »Ach so! Sie meinen General Balantyne. Den kenne ich seit Jahren.« Sein Ausdruck wirkte belustigt.

»Sind Sie sich Ihrer Sache sicher?«, beharrte Tellman. »Der Betrüger bedient sich ziemlich großzügig der Namen anderer. Ist Ihnen dieser General – wie sagten Sie noch? Balantyne? – vorgekommen wie immer?«

»Das lässt sich schwer sagen.« Der Clubdiener zögerte.

Da kam Tellman ein genialer Einfall. »Wissen Sie«, sagte er und beugte sich leicht vor. »Es ist durchaus möglich, dass der Mann in General Balantynes Namen unbezahlte Rechnungen auflaufen lässt und sich sogar Geld borgt.«

Das Gesicht des Dieners wurde bleich. »Ich muss den General warnen!«

»Noch nicht. Das wäre keinesfalls gut.« Tellman schluckte. »Erstens würde ihn das vermutlich sehr verärgern und zweitens könnte er dann den Betrüger unbeabsichtigt warnen. Wir müssen ihn unbedingt fassen, bevor er mit dem Namen eines anderen dasselbe versucht. Wenn Sie mir freundlicherweise gewisse Angaben über den General machen könnten, habe ich die Möglichkeit, dafür zu sorgen, dass der Mann an Orten, die der General gewöhnlich aufsucht, keinen Erfolg hat.«

»Ach so.« Der Clubdiener nickte verständnisvoll. »Ich verstehe. Soweit ich weiß, gehört er einem oder zwei Offiziersclubs an. Außerdem dem Whites Club, den er aber meines Wissens nicht so oft aufsucht wie uns.« Die letzten Worte sagte er voll Stolz und straffte sich dabei ein wenig.

»Er sucht die Gesellschaft von Menschen wohl nicht besonders«, sagte Tellman.

»Nun … er ist immer sehr höflich … aber nicht … nicht übermäßig liebenswürdig, wenn Sie mich verstehen, Sir.«

»Ich denke schon.« Tellman dachte an Balantynes durchgedrücktes Kreuz und die raschen Schritte, mit denen er die Oxford Street durchmessen hatte, ohne das Wort an jemanden zu richten.

»Wissen Sie, ob er sich am Glücksspiel beteiligt?«

»Ich glaube nicht, Sir. Er trinkt auch nicht besonders viel.«

»Besucht er das Theater oder das Varieté?«

»Nicht, dass ich wüsste.« Der Klubdiener schüttelte den Kopf. »Ich habe ihn nie davon sprechen hören. Aber ich glaube, er geht ziemlich oft in die Oper und ins Konzert.«

Tellman knurrte. »Und sicher auch in Museen«, sagte er schroff.

»Ich glaube schon.«

»Ein ziemlich einzelgängerischer Zeitvertreib. Hat der Mann keine Freunde?«

»Er ist durchaus umgänglich«, sagte der Clubdiener nachdenklich. »Ich habe noch niemanden schlecht über ihn reden hören. Aber er ist nicht besonders redselig und... er verbreitet keinen Klatsch, verstehen Sie?«

»Interessiert er sich für Sport?«

»Meines Wissens nicht.« Es klang überrascht, als er das sagte, als hätte er noch nie darüber nachgedacht.

»Und mit Geld geht er wohl sehr vorsichtig um?«, schloss Tellman.

»Er wirft damit nicht um sich«, räumte der Clubdiener ein. »Aber geizig ist er auch nicht. Er liest ziemlich viel und ich habe ihn einmal sagen hören, dass er gern zeichnet. Natürlich ist er weit gereist, war in Indien, Afrika und, soweit ich gehört habe, auch in China.«

»Ja, aber wohl immer im Zusammenhang mit Kriegen.«

»So ist das Soldatenleben nun mal«, sagte der Clubdiener eine Spur salbungsvoll und mit großer Achtung. Tellman fragte sich, ob er wohl ebenso viel Achtung für die einfachen Soldaten aufbrachte, die im Krieg den Kopf hinhalten mussten.

Er setzte das Gespräch mit dem Clubdiener noch einige Minuten fort, doch fügte, was er erfuhr, dem Bild, das er bereits hatte, kaum etwas hinzu. Allem Anschein nach war Balantyne ein steifer und gefühlskalter Mensch, der sich kaum Freunde gemacht hatte, wenig von Kameradschaft und nichts von den Schönheiten des Lebens wusste, wenn man von dem absah, was er für gesellschaftlich akzeptabel hielt, wie beispielsweise den Besuch von Opern – und die kamen, soweit Tellman bekannt war, alle aus dem Ausland.

Er schien nicht das Geringste mit Albert Cole zu tun zu haben und doch bestand da eine Verbindung. Es musste sie geben! Wie hätte Cole sonst an die Schnupftabaksdose kommen sollen? Und warum war außer ihr nichts entwendet worden?

General Brandon Balantyne war ein eher einsamer, unnachgiebiger Mann, der einzelgängerischen Freizeitbeschäftigungen nachging. Der Mann, dem sein Vater eine Laufbahn erkauft hatte, war sein ganzes Leben lang privilegiert gewesen und hatte sich nicht im Geringsten dafür abzumühen brauchen, ob es nun um sein Geld ging, seinen militärischen Rang, seine gesellschaftliche Stellung, sein schönes Haus am Bedford Square oder seine Gemahlin, die aus einer Adelsfamilie stammte. Aber es gab auch Dinge, die ihn umtrieben. Tellman kannte die menschliche Natur hinreichend gut, um das zu wissen, und er war entschlossen festzustellen, was das war. Vor allem aber wollte er wissen, ob das den armen, unterernährten und schlecht gekleideten Albert Cole das Leben gekostet hatte. Anständige Menschen meldeten Einbrecher der Polizei, statt sie umzubringen.

Was mochte der einfache Bursche, der arme Teufel Albert Cole, im Haus am Bedford Square gesehen haben, das ihn das Leben gekostet hatte?

KAPITEL
DREI

Auch wenn der Tote vom Bedford Square Pitt durchaus beschäftigte, so machten ihm Cornwallis' Schwierigkeiten vordringlich Sorgen. Was zur Zeit zu erledigen war, konnte er ebenso gut Tellman überlassen. In erster Linie musste man ermitteln, wer der Tote war, und möglichst auch, was ihn mitten in der Nacht dorthin geführt hatte. Nach wie vor hielt Pitt einen misslungenen Einbruchsversuch für die wahrscheinlichste Lösung und hoffte inständig, dass Balantyne nichts mit der Sache zu tun hatte. Vielleicht war der Mann in das Haus des Generals eingedrungen, hatte die Schnupftabaksdose an sich genommen und war bei einem weiteren Einbruch in einem anderen Haus gefasst und getötet worden, möglicherweise unabsichtlich.

Als Täter käme in diesem Fall ein Lakai oder Butler aus einem der anderen Häuser infrage. Sobald er ermittelt war, würde es zwar großen Taktes bedürfen, doch würde alle Diskretion nicht viel am Ergebnis ändern. Während sich Tellman um den Fall kümmerte, wollte Pitt tun, was er konnte, um Cornwallis zu helfen.

Wie gewöhnlich verließ er das Haus am Morgen, suchte aber weder die Bow Street noch den Bedford Square auf, sondern ließ sich von einer Droschke zum Marineministerium fahren. Dort kostete es ihn ziemlich viel Mühe und Überredung, zu erreichen, dass man ihm die Unterlagen über das Schiff Ihrer

Majestät *Venture* aushändigte, ohne dass er erklärt hätte, zu welchem Zweck er sie haben wollte. Nachdem er immer wieder Begriffe wie ›Takt‹, ›Ehre‹ und ›Rufmord‹ ins Feld geführt hatte, ohne Namen zu nennen, konnte er sich um die Mitte des Vormittags schließlich allein in einen von der Sonne erleuchteten kleinen Raum setzen und die Archivunterlagen durchgehen, um die es ihm ging.

Allerdings konnte er ihnen lediglich entnehmen, dass Leutnant John Cornwallis Wache gehabt hatte, als bei aufkommendem schlechtem Wetter ein Mannschaftsdienstgrad, der das Bramsegel am Besanmast verkürzen sollte, verletzt worden war. Seinem eigenen Bericht nach war Cornwallis in den Mast gestiegen, um dem Mann zu helfen, und hatte ihn halb bewusstlos geborgen, wobei ihn Vollmatrose Samuel Beckwith auf dem letzten Stück des Weges unterstützt hatte.

Beckwith war Analphabet, aber seine mündliche Aussage, die jemand aufgezeichnet hatte, besagte im Großen und Ganzen dasselbe und widersprach Cornwallis' Darstellung nicht im Geringsten. Hinter diesen wenigen Sätzen auf einem weißen Blatt Papier war nichts von den Menschen zu spüren, vom tobenden Sturm und der See, dem schwankenden Deck, dem Entsetzen des Mannes, der oben im Mast festsaß, in einem Augenblick über den Decksplanken, auf denen sein Körper zerschmettert würde, falls er hinunterfiele, im nächsten über dem Schlund des tobenden Meeres, der ihn verschlingen würde, ohne dass eine menschliche Macht ihn hätte retten können. Wer dort hinabstürzte, war auf immer verschwunden, und zwar so endgültig, als hätte er nie existiert, nie gelebt oder gehofft.

In keiner Weise ließ sich den Worten entnehmen, um was für Männer es sich gehandelt hatte, ob sie tapfer oder feige gewesen waren, klug oder töricht, aufrichtig oder verlogen. Pitt kannte Cornwallis, wie er jetzt war, als stellvertretenden Polizeipräsidenten Londons. Er war ein schweigsamer Mann von geradezu peinlicher Geradlinigkeit, der Politikern hilflos gegenüberstand, weil ihm deren Verschlagenheit wesensfremd war, doch wusste er nicht, was für ein Mann er fünfzehn Jahre zuvor als Leutnant gewesen war, einerseits im Angesicht von Gefahr für Leib und Leben, andererseits mit der Aussicht auf Beförderung und Bewunderung. War das womöglich die einzige Verfehlung im ansonsten untadeligen Leben eines Ehrenmannes?

Pitt konnte das nicht glauben. Sicherlich hätte ein solcher Betrug deutlichere Spuren hinterlassen. Sofern Cornwallis die Belohnung beansprucht hätte, die einem anderen zustand, das Lob für die mutige Tat eines anderen, wäre damit nicht alles befleckt gewesen, was er danach geleistet hatte? Hätte er sich nicht während seiner ganzen seemännischen Laufbahn danach immer wieder umschauen und fürchten müssen, die Wahrheit werde ans Licht kommen? Hätte er nicht im Bewusstsein, dass jederzeit die Möglichkeit bestand, entdeckt zu werden, Vorkehrungen für diesen Fall getroffen? Und hätte sich das nicht in all seinem Handeln gezeigt?

Wenn sich das so verhielte – hätte Cornwallis dann zugelassen, dass Pitt von der anonymen Bedrohung erfuhr? Oder war er so eingebildet, dass er der Ansicht war, er könne ihn benutzen, ohne dass er es merkte?

Das war ein so verzerrtes Bild des Mannes, den Pitt kannte, dass er diesen Gedanken als nahezu unmöglich von sich wies.

Damit blieb die Frage: War der Erpresser von der Richtigkeit seines Vorwurfs überzeugt oder war ihm lediglich klar, dass Cornwallis keine Möglichkeit hatte, ihn zu widerlegen?

Cornwallis hatte gesagt, dass Beckwith tot war. Aber vielleicht lebten noch Verwandte, jemand, dem er von dem Vorfall erzählt hatte. Dabei hatte er seine eigene Rolle unter Umständen ein wenig herausgestrichen und in den Vordergrund gerückt, bis er der Held der Geschichte war. Hatte ihn dieser Mensch beim Wort genommen, wie das ein Sohn oder Neffe möglicherweise tun würde? Es konnte auch eine Tochter sein. Warum nicht? Eine Frau war ebenso imstande wie ein Mann, Buchstaben aus einer Zeitung auszuschneiden und eine Drohung zu formulieren.

Wenn er schon einmal da war, dürfte es das Beste sein, sich alles über Cornwallis' spätere Laufbahn in der Marine anzusehen und bei der Gelegenheit auch gleich alles, was über den Vollmatrosen Samuel Beckwith in den Unterlagen stand – vor allem, ob es noch lebende Verwandte gab und wo sie sich zur Zeit aufhielten.

Weitere Mühe und Überredung war nötig, bis Pitt einen stark gekürzten Abriss von Cornwallis' Laufbahn bekam. Er enthielt lediglich, was der Öffentlichkeit ohnehin weitgehend bekannt war und was jeder Angehörige der Marine aus eigener Anschauung wissen konnte.

Cornwallis war binnen zwei Jahren nach dem Vorfall befördert und auf ein anderes Schiff abkommandiert worden. In den Jahren 1878 und 1879 hatte er sich im Chinesischen Meer aufgehalten und bei der Beschießung Borneos im Kampf gegen Seeräuber ausgezeichnet.

Im Laufe eines weiteren Jahres hatte man ihm die Führung eines eigenen Schiffs anvertraut und ihn in die Karibik entsandt, wo er an kleineren Unternehmungen beteiligt gewesen war. Es waren in erster Linie Scharmützel mit Sklavenhändlern, die nach wie vor Schiffe voller ›Ware‹ aus Westafrika heranführten.

Die Personalakte enthielt lediglich die Namen der Schiffe, auf denen er gedient, und die Position, die er jeweils bekleidet hatte. Hinweise darauf, dass er sich etwas hätte zuschulden kommen lassen, bis er 1889 die aktive Laufbahn aufgegeben hatte, waren nicht zu finden.

Dann las Pitt, was über den Vollmatrosen Samuel Beckwith in den Unterlagen stand, den eine im Sturm losgebrochene Spiere über Bord gerissen hatte, ohne dass man ihn hätte retten können. Er war Junggeselle gewesen und hatte als einzige Verwandte seine Schwester, eine Mrs. Sarah Tregarth, hinterlassen, die damals in Bristol lebte. Ihr hatte man seine Habe und den noch ausstehenden Sold geschickt. Ihre Anschrift stand in den Unterlagen.

Der Brief an Cornwallis war nicht nur klar und verständlich formuliert, sondern auch stilsicher abgefasst. Beckwith hatte weder lesen noch schreiben können – sollte ihm seine Schwester in dieser Hinsicht so weit überlegen gewesen sein?

Das ließ sich durch eine unauffällige Anfrage bei der Polizei in Bristol klären.

Jetzt ging Pitt die Liste der Schiffe durch, auf denen Cornwallis gedient hatte, und notierte ein rundes Dutzend Namen anderer Männer, die zusammen mit ihm zur See gefahren waren, darunter auch den Namen des Kapitäns und des ersten Offiziers der *Venture*.

Als Nächstes zeigte er die Liste dem Mann, der ihm die Angaben zugänglich gemacht hatte, und bat um die Adressen all jener Männer, die gegenwärtig nicht zur See fuhren.

»Der hier ist vor etwa zehn Jahren gefallen«, teilte er ihm mit. Dann wandte er sich dem nächsten Namen zu. »Der hier ist pensioniert und ist nach Portugal oder so gezogen. Der hier lebt in Liverpool und der in London.« Er hob den Blick. »Was wollen Sie von diesen Männern, Oberinspektor?«

»Auskünfte«, gab Pitt mit schmallippigem Lächeln zurück. »Ich muss die Wahrheit über einen Vorfall ermitteln, um ein großes Unrecht ... ein Verbrechen zu verhüten«, erklärte er, damit der Mann begriff, wie dringend die Sache war und dass Pitt durchaus ein Recht hatte, in der Angelegenheit tätig zu werden.

»Ich verstehe, Sir. Es wird aber eine Weile dauern. Könnten Sie in etwa einer Stunde noch einmal herkommen?«

Pitt hatte Hunger und vor allem Durst. So war es ihm nur recht, dass er das Gebäude verlassen und an einem Imbissstand ein Schinkenbrot und eine Tasse starken Tee kaufen konnte. Während er an der Straßenecke sein frugales Mittagsmahl zu sich nahm, sah er den im Sonnenschein Vorübergehenden zu. Kindermädchen mit gestärkten Schürzen schoben Kinderwagen. Größere Kinder schlugen Reifen oder galoppierten auf hölzernen Steckenpferden über den Gehweg. Ein kleiner Junge, der mit einem Kreisel spielte, wollte nicht kommen, als ihn sein Kindermädchen rief. Kleine Mädchen in rüschenbesetzten Schürzenkleidern trippelten mit hoch erhobenem Köpfchen wie vornehme Damen einher. Voll Zärtlichkeit dachte er an Jemima. Wie rasch sie herangewachsen war! Sie zeigte schon erste Zeichen von Befangenheit, ein Hinweis auf die Verwandlung zur Frau, die ihr bevorstand. Es kam ihm vor, als hätte sie erst vor wenigen Monaten gehen gelernt, dabei war es Jahre her.

Bei seiner erster Begegnung mit Balantyne war sie noch nicht auf der Welt gewesen und hatte zu der Zeit, als dieser unter den denkbar entsetzlichsten Umständen seine einzige Tochter verloren hatte, mit großer Mühe angefangen zu sprechen, wobei Charlotte oft die einzige war, die verstand, was sie sagte.

Bei diesen Erinnerungen schmeckte ihm das Brot im Mund mit einem Mal wie Sägemehl. Wie war es möglich, dass jemand solchen Kummer ertrug und weiterlebte? Am liebsten wäre er nach Hause geeilt und hätte sich vergewissert, dass es Jemima gut ging, sie fest an sich gedrückt und nicht aus den Augen gelassen, ihr jede Entscheidung abgenommen: wohin sie gehen und mit wem sie sich anfreunden durfte.

Eine solche Vorstellung war lachhaft. Für so etwas würde sie ihm nicht danken, sondern ihn hassen, und das mit vollem Recht.

Wie brachte jemand es fertig, Kinder in die Welt zu setzen und zuzusehen, wie sie aufwuchsen, Fehler machten, verletzt, vielleicht sogar zugrunde gerichtet wurden, Schmerzen erlitten, die schlimmer und unerklärlicher waren als der Tod? Hatte Lady Augusta ihrem Gatten hilfreich zur Seite gestanden und ihn getröstet? Hatte ihr gemeinsamer Kummer die beiden einander endlich näher gebracht oder sie gar in eine noch größere Isolation getrieben, so dass jeder mit seinem Kummer noch mehr allein war als zuvor?

Worin aber bestand diese neue Tragödie? Vielleicht hätte es sich empfohlen, die Nachforschungen nicht Tellman zu übertragen. Doch auf keinen Fall durfte er Cornwallis in dieser Situation im Stich lassen.

Pitt warf den Rest seines belegten Brotes fort, trank den Tee aus und ging wieder ins Marineministerium. Er hatte keine Zeit, müßigen Gedanken nachzuhängen.

Er begann mit Leutnant Black, der im Chinesischen Meer unter Cornwallis erster Offizier gewesen war. Er hatte gerade Landurlaub und musste womöglich schon bald wieder zu seinem Schiff zurückkehren. Da er in South Lambeth lebte, ließ sich Pitt von einer Droschke ans Südufer der Themse fahren.

Er hatte Glück. Black war zu Hause und bereit, mit ihm zu sprechen. Leider hielt er sich mit jedem Wort, das er sagte, in so überkorrekter Weise an den Ehrenkodex der Offiziere, dass Pitt seinen Äußerungen nicht viel entnehmen konnte. Angesichts Blacks Nibelungentreue einem Offizierskameraden gegenüber war so gut wie alles, was er sagte, bedeutungslos und ließ jede Individualität vermissen. Pitt gewann einen Einblick in das Wesen des Mannes, seine Sicht der Dinge, seinen bedingungslosen Patriotismus und seine Hingabe an den Dienst, in dem er sein ganzes Erwachsenenleben verbracht hatte, Cornwallis hingegen blieb ein bloßer Name, ein Dienstgrad und eine Reihe einwandfrei durchgeführter Aufgaben. Als Mensch, gleich, ob gut oder schlecht, nahm er nie Gestalt an.

Pitt dankte Black und nahm sich den nächsten Namen auf seiner Liste vor. Aus der Droschke, die ihn über die Victoria Bridge nach Chelsea brachte, beobachtete er die Vergnügungsboote auf der Themse. Frauen trugen zu hellen Kleidern Hüte und Tücher in kräftigen Farben, barhäuptige Männer ließen sich von der Sonne bescheinen, Kinder in Matrosenanzügen schleckten bunt gestreifte Lutschstangen und kandierte Äpfel. Die Klänge eines Leierkastens drangen zusammen mit Rufen, Gelächter und dem Rauschen des Wassers an sein Ohr.

Leutnant Durand, ein hagerer Mann mit scharfen Zügen, war gänzlich anders als Black.

»Natürlich kann ich mich an ihn erinnern«, sagte er und führte Pitt in einen Raum voller Gegenstände, die mit der Seefahrt zu tun hatten. Sie schienen im Laufe von Generationen angesammelt worden zu sein, denn nach den Marineoffizieren zu urteilen, an deren Porträts Pitt auf dem Weg durch die Diele vorübergekommen war, stand Durand in einer Familientradition, die lange vor Trafalgar und den Tagen Nelsons begonnen haben musste.

»Nehmen Sie Platz.« Durand wies auf einen abgewetzten Sessel und setzte sich seinem Besucher gegenüber. »Was wollen Sie wissen?«

Pitt hatte die Gründe seines Kommens bereits erklärt, doch war ihm klar, dass er vorsichtig vorgehen musste, um den Mann erst einmal besser einschätzen zu können. »Auf Grund welcher Eigenschaften war Cornwallis ein guter Vorgesetzter?«

Offensichtlich hatte Durand mit dieser Frage nicht gerechnet, denn er zeigte sich überrascht.

»Sie scheinen der Ansicht zu sein, dass ich ihn für einen guten Vorgesetzten halte«, sagte er und hob die blassen Brauen, die einen Kontrast zu seinem wettergegerbten Gesicht bildeten. Er sah Pitt offen und erkennbar belustigt an.

»Ich hatte angenommen, dass Sie ihn so beschreiben würden«, sagte Pitt. »Ich wollte eine etwas weniger trockene Auskunft. Habe ich mich geirrt?«

»Kameradschaftlichkeit vor Ehrlichkeit. Hilft Ihnen das nicht weiter?« Auch in dieser Frage lag leichter Spott. Durand saß mit dem Rücken zum Fenster, so dass Pitts Blick auf den im Sonnenschein liegenden Garten voller Sommerblumen fiel.

»Nicht im Geringsten.« Pitt lehnte sich in seinem Sessel zurück. Er war sehr bequem. »Inzwischen ist das alles, was ich bekomme.«

»Das mag mitunter eine Schwäche von Leuten sein, die zur See fahren«, merkte Durand mit einer Spur Bitterkeit in der Stimme an. »Aber die See verzeiht nie etwas. Sie kennt keine Gefühlsduselei. Nirgendwo zeigt sich schneller als auf See, was ein Mann wert ist. Letzten Endes ist Wahrheit die einzige Ehre.«

Pitt sah ihn aufmerksam an. Er spürte, dass es verborgene Empfindungen gab, vielleicht Zorn, das Bewusstsein, ungerecht behandelt worden zu sein, oder die Erinnerung an eine Tragödie.

»Und war Cornwallis ein guter Vorgesetzter?«

»Er war ein guter Seemann«, gab Durand zur Antwort. »Er hatte ein Gespür für die See. Man könnte sagen, dass er sie geliebt hat, so weit er zur Liebe fähig war.«

Es war eine sonderbare Äußerung, umso mehr, als sie ohne jedes Gefühl getan wurde. Durands Gesicht war überschattet, so dass sich nicht so recht erkennen ließ, was er dachte.

»Haben seine Männer ihm vertraut?«, fuhr Pitt fort. »Hatten sie Zutrauen zu seinen Fähigkeiten?«

»Welchen Fähigkeiten?« Es war unübersehbar, dass Durand jede Frage Pitts ernst nahm. Er hatte sich zur Offenheit und damit gegen die Möglichkeit entschieden, ihn mit Ausflüchten abzuspeisen.

Das zwang seinen Besucher, sich mehr auf das zu konzentrieren, was er eigentlich wissen wollte. »Bei schwerem Wetter die richtige Entscheidung zu treffen, die Gezeiten einzuschätzen, den Wind, die ...«

Sein Gegenüber lächelte. »Man merkt Ihnen die Landratte an.« In dieser Aussage schwang Nachsicht mit, ein wenig Herablassung und auch Belustigung. »Ich nehme an, Sie wollen Dinge wissen wie: War er gründlich? Ja, in hohem Maße. Konnte er eine Seekarte lesen, die Position eines Schiffes bestimmen und das Wetter richtig einschätzen? Ja, unbedingt. War er vorausblickend und plante entsprechend? So, wie jeder andere auch. Gelegentlich machte er Fehler. Reagierte er in solchen Situationen rasch und flexibel, um die Gefahr zu vermeiden? Immer, aber bisweilen gelang ihm das besser und bei anderen Gelegenheiten nicht besonders gut. Auch er hat Verluste erlitten.« Seine Stimme klang beherrscht.

»Etwa Schiffe?« Pitt war entsetzt. »Männer?«

»Nein, Mr. Pitt, in dem Fall hätte er seinen Abschied sehr viel früher genommen und auf keinen Fall aus freien Stücken.«

»Ein solcher Verlust war also nicht der Anlass dafür, dass er den Dienst quittiert hat?«, fragte Pitt ein wenig zu rasch.

»Nicht, dass ich wüsste«, erklärte Durand und lehnte sich ein wenig zurück, den Blick nach wie vor auf Pitt gerichtet. »Vermutlich hatte er einfach gemerkt, dass es auf der Karriereleiter nicht weiterging, und hat daher zugegriffen, als sich ihm eine angenehme Alternative an Land bot.«

Pitt hatte schon eine scharfe Antwort auf den Lippen, um Durand von seiner offenbar irrigen Ansicht zu Cornwallis' Aufgaben abzubringen, doch dann fiel ihm noch gerade rechtzeitig ein, dass er es sich mit dem Mann nicht verderben durfte, wenn er nützliche Auskünfte über Cornwallis haben wollte. Es ließ sich nicht übersehen, dass Durand Cornwallis keine besondere Sympathie entgegenbrachte. Vielleicht hatte es damit zu tun, dass er ein eigenes Schiff kommandiert hatte, während Durand nach wie vor als einfacher Leutnant Dienst an Deck tat, obwohl beide nahezu im gleichen Alter waren.

»Was würde ich noch fragen, wenn ich etwas vom Leben auf See wüsste?«, fragte Pitt ein wenig steif und versuchte, seine Gefühle zu verbergen.

Leutnant Durand, der den Kopf leicht geneigt hielt, schien nichts davon zu merken, sondern sich ganz auf das zu konzentrieren, was er nur allzu gern von sich gab.

»Ob er eine Führernatur war, sich um seine Männer gekümmert hat, jeden von ihnen kannte.« Er zuckte ein wenig die Achseln. »Den Eindruck hatte man eigentlich nie. Falls er sich aber doch kümmerte, hat man ihm das nicht abgenommen. Ob die ihm unterstellten Offiziere gern unter ihm dienten? Sie haben ihn kaum gekannt. Er war immer in sich gekehrt. Er hat nicht nur die Würde an den Tag gelegt, die von einem Kapitän erwartet wird, sondern war auch zurückgezogen und kalt und das ist nicht dasselbe.« Während er das sagte, betrachtete er aufmerksam Pitts Gesicht, um zu sehen, wie dieser seine Worte aufnahm. »Ob er die Kunst beherrschte, der Besatzung zu zeigen, dass er ihr rückhaltlos vertraute und von dem Auftrag überzeugt war, den das Schiff hatte?«, fuhr er fort. »Nein. Er hatte weder Humor noch Zugang zu einfachen Leuten und keinerlei erkennbare menschliche Züge. Genau das aber hat Nelson ausgezeichnet und über alle anderen hinausgehoben, die Mischung aus Genie und Menschlichkeit, unendlichem Mut und Voraussicht zusammen mit seiner Empfänglichkeit für die Leiden und Verluste anderer Menschen.« Durands Stimme wurde hart. »All das hat Cornwallis gefehlt. Die Männer haben ihn wegen seiner seemännischen Fähigkeiten geachtet, ihn aber nicht geliebt.« Er sog die Luft ein. »Wer ein wirklich guter Vorgesetzter sein will, braucht aber unbedingt die Liebe seiner Untergebenen ... Sie bringt die Männer dazu, mehr zu tun als ihre Pflicht, sogar mehr, als man von ihnen erwarten darf, stachelt sie zu Wagemut, Opferbereitschaft und Leistungen an, zu denen eine weniger gute Besatzung mit demselben Schiff keinesfalls fähig wäre.«

Insgeheim musste Pitt einräumen, dass das eine brillante Kurzbeschreibung war, ganz gleich, ob sie zutraf oder nicht. Auch wenn er Cornwallis nicht so sah und ihn auch so nicht zu sehen wünschte, veranlassten ihn seine Wohlerzogenheit und seine Besorgnis gleichermaßen, zu bleiben und weiter zuzuhören. Der Gedanke allerdings, dass Durand ihm diese Gründe womöglich am Gesicht ablesen konnte, war ihm alles andere als recht.

»Sie haben von Mut gesprochen«, sagte er und räusperte sich. Auf keinen Fall sollte man seiner Stimme anhören, dass er den Mann nicht besonders gut leiden konnte und wem er zuneigte. »War er tapfer?«

Durand wurde eine Spur verschlossener. »Das ist unbestreitbar«, gab er zu. »Ich habe nie erlebt, dass er Angst gezeigt hätte.«

»Das ist nicht ganz dasselbe«, merkte Pitt an.

»Natürlich nicht. Wahrscheinlich ist es das genaue Gegenteil«, gab ihm der Offizier Recht. »Vermutlich hatte er manchmal Angst, denn nur ein Dummkopf kennt keine Angst. Aber er besaß die Art eiskalter Selbstbeherrschung, hinter der sich alle Empfindungen verbergen lassen. Man hat an ihm nie einen menschlichen Zug wahrgenommen«, wiederholte er, »aber ein Feigling war er nicht.«

»Auf welcher Ebene gilt das? Meinen Sie damit Feigheit vor dem Feind oder moralische Feigheit?«

»Feigheit vor dem Feind kannte er auf jeden Fall nicht.« Dann zögerte Durand. »Über die moralische Ebene kann ich nichts sagen. Es gibt auf See nicht viele Situationen, in denen man moralischen Mut an den Tag legen muss. Sofern er in dieser Hinsicht Entscheidungen getroffen hat, war das nicht zu der Zeit, als ich ihn kannte. Meiner Ansicht nach denkt er vorwiegend in eingefahrenen Gleisen und ist nicht schöpferisch genug. Daher vermute ich, dass er sich nicht auf große Abenteuer eingelassen hätte. Falls Sie aber wissen wollen, ob er sich je betrunken hat und gehen ließ, heißt die Antwort nein. Ich glaube nicht einmal, dass er je indiskret war.« In dieser Äußerung lag eine sonderbare Verachtung. »Wenn ich Ihre Frage recht bedenke, muss ich sagen, möglicherweise war er auf moralischer Ebene feige, denn er hat sich davor gescheut, das Leben bei den Hörnern zu packen und …« Er wusste nicht, wie er das Bild weiterführen sollte und zuckte die Achseln. Innerlich schien er befriedigt, wusste er doch, dass er den Mann so beschrieben hatte, wie er ihn beschreiben wollte.

»Also kein Mensch, der Risiken eingeht«, fasste Pitt zusammen. Durands Urteil war grausam, sollte verletzen, doch hatte er vielleicht ohne zu wissen, worum es ging, genau das gesagt, was Pitt hören wollte – nicht etwa, dass Cornwallis zu anständig gewesen wäre, die Heldentat eines anderen für sich zu reklamieren, wohl aber, dass es ihm an der Unverfrorenheit gefehlt hatte, eine solche Gelegenheit zu nutzen. Die Angst vor Entdeckung hätte ihn gelähmt.

Pitt blieb noch eine Viertelstunde und dankte dann Durand, der gemütlich mit dem Rücken zur Sonne dagesessen hatte. Als er ging, war er froh, der beklemmenden Atmosphäre zu entkommen, die das komfortable Haus voller Porträts von seemännischen Vorfahren erfüllte. Diese Männer hatten Erfolg gehabt und erwarteten, dass künftige Generationen es ihnen nicht nur gleichtaten, sondern möglichst noch prächtigere Bilder mit goldenen Litzen und stolzen Gesichtern lieferten.

Am nächsten Tag suchte Pitt einen Schiffsarzt und zwei Mannschaftsdienstgrade auf. MacMunn, der erste der beiden, lebte an Land, nachdem er bei einem Piratenüberfall ein Bein verloren hatte, und bewohnte mit seiner Tochter ein hübsches kleines Häuschen im Südlondoner Stadtteil Putney. Der Teppich war geflickt und die auf Hochglanz polierten Möbel rochen nach Wachs. MacMunn war nur allzu gern bereit zu erzählen.

»Natürlich erinnere ich mich an Mr. Cornwallis. Er war zwar streng, aber immer sehr gerecht.« Er nickte wiederholt. »Er konnte wild werden, wenn er mitbekam, dass jemand andere schikanierte, und hat solche Leute schwer bestraft. Normalerweise wollte er von der neunschwänzigen Katze nix wissen, aber wenn er einen dabei erwischt hat, dass er 'nen andern schikanierte, hat er dem die Haut in Streifen runterziehen lassen.«

»Würden Sie ihn also als ›scharfen Hund‹ bezeichnen?«, fragte Pitt und fürchtete die Antwort.

Der Mann lachte rundheraus. »Ach was, nich' die Spur. So einer war Mr. Farjeon.« Er verzog das Gesicht und ließ die Mundwinkel hängen. »Der hätte einen am liebsten kielholen lassen und hat sich nach den alten Zeiten gesehnt, wo es noch die ›Flottenkatze‹ gab.«

»Die was?« Pitt war in der Geschichte der Seefahrt unbewandert.

MacMunn sah ihn mit schief gehaltenem Kopf an. »Da wurde man in 'n großes Beiboot gesetzt und von einem Schiff zum andern gerudert, bei jedem an Deck gehievt und ordentlich durchgepeitscht, bis man die Runde durch die Flotte gemacht hatte! Was sagen Sie dazu?«

»Das überlebt doch kein Mensch!«, begehrte Pitt auf.

»So is' es«, bestätigte MacMunn. »Aber wissen Se, 'n guter Schiffsarzt konnte dafür sorgen, dass so'n armer Teufel nix davon merkte. Außerdem is man dann ziemlich schnell abgekratzt, wie mir mein Opa erzählt hat. Er war als Kanonier in der Schlacht von Waterloo dabei.« Bei diesen Worten streckte er sich unbewusst und Pitt merkte, dass er ihm zulächelte, ohne so recht zu wissen, warum – vielleicht wegen der gemeinsamen Geschichte und des Bewusstseins, welchen Mut und welche Opferbereitschaft jene Männer aufgebracht hatten.

MacMunns Tochter brachte zwei dampfende Becher Tee herein. Die Männer dankten ihr und sie kehrte mit einem Nicken zu ihrer Wäsche zurück.

»Cornwallis war also weder scharf noch ungerecht?«, fragte Pitt bedächtig.

»Großer Gott, nein.« MacMunn wischte die Vorstellung beiseite. »Das war einfach 'n zurückhaltender Mensch. Ich selber hätte nie Offizier werden wollen. Da is man wohl ziemlich einsam.« Er schlürfte seinen Tee. »Jeder an seinem Platz. Wenn 'n Dutzend Mannschaftsdienstgrade an Bord sind, hat man immerhin Kameraden. Wenn einer aber allein is', hat er keinen über sich, keinen um sich rum und keinen unter sich, mit dem er reden kann. 'n Offizier darf sich keine Blöße geben, weil seine Leute immer erwarten, dass er alles richtig macht. Mr. Cornwallis hat das alles sehr ernst genommen. Er konnte sich nich' gehen lassen, wenn Sie verstehen, was ich damit sagen will.«

»Ich glaube schon.« Pitt erinnerte sich an ein Dutzend Gelegenheiten, bei denen ihm Cornwallis fast sein Herz ausgeschüttet hätte, um es dann doch im letzten Augenblick aus Zurückhaltung zu unterlassen. »Er ist sehr reserviert.«

»Ja. Wer Kapitän sein will, muss wohl so sein. Der geringste Fehler, die kleinste Schwäche, un' schon packt einen die See! So was macht die Menschen hart, aber auch zuverlässig. Auf Mr. Cornwallis konnte man immer bauen. Zwar war er immer 'n bisschen übergenau, aber hoch anständig.« Er schüttelte den Kopf. »Ich erinner mich noch gut, wie er mal einen bestrafen musste, der was angestellt hatte. Ich weiß nich' mehr genau, worum es dabei gegangen is'. War keine große Sache, der Mann hatte dem Bootsmann widersprochen oder so was, der 'n ziemlicher Schweinehund war, aber der Dienstvorschrift nach gab es dafür die Neunschwänzige. Es war klar, dass das Mr. Cornwallis nich' passte. Aber auf 'nem Schiff muss Manneszucht herrschen, sonst is' der Ofen aus.« Er verzog das Gesicht, während er sich die Situation in Erinnerung rief. »Mr.

Cornwallis hat sich schrecklich schwergetan. Tagelang is er auf'm Achterdeck rummarschiert, hatte 'ne Saulaune und hat gelitten, als hätte man ihn selber durchgeprügelt.« Er holte tief Luft. »Dann is' der Bootsmann eines Tages über Bord gegangen und Mr. Cornwallis wollte unbedingt rauskriegen, ob ihn einer gestoßen hatte.« Mit einer Grimasse fügte er hinzu: »Es is' nie rausgekommen.«

»Und?«, fragte Pitt.

MacMunn grinste Pitt über seinen Teebecher hinweg breit an. »Natürlich hat ihn jemand gestoßen! Aber wir waren alle sicher, dass Mr. Cornwallis das gar nich' so genau wissen wollte.«

»Und deswegen haben Sie es ihm auch nicht gesagt.«

»So is' es. Das war 'n guter Mann. Wir wollten ihm das Leben nich' unnötig schwer machen. Wenn er rausgekriegt hätte, wer das war, hätte er den armen Teufel an der Rah aufhängen lassen müssen, egal, was er davon hielt, und wenn er den Bootsmann am liebsten selber über Bord geschubst hätte.« Er schüttelte den Kopf. »Er hat das alles falsch angepackt. Er hatte schreckliches Mitgefühl mit seinen Leuten, aber alles furchtbar genau genommen, verstehen Sie?«

»Ich glaube schon«, gab Pitt zur Antwort. »Hätte er es Ihrer Ansicht nach fertiggebracht, sich mit der Heldentat eines anderen zu brüsten?«

Ungläubig sah MacMunn ihn an. »Der hätte sich eher für das Verbrechen von 'nem andern hängen lassen. Wer so was sagt, lügt und hat keine Ahnung. Wer war das?«

»Ich weiß es nicht, versuche aber, es herauszubekommen. Sie könnten mich dabei unterstützen, Mr. MacMunn.«

»Was, ich?«

»Wenn es Ihnen recht ist. Hatte Kapitän Cornwallis beispielsweise persönliche Feinde, Menschen, die ihm am Zeug flicken wollten oder ihm seine Stellung neideten?«

Angestrengt verzog MacMunn das Gesicht. An seinen Tee dachte er nicht mehr. »Schwer zu sagen. Wenn ich ehrlich sein soll, wüsste ich keinen – aber wer kann schon sagen, was andere denken, wenn sie bei 'ner Beförderung übergangen oder wegen irgendwas zusammengestaucht werden. 'n anständiger Kerl weiß, dass es an ihm selber liegt, aber...« Er zuckte vielsagend die Achseln. Doch wie sehr Pitt auch in ihn drang, er konnte ihm, wie es aussah, nicht weiterhelfen. Nachdem er ihm erneut gedankt hatte, verließ Pitt sein Haus deutlich erleichtert. Es kam ihm vor, als habe das Gehörte die Last von ihm genommen, die er seit seinem Gespräch mit Durand empfunden hatte. Seine Sorge war gewichen.

Am frühen Nachmittag suchte er den Vollmatrosen Lockhart in Rutherhithe auf. Von diesem schweigsamen Mann, der ziemlich viel zu trinken schien, erfuhr er kaum etwas Verwertbares. Er schien Cornwallis als einen Vorgesetzten in Erinnerung zu haben, den man fürchten, aber zugleich wegen seiner Tüchtigkeit als Schiffsführer achten musste. Für Offiziere hatte er grundsätzlich nichts übrig und machte keinen Hehl daraus. Es war das einzige Thema, zu dem er sich ausführlich äußerte.

Der Spätnachmittag war heiß und windstill und Dunst lag über der Stadt. Die Themse zog sich als glänzendes Band unter Pitt dahin, während er vom Anleger den Hang zum Marinelazarett von Greenwich hinaufging, um Mr. Rawlinson aufzusuchen, der einst als Schiffsarzt Dienst getan hatte.

Er hatte zu tun und so musste Pitt über eine halbe Stunde in einem Vorzimmer warten, das allerdings recht behaglich eingerichtet war.

Als der kräftig gebaute, muskulöse Arzt schließlich kam, trug er ein am Hals offenes weißes Hemd mit aufgerollten Ärmeln. Offensichtlich hatte er viel zu tun gehabt, denn Arme und Kleidung waren mit Blut befleckt.

»Polizeirevier Bow Street?«, fragte er freundlich und zugleich neugierig und musterte Pitt von Kopf bis Fuß. »Ist etwa einer unserer Leute in Schwierigkeiten? Das liegt doch auf der anderen Seite des Flusses und ist gar nicht für uns zuständig.«

»Nichts in der Art.« Pitt wandte sich vom Fenster ab, durch das er den lebhaften Schiffsverkehr auf der Themse beobachtet hatte. »Ich wollte Sie nach einem Offizier fragen, der früher gemeinsam mit Ihnen Dienst getan hat. Er heißt John Cornwallis.«

Rawlinson schien seinen Ohren nicht zu trauen. »Heißt das etwa, dass Sie einen Verdacht gegen ihn haben? Ich hatte gedacht, er wäre selbst bei der Polizei. Oder ist er im Innenministerium?«

»Nein, bei der Polizei.« Offensichtlich war eine nähere Erläuterung unerlässlich. Wie konnte er die Cornwallis gegebene Zusage, Diskretion zu üben, einhalten und trotzdem etwas Nützliches erfahren? »Es geht dabei um einen Vorfall aus früherer Zeit, der, nun ja… falsch dargestellt worden ist«, sagte er zögernd. »Ich gehe ihm im Interesse von Kapitän Cornwallis nach.«

Rawlinson schürzte die Lippen. »Viel weiß ich naturgemäß nicht, denn als Schiffsarzt habe ich einen großen Teil meiner Zeit auf dem Raumdeck verbracht, Mr. Pitt.«

»Wo?«

104

»Auf dem Raumdeck, dem unteren Deck achtern, wohin die Verwundeten gebracht werden, sozusagen der Verbandsplatz der Marine.«

Mit seinen weiß in der Sonne glänzenden Segeln bot ein Klipper unter vollen Segeln, der mit der Flut den Surrey Docks im Londoner Hafen entgegenstrebte, einen herrlichen Anblick, dem zugleich etwas Trauriges anhaftete, als neige sich die Zeit dieser Großsegler ihrem Ende entgegen.

»Aber Sie haben ihn doch gekannt?«, ließ Pitt nicht locker und bemühte sich, wieder an seine Aufgabe zu denken.

»Gewiss«, stimmte Rawlinson zu. »Ich bin unter Cornwallis gefahren. Aber Sie müssen wissen, ein Kapitän ist auf seinem Schiff ziemlich einsam. Wer nicht zur See gefahren ist, weiß vermutlich gar nicht, wie große Macht ein Kapitän hat und welche Art von Einsamkeit sie mit sich bringt.« Ohne es recht zu merken, wischte er sich die Hände an den Hosenbeinen ab, so dass Blutspuren darauf zurückblieben. »Wer ein guter Befehlshaber sein will, muss einen gewissen Abstand zu den Männern an Bord halten, selbst zu seinen Mitoffizieren. Ich schlage vor, dass wir draußen weiterreden. Es ist ein so wunderschöner Tag.« Er wandte sich um und führte Pitt über einen breiten Gang durch eine Glastür, von wo sie über einige Stufen einen Grashang erreichten. Unter ihnen breitete sich das Panorama der Themse aus.

Während sie gingen, sprach Rawlinson weiter und unterstrich seine Worte mit ausgreifenden Handbewegungen.

»Auf einem Schiff herrscht eine strenge hierarchische Ordnung. Zu viel Nähe führt dazu, dass die Leute die Achtung vor ihrem Kapitän verlieren. Er muss dafür sorgen, dass sie in ihm mehr eine Art Übermensch sehen, ein nahezu unfehlbares Wesen. Sobald sie eine schwache Stelle entdecken, ob es sich nun um Zweifel handelt, um gewöhnliche Schwächen oder um Befürchtungen, büßt er einen Teil seiner Macht ein.« Er warf Pitt einen Blick zu. »Jeder Kapitän, der den Namen verdient, weiß das. Das galt auch für Cornwallis. Ich glaube, es entsprach sogar weitgehend seinem Wesen. Er war von Natur aus beherrscht und hielt sich bewusst von anderen fern. Er hat seine Aufgabe sehr ernst genommen.«

»Und war er ein guter Schiffsführer?«

Rawlinson lächelte, während sie nebeneinander hergingen. Die von der Themse heraufkommende Brise roch nach Salz. Laut schreiend kreisten einige Möwen über ihnen.

»Unbedingt«, sagte er. »Sogar ein sehr guter.«

»Und warum hat er dann den Dienst quittiert?«, wollte Pitt wissen. »Er ist doch noch recht jung.«

Rawlinson blieb stehen, mit einem Mal misstrauisch. »Entschuldigung, Mr. Pitt, wozu wollen Sie das wissen?«

Pitt suchte nach der richtigen Antwort. Gewiss konnte er Cornwallis jetzt nur nützen, wenn er zumindest mit einem Teil der Wahrheit herausrückte.

»Jemand versucht ihm zu schaden«, gab er zur Antwort und sah Rawlinson aufmerksam an. »Er will ihm am Zeug flicken. Ich muss die Wahrheit wissen, um ihn davor zu schützen.«

»Sie wollen wissen, was das Schlimmste ist, das man gegen ihn sagen kann, ohne die Wahrheit zu verbiegen?«

»Ja.«

Rawlinson knurrte: »Und woher soll ich wissen, dass nicht Sie selbst der Feind sind, von dem Sie sprechen?«

»Fragen Sie Cornwallis«, gab Pitt zurück.

»Warum fragen Sie ihn in dem Fall nicht, was in seiner Laufbahn am rühmlichsten und was am unrühmlichsten war?« Rawlinson stellte die Frage mit leichtem Spott in der Stimme und ohne den geringsten Anflug von Boshaftigkeit. Ein Lächeln auf dem Gesicht, stand er mit verschränkten blutbefleckten Armen in der Sonne.

»Weil wir in unseren eigenen Augen nicht immer so sind, wie andere uns sehen, Mr. Rawlinson«, erwiderte Pitt. »Muss ich das näher erläutern?«

Der Mediziner entspannte sich. »Nein.« Er ging weiter und forderte Pitt mit einer Handbewegung auf, sich ihm anzuschließen. »Cornwallis war tapfer«, sagte er. »Vor dem Feind und auch in moralischer Hinsicht. Vielleicht hat es ihm ein bisschen an Phantasie gefehlt. Er hatte Humor, hat das aber nicht besonders oft zu erkennen gegeben. Er hat still genossen, was das Leben zu bieten hatte. Er hat gern gelesen – alles Mögliche. Er war ein erstaunlich guter Aquarellist und konnte die Lichtreflexe auf dem Wasser mit verblüffender Einfühlsamkeit malen. Seine Bilder haben eine völlig andere Seite des Mannes gezeigt und auf ihnen war zu erkennen, dass man Genialität bisweilen nicht an dem messen darf, was jemand darstellt, sondern an dem, was er fortlässt. Er hat es fertiggebracht, den Eindruck von …« Rawlinson machte eine weit ausholende Handbewegung. »Licht und Luft zu vermitteln.« Er lachte. »Ich hätte nie geglaubt, dass er so … kühn sein könnte.«

»War er ehrgeizig?« Pitt bemühte sich, eine Eigenschaft zu nennen, auf die er vermutlich eine ehrliche und nicht in erster Linie eine auf Loyalität gegründete Antwort bekommen würde.

Rawlinson überlegte einen Augenblick, bevor er antwortete: »Ich denke ja, aber auf seine eigene Weise. Das ließ sich nicht so ohne weiteres wie bei vielen an-

deren Männern erkennen. Ihm war es wichtiger, erstklassig zu sein, als in den Augen anderer diesen Eindruck zu erwecken. Sein Stolz und sein Streben hingen nicht vom äußeren Schein ab, sondern von dem,
was war.« Er warf einen raschen Blick zu Pitt hinüber,
um zu sehen, ob er verstanden wurde. »Damit hat er
bisweilen…«, er suchte nach den richtigen Worten,
»nun ja, distanziert gewirkt. Manche waren sogar der
Ansicht, dass er den Menschen aus dem Weg ging,
doch glaube ich, dass er in Wahrheit anders war als sie,
nicht so einfach gestrickt. Niemand hat ihm mehr ab-
verlangt, als er sich selbst. Er war geradezu davon besessen, das Beste zu geben, aber nie, um anderen zu gefallen oder sie zu beeindrucken.«

Schweigend ging Pitt neben Rawlinson her. Er
nahm an, dass dieser weitersprechen würde, wenn er
nichts sagte.

Diese Vermutung erwies sich als zutreffend.

»Wissen Sie«, fuhr der Arzt fort, »er hat seinen Vater verloren, als er noch ziemlich jung war, ich glaube,
elf oder zwölf. Alt genug, um ihn schon richtig kennengelernt zu haben, und noch nicht alt genug, um
von ihm enttäuscht zu sein oder ihn als Rivalen zu
sehen.«

»War sein Vater ebenfalls in der Marine?«

»Aber nein«, sagte Rawlinson rasch. »Er war Predi-
ger einer freikirchlichen Gemeinde, ein tief gläubiger
Mann, der den Mut hatte, seinen schlichten Glauben
nicht nur zu predigen, sondern auch zu leben.«

»Sie kennen Cornwallis besser, als Sie ursprünglich zugegeben haben.«

Rawlinson zuckte die Achseln. »Möglich. Eigentlich habe ich ihn an nur einem Abend richtig kennen
gelernt. Wir hatten ein ziemlich schweres Gefecht
mit einem Sklavenschiff. Es war uns gelungen, es zu
entern und als Prise zu nehmen, aber es war aus Teak

und hat gebrannt.« Er sah zu Pitt hinüber. »Ich sehe, dass Ihnen das nichts sagt – wie auch? Im Unterschied zu Eichensplittern sind Teaksplitter das reinste Gift«, erklärte er. »Einige unserer Männer waren verletzt und unserem Ersten, Lansfield, einem guten Mann, den Mr. Cornwallis gut leiden konnte, ging es ziemlich schlecht. Der Kapitän hat mir geholfen, die Splitter zu entfernen. Obwohl wir getan haben, was wir konnten, hat das Fieber Lansfield geschüttelt und wir haben die ganze Nacht bei ihm gesessen und uns am nächsten Tag und in der darauf folgenden Nacht an seinem Lager abgewechselt.« Jetzt hatten sie den Kiesweg erreicht und er wandte sich um und ging erneut den Hang hinauf. Pitt hielt mit ihm Schritt.

»Wenn Sie jetzt sagen, dass das nicht Aufgabe eines Kapitäns ist, haben Sie Recht. Aber wir waren weit von der Küste entfernt und das Sklavenschiff bedeutete keine Gefahr mehr. Cornwallis ist immer eine Wache an Deck gegangen und hat die nächste bei mir im Raumdeck verbracht.« Er presste die Lippen zusammen. »Gott allein weiß, wann er geschlafen hat. Aber es ist uns gelungen, Lansfield zu retten. Er hat lediglich einen Finger eingebüßt. Vermutlich haben wir damals ziemlich viel miteinander geredet. Das ist so, wenn man nachts miteinander Wache geht und nichts Besonderes zu tun ist oder man, wie in dieser Situation, nicht richtig helfen kann. Danach bin ich nicht mehr besonders oft mit ihm in Berührung gekommen, außer wenn der Dienst es verlangt hat. Vermutlich stelle ich ihn mir immer noch so vor, wie er damals war, als der Lampenschein gelb auf seinem Gesicht lag, das vor Kummer, Zorn und Hilflosigkeit ganz schmal war. Er war so müde, dass er kaum den Kopf hochhalten konnte.«

Pitt fragte Rawlinson erst gar nicht, ob er der Ansicht sei, dass Cornwallis die Heldentat eines anderen für sich beanspruchen würde – es war überflüssig. Er dankte dem Arzt, der wieder nach seinen Patienten sehen musste, und ging im hellen Licht der Nachmittagssonne zum Anleger hinab. Von dort konnte er eine Fähre nehmen, die ihn vorüber an Deptford, Limehouse, Wapping, dem Tower von London und unter London Bridge und Southwark Bridge hindurch nach Blackfriars bringen würde.

Inzwischen wusste er weit mehr über Cornwallis und war, sofern das überhaupt möglich war, mehr denn je entschlossen, ihn vor dem Erpresser zu beschützen, von dessen Identität er nach wie vor nicht die geringste Vorstellung hatte. Mittlerweile fiel ihm die Annahme schwer, es könne sich um jemanden handeln, der unter Cornwallis gedient hatte, denn ein solcher Mann dürfte kaum auf einen solchen Vorwurf verfallen sein.

Immer wieder musste Pitt dran denken, dass der Brief grammatikalisch und orthographisch einwandfrei und stilsicher abgefasst war. Keinesfalls konnte der Verfasser ein einfacher Matrose sein und er war höchstwahrscheinlich auch nicht unter dessen Angehörigen wie Ehefrau oder Schwestern zu suchen. Sofern es sich um Sohn oder Tochter eines solchen Mannes handelte, musste dieser oder diese eine deutlich höhere gesellschaftliche Stellung erreicht haben als die Eltern.

Als Pitt das Ufer der Themse erreichte, wo ihm der Geruch von Salz und Tang scharf in die Nase stieg, er den Wellenschlag am Ufer und die Schreie der mit dem Wind dahinsegelnden Möwen hörte, war ihm klar, dass er noch einen sehr langen Weg vor sich hatte.

An jenem Vormittag fand Charlotte unter den Briefen der ersten Postzustellung ein an sie gerichtetes Handschreiben, dessen Inhalt die Jahre davonblies wie der Wind welkes Laub. Schon bevor sie es öffnete, wusste sie, dass es von General Balantyne kam. Es war sehr kurz gehalten:

> Hoch verehrte Mrs. Pitt,
> es war überaus großherzig von Ihnen, sich mein Wohlergehen angelegen sein zu lassen und mich in dieser unangenehmen Lage erneut Ihrer Freundschaft zu versichern.
> Für heute Morgen habe ich mir einen Besuch im Britischen Museum vorgenommen. Ich werde gegen halb elf in der Altägyptischen Sammlung sein. Sollte Ihre Zeit es gestatten und sollten Sie dort in der Nähe zu tun haben, würde ich mich freuen, Sie zu sehen.
> Ich verbleibe als Ihr gehorsamer Diener
> Brandon Balantyne

Zwar war es eine steife und sehr förmliche Art, ihr mitzuteilen, dass er nur allzu gern auf ihr Freundschaftsangebot einging, doch dass er überhaupt geschrieben hatte, sprach für sich.

Rasch faltete sie das Blatt zusammen, stand vom Küchentisch auf, öffnete die Ofenklappe und steckte den Brief hinein. Ein kurzes Aufflackern – und die Flammen hatten ihn verzehrt.

»Heute Morgen werde ich ausgehen«, sagte sie zu Gracie. »Ich möchte mir gern die Ägyptische Sammlung im Britischen Museum ansehen. Wann ich zurückkomme, weiß ich noch nicht.«

Gracie warf ihr einen neugierigen Blick zu, hütete sich aber, sie zu fragen.

»Ja, Ma'am«, sagte sie mit großen Augen. »Ich kümmer mich um alles.«

Charlotte ging nach oben, um ihr zweitbestes Sommer-Ausgehkleid aus rosa und weiß gemustertem

Musselin anzuziehen. Emily hatte es ihr geschenkt, weil es ihr nicht so gut stand, wie sie gehofft hatte.

Den Weg zum Britischen Museum konnte sie bequem zu Fuß zurücklegen. Es stand zu vermuten, dass Balantyne auch deshalb auf dies Ziel verfallen war. Wenn Charlotte das Haus um zehn vor elf verließ, würde sie zur angegebenen Zeit dort sein. Bei einer freundschaftlichen Begegnung gab es keinen Grund, später zu kommen, im Unterschied zu einem Stelldichein mit einem Verehrer oder einer gesellschaftlichen Verabredung, bei der eine Verspätung als Zugeständnis an die Konvention oder als Hinweis auf ein gewisses Zögern angebracht sein mochte.

Als sie den Treffpunkt fünf Minuten vor der angegebenen Zeit erreichte, sah sie Balantyne sofort. Er stand aufrecht, mit geraden Schultern, die Hände hinter dem Rücken gefaltet. Im Licht, das seinen Kopf umspielte, sah sie, dass sein helles Haar allmählich grau wurde. Er machte den Eindruck, außerordentlich einsam zu sein, so, als gehörten alle Vorübergehenden einer großen Gruppe an, von der er ausgeschlossen blieb. Vielleicht hing das mit seiner Reglosigkeit zusammen. Es war unübersehbar, dass er auf jemanden wartete, denn sein Blick wirkte starr und wanderte nicht hin und her, wie das der Fall gewesen wäre, hätte seine Aufmerksamkeit den Mumien oder den Schnitzereien und Vergoldungen der Sarkophage vor ihm gegolten.

Sie trat zu ihm, doch er sah sie nicht sofort.

»General Balantyne ...«

Er wandte sich rasch um. Zuerst trat der Ausdruck von Freude auf seine Züge, dann peinliche Betretenheit, weil er ein Gefühl gezeigt hatte.

»Mrs. Pitt, wie liebenswürdig, dass Sie tatsächlich kommen! Ich hoffe, ich habe mir in Ihren Augen nicht zu viel herausgenommen ... Ich ...«

Sie lächelte. »Wo denken Sie hin?«, beruhigte sie ihn. »Ich wollte mir die Ägyptische Sammlung schon immer ansehen, aber keiner meiner Bekannten interessiert sich im Geringsten dafür, und wenn ich allein käme, um mir die Exponate anzusehen, würde man mich möglicherweise für die Art Frau halten, mit der ich nicht verwechselt werden möchte.«

»Ach je!« An eine solche Möglichkeit hatte er offensichtlich nicht von ferne gedacht. Er als Mann konnte sich selbstverständlich jede Art von Freiheit herausnehmen. »In der Tat. Nun ... dann wollen wir uns einmal umsehen.«

Er hatte sie missverstanden, denn sie hatte ihm lediglich mit einem kleinen Scherz über seine Verlegenheit hinweghelfen wollen. Wenn ihr danach wäre, hätte sie das Museum jederzeit mit Emily, Großtante Vespasia oder auch mit Gracie aufsuchen können.

»Waren Sie schon einmal in Ägypten?«, fragte sie und sah auf den Sarkophag vor sich.

»Nein. Das heißt, nur auf der Durchreise.« Er zögerte und fuhr dann fort, als hätte er eine wichtige Entscheidung getroffen: »Ich war in Abessinien.«

Sie sah zu ihm hin. »Tatsächlich? Was wollten Sie dort? Ich meine, ging das auf Ihr Interesse am Land zurück oder hat man Sie dorthin beordert? Ich wusste gar nicht, dass wir in Abessinien gekämpft haben.«

Er lächelte. »Meine Liebe, wir haben fast überall gekämpft. Es würde schwer fallen, einen Ort auf der Erde zu finden, wo wir uns nicht irgendwann in die Angelegenheiten der dortigen Menschen eingemischt haben.«

»Und warum haben wir uns in Abessinien eingemischt?«, fragte sie mit ungeheuchelter Anteilnahme, aber auch aus dem Wunsch heraus, er möge über etwas sprechen, das ihm leicht fiel.

113

»Das ist eine haarsträubende Geschichte.« Er lächelte nach wie vor.

»Nur zu«, ermutigte sie ihn. »Ich mag solche Geschichten, je haarsträubender, desto besser. Erzählen Sie also.«

Er bot ihr den Arm und sie nahm ihn. Langsam wandelten sie zwischen den Ausstellungsstücken umher, ohne auch nur eines davon anzusehen.

»Im Januar 1864«, begann er, »hat es richtig angefangen. Aber eigentlich reichte die Sache weit in die Vergangenheit. Der Kaiser von Abessinien, er hieß übrigens Theodor –«

»Wie bitte?«, fragte sie ungläubig. »Das klingt aber gar nicht wie ein abessinischer Name. Er müsste doch irgendwie, was weiß ich, afrikanisch heißen. Zumindest fremdartig. Entschuldigung. Sprechen Sie weiter.«

»Er war von sehr niedriger Abkunft«, nahm er den Faden wieder auf. »Zuerst hat er als Schreiber gearbeitet. Weil er damit nur wenig verdient hat, hat er sich auf die Räuberei verlegt und hatte damit so großen Erfolg, dass er mit siebenunddreißig Jahren zum König der Könige von Äthiopien und Erwählten Gottes gesalbt wurde.«

»Ich habe die Räuberei bisher ganz offensichtlich unterschätzt«, kicherte sie. »Nicht nur, was die gesellschaftliche Achtbarkeit angeht, sondern auch, was die religiöse Bedeutung betrifft.«

Er lächelte. »Leider war er nicht ganz bei Trost. Er hat der Königin einen Brief geschrieben –«

»Unserer oder seiner?«, fiel sie ihm ins Wort.

»Der unseren, Königin Victoria. Darin hat er ihr zu verstehen gegeben, dass er eine Abordnung nach England zu schicken gedachte, die ihr erklären sollte, dass seine muslimischen Nachbarn ihn und andere gute Christen in Abessinien unterdrückten. Die Kö-

114

nigin sollte mit ihm ein Bündnis zum Kampf gegen diese Feinde eingehen.«

»Dazu war sie wohl nicht bereit?«, fragte Charlotte. Mittlerweile standen sie vor einem großartigen Hieroglyphenstein.

»Das werden wir nie erfahren. Das Schreiben ist 1863 in London angekommen. Entweder hat man es im Außenministerium verlegt oder dort nicht so recht gewusst, was man darauf hätte antworten sollen. Jedenfalls hat Theodor höchst ärgerlich reagiert und den britischen Konsul in Abessinien, einen gewissen Hauptmann Charles Cameron, einkerkern lassen. Im Gefängnis hat man ihn buchstäblich auf die Folter gespannt und mit der Nilpferdpeitsche misshandelt.«

Unsicher, ob der General das ernst meinte, sah sie ihn an. An seinen Augen erkannte sie, dass es sich so verhielt.

»Und wie ist es weitergegangen? Haben wir Truppen hingeschickt, um den Mann zu retten?«

»Nein. Man hat im Außenministerium das Schreiben in aller Eile gesucht und schließlich auch gefunden«, gab er zur Antwort. »Dann hat man ein Antwortschreiben verfasst, in dem Camerons Freilassung verlangt wurde, und einen gewissen Rassam als Abgesandten damit in Marsch gesetzt. Das war im Mai 1864. Der Brief aber erreichte den Kaiser von Abessinien erst im Januar 1866, fast zwei Jahre später. Zuerst hat Theodor den Überbringer Rassam herzlich willkommen geheißen, ihn dann aber zu Cameron ins Gefängnis werfen lassen.«

»Haben wir daraufhin unsere Truppen runtergeschickt?«

»Nein. Theodor hat der Königin erneut geschrieben. Diesmal wollte er Arbeiter, Maschinen und einen Spezialisten zur Herstellung von Munition.« Seine Mundwinkel zuckten belustigt.

115

»Und wir haben unsere Truppen hingeschickt?«

Er warf ihr einen Seitenblick zu. »Nein, aber einen Bauingenieur und sechs Arbeiter.«

Unwillkürlich hob sie die Stimme. »Das glaube ich einfach nicht!«

Er nickte. »Sie sind bis Massaua gekommen, haben dort ein halbes Jahr gewartet und sind schließlich wieder nach Hause geschickt worden.« Wieder wurde sein Ausdruck ernst. »Erst im Juli 1867 hat sich der Gouverneur von Bombay mit dem Minister für Indische Angelegenheiten in Verbindung gesetzt, um festzustellen, wann wir imstande wären, eine Expeditionsstreitmacht in Marsch zu setzen. Im August hat das Kabinett beschlossen, Maßnahmen zur Befreiung der Gefangenen zu ergreifen. Im September wurde ein Ultimatum an Theodor geschickt und unsere Schiffe sind ausgelaufen. Ich bin von Indien aus zu General Napiers Truppen gestoßen: bengalische Reiterei, Sappeure und Mineure aus Madras, indische Infanterie aus Bombay und ein Sindh-Kavallerie-Regiment. Zur Verstärkung hat man uns ein britisches Regiment beigegeben, das 33. zu Fuß, das zur Hälfte aus Iren bestand und in dem fast hundert Deutsche dienten. Als wir in der Nähe von Zula an Land gingen, waren da Türken, Araber und Angehörige aller möglichen afrikanischen Völker. Ich erinnere mich an einen jungen Kriegsberichterstatter namens Henry Stanley, der darüber geschrieben hat. Er war förmlich in Afrika verliebt, der Kontinent faszinierte ihn.« Er hielt inne und betrachtete eine Alabaster-Katze in einem Schaukasten vor ihnen. Es war ein herrliches Stück, doch auf Balantynes Zügen lag keine Begeisterung, lediglich Verlegenheit und Schmerz.

»Haben Sie in Abessinien gekämpft?«, fragte sie ruhig.

»Ja.«

»War es sehr schlimm?«

Er machte eine leicht abwehrende Bewegung, es war kaum mehr als ein kurzes Zucken seines Körpers. »Nicht schlimmer als sonst. In jedem Krieg gibt es Angst, Verstümmelung und Tod. Man macht sich Sorgen um seine Leute, sieht, wie sie auf die niedrigste Stufe menschlichen Seins zurückgeworfen werden ... und sich so hoch erheben, wie es einem Menschen nur möglich ist. Man sieht Schrecken und Mut, bei manchen Selbstsucht, bei anderen Edelmut. Außerdem erlebt man Hunger, Durst und Qualen ... furchtbare Qualen.« Er wandte das Gesicht von ihr ab, als wäre er nicht imstande zu sagen, was er empfand, wenn er sie ansah. »Im Krieg fällt jede Maske ab, von anderen und von uns selbst.«

Sie wusste nicht, ob sie ihn unterbrechen sollte oder nicht. Sie fasste seinen Arm ein wenig fester.

Er blieb schweigend stehen.

Sie wartete. Menschen zogen an ihnen vorüber, manche wandten sich um und sahen sie beide kurz an. Sie überlegte flüchtig, was sie wohl denken mochten, doch es war ihr gleichgültig.

Er holte tief Luft und stieß leise den Atem aus. »Ich wollte nicht darüber sprechen. Es tut mir Leid.«

»Was wollten Sie denn sagen?«, fragte sie sanft.

»Ich ... vielleicht ...« Wieder verstummte er.

»Ich kann es anschließend vergessen, wenn Ihnen das lieber ist«, versprach sie.

Er lächelte. Es war ein bloßes Kräuseln der Lippen. Er sah immer noch vor sich hin. »Bei jener Aktion ist es zu einem Gefecht gekommen, als wir in einen Hinterhalt gerieten. Es war ein ziemliches Fiasko. Dreißig Männer wurden verwundet, unter ihnen der Befehlshaber meiner Einheit. Ich habe eine Kugel in den Arm bekommen, es war aber nicht besonders schlimm.«

Geduldig wartete sie, dass er fortfuhr.

»Ich habe einen Brief erhalten.« Er brachte die Worte mit größter Mühe heraus, als müsse er sich dazu zwingen. Sein Gesicht war reglos. »Darin werde ich beschuldigt, an unserer Niederlage schuld zu sein. Man wirft mir ... man wirft mir Feigheit vor dem Feind vor und behauptet, ich sei für die Verwundung jener Männer verantwortlich. Es heißt darin ... ich sei in Panik geraten und von einem einfachen Soldaten gerettet worden, doch habe man das vertuscht, um die Ehre des Regiments zu bewahren und die Moral der Truppe nicht zu gefährden. Nichts von dem entspricht der Wahrheit, aber das kann ich nicht beweisen.« Er sagte ihr nicht, dass ein solcher Vorwurf, falls er sich herumspräche, seinen Ruf zugrunde richten würde, weil er annahm, dass ihr das bekannt sei. Und das war es auch. Jeder wäre sich darüber im Klaren gewesen, vor allem jetzt, da die Angelegenheit von Tranby Croft in allen Zeitungen breiten Raum einnahm und von Hinz und Kunz durchgehechelt wurde. Selbst wer solche Menschen sonst nicht im Geringsten beachtete, sprach jetzt über sie und wartete auf die neueste Entwicklung, auf die Katastrophe.

Charlotte musste eine kluge Antwort finden. Mitgefühl war gut und schön, nur nützte es niemandem etwas und Balantyne brauchte Hilfe.

»Was wollte der Absender haben?«, fragte sie gelassen.

»Eine Schnupftabaksdose«, gab er zur Antwort. »Als Zeichen meines guten Willens.«

Sie war überrascht. »Eine Schnupftabaksdose? Ist sie wertvoll?«

Er stieß ein raues Gelächter aus, mit dem er sich selbst verspottete. »Sie ist nur vergoldet und höchstens ein paar Guineen wert, aber eine herrliche Arbeit. Ein Unikat. Jeder, der mich kennt, würde gleich

118

wissen, dass es meine ist. Sie soll als Zeichen meiner Zahlungsbereitschaft dienen. Manche würden sagen, als Schuldanerkenntnis.« Seine Hände verkrampften sich und sie spürte, wie sich seine Armmuskeln unter ihren Fingern verhärteten. »Aber in Wahrheit ist sie der Beweis meiner Panik – genau das, wofür man mich beschuldigt.« Die Bitterkeit in seiner Stimme grenzte an Verzweiflung. »Noch nie habe ich einem Gegner den Rücken gekehrt, hier aber habe ich nachgegeben. Sonderbar, ich hätte nicht gedacht, dass es mir an moralischem Mut fehlt.«

»Das stimmt doch gar nicht«, sagte sie, ohne eine Sekunde zu zögern. »Es ist eine Verzögerungstaktik – verständlicherweise wollen wir erst die Stärke des Feindes und sein Wesen etwas besser kennen. Erpresser sind Feiglinge, vielleicht die schlimmsten von allen.« Ihr Zorn übermannte sie und sie merkte nicht einmal, dass sie sich bei dem ›wir‹ mit eingeschlossen hatte.

Er berührte ganz sacht und nur flüchtig ihre Finger, die auf seinem Arm ruhten, mit der anderen Hand, dann wandte er sich um und trat an den nächsten Schaukasten, der mehrere gläserne Objekte enthielt.

Sie folgte ihm rasch.

»Sie dürfen sich nicht mit in die Sache hineinziehen lassen«, sagte er. »Ich habe es Ihnen nur gesagt, weil... weil ich jemandem mein Herz ausschütten musste, und ich habe angenommen, dass ich Ihnen trauen kann.«

»Selbstverständlich können Sie das«, sagte sie mit Nachdruck. »Aber ich werde nicht einfach mit ansehen, wie man Sie wegen etwas quält, was Sie nicht getan haben. Das täte ich nicht einmal dann, wenn der Vorwurf berechtigt wäre. Wir alle machen Fehler, haben Augenblicke der Schwäche, Angst oder tun etwas Törichtes. Das allein ist gewöhnlich Strafe ge-

nug.« Sie stand neben ihm, ohne sich wieder unter-
zuhaken. Er sah sie nicht an. »Wir werden kämpfen!«

Jetzt sah er zu ihr hin. »Wie denn? Ich habe nicht die
geringste Vorstellung, wer dahinterstecken könnte!«

»Dann müssen wir es herausbekommen«, gab sie
zur Antwort, »oder mit jemandem Kontakt aufneh-
men, der dabei war und widerlegen kann, was dieser
Mensch behauptet. Machen Sie eine Liste von allen,
die davon wissen.«

»Alle im englischen Heer!«, sagte er mit dem Anflug eines Lächelns.

Sie gab sich nicht geschlagen. »Na hören Sie! Es
war doch nur ein unbedeutendes Scharmützel in
Abessinien, das man nicht im Entferntesten mit Waterloo vergleichen kann! Außerdem liegt es zweiund-
zwanzig Jahre zurück. Die Leute werden gar nicht
mehr alle am Leben sein.«

»Vierundzwanzig Jahre«, verbesserte er sie. Der
Blick seiner Augen war weniger hart. »Wollen wir
bei einem gemeinsamen Mittagessen mit der Liste
anfangen? Das hier ist nicht der geeignetste Ort für
ein solches Vorhaben.«

»Gewiss«, willigte sie ein. »Vielen Dank.« Sie nahm
seinen Arm. »Das wäre ein glänzender Anfang.«

Sie aßen in einem äußerst angenehmen kleinen Restaurant, und wäre Charlotte weniger von der Angelegenheit in Anspruch genommen gewesen, um die es
ging, sie hätte das köstliche Essen, an dessen Vorbereitung sie selbst nicht hatte mitwirken müssen,
über die Maßen genossen. Aber die Sache war viel zu
ernst und daher richtete sie ihre ganze Aufmerksamkeit darauf.

Balantyne versuchte sich an die Namen all jener zu
erinnern, von denen er wusste, dass sie an dem
Scharmützel in Abessinien beteiligt gewesen waren.

120

Nicht ohne Mühe bekam er die Offiziere zusammen, von den einfachen Soldaten aber konnte er sich nur an etwa die Hälfte erinnern.

»Wahrscheinlich sind alle Namen im Heeresarchiv verzeichnet«, sagte er trübselig. »Ich bezweifle allerdings, dass die Leute etwas für mich tun können. Die Sache liegt so lange zurück.«

»Jemand wird sich bestimmt erinnern«, machte sie ihm Mut. »Wir werden die betreffenden Männer aufspüren. Der Verfasser des Briefes muss ja auf die eine oder andere Weise damit zu tun haben.« Sie ließ den Blick über das Blatt in dem Notizbüchlein laufen, das er noch rasch gekauft hatte. Fünfzehn Namen standen darauf. »Bei der Heeresverwaltung wird man ja wohl wissen, wo die Leute leben, oder?«

Er machte einen zutiefst unglücklichen Eindruck. »Nach so langer Zeit können die sich wo auch immer im Lande oder sogar wer weiß wo auf der Welt aufhalten – ganz davon abgesehen, dass sie womöglich, wie Sie schon gesagt haben, gar nicht mehr am Leben sind.«

Sie spürte sein Unbehagen und verstand seine Besorgnis. Auch sie hatte schon mehrfach Ähnliches empfunden. Dabei ging es nicht um das heftige Entsetzen im Angesicht von Vernichtung oder körperlichem Schmerz, sondern um die kalte, schleichende Sorge, etwas zu verlieren. Es ging um Schaden an der Seele, um Einsamkeit, Scham, Schuldgefühl, die innere Einöde eines Menschen, den niemand liebt. Nichts davon bedrohte sie und so musste sie für Balantyne mit stark sein.

»Der Mensch, den wir suchen, lebt sicher noch, und wie ich vermute, sogar hier in London«, sagte sie entschlossen. »Wohin haben Sie die Schnupftabaksdose geschickt?«

Er riss die Augen weit auf. »Ein Fahrradbote hat sie abgeholt. Ich habe mit dem Jungen gesprochen, aber er wusste nicht, wohin er sie bringen sollte. Er konnte mir nur sagen, dass ein Mann ihn bezahlt hatte und bei Einbruch der Dunkelheit am Park auf ihn warten wollte. Er konnte ihn nicht beschreiben und wusste nur, dass er einen karierten Mantel und eine ebenfalls karierte Tuchmütze getragen hatte. Das dürfte eine Verkleidung sein, denn niemand würde sich normalerweise so kleiden. Ich weiß nicht, ob es sich dabei um den Erpresser handelt oder nicht. Vielleicht hat der Mann die Dose einem Dritten weitergegeben.« Balantyne holte tief Luft. »Aber Sie haben Recht, er muss hier in London sein. Es gibt etwas, was ich Ihnen nicht gesagt habe. Der Tote, den man vor meiner Haustür aufgefunden hat, hatte meine Schnupftabaksdose in der Tasche.«

»Oh.« Mit schmerzlicher Klarheit wurde ihr bewusst, was ein Polizeibeamter, der den Fall untersuchte, in diesem Umstand sehen konnte – auch Pitt. »Ach, so ist das.« Jetzt verstand sie Balantynes Befürchtung bestens.

Er sah sie aufmerksam an, wartete auf ihren Zornesausbruch, die Vorwürfe, die geänderte Haltung.

»Kennen Sie ihn?«, fragte sie und sah ihn an.

»Nein. Ich hatte damit gerechnet, als ich auf Bitten Ihres Mannes das Leichenschauhaus aufgesucht habe, um ihn mir anzusehen, aber soweit ich sagen kann, bin ich ihm nie zuvor begegnet.«

»War er möglicherweise Soldat?«

»Bestimmt.«

»Könnte er der Erpresser gewesen sein?«

»Das weiß ich nicht. Ich wünschte es beinahe, denn dann wäre er tot.« Steif lagen seine Finger auf dem Tischtuch. Wie große Mühe es ihn kostete, sie nicht zur Faust zu ballen, sah sie an der Art und

Weise, wie sich seine Hand abwechselnd anspannte und entkrampfte. »Aber ich habe ihn nicht getötet. Wer außer dem Erpresser hätte ein Interesse daran haben können, ihn vor meiner Haustür umzubringen, um mich der Polizei verdächtig zu machen?« Er zitterte jetzt ein wenig. »Mit jeder Post erwarte ich den nächsten Brief, in dem mir der Mann mitteilt, was er will. Aber ich werde es ihm nicht geben. Dann wird er den Vorwurf publik machen – vielleicht sogar der Polizei gegenüber.«

»Wir müssen jemanden finden, der in Abessinien dabei war und als Zeuge dafür auftreten kann, dass die Behauptung nicht der Wahrheit entspricht«, sagte sie mit mehr Zorn und Hoffnung als Überzeugung. »Sie müssen doch Freunde und Verbindungen haben, es muss jemanden geben, der Ihnen sagen kann, wo sich solche Leute finden lassen.« Sie wies auf die Liste. »Lassen Sie uns gleich anfangen.«

Er widersetzte sich nicht, aber sein elender Gesichtsausdruck und die Mattigkeit seines Körpers zeigten, dass er nicht an einen Erfolg des Vorhabens glaubte. Er tat einfach, was sie gesagt hatte, weil es nicht seinem Wesen entsprach aufzugeben, selbst wenn er wusste, dass er geschlagen war.

Tellmans Überzeugung nach musste eine wie auch immer geartete Verbindung zwischen Albert Cole und General Balantyne bestehen und er war entschlossen herauszubekommen, wie sie aussah. Nachdem er alle ihm zugänglichen Mittel erschöpft hatte, etwas über Balantyne zu erfahren, wandte er sich erneut Coles militärischer Laufbahn zu. Sie versprach die größte Aussicht auf Erfolg.

Als er sich mit der Geschichte von Coles Einheit, dem 33. Regiment zu Fuß, beschäftigte, stellte er fest, dass beide Männer 1867/68 an der Strafexpedi-

123

tion nach Abessinien beteiligt gewesen waren. Dort musste Cole auf Balantyne gestoßen sein, der für eine Weile aus Indien nach Afrika entsandt worden war. Na bitte! Mit einem Mal passte alles zusammen. Bestimmt hatte irgendetwas im Zusammenhang mit dieser Kampagne Cole zum Bedford Square gebracht und zu seiner Ermordung geführt.

Tellman spürte, wie sein Puls rascher ging und eine leichte Erregung von ihm Besitz ergriff. Er musste unbedingt sogleich in die Keppel Street, um Pitt diese wichtige Entdeckung mitzuteilen.

Er nahm den Pferdeomnibus bis zur Tottenham Court Road und ging die restlichen wenigen hundert Schritt bis zu Pitts Haus zu Fuß.

Er klingelte und trat einen Schritt zurück. Natürlich würde Gracie öffnen. Unwillkürlich fuhr er mit den Fingern zwischen Hals und Kragen, als säße dieser zu eng, dann strich er völlig überflüssigerweise die Haare mit beiden Händen zurück. Sein Mund war ein wenig ausgetrocknet.

Die Tür ging auf. Gracie sah überrascht drein. Sie glättete die Schürze über ihren Hüften und sah ihm ins Gesicht.

»Ich bin gekommen, um Mr. Pitt etwas mitzuteilen«, sagte er eine Spur zu schroff.

»Kommen Sie erst mal rein«, forderte sie ihn auf, bevor er den Grund seines Kommens ausführlicher erklären konnte. Dann trat sie beiseite und ließ ihn eintreten.

Seine schweren Schuhe hallten auf dem Linoleumbelag des Flurs, der zur Küche führte. Gracie, die hinter ihm ging, setzte ihre Füße leicht und fast lautlos auf, aber sie war ja auch klein wie ein Kind.

Er hatte damit gerechnet, dass Pitt am Küchentisch sitzen würde, das aber war, wie sich zeigte, nicht der Fall. Vermutlich hielt er sich im Wohnzimmer auf und Gracie würde ihn holen, statt Tellman dorthin zu bitten. Immerhin handelte es sich um einen dienstlichen und nicht um einen Freundschaftsbesuch.

Tellman stand steif in der Mitte des Raumes, roch die Wärme, den Duft des Backmehls, den Geruch sauberer Wäsche, den Dampf, der vom Wasserkessel auf dem Herd aufstieg, den Kohlenstaub, der in der Luft lag. Die frühabendliche Sonne beschien durch das Fenster das blau-weiße Porzellan auf der Anrichte. Zwei Katzen lagen am Feuer, rötlich-weiß die eine, die andere so schwarz wie die Kohlen im Kasten.

»Setzen Se sich und stehn Se nich' rum wie 'n Laternenpfahl«, sagte Gracie in verweisendem Ton und zeigte auf einen der Holzstühle. »Woll'n Se 'n Schluck Tee?«

»Ich bin gekommen, um Mr. Pitt etwas Wichtiges mitzuteilen«, sagte er steif. »Nicht, um in Ihrer Küche zu sitzen und Tee zu trinken. Sie sollten besser zu ihm gehen und ihm sagen, dass ich hier bin.« Er blieb stehen.

»Er is' nich' da«, ließ sie ihn wissen und schob den Kessel mitten auf die Herdplatte. »Wenn's so wichtig is', lassen Se am besten 'ne Nachricht da. Ich seh zu, dass er se kriegt, sobald er kommt.«

Er zögerte. Wichtig war die Sache zweifellos. Aus dem Wasserkessel stieg Dampf auf. Er hatte schon eine ganze Weile keine Gelegenheit mehr gehabt, sich in Ruhe hinzusetzen, und schon gar nicht hatte er etwas gegessen oder getrunken. Seine Füße waren heiß und schmerzten.

Die schwarze Katze dehnte sich, gähnte und schlief wieder ein.

»Ich hab Kuchen gebacken. Woll'n Se 'n Stück?« Gracie bewegte sich flink und anmutig, holte die Teekanne und gab sich die größte Mühe, die Teedose zu erreichen, die jemand auf dem Brett ganz nach hinten geschoben hatte. Sie streckte sich, so weit sie konnte, und sprang dann hoch. Sie war ungewöhnlich klein.

Er ging hinüber, nahm die Dose mühelos herunter und gab sie ihr.

»Das kann ich auch selber«, sagte sie keck und nahm sie ihm aus der Hand. »Was meinen Se wohl, was ich mach, wenn Se nich hier sind?«

»Wasser trinken«, sagte er.

Sie warf ihm einen rasiermesserscharfen Blick zu, ging aber mit der Dose zum Herd. »Am besten hol'n Se gleich auch 'n paar Teller runter«, wies sie ihn an. »Ich ess 'n Stück Kuchen, auch wenn Sie kein' woll'n.«

Er gehorchte. Natürlich könnte er ihr anvertrauen, was er Pitt zu sagen hatte. Auf diese Weise würde ihn die Botschaft am schnellsten erreichen.

Sie setzten sich einander gegenüber, steif und sehr förmlich, tranken in kleinen Schlucken den zu heißen Tee und aßen den wirklich vorzüglichen Kuchen.

Er berichtete ihr, was er über Albert Cole und das 33. Regiment zu Fuß sowie die militärische Unternehmung in Abessinien erfahren hatte, und auch, dass Balantyne seinerzeit aus Indien dorthin beordert worden war.

Sie machte ein bedenkliches Gesicht, als beunruhige die Mitteilung sie.

»Das sag ich ihm«, versprach sie. »Mein' Se denn, dass General Balantyne den Burschen umgebracht hat?«

»Möglich.« Er wollte sich nicht zu weit vorwagen. Falls er ›ja‹ sagte und sich herausstellte, dass er sich geirrt hatte, würde sie die Achtung vor ihm verlieren.

»Was machen Se jetzt als Nächstes?«, fragte sie ernsthaft, die Augen unverwandt auf sein Gesicht gerichtet.

»Ich versuche so viel wie möglich über Cole zu erfahren«, teilte er ihr mit. »Er muss einen Grund gehabt haben, Balantyne nach so langer Zeit aufzustöbern. Immerhin liegt die Sache fast ein Vierteljahrhundert zurück.«

Sie beugte sich vor. »Das muss ja schrecklich wichtig gewesen sein. Wenn Se's rauskriegen, müssen Se das unbedingt sofort Mr. Pitt mitteil'n. Am besten komm' Se her und sagen's Mrs. Pitt oder mir. Wenn's um so hohe Tiere wie 'nen General geht, kann das richtig gefährlich werden. Machen Se bloß nix auf eigene Faust!« Sie sah ihn mit tiefer Besorgnis an. »Am besten sagen Se Mrs. Pitt Bescheid, bevor Se sonst jemand was erzählen, denn die kommt aus den besseren Kreisen und weiß garantiert Rat. Die kann dem gnä' Herr und Ihnen sagen, worauf's bei solchen Leuten ankommt.« Sie sah ihn aufmerksam an, darauf bedacht, dass er auch begriff, worauf sie hinauswollte.

Sie war ein einfaches Hausmädchen, das aus den verwinkelten Gassen von – er wusste nicht woher – stammte, höchstwahrscheinlich gleich ihm aus einem Armenviertel wie Wandsworth, Billingsgate oder einem von Hunderten ähnlicher überbevölkerter Elendsquartiere. Aber während man ihr als Mädchen nicht einmal die Grundlagen einer Ausbildung mit auf den Weg gegeben hatte, so dass sie erst kürzlich von Charlotte Lesen und Schreiben gelernt hatte, war Tellman deutlich über seine Herkunft aus der Unterschicht hinausgewachsen. Trotzdem schien ihm ihre Anregung bedenkenswert.

Sie goss ihm den Becher erneut voll und setzte ihm ein weiteres Stück Kuchen vor.

Beides nahm er dankbar entgegen. Überrascht stellte er fest, dass sie eine gute Köchin war. Da sie so klein und mager war, hatte er als selbstverständlich angenommen, sie könne nichts von den Geheimnissen der Küche verstehen.

»Se komm' also her und sagen's mir«, wiederholte sie. »Die gnä' Frau sorgt dann dafür, dass der gnä' Herr nich' Leuten in die Quere kommt, die großen Einfluss haben und ihm schaden könnten, wenn er was falsch macht.«

Obwohl er in vielem anderer Meinung war als Gracie, fühlte er sich in der Küche immer behaglicher. Zwar musste sie noch viel lernen, vor allem über gesellschaftspolitische Fragen und Gerechtigkeit, aber sie hatte ein gutes Herz und niemand konnte ihr vorwerfen, nicht tapfer für ihre Überzeugungen zu kämpfen.

»Vermutlich ein guter Gedanke«, gab er zu. Er wollte nicht, dass sich Pitt in vermeidbare politische Schwierigkeiten verstrickte. Das hatte nicht nur mit Loyalität seinem Vorgesetzten gegenüber zu tun, dem er nach wie vor mit gemischten Gefühlen gegenüberstand, sondern war eine Frage der Gerechtigkeit. Sofern General Balantyne der Ansicht war, über dem Gesetz zu stehen, bedurfte es nicht nur guter kriminalistischer Arbeit, um Beweise für die Tat zu finden und ihn zu fassen, sondern auch großen Geschicks.

»Gut«, sagte Gracie befriedigt und nahm selbst ein großes Stück Kuchen. »Se komm' also her und sagen mir oder der gnä' Frau, was Sie wissen. Sie erzählt es dem gnä'n Herrn und hilft ihm gleichzeitig, dass er nich' sofort alle Karten auf'n Tisch legt, sonst käm die Wahrheit womöglich nie an den Tag. Se wissen ja, dass einfache Leute und bessere Leute nich' gleich behandelt werden.« Sie sah aufmerksam zu ihm hin, um zu erkennen, ob er verstand.

»Und ob ich das weiß!«, knurrte er. »Aber das dürfte nicht so sein. Ein Reicher ist kein besserer Soldat als ein Armer – ganz im Gegenteil!«

Sie sah ihn verständnislos an. »Wovon reden Sie?«

»Balantyne hat es nur deshalb bis zum General gebracht, weil ihm sein Vater das Offizierspatent gekauft hat«, erklärte er geduldig. Vielleicht erwartete er doch zu viel Klugheit von ihr. »Wahrscheinlich hat er nie selbst gekämpft und immer nur andere herumkommandiert.«

Gracie rutschte auf ihrem Stuhl herum, als koste es sie die größte Mühe, sich bei dieser Mitteilung zu beherrschen.

»Wenn er so viel Geld hat, müssen wir sehr vorsichtig sein«, sagte sie erzürnt und ohne ihn anzusehen. Dann hob sie mit blitzenden Augen den Kopf. »Stimmt das auch, dass man sich 'nen Generalsposten kaufen kann? Und wenn jemand so viel Geld hat, warum will er dann Soldat sein? Das is' doch dumm!«

»Davon verstehen Sie nichts«, sagte er von oben herab. »Diese Menschen sind anders als wir.«

»Nich', wenn man auf se schießt«, gab sie sofort zurück. »Blut is' Blut, das is' bei allen gleich.«

»Das wissen Sie und ich«, pflichtete er ihr bei. »Aber diese Leute glauben, dass ihres anders und besser ist.«

Sie seufzte ergeben, wie sie das zu tun pflegte, wenn Daniel nicht gehorchte, weil er sehen wollte, wie weit er bei ihr gehen konnte. »Sicher wissen Se darüber mehr wie ich, Mr. Tellman. Wahrscheinlich muss Mr. Pitt froh sein, jemand wie Sie zu haben, der dafür sorgt, dass er keine Fehler macht.«

»Ich tu mein Bestes«, räumte er ein, während er ein drittes Stück Kuchen entgegennahm und sich den Becher noch einmal füllen ließ. »Danke, Gracie.«

Sie brummte etwas.

Als er eine halbe Stunde später ging, ohne Pitt oder Charlotte gesehen zu haben, überlegte er besorgt, was er da eigentlich versprochen hatte. Es war ein langer und ereignisreicher Tag gewesen. Es war sehr warm. Seine Füße schmerzten. Er war viele Kilometer gegangen und hatte außer einem Käsebrot mit Essiggürkchen und Gracies Kuchen nichts gegessen. Sie hatte ihn umsorgt und er hatte, ohne das recht zu merken, versprochen, ihr alles zu sagen, was er im Fall Albert Cole entdeckte, bevor er es Pitt mitteilte. Er musste ja den Verstand verloren haben! Etwas so Törichtes hatte er noch nie im Leben getan. Es widersprach allem, was man ihn gelehrt hatte.

Das allerdings war normalerweise für ihn kein Hinderungsgrund. Er gehörte nicht zu den Leuten, die Befehle blind befolgten.

Er war zu müde, als dass er hätte klar denken können, und er hatte das entsetzliche Gefühl, den Boden unter den Füßen verloren zu haben. Wie kam er eigentlich dazu, Augenblickslaunen zu folgen statt wie sonst seinen bewährten Gewohnheiten? Aber er hatte sein Wort gegeben – und zu allem Überfluss Gracie Phipps!

KAPITEL
VIER

Als Pitt schließlich nach Hause kam, erfuhr er von Gracie, was Tellman entdeckt hatte. Das Bewusstsein, dass das auf eine gewisse Beziehung zwischen Albert Cole und Balantyne hinzuweisen schien, bedrückte ihn. Er musste unbedingt Tellman anweisen, über Cole so viel wie möglich in Erfahrung zu bringen, vor allem, ob er der Polizei schon früher wegen Einbruchs oder Erpressung aufgefallen war. Andererseits konnte er sich nichts in Balantynes Leben vorstellen, was Anlass geben könnte, ihn unter Druck zu setzen. Die tragischen Ereignisse um diesen bedauerlichen Menschen waren schon vor Jahren in allen Einzelheiten vor der Öffentlichkeit ausgebreitet worden.

Am nächsten Morgen fühlte er sich erneut an die Affäre erinnert, während er an einem Zeitungsjungen vorüberkam, der die Schlagzeilen ausrief: »Toter vor der Haustür eines Generals ist ehemaliger Soldat! Polizei kann Mord nicht aufklären! Lesen Sie alle Einzelheiten und versuchen Sie, den Fall zu lösen! Zeitung, Sir? Hier, vielen Dank.«

Pitt nahm das Blatt zur Hand und schlug es auf. Während er den Artikel las, nahmen sein Zorn und seine Bestürzung immer mehr zu. Ohne offen etwas zu sagen, gegen das man hätte vorgehen können, gab der Verfasser zu verstehen, der Tote müsse irgendwann in der Einheit des Generals gedient haben, so dass zwischen beiden zwangsläufig eine Beziehung bestehe, bei der es um alles Mögliche gehen könne: persönliche

Neigungen, Rachegelüste, eine Verschwörung, Wissen, das nicht in falsche Hände geraten dürfe, wenn nicht gar Hochverrat. Gleichgültig, ob nun eine dieser absichtlich nicht genauer benannten Möglichkeiten zutraf oder nicht, jede von ihnen konnte Balantyne zugrunde richten.

Pitt legte die Zeitung zusammen und klemmte sie unter den Arm, während er dem Eingang der Wache in der Bow Street entgegenstrebte.

Kaum hatte er sein Dienstzimmer betreten, als ein Untergebener hereinkam und ihm mitteilte, der stellvertretende Polizeipräsident Cornwallis erwarte ihn umgehend. Einen Grund für dies dringliche Ersuchen nannte er nicht.

Sogleich erhob sich Pitt wieder, ohne auch nur einen Blick auf seinen Schreibtisch zu werfen. Als erstes kam ihm der Gedanke, der Erpresser habe Cornwallis einen weiteren Brief geschickt, in dem er seine Bedingungen nannte. Allerlei Möglichkeiten schossen ihm durch den Kopf, angefangen von einer Geldforderung über die Androhung, das angebliche Vergehen öffentlich bekannt zu machen, bis hin zu gefälschten Beweisen.

Er gab sich gar nicht erst die Mühe, Tellman eine Mitteilung zu hinterlassen, denn dieser konnte seiner Aufgabe gut und gern ohne seine Hilfe nachgehen. Niemand brauchte ihm zu sagen, wie er bei seinen Nachforschungen über Albert Coles Lebensumstände und -gewohnheiten vorzugehen hatte.

Pitt ging zu Fuß zur nahe gelegenen Drury Lane, wo er fast sogleich eine Droschke fand. Während sie wendete und südwärts fuhr, nahm er trotz des herrlichen Morgens, den ein frischer Wind belebte, nichts von dem wahr, was um ihn herum vorging – weder, dass zwei Brauereikutscher einander beschimpften, noch, dass alle Fahrzeuge anhielten, als ein feierlich herausgeputzter Leichenwagen mit vier völlig gleich aussehenden Rappen vorüberkam, auf deren Köpfen schwarze Federbüsche wippten. Nicht einmal die offene Kalesche drei Straßen weiter fiel ihm auf, in der ein halbes Dutzend kichernde Backfische übermütig mit Sonnenschirmen herumfuchtelte, ohne daran zu denken, wie gefährlich das für Menschen außerhalb ihres Gefährts sein konnte.

Er wurde bei Cornwallis sogleich vorgelassen. Entsprechend seiner Gewohnheit stand Cornwallis am Fenster und sah auf die Straße hinab. Bei Pitts Eintreten wandte er sich um. Er war bleich und hatte dunkle Schatten um die Augen, während seine Lippen angespannt wirkten.

»Guten Morgen«, sagte er, als Pitt die Tür schloss. »Treten Sie näher.« Er wies auf die Sessel vor seinem Schreibtisch, blieb aber stehen, bereit, auf und ab zu schreiten, sobald er sicher sein durfte, dass Pitt ihm zuhörte. »Kennen Sie den Bankier Sigmund Tannifer?«

»Nein.«

Cornwallis sah ihn an, die Hände hinter dem Rücken verschränkt. Sein Körper wirkte angespannt. »Es handelt sich um einen Mann, der in Wirtschafts- und Finanzkreisen bedeutenden Einfluss hat.«

Pitt wartete.

Wie unter einem Zwang begann Cornwallis auszuschreiten, fünf Schritte hin, fünf zurück, als wäre das Büro das Achterdeck eines Schiffs, das zur Vorbereitung einer Schlacht in den Wind gedreht wurde.

»Er hat mich gestern Abend aufgesucht«, begann er. Er sprach in kurzen, abgehackten Sätzen. »Er schien ... bedrückt.« Wieder hatte Cornwallis fünf Schritte getan und wandte sich um, wobei er Pitt ansah. »Er wollte nicht sagen, worum es ging, und hat sich nach der Sache vom Bedford Square erkundigt.

Wollte wissen, wer sie bearbeitet.« Wieder änderte er die Richtung und kam zurück. »Dann wollte er wissen, ob er Sie sprechen könne... privat, so bald wie möglich... genau gesagt, gleich heute Morgen.« Wieder schritt er aus, die Hände nach wie vor hinter dem Rücken verschränkt. »Ich habe ihn gefragt, ob er etwas über den Mord wisse. Vielleicht hatte man bei ihm eingebrochen oder er wusste von einem Einbruch bei jemandem am Bedford Square.« Mit fragendem Blick blieb er stehen. Er wirkte fast verletzt. »Er hat gesagt, das sei nicht der Fall. Es gehe um eine andere Angelegenheit, die aber privat und außerordentlich bedeutsam sei.« Er nahm ein Blatt Papier vom Tisch und gab es Pitt. »Das ist seine Anschrift. Er erwartet Sie in seinem Hause.«

Pitt sah auf das Blatt. Tannifer wohnte in Chelsea.

»Jawohl, Sir. Ich gehe gleich zu ihm.«

»Gut. Vielen Dank.« Endlich blieb Cornwallis stehen. »Berichten Sie mir anschließend, worum es sich handelt... Bis Sie kommen, werde ich bestimmt wieder zurück sein.«

»Zurück?«, fragte Pitt.

»Ach so.« Cornwallis stieß langsam den Atem aus. »Ich muss in meinen Klub, den Jessop-Club. Eigentlich fehlt mir die Zeit dafür.« Er lächelte flüchtig im Bemühen, sein Zögern zu verbergen. Offensichtlich fürchtete er hinzugehen, als wüssten alle Bekannten und Clubmitglieder schon, was in dem Erpresserbrief stand, und als glaubten sie es oder fragten sich zumindest, ob etwas an dem Vorwurf dran sein könne. »Aber ich muss da hin«, wiederholte er. »Es geht um einen Ausschuss, der sich um hilfsbedürftige Kinder kümmert. Das ist zu wichtig, als dass ich mich davor drücken könnte.« Bei diesen Worten wirkte er ein wenig verlegen. Rasch drehte er sich um, nahm seinen Hut und folgte Pitt nach draußen.

Mit einer Droschke fuhr Pitt, aufs Neue tief in Gedanken versunken, zur Queen Street ganz in der Nähe des Botanischen Gartens. Sie lief unmittelbar auf das Ufer der Themse zu, deren blaugraues Wasser in der Sonne blitzte. In dieser ruhigen Wohngegend lagen auch das Chelsea Hospital und die große, ausgedehnte Fläche von Burton's Court.

Pitt klopfte an der Tür des angegebenen Hauses und gab dem Lakaien, der ihm öffnete, seine Karte. Den Steinfußboden des Vestibüls, durch das er ins Haus geführt wurde, bedeckten Perserteppiche. An den Wänden hing eine Vielzahl historischer Waffen, angefangen von einem beidhändigen Kreuzritterschwert über einen napoleonischen Reitersäbel bis hin zu zwei Paar Duellpistolen und zwei Rapieren. Der Lakai bat ihn in ein eichengetäfeltes Arbeitszimmer, in das kaum fünf Minuten später ein hochgewachsener Herr von schätzungsweise Mitte fünfzig trat, dessen Haar von der Stirn zurückzuweichen begann. Er sah eindrucksvoll aus, doch war sein Gesicht zu fleischig, als dass man ihn wirklich gut aussehend hätte nennen können.

Seinem erstklassig geschnittenen Anzug nach, dessen Stoff so glatt fiel, als enthalte er Seide, musste er sehr wohlhabend sein. Auch sein Halstuch schimmerte seiden.

»Ich bin Ihnen sehr verbunden, dass Sie gekommen sind, Oberinspektor. Vielen Dank. Bitte nehmen Sie doch Platz.« Er machte eine einladende Handbewegung zu den Sesseln. Zwar setzte er sich, nachdem Pitt seiner Aufforderung Folge geleistet hatte, entspannte sich aber nicht, sondern saß aufrecht und mit ineinander geschlungenen Händen da. Auch wenn er nicht erkennbar nervös war, machte er sich offensichtlich Sorgen um etwas.

Mehrere Fragen kamen Pitt in den Sinn, ohne dass er sie äußerte. Er wollte warten, bis Tannifer von sich aus sagte, was er von ihm wollte.

»Ich habe gehört, dass Sie in der scheußlichen Geschichte vom Bedford Square ermitteln«, begann Tannifer tastend.

»Ja«, bestätigte Pitt. »Mein Wachtmeister versucht gerade, Einzelheiten über den Toten herauszubringen, weil wir gern wissen möchten, was er dort zu tun hatte. Gewöhnlich hat er sich in Holborn aufgehalten, wo er am Eingang zum Anwaltsviertel Lincoln's Inn Fields Schnürsenkel verkauft hat.«

»Ja.« Tannifer nickte. »Ich habe in der Zeitung gelesen, dass es sich um einen früheren Soldaten handelte. Ist das richtig?«

»So ist es. Wissen Sie etwas über ihn, Mr. Tannifer?«

Der Angesprochene lächelte. »Nein. Ich fürchte, ich kann Ihnen nichts dazu sagen.« Das Lächeln verschwand. »Ich wollte lediglich mit Ihnen sprechen, weil ich in der Zeitung gelesen habe, dass der arme Balantyne womöglich in den Fall verwickelt ist. Sie scheinen verständnisvoll und verschwiegen zu sein und genießen offenbar Cornwallis' ganzes Vertrauen, denn sonst hätte er Ihnen eine solche Angelegenheit nicht übertragen.« Er sah Pitt nachdenklich an und versuchte ihn offenkundig einzuschätzen. Pitt hielt es nicht für erforderlich, auf diese Worte etwas zu antworten, denn allem Anschein nach hatte sich Tannifer informiert. Aus bloßer Bescheidenheit abzuwehren war in dieser Situation nicht angebracht.

Tannifer schürzte die Lippen. »Mr. Pitt, ich habe einen äußerst beunruhigenden Brief bekommen. Man könnte ihn als Erpresserschreiben bezeichnen, doch sind bisher keine Forderungen angemeldet worden.«

Vor Entsetzen stand Pitt fast der Atem still. Mit einer solchen Möglichkeit hatte er nicht im Entferntesten gerechnet. Dieser wohlhabende Bankier wirkte in keiner Weise so mitgenommen wie Cornwallis. Das allerdings mochte daran liegen, dass er noch nicht vollständig erfasst hatte, welche Kreise die Sache ziehen konnte. Die Angst, die schlaflosen Nächte und die ständige Anspannung würden noch kommen.

»Wann haben Sie das Schreiben bekommen, Mr. Tannifer?«, fragte er.

»Gestern Abend mit der letzten Post«, gab dieser ruhig zur Antwort. »Ich habe Cornwallis sofort Mitteilung davon gemacht. Ich kenne ihn ein wenig und hatte den Eindruck, dass ich mir erlauben dürfte, ihn unmittelbar aufzusuchen und in seiner Wohnung zu behelligen.« Er holte tief Luft und stieß den Atem wieder aus, wobei sich seine Schultern senkten. »Sie müssen verstehen, Mr. Pitt, dass ich mich in einer sehr heiklen Lage befinde. Meine Fähigkeit, etwas für andere zu tun, meine ganze berufliche Existenz, hängt davon ab, dass ich das Vertrauen anderer genieße.« Er musterte Pitt aufmerksam, um zu sehen, ob ihn dieser verstand. Zweifel trat in seine Augen. Vielleicht erwartete er zu viel.

»Kann ich den Brief einmal sehen?«, erkundigte sich Pitt.

Diese Frage war Tannifer sichtlich unbehaglich, doch er biss sich auf die Lippe und erhob keinen Einwand. »Selbstverständlich. Er liegt dort.« Er wies auf die Tischkante, als zögere er, den Umschlag selbst noch einmal in die Hand zu nehmen.

Pitt erhob sich und nahm den Brief von der polierten Platte. Name und Anschrift waren so sauber und genau aus Zeitungsbuchstaben zusammengesetzt und aufgeklebt, dass man auf den ersten Blick annehmen konnte, sie wären auf den Umschlag gedruckt. Der

Umschlag trug den Stempel der Londoner Hauptpost vom Vortag.

Pitt öffnete ihn und nahm das Blatt heraus, das er enthielt.

Mr. Tannifer,
Sie haben dank Ihrer Fähigkeiten auf finanziellem Gebiet mit dem Geld anderer Menschen Ansehen und Reichtum erworben. Beides hängt vom Vertrauen ab, das andere in Sie setzen, und gründet sich darauf, dass man Sie für über jeden Zweifel erhaben hält. Würden die Menschen ihre Meinung über Sie nicht ändern, wenn bekannt wäre, dass Sie bei einer bestimmten Gelegenheit deutlich weniger zuverlässig waren und sich an unterschlagenen Kundengeldern bereichert haben? Wenn ich mich richtig erinnere, ging es dabei um die Firma Warburton und Pryce. Ich kenne den genauen Betrag nicht, vielleicht wissen Sie selbst ihn auch nicht mehr oder haben ihn möglicherweise nie gewusst. Warum zählen, was man ohnehin nie zurückzuzahlen gedenkt? Haben Sie einen Sinn für widersinnige Situationen?
Vermutlich ja, sonst würden Sie nicht zulassen, dass andere Ihnen ihr Geld anvertrauen. Ich täte es nicht!
Vielleicht tut es eines Tages niemand mehr.

Das war alles. Was gemeint war, ging deutlich aus dem Gesagten hervor – ganz wie im Brief an Cornwallis. Auch hier wurde weder etwas verlangt, noch eine erkennbare Drohung ausgesprochen; trotzdem waren die Boshaftigkeit, die niedrige Gesinnung und die drohende Gefahr unverkennbar.

Pitt richtete den Blick auf Tannifer, der ihn gespannt ansah.

»Verstehen Sie?«, fragte Tannifer mit rauer Stimme. Er hob sie ein wenig, als könne er die Spannung nicht mehr ertragen. »Er verlangt nichts, aber die Drohung ist eindeutig.« Er beugte sich über den Tisch, so dass sich sein Jackett verzog. »Was da steht, entbehrt jeder Grundlage! Ich habe in meinem Leben niemandem auch nur das Schwarze unter dem Fingernagel gestohlen. Ich denke, dass ich das mit Hilfe einer gründlichen Untersuchung der Bücher meiner Bank durch eine neutrale Stelle sogar beweisen könnte, sofern genug Zeit zur Verfügung steht.«

Er hielt den Blick auf Pitt gerichtet und schien in dessen Augen und Gesicht nach einem Hinweis auf Hoffnung oder Verständnis zu suchen. »Aber sobald ich das täte, würde man anfangen, sich zu fragen, warum ich einen solchen Schritt für erforderlich halte«, fuhr er fort. »Die geringste Andeutung würde genügen, mich zu ruinieren – und die Bank gleich mit, wenn man mir nicht sofort den Stuhl vor die Tür setzte. Meine einzige Aussicht, aus der Sache herauszukommen, besteht darin, dass ich aus eigenem Entschluss ausscheide.« Er machte eine kläglich wirkende Handbewegung. »Das aber würden manche erst recht als Schuldeingeständnis auslegen. Was kann ich um Himmels willen nur tun?«

Gern hätte ihm Pitt die erhoffte beruhigende Antwort gegeben, doch sie hätte in keiner Weise der Wahrheit entsprochen. Sollte er ihm sagen, dass es ein weiteres solches Schreiben gab?

»Weiß sonst jemand davon?«, fragte er und wies auf den Brief.

»Nur meine Frau«, gab Tannifer zur Antwort. »Sie hat gemerkt, wie mitgenommen ich war, und so stand ich vor der Wahl, ihr die Wahrheit zu sagen oder mir etwas aus den Fingern zu saugen. Da ich noch nie Geheimnisse vor ihr hatte, habe ich ihr das Schreiben des Erpressers gezeigt.«

Pitt hielt das für einen Fehler, fürchtete er doch, es könne sie so sehr verängstigt haben, dass sie völlig unabsichtlich ihren Kummer verriet oder es gar für richtig hielt, sich einem Dritten anzuvertrauen, und sei es nur ihrer Mutter oder einer Schwester.

Tannifer hatte ihm wohl vom Gesicht abgelesen, was er dachte. Er lächelte. »Keine Sorge, Mr. Pitt. Meine Frau ist bemerkenswert tapfer und hält unverbrüchlich zu mir. Ich traue ihr mehr als jedem anderen Menschen auf der Welt.«

Das war eine ungewöhnliche Aussage, doch wenn er es recht bedachte, hätte er über Charlotte wohl das Gleiche gesagt, und so errötete er vor Schuldbewusstsein, dass er bei Mrs. Tannifer ohne den geringsten Anlass weniger vorausgesetzt hatte.

»Ich bitte um Verzeihung«, sagte er zerknirscht. »Ich dachte nur –«

»Gewiss«, sagte Tannifer leichthin und lächelte erneut. »In den meisten Fällen dürfte Ihre Vermutung zutreffen. Sie brauchen also in keiner Weise ein schlechtes Gewissen zu haben.« Er griff nach dem bestickten Glockenzug und betätigte ihn.

Bald darauf trat ein Lakai ein.

»Bitten Sie Mrs. Tannifer zu uns«, wies er ihn an. Nachdem der Lakai den Raum verlassen hatte, sah Tannifer Pitt erneut ernsthaft an. »Was können Sie tun, um uns zu helfen, Oberinspektor? Wie soll ich mich dieser … Drohung gegenüber verhalten?«

»Vor allem kein Wort zu wem auch immer«, gab Pitt zur Antwort und sah ihn bedeutungsvoll an. »Geben Sie nicht den geringsten Anlass zu Spekulationen. Da man Ihnen möglicherweise Ihre Besorgnis anmerken wird, sollten Sie sich im Voraus einen glaubwürdigen Grund dafür überlegen und sie darauf zurückführen. Es ist besser, nicht zu sagen, alles sei in bester Ordnung, wenn andere das nicht recht glauben können.«

»Ich verstehe«, nickte Tannifer.

Nach einem leisen Klopfen trat eine Frau ein, die auf den ersten Blick recht durchschnittlich aussah. Sie war mittelgroß, eher schmächtig und trug ein Kleid mit einer kaum angedeuteten Tournüre. Ihr offenbar naturkrauses Haar hatte die Farbe hellen Honigs, doch konnte man ihre Gesichtszüge nicht schön nennen. Mit ihren eckigen Schultern und den schmalen Hüften machte sie überdies weder einen besonders weiblichen Eindruck, noch entsprach sie den gängigen Vorstellungen der herrschenden Mode. Ihre Nase war ohne jeden eleganten Schwung und ihre Mundpartie sah sonderbar verletzlich aus. Bemerkenswert war ihre ungewöhnliche Anmut, mit der sie in jeder Menschenansammlung aufgefallen wäre, und je länger man sie ansah, desto anziehender wirkte sie.

Beide Männer erhoben sich.

»Parthenope, das ist Oberinspektor Pitt aus der Bow Street«, stellte Tannifer vor. »Er ist wegen des entsetzlichen Briefs gekommen.«

»Wie gut«, sagte sie rasch. Ihre warme Stimme klang ein wenig rau. Sie sah ihn mit ihren großen blauen Augen offen an und fügte hinzu: »Die reine Bosheit. Wer auch immer das geschrieben hat, kann unmöglich annehmen, dass ein wahres Wort an diesen Vorwürfen ist. Es handelt sich um Lügen, die uns verletzen und ich weiß nicht was von uns erpressen sollen! Es wird nicht einmal gesagt, was! Wie kann man sich gegen so etwas zur Wehr setzen?« Sie trat näher zu ihrem Mann und schob ihren Arm fast automatisch unter den seinen. Es war eine Geste, die bei aller Beiläufigkeit beschützend wirkte.

»Vor allem sollten Sie sich so natürlich wie möglich verhalten«, wiederholte Pitt, diesmal zu ihr gewandt. »Falls jemandem Ihre Unruhe auffällt, geben Sie eine beliebige andere Erklärung an, aber speisen Sie die Leute auf keinen Fall damit ab, dass Sie bestreiten, es sei nichts – man würde es Ihnen nicht glauben.«

»Der Bruder meiner Frau ist zur Zeit nach Indien abkommandiert, genau gesagt, hält er sich im Vasallenstaat Manipur auf. Die Nachrichten, die uns von dort erreichen, genügen, um jeden zu beunruhigen ...« Als Tannifer sah, dass Pitt nickte, fuhr er fort: »Wie Sie wissen, hat es dort im September eine Palastrevolte gegeben. Da es sich in den Augen des Vertreters unserer Regierung in Assam dabei um Aufruhr handelte, ist er im März mit vierhundert Gurkha-Kriegern nach Imphal aufgebrochen, dem Hauptort von Manipur – Städte gibt es dort nicht –, um Gespräche mit den Leuten aufzunehmen. Man hat den Trupp sogleich angegriffen und die meisten getötet.« Er furchte die Stirn, als könne er immer noch nicht recht glauben, was er da sagte.

»Wie es aussieht, hat keiner der kommandierenden Offiziere das Massaker überlebt, und so hat die junge Witwe unseres Regierungsvertreters die verbliebenen Briten und Gurkha-Krieger von Imphal zurück durch den Dschungel und über das Gebirge nach Assam geführt! Gurkhas, die aus der Gegenrichtung kamen, haben den kleinen Trupp in Sicherheit gebracht.« Er lachte kurz auf. »Wenn ich also sage, dass ich mir um meinen Schwager Sorgen mache, würde mir das jeder sofort glauben.« Er warf einen Blick auf seine Frau, die zustimmend nickte. Stolz glänzte in ihren Augen.

Pitt kehrte von der sonderbaren Geschichte um Manipur in die gegenwärtige bedrückende Lage in

London zurück. Eine eisige Beklemmung erfasste ihn bei der Vorstellung, dass jemand zwei hoch angesehenen Männern drohte, sie zugrunde zu richten, ohne einen Preis für sein Stillschweigen zu verlangen. War es möglich, dass der Erpresser einen persönlichen Groll gegen die beiden hegte? Und was war mit General Balantyne? Pitt fragte sich, ob er nicht unter Umständen ebenfalls zu den Opfern jenes geheimnisvollen Erpressers gehörte und es lediglich aus übergroßer Angst oder Scham verschwiegen hatte. Allerdings war er auch weit mehr bedroht: Immerhin hatte man einen Toten vor seiner Haustür gefunden, womit die ganze Angelegenheit an die Öffentlichkeit gelangt war, so dass die Polizei hatte eingreifen müssen.

Sollte Albert Cole der Erpresser gewesen sein?

Das war kaum anzunehmen. Je mehr Pitt darüber nachdachte, desto weniger hielt er das für wahrscheinlich. Er nahm den an Tannifer gerichteten Brief erneut zur Hand und las ihn noch einmal. Das war das Werk eines Menschen, der mit Worten umgehen konnte, und dürfte auf keinen Fall von einem einfachen Soldaten stammen, der sich seinen Lebensunterhalt als Straßenhändler mit dem Verkauf von Kurzwaren verdiente. Doch er hatte Balantynes Schnupftabaksdose in der Tasche gehabt. Auch wenn sie, wie Pitt inzwischen wusste, nicht aus Gold war, sondern aus vergoldetem Tombak, also Talmi, so war sie doch von ausgesuchter Schönheit und vermutlich ein Unikat.

Tannifer und Parthenope sahen ihn aufmerksam an.

»Gibt es etwas von Bedeutung, was Sie mir vorenthalten, Oberinspektor?«, fragte Tannifer besorgt. »Ihre Miene lässt mich das Schlimmste befürchten.«

Parthenopes Gesicht war angespannt, ihr Mund vor Angst verzogen.

Pitt entschloss sich, die Karten auf den Tisch zu legen. »Nicht nur Sie sind den Drohungen dieses Menschen ausgesetzt, Mr. Tannifer.« Auf Tannifers Züge trat der Ausdruck von Verblüffung und zugleich eine Art Erleichterung.

»Das ist ja ungeheuerlich!«, entfuhr es seiner Frau. Sie wirkte starr und rang die Hände. »Wer wird denn noch … Entschuldigung. Was für eine törichte Frage. Natürlich können Sie uns das nicht sagen, denn Sie wollen ja auch nicht anderen von unserer entsetzlichen Lage berichten.«

»So ist es, Mrs. Tannifer«, gab ihr Pitt Recht. »Ich würde mit Sicherheit nicht ohne die ausdrückliche Erlaubnis des Betroffenen darüber sprechen. Wie bei Ihrem Gatten handelt es sich um einen Mann von untadeligem Ruf, dessen Rechtschaffenheit niemand je in Frage gestellt hat. Man wirft ihm ein Verhalten vor, das seinem Wesen völlig fremd ist. Dennoch hat er, obwohl die Behauptung jeder Grundlage entbehrt, keinerlei Möglichkeit, sie zu widerlegen. Eventuell bestünde in der Zukunft eine Aussicht darauf, aber das wäre mit großem Aufwand verbunden. Auch bei ihm liegt die angebliche Tat in der fernen Vergangenheit und viele der Menschen, die bezeugen könnten, dass der Vorwurf nicht zutrifft, sind inzwischen tot.«

»Der arme Mensch«, sagte Parthenope mit aufrichtigem Mitgefühl. Ihr Gesicht war gerötet, ihr Blick offen. »Was können wir tun, Mr. Pitt?«

Nur allzu gern hätte er ihr eine trostreiche Antwort gegeben, die ihr den Eindruck vermittelte, dass sie sich am Kampf beteiligte, doch stattdessen wandte er sich ihrem Mann zu: »Zweierlei engt den Personenkreis derer ein, die als Täter in Frage kommen«, sagte er nachdenklich. »Zum einen muss der Erpresser von der Sache Kenntnis haben, von der Sie sprachen … War Ihre Geschäftsbeziehung zu dem im

Schreiben genannten Unternehmen und Ihre Vermögenszunahme öffentlich bekannt?«

»Aber nein.« Tannifers Miene hellte sich auf. »Ich verstehe, worauf Sie hinauswollen. Es kommt nur jemand in Frage, der entweder unmittelbar davon wusste oder von anderen etwas darüber erfahren hat. Das engt den Personenkreis in der Tat stark ein. Aber Sie haben gesagt, es gebe zweierlei. Was ist der andere Punkt?«

»Zweifellos wird der Erpresser etwas von Ihnen fordern, was ihm nützt. Sofern Ihnen einfällt, was da infrage käme, von Geld einmal abgesehen, kommen wir vielleicht der Vorstellung näher, wer dahinter stecken könnte.«

Tannifer zog nachdenklich die Brauen zusammen. »Glauben Sie nicht, dass er einfach Geld will, sobald er das Ausmaß seiner Macht kennt?«

»Möglich«, gab Pitt zurück. »Sind Sie hinreichend vermögend, um etwas flüssig machen zu können?«

Tannifer zögerte. »Das ... das würde eine Weile dauern. Selbst, wenn ich Besitz veräußern wollte, würde das Zeit kosten.«

»Einfluss!«, sagte Parthenope eifrig. »Natürlich. Das ergäbe am ehesten einen Sinn.« Sie sah von ihrem Mann zu Pitt. »Hat der andere Mann, der erpresst wird, Einfluss, Oberinspektor?«

»Ja, Mrs. Tannifer. Er besitzt auf gewissen Gebieten großen Einfluss, und zwar deutlich mehr als Geld.«

Ein bitteres Lächeln trat auf Tannifers Züge. »Ich nehme nicht an, dass Sie von Brandon Balantyne sprechen. Balantyne hat nämlich keinerlei Einfluss mehr.« Er schüttelte sonderbar hoffnungslos den Kopf. »Das ist wirklich eine üble Angelegenheit, Oberinspektor. Ich hoffe von ganzem Herzen, dass Sie etwas für uns tun können.«

Auch Parthenope sah ihn flehend an, ohne aber den Worten ihres Mannes etwas hinzuzufügen.

»Sie könnten eine Liste all jener Menschen zusammenstellen, denen Ihre früheren Geschäftsbeziehungen bekannt sind und die einen anderen als einen finanziellen Vorteil davon hätten, Sie zu erpressen, Mr. Tannifer«, regte Pitt an.

»Gern. Ich werde sie Ihnen in die Bow Street schicken, sobald ich sie fertig habe«, versprach er. Er hielt Pitt die Hand hin. »Danke, dass Sie gekommen sind. Meine Frau und ich geben uns ganz in Ihre Hand. Bitte übermitteln Sie Cornwallis meinen Dank, dass er Sie uns sofort zur Verfügung gestellt hat.«

Bedrückt und ahnungsvoll verließ Pitt das Haus. Vermutlich steckte hinter den Drohbriefen an Cornwallis und Tannifer weit mehr, als er ursprünglich angenommen hatte. Sie wirkten weder plump, noch erweckten sie den Eindruck, als ob es dem Erpresser eilte. Hier war kein habgieriger Mensch am Werk, der die Gelegenheit nutzen wollte, eine Schwäche, bei der er einen anderen ertappt hatte, in Geld umzumünzen. Offenbar handelte es sich um den sorgfältig und möglicherweise über längere Zeit hinweg ausgeklügelten Plan eines Menschen, Macht auszuüben, indem er einflussreiche Männer korrumpierte.

Trotz Tannifers Äußerung über Balantyne fragte sich Pitt unwillkürlich, ob jener nicht ebenfalls erpresst wurde. Er war sicher, dass Balantyne große Angst hatte, was zweifellos mit der Schnupftabaksdose zusammenhing, die man in Albert Coles Tasche gefunden hatte. Wie war der Mann in ihren Besitz gekommen? Die Antwort darauf dürfte einen großen Teil der Lösung der Frage enthalten, auf welche Weise er zu Tode gekommen war.

Pitt kehrte zum Bedford Square zurück, entschlossen, noch einmal mit Balantyne zu sprechen, um zu sehen, ob er von ihm Näheres erfahren konnte. Vielleicht war es sogar möglich, ihn offen heraus zu fragen, ob er einen Brief bekommen hatte. Doch der Lakai teilte ihm mit, dass der General das Haus ziemlich früh verlassen habe, ohne zu sagen, wann er heimkehren werde. Keinesfalls erwarte er ihn vor dem Abendessen zurück.

Pitt dankte ihm und machte sich daran festzustellen, was er in Bank- und Finanzkreisen über Sigmund Tannifer erfahren konnte. Er wollte sich nach dessen Ruf als Bankier erkundigen und möglichst auch danach, welchen Einfluss er auf die Finanzgeschäfte anderer auszuüben imstande war, sowie, ob zwischen ihm und Cornwallis oder gar Balantyne eine erkennbare Verbindung bestand.

Charlotte dachte nicht von ferne daran, die Jagd nach dem Erpresser General Balantyne allein zu überlassen, und so verabredete sie sich für den nächsten Vormittag erneut mit ihm. Sie trafen sich auf den Stufen vor dem Britischen Museum. Wieder erkannte sie ihn schon von weitem, obwohl viele Menschen kamen und gingen und eine Gruppe aus mindestens einem halben Dutzend Personen in seiner Nähe stand und sich unterhielt. Wahrscheinlich fiel er mehr auf, als ihm klar war, weil er sich so gerade hielt, als hätte er einen Ladestock verschluckt. Charlotte kam er vor wie jemand, der jeden Augenblick von Zulu-Kriegern oder einer feindlichen Einheit mit aufgepflanztem Bajonett angegriffen zu werden fürchtete.

Bei ihrem Anblick hellten sich seine Züge auf, doch obwohl er sich erkennbar freute, wich die Anspannung nicht von ihm.

»Guten Morgen, Mrs. Pitt«, sagte er und kam ihr die Stufen herab über den Vorplatz entgegen. »Es ist wirklich außerordentlich liebenswürdig von Ihnen, mir auf diese Weise beizustehen und Ihre Zeit für eine Sache zu opfern, bei der möglicherweise nichts herauskommt.«

»Bei jeder Schlacht muss man auf eine Niederlage eingestellt sein«, erinnerte sie ihn mit Nachdruck. »Ich brauche keine Erfolgsgarantie, bevor ich angefangen habe.«

Er errötete leicht. »Ich wollte nicht den Eindruck erwecken, als ob ich an Ihrem Mut zweifelte.«

Sie warf ihm ein strahlendes Lächeln zu. »Das ist mir klar. Ich glaube, Sie sind heute Morgen einfach ein wenig niedergeschlagen, weil man sich gegen einen so feigen Angriff aus dem Hinterhalt nicht wehren kann.« Zielstrebig schritt sie die Great Russell Street entlang, obwohl sie nicht die geringste Vorstellung davon hatte, wohin ihr Weg sie führen würde. Bewegung war jedenfalls besser als Stillstand. »Mit wem fangen wir an?«

»Ganz hier in der Nähe lebt James Carew in der William Street«, gab er zur Antwort. »Es ist gar nicht weit vom Park entfernt.« Er winkte eine Droschke herbei, half Charlotte beim Einsteigen und setzte sich aufrecht neben sie, den Blick starr geradeaus gerichtet. Er nannte dem Kutscher die Adresse und dieser lenkte sein Pferd geschickt durch das Gewimmel von Fuhrwerken, Pferdeomnibussen, Einspännern, Kaleschen und anderen Fahrzeugen.

Sie wollte zum Sprechen ansetzen, beschloss aber nach einem Blick zur Seite, dass sie damit wohl seine Gedanken stören würde, und schwieg daher. Ihr war klar, dass leeres Gerede ihn keinesfalls von seiner Besorgnis ablenken, sondern höchstens verstimmen würde. Er würde es wohl als Hinweis darauf deuten, dass sie seine Empfindungen nicht verstand.

In der William Street stiegen sie aus und er entlohnte den Kutscher. Als sie an der Tür des Hauses läuteten, das man ihm genannt hatte, teilte ihnen der Lakai mit, James Carew befinde sich auf einer Expedition zur Erforschung des Mondgebirges, und niemand wisse, wann oder ob er je zurückkehren werde.

»Des Mondgebirges!«, rief Charlotte aus, während sie mit wehenden Röcken der Albany Street entgegenstrebte. Balantyne musste sich große Mühe geben, um mit ihr Schritt zu halten. »Was erlaubt sich der unverschämte Flegel eigentlich!«

Er nahm ihren Arm und drückte ihn sacht. »Dies Gebirge liegt mitten in Afrika, in der Nähe des Ruwenzori«, erläuterte er. »Eben jener Henry Stanley, von dem ich schon gesprochen habe, hat es vor zwei Jahren entdeckt.«

»Ach?« Sie war verwirrt.

»Ja«, bestätigte er. »Im Jahre 1889.«

»Nun, wenn das so ist.« Sie verlangsamte den Schritt und ging eine Weile schweigend neben ihm her, da sie sich ein wenig töricht vorkam. »Und was machen wir jetzt?«, fragte sie, als sie die Albany Street erreichten.

»Wir gehen zu Martin Elliott«, sagte er, ohne sie anzusehen. In seiner Stimme lag keinerlei Hoffnung.

Sie vergass ihren Ärger. »Wo wohnt er?«

»An der York Terrace. Wir könnten zu Fuß hingehen, es sei denn …« Er zögerte. Seinem Gesicht war deutlich anzusehen, dass ihm der Gedanke gekommen war, sie habe möglicherweise keine Lust, eine so lange Strecke zu gehen, oder sei nicht daran gewöhnt.

»Natürlich«, willigte sie entschlossen ein. »Es ist ein herrlicher Tag. Wir könnten uns unterwegs darüber unterhalten, wie wir nach dem Besuch bei Mr. Elliott weiter vorgehen wollen. Was für ein Mensch ist er?«

Balantyne sah unsicher drein. »Er ist Berufsoffizier, deutlich älter als ich. An sein Aussehen kann ich mich kaum noch erinnern – ich weiß nur noch, dass er blond war. Er stammt aus einer alten Soldatenfamilie und ist irgendwo im Norden nahe der Grenze aufgewachsen. Ich habe vergessen, ob auf englischer oder schottischer Seite.« Er verstummte erneut und ging mit gesenktem Blick, als betrachte er aufmerksam den Gehweg.

Charlotte ging im Stillen durch, was sie wussten. Man hatte Cole, der vierundzwanzig Jahre zuvor in Abessinien an derselben Militärexpedition teilgenommen hatte wie Balantyne, mit einer Schnupftabaksdose in der Tasche, die dem General gehörte, tot vor dessen Haustür aufgefunden. Jemand hatte Balantyne den Drohbrief geschickt, ohne eine genaue Forderung zu stellen, und lediglich diese Schnupftabaksdose als Zeichen der Kooperationsbereitschaft verlangt. Balantyne, dem nur allzu bewusst war, wie sehr ihm der Erpresser schaden konnte, hatte keine andere Möglichkeit gesehen, als sich zu fügen.

»Was könnten die außer Geld noch wollen?«, fragte sie.

Verblüfft fuhr er herum. »Was?«

Sie wiederholte ihre Frage.

Seine Wangen verfärbten sich und er sah beiseite. »Vielleicht geht es ihnen nur darum, ihre Macht zu zeigen«, sagte er. »Manchen Menschen bereitet das Befriedigung.«

»Haben Sie eine Vorstellung, wer dahinterstecken könnte?« Sie fragte das spontan und ohne vorher zu überlegen, sonst hätte sie vielleicht den Mut verloren oder aus Takt geschwiegen.

Er blieb stehen und sah sie mit großen Augen erstaunt an.

»Nein. Ich wollte, ich hätte eine Vorstellung. Das ist beinahe das Schlimmste an der Sache. Ich lasse alle meine Bekannten an meinem inneren Auge vorüberziehen, jeden, den ich kenne und in dem ich einen Freund oder zumindest jemanden gesehen hatte, den ich achten kann, ob ich ihn nun leiden konnte oder nicht. Allmählich weiß ich nicht mehr, was ich denken soll. Die Sache fängt an, all meine Beziehungen zu vergiften. Immer wieder ertappe ich mich bei der Frage, ob meine Bekannten wissen, was da vor sich geht, mich womöglich insgeheim verlachen, mich im Bewusstsein dessen, wovor ich Angst habe, beobachten und nur darauf warten, dass ich die Nerven verliere. Dabei ist jeder von ihnen mit einer einzigen Ausnahme schuldlos.« Ein Ausdruck von Bitterkeit und Zorn trat in seine Augen. »Das gehört zu den schlimmsten Übeln solcher anonymen Anschuldigungen. Sie vergiften alles, zerstören unmerklich den Glauben an Menschen, denen man eigentlich vertrauensvoll gegenübertreten müsste. Wie könnten mir die Schuldlosen je verzeihen, dass ich mir ihrer nicht von Anfang an sicher war und zugelassen habe, dass sich der Verdacht, sie könnten einer solchen Tat fähig sein, in mein Denken einschleicht?« Seine Stimme sank. »Wie könnte ich mir selbst je verzeihen?« Eine Dame, die ihr Hündchen spazieren führte, kam an ihnen vorüber. So vertieft war Balantyne in seine Gedanken, dass er es versäumte, den Hut vor ihr zu ziehen, was er normalerweise ganz mechanisch getan hätte.

Voll Mitgefühl legte ihm Charlotte die Hand auf den Arm. »Sie dürfen sich darüber nicht grämen«, sagte sie ernsthaft. »Niemand wird Ihnen vergeben müssen, denn keiner wird etwas davon erfahren. Vielleicht liegt es in der Absicht des Erpressers, Ihre Moral zu untergraben, damit Sie bereit sind, ihm zu geben, was er haben will, sobald er seine Forderung stellt. Vermutlich baut er darauf, dass es Ihnen nur recht sein wird, die Angst und den Zweifel loszuwerden, endlich zu wissen, wer Ihr Feind ist, weil dann auch klar ist, wer Ihre Freunde sind.«

Sie spürte, wie sich die Muskeln in seinem Arm verhärteten, doch entzog er ihn ihr nicht.

»Ich habe schon wieder einen Brief bekommen«, sagte er und sah sie an. »Heute Morgen mit der ersten Post. Er hatte große Ähnlichkeit mit dem ersten. Wieder war er aus Buchstaben zusammengesetzt, die aus der *Times* ausgeschnitten waren.«

»Was steht darin?«, fragte sie und bemühte sich, den Anschein von Gleichmut zu bewahren. Auf keinen Fall durfte er merken, wie beunruhigt sie war.

Er war sehr bleich und schluckte. Es fiel ihm sichtlich schwer, den Inhalt der Mitteilung zu wiederholen. »Meine Bekannten würden mich meiden und mir auf der Straße ausweichen, wenn sie wüssten, dass es von mir heißt, ich sei feige vor dem Feind davongelaufen und ein einfacher Soldat hätte mich in Sicherheit gebracht, und wenn man glaubte, statt meine Schande einzugestehen, hätte ich von dem Mann verlangt, über den Vorfall zu schweigen.« Er schluckte erneut. Seine Kehle zuckte. Mit rauer Stimme fuhr er fort: »Weiter hieß es, meine Frau, die ohnehin schon so viel durchgemacht habe, würde zugrunde gerichtet und mein Sohn müsse sich von mir lossagen, weil seine Karriere sonst am Ende wäre.« Hilflos sah er Charlotte an. »An all dem ist kein wahres Wort. Das schwöre ich bei Gott.«

»Das habe ich nie angenommen«, sagte sie, um Gelassenheit bemüht. Sonderbarerweise rief das Ausmaß seiner Verzweiflung in ihr die Entschlossenheit hervor, nie und nimmer klein beizugeben und ihn mit aller Kraft zu verteidigen. »Sie dürfen es auf keinen Fall dahin kommen lassen, dass er gewonnenes Spiel zu haben glaubt!«, sagte sie tief überzeugt. »Höchstens als taktischer Kniff, wenn man damit erreichen kann, dass er sich zu erkennen gibt. Aber zur Zeit vermag ich nicht zu sehen, inwiefern das von Vorteil sein könnte.« Er setzte sich wieder in Bewegung. Sie kamen an einem halben Dutzend lachender und miteinander plaudernder Menschen vorüber. Die Frauen trugen bodenlange Kleider mit Wespentaillen sowie blumen- und federgeschmückte Hüte, die Männer Sommermäntel. Unaufhörlich fuhren Fahrzeuge in beiden Richtungen durch die Straße.

Als sie schließlich Elliotts Haus erreichten, erfuhren sie, dass er zwei Monate zuvor einem Nierenleiden erlegen war.

Sie aßen in einem kleinen, ruhigen Restaurant zu Mittag und versuchten einander Mut zu machen. Dann fuhren sie mit der unterirdischen Eisenbahn quer durch die Stadt nach Kennington, um Samuel Holt aufzusuchen. Diese Fahrt war für Charlotte, die bis dahin lediglich von Gracie gehört hatte, was für ein außergewöhnliches Erlebnis das sei, etwas völlig Neues. Sie kam sich eingesperrt vor und der Lärm war unfassbar. Während der Zug durch lange, röhrenförmige Tunnel schoss, dröhnte es, als werfe man hundert Metalltabletts auf eine gepflasterte Fläche. Doch sie musste feststellen, dass sie die Entfernung in erstaunlich kurzer Zeit zurückgelegt hatten. Südlich der Themse gelangten sie, lediglich zwei Straßen von Holts Haus entfernt, wieder ans Tageslicht. Ein lauer, aber kräftiger Wind wehte.

Holt, den alte Verletzungen und sein Rheuma daran hinderten, sich aus seinem Sessel zu erheben, wofür er sich verlegen entschuldigte, empfing die Besucher mit großer Freude und forderte sie zum Sitzen auf.

Nachdem sie Platz genommen hatten, erfuhren sie auf ihre Frage, dass er sich noch gut an seine Teilnahme an der Strafexpedition in Abessinien erinnere. Dann wollte er wissen, womit er ihnen dienen könne.

»Erinnern Sie sich an den Überfall auf den Nachschubtross bei Arogee?«, fragte Balantyne eifrig und mit hoffnungsvoller Stimme.

»Arogee? Aber ja«, nickte Holt. »Eine üble Geschichte.«

Balantyne beugte sich vor. »Können Sie sich auch noch an eine kleine Gruppe von Männern erinnern, die im Angesicht des feindlichen Feuers von Panik erfasst wurden?«

Holt dachte eine Weile nach. Sein Blick wurde verhangen und richtete sich in die Ferne, als sähe er Abessiniens Ebenen erneut vor sich, den strahlenden Himmel, die ausgedörrte Erde und die Regimentsfahnen. All das lag ein Vierteljahrhundert zurück.

»Eine üble Geschichte«, wiederholte er. »Viele Männer sind damals gefallen. Man darf nie in Panik verfallen. Das ist das Schlimmste, was einem passieren kann.«

»Wissen Sie, wer ich bin?«

Holt sah ihn von der Seite an. »General Balantyne«, sagte er mit erkennbarem Entzücken.

»Können Sie sich erinnern, dass ich die Verwundeten herausgeholt habe? Mein Pferd ist gestürzt, ich bin aber gleich wieder aufgestanden und habe Manders rausgeholt und nach hinten gebracht. Er hatte einen Schuss ins Bein bekommen. Sie selbst haben dann Smith geholt und in Sicherheit gebracht.«

»Ach ja… Smith, ich erinnere mich.« Mit leuchtenden Augen und offenem Lächeln sah er Balantyne an. »Was kann ich für Sie tun, Sir?«

»Sie erinnern sich an die Sache?«

»Aber natürlich. War eine üble Geschichte.« Er schüttelte den Kopf, so dass das Sonnenlicht auf seinen weißen Haaren tanzte. »Tapfere Männer, schlimm.«

Ein Schatten legte sich auf Balantynes Züge. »Die Abessinier?«, fragte er.

Holt runzelte die Stirn. »Unsere Leute. Ich muss immer an die Schakale denken ... wie sie die Leichen gefressen haben. Grässlich! Wie kommen Sie jetzt darauf, Sir?« Er zwinkerte wiederholt. »Sie haben sicher viele alte Freunde verloren, was?«

Balantynes Gesicht spannte sich, ein düsterer Ausdruck legte sich auf seine Züge, als wäre in diesem Augenblick eine Hoffnung in ihm erstorben.

»Erinnern Sie sich an den Angriff und wie ich mich aufgemacht habe, Manders zu holen? Wissen Sie noch, wie das alles war?«

»Natürlich«, bestätigte Holt. »Das hab ich doch gesagt, nicht wahr? Warum ist das jetzt wichtig?«

»Nur Erinnerungen«, sagte Balantyne und lehnte sich zurück. »Eine Meinungsverschiedenheit mit jemandem.«

»Fragen Sie Manders selbst, Sir. Er sagt es Ihnen bestimmt. Schließlich haben Sie den armen Teufel gerettet. Sonst wär er draufgegangen. Sie haben getan, was jeder anständige Offizier tun würde. Wer behauptet was anderes?« Holt war verwirrt, die Sache schien ihn mitzunehmen. »Grässliches Blutvergießen. Ich hab den Leichengestank noch in der Nase.« Kummervoll verzog er das Gesicht.

Charlotte sah zu Balantyne hin. Auch auf seinen Zügen zeichneten sich qualvoll die Spuren der Erinnerung ab.

»Prächtige Männer«, sagte Holt betrübt mit leiser Stimme. »Manders war wohl nicht dabei, oder?«

»Ist einige Jahre später in Indien gefallen«, gab Balantyne zur Antwort.

»Ach? Das tut mir Leid. Hab den Überblick verloren, müssen Sie wissen. So viele sind schon tot.« Er verstummte und betrachtete aufmerksam Balantynes Gesicht.

Dieser holte tief Luft, erhob sich und streckte die Hand aus. »Vielen Dank, Holt. Es war sehr freundlich von Ihnen, mir Ihre Zeit zu widmen.«

Holt blieb sitzen. Auf seinem Gesicht lag der Ausdruck von Freude und er hielt Balantynes Hand eine Weile fest umklammert. Seine Augen glänzten. »Danke, General«, sagte er mit tiefer Empfindung. »Es war großartig, dass Sie gekommen sind, um mich zu besuchen.«

Vor dem Haus konnte Charlotte es kaum abwarten, sich umzuwenden und Zeugin von Balantynes Erleichterung zu werden.

»Jetzt haben wir den Beweis!«, sagte sie begeistert. »Mr. Holt war dabei. Er kann den ganzen Vorwurf in der Luft zerreißen.«

»Leider nicht, meine Liebe«, gab Balantyne ruhig zur Antwort, ohne sie anzusehen. Offensichtlich kostete es ihn große Mühe, sich zu beherrschen. »Wir haben bei Magdala keine Leute verloren. Tatsächlich sind im Verlauf der ganzen Expedition nur zwei unserer Männer gefallen. Natürlich hatten wir viele Verwundete, aber eben nur diese beiden Toten.«

Sie war verwirrt und verblüfft. »Aber der Leichengeruch«, wandte sie ein. »Er hat sich doch daran erinnert.«

»Das waren Abessinier – siebenhundert Abessinier bei Arogee, als der Kampf um den Nachschubtross tobte. Gott weiß, wie viele es bei Magdala waren. Sie haben ihre Gefangenen abgeschlachtet und über die Festungsmauern geschleudert. Das gehört zu meinen schlimmsten Erinnerungen.«

»Aber Holt ... er hat doch gesagt ...«, stotterte sie.

»Sein Geist ist verwirrt. Armer Kerl.« Er schritt rasch aus, angespannt und aufrecht wie eh und je. »Er hat lichte Momente. Ich glaube, als ich gegangen bin, hat er sich tatsächlich erinnert, wer ich bin. Alles andere, was er gesagt hat, muss man wohl so erklären, dass er sich einsam fühlt und seinem Gesprächspartner nach dem Mund redet.« Er hielt den Blick starr vor sich gerichtet. Sie sah den Schmerz auf seinen Zügen, hörte, dass er mit belegter Stimme sprach. Ihr war klar, dass es kein Selbstmitleid war. Das Gefühl der Leere, das mit Fehlschlägen einhergeht, würde später kommen.

Sie war unsicher, wie sie sich verhalten sollte. Vielleicht würde es ihm als zudringlich und nicht als tröstlich erscheinen, wenn sie ihm die Hand auf den Arm legte. Er schritt so rasch aus, dass sie die Röcke raffen musste, um ihm folgen zu können, aber davon merkte er nichts. Schweigend ging sie hinter ihm her und beschleunigte von Zeit zu Zeit den Schritt, um nicht zurückzubleiben. Das einzige, was sie ihm anbieten konnte, war ihre Freundestreue.

Es kostete Tellman große Mühe, möglichst viel darüber in Erfahrung zu bringen, wie Albert Coles Leben in letzter Zeit ausgesehen hatte. Er begann mit seinen Nachforschungen im Anwaltsviertel. An Coles altem Standort sah er einen hageren Mann mit einer ungewöhnlich langen Nase.

»Schnürsenkel, Sir?« Er hielt Tellman mit einer recht sauber gewaschenen Hand ein Paar entgegen.

Dieser nahm sie und prüfte sie aufmerksam.

»Bessere finden Sie nicht«, versicherte ihm der Mann mit fröhlichem Gesichtsausdruck.

»Beziehen Sie sie von demselben Händler wie der Kollege, der vor Ihnen hier gestanden hat?«, fragte Tellman beiläufig.

Der Mann betrachtete Tellman aufmerksam, offenbar ohne dessen Gesicht etwas entnehmen zu können, und bejahte die Frage schließlich.

»Und wer ist das?«

»Kaufen Sie ruhig bei mir, Meister. Ich hab die besten in London.«

Tellman hielt ihm den geringen Kaufpreis abgezählt hin. »Ich möchte trotzdem wissen, wo Sie sie beziehen. Ich bin von der Polizei.«

»Die sind nich' geklaut!« Das Gesicht des Mannes war fahl.

»Das nehme ich auch nicht an. Ich möchte alles über Albert Cole wissen, der vor Ihnen hier gestanden hat.«

»Der, den sie umgebracht haben?«

»Ja. Haben Sie ihn gekannt?«

»Ja. Weil ich gewusst hab, dass er nich' mehr kommt, steh ich ja jetzt hier auf seinem Platz. Armer Sack. War 'n ordentlicher Kerl. War Soldat und ist in Afrika oder sonstwo verwundet worden. Keine Ahnung, was der am Bedford Square wollte!«

»Vielleicht war er auf Diebestour?«, gab Tellman mürrisch als Möglichkeit zu bedenken.

Der Mann erstarrte. »Verzeihn Sie, Sir, aber so was dürfen Sie nur sagen, wenn Sie's beweisen können. Albert Cole war hochanständig, 'n braver Mann, der sei'm Land gedient hat. Und ich hoff', ihr findet den Schweinehund, der'n auf'm Gewissen hat.«

»Das werden wir«, versprach Tellman. »So, und wo also hat er seine Schnürsenkel bezogen?«

»Ein guter Mann«, sagte der Händler, als ihn Tellman nach Cole fragte. Er nickte betrübt. »In London ist man heutzutage seines Lebens nicht mehr sicher. Wenn 'n ruhiger Mensch, der keinem was tut, einfach so umgebracht werden kann, hat die Polizei versagt.«

»War er in Geldschwierigkeiten?« Tellman überhörte den Vorwurf.

»Wie denn nich'? Das is' jeder, der an Straßenecken mit solcher Ware handelt«, sagte der Schnürsenkel-

Grossist trocken. »Arbeiten Sie für Ihren Lebensunterhalt oder weil's Ihnen Spass macht?«

Es kostete Tellman Mühe, sich zu beherrschen. Er musste an seinen Vater denken, der die Zweizimmerwohnung in Billingsgate um fünf Uhr morgens verlassen hatte, um den ganzen Tag auf dem Fischmarkt Kisten und Körbe zu schleppen. Abends hatte er dann einen Bekannten auf dem Kutschbock einer Droschke abgelöst, mit der er oft bis Mitternacht über die Straßen Londons gefahren war, und das bei jedem Wetter – ob in der drückenden Hitze des Sommers, wenn die Fahrzeuge dicht gedrängt hintereinander standen oder fuhren und der Geruch von Pferdemist die Luft erfüllte, bei Regen, der so heftig war, dass die Gossen das Wasser nicht zu fassen vermochten und Straßenkot wie Kehricht quer über die Fahrbahn getrieben wurde und die Pflastersteine schwarz im Lampenlicht glänzten, oder im Winter, wenn der Wind in die Haut biss und die Hufe der Pferde auf dem Eis keinen Halt fanden. Kein noch so undurchdringlicher Nebel hatte ihm Einhalt geboten.

»Ich lebe vom Ertrag meiner Arbeit«, knurrte er und der Ärger war seiner Stimme deutlich anzuhören. »Auch mein Vater könnte Ihnen und jedem anderen zeigen, was das bedeutet!«

Der Mann wich zurück. Nicht die Worte ängstigten ihn, sondern Tellmans Wut, die er unabsichtlich ausgelöst hatte. Die Erinnerungen schmerzten nach wie vor. Auch wenn sich Tellman in den letzten Monaten einen guten dunkelblauen Tuchmantel und zwei neue Hemden geleistet hatte, weil die Selbstachtung es verlangte, vergaß er nicht das von Kälte und Sorgen gezeichnete abgehärmte Gesicht seines Vaters, eines Mannes, dessen Kräfte nach der Heimkehr von der Arbeit nur noch dazu gereicht hatten zu essen und zu schlafen. Von seinen vierzehn Kindern lebten noch acht. Die Mutter hatte gekocht und gewaschen, genäht und geschrubbt, Eimer voll Wasser herbeigeschleppt, aus Lauge und Pottasche Seife zum Verkauf hergestellt, ganze Nächte am Bett gewacht, wenn ein Kind oder ein Nachbar krank war. Sie hatte Leichen zur Beerdigung hergerichtet und immer wieder war darunter auch das eine oder andere ihrer eigenen Kinder gewesen. Kaum einer der Menschen, mit denen Tellman jetzt zu tun hatte, ahnte von ferne, was Erschöpfung, Hunger und Armut wirklich bedeuteten, auch wenn sie es zu wissen glaubten.

Wie General Brandon Balantyne mit seiner erkauften Militärlaufbahn lebten sie in einer anderen Welt, hielten sich für besser und Tellman und seinesgleichen für schlechter als andere. Ihren Pferden brachten sie mehr Achtung entgegen als ihren Mitmenschen – wenn man es recht bedachte, sogar sehr viel mehr! Ganz davon abgesehen hatten diese Tiere ein weit besseres Leben als die Menschen, waren sie doch in einem warmen Stall untergebracht, wurden gut ernährt und bekamen sogar von Zeit zu Zeit ein freundliches Wort.

So gern der Schnürsenkelgrossist Tellman etwas mehr über Albert Cole gesagt hätte, er wusste lediglich, dass er absolut ehrlich gewesen war, so regelmäßig gearbeitet hatte wie die meisten anderen und lediglich von Zeit zu Zeit ausgeblieben war, wenn eine Krankheit ihn gehindert hatte, sich an seine Ecke zu stellen. Zum letzten Mal bei ihm aufgetaucht sei er, eineinhalb Tage bevor man seine Leiche am Bedford Square gefunden hatte. Was er dort getan haben mochte, könne er sich nicht vorstellen.

Mit dem Pferdeomnibus fuhr Tellman zurück zum Red Lion Square. Dort fragte er in allen Pfandleihen nach Albert Cole. Niemand kannte den Namen, doch schien der dritte Pfandleiher ihn nach Tellmans

Beschreibung zu erkennen, vor allem wegen des Hinweises auf die Narbe, die eine Lücke in der linken Augenbraue hinterlassen hatte.

»Hier war ziemlich oft einer, der so aussah«, sagte er. »Hatte immer was Interessantes. Das letzte Mal war's 'n goldener Ring.«

»Ein goldener Ring?«, fasste Tellman rasch nach. »Woher hatte er den?«

»Gefunden«, sagte der Pfandleiher und sah Tellman unverwandt an. »Er is' von Zeit zu Zeit in die Abwasserkanäle geklettert. Da findet man so manches.«

Er kratzte sich nervös am Ohr.

»Er hat die Siele abgesucht?«, fragte Tellman verblüfft.

»Na ja doch«, bestätigte der Mann nickend. »Goldschmuck, Edelsteine und was weiß ich.«

»Das weiß ich selbst«, schnaubte Tellman. »Deswegen ist es ja auch ziemlich teuer, das Recht auf einen Sielabschnitt zu pachten. Die ›Sielratten‹ schlagen sich gegenseitig den Schädel ein, wenn ein anderer auch nur einen Schritt auf ihr Gebiet wagt.«

Der Pfandleiher sah unbehaglich drein. Er schien nicht damit gerechnet zu haben, dass Tellman mit diesem Bestandteil des Londoner Lebens so vertraut war.

»Jedenfalls hat er mir das so gesagt«, sagte er kurz angebunden.

»Und Sie haben ihm das geglaubt?«, fragte Tellman mit vernichtendem Blick.

»Warum nicht? Woher sollte ich wissen, ob er lügt oder die Wahrheit sagt?«

»Haben Sie keine Nase im Gesicht?«

»Ob ich 'ne Nase hab?« Aber der Mann wusste sehr genau, worauf Tellman hinauswollte. Der Geruch der Männer, die ihren Lebensunterhalt damit verdienten, dass sie in den Abwasserkanälen nach Wertgegenständen suchten, war ebenso unverkennbar wie jener der ›Drecklerchen‹. So nannte man die bedauernswerten Menschen, die den Themseschlamm nach brauchbaren Gegenständen durchwühlten.

»Gestohlen hat er das Zeug! Aber davon wollten Sie natürlich nichts wissen«, sagte Tellman scharf. »Wie oft hat er Ihnen so etwas gebracht?«

Jetzt war dem Pfandleiher erkennbar unbehaglich zumute. Er kratzte sich erneut am Ohr. »Vielleicht sechs oder sieben Mal. Ich wusste ja nich', dass das Zeug geklaut war. Er hatte immer 'ne Erklärung dafür und ich hab gedacht, er wär 'ne –«

»Ich weiß schon, eine Sielratte«, ergänzte Tellman. »Das haben Sie schon einmal gesagt. Und war es immer Schmuck? Ist er nie mit Gemälden oder dergleichen gekommen?«

»Etwa aus den Abwassersielen?« Die Stimme des Mannes stieg um eine Oktave. »Schon möglich, dass ich über Sielratten nich' so viel weiß wie Sie, aber sogar mir is' klar, dass niemand 'n Gemälde in den Lokus fällt.«

Tellman lächelte grimmig. »Und jeder Pfandleiher, der einer Sielratte goldene Ringe abkauft, weiß, woher sie kommen. Wenn sie rechtmäßig erworben wären, müsste man sie nicht versetzen.«

Der Mann sah ihn finster an. »Ich sag Ihnen, ich hatte keine Ahnung, woher er sein Zeug hatte. Falls es Sore war, hatte ich nix damit zu tun. Wenn Se weiter nix wissen wollen, könn' Se wieder abziehen. Sie halten mich von der Arbeit ab.«

Tellman ging wütend und verwirrt. Das Bild von Albert Cole, das er hier gewonnen hatte, unterschied sich krass von allem, was er bis dahin erfahren hatte. Er entschloss sich, einen verspäteten Mittagsimbiss im Wirtshaus *Bull and Gate* in High Holborn einzunehmen. Da es nur wenige Schritte von der Ecke entfernt stand, an der Cole seine Schnürsenkel verkauft hatte, wusste möglicherweise jemand etwas über ihn. Vielleicht hatte er es ja an kalten Tagen ab und an aufgesucht, um einen Becher Dünnbier zu trinken und eine Scheibe Brot zu essen.

In der Hoffnung, mit einem der Stammgäste ein Gespräch anknüpfen zu können, bestellte er Bier und ein belegtes Brot mit Roastbeef und Meerrettichsoße. Hungrig begann er zu essen. Immerhin war er den ganzen Vormittag umhergezogen und daher froh, sich setzen zu können. Nur gut, dass er noch nie an gut sitzenden Schuhen gespart hatte, obwohl sie teuer waren, denn sonst stünde es um seine Füße noch schlimmer.

Der erste Bissen Brot erinnerte ihn unwillkürlich an Gracies Kuchen. Hausmannskost am Küchentisch war auf jeden Fall besser als ein noch so guter Braten in einem Wirtshaus, für den man bezahlen musste. Ein sonderbares Geschöpf, diese Gracie. Bisweilen hatte man den Eindruck, dass sie schrecklich selbstständig war und andere sogar herumkommandierte. Trotzdem arbeitete sie für Pitt und lebte in dessen Haus, weil sie keine eigene Bleibe hatte. Zu allen Stunden des Tages und der Nacht musste sie ihren Herrschaften zur Verfügung stehen.

Er stellte sie sich vor, während er an seinem belegten Brot kaute. Sie war winzig, bestand eigentlich nur aus Haut und Knochen und war auf keinen Fall die Art Frau, auf die Männer flogen. Nichts, was man in die Arme nehmen konnte. Er dachte an andere Frauen, die ihm früher einmal gefallen hatten – beispielsweise die blonde Ethel mit ihrer glatten Haut und der guten Figur, angenehm im Umgang und von freundlichem Wesen. Es hatte ihn geschmerzt, als sie Billy Tomkinson geheiratet hatte. Überrascht stellte er fest, dass er inzwischen ohne allzu große Qual daran denken und sogar darüber lächeln konnte.

Was Gracie wohl von Ethel gehalten hätte? Sein Lächeln wurde breiter. Er konnte sie fast sagen hören: »Zu was is so'n Brocken nütze?« Er sah die gerechte Empörung auf ihrem Gesicht mit den weit auseinanderstehenden Augen und den kräftigen Zügen geradezu vor sich. Für ihre Statur war sie erstaunlich kräftig und besaß ungeheuer viel Mut und Entschlusskraft. Nie würde sie jemanden im Stich lassen, nie vor etwas davonlaufen. Wie ein kleiner Terrier würde sie sich jedem und allem stellen. Außerdem kannte sie den Unterschied zwischen Recht und Unrecht und war in ihren moralischen Überzeugungen hart wie Eisen, oder besser gesagt, wie Stahl, scharfer, schimmernder Stahl. Merkwürdig, wie solche Dinge wichtig sein konnten, wenn man gründlich darüber nachdachte.

Auch war sie auf ihre Art durchaus hübsch. Sie hatte einen schönen, geschmeidigen Hals und die niedlichsten Ohren, die er je gesehen hatte, sowie hübsche ovale Fingernägel, stets rosig und sauber.

Das war ja lachhaft. Schluss mit der Tagträumerei – er hatte zu tun! Immerhin wusste er noch nicht annähernd genug über Albert Cole. Er bestellte ein zweites großes Bier und kam mit einem breitschultrigen Mann an der Theke ins Gespräch.

Als er eine Stunde später das Wirtshaus verließ, hatte er über Cole nur Gutes gehört. Nach den Äußerungen des Wirtes und der Stammgäste, mit denen er gesprochen hatte, war er ein anständiger, fröhlicher und fleißiger Mensch gewesen, eine ehrliche Haut und bei aller Sparsamkeit jederzeit bereit, einem guten Bekannten ein Bier zu spendieren, wenn die Reihe an ihm war. Gelegentlich hatte er an regnerischen Abenden, wenn das Wetter so schlecht war, dass er kaum damit rechnen durfte, Schnürsenkel zu verkaufen, mehrere Stunden über drei oder vier Bier verbracht und aus seiner militärischen Vergangenheit erzählt. Manchmal waren das Geschichten aus dem letzten Krieg auf dem europäischen Kontinent, dann wieder Heldentaten seiner Einheit. Immerhin war vom Regiment des Herzogs von Wellington allgemein bekannt, wie glänzend es sich im Napoleonischen Krieg gegen die Franzosen geschlagen und welche Erfolge es an seine Fahnen geheftet hatte. Wenn man ihn hinlänglich bedrängte – das aber war unbedingt nötig, denn er war bescheiden und sogar schüchtern, wenn es um seine eigenen Verdienste ging –, berichtete er wohl auch von der Strafexpedition nach Abessinien, an der er teilgenommen hatte. Seiner Ansicht nach konnte niemand auf der Welt General Napier das Wasser reichen und er war ungeheuer stolz darauf, unter ihm gedient zu haben.

Tellman wusste nicht mehr, was er denken sollte. Die widersprüchlichen Aussagen über Cole, die er gehört hatte, passten nicht zueinander. Der Mann schien zwei Gesichter gehabt zu haben: Einerseits war da der Mann, der wie zehntausend andere ein ehrliches und anständiges Leben geführt und seinem Land gedient hatte, in einer billigen Absteige lebte, an einer Straßenecke Schnürsenkel an begüterte Männer aus dem Anwaltsviertel verkaufte und mit anderen sein Bier im *Bull and Gate* trank – auf der anderen Seite war da der kleine Gauner, der seine Beute in einer Pfandleihe versetzt hatte. Vermutlich pflegte er in vornehme Häuser einzubrechen und hatte bei einer solchen Gelegenheit am Bedford Square den Tod gefunden, die Schnupftabaksdose noch in der Tasche.

Sofern er aber beim Versuch, etwas zu stehlen, getötet worden war – wieso hatte er sich dann außerhalb des Hauses und nicht darin befunden?

War es möglich, dass er an einer anderen Stelle niedergeschlagen worden war und er sich hatte davon-

schleppen können, weil ihn der Täter fälschlich für
tot gehalten hatte? Hatte er sich die Stufen vor General Balantynes Haustür emporgequält, um Hilfe zu
suchen?

Tellman schritt kräftig aus. Hinter High Holborn
bog er nach Norden in die Southampton Row ein. In
der Theobald's Road wollte er weitere Erkundigungen einziehen.

Sie aber verschafften ihm keineswegs mehr Klarheit. Ein Moritatensänger, der das Publikum mit Berichten über die jüngsten Begebenheiten unterhielt,
breitete Coles Tod in Knittelversen vor seiner Zuhö-
rerschaft aus. Tellman bedachte ihn großzügig und
erfuhr, dass Cole ein Dutzendmensch gewesen sei,
ein wenig trocken, aber doch so beliebt, dass er über
mangelnden Absatz seiner Schnürsenkel nicht zu
klagen brauchte. Seine gutmütige Wesensart habe
ihn gelegentlich dazu veranlasst, einer Blumenver-
käuferin eine heiße Tasse Suppe zukommen zu lassen oder einem alten Mann ein Paar Schnürsenkel zu
schenken. Für jeden habe er ein munteres Wort gehabt.

Auf der örtlichen Revierwache erfuhr er von einem
Kollegen, der in der Zeitung die nach Coles Leiche
angefertigte Zeichnung gesehen hatte, der Mann sei
ihm aus dem Revier Shoreditch weiter im Osten, wo
er früher Dienst getan habe, als jederzeit zu einer
Schlägerei bereiter Kleinkrimineller bekannt. Erkannt
habe er ihn an der Lücke in der linken Augenbraue,
die auf eine aus der Kindheit stammende Verletzung
zurückgehe. Der Mann sei tückisch und jähzornig gewesen und habe im ständigen Streit mit mindestens
einem der Hehler gelebt, die in Shoreditch und Cler-
kenwell mit Diebesgut handelten.

Eine Straßendirne erklärte, er sei lustig und spen-
dabel gewesen und sie bedaure seinen Tod.

166

Nachdem Tellman seine Nachforschungen im Anwaltsviertel und in High Holborn abgeschlossen hatte, war es für eine Rückkehr in die Bow Street zu spät, doch schienen ihm die widersprüchlichen Schilderungen von Albert Coles Wesen so bedeutsam, dass er Pitt so rasch wie möglich davon Mitteilung machen wollte.

Er dachte eine Weile nach, wie er weiter vorgehen sollte. Zwar war es noch hell, aber immerhin schon fast acht Uhr abends. Das belegte Brot im Wirtshaus *Bull and Gate* lag lange zurück. Er hatte Durst und war müde. Seine Beine schmerzten. Eine Tasse frisch aufgegossener heißer Tee wäre genau das Richtige und gäbe ihm Gelegenheit, sich mindestens eine halbe Stunde hinzusetzen.

Aber die Pflicht hatte Vorrang.

Als Erstes würde er zur Keppel Street gehen und Bericht erstatten, wie es sich gehörte. Den Weg dorthin konnte er gut und gern in zwanzig Minuten zurücklegen. Doch als er mit wehen Füßen dort eintraf, erfuhr er von Gracie, die ihm öffnete und mit ihrer gestärkten Schürze richtig knusprig aussah, dass weder Pitt noch seine Frau anwesend sei.

»Ach je…«, sagte er und mit einem Mal schlug ihm das Herz im Halse. »Das ist wirklich schade. Ich muss ihm unbedingt sagen, was ich heute ermittelt habe.«

»Nun, wenn's so wichtig ist, komm' Se besser erst mal rein«, sagte sie und sah ihn, während sie die Tür einladend offen hielt, mit einem Blick an, in dem sich Befriedigung und Herausforderung mischten. Offensichtlich wollte sie dringend etwas über Albert Cole hören.

»Vielen Dank«, sagte er steif und trat ein. Er wartete, bis sie die Tür geschlossen hatte, und folgte ihr durch den Gang in die Küche. Dort roch es wie im-

167

mer warm und behaglich nach geschrubbten Dielen und frisch gewaschener Wäsche.

»Nehm' Se Platz«, gebot sie ihm. »Ich kann das nich' haben, wenn mir jemand im Weg steht. Soll ich etwa immer um Se rumgeh'n?«

Gehorsam setzte er sich. Sein Mund fühlte sich so trocken an wie die Straßen, durch die er gezogen war.

Kritisch musterte ihn Gracie und ließ den Blick von seinem glatt zurückgekämmten Haar hinab zu seinen staubbedeckten Stiefeln gleiten.

»Se seh'n richtig verhungert aus. Wahrscheinlich ha'm Se seit Stunden nix in den Magen gekriegt. Ich hab kalten Hammel mit Quetschkartoffeln un' Gemüse. Wenn Se woll'n, kann ich Ihn' das aufwärmen.« Ohne eine Antwort abzuwarten, beugte sie sich vor, nahm eine Pfanne aus dem Schrank und stellte sie auf den Herd. Ganz mechanisch setzte sie auch den Wasserkessel auf.

»Wenn Sie es erübrigen können«, sagte er und holte tief Luft.

»Na klar«, sagte sie, ohne ihn anzusehen. »Und was gibt's so Wichtiges? Ha'm Se was rausgekriegt?«

»Na klar!«, ahmte er spöttisch ihren Ton nach. »Ich habe mich etwas näher mit Albert Coles Vorleben beschäftigt. Das war, wie es aussieht, ein ganz undurchsichtiger Geselle.« Mit verschränkten Armen bequem zurückgelehnt, sah er ihr zu, wie sie flink in der Küche hantierte. Sie schnitt eine Zwiebel vom Zopf neben der Waschküchentür, gab einen Löffel Schweineschmalz in die Pfanne und hackte mit geübten Bewegungen die Zwiebel in winzige Würfel, die sie in das aufzischende zerlassene Fett gab. Es roch und klang gut. Es war schön, einer Frau bei solchen Verrichtungen zuzusehen.

»Un' was is' an ihm so undurchsichtig?«, fragte sie. »Mal davon abgeseh'n, dass wir nich' wissen, warum man'n umgebracht und vor dem Haus vom General liegen lassen hat un' wer er war?«

»Nun, manche sagen, er war ein anständiger Kerl, der seiner Königin und seinem Land in einem Eliteregiment gedient hat und nach seiner Verwundung in die Heimat zurückgekehrt ist und auf der Straße Schnürsenkel verkauft hat«, gab er zur Antwort. »Nach Einbruch der Dunkelheit aber scheint er sich in einen streitsüchtigen Gauner verwandelt zu haben, der sich am Bedford Square das falsche Haus für einen Einbruch ausgesucht hat.«

Sie fuhr herum und sah ihn an. »Se ha'm den Fall also gelöst?«, fragte sie mit großen Augen.

»Das nicht«, gab er recht schroff zurück. Mit Vergnügen hätte er ihr eine glänzende Lösung aufgetischt, vielleicht sogar noch bevor Pitt dazu imstande war, aber er verfügte lediglich über Bruchstücke, die nicht einmal zueinander passten.

Sie sah ihn unverwandt an. Seine Züge wurden sanfter.

Ja, dachte er, auf ihre Weise ist sie wirklich hübsch und sie hat Charakter, nicht wie eine von den Zuckerpuppen, die nichts taugen.

»Heißt das, die Leute sagen, er war zum Teil 'n anständiger Kerl und zum Teil 'n Verbrecher?«, fragte sie.

»Nein, eher hat er sozusagen zwei verschiedene Menschen in sich vereinigt. Sieht ganz so aus, als hätte er eine Art Doppelleben geführt. Wenn ich nur wüsste, warum. Er hatte keine Angehörigen und auch keine Arbeitsstelle, an der er die Leute beeindrucken musste.«

»Oh!« Das Fett in der Pfanne begann mit lautem Zischen zu spritzen. Rasch wandte sie sich dem Herd zu, nahm den Pfannenheber, rührte ein wenig in den Zwiebeln und gab dann Kohl und Kartoffelbrei dazu.

Darauf schnitt sie vom kalten Hammelbraten drei ordentliche Scheiben ab und legte sie auf einen blau-weißen Teller. Sie nahm Messer und Gabel aus der Schublade, goss den Tee auf, stellte einen Becher hin und brachte den Milchkrug aus der Speisekammer mit, als sie den Hammelbraten zurücktrug.

Als alles fertig war, stellte sie den vollen Teller neben den dampfenden Teebecher. Tellman hatte eigentlich nicht lächeln wollen, merkte aber, dass sich sein Gesicht fast automatisch zu einem breiten Grinsen verzog.

»Danke«, sagte er und wandte, im Bemühen, den Eindruck der Begeisterung abzuschwächen, den Blick von ihr ab. »Das ist sehr freundlich von Ihnen.«

»Gern gescheh'n, Mr. Tellman«, antwortete sie, goss sich ebenfalls einen Becher Tee ein und setzte sich ihm gegenüber. Dann fiel ihr ein, dass sie noch die Schürze trug. Sie sprang auf, um sie abzunehmen, und setzte sich wieder, diesmal etwas gezierter. »Un' von wem ha'm Se all das erfahren? Es is' sicher besser, wenn ich Mr. Pitt alles richtig erzählen kann un' nicht nur immer 'n Stückchen hier und ein Stückchen da.«

Während er sich Mühe gab, nicht mit vollem Mund zu reden, berichtete er, was er im Verlauf der vergangenen zwei Tage an widersprüchlichen Eindrücken von Albert Cole gewonnen hatte. Fast hätte er gesagt, sie solle alles aufschreiben, um nichts zu vergessen, doch war er nicht sicher, ob sie dazu imstande war. Zwar wusste er, dass Mrs. Pitt ihr Lesen beigebracht hatte, aber Schreiben war nun doch noch etwas anderes und er wollte Gracie nicht in Verlegenheit bringen.

»Können Sie sich das denn alles merken?«, fragte er. Es war die beste aufgewärmte Mahlzeit, die man ihm je aufgetischt hatte, und er hatte, ohne es so recht zu merken, mehr gegessen, als gut für ihn war.

»Aber ja«, erwiderte sie würdevoll. »Ich hab 'n prima Gedächtnis. Das brauch ich auch. Ich hab grad erst Schreiben gelernt.«

Er fühlte sich ein wenig beschämt. Es war höchste Zeit, dass er ging. Es wäre ihm nicht recht, wenn Pitt jetzt zur Tür hereinkäme und sähe, dass er die Füße unter seinen Küchentisch gesteckt und eine reichliche Mahlzeit zu sich genommen hatte. Der Raum war ungewöhnlich behaglich – er war warm, roch nach Sauberkeit, der Wasserkessel sang leise auf dem Herd und Gracie saß mit gerötetem Gesicht und glänzenden Augen am Tisch.

Nicht nur Albert Coles Leben verwirrte ihn, sondern die ganze Situation. Da hatte er doch tatsächlich Gracie, während sie ihn verwöhnte und bediente, Bericht erstattet, als wäre sie seine Vorgesetzte.

»Ich darf mich nicht länger aufhalten«, sagte er zögernd und schob den Stuhl zurück. »Sagen Sie Mr. Pitt, dass ich der Sache weiter nachgehe. Wenn es wirklich Coles Gewohnheit war, über seine Beute mit anderen in Streit zu geraten, kann das der Anlass dafür gewesen sein, dass man ihn umgebracht hat. Ich muss feststellen, mit wem er zusammengearbeitet hat.«

»Wird gemacht«, versprach sie. »Vielleicht war es tatsächlich so, wie Se sagen. Jedenfalls scheint das besser zu passen wie alle ander'n Annahmen.«

»Danke für die Mahlzeit.«

»Gern gescheh'n.«

»Es hat sehr gut geschmeckt.«

»War doch nur aufgewärmt!«

»Gute Nacht, Gracie.«

»Gute Nacht, Mr. Tellman.«

Wie förmlich das klang! Sollte er ihr sagen, dass er mit Vornamen Samuel hieß? Er rief sich zur Ordnung. Das wäre albern. Bestimmt war ihr sein Vorname denkbar gleichgültig! Schließlich hatte sie sich damals in Ashworth Hall in den jungen irischen Kammerdiener vergafft. Ganz davon abgesehen waren er und sie auf allen wichtigen Gebieten unterschiedlicher Meinung, ob es nun um Fragen wie die Stellung des Menschen in der Gesellschaft, um Politik, Recht oder Gesetz ging oder darum, welche Rechte und Pflichten jeder Mensch haben sollte. Sie fühlte sich in der Rolle eines Dienstboten rundum wohl, während diese Art Tätigkeit in seinen Augen gegen die Menschenwürde verstieß.

Er ging zur Tür.

»Ihr Schnürsenkel ist offen«, sagte sie.

Er musste sich bücken und ihn erneut zuknoten, wenn er nicht Gefahr laufen wollte, im Gang über seine eigenen Füße zu stolpern.

»Vielen Dank«, knurrte er brummig.

»Schon gut«, antwortete sie. »Ich lass Sie zur Haustür raus. Das gehört sich so. Mrs. Pitt würde es genauso machen.«

Er richtete sich auf und sah sie an.

Sie lächelte ihm fröhlich zu.

Er wandte sich um und ging zur Tür. Hinter sich hörte er ihre leichten, raschen Schritte.

KAPITEL
FÜNF

Zwar wusste Charlotte, dass Gracie nach Tellmans Besuch am Vorabend Pitt etwas zu berichten hatte, doch da es einer jener Vormittage war, an denen nichts so lief, wie es sollte, befand sie sich nicht zum richtigen Zeitpunkt in der Küche. Genauer gesagt eilte sie unausgesetzt zwischen Küche und Kinderzimmer hin und her. Am Vortag war es mild und sonnig gewesen, inzwischen aber wehte ein recht kühler Wind, und da es ganz nach Regen aussah, war die Schulkleidung, die sie für Jemima herausgelegt hatte, nicht warm genug. Während sie sich sonst jedesmal lautstark beschwerte, wenn sie ihr Schürzenkleid anziehen sollte, war sie diesmal ungewohnt folgsam und still. Das konnte nur bedeuten, dass andere und wichtigere Dinge sie beschäftigten.

Durch vorsichtiges und geduldiges Fragen förderte Charlotte schließlich den Grund dafür zutage. Als Jemima stockend berichtete, was sie bedrückte, musste Charlotte unwillkürlich daran denken, wie wichtig Fragen menschlichen Zusammenlebens schon für Neunjährige waren. Es schien von größter Bedeutung zu sein, wie man mit Gunstbeweisen der von den knapp zwei Dutzend Mädchen der Klasse neidlos anerkannten Anführerin umging. Eingegangene Verpflichtungen mussten eingelöst und Zurückweisungen erläutert werden, ohne dass sich jemand gekränkt fühlte, denn sonst fiel man rasch in Ungnade und gehörte nicht mehr zum magischen Kreis derer, die zählten.

Charlotte behandelte die Sache mit dem ihrer Bedeutung angemessenen Ernst. Sie selbst war nie zur Schule gegangen, sondern mit ihren beiden Schwestern von einer Hauslehrerin im Elternhaus unterrichtet worden. Doch nicht nur galten in einer Schule die gleichen Grundsätze wie in der Welt der Erwachsenen, bisweilen hatte auch die dort herrschende Hierarchie Auswirkungen, die das ganze Leben beeinflussten. Auf jeden Fall war es hier wie dort gleichermaßen schmerzlich, aus dem Kreis der anderen ausgeschlossen zu sein.

Diese Konzentration der Mutter auf die Angelegenheiten der Schwester führte dazu, dass der zwei Jahre jüngere Daniel den Eindruck gewann, man enthalte ihm etwas Wichtiges vor, und so machte er durch unmäßigen Lärm auf sich aufmerksam, warf Dinge zu Boden und murrte laut vor sich hin.

So beschloss Charlotte, die den Grund dafür durchaus begriff, selbst mit Daniel zur Schule zu gehen und ihn nicht wie sonst von Gracie hinbringen zu lassen. Anschließend musste sie sich um die Wäsche kümmern, entscheiden, bei welchen Hemden Kragen und Manschetten zu wenden waren und bei welchen Socken sich das Stopfen lohnte. Vor allem diese Aufgabe verabscheute sie zutiefst. Erst am späten Vormittag fand sie Gelegenheit, sich zu einer Tasse Tee an den Küchentisch zu setzen und sich von Gracie berichten zu lassen, was Tellman über Albert Coles sonderbares und widersprüchliches Wesen gesagt hatte.

»Da hast du aber viel erfahren«, sagte sie aufrichtig.

»Ich hab ihm Abendessen gemacht, kalten Hammelbraten und aufgewärmtes Gemüse mit Kartoffeln.

Ich hoffe, das war in Ordnung«, sagte Gracie und errötete vor Freude.

»Aber natürlich«, versicherte ihr Charlotte. »Solange er uns Informationen liefert, kann er das beste Essen im Hause haben. Da würde ich sogar eigens etwas für ihn einkaufen.« Insgeheim dachte sie, dass die Mahlzeit für ihn wohl nur eine angenehme Dreingabe gewesen und er in erster Linie Gracies Gesellschaft wegen gekommen war. Sie hatte bei früheren Gelegenheiten sein leichtes Erröten gesehen und auch gemerkt, mit welch geradezu zärtlichem Blick er sie ansah. Vor allem war ihr weder entgangen, wie sehr ihn Gracies Kummer mitgenommen hatte, als ihre Träume in Ashworth Hall zerbrachen, noch seine schwerfällige Art, das Mädchen zu trösten.

Doch sie sagte nichts. Es wäre Gracie nur unangenehm und würde ihr womöglich den Eindruck vermitteln, andere Menschen mischten sich in ihre innersten Angelegenheiten.

»Das muss nich' sein«, sagte Gracie herablassend. »Dann würde er sich nur was einbilden! Es genügt, dass es in Ordnung is', wenn ich ihm was geb.«

»Ganz und gar. Tu, was du für richtig hältst.« Was Tellman über Cole berichtet hatte, gab Charlotte sehr zu denken. Sie war fest überzeugt, dass Balantyne die Wahrheit sagte und er sich weder in Abessinien feige davongemacht hatte noch an Coles Ermordung beteiligt gewesen war, doch je mehr sie über den Fall erfuhr, desto mehr schien die Aussicht auf Beweise dafür zu schwinden. Bisher hatte sie ihrem Mann noch nichts von der Erpressung gesagt, doch würde es ihr ein schlechtes Gewissen verursachen, wenn sie ihr Wissen noch lange für sich behielte, zumal er angesichts Cornwallis' vergleichbarer Situation bereits mit dieser Möglichkeit gerechnet haben dürfte.

Sie musste die Sache unbedingt mit einem Menschen besprechen, dem sie ganz und gar vertrauen konnte. Dabei ging es nicht nur um Verschwiegenheit, sondern auch um Verständnis für das Wesen von Cornwallis und Balantyne sowie die Welt, in der sie sich bewegten. Mit Bezug auf beides konnte es keine bessere Wahl als Großtante Vespasia geben. Sie war Mitte achtzig, hatte eine unangreifbare Position in den besten Kreisen und war in jungen Jahren die schönste Frau Londons, wenn nicht ganz Englands, gewesen. Sie verfügte neben einer untrüglichen Menschenkenntnis über eine scharfe Zunge, doch weil sie zugleich geistreich war, verletzten ihre kritischen Äußerungen niemanden wirklich. Überdies besaß sie den Mut, ihrem Gewissen zu folgen und unabhängig von den Ansichten anderer für ihre Überzeugung einzutreten. Charlotte hatte diese Großtante fest ins Herz geschlossen.

»Ich gehe rasch auf einen Sprung zu Lady Vespasia Cumming-Gould«, teilte sie Gracie mit, als sie sich vom Tisch erhob. »Ich glaube, ihre Meinung in dieser Angelegenheit kann uns nur nützlich sein.«

»Die weiß sicher nix von Leuten wie Albert Cole, Ma'am«, sagte Gracie überrascht. »Das war doch nur 'n einfacher Soldat und außerdem 'n Verbrecher, wie Mr. Tellman gesagt hat. Bestimmt hat er sich mit 'nem andern um die Beute geprügelt und dabei den Kürzer'n gezogen. Mr. Pitt hat doch gesagt, dass die Leiche ausgeseh'n hat, wie wenn das 'ne Schlägerei gewesen wär'.«

Zwar fühlte sich Charlotte von diesem Einwand in gewisser Hinsicht getröstet, doch erklärte auch er nicht, wieso sich der Mann im Besitz von Balantynes Schnupftabaksdose befunden hatte.

»Vielleicht ha'm die noch mehr geklaut«, fuhr Gracie fort, als könne sie Charlottes Gedanken lesen. Sie stand mit dem Abwaschlappen in der Hand am

Spülbecken. »Wahrscheinlich hat der andere Kerl das ganze Zeug. Die Dose hat er vielleicht nich' gefunden, weil er's eilig hatte. Kann ja sein, dass der Laternenanzünder gekomm' is' und er abhauen musste.«

»Das wäre denkbar«, stimmte Charlotte zu. Sie konnte unmöglich Gracie oder einem anderen sagen, dass Balantyne die Dose aus der Hand gegeben hatte. Die Frage war nur, ob Cole der Erpresser oder lediglich dessen Bote gewesen war. Es war natürlich auch denkbar, dass er dem Erpresser die Dose gestohlen hatte und durch einen sonderbaren Zufall vor Balantynes Tür gelandet war. »Trotzdem gedenke ich Lady Vespasia aufzusuchen«, erklärte sie. »Vermutlich werde ich zum Mittagessen nicht hier sein.«

Gracie sah sie aufmerksam an, sagte aber lediglich, dass sie verstanden habe.

Charlotte ging nach oben. Es dauerte eine Weile, bis sie sich für das passende Kleid entschieden hatte. Bei früheren Gelegenheiten, zu denen sie sich eindrucksvoller oder prächtiger hatte kleiden müssen, als ihre sehr beschränkte eigene Garderobe das zuließ, war sie von Tante Vespasia mit Kleidern und bisweilen auch Umhängen oder Hüten ausstaffiert worden, die diese nicht mehr trug. Vespasias Zofe hatte die Kleider nicht nur ein wenig ausgelassen, sondern auch leicht verändert und damit gewöhnlich eine Spur moderner und auch praktischer gemacht, denn ihre Herrin pflegte derlei meist zu gesellschaftlichen Anlässen zu tragen. Sie kleidete sich gern gut und gedachte nach wie vor der Mode voraus zu sein, statt ihr zu folgen.

Allerdings waren gewisse Änderungen immer unerlässlich, schließlich war die weißhaarige alte Dame nicht nur fünfzig Jahre älter als Charlotte, sondern auch schmaler und ihr Geschmack, entsprechend ihrer gesellschaftlichen Stellung, ausgefallen.

Charlotte entschied sich für ein blassblaues Musselinkleid, das zu ihrem brünetten, leicht ins Rötliche
spielenden Haar und dem sanften Honigschimmer
ihrer Haut passte. Es hatte üppige Ärmel und unter
einem grünen Überrock eine sehr kleine Tournüre,
die an ihrem fülligeren Körper eher ein wenig langweilig und nicht so raffiniert wirkte wie bei Tante
Vespasia. Dazu wählte sie einen passenden blass-
blauen Hut. Das Ergebnis stellte sie zufrieden und sie
verließ das Haus um Viertel vor zwölf. In einem solchen Aufzug konnte man sich lediglich mit einer
Droschke durch die Straßen bewegen – oder natürlich
in der eigenen Kutsche.

Sie traf kurz nach Mittag an Lady Vespasias Haus
ein und wurde von dem Mädchen, das sie inzwischen
sehr gut kannte, sogleich eingelassen.

Ihre Großtante saß in ihrem Lieblingszimmer, das
auf den Garten ging. Sie trug ein Kleid aus elfenbeinfarbener Spitze und eine mehrreihige Kette sanft
schimmernder Perlen. Das Sonnenlicht zeichnete
auf dem Fußboden einen Kreis um sie. Das schwarzweiße Hündchen, das zu ihren Füßen lag, sprang auf
und begrüßte Charlotte begeistert. Zwar blieb Lady
Vespasia sitzen, doch auf ihre Züge trat unverhohlene Freude.

»Wie schön, dich zu sehen, meine Liebe! Ich hatte
mehr oder weniger gehofft, dass du kommen würdest. Zur Zeit ödet mich das Leben unsäglich an. In
dieser Saison scheint es niemanden mit dem geringsten Hang zur Extravaganz zu geben – jeder sagt und
tut genau das, was ich von ihm erwarte.« Sie zuckte
herablassend mit der Schulter. »Die Leute tragen sogar, was ich vermute. Das ist zwar hochmodisch,
aber ohne jedes Flair. Es ist wahrhaft entsetzlich. Ich
habe schon überlegt, ob ich nicht allmählich alt
werde! Es kommt mir vor, als wüsste ich alles im

Voraus – und das ist mir zutiefst verhasst!« Sie hob die Brauen. »Welchen Sinn hat das Leben, wenn einen nichts mehr überrascht und die Gedanken nicht wie Blätter vor dem Sturm durcheinandergewirbelt werden, so dass man sie aufsammeln und erneut zusammensetzen muss, um ein anderes, ungewohntes Bild zu sehen? Ein zur Leidenschaft oder Überraschung unfähiger Mensch ist tot!« Sie musterte Charlotte mit kritischem, aber gütigem Blick. »Nun, du jedenfalls trägst etwas, was ich nicht vorausgesehen habe. Woher hast du das Kleid?«

»Von dir, Tante Vespasia.« Charlotte beugte sich vor und küsste sie sanft auf die Wange.

Lady Vespasias Brauen hoben sich noch mehr. »Grundgütiger! Tu mir den Gefallen, das niemandem zu sagen – ich müsste mich ja in Grund und Boden schämen.«

Charlotte wusste nicht, ob sie gekränkt sein oder lachen sollte. »Ist es wirklich so fürchterlich?«

Lady Vespasia bat sie mit einer Handbewegung, einen Schritt zurückzutreten, und betrachtete das Kleid eine Weile.

»Das blasse Blau steht mir nicht«, erklärte Charlotte. Doch was Lady Vespasias Missfallen erregt hatte, war wohl das hinzugefügte Grün.

»Du hättest etwas Cremefarbenes nehmen sollen«, riet sie ihr. »Das Grün ist viel zu erdrückend. Du siehst damit aus, als wärest du ins Meer gefallen und mit Tang bedeckt wieder herausgekommen.«

»Ach so. Du meinst, ich sehe aus, als wäre ich ertrunken, wie Shakespeares Ophelia?«, fragte Charlotte.

»Nicht ganz so friedlich«, sagte Lady Vespasia trocken. »Erspare es mir, mehr darüber sagen zu müssen. Ich suche dir etwas anderes heraus.« Sie stand auf, wobei sie sich ein wenig auf den Silberknauf ihres Stocks stützte, und ging Charlotte voran nach oben zu ihrem Ankleidezimmer.

Während sie verschiedene Tücher, Bänder und sonstiges modische Zubehör durchsah, sagte sie beiläufig: »Vermutlich macht dir die unglückselige Geschichte vom Bedford Square Sorgen. Wenn ich mich richtig erinnere, hattest du ziemlich viel für Brandon Balantyne übrig.«

Charlotte merkte, wie sie glühend rot wurde. So hätte sie das auf keinen Fall formuliert. Sie betrachtete Tante Vespasias eleganten Rücken, während diese, ein cremefarbenes Seidentuch mit Silberdekor in den Händen, überlegte, ob es zu Charlottes Kleid passte. Sofern sie gegen diese Wortwahl aufbegehrte, würde Tante Vespasia lediglich merken, wie verlegen sie war. Sie holte tief Luft.

»Ich bin in der Tat betroffen und habe ihn aufgesucht. Thomas weiß nichts davon – sprich also bitte nicht zu ihm darüber. Ich... ich bin meinem Impuls gefolgt, ohne groß nachzudenken. Balantyne sollte einfach... merken, dass er Freunde hat...« Sie wusste nicht recht weiter.

Lady Vespasia drehte sich mit zwei cremefarbenen Seidentüchern zu ihr um. Sie waren leicht wie Gaze und schimmerten silbrig. »Die nehmen der Sache die Schwere«, sagte sie entschieden. »Das eine kannst du dir um die Schulter legen und das andere um die Taille, mit dem langen Ende nach vorn. Auf diese Weise bekommt die Farbe des Kleides etwas Wärme. Natürlich bist du hingegangen, weil du etwas für ihn übrig hast und ihm sagen wolltest, dass die neuen Umstände nichts daran geändert haben.« Mit ernsthaftem und zugleich freundlichem Ausdruck fragte sie: »Und wie geht es ihm?« Sie sah Charlotte aufmerksam an und las die Antwort von ihren Zügen ab. »Nicht gut...«

»Man erpresst ihn«, sagte Charlotte. Überrascht merkte sie, welch großen Kummer es ihr bereitete, während sie das sagte. Es war fast, als erführe auch sie es erst jetzt. »Wegen eines Vergehens, das er nicht begangen hat. Nur gibt es keine Möglichkeit, die Anwürfe zu widerlegen.«

Lady Vespasia schwieg eine Weile nachdenklich. Es war deutlich zu erkennen, dass sie keineswegs gleichgültig oder verständnislos war.

Mit einem Mal überlief es Charlotte kalt. Es kam ihr vor, als wisse oder vermute Lady Vespasia etwas, wovon sie selbst nichts ahnte. Während sie wartete, bildete sich ein Kloß in ihrer Kehle.

»Wollen die Leute Geld?«, fragte Lady Vespasia in einem Ton, als rechne sie nicht mit einer bejahenden Antwort.

»Nein«, sagte Charlotte. »Offensichtlich … wollten sie nur zeigen, welche Macht sie haben. Jedenfalls bisher …«

»Aha.« Lady Vespasia drapierte die Tücher über Charlottes Kleid und schlang sie mit kundiger Hand zusammen. Während sie hier und da ein wenig zupfte und das Ganze verschob, bewegten sich ihre Finger mechanisch, als wäre sie nicht so recht bei der Sache. »So«, sagte sie schließlich. »Gefällt dir das besser?«

Charlotte betrachtete sich im Spiegel. Es war sehr viel besser, was ihr im Augenblick aber eher unwichtig vorkam.

»Ja, vielen Dank.« Sie wandte sich um und setzte zum Sprechen an.

Dann aber sah sie, dass Tante Vespasia bereits auf dem Weg zum Treppenabsatz war, wobei sie sich am Geländer festhielt. Das hatte sie vor einem oder zwei Jahren noch nicht getan. Mit einem Mal kam Charlotte die Zerbrechlichkeit Tante Vespasias zu Bewusstsein und sie spürte schmerzlich, wie sehr sie die alte Dame liebte. Sie hätte ihr das gern gesagt, fürchtete aber, dass ihr das als zu große Vertraulichkeit ausgelegt würde. Zum einen waren sie nicht wirklich verwandt, und zum anderen war es nicht der richtige Zeitpunkt.

Vom Vestibül aus suchte Lady Vespasia erneut das Empfangszimmer auf, das mittlerweile im vollen Sonnenlicht lag.

»Ich habe einen guten Bekannten«, sagte sie nachdenklich, »dessen Verhalten mir sonderbar vorkommt.«

Charlotte, die sie inzwischen eingeholt hatte, betrat mit ihr zusammen den hellen Raum. Die grüne Schale auf dem Tisch in der Mitte enthielt duftige weiße Rosen und das von der Sonne beschienene Laub des Baumes vor dem Fenster erzeugte auf dem Teppich hin und her zuckende Muster.

»Es handelt sich um den Richter Dunraithe White. Theloneus hat mir gesagt, er habe in letzter Zeit einige sehr... eigenartige Urteile gefällt, die ganz und gar nicht zu seiner üblichen Art passen. Auch soll er Meinungen geäußert haben, die man mit sehr viel gutem Willen als verschroben bezeichnen könne.« Theloneus Quade, ein alter Verehrer Lady Vespasias, der sich vor zwanzig Jahren unsterblich in sie verliebt hatte, war ebenfalls Richter. Er hätte sie vom Fleck weg geheiratet, wenn sie dazu bereit gewesen wäre, doch war ihr der Altersunterschied als zu groß erschienen. Zwar liebte er sie wie eh und je, doch war zwischen beiden mittlerweile eine ausgeprägte Freundschaft entstanden.

Den Blick aufmerksam auf Charlotte gerichtet, ließ sich Tante Vespasia auf ihren Lieblingssitz nahe dem Fenster nieder und stellte den Stock neben sich. Ihr Hündchen klopfte freudig mit dem Schwanz auf den Boden.

»Du vermutest wohl…«, setzte Charlotte an, »dass auch er erpresst wird?«

»Sagen wir, ich nehme an, dass er unter irgendeinem übergroßen Druck steht«, korrigierte Lady Vespasia. »Ich kenne ihn seit vielen Jahren und er war immer betont auf seinen Ruf bedacht. Es gibt nur eins, das ihm höher steht als seine Verantwortung vor Recht und Gesetz, und das ist die Liebe zu seiner Frau Marguerite. Die beiden haben keine Kinder. Wer weiß, vielleicht haben sie sich deshalb enger als viele andere Paare zusammengeschlossen, um sich auf diese Weise gegenseitig zu trösten.«

Charlotte nahm ihr gegenüber Platz und ordnete ihr Kleid, das dank Tante Vespasia so sehr gewonnen hatte. Sie zögerte, die nächste Frage zu stellen, doch ihre Sorge um Balantyne spornte sie zu einer Kühnheit an, zu der sie sich sonst nicht hätte hinreißen lassen.

»Begünstigen diese Urteile einen bestimmten Menschen oder bestimmte Interessen?«

In Tante Vespasias Augen blitzte Verstehen auf. Sie sagte gequält und betrübt: »Bisher nicht. Soweit ich von Theloneus gehört habe, machen sie den Eindruck der Willkür, als wären sie nicht klar durchdacht. Sie sind einfach völlig anders als sonst. Früher, hat mir Theloneus versichert, habe er auf das sorgfältigste alle Faktoren einbezogen und gegeneinander abgewogen.« Sie runzelte die Stirn. »Man könnte glauben, dass er nur halb bei der Sache ist. Ich mache mir große Sorgen um ihn. Zuerst war ich der Ansicht, er sei vielleicht krank, was ohne weiteres möglich wäre. Als ich ihm vor zwei oder drei Tagen begegnet bin, hat er sehr schlecht ausgesehen, als bekäme er zu wenig Schlaf, aber darüber hinaus den Eindruck von Zerstreutheit gemacht. Nachdem du mir die Sache mit Balantyne berichtet hattest, ist mir blitzartig der Gedanke an Erpressung gekommen.« Sie bewegte ihre Hände kaum wahrnehmbar. »Es gibt im Leben eines Menschen so manches, was man ihm vorhalten könnte, ohne dass er in der Lage wäre, diesen Vorwurf zu widerlegen. Nimm doch nur diesen lächerlichen Fall um Tranby Croft! Da siehst du schon, wie einfach es ist, einen Menschen durch ein unpassendes Wort oder einen Vorwurf zugrunde zu richten, ganz gleich, ob er sich beweisen lässt oder nicht.«

»Willst du damit sagen, dass Gordon-Cumming am Ende ist?«, fragte Charlotte. »Und ist er deiner Ansicht nach unschuldig?« Sie wusste, dass Tante Vespasia die wichtigsten Beteiligten bis zu einem gewissen Grade kannte, und nahm an, dass sie ziemlich viel über deren Privatleben wusste.

»Das vermag ich nicht zu sagen, aber möglich ist es ohne weiteres. Die ganze Sache hätte nie öffentlich zur Sprache kommen dürfen. Man hat sie erschreckend ungeschickt gehandhabt. Sofern die Leute der Überzeugung waren, dass er betrogen hat, hätten sie das Spiel beenden müssen, aber auf keinen Fall von ihm verlangen dürfen, dass er ein Schriftstück unterzeichnet, in dem er sich verpflichtet, nie wieder Spielkarten anzurühren, denn so etwas ist gleichbedeutend mit einem Schuldbekenntnis. Wenn man bedenkt, wer alles dabei war, konnte es gar nicht ausbleiben, dass die Sache bekannt wurde, und damit war der Skandal unvermeidbar. Das hätte man mit einem Minimum an gesundem Menschenverstand voraussehen können.« Ungehalten schüttelte sie den Kopf.

»Aber es muss doch etwas geben, was sich gegen diese Erpressung unternehmen lässt«, begehrte Charlotte auf. »Die Sache ist von himmelschreiender Ungerechtigkeit. So etwas könnte jedem zustoßen.«

Tante Vespasia wirkte sehr angespannt und eine ungewohnte Besorgnis zeigte sich auf ihren Zügen. »Kummer macht mir die Vorstellung, was der Erpresser verlangen könnte. Du sagst also, dass er Balantyne gegenüber noch keine Forderung gestellt hat?«

»Nein ... außer einer Schnupftabaksdose und die hat man bei dem Mann gefunden, der vor seiner Tür ermordet wurde.« Sie merkte, dass sie die Finger ineinander schlang. »Thomas kennt natürlich alle Einzelheiten des Mordfalls, weil er ihn bearbeitet. Es gibt aber noch mehr ...«

»Und vermutlich Schlimmeres«, sagte Lady Vespasia gefasst. Es war mehr eine Schlussfolgerung als eine Frage.

»Ja. Der stellvertretende Polizeipräsident Cornwallis wird ebenfalls erpresst. Auch in dem Fall wird eine Behauptung über einen angeblichen Vorfall in seiner Vergangenheit aufgestellt, die er nicht widerlegen kann.«

»Nämlich was?«

»Man wirft ihm vor, sich mit der Heldentat eines anderen gebrüstet zu haben.«

»Und was ist es bei General Balantyne?«

»Er soll vor dem Feind davongelaufen sein und zugelassen haben, dass ein anderer seine Schandtat gedeckt hat.«

»Aha.« Tante Vespasia sah tief besorgt drein. Sie verstand nur zu gut, dass ein solches Gerücht das Leben eines Mannes nahezu unerträglich machen konnte, auch wenn es noch so leise geflüstert und noch so nachhaltig bestritten wurde. Schon weniger schwerwiegende Behauptungen hatten Männer dazu gebracht, sich im günstigsten Fall aus dem öffentlichen Leben zurückzuziehen und in irgendeiner abgelegenen Gegend Schottlands ihren Wohnsitz zu nehmen oder gar das Land zu verlassen und in der Fremde zu leben. Im schlimmsten Fall aber hatte es zum Selbstmord geführt.

»Wir dürfen das nicht zulassen«, drängte Charlotte und beugte sich leicht vor. »Wir müssen kämpfen.«

»Du hast Recht«, pflichtet ihr Tante Vespasia bei. »Allerdings halte ich die Erfolgsaussichten für gering. Die Erpresser haben alle Vorteile auf ihrer Seite.« Sie erhob sich, erneut auf den Stock gestützt. Das Hündchen streckte sich und stand ebenfalls auf. »Zu den Mitteln, deren sich diese Feiglinge bedienen, können und wollen wir nicht greifen«, fuhr sie fort, »denn sie führen ihre Angriffe aus dem Hinterhalt. Jetzt wollen wir erst einmal zu Mittag essen; danach werden wir den Whites unsere Aufwartung machen.« Sie griff nach dem Glockenzug, läutete und teilte dem Butler ihre Entscheidung mit, damit er der Köchin und dem Kutscher entsprechende Anweisungen geben konnte.

Charlotte und Lady Vespasia stiegen in der hellen Nachmittagssonne vor dem Haus Dunraithe Whites und seiner Frau Marguerite in der Upper Brook Street zwischen Park Lane und Grosvenor Street aus der Kutsche. Lady Vespasia war bestens mit der komplizierten Etikette vertraut, die es an den ein oder zwei Besuchstagen im Monat einzuhalten galt, an denen das Haus jedem offenstand, der näher mit seinen Bewohnern bekannt war. So fanden die sogenannten ›Vormittagsbesuche‹ am Nachmittag statt, wobei die Stunde von drei bis vier den förmlichen und die von vier bis fünf den weniger förmlichen Besuchen vorbehalten war. Zwischen fünf und sechs Uhr konnten gute Bekannte kommen, die mit der Familie auf vertrautem Fuß standen.

Doch hohes Alter und eine hohe Abkunft gewährten gewisse Privilegien. Wenn sich Lady Vespasia entschloss, solche Regeln zu missachten, klagten darüber höchstens Menschen, die das gern selbst getan hätten, aber nicht den Mut dazu hatten. Und sie taten es nur leise murrend und stritten ab, solche Äußerungen getan zu haben, falls jemand sie zufällig hörte.

Glücklicherweise war es kein Besuchstag, so dass Mrs. White allein war. Das Mädchen, das Lady Vespasias Karte entgegennahm, machte zwar einen ziemlich verwirrten Eindruck, kehrte aber schon bald zurück, um ihnen mitzuteilen, Mrs. White sei bereit, die Besucherinnen zu empfangen.

Der Anlass ihres Besuchs beschäftigte Charlotte so sehr, dass sie vom Haus und seiner Einrichtung kaum etwas mitbekam. Sie nahm flüchtig Gemälde in schweren Goldrahmen wahr, viel geschnitzte Eiche und Fransenvorhänge.

Im Gesellschaftszimmer stand Marguerite White neben einer Ottomane voller Kissen. Es sah so aus, als habe sie sich gerade davon erhoben. Sie trug ein dunkles Musselinkleid; zweifellos hätte sie etwas anderes angezogen, wenn sie auf Besuch eingestellt gewesen wäre. Sie war eine schöne Frau, schlank und mit üppigem dunklem Haar. Mit ihren Augen, die unter fein geschwungenen Brauen und schweren Lidern tief in den Höhlen lagen, und ihrem bleichen Gesicht schien sie Charlotte nicht besonders widerstandsfähig zu sein, ein Mensch, den die geringste Anstrengung ermüdete.

Hinter ihr stand ihr Gatte. Er war breitschultrig, nur wenig größer als sie und hatte einen leichten Bauchansatz. Trotz seiner robusten Erscheinung und seines herzlichen Wesens schien seine Gesundheit angegriffen zu sein. Seine Haut war fahl und unter seinen Augen lagen tiefe Schatten.

»Vespasia! Wie reizend, uns zu besuchen«, sagte er liebenswürdig. Trotz der ungekünstelten Freundlichkeit in seiner Stimme konnte er seine Überraschung nicht gänzlich verbergen, zumal er Charlotte nicht kannte.

Lady Vespasia begrüßte ihn voll Wärme und übernahm die Vorstellung. Nachdem die üblichen Bemerkungen zur Gesundheit und zum Wetter ausgetauscht waren, wurde den Besucherinnen Tee angeboten.

Obwohl es ein Gebot der Höflichkeit gewesen wäre, dankend abzulehnen, nahm Lady Vespasia lächelnd an. Während sie auf dem breiten Sofa Platz nahm, ordnete sie ihre Röcke mit einer kaum wahrnehmbaren Bewegung ihrer Hand. Es war unübersehbar, dass sie zu bleiben gedachte.

Trotz ihrer erkennbaren Verblüffung blieb Marguerite nichts übrig, als gute Miene dazu zu machen, sofern sie nicht hochgradig unhöflich sein wollte. Aus ihrer ersten Reaktion auf Lady Vespasias Ankunft war deutlich geworden, dass sie ihr freundschaftliche Gefühle entgegenbrachte und durch ihre Gegenwart vielleicht sogar ein wenig eingeschüchtert war.

Charlotte setzte sich nervös. Was konnte sie in dieser absurden, aber verzweifelt wichtigen Situation schon sagen? Am besten war irgendeine belanglose Schmeichelei. Sie sah aus dem Fenster.

»Was für einen herrlichen Garten Sie haben, Mrs. White.«

Sogleich schien sich Marguerite zu entspannen. Offensichtlich war das ein Thema, über das sie gern sprach, denn ihre Augen begannen zu leuchten.

»Gefällt er Ihnen?«, fragte sie eifrig. »Ich wünschte, er wäre größer, aber wir bemühen uns nach Kräften, den Eindruck von Weite zu unterstreichen.«

»Das ist Ihnen glänzend gelungen.« Charlottes Lob klang ehrlich. »Wie gern besäße auch ich diese Fähigkeit. Es ist wirklich eine hohe Kunst! Ich bezweifle, dass man das lernen kann.«

»Wollen Sie ihn sich etwas näher ansehen?«, erbot sich Marguerite.

Charlotte wandte sich Lady Vespasia zu, denn die Höflichkeit gebot, sie zu fragen, ob es ihr recht sei. Da Charlotte mit ihrem im Plauderton vorgetragenen Lob bereits in den ersten Minuten etwas erreicht hatte, was sich Lady Vespasia insgeheim erhofft hatte, sagte sie mit beiläufigem Lächeln: »Nur zu, meine Liebe. Ich an deiner Stelle würde hinausgehen, solange die Sonne scheint. Bestimmt hat Mrs. White nichts dagegen, dass du dich so lange umsiehst, wie dir der Sinn danach steht.«

»Natürlich nicht«, bestätigte Marguerite. »Wir Gartenliebhaber brüsten uns gern mit dem, was wir geschaffen haben, und sind in den seltensten Fällen abgeneigt, andere an unseren Einfällen teilhaben zu lassen.« Sie wandte sich ihrem Mann zu. »Du entschuldigst uns? Es kommt nur selten jemand her, der für meine Leidenschaft mehr als stille Duldung aufbringt, und ich bin die nichts sagenden höflichen Worte so Leid.«

»Aber gewiss, meine Liebe«, sagte er freundlich. Sogleich änderte sich auch seine Haltung Charlotte gegenüber. Sie erkannte das an seinem Gesichtsausdruck und an der Art, wie sich seine Schultern entkrampften, während er zur großen gläsernen Verandatür ging, um sie den beiden Frauen zu öffnen. Mit ihrer Äußerung hatte sie ihn offenbar im Sturm erobert.

Als die beiden anmutigen Gestalten vor dem Hintergrund aus Bäumen über den schmalen Rasenstreifen schritten, schloss er die Tür und kehrte nach einem letzten Blick auf die Pflanzschalen, in deren Blüten sich das Sonnenlicht brach, und die weißen Petunien, die sich scharf von den wie finstere Flammen aufzuckenden Zypressen abhoben, durch den Salon zu Lady Vespasia zurück.

»Sie sehen müde aus, Dunraithe«, sagte sie sanft.

Er blieb stehen, halb von ihr abgewandt. »Ich habe letzte Nacht nicht gut geschlafen. Es hat nichts zu bedeuten. So etwas widerfährt jedem hin und wieder.«

Da er kaum bereit sein dürfte, etwas zu sagen, wenn seine Frau dabei war, musste sie, ohne kostbare Zeit zu verschwenden, stracks auf ihr Ziel zugehen, solange sich Marguerite draußen aufhielt. Sie wusste, dass er stets alles in seiner Macht Stehende getan hatte, sie vor jeglicher Unzuträglichkeit zu schützen. Trotz aller Eile musste Lady Vespasia drauf achten, dass sie mit größter Umsicht zu Werke ging, um ihn nicht zu kränken und ihm nicht den Eindruck zu vermitteln, dass sie in seine Privatsphäre eindringen wolle. Mit einem solchen Vorgehen würde sie, statt ihm Beistand zu leisten, einer Freundschaft schaden, die sie sehr schätzte.

»Das stimmt«, sagte sie mit einem leichten Achselzucken. Dann kam ihr ein Gedanke. Ihr blieb keine Zeit, das Für und Wider abzuwägen. Da der Garten nicht groß war, konnte Charlotte die Gastgeberin nicht beliebig lange draußen festhalten. »Auch ich habe in letzter Zeit mitunter schlecht geschlafen.«

Obwohl er sich nach Kräften bemühte, es zu verbergen, fiel ihr auf, dass er bei allem Bestreben, höflich zu sein, mit seinen Gedanken woanders zu sein schien. Quade hatte wohl Recht – es gab offenbar etwas, was Dunraithe White große Sorgen bereitete.

»Oh ... das tut mir Leid«, sagte er mit abwesendem Lächeln. Er kam nicht auf den Gedanken, sie nach den Gründen zu fragen. Sie musste wohl sehr viel unvermittelter vorgehen, als sie ursprünglich beabsichtigt hatte.

»Es ist der Fluch einer Einbildung«, sagte sie.

Darauf fiel ihm keine beiläufige Antwort ein. »Eine Einbildung?« Endlich wandte er ihr seine ungeteilte Aufmerksamkeit zu. »Haben Sie vor etwas Angst, Vespasia?«

»Ja, aber es geht dabei nicht um mich«, gab sie zur Antwort und sah ihm in die Augen, »sondern um meine Freunde. Letzten Endes aber läuft das wohl auf dasselbe hinaus. Schmerzen oder Glück werden uns durch die Menschen zuteil, deren Wohl uns am Herzen liegt.«

»So ist es.« Es klang, als stünde dahinter eine echte Empfindung. »Es liegt unserem ganzen Sein zugrunde. Ohne die Fähigkeit zu lieben würden wir nur halb leben – ach, was sage ich, noch weniger. Und all unser Besitz wäre wertlos... er würde uns keine Freude machen.«

»Wir würden aber auch keinen Schmerz spüren«, fügte sie hinzu.

Sein Blick umwölkte sich und mit einem Mal waren all seine Empfindungen zu erkennen. Seine Liebe zu Marguerite war ihr schon immer bekannt gewesen, in jenem Augenblick aber erfasste sie etwas von der Tiefe seines Gefühls und erkannte zugleich seine Verletzlichkeit. Unwillkürlich fragte sie sich, ob die Frau wirklich so zerbrechlich war, wie sie vermutete. Allerdings lag es ausschließlich bei ihm, das zu entscheiden.

»Natürlich«, sagte sie, kaum lauter als ein Flüstern. »Es ist uns unerträglich, das Leiden eines wahren Freundes mit anzusehen, womöglich sogar mitzuerleben, wie man ihn in den Ruin treibt. In einem solchen Fall würde man unbedingt versuchen, ihm beizustehen.« Bei diesen Worten sah sie ihn an.

Sein Kopf ruckte hoch, sein Körper versteifte sich. Es war, als hätte sie ihm einen Schlag versetzt. Mit einem Mal erfüllte Furcht den stillen Raum, den

Sonnenlicht vom Garten her erhellte. Nach wie vor sagte Dunraithe nichts.

Lady Vespasia war nicht bereit aufzugeben, sie brachte es nicht über sich. »Ich brauche Ihren Rat. Das ist der eigentliche Grund für meinen Besuch zu dieser unpassenden Stunde. Mir ist durchaus bekannt, dass man nicht unangekündigt um drei Uhr nachmittags kommt.«

Der Ausdruck gequälter Belustigung trat kurz auf seine Züge und verschwand dann wieder. »Aber Sie brauchen sich doch nicht zu entschuldigen. Was kann ich für Sie tun?«

Endlich!

»Jemand, den ich kenne und an dem mir liegt, wird erpresst«, sagte sie. »Warum ich seinen Namen lieber nicht nenne, dürfte auf der Hand liegen.« Sie hielt inne. Der unnatürlich starre Ausdruck seines Gesichts änderte sich nicht im Geringsten, doch röteten sich seine Wangen flüchtig und wurden dann fahl. Sofern sie je Zweifel gehabt hatte, dass auch er zu den Opfern des Erpressers gehörte, waren diese jetzt vollständig verflogen.

War ihm klar, dass sein Erröten ihn verraten hatte? Hatte er gespürt, wie seine Wangen erst heiß und dann bleich geworden waren? Sie sah ihm in die Augen und war sich nicht ganz sicher. Sie fuhr fort, weil Rückzug die einzige andere Möglichkeit gewesen wäre, die ihr offenstand.

»Man beschuldigt ihn einer Tat, die er nicht begangen hat.« Sie lächelte ein wenig. »Aber die Sache liegt viele Jahre zurück und so kann er seine Schuldlosigkeit nicht beweisen. Alles hängt von der Aussage von Menschen ab, deren Erinnerung verblasst ist oder mit deren Aussage man sich nicht zufrieden geben kann.« Sie zuckte kaum wahrnehmbar die Achseln. »Ihnen dürfte ebenso klar sein wie mir, dass ein geflüstertes Gerücht nicht wieder gut zu machenden Schaden anzurichten vermag, einerlei, ob es auf Wahrheit beruht oder nicht. Vielen ansonsten bewundernswerten Menschen geht jegliches Mitleid ab, wenn sich ihnen die winzigste Möglichkeit bietet, mit leerem Gewäsch Aufmerksamkeit zu erregen. Man braucht gar nicht besonders weit zu suchen, um die Bestätigung dafür zu finden.«

Er setzte an, als wolle er etwas sagen, schluckte dann aber gequält.

»Setzen Sie sich doch, Dunraithe«, sagte sie leise. »Sie sehen wie jemand aus, dem es nicht gut geht. Vielleicht hilft ein ordentlicher Schluck Branntwein, aber ein freundschaftliches Wort wäre vermutlich noch besser. Man sieht auf den ersten Blick, dass auf Ihren Schultern ebenfalls eine schwere Last liegt. Ich habe Ihnen meine Sorge mitgeteilt und jetzt geht es mir besser, auch wenn Sie keinen praktischen Rat wissen. Ich muss zugeben, dass ich auch nicht wüsste, wie ein solcher Rat aussehen soll. Was kann man schon gegen eine Erpressung unternehmen?«

Er mied ihren Blick und hielt die Augen unverwandt auf das Rosenmuster des Aubusson-Teppichs zu seinen Füßen gerichtet.

»Ich weiß es nicht«, sagte er mit belegter Stimme. »Wer zahlt, gerät nur umso tiefer in den Sumpf, denn damit zeigt er dem Halunken, dass er Angst vor ihm hat und bereit ist, klein beizugeben.«

»Das ist ein Teil der Schwierigkeit.« Sie sah ihn unverwandt an. »Sie müssen wissen – er hat nichts verlangt.«

»Er hat … nichts verlangt?« Die Worte klangen unnatürlich. Sein Gesicht hatte jede Farbe verloren.

»Jedenfalls bisher nicht.« Sie bemühte sich, ihrer Stimme einen gleichmütigen Klang zu geben. »Es ist überaus unangenehm und natürlich fürchtet mein

Bekannter, dass man im Laufe der Zeit eine Forderung stellen wird. Die Frage ist nur, was man verlangen wird.«

»Geld?« Jetzt lag in seiner Stimme eine Spur Hoffnung, als würde ihn eine solche Forderung fast erleichtern.

»Das nehme ich an«, sagte sie. »Falls nicht, könnte es etwas weit Unangenehmeres sein. Der Mann, der erpresst wird, hat großen Einfluss und die schlimmste Möglichkeit wäre die, dass man von ihm verlangt, seine Macht zu missbrauchen, etwas Unehrenhaftes zu tun...«

Er schloss die Augen und Lady Vespasia fürchtete schon, er werde in Ohnmacht fallen.

»Warum sagen Sie mir das?«, flüsterte er. »Was wissen Sie von der Sache?«

»Nur, was ich Ihnen gesagt habe. Außerdem halte ich es für möglich, dass er nicht das einzige Opfer ist. Ich fürchte sogar, dass es sich um eine richtige Verschwörung handelt, die sich gegen weit mehr als einen oder zwei Männer richtet. Niemand kann seinen Ruf, wie ehrenhaft auch immer er ihn erworben hat, mit einer schimpflichen Tat retten, die unter Umständen noch übertrifft, was man ihm zu Unrecht vorwirft.«

Mit einem Mal sah er sie offen an. Auf seinem Gesicht lagen Zorn und Verzweiflung. »Mir ist nicht klar, wie viel Sie wissen, und auch nicht, ob diese Angelegenheit Anlass Ihres Besuchs ist und was an Ihrem Bericht über den guten Bekannten erdichtet ist oder nicht.« Seine Stimme klang rau und aufgewühlt. »Offen gestanden werde auch ich wegen einer Sache erpresst, mit der ich nicht das Geringste zu tun habe. Doch ich bin nicht bereit zuzulassen, dass man darüber redet – ganz gleich, wer! Ich werde diesem Ungeheuer geben, was es verlangt, und es damit zum

Schweigen bringen.« Er zitterte. Es sah so aus, als stehe er kurz vor dem Zusammenbruch.

»Mein Bekannter ist ebenso wirklich wie Sie.« Es war ihr wichtig, ihm klar zu machen, dass sie auf jeden Fall die Wahrheit sagte. »Ich wusste nicht, dass auch Sie zu den Opfern gehören, aber ich habe mir angesichts Ihres Kummers diese Frage gestellt. Es tut mir in tiefster Seele weh. Erpressung ist das widerwärtigste aller Verbrechen.« Sie sprach mit großer Leidenschaft. »Aber wir müssen dagegen kämpfen, notfalls mit vereinten Kräften. Wir müssen aneinander glauben. Meinem Bekannten hat man Feigheit vor dem Feind vorgeworfen. Ein solches Verhalten ist seinem Wesen völlig fremd und er würde es als so schändlich empfinden, dass er damit auf keinen Fall leben könnte.«

»Entschuldigen Sie bitte.« Er rang sich die Worte förmlich ab. Sie hatte keinen Zweifel, dass er sie aufrichtig meinte. Sie konnte es an seinem Gesicht, an der Haltung seines Körpers, an seinen verkrampften Schultern sehen. »Aber wenn öffentlich bekannt würde, was man mir vorwirft, wäre das für Marguerite eine Qual, mit der sie nicht leben könnte. Das werde ich keinesfalls dulden, mag man mir antun, was man will. Es ist sinnlos, darüber mit mir rechten zu wollen, Lady Vespasia. Ich werde alles Menschenmögliche unternehmen, um zu verhindern, dass sie leiden muss. Es wäre ihr Ende.«

Es war nicht der Zeitpunkt für taktvolle Manöver. Immerhin konnten Charlotte und Marguerite jeden Augenblick wieder hereinkommen. Ohnehin grenzte es schon ans Wunderbare, wie geschickt es Charlotte offenbar gelungen war, das Gespräch über den Garten in die Länge zu ziehen.

»Was wirft man Ihnen vor?«, fragte Lady Vespasia.

Inzwischen war ihm das Blut sogar aus den Lippen gewichen. Wieder schien er sich zu einer Antwort zwingen zu müssen. »Dass ich Vater des Kindes eines meiner engsten Freunde sei.« Er atmete schwer. »Der Mann ist kürzlich gestorben und kann nicht einmal mehr bestreiten, je einen solchen Vorwurf erhoben zu haben.« Seine Stimme wurde lauter. »Natürlich hat er das nicht getan! Es war sein Kind und er hat nie den geringsten Anlass gehabt, etwas anderes anzunehmen. Aber auch nur der Anflug eines Zweifels würde den Ruf der Mutter wie auch meinen zerstören, zumal wir miteinander befreundet waren… ganz davon abgesehen, dass man dem Sohn in einem solchen Fall unter Umständen verwehren könnte, das väterliche Erbe anzutreten, das in einem Adelstitel und einem beträchtlichen Vermögen besteht.« Seine Stimme zitterte und sein Gesicht wirkte eingefallen.

»Der Gedanke, man könnte annehmen, dass ich mich so verhalten hätte, würde Marguerite umbringen. Wie Sie wissen, ist sie… sehr zart. Sie war nie besonders kräftig und war in letzter Zeit leidend… Ich werde das keinesfalls zulassen!«

»Aber Sie haben doch nichts Unrechtes getan«, beharrte Lady Vespasia. »Es gibt keinen Grund für Sie oder Ihre Gattin, sich zu schämen.«

Seine Lippen zuckten. Im hellen Sonnenlicht, das durch die Fenster hereinfiel, war die Geringschätzung erkennbar, die auf seinen Zügen lag. »Und nehmen Sie an, dass die Leute das glauben werden? Alle? Man wird tuscheln und heimliche Blicke werfen.« Er lachte verächtlich. »Bestimmt gibt es wohlmeinende Wichtigtuer, die Marguerite hinterbringen würden, was man munkelt, sei es unter dem Vorwand, ihr es schonend nahe zu bringen, sei es aus reiner Boshaftigkeit.«

»Daher also sind Sie bereit zu tun, was er von Ihnen verlangt«, sagte Lady Vespasia. »Ein Mal, zwei

Mal ... und vielleicht auch ein drittes Mal? Bis dahin haben Sie mit Sicherheit etwas getan, dessen Sie sich schämen müssen – dann hat er Sie endgültig in der Hand!« Sie beugte sich ein wenig vor. »Wie weit sind Sie bereit zu gehen? Sie sind Richter, Dunraithe. Im Mittelpunkt Ihres Denkens darf nur Recht und Gesetz stehen.«

»Nein: Marguerite!« Seine Stimme war rau. Er ballte die Fäuste. »Ich liebe sie fast schon mein Leben lang und werde alles tun, um sie zu schützen.«

Lady Vespasia schwieg. Es war nicht nötig, ihn daran zu erinnern, dass es auch zu Marguerites Untergang führen würde, wenn er sein Ansehen verriet und seine Ehre verkaufte. Das würde er zweifellos auch an ihren Augen ablesen. Es war ihm unerträglich, über die unmittelbare Gefahr hinaus zu denken. Er würde sich einer Drohung nach der anderen stellen, den Preis zahlen, sich danach erst Sorgen um das machen, was kommen mochte, und hoffen, dass es einen Ausweg gab. Vielleicht würde ein anderer den Erpresser vorher zur Strecke bringen.

Die Verandatür öffnete sich, und als Charlotte und Marguerite eintraten, bauschte ein Windstoß ihre Röcke. Zum ersten Mal seit Monaten lag etwas Farbe auf Marguerites Wangen. Sie schien richtig aufgeregt zu sein und sah glücklich aus.

Dunraithe gab sich große Mühe, den Schmerz und die Angst zu beherrschen, die er noch kurz zuvor so deutlich gezeigt hatte. Sein ganzes Äußeres veränderte sich. Er streckte sich und lächelte beiden Frauen zu. Erkennbar galt seine Herzlichkeit auch Charlotte.

»Ein herrlicher Garten«, sagte diese mit ungeheuchelter Bewunderung. »Was für zauberhafte Ergebnisse erzielen kann, wer die Gabe besitzt zu sehen, was getan werden muss, und die Fertigkeit beherrscht, es zu tun. Ich bin richtig neidisch.«

»Ich freue mich, dass er Ihnen gefällt«, sagte er. »Marguerite macht das wirklich gut, nicht wahr?« Sein Stolz war unverkennbar und er genoss ihn uneingeschränkt.

Seine Frau strahlte vor Freude.

Es war fast vier Uhr. Der Tee wurde gebracht; sie setzten sich und sprachen noch eine halbe Stunde lang über diese und jene Belanglosigkeit, dann verabschiedeten sich Charlotte und Lady Vespasia und die Kutsche fuhr vor.

Auf dem Rückweg zur Keppel Street hörte Charlotte von Tante Vespasia, was diese erfahren hatte.

»Die Sache scheint mir weit größere Kreise zu ziehen, als wir ursprünglich angenommen haben«, sagte sie grimmig. »Es tut mir Leid, meine Liebe, aber du wirst Thomas nicht länger vorenthalten können, dass auch General Balantyne in diesem Netz zappelt. Mir ist klar, dass es für dich nicht leicht sein wird, ihm zu sagen, auf welche Weise du davon erfahren hast, aber jetzt bleibt dir kaum etwas anderes übrig.«

Charlotte sah sie ruhig an. »Meinst du tatsächlich, dass eine Art Verschwörung dahintersteckt, Tante Vespasia?«

»Würdest du nicht selbst sagen, dass es ganz danach aussieht?«, gab diese zurück. »Cornwallis, Balantyne, und jetzt auch noch Dunraithe White.«

»Vermutlich schon. Hätte er doch nur Geld verlangt.«

»Auch dann müsste man ihm Einhalt gebieten«, beschied Lady Vespasia sie. »Geld ist nur der Anfang.«

Obwohl es – ganz wie von Tante Vespasia vorausgesagt – alles andere als einfach war, brachte Charlotte das Thema sofort zur Sprache, als Pitt, der aus-

nahmsweise früh heimgekehrt war, auf Socken in die
Küche kam, wo sie gerade sauberes Geschirr ein-
räumte. Erst wenn die Sache erledigt war, würde ihr
wieder wohler sein und so kam sie gleich zum Kern
der Sache. Sie hatte das Gespräch mehrfach geprobt,
war aber mit dem Ergebnis nie wirklich zufrieden gewesen.

»Thomas, ich muss dir im Zusammenhang mit
dem Fall vom Bedford Square etwas sagen. Ich weiß
nicht, ob es wichtig ist oder nicht ... ich hoffe nicht,
aber ich finde, du solltest es wissen.«

Er merkte sofort, dass etwas nicht in Ordnung war,
denn so gestelzt sprach sie sonst nie. Er drehte sich
vom Spülbecken, wo er sich die Hände wusch, zu ihr
um und sah sie überrascht an. Sie stand mitten in der
Küche, ein halbes Dutzend Teller in den Händen.

Sie holte tief Luft und sprach, ohne abzuwarten,
was er sagen würde.

»Ich war heute Nachmittag bei Tante Vespasia.
Richter Dunraithe White, einer ihrer Bekannten, ist
ebenfalls ein Opfer des Erpressers, der Mr. Cornwallis bedroht.«

Er erstarrte. »Woher weißt du das? Hat er es ihr gesagt?« Seine Stimme klang ungläubig.

»Natürlich nicht einfach so«, sagte sie, stellte die
Teller auf den Tisch zurück und gab ihm ein frisches
Handtuch. »Aber der Richter und seine Frau sind alte
Freunde von Vespasia. Ich war mit ihr im Garten. Sie
ist wirklich eine glänzende Gärtnerin, darüber muss
ich dir später mehr erzählen«, fuhr sie fort. »Während wir draußen waren, hat Tante Vespasia unter
vier Augen mit Mr. White gesprochen und dabei hat
er ihr seine Situation geschildert. Er ist von Kummer
und Sorgen völlig zerfressen. Man beschuldigt ihn,
Vater des ältesten Sohns und Erben eines der engsten
Freunde der Familie zu sein. Jetzt, wo der Mann tot

ist und den Sachverhalt nicht aufklären kann, droht der Erpresser Mr. White damit, ihn anzuprangern.«

Pitt zuckte zusammen. Sein Gesichtsausdruck zeigte deutlich, dass er das Ausmaß der möglichen Katastrophe begriff. Er warf das Handtuch über die Lehne des nächstbesten Stuhls.

»Mr. White sagt, seine Frau würde es nicht überleben, wenn eine solche Anschuldigung bekannt würde. Sie ist sehr zart, deshalb haben sie auch keine Kinder. Er vergöttert sie und ist bereit, jeden Preis zu zahlen, wenn er ihr diesen Skandal ersparen kann.«

Pitt ließ die Schultern sinken und schob die Hände in die Taschen. »Damit wären es drei: Cornwallis, White und, wie ich heute erfahren habe, ein gewisser Tannifer, der in einer von Londons großen Geschäftsbanken eine bedeutende Rolle spielt. Man wirft ihm vor, Kundengelder veruntreut zu haben.«

»Was, noch einer?«, stieß Charlotte verblüfft aus. Es sah immer mehr so aus, als hätte Tante Vespasia Recht und als steckte weit mehr dahinter als eine einfache Erpressung aus Geldgier.

Er sah sie nachdenklich an. »Hast du schon einmal überlegt, dass auch General Balantyne erpresst werden könnte? Ich weiß, dass dir diese Vorstellung nicht so recht passt, weil man den Toten vor seiner Tür gefunden hat, aber man kann den Gedanken nicht einfach außer Acht lassen, nur weil es einem so lieber wäre.«

Jetzt war der richtige Zeitpunkt gekommen. »Du hast mit deiner Vermutung Recht.« Charlotte sah ihn an, um zu erkennen, wie er auf ihr Geständnis reagierte. Während er reglos dastand, lagen in seinen Augen alle möglichen Empfindungen im Widerstreit miteinander: Zorn und Verblüffung, Mitgefühl, Verständnis und etwas, wovon sie einen Augenblick lang fürchtete, es sei der Verdacht, hintergangen worden zu sein. Sie sprach rasch weiter, um das Unbehagen zu überbrücken. »Ich habe ihn aufgesucht, um ihm mein Mitgefühl wegen der neuen Tragödie auszusprechen … immerhin hatten die grässlichen Zeitungen die Sache mit Christina wieder ausgegraben, als ob es nicht genügte, dass der arme Mann das einmal durchleben musste.« Jetzt erkannte sie auf seinen Zügen Verständnis für ihr Tun und wohl durch die Erinnerung an Balantynes unbeschreibliche Qualen ausgelöstes Mitgefühl. »Mir war klar, dass etwas ganz und gar nicht in Ordnung war«, fuhr sie fort. »Und ich habe ihn meiner Freundschaft versichert, in der Hoffnung, dass ihn das trösten könne. Er hat mir berichtet, dass man ihn wegen eines Vorfalls erpresst, zu dem es angeblich vor vierundzwanzig Jahren bei einer Strafexpedition in Abessinien gekommen ist. Er kann nicht beweisen, dass es sich nicht so verhält, denn die meisten der Männer, die etwas dazu sagen könnten, sind tot, senil oder leben im Ausland. Es ist ihm übrigens alles andere als leicht gefallen, mir die Sache anzuvertrauen.«

Sie holte tief Luft und sprach weiter. »Zwar hat man von ihm kein Geld oder sonst etwas verlangt, doch hat er einen zweiten Brief bekommen, der ihm unverhohlen droht. Falls der Vorwurf öffentlich bekannt würde, wäre das der Ruin – übrigens auch für seinen Sohn Brandy und Lady Augusta, doch die ist mir einerlei. Er gibt sich die größte Mühe, jemanden zu finden, der sein Verhalten in der fraglichen Situation bezeugen kann, hatte aber bisher keinerlei Erfolg damit. Was können wir nur tun? Das ist doch entsetzlich!«

Er schwieg eine ganze Weile.

»Thomas …«

»Was?«

»Es tut mir Leid, dass ich nicht früher davon gesprochen habe. Ich wollte erst sehen, ob sich ein Beweis dafür finden lässt, dass er sich das ihm vorgeworfene Verhalten nicht hat zuschulden kommen lassen.«

»Außerdem wolltest du die Sache vor mir verheimlichen, weil du annahmst, ich würde ihn sonst des Mordes an Albert Cole verdächtigen, denn der hatte Balantynes Schnupftabaksdose«, sagte er gleichmütig. »Hat er sie ihm gegeben?«

»Nein, der Erpresser wollte sie von ihm als Unterpfand und ein junger Fahrradbote hat sie abgeholt.« Sie wartete auf seine nächsten Worte. Wie groß mochte sein Ärger wegen dieses Vertrauensbruchs sein? Sie hätte es ihm wirklich sagen müssen.

Er sah sie gefasst an.

Sie spürte, wie sie errötete. Trotz allem würde sie sich in einer vergleichbaren Situation jederzeit wieder so verhalten. Sie zweifelte nicht im Geringsten an Balantynes Unschuld. Man musste ihn beschützen und Augusta würde mit Sicherheit nichts in dieser Richtung unternehmen.

Pitt verzog den Mund zu einem schiefen Lächeln. Manchmal kannte er sie nur allzu gut.

»Ich nehme deine Entschuldigung an, glaube sie aber nicht vollständig«, sagte er freundlich. »Du solltest in deinen Mußestunden einmal *Don Quichotte* lesen.«

Sie zuckte zusammen und senkte den Blick. »Können wir jetzt zu Abend essen?«

»Natürlich.« Er setzte sich an den Tisch, sie deckte für beide, räumte die übrigen Teller fort und brachte die Mahlzeit auf den Tisch.

Auch wenn Lady Vespasia nichts von Sigmund Tannifers Verstrickung in die Sache wusste, machte ihr, was ihr bekannt war, so große Sorgen, dass sie ihren guten Freund Theloneus Quade über das Telefon

– eine Erfindung, die sie gar nicht laut genug preisen konnte – fragte, ob sie ihn noch am selben Abend aufsuchen dürfe.

Er bot ihr an, stattdessen unverzüglich zu ihr zu kommen. Müde, wie sie war, nahm sie das Anerbieten, das sie bei jedem anderen schroff zurückgewiesen hätte, dankbar an. Sie zollte dem Alter nur den unumgänglichen Tribut und war auf keinen Fall bereit, vor Fremden die geringste Schwäche einzugestehen. Mit Theloneus aber verhielt sich das anders. Sie hatte erkannt, dass er für sie mehr empfand als nur die anfängliche Bewunderung, die ihre Schönheit in ihm ausgelöst hatte. Von dieser Schönheit, die sie sich bis weit über die Sechzig bewahrt hatte, waren nach wie vor Spuren geblieben, doch gründete sich seine Zuneigung mittlerweile auf gemeinsame Erinnerungen an das, was im Verlauf eines ereignisreichen Jahrhunderts geschehen war, und er liebte in ihr den Menschen. Angefangen hatte alles, jedenfalls was Vespasia betraf, als Napoleon Bonaparte England in seiner Existenz bedroht hatte. Ihre Erinnerungen reichten bis in die Zeit der Schlacht um Waterloo zurück. Damals war Königin Victoria ein kleines Mädchen und noch recht unbekannt gewesen. Inzwischen war auch die Monarchin alt, trug Schwarz und herrschte als Kaiserin über ein Viertel der Welt. Dampfschiffe befuhren die Weltmeere und elektrische Lampen erhellten die am Nordufer der Themse gelegenen Stadtviertel.

Sie erwartete Quade in ihrem Salon. Er traf kurz vor acht ein. Als er sie auf die Wange küsste, spürte sie seine Wärme und nahm flüchtig den leichten Geruch seiner Haut und den Duft frisch gewaschener Baumwolle wahr.

Er trat einen Schritt zurück. »Was gibt es?«, fragte er stirnrunzelnd. »Du siehst aus, als ob du dir große Sorgen machtest.«

Trotz der Abendstunde schien draußen noch hell die Sonne, denn es war Mittsommer. Auch wenn es bis zum Einbruch der Dunkelheit noch fast zwei Stunden dauern würde, lag schon die Kühle des Abends in der goldenen Luft.

Er setzte sich, weil er wusste, wie sehr sie es verabscheute, zu jemandem aufblicken zu müssen.

»Ich war heute mit Charlotte bei Dunraithe White«, begann sie. »Offenbar hattest du mit deinen Befürchtungen Recht. Er hat mir die Ursache seiner Sorgen anvertraut und es ist schlimmer, als du befürchtet hast.«

Er beugte sich vor. Auf seinem freundlichen schmalen Gesicht bildeten sich Sorgenfalten.

»Du hattest vermutet, dass er allmählich senil wird oder gar den Verstand verlieren könnte, nicht wahr?«, fragte sie.

Er nickte. »Ja, etwas in der Art. Was nur kann er dir gesagt haben, das du noch schlimmer findest?«

»Er wird erpresst.«

»Dunraithe White!« Er war entsetzt. »Das kann ich fast nicht glauben. Ich bin nie im Leben einem Mann von größerer Rechtschaffenheit und Lauterkeit des Charakters begegnet. Jede seiner Handlungen war vorhersehbar. Was um Himmels willen kann er getan haben, das jemandem einen Anlass gäbe, ihn zu erpressen? Ganz abgesehen davon, welche Untat könnte White veranlassen zu zahlen, damit sie nicht ans Licht kommt?« Hinter seinem Mitgefühl und seiner Sorge lag vor allem Ungläubigkeit.

Lady Vespasia verstand das. Angreifbar war Dunraithe White ausschließlich wegen seiner Liebe zu Marguerite und das machte die Angelegenheit so fürchterlich. Der Erpresser musste ihn so gut kennen, dass ihm das klar war, sonst hätte er seine Zeit gar nicht mit dem sinnlosen Versuch einer Erpressung vergeudet.

Quade wartete auf ihre Erklärung und sah sie aufmerksam an.

»Er hat sich nichts zuschulden kommen lassen«, sagte sie leise. »Er will lediglich Marguerite davor bewahren, dass sich gefühllose Menschen, ob zu Recht oder Unrecht, das Maul zerreißen.« Dann teilte sie ihm mit, dass White einer unehrenhaften Handlungsweise bezichtigt wurde und wie er darauf zu reagieren gedachte.

Wortlos starrte Quade eine Weile vor sich hin.

Das schwarzweiße Hündchen schlief leise schnarchend in der Sonne und stieß von Zeit zu Zeit im Traum ein kurzes Winseln aus.

»Ich verstehe«, sagte Quade schließlich. »Du hast Recht – es ist weit schlimmer, als ich angenommen habe.«

»Er hat gesagt, dass er tun wird, was auch immer der Unmensch verlangt«, sagte sie mit Nachdruck. »Ich habe versucht, ihm mit Vernunft beizukommen. Da er nichts Ehrenrühriges getan hat, werde Marguerite die Situation gewiss verstehen. Ich habe ihm auch gesagt, dass es schändlich wäre, etwas zu tun, was er aus freien Stücken nie täte, nur weil ihn dieser Mensch dazu zwingt, und dass Marguerite auch das gewiss erfahren würde.«

»Ist er nicht von selbst auf diesen Gedanken gekommen?« Er beugte sich ein wenig vor.

»Ich glaube, er hat zu viel Angst, als dass er über das Morgen hinaus denken könnte«, sagte sie. »Bisweilen lähmt die Angst unsere Willenskraft oder unsere Fähigkeit, etwas zu erkennen, das uns als zu schrecklich erscheint.«

»Ist seine Frau tatsächlich so zerbrechlich?«, fragte er unbehaglich. Ohne Marguerite zu nahe treten zu wollen, musste er doch wissen, wie die Dinge standen.

Lady Vespasia überlegte sich ihre Antwort lange. Dabei ging sie in Gedanken alles durch, woran sie sich im Zusammenhang mit Marguerite White erinnern konnte, überlegte, wie sie die einzelnen Ereignisse vor Jahren bewertet hatte und inwiefern sie sich im Rückblick anders darstellen mochten.

»Nicht unbedingt«, sagte sie schließlich gedehnt. »Besonders robust ist sie nicht, das stimmt schon. Wie leidend sie ist, lässt sich schwer sagen. Sie dürfte mindestens Mitte vierzig sein, vielleicht auch ein wenig älter, also hat man die Zartheit in ihrer Jugend wohl etwas übertrieben gesehen und ihr gesagt, sie dürfe keine Kinder bekommen, weil sie damit ihr Leben aufs Spiel setzen würde.«

Er sah sie aufmerksam an.

Sie wollte der Frau gerecht werden, doch drängten sich Erinnerungen auf, die in ihr Zweifel erweckten. Gut, dass sie mit Theloneus darüber sprach, für den sie etwas empfand und der ihre Worte sicher nicht falsch verstehen würde. Sie traute ihm so sehr, dass sie ihm gestattete zu sehen, wo sie Angst hatte, verletzlich war, vielleicht auch schwach und nicht besonders schön. Er würde alles mit Freundesaugen betrachten.

»Nun?«, fragte er.

»Sie ist es gewöhnt, sich als Frau zu sehen, die von allen um sie herum beschützt werden muss«, fuhr sie fort. »Immer hat man Aufregungen von ihr fern gehalten und nie viel von ihr erwartet. Dunraithe hat sie verhätschelt, gewiss in bester Absicht, und womöglich gelegentlich mehr Rücksicht auf sie genommen, als klug war. Hätte er sie öfter mit der Wirklichkeit konfrontiert, wären unter Umständen im Laufe der Jahre zumindest ihre seelischen Kräfte gewachsen. Der Mensch entzieht sich nur allzu gern Forderungen des Alltags, solange es jemanden gibt, der ihn beschützt, sich allen Widrigkeiten stellt und darin sogar noch eine Bevorzugung sieht.«

»Wäre sie dieser Sache gewachsen?«, fragte er, ohne den Blick von ihr zu wenden.

»Ich weiß nicht«, gab sie zur Antwort. »Das frage ich mich schon die ganze Zeit und überlege, welche Möglichkeiten man hätte, etwas zu tun. Ich habe auch schon überlegt, ob man nicht einfach mit voller Absicht eine Krise herbeiführen sollte, um zu erreichen, dass sich dieser Halunke zeigt. Mir ist die Vorstellung unerträglich, was geschehen wird, wenn er von Dunraithe verlangt, sein Richteramt zu missbrauchen.«

Quade legte flüchtig seine Hand auf ihre. Überrascht merkte sie, wie schmal sie war und wie deutlich die Adern auf seinem Handrücken hervortraten. Sein Gesicht hatte sich kaum verändert, die Krümmung der Nase, der ruhige Blick und der sinnliche Mund waren so wie eh und je. Es war ein völlig natürliches Bedürfnis, einen Menschen zu schützen, den man liebte, jemanden, den man für verletzlich hielt und dem man sich in Treue verpflichtet fühlte, einen Menschen, ohne den man nicht glücklich wäre, mit dem man lachen konnte, Freud und Leid des Lebens teilte, und vor allem einen Menschen, von dem man geliebt wurde.

»Ich denke«, fuhr sie im Brustton der Überzeugung fort, »dass Dunraithe sie niemals mit diesem Problem konfrontieren wird. Das Risiko, dass sie die Sache nicht verkraften würde, wäre ihm viel zu hoch. Also müssen wir vermuten, dass er tun wird, was man von ihm verlangt.«

Er lehnte sich zurück. »In dem Fall werde ich seine Urteile künftig mit größter Aufmerksamkeit beobachten, was mir alles andere als lieb ist. Ich will dich

nicht fragen, worin die unehrenhafte Verhaltens-
weise besteht, deren ihn dieser Mensch bezichtigt,
müsste aber wohl doch wissen, ob es sich dabei um
ungesetzliches Tun handelt, das Rückwirkungen auf
seine Position haben könnte.«

»Nein, die Sache liegt ausschließlich auf der moralischen Ebene«, gab sie mit schiefem Lächeln zurück. »Würden unsere Gesetze das mit Strafe bedro-
hen, unsere Gefängnisse wären voll und Ober- wie
Unterhaus leer.«

»Aha!« Er erwiderte ihr Lächeln. »Ich verstehe …
Etwas in der Richtung kann ich mir von Dunraithe
schwerlich vorstellen, doch kann ich mir denken,
wie belastend es für Marguerite sein könnte, selbst
wenn sie eigentlich wissen müsste, dass der Vorwurf
in keiner Weise der Wahrheit entspricht. Spott ist
bisweilen die grausamste Strafe.«

Er musste unbedingt alles erfahren. »Damit ist die
Geschichte noch nicht am Ende – und es ist noch
nicht einmal der schlimmste Teil.«

Mit einem Mal hörte er in ihrer Stimme eine Andeutung von Angst. Das passte überhaupt nicht zu
ihr, denn es entsprach Lady Vespasias Gewohnheit,
Übeln und Widrigkeiten voll Zorn entgegenzutreten.

»Inwiefern?«

»Dunraithe White ist nicht der einzige. Auch John
Cornwallis und Brandon Balantyne werden erpresst,
und zwar höchstwahrscheinlich von derselben Person – oder denselben Personen.«

»General Balantyne?« Seine Augen weiteten sich
verblüfft. »Der stellvertretende Polizeipräsident? Das
kann ich … fast nicht glauben. Du hast ›Personen‹ gesagt – glaubst du, es könnten mehrere dahinter stehen?«

Sie seufzte. Mit einem Mal ermüdete sie die Anstrengung, sich vorzustellen, wie groß das Ausmaß an

Boshaftigkeit sein mochte, das sich hinter dieser Geschichte verbarg. »Man muss mit der Möglichkeit rechnen. Bisher sind keine Forderungen gestellt worden. Dunraithe ist nicht reich, hat aber als Richter Macht und großen Einfluss. Ein Richter, der sich korrumpieren lässt, erschüttert die Gesellschaft in ihren Grundfesten, denn damit reißt er die einzige Schranke nieder, die zwischen den Menschen und der Ungerechtigkeit aufgerichtet ist. Damit aber geht das Vertrauen verloren, dass die Gesellschaft imstande ist, ihre Mitglieder vor Faustrecht und Willkür zu schützen.«

Sie sah die Zustimmung auf seinem Gesicht. Er unterbrach sie nicht.

»Bei John Cornwallis sieht es ähnlich aus«, fuhr sie fort. »Er ist nicht vermögend, hat aber in seinem Amt ebenfalls große Macht. Wer könnte die Bevölkerung vor Gewalttat oder Heimtücke beschützen, wenn die Polizei korrupt ist? Die Ordnung gerät ins Wanken und die Menschen nehmen das Gesetz in die eigene Hand, weil sie niemandem trauen. Der einzige, bei dem ich bisher nicht begreife, warum er zu den Opfern gehört, ist Brandon Balantyne.« Sie sah, dass er sie nicht verstand.

»Hat er dir gesagt, dass man ihn erpresst?«, fragte er rasch.

»Nein, ich weiß es von Charlotte. Es geht dabei um eine gänzlich andere Sache. Charlotte macht sich große Sorgen um ihn, denn sie kann ihn gut leiden.«

Seinem Gesichtsausdruck nach zu urteilen, missverstand er sie.

»Nein«, wies sie ihn mit dem Anflug eines Lächelns zurecht. »Das meine ich ganz und gar nicht. Aber ihr ist möglicherweise nicht klar, dass er für sie unter Umständen mehr empfindet, als beiden bewusst ist.« Sie tat den Gedanken mit einer Handbewegung ab. »Aber ich habe wirklich Angst. Was will dieser Erpresser? Wenn er seine Macht geschickt ausübt, kann er unermesslichen Schaden anrichten. Wer mag sonst noch in seinem Netz zappeln?«

Quade war bleich. »Das vermag ich nicht zu sagen, meine Liebe. Aber ich denke, wir müssen die Möglichkeit ins Auge fassen, dass es noch mehr solcher Fälle gibt und dass wir sie unter Umständen nicht aufspüren, ja, nicht einmal raten können, um wen es dabei geht. Diese Sache kann sich als hochgefährlich erweisen. Vielleicht steht weit mehr auf dem Spiel als der Ruf gewisser Menschen, so wichtig der sein mag. Glaubst du, man kann Brandon Balantyne dazu bewegen, dass er dem Druck standhält?«

»Möglich.« Sie überlegte, was sie über den General wusste. Bruchstücke von Erinnerungen kamen ihr in den Sinn. Sie sah ihn als jungen Offizier vor sich, dachte an den Kummer, der ihn seither heimgesucht hatte. »Der Vorwurf gegen ihn lautet Feigheit vor dem Feind …«

Quade zuckte zusammen. Er war zwar kein Soldat, verstand aber genug von Krieg und Ehre, um zumindest zum Teil zu erfassen, was das bedeutete.

»Er hat bereits früher sehr gelitten«, sagte sie leise. »Aber vielleicht kann er gerade deshalb der Gefahr, vor der Öffentlichkeit bloßgestellt zu werden, mit größerem Mut entgegentreten als die anderen. Ich bete, dass es nicht nötig sein wird.«

»Und Cornwallis?«, fragte er.

»Soll sich mit der Heldentat eines anderen gebrüstet haben«, erwiderte sie. »In allen Fällen ist die jeweilige Behauptung das Schmerzlichste, was man dem betreffenden Mann anhängen kann. Wir haben es mit jemandem zu tun, der seine Opfer gut kennt und über ein einzigartiges Geschick verfügt, sie zu verletzen.«

»Das kann man wohl sagen«, sagte er bitter. »Um ihm das Handwerk zu legen, brauchen wir ebenso viel Geschick und wohl auch eine gute Portion Glück.«

»Ja, unbedingt«, bestätigte sie. »Aber vielleicht sollten wir uns nicht mit leerem Magen in die Schlacht begeben. Was hältst du von einem kleinen späten Imbiss? Ich denke, die Köchin hat noch Spargel und dunkles Brot mit Butter. Vermutlich ist auch Champagner im Hause.«

»Wie ich dich kenne, meine Liebe, ist bestimmt welcher da«, nahm er das Angebot an.

Unruhig schritt Cornwallis vor der Königlichen Kunstakademie auf und ab. Er litt an einem Schmerz, den er zuvor nie gekannt hatte. Einsamkeit war ihm schon seit langem ebenso vertraut wie das von Kälte, Erschöpfung, minderwertiger Ernährung – muffigem Schiffszwieback, gepökeltem Schweinefleisch und brackigem Wasser – hervorgerufene körperliche Unbehagen. Er hatte Seekrankheit überstanden, an Tropenfieber gelitten und Verletzungen auskurieren müssen. Auch Angst und Scham hatte er empfunden und er war von Gefühlen des Mitleids zerrissen worden, die ihm unerträglich erschienen waren.

Erst als er Bischof Underhills Gattin Isadora begegnet war, hatte er zum ersten Mal beim Gedanken an eine Frau die unauflösliche Mischung aus Schmerz und Wonne empfunden, die Sehnsucht nach ihrer Gegenwart, und eine so starke Furcht, sie zu kränken und zu enttäuschen, dass ihm der bloße Gedanke daran Übelkeit verursacht hatte.

Nichts auf der Welt war so angenehm wie die Vorstellung, dass auch sie etwas für ihn empfinden könnte. Er wagte nicht zu überlegen, wie diese Empfindung aussehen mochte. Ihm genügte das Bewusstsein, dass er ihr sympathisch war, dass sie in ihm einen Ehrenmann mit Mut und Mitgefühl sowie der Art Anstand sah, die sich durch keinerlei äußere Umstände beeinflussen lässt.

Bei ihrer letzten Begegnung hatte sie erwähnt, dass sie sich die Ausstellung der Gemälde Tissots in der Königlichen Akademie ansehen wolle. Falls er nicht ebenfalls hinging, würde sie annehmen, er wünsche ihr nicht wieder zu begegnen. Ihre Beziehung war viel zu delikat, als dass er Erklärungen hätte liefern können, selbst wenn sie das von ihm erwartet hätte. Sofern er aber hinging und sie einander begegneten, miteinander ins Gespräch kamen, was unvermeidlich war – würde sie ihm seine Befangenheit anmerken? Sie war so einfühlsam und begriff manche seiner Empfindungen, die niemand je erraten hätte. Wenn er so sehr litt wie jetzt und sie im Gespräch mit ihm nichts davon merkte, während sie miteinander auf und ab gingen – was war dann ihre gegenseitige Zuneigung wert? Wenn sie es aber merkte, wie könnte er es ihr erklären?

In diese Überlegungen versunken, erstieg er die Stufen und ging hinein. Er folgte dem Schild zum Ausstellungsraum, vorüber an der zerbrechlichen Schönheit einer Madonna Fra Angelicos, die ihn bei einer anderen Gelegenheit begeistert hätte. Jetzt nahm er sie kaum wahr. Den Raum mit den Turner-Gemälden ließ er lieber aus, denn er fürchtete, von der in ihnen lodernden Leidenschaft überwältigt zu werden.

Ohne es zu merken, befand er sich bereits in der Tissot-Ausstellung. Dort war Isadora. Ein schlichter Hut mit geschwungener Krempe saß auf ihrem dunklen Haar. Wie immer hatte er sie auf den ersten Blick gesehen. Die Art, wie sie den Kopf hielt, war unverkennbar. Sie war allein und schien ganz in den Anblick der Bilder versunken zu sein. Dabei entsprachen sie, wie er wusste, eigentlich nicht ihrem Geschmack, denn dazu waren sie zu sehr stilisiert. Ihr waren Landschaften, Visionen und Traumbilder lieber.

Wie von einer Macht gezogen, der er keinen Widerstand entgegensetzen konnte, trat er zu ihr.

»Guten Tag, Mrs. Underhill«, sagte er ruhig.

Sie lächelte ihm zu. »Guten Tag, Mr. Cornwallis. Wie geht es Ihnen?«

»Sehr gut, vielen Dank. Ihnen hoffentlich ebenfalls.« Er wollte ihr sagen, wie großartig sie aussah, doch das wäre zu vertraulich gewesen. Sie hielt sich mit vollkommener Anmut, ihre Schönheit ging weit tiefer und war viel wohltuender als bloße äußerliche Vollkommenheit. Sie lag im Ausdruck ihrer Augen und Lippen. Gern hätte er ihr das gesagt, beschränkte sich aber auf die Worte: »Eine schöne Ausstellung.«

»Unbedingt«, gab sie ohne Begeisterung zurück. Dabei legte sich ein leichtes Lächeln um ihre Lippen. »Mir sind allerdings die Aquarelle nebenan lieber.«

»Mir auch«, stimmte er sogleich zu. »Wollen wir sie uns stattdessen anschen?«

»Das wäre mir recht«, gab sie zurück und nahm seinen Arm. Gemeinsam gingen sie an einer kleinen Gruppe von Herren vorüber, die das Porträt einer jungen Frau in einem gestreiften Kleid bewunderten.

Im Nachbarraum waren sie fast allein. Beinahe gleichzeitig blieben sie vor einem kleinen Seestück stehen. »Der Maler hat die Wirkung des Lichts auf das Wasser sehr gut eingefangen, finden Sie nicht auch?«, sagte er voller Bewunderung.

»Unbedingt«, stimmte sie zu und sah flüchtig zu ihm hin. »Der leichte Grünschimmer ist einwandfrei getroffen. Er lässt das Wasser kalt und durchsichtig erscheinen. Es ist sehr schwierig zu zeigen, dass es sich um ein flüssiges Element handelt.« In ihren

Augen lag Besorgnis, als sehe sie auf seinen Zügen die Spuren der Schlaflosigkeit, der Angst und des Misstrauens, das während seiner wachen Stunden allmählich Besitz von ihm ergriff und in der vergangenen Nacht sogar in seine Träume eingedrungen war.

Wie würde sie sich zu dem Vorwurf stellen, wenn sie davon wüsste? Würde sie glauben, dass er schuldlos war? Würde sie verstehen, warum er Angst hatte? Hätte sie möglicherweise selbst Angst für den Fall, dass andere den Vorwurf für zutreffend hielten, und würde sie sich von der Schande distanzieren wollen, von der Peinlichkeit, ihm erklären zu müssen, warum? Würde sie mit Beschämung auf die Blicke höflicher Belustigung reagieren?

»Mr. Cornwallis?« In ihrer Stimme lag ein Anflug von Besorgnis.

»Ja«, antwortete er zu rasch. Er spürte, wie ihm eine leichte Hitze in die Wangen stieg. »Entschuldigen Sie, ich war mit den Gedanken nicht bei der Sache. Wollen wir zum nächsten Bild gehen? Ich finde ländliche Szenen immer sehr angenehm.« Wie kalt und gestelzt das klang, als wären sie Fremde, die sich zu sinnlosem Geplauder zwangen. ›Angenehm‹ – was für ein halbherziges Wort für die Schönheit so tiefen und unzerstörbaren Friedens! Er sah auf die schwarzbunten Kühe, die im Sonnenlicht weideten, die gewellte Landschaft, auf die sich der Blick durch sommerliche Bäume öffnete. Diese Art von Landschaft liebte er von ganzem Herzen. Warum konnte er ihr das nicht sagen?

Was ist Liebe ohne Vertrauen, Verzeihen, Geduld und Nachsicht? Das bloße Verlangen und Bedürfnis danach, mit einem anderen Menschen zusammen zu sein, die Freude darüber, gemeinsam genossenes Vergnügen, selbst Gelächter und Wahrnehmungen sind lediglich Merkmale guter Bekanntschaft. Wer darüber hinaus gehen will, muss bereit sein, nicht nur zu nehmen, sondern auch zu geben, muss Verluste mit dem anderen ebenso teilen wie Gewinne.

»Sie kommen mir ein wenig bekümmert vor, Mr. Cornwallis«, sagte sie sanft. »Haben Sie einen schwierigen Fall?«

Er kam zu einem Ergebnis. »Ja, aber ich habe mich entschlossen, ihn eine halbe Stunde lang zu vergessen.« Er zwang sich zu einem Lächeln und nahm ihren Arm, was er noch nie zuvor gewagt hatte. »Ich werde diese vollkommene Herrlichkeit betrachten, die nichts vermindern oder zerstören soll, und meine Freude wird sich verdoppeln, weil ich es mit Ihnen gemeinsam tue. Die übrige Welt kann warten. In sie werde ich früh genug zurückkehren.«

Sie erwiderte sein Lächeln, als habe sie weit mehr verstanden, als er mit seinen Worten gesagt hatte. »Wie weise. Ich werde es ebenso halten.« Arm in Arm gingen sie dicht nebeneinander her.

KAPITEL
SECHS

Tellman musste unbedingt mehr über Albert Cole erfahren, vor allem, was dieser an den letzten Tagen seines Lebens getrieben und wo er sich aufgehalten hatte. Bisher hatte jede zusätzliche Information seine Verwirrung lediglich gesteigert. Am besten war es, noch einmal ganz von vorn anzufangen. Dazu bot sich die billige Absteige in der Theobald's Road an, in der Cole gewohnt hatte.

Im Licht der hellen Morgensonne schien das Haus noch heruntergekommener zu sein als bei Tellmans erstem Versuch, etwas über Cole zu erfahren. Aber die Räume waren sauber, ordentliche Flickenteppiche lagen auf den Bodendielen und die Wirtin war mit Putzeimer und Bürste eifrig dabei, die Böden zu schrubben. Ihr strohig blondes Haar hatte sie unter einem Tuch zusammengebunden, damit es ihr nicht ins Gesicht fiel, und ihre rot angelaufenen Hände waren mit dem Schaum von Seifenflocken bedeckt.

»Guten Morgen, Mrs. Hampson«, sagte er freundlich. »Tut mir Leid, Sie noch einmal zu stören, wo Sie so viel zu tun haben.« Er sah auf den zur Hälfte gescheuerten Boden des Ganges. Der Geruch nach Lauge und Essig erinnerte ihn an die Orte seiner Kindheit und an seine Mutter, die genau wie diese Frau mit aufgerollten Ärmeln und einer Bürste in der Hand am Boden gekniet hatte. Er kam sich vor wie früher als kleiner Junge, mit nackten Knien und Löchern in den Schuhsohlen.

Mrs. Hampson erhob sich steif und strich sich die Schürze glatt. »Sind Sie das schon wieder? Ich weiß über Ihren Mr. Cole nich' die Spur mehr wie beim vorigen Mal. Er war 'n stiller, anständiger Mann. Hatte immer 'n freundliches Wort. Ich hab wirklich keine Ahnung, warum ihn jemand hätte umbringen sollen.«

»Können Sie sich an die letzten Tage erinnern, an denen er sich hier aufgehalten hat, Mrs. Hampson?«, fragte er geduldig. »Wann ist er da morgens aufgestanden? Hat er gefrühstückt? Um wie viel Uhr hat er das Haus verlassen? Wann ist er wiedergekommen? Hatte er Besuch?«

»Ich hab niemand geseh'n«, sagte sie, den Kopf schüttelnd. »Ich will keine Besucher im Haus haben. Hier is' kein Platz und man weiß nie, was die vorhaben. Jedenfalls war er 'n ordentlicher Mann. Wenn er je was … Sie wissen schon … hatte, dann nich' hier.«

Da Tellman nicht der Ansicht war, dass Coles Tod mit Frauengeschichten zusammenhing, ließ er das auf sich beruhen.

»Um welche Uhrzeit ist er an den letzten Tagen seines Lebens gekommen und gegangen, Mrs. Hampson?«

Sie überlegte kurz. »Na ja, das letzte Mal, wie ich 'n geseh'n hab, also Dienstag, is' er gegen sieben am Morgen gegangen. Er wollte die Leute auf 'm Weg zur Arbeit erwischen, damit sie ihm Schnürsenkel abkauften. Konnte sich nich' leisten, sich das Geschäft entgeh'n zu lassen.« Sie schürzte die Lippen. »›Die nächsten kommen erst so gegen neun oder zehn‹, hat er gesagt. ›Zum Beispiel die Anwälte, denn das sind feine Herren. Aber Laufkundschaft gibt's immer‹.«

»Und am Tag davor? Können Sie sich erinnern?«

»Mal seh'n.« Sie achtete nicht auf die Bürste in ihrer Hand, von der das Wasser auf den Fußboden tropfte. »Genau könnte ich's nich' sagen, aber wenn's anders gewesen wär wie sonst, wüsste ich das. Bei ihm war ein Tag wie der andere. Hafergrütze und 'n Stück Brot zum Frühstück. Hörn Se, ich hab zu tun. Wenn Se noch mehr wissen woll'n, müssen Se reinkomm', damit ich weitermachen kann.« Während sie sich erneut niederkniete, um das zu Boden getropfte Wasser aufzuwischen, nahm er ihr den schweren Eimer ab, wobei sich ihre Hände auf dem Holz des Henkels trafen.

Sie war so verblüfft, dass sie losließ, sagte aber nichts.

In der Küche ließ sie ihn den Eimer in die Ecke stellen und vermischte weißen Ziegelstaub mit Leinöl zu einer Paste, mit der sie die Tische scheuern wollte. Anschließend gab sie noch ein wenig Wasser hinzu, so dass sie mit der Masse auch die Messerklingen und am Herd den Messinggriff des großen Schürhakens putzen konnte.

Tellman setzte sich in eine Ecke, um ihr nicht im Wege zu sein, und sah ihr bei der Arbeit zu. Er fragte sie nach allem aus Albert Coles Leben, was ihm einfiel. Als er eine Stunde später ging, hatte sie nicht nur die Küche geputzt, sondern auch mit einem groben Reisigbesen den Treppenabsatz gekehrt, die Fußmatten heftig ausgeklopft und wieder an Ort und Stelle gelegt und bei jedem Handgriff war er ihr auf Schritt und Tritt gefolgt. Inzwischen hatte er ein ziemlich deutliches Bild von Coles Leben im Hause dieser Frau gewonnen: durchschnittlich, anständig und eintönig. Soweit Mrs. Hampson wusste, hatte er jede Nacht allein in seinem Bett verbracht und vermutlich geschlafen.

Tellmans nächstes Ziel war Lincoln's Inn Fields. Er hoffte, von Händlern dort Auskunft darüber zu bekommen, ob sich Cole an den fraglichen Tagen am gewohnten Platz vor dem Anwaltsviertel aufgehalten hatte. Bis auf die Blumenfrau von schräg gegenüber, auf der Seite, die zum New Square führte, konnte sich niemand so recht an die Einzelheiten eines bestimmten Tages erinnern.

»Am Sonntag war er nich' da. Das lohnt sich nich', weil sonntags kaum ein Mensch hier vorbeikommt«, sagte sie. Dabei kratzte sie sich am Kopf, so dass ihre Haube leicht verrutschte. »Am Montag hab ich 'n geseh'n und mit ihm geredet. Er hat gesagt, er würde bald 'n bisschen Geld in die Finger kriegen. Wie ich 'n ausgelacht hab, weil ich dachte, er nimmt mich auf'n Arm, hat er gesagt, es wär ihm Ernst damit. Mehr wollte er aber nich sagen. Danach hab ich ihn nich' mehr geseh'n.«

»Also am Dienstag«, sagte Tellman.

»Nein, Montag«, versicherte sie ihm. »Das weiß ich genau, weil ich mich erinner, was hier los war. Der Moritatensänger, den alle Bohnenstange rufen, hat uns alles genau erzählt. Es war Montag. Dienstag war er nich' hier und am Donnerstagmorgen hat die Polente seine Leiche am Bedford Square gefunden. Armer Kerl. Er war in Ordnung.«

»Und wo war er dann am Dienstag?«, fragte Tellman verwirrt.

»Was weiß ich? Ich hatte gedacht, er wär krank oder so.«

Mehr erfuhr er weder in Lincoln's Inn Fields noch im Wirtshaus *Bull and Gate*.

Am Nachmittag suchte er das Leichenschauhaus erneut auf. Er ging nie gern dorthin, und schon gar nicht an einem warmen Tag, denn dann schien der beißende und säuerliche Geruch, der dort in der Luft hing, noch schwerer zu lasten. Er bedrückte ihn und klebte ihm geradezu am Gaumen. An kalten Tagen hingegen, an denen die Feuchtigkeit an den Wänden zu haften und die Kälte in die Knochen zu kriechen schien, kam ihm der Raum wie eine Art künstliches öffentliches Grab vor, das, sauber geputzt, nur darauf wartete, geschlossen zu werden. Es hätte ihn nicht im Geringsten gewundert, wenn er sich dort eingeschlossen wiedergefunden hätte.

»Wir haben keinen Neuzugang für Sie«, sagte der Famulus überrascht.

»Ich möchte mir Albert Cole noch einmal ansehen.« Tellman musste sich zu diesen Worten zwingen. Es entsprach eigentlich in keiner Weise seiner Absicht, aber immerhin war es denkbar, dass das Wissen, wo sich Cole am Tag vor seiner Ermordung aufgehalten hatte, einen Hinweis auf das lieferte, was mit ihm geschehen war. »Bitte.«

»Nur zu«, sagte der Mann. »Im Eishaus is' er gut aufgehoben. Ich bring Se gleich hin.«

Mit hallenden Schritten folgte ihm Tellman zu dem bitterkalten kleinen Raum, der zur Aufbewahrung von Leichen diente, die noch nicht zur Beisetzung freigegeben waren, weil sie der Polizei für ihre Arbeit weiterhin zur Verfügung stehen mussten.

Obwohl Tellman spürte, wie sich sein Magen zusammenzog, schlug er das Laken, das den nackten Leichnam verhüllte, beinahe mit ruhiger Hand zurück. Es kam ihm vor, als störe er die Totenruhe. Er wusste so viel und zugleich so wenig über das Leben dieses Mannes, dessen bleiche Haut sich über Rumpf und Oberschenkeln spannte. Tellman fiel eine Art in die Haut eingewachsenes Grau auf und der dumpfe Geruch rührte wohl nicht ausschließlich von Karbol und totem Fleisch her.

»Was suchen Sie?«, fragte der Famulus hilfreich.

Tellman war selbst nicht ganz sicher. »Auf jeden Fall Verletzungen«, sagte er, »Wunden. Der Mann war Soldat im 33. Regiment und hat an vielen Gefechten teilgenommen. Eine Kugel ins Bein hat ihn zum Invaliden gemacht.«

»Er hat keine Schusswunde«, sagte der Famulus mit Gewissheit. »Möglicherweise 'n Beinbruch. Das könnte ich erst genau sagen, wenn wir 'n aufschneiden. Aber 'n Schuss geht durch die Haut, das sieht man. Am Arm hat er 'ne Messerwunde und noch eine an der Brust, quer über die Rippen. Aber an den Beinen is' nix – seh'n Se ruhig selber nach.«

»Es steht aber in seiner Militärakte«, wandte Tellman ein. »Ich hab es mit eigenen Augen gesehen. Er hatte eine schwere Verwundung.«

»Seh'n Se selber nach«, wiederholte der Mann.

Das tat Tellman. Die Beine waren kalt und die Haut gab unter seiner Berührung nach, aber er fand weder eine Narbe noch eine Stelle, an der eine Kugel eingedrungen war. Dieser Mann wies tatsächlich keine Schusswunde auf, weder an den Beinen noch sonstwo.

Der Famulus sah ihn neugierig an. »Wohl falsche Unterlagen?«, fragte er und verzog das Gesicht. »Oder die falsche Leiche?«

»Das wird sich herausstellen«, antwortete Tellman. Er biss sich auf die Lippe. »Vermutlich schleichen sich in solchen Unterlagen hin und wieder Fehler ein. Allerdings halte ich das für unwahrscheinlich. Wenn der hier aber nicht Albert Cole ist – wer ist er dann? Und warum hatte er Coles Sockenquittung in der Tasche? Was könnte jemand davon haben, dass er einem anderen eine Quittung über drei Paar Socken stiehlt?«

»Was weiß ich?«, zuckte der Mann die Schultern. »Un' wie woll'n Se jetz' rauskriegen, wer der arme Sack is? Könnte ja sonst jemand sein.«

Tellman dachte angestrengt nach. »Auf jeden Fall war er jemand, der in nicht besonders gut sitzenden

Schuhen viel auf der Straße war. Sehen Sie sich nur die Schwielen an seinen Füßen an. Er hat aber nicht mit seinen Händen gearbeitet, denn dafür sind sie zu weich. An seinen Fingernägeln sieht man, dass er nicht auf sein Äußeres geachtet hat. Die waren schon abgebrochen, bevor er sich gegen den Angreifer gewehrt hat, denn unter den Rändern sitzt Schmutz. Er ist ziemlich dürr und muss Albert Cole ziemlich ähnlich sehen, jedenfalls so ähnlich, dass ihn der Anwalt, der regelmäßig an ihm vorbeigekommen ist und ihm Schnürsenkel abgekauft hat, für Cole gehalten hat.«

»'n Anwalt?« Der Mann zuckte die Achseln. »Hat sich wohl die Schnürsenkel gründlicher angesehen wie das Gesicht, wenn er mit ihm gesprochen hat.«

Das hielt Tellman für durchaus möglich.

»Und wo woll'n Se also anfangen?«, fragte der Famulus, der die Sache fast zu seiner eigenen zu machen schien.

»Bei den Leuten, die mir Albert Cole als kriminell geschildert haben«, erwiderte Tellman mit plötzlicher Entschiedenheit. »Als Ersten knöpfe ich mir den Pfandleiher vor. Vielleicht war das hier der Mann, der ihm das Diebesgut gebracht hat.«

»Guter Gedanke«, sagte der Famulus respektvoll. »Komm' Se ruhig rein, wenn Se hier in der Nähe zu tun ha'm. Ich mach Ihnen gern 'ne Tasse Tee, und Se könn' mir erzähl'n, was Se rausgekriegt ha'm.«

»Vielen Dank«, beschied ihn Tellman. Er dachte nicht im Traum daran, den Fuß dorthin zu setzen, wenn die Pflicht es nicht unausweichlich machte. Eher würde er dem Mann einen Brief schreiben!

Der Pfandleiher war alles andere als begeistert, Tellman wieder zu sehen. Ablehnung legte sich auf seine Züge, kaum dass dieser seinen Laden betreten hatte.

»Ich hab doch schon gesagt, dass ich hier kein Diebesgut hab, soweit mir bekannt ist. Lassen Sie mich also zufrieden.«

Tellman blieb stehen, wo er war. Mit Freude nahm er den Zorn und das Unbehagen des Mannes wahr.

»Sie haben gesagt, Albert Cole sei hergekommen, um Ihnen goldene Ringe und andere Gegenstände zu verkaufen, die er in den Sielen gefunden hat.«

»Stimmt. Genau so war's.« Der Pfandleiher hob trotzig das Kinn.

»Stimmt nicht. Sie haben gesagt, dass es der Mann war, den ich Ihnen beschrieben habe«, verbesserte ihn Tellman. »Ein schmaler Mann mit hellen Haaren und Stirnglatze, scharf geschnittenem Gesicht, einer Lücke in einer Augenbraue ...«

»Und Sie ha'm gesagt, dass das Albert Cole wär, 'n früherer Soldat, den man am Bedford Square umgebracht hat«, fuhr der Pfandleiher fort. »Und was hab ich damit zu tun? Ich war's nich' und weiß auch nich', wer's war.«

»Schön. Ich habe Ihnen gesagt, dass es Albert Cole war«, räumte Tellman mürrisch ein. »Jetzt sieht es aber so aus, als ob er es nicht war. Steht in den Heeresunterlagen. Ich wüsste also gern, wie der Mann hieß. Sicher möchten Sie die Polizei bei der Identifizierung des armen Kerls unterstützen, ohne einen anderen mit in die Sache hineinzuziehen. Überlegen Sie es sich gut. Sagen Sie mir alles, was Ihnen über den Mann einfällt, der seiner eigenen Aussage nach eine ›Sielratte‹ war. Wer weiß, vielleicht entspricht das ja tatsächlich der Wahrheit und er war gar kein Straßenhändler.«

Der Pfandleiher hielt seinem Blick stand. »Im Westen der Stadt gibt es Sielratten, denen es glänzend geht. Man sollte nich' glauben, dass reiche Leute mit ihr'm Goldschmuck so sorglos umgeh'n.«

»Sagen Sie mir einfach alles, was Sie über ihn wissen«, wiederholte Tellman und ließ den Blick suchend über die Regale wandern. »Eine hübsche Uhr, das da. Erstaunlich, dass jemand, der so etwas besitzt, damit zur Pfandleihe geht.«

Der Mann fuhr zornig auf: »Wir ha'm hier zum Teil erstklassige Kundschaft. Jedem kann's mal schlecht geh'n. Vielleicht trifft's Sie auch mal, dann seh'n Se nich' mehr so hochnäsig auf andre Leute runter.«

»In dem Fall wäre ich froh, eine solche Uhr versetzen zu können«, gab Tellman zurück. »Am besten gehe ich einmal auf das Revier und sehe nach, ob der Besitzer nicht imstande wäre, sie einzulösen. Vielleicht steht sie ja auf einer Liste verschwundener Gegenstände. Was fällt Ihnen also zu dem Mann ein, der hergekommen ist, um Ihnen Schmuck zu verkaufen? Ich möchte alles über ihn wissen.«

Der Pfandleiher beugte sich über die Ladentheke hinweg zu ihm. »Lassen Se mich zufrieden, wenn ich alles sag? Einmal wie er hier war, is' 'ne Frau reingekomm', die 'n gekannt hat. Lottie Menken, wohnt ungefähr fünfzig Schritt weiter an der Ecke. 'n armes Weib, kommt immer wieder, um ihre Teekanne zu versetzen. Sie hat'n Joe oder so was gerufen. Geh'n Se zu ihr. Die kann Ihnen sicher mehr über ihn sagen.«

»Vielen Dank«, sagte Tellman und meinte es ernst. »Mit etwas Glück sehen Sie mich nicht wieder.«

Der Pfandleiher brummelte etwas, das ein Stoßgebet oder auch ein Fluch sein konnte.

Es dauerte fast eine Stunde, bis Tellman Lottie Menken gefunden hatte. Sie war klein, unmäßig dick und hatte einen wabbeligen Gang. Ungekämmte schwarze Locken saßen wie eine Art Hut auf ihrem Kopf.

»Ja?«, sagte sie, als er sie ansprach. Sie war damit beschäftigt, Seife herzustellen, von deren Verkauf sie ihren Unterhalt bestritt. In ihrer Waschküche standen Fässer voller Tierfett und -öl. Durch Vermischen mit Soda stellte sie Seifenstücke her, vor allem aber machte sie mit Hilfe von Pottasche flüssige Seife, die ergiebiger war. Auf Wandbrettern, die sie vermutlich erreichte, indem sie auf einen Hocker stieg, standen Gläser voll Waschblau. Dies Mittel wurde dem letzten Spülwasser beigegeben, um die Gelbfärbung der Wäsche zu beseitigen, die minderwertiges Leinen von Natur aus aufwies, die aber auch auf das Stärken zurückgehen konnte.

Da ihm klar war, dass er sie besser nicht bei ihrer Arbeit unterbrach, lehnte er sich wie beiläufig an eine der Bänke, als gehöre er dorthin. Das fiel ihm nicht schwer, war er doch in einer solchen Umgebung aufgewachsen.

»Ich glaube, Sie kennen einen ziemlich dürren blonden Burschen namens Joe, der ab und zu etwas in Abbotts Pfandleihe versetzt. Habe ich Recht?«

»Und wenn?«, fragte sie, ohne aufzublicken. Die abgemessenen Mengen mussten genau stimmen, weil sonst die Seife nichts taugen würde. »Ich hab ab und zu 'n paar Worte mit ihm geredet.«

»Wie heißt er mit vollständigem Namen?«

»Josiah Slingsby. Warum?« Nach wie vor ohne den Blick zu heben, fragte sie ihn: »Wer sind Se überhaupt und was woll'n Se von ihm? Ich hab mit dem sei'm Geschäft nix zu tun, Sie könn' also gleich wieder abzieh'n. Los, raus!« Auf ihr Gesicht trat Ärger, vielleicht vermischt mit Angst.

»Ich glaube, er ist tot«, sagte er, ohne sich vom Fleck zu rühren.

Zum ersten Mal hielt sie mit ihrer Arbeit inne, die Arme bis fast zu den aufgerollten Ärmeln in der Flüssigkeit. »Joe Slingsby? Woher woll'n Se'n das wiss'n?«

»Ich vermute, dass nicht Albert Cole der Tote vom Bedford Square war, sondern er.«

Jetzt drehte sie sich sogar zu ihm um und sah ihn an. Auf ihren Zügen lag ein Ausdruck, in dem er eine Art Hoffnungsschimmer erkannte.

»Vielleicht wollen Sie mitkommen und ihn sich ansehen?«, fragte er. »Sie würden ihn unter Garantie erkennen.« Ihm war bewusst, dass sie es sich nicht leisten konnte, ihre Zeit zu vergeuden, und so sagte er: »Sie würden der Polizei damit einen Gefallen tun und selbstverständlich dafür bezahlt werden. Sagen wir – einen Shilling?«

Sie wirkte interessiert, aber unsicher.

»Leichen zu identifizieren ist eine kalte Arbeit«, fügte er hinzu. »Wir würden danach ein gutes warmes Abendessen und ein Glas Porter zur Stärkung brauchen.«

»Das glaub ich auch«, nickte sie, so dass ihre Löckchen tanzten. »Wir woll'n uns gleich auf die Socken machen. Wo is' die Leiche, die Joe Slingsby sein könnte?«

Am nächsten Morgen ging Tellman als Erstes in die Bow Street. Er wollte Pitt auf jeden Fall antreffen, bevor dieser fortging, um ihm mitzuteilen, dass es sich bei dem Toten mit Sicherheit nicht um Albert Cole handelte, sondern um einen Raufbold und kleinen Gauner namens Josiah Slingsby.

Pitt hob den Blick von seinem mit Papieren übersäten Schreibtisch und fragte, wie vor den Kopf geschlagen: »Slingsby? Woher wissen Sie das?«

»Eine Frau, die ihn kannte, hat ihn identifiziert«, gab Tellman zur Antwort. »Ich glaube nicht, dass sie sich geirrt oder die Unwahrheit gesagt hat. Sie hat die Lücke in seiner Augenbraue beschrieben und kannte auch die Wunde in seiner Brust, die von einem Messerstich stammt. Sie wusste sogar, bei welcher Gelegenheit er sich die vor ein paar Jahren eingefangen hat. Jedenfalls ist der Mann mit Sicherheit nicht Albert Cole, denn aus den Militärakten geht einwandfrei hervor, dass man ihn wegen einer Schusswunde im Bein als dienstuntauglich entlassen hat. An der Leiche aber findet sich keine solche Wunde. Tut mir Leid, Sir.« Er ging nicht weiter auf Einzelheiten ein. Es genügte, wenn er Pitt sein Bedauern ausdrückte, eine lange Erklärung oder gar Entschuldigung war nicht nötig.

Pitt lehnte sich auf seinem Schreibtischstuhl zurück und schob die Hände in die Taschen. »Vermutlich hat der Anwalt, der ihn identifiziert hat, nach bestem Wissen und Gewissen gehandelt. Wie die meisten Menschen dürfte er an den Anblick von Leichen nicht gewöhnt sein. Wir haben uns von der Sockenquittung zu der Annahme verleiten lassen, der Tote sei Cole. Jetzt aber erhebt sich die interessante Frage, wieso Slingsby die Quittung in der Tasche hatte oder ob es sogar seine war.«

»Das glaube ich nicht. Ich habe es gestern Nachmittag überprüft. Niemand hat ihn je in der Nähe von Holborn gesehen oder von ihm gehört, weder auf den Straßen noch im Wirtshaus. Gewohnt hat er in Shoreditch, weit weg vom Red Lion Square. Soweit sich feststellen lässt, ist er Albert Cole nie im Leben begegnet und hatte auch nie das Geringste mit ihm zu tun. Je länger ich über die Sache nachdenke, desto weniger Sinn ergibt sie. Schön, Slingsby war ein kleiner Gauner, aber welchen Grund hätte er gehabt, jemandem eine Quittung für Socken zu stehlen, die nur ein paar Pence kosten? Kein Mensch hebt so was länger als einen oder zwei Tage auf.«

Pitt kaute auf der Unterlippe. »Und was hat Slingsby am Bedford Square getrieben? Wollte er etwas stehlen?«

Tellman zog sich den anderen Stuhl herbei und setzte sich. »Vermutlich. Aber merkwürdigerweise hat seither niemand Cole im *Bull and Gate* oder an seiner üblichen Stelle gesehen. Er hat seine Miete bezahlt, seine Habseligkeiten sind noch in seinem Zimmer, aber er selbst ist wie vom Erdboden verschluckt. Am Montag, als auch Slingsby noch sein Unwesen trieb, hat Cole noch Schnürsenkel verkauft. Wir haben es eindeutig mit zwei Männern zu tun, die einander zufällig ähnlich sehen.«

»Und den einen hat man mit der Quittung des anderen in der Tasche tot aufgefunden«, fügte Pitt hinzu. »Ob Slingsby sie Cole aus einem Grund entwendet hat, auf den wir noch nicht gekommen sind? Oder hat das ein Dritter getan, von dem wir nichts wissen, und sie Slingsby gegeben? Sofern das der Fall ist, fragt es sich, warum.«

»Vielleicht gibt es einen dummen kleinen Grund, der uns noch nicht eingefallen ist«, sagte Tellman, doch war es ihm damit nicht wirklich Ernst. Er fischte einfach auf Verdacht im Trüben. »Es könnte ja auch sein, dass die Quittung mit dem Tod Slingsbys überhaupt nichts zu tun hat.«

»Und Zufall ist wohl auch, dass er General Balantynes Schnupftabaksdose in der Tasche hatte? Balantyne ist erpresst worden«, fügte Pitt hinzu.

Tellman war verblüfft. Zwar hatte er von Balantyne eine ebenso schlechte Meinung wie von allen Privilegierten, doch ging diese darauf zurück, dass solche Menschen seiner Ansicht nach von der Gesellschaft mehr bekamen, als ihnen zustand, und Machtbefugnisse ausübten, die nichts mit ihren Verdiensten zu tun hatten. Aber die meisten Menschen nahmen das als gegeben hin und strafbar war es keinesfalls.

»Was hat er denn angestellt?«, fragte er und kippte seinen Stuhl ein wenig nach hinten.

Zornesröte trat auf Pitts Gesicht und mit einem Mal tat sich eine Kluft zwischen ihnen auf. Schlagartig war die alte Feindseligkeit wieder da, wie damals, als man Pitt zum Leiter der Wache in der Bow Street ernannt hatte. Beide Männer stammten aus einfachen Verhältnissen. Pitt war Sohn eines Wildhüters, sein Ehrgeiz aber zielte höher. Er sprach wie ein Herr und bemühte sich auch, wie einer aufzutreten. Tellman hingegen verleugnete weder seine Herkunft noch seine gesellschaftliche Klasse. Er wollte den Feind bekämpfen und sich nicht mit ihm verbünden.

»Nichts«, sagte Pitt eisig und möglicherweise vorschnell. »Das aber kann er nicht ohne weiteres beweisen und es würde ihn zugrunde richten, wenn der Vorwurf bekannt würde. Es geht um einen angeblichen Vorfall während der Strafexpedition in Abessinien, an der, wie Sie nachgewiesen haben, auch Albert Cole beteiligt war. Der Frage, ob Josiah Slingsby etwas mit der Erpressung zu tun hatte, müssen wir noch nachgehen.«

»Die Schnupftabaksdose also!«, sagte Tellman mit dem Ausdruck von Befriedigung. »Als Bezahlung?« Die Worte taten ihm Leid, kaum dass er sie gesagt hatte. Automatisch reckte er sich auf seinem Stuhl.

Ärgerlich sagte Pitt: »Eine Schnupftabaksdose aus Talmi dürfte dafür nicht ausreichen. Schon möglich, dass Josiah Slingsby für eine Hand voll Guineen jemanden umgebracht hat, Balantyne aber bestimmt nicht.«

Tellman ärgerte sich über seine Dummheit. Ihm war klar, dass man ihm das vom Gesicht ablesen konnte, so sehr er sich bemühte, es zu verbergen.

»Vielleicht ist das nicht alles«, sagte er scharf. »Wir wissen nicht, was er ihm noch gegeben hat. Vielleicht war das die letzte von vielen Zahlungen und der General hat einfach die Beherrschung verloren. Möglicherweise ist ihm klar geworden, dass ihn der Mann bis aufs Blut auspressen würde und er dann trotzdem zugrunde gerichtet wäre.«

»Und Coles Socken?«, fragte Pitt.

»Das gibt doch einen Sinn.« Tellman beugte sich eifrig vor und legte eine Hand auf den Schreibtisch. »Cole und Slingsby haben das gemeinsam gedreht. Cole hat ihn auf die Sache angesetzt. Vielleicht wusste er, wie sich diese Informationen verwerten ließen. Kann doch sein, dass Slingsby ihn dann umgebracht hat, um die Beute nicht mit ihm teilen zu müssen.«

»Nur, dass Slingsby tot ist, und nicht Cole«, erinnerte ihn Pitt.

»Na schön, dann hat eben Cole seinen Kumpan umgebracht«, hielt Tellman dagegen.

»In dem Fall ist Balantyne aber unschuldig«, sagte Pitt mit schmalem Lächeln.

Nur mit Mühe konnte Tellman einen kräftigen Fluch unterdrücken. »Möglich«, gab er zu. »Wir wissen noch nicht genug, um etwas Genaues darüber zu sagen.«

»So ist es«, gab ihm Pitt Recht. »Versuchen Sie, noch mehr festzustellen. Sehen Sie zu, ob es eine Beziehung zwischen Slingsby und Balantyne gibt und ob Balantyne dem Erpresser noch etwas außer der Schnupftabaksdose gegeben hat oder unter Druck von Slingsby etwas getan hat.«

»Ja, Sir.« Tellman erhob sich lässig, ohne Haltung anzunehmen.

»Und noch etwas, Tellman...«

»Ja?«

»Diesmal erstatten Sie mir besser gleich hier Bericht und nicht zu Hause.«

Tellman spürte, wie ihm die Röte ins Gesicht stieg. Was auch immer er als Erklärung hätte anführen können, es hätte seine Lage verschlimmert.

Da er auf keinen Fall bereit war, auch nur ein Wort zu sagen, das man für eine Entschuldigung hätte halten können, blieb er einfach wortlos stocksteif stehen.

»Ich wünsche nicht, dass jemand von Ihren Nachforschungen im Zusammenhang mit Balantyne erfährt«, betonte Pitt. »Verstanden? Das gilt, nebenbei gesagt, auch für Gracie und Mrs. Pitt.«

»Sehr wohl, Sir. Ist das alles?«

»Ja«, erwiderte Pitt. »Zumindest im Augenblick.«

Am folgenden Morgen waren die Zeitungen voll von Meldungen über zwei Skandale. Bei dem einen ging es wieder einmal um die Affäre von Tranby Croft, die mit jeder neuen Enthüllung unangenehmer wurde. Inzwischen war bekannt, dass man Gordon-Cumming, nachdem man ihn des Betrugs beim Baccarat bezichtigt hatte, eine Erklärung hatte unterschreiben lassen, in der er sich verpflichtete, die Sache niemandem gegenüber zu erwähnen. Zwei Tage nach Weihnachten dann hatte er einen anonymen Brief aus Paris bekommen, in dem sie angesprochen und ihm geraten wurde, auf keinen Fall ein Kartenspiel anzurühren, sofern er je nach Frankreich käme, denn dort sei die Angelegenheit in aller Munde. Verständlicherweise war er entsetzt – offensichtlich hatte jemand das Geheimnis ausgeplaudert.

Das aber war noch nicht alles. Bald darauf waren weitere Neuigkeiten über den Fall durchgesickert. Die Quelle war Lady Frances Brooke, die neueste Geliebte des Prinzen von Wales, die wegen ihrer unverbesserlichen Klatschsucht allgemein Läster-Brooke genannt wurde.

Gordon-Cumming hatte seinen Vorgesetzten, Oberst Stracey, in einem Schreiben gebeten, mit halbiertem Sold aus dem aktiven Dienst ausscheiden zu dürfen.

Eine Woche später hatten General Williams und Lord Coventry, Freunde und Berater des Kronprinzen, Sir Redvers Buller im Kriegsministerium aufgesucht, ihm in epischer Breite das an dem bewussten Wochenende in Tranby Croft Vorgefallene geschildert und verlangt, die zuständigen militärischen Stellen sollten den Fall so rasch wie möglich vollständig aufklären.

Daraufhin hatte Gordon-Cumming Sir Buller gebeten, damit zu warten, bis über die von ihm eingereichte Zivilklage wegen Verleumdung entschieden sei.

Vom Kronprinzen hieß es, er stehe vor einem Nervenzusammenbruch, weil er unter Umständen im Zusammenhang mit der Sache in öffentlicher Verhandlung würde aussagen müssen, da sich die anderen Zeugen, Levett sowie die Ehepaare Wilson und Lycett-Green, weigerten, von dem Betrugsvorwurf abzurücken.

Inzwischen hatte man den Lord-Oberrichter Lord Coleridge und ein speziell einberufenes Geschworenengericht mit dem Fall betraut. Trotz herrlichen Sonnenscheins war am ersten Verhandlungstag Anfang Juni der Gerichtssaal brechend voll gewesen und das Publikum hatte gebannt auf jedes Wort gelauscht, das gesagt wurde.

Pitt interessierte an dem Fall lediglich die Erkenntnis, wie wenig nötig war, den Ruf eines beliebigen Menschen zugrunde zu richten. Offenbar genügte eine bloße Andeutung; Tatsachen waren nicht nötig.

Weiter unten auf der Seite erregte ein weiterer Skandal seine Aufmerksamkeit. Ein Foto zeigte den Unterhausabgeordneten Sir Guy Stanley im Gespräch mit einer hinreißend gekleideten Frau, deren Name in der Bildunterschrift als Mrs. Robert Shaughnessy angegeben wurde. Kürzlich war dem ehrgeizigen Mr. Shaughnessy, einem jungen Mann, dessen radikale politische Vorstellungen denen der Regierung zuwider liefen und der auf dem Bild seiner Gattin und Sir Guy den Rücken zukehrte, ein glänzender politischer Schachzug gelungen, bei dem ihm angeblich nur Eingeweihten zugängliche Informationen zugute gekommen waren.

Im Bericht nun hieß es, zwischen Mrs. Shaughnessy und Sir Guy, der als künftiger Minister im Gespräch war, bestehe eine weit engere Beziehung, als Moral oder Ehrgefühl zulasse. Man ließ durchblicken, er habe gewisse politische Pflichten vernachlässigt, um die Gunst dieser Dame zu erringen. Da zwischen beiden ein Altersunterschied von etwa dreißig Jahren bestand, machte die angebliche Affäre nicht nur einen widerwärtigen, sondern zugleich auch einen schäbigen und jämmerlichen Eindruck.

Sofern Sir Guy Stanley gehofft hatte, im Rennen um das Ministeramt die Nase vorn zu haben, war es damit jetzt vorbei. Mit einem so angeschlagenen Ruf kam er für ein solches Amt nicht mehr infrage, ob die Behauptungen nun der Wahrheit entsprachen oder nicht.

Mit der Zeitung in der Hand saß Pitt am Frühstückstisch. Er hatte sein mit Orangenmarmelade bestrichenes Toastbrot vergessen und der Tee wurde kalt.

»Was gibt es?«, fragte Charlotte unruhig, die ihm in einem pfirsichfarbenen Baumwollkleid gegenübersaß.

»Ich weiß noch nicht«, sagte er langsam. Er las ihr den Artikel über Sir Guy Stanley vor, ließ das Blatt sinken und sah sie an. »Ich frage mich, ob das ein Zufall ist oder damit eine erste Drohung wahr gemacht wird, um den anderen Opfern zu zeigen, dass man es ernst meint?«

»Sogar wenn es sich nicht so verhalten sollte«, merkte sie an, »wird es genau diese Wirkung haben.« Mit bleichem Gesicht stellte sie ihre Teetasse auf die Untertasse. »Als ob die Tranby-Croft-Geschichte nicht schon genügte! Das hier wird den Drohungen des Erpressers Nachdruck verleihen, ob er nun dahinter steckt oder nicht. Weißt du etwas über Sir Guy Stanley?«

»Nicht mehr, als ich gelesen habe.«

»Und über diese Mrs. Shaughnessy?«

»Gar nichts.« Er holte tief Luft und schob seinen Teller zurück. »Ich sollte Sir Guy wohl besser aufsuchen. Ich muss unbedingt wissen, ob auch er einen solchen Brief bekommen hat. Wenn ja, ist es noch wichtiger zu erfahren, was man von ihm verlangt hat – und was nicht zu tun er den Mut hatte.«

Schweigend und angespannt saß Charlotte da. Es gab nichts mehr zu sagen.

Er strich ihr liebevoll mit einem Finger über die Wange und ging dann in die Diele, um die Straßenschuhe anzuziehen und den Hut aufzusetzen.

In der Zeitungsredaktion hatte Pitt Sir Guys Anschrift in Erfahrung gebracht. Er entstieg der Droschke einen halben Häuserblock vom Hause entfernt und legte die letzten Schritte in der angenehmen Morgenluft zu Fuß zurück.

Der Lakai, der auf sein Klingeln öffnete, teilte ihm mit, Sir Guy sei nicht im Hause und empfange grundsätzlich keine Besucher. Bevor er Pitt die Tür vor der Nase zuschlagen konnte, hielt ihm dieser seine Karte hin.

»Ich bedaure, aber ich muss Ihren Herrn in einer Polizeiangelegenheit sprechen, die keinen Aufschub duldet«, sagte er entschlossen.

Der Mann blickte zweifelnd drein, sah aber wohl trotz der ihm vermutlich erteilten Anweisungen keine rechte Möglichkeit, sich der Polizei zu widersetzen.

Er bat Pitt, vor der Tür zu warten, während er, die Karte auf ein Silbertablett gelegt, ins Haus ging, um sich zu erkundigen.

Das laue Lüftchen, das sich erhoben hatte, war angesichts der ungewöhnlichen Hitze des Junitages hochwillkommen. Zu Mittag würde es drückend heiß sein. Während Pitt vor der Tür wartete, hatte er Gelegenheit, sich wieder einmal deutlich über seine gesellschaftliche Stellung klar zu werden. Einen Herrn hätte man hineingebeten und ins Empfangszimmer geführt.

Der Lakai kehrte mit erstauntem Gesichtsausdruck zurück und geleitete Pitt in ein großes Arbeitszimmer. Pitt brauchte nicht lange zu warten, bis Sir Guy Stanley hereinkam. Man hätte den hoch gewachsenen, schlanken Mann anhand des Fotos in der Zeitung kaum erkennen können. Das Bild war vermutlich zwei oder drei Jahre alt. Sein weißes Haar war inzwischen deutlich schütterer, der Backenbart kürzer und sauberer gestutzt. Vorsichtig setzte er Schritt vor Schritt, als sei er nicht sicher, das Gleichgewicht halten zu können, und stieß leicht mit dem Ellbogen gegen die eichene Tür, als er sie schloss. Sein Gesicht war fast blutleer.

Pitts Herz sank. So sah kein Mann aus, der seinem Gegner bis zuletzt Paroli geboten hatte – eher dürfte er jemanden vor sich haben, den völlig unerwartet ein entsetzlicher Schlag getroffen hatte. Er litt noch erkennbar unter den Folgen und schien seiner Sinne kaum mächtig.

»Guten Morgen, Mr. ....«, er sah auf die Karte in seiner Hand, »Pitt. Bedauerlicherweise ist das für mich kein sehr günstiger Zeitpunkt, aber wenn Sie mir sagen, was ich für Sie tun kann, werde ich mich bemühen, Ihnen nach Kräften behilflich zu sein.« Er wies auf die Klubgarnitur. »Bitte nehmen Sie doch Platz.« Er fiel geradezu in den ihm zunächst stehenden Sessel, als rechne er nicht damit, sich noch lange auf den Beinen halten zu können.

Pitt setzte sich ihm gegenüber. »Es gibt keine beschönigende oder diplomatische Möglichkeit zu formulieren, was ich zu sagen habe, Sir, und so will ich Ihre Zeit nicht unnötig in Anspruch nehmen und Ihnen einfach die Situation schildern, wie sie sich darbietet. Allerdings werde ich aus verständlichen Gründen die Namen der Betroffenen nicht nennen, ebenso wie ich auch Ihren Namen geheim halten werde, falls sich zeigen sollte, dass Sie mir behilflich sein können.«

Es war Sir Guys Gesicht anzusehen, dass er nicht verstand. Er hörte lediglich höflich zu, weil er das versprochen hatte.

»Vier mir bekannte Männer in hohen öffentlichen Ämtern werden erpresst«, fing Pitt an. Er hielt unvermittelt inne, als er sah, wie Sir Guy aufmerksam wurde. Das Blut trat ihm in die Wangen und er krallte die Hände in die Sessellehnen.

Mit trübseligem Lächeln fügte Pitt hinzu: »Ich bin fest überzeugt, dass keiner von ihnen sich hat zuschulden kommen lassen, was ihm der Verfasser der Briefe vorwirft, doch sind sie unglücklicherweise nicht in der Lage, es zu widerlegen. Überdies handelt es sich in allen Fällen um eine Tat, für die sich jeder von ihnen zutiefst schämen würde, so dass sie besonders verletzlich wären, wenn man in dieser Hinsicht Druck auf sie ausübte.«

»Ich verstehe.« Sir Guy verschränkte und löste seine Finger abwechselnd auf der Sessellehne.

»Geld wurde bisher nicht verlangt«, fuhr Pitt fort. »Genau gesagt sind bis auf relativ unbedeutende Zeichen der, sagen wir, Unterwerfung, keinerlei Forderungen gestellt worden.«

Sir Guys Hand verkrampfte sich wieder. »Und inwiefern glauben Sie, dass ich Ihnen helfen kann, Mr. Pitt? Ich habe keine Ahnung, um wen es sich handelt oder wie man gegen so jemanden vorgehen könnte.« Er lächelte in bitterer Selbstverspottung. »Im Augenblick dürfte ich der Letzte in England sein, der jemandem raten könnte, wie man seine Ehre oder seinen Ruf zu schützen vermag!«

Zur Offenheit entschlossen, gab Pitt zur Antwort: »Bevor ich herkam, hatte ich mich gefragt, ob Sie unter Umständen ebenfalls ein Opfer dieses Erpressers sein könnten und ihn zum Teufel gejagt haben, als er Ihnen den Preis für sein Schweigen genannt hat.«

»Sie haben besser von mir gedacht, als ich es verdiene«, sagte Sir Guy leise. Seine eingefallenen Wangen leuchteten rötlich. »Leider habe ich nichts dergleichen getan, obwohl ich ihn aus tiefster Seele zum Teufel wünsche.« Er sah Pitt an. »Er wollte von mir lediglich eine versilberte Cognac-Taschenflasche haben, als Zeichen meines guten Willens oder genauer gesagt zum Zeichen, dass ich meine Niederlage eingestehe.«

»Haben Sie sie ihm gegeben?«, fragte Pitt und fürchtete die Antwort.

»Ja«, sagte Sir Guy. »Auch wenn er seine Drohung in harmlose Worte gekleidet hatte, war ihr Sinn unmissverständlich. Zweifellos haben Sie heute Morgen in der Zeitung gelesen, dass er sie wahr gemacht hat.« Er schüttelte leicht den Kopf, was wohl eher ein Zeichen der Verwirrung als der Verweigerung war. »Und zwar ohne jede Vorwarnung, ohne ein weiteres Mal gedroht oder irgendwelche Forderungen gestellt

zu haben.« Er lächelte schwach. »Ich rede mir zwar
ein, dass ich sie bestimmt nicht erfüllt hätte, werde
aber nie erfahren, ob ich hart geblieben wäre. Ich bin
nicht einmal sicher, ob ich reinen Herzens wünsche,
dass er mich auf die Probe gestellt hätte. So bin ich
zwar nach wie vor im Besitz meiner Illusionen, habe
aber keinerlei Gewissheit. Was meinen Sie – ist das
besser?« Er stand auf und trat ans Fenster, das auf den
Garten hinausging.

»In meinen zuversichtlicheren Augenblicken werde
ich annehmen, ich hätte ihn verflucht und wäre mit
unbefleckter Ehre untergegangen, ganz gleich, was
die Welt von mir denken mochte. Dann wieder, wenn
ich müde oder allein bin, werde ich überzeugt sein,
dass ich dem Druck nicht standgehalten, sondern
nachgegeben hätte.«

Pitt war enttäuscht. Ihn erstaunte, wie sicher er gewesen war, dass man von Sir Guy beispielsweise
gefordert hatte, er möge seinen Einfluss geltend machen, und dass seine Weigerung die Katastrophe ausgelöst hatte. Damit hätte Pitt einen Hinweis auf das
in der Hand gehabt, womit man mit Bezug auf die anderen Opfer rechnen musste, und möglicherweise
hätte das sogar den Kreis derer eingeengt, unter denen man den Erpresser vermuten durfte.

Ein Blick auf das Gesicht seines Besuchers sagte Sir
Guy, was Pitt empfand. Den Grund dafür allerdings
deutete er falsch. Man konnte ihm die Gekränktheit
und das Empfinden der Schande an den Augen ablesen.

Mit leichtem Achselzucken sagte Pitt: »Schade. Es
tut mir Leid, Sie gestört zu haben. Ich hatte gehofft,
dass er sich so weit vorgewagt hatte, von Ihnen den
Missbrauch Ihrer politischen Macht oder Ihres Ein-
flusses zu verlangen, denn dann hätten wir gewusst,
was er will. Es ist nämlich so, dass die anderen Opfer

auf den verschiedensten Gebieten tätig sind, so dass ich keinen gemeinsamen Nenner zu erkennen vermag.«

»Ich bedaure aufrichtig«, sagte Sir Guy, »ich hätte Ihnen wirklich gern weitergeholfen. Natürlich habe ich mir auch schon den Kopf zerbrochen, wer dahinter stecken könnte, mir jeden Rivalen oder persönlichen Feind vor das innere Auge gerufen, jeden, der sich möglicherweise von mir gekränkt oder beleidigt fühlen könnte, jeden, dessen Vorankommen ich, ob absichtlich oder nicht, im Wege gestanden haben mag, aber mir fällt niemand ein, der sich zu so etwas herabließe.«

»Auch nicht Shaughnessy?«, fragte Pitt mit nur wenig Hoffnung.

Sir Guy lächelte. »Zwar bin ich in jeder Hinsicht anderer Ansicht als er, ob es um politische Überzeugungen oder um die Ziele geht, die er zu erreichen hofft, übrigens in jüngster Zeit mit größerer Aussicht auf Erfolg als zuvor, aber er kämpft offen für seine Sache, tritt seinem Gegenspieler von Angesicht zu Angesicht gegenüber und würde nie und nimmer seine Zuflucht zu Erpressung oder dubiosen Machenschaften nehmen.« Er zuckte müde mit der Schulter.

»Ganz davon abgesehen, wäre er auf ein solches Vorgehen kaum angewiesen. Um das zu verstehen, brauchen Sie sich nur die jüngeren Entwicklungen in der Politik anzusehen. Er hat bereits alles erreicht, was ich ihm hätte geben können. Wenn er mich zugrunde richten würde, könnte das seine Sache keinesfalls voranbringen, sondern ihr höchstens schaden. Ein Dummkopf aber ist er nicht.« Seine Lippen strafften sich. »In der Unterschrift zu dem Foto da« – er wies auf die Zeitung, die auf dem Schreibtisch lag – »werde ich als leichtgläubiger Verräter hingestellt, aber zugleich wird seine Frau in der Rolle einer

Hure gezeigt. So etwas wünscht kein Mann in aller Öffentlichkeit zu sehen, wie auch immer die Wahrheit im privaten Bereich aussehen mag. Zwar kenne ich Mrs. Shaughnessy nicht annähernd so gut, wie mir unterstellt wird, doch bin ich ihr oft begegnet und habe nicht den geringsten Anlass, an ihrer Tugendhaftigkeit zu zweifeln.«

Pitt sah sich genötigt zuzustimmen: »Natürlich.« Shaughnessy hatte kein Motiv, ob er nun über die Mittel und die Möglichkeit verfügte oder nicht. »Haben Sie den Brief noch?«

Voll Abscheu kräuselte Sir Guy die schmalen Lippen. »Nein. Ich habe ihn verbrannt, damit ihn niemand zu Gesicht bekam. Aber ich kann ihn beschreiben. Er bestand aus Buchstaben, die man aus der *Times* ausgeschnitten und auf ein weißes Blatt Papier geklebt hatte. Teils waren das Einzelbuchstaben, dann wieder mehrere zusammenhängende oder ganze Wörter. Abgestempelt war der Brief auf der Londoner Hauptpost.«

»Können Sie sich erinnern, was darin stand?«

»Ihr Gesichtsausdruck zeigt mir, dass Sie nicht überrascht sind«, sagte Sir Guy. »Vermutlich haben die anderen ebenso ausgesehen.«

»Ja.«

Seufzend stieß Sir Guy die Luft aus.

»Aha. Nun, vielleicht weiß ich es nicht mehr Wort für Wort, aber dem Sinn nach kann ich mich durchaus erinnern. Es hieß darin, ich hätte Mrs. Shaughnessy gegen Gewährung ihrer Gunst der politischen Karriere ihres Mannes förderliche Informationen aus Regierungskreisen zugespielt. Sofern die Öffentlichkeit davon erfahre, werde das nicht nur meinen Ruin bedeuten, sondern höchstwahrscheinlich auch dafür sorgen, dass ich das Ministeramt nicht bekäme, auf das ich gehofft hatte. Zum Zeichen dafür, dass ich verstanden hatte, worum es ging, wollte der Verfasser eine symbolische Gabe von mir haben. Das Schreiben enthielt Anweisungen, wie ich die versilberte Taschenflasche verpacken und einem Fahrradboten übergeben sollte, der noch am selben Tag kommen und sie abholen würde.«

Pitt beugte sich leicht vor. »Und woher wusste der Verfasser, dass Sie einen solchen Gegenstand besaßen?«

»Das entzieht sich meiner Kenntnis. Ich muss zugeben, dass mich dieser Gedanke beträchtlich gequält hat.« Sir Guy zitterte leicht. »Es kam mir vor ... als beobachte er mich unausgesetzt, aus einem Versteck heraus, aber immer gegenwärtig. Ich habe jeden verdächtigt ...« Seine Stimme erstarb. Er war sichtlich gebeugt und niedergedrückt.

»Ich verstehe«, antwortete Pitt. »Was Sie mir da sagen, passt genau ins Muster der anderen Fälle. Ich danke Ihnen für Ihre Offenheit. Ich wollte, ich könnte Ihnen Trost spenden, aber ich habe keinen. Doch werde ich alles tun, was ich vermag, um den Mann aufzuspüren und dafür zu sorgen, dass zumindest eine Art Gerechtigkeit geschieht.« Er sagte das mit einem Nachdruck, der ihn selbst verblüffte. Sein Zorn erstickte ihn beinahe, als ginge es um einen Mordfall oder eine körperliche Gewalttat.

»Eine Art von Gerechtigkeit?«, fragte Sir Guy.

»Das Gesetz bedroht die nachdrückliche Forderung nach einer versilberten Taschenflasche unter Androhung von Enthüllungen mit keiner besonders hohen Strafe«, erklärte Pitt verbittert. »Sobald Sie beweisen können, dass er Sie verleumdet hat, haben Sie die Möglichkeit, ihn auf Schadensersatz zu verklagen. Das aber hängt eher von Ihrer Entscheidung als von meiner ab. Die meisten Menschen unterlassen es lieber, weil solche Dinge, wenn sie erst vor Gericht kommen, mehr öffentliche Aufmerksamkeit auf sich lenken, als wenn man Schweigen bewahrt. Nichts zeigt das deutlicher als der Fall des armen Gordon-Cumming in der Affäre von Tranby Croft.« Er stand auf und hielt Sir Guy die Hand hin.

»Das ist mir bewusst, Mr. Pitt«, sagte dieser betrübt, nahm die Hand und schüttelte sie. »Noch so viele Beweise würden den bereits entstandenen Schaden nicht wieder gutmachen. Das ist nun einmal das Wesen eines Skandals. Wenn etwas erst einmal an die Öffentlichkeit gedrungen ist, lässt sich der Makel kaum je wieder abwaschen. Vermutlich würde ich eine gewisse Befriedigung empfinden, falls es Ihnen gelingen sollte, den Teufel zu fangen. Aber vermutlich ist es jemand, dessen eigener Ruf nicht besonders darunter leiden würde, wenn man seine Taten vor der Öffentlichkeit ausbreitete.«

»In dem Punkt bin ich anderer Ansicht. Angesichts der genauen Kenntnis seiner Opfer dürfte es sich um einen Menschen handeln, der sich in einer ähnlichen gesellschaftlichen Stellung befindet wie sie. Ich habe da eine gewisse Hoffnung.«

Sir Guy sah ihn offen an. »Sofern ich Ihnen behilflich sein kann, Mr. Pitt, sagen Sie es. Ich bin jederzeit dazu bereit. Heute bin ich ein weit gefährlicherer Gegner als gestern, denn ich habe nichts mehr zu verlieren.«

Pitt verabschiedete sich und trat in die Hitze hinaus. Kein Lüftchen regte sich und der Gestank nach Pferdemist stieg ihm ätzend in die Nase. Eine Kutsche kam mit laut rumpelnden Rädern vorüber. Die Messingbeschläge der Pferdegeschirre blitzten in der Sonne, Lakaien schwitzten in ihrer Livree und Damen schützten ihr Gesicht mit Sonnenschirmen.

Kaum hatte Pitt fünfzig Schritte getan, als er Lyndon Remus auf sich zukommen sah.

Pitt empfand eine tiefe Abneigung, obwohl ihm klar war, dass er keinen Grund dazu hatte. Den Artikel, der Sir Guy Stanley bloßstellte, hatte Remus nicht verfasst, wohl aber war er hier, bereit, Kapital daraus zu schlagen.

»Guten Morgen, Oberinspektor!«, sagte er eifrig. »Wie ich sehe, waren Sie bei Sir Guy. Gehen Sie den Anschuldigungen gegen ihn nach?«

»Es geht mich nichts an, ob sich Sir Guys Beziehung zu Mrs. Shaughnessy schickt oder nicht, Mr. Remus«, sagte Pitt eisig. »Und soweit mir bekannt ist, geht es Sie ebenso wenig etwas an.«

»Na, hören Sie, Mr. Pitt.« Remus' helle Augenbrauen fuhren hoch. »Wenn ein Unterhausabgeordneter regierungsamtliche Informationen im Austausch gegen die Gunst einer Dame herausrückt, geht das jeden im Königreich etwas an.«

»Ich habe lediglich gelesen, was die Zeitung in Andeutungen durchblicken lässt, aber keinerlei Hinweise darauf, dass es der Wahrheit entspricht.« Pitt stand ihm auf den heißen Gehwegplatten gegenüber. »Doch selbst wenn das der Fall sein sollte, ginge es mich nichts an. Es gibt Leute, deren Aufgabe es ist, solchen Dingen nachzugehen, zu ihnen aber gehören weder Sie noch ich.«

»Ich frage im öffentlichen Interesse, Mr. Pitt«, beharrte Remus, der ihm genau gegenüberstand. »Sie wollen doch wohl nicht dem gewöhnlichen Bürger das Recht absprechen, bei den Männern, die er an die Regierung gewählt hat, auf die Einhaltung von Anstand und Moral zu achten.«

Es war Pitt klar, dass er vorsichtig sein musste. Remus würde sich merken, was auch immer er sagte, und es vielleicht zitieren.

»Natürlich nicht«, sagte er und wog seine Worte sorgfältig ab. »Aber es gibt für solche Untersuchungen vorgeschriebene Wege und Verleumdung ist ein moralisches Vergehen, auch wenn sie in Einzelfällen nicht unbedingt strafbar sein mag. Ich habe Sir Guy in einer völlig anderen Angelegenheit konsultiert, weil ich annahm, er könne mir mit dem großen Schatz seiner Erfahrung ein wenig zur Hand gehen. Das hat er auch getan, doch sehe ich mich außerstande, mit Ihnen darüber zu sprechen, weil das eine laufende Untersuchung gefährden würde.«

»Geht es dabei um den Mord am Bedford Square?«, zog Remus rasch seine Schlussfolgerung. »Ist Sir Guy in die Sache verwickelt?«

»Drücke ich mich so unklar aus, Mr. Remus?«, knurrte Pitt. »Ich habe gesagt, dass es sich um eine Angelegenheit handelt, über die ich nicht sprechen kann, und Ihnen die Gründe dafür genannt. Sie wollen mich doch nicht etwa in meiner Arbeit behindern, oder?«

»Nun … selbstverständlich nicht. Aber wir haben ein Recht zu erfahren –«

»Sie haben ein Recht zu fragen«, korrigierte ihn Pitt. »Das haben Sie getan und ich habe Ihnen eine Antwort gegeben. Würden Sie mir jetzt bitte den Weg freigeben? Ich muss in die Bow Street zurück.«

Zögernd trat Remus beiseite.

In seinem Dienstzimmer auf der Revierwache dachte Pitt erneut über diesen Remus nach. War es möglicherweise der Mühe wert, sich den Mann etwas genauer anzusehen? Höchstwahrscheinlich war er bloß ein Journalist, der sich seiner Pflicht mit größerem Genuss widmete, als es Pitt recht war. Immerhin gehörte es zu seinen legitimen Aufgaben, ganz wie Pitt, Fällen von Korruption und Amtsmissbrauch nachzugehen. Die Gesellschaft brauchte solche Wachhunde, auch wenn sie mitunter unberechtigt und auf eine als störend und schmerzlich empfundene Art und Weise in das Privatleben anderer eindrangen. Ohne solche Kontrollmechanismen wäre der Willkürherrschaft Tür und Tor geöffnet und müsste die Gesellschaft den Verlust ihres Rechts auf überschaubare Abläufe und auf eine Kontrolle der Regierenden fürchten.

Doch ließ sich das Vorrecht der Presse auch missbrauchen und ihre Vertreter genossen bei polizeilichen Untersuchungen nicht zwangsläufig Immunität. Niemand konnte Pitt hindern, jemandem den Auftrag zu erteilen, er möge feststellen, ob eine Verbindung zwischen Lyndon Remus und Albert Cole, Josiah Slingsby oder einem der Männer bestand, die erpresst wurden.

Doch bevor er den Gedanken weiter ausspinnen konnte, erreichte ihn die Nachricht, Parthenope Tannifer wolle ihn so bald wie möglich in ihrem Hause sprechen.

Mit einer solchen Mitteilung hatte er gerechnet, wenn auch nicht von ihr, sondern von ihrem Mann oder von Dunraithe White. Allerdings bestand bei diesem die Möglichkeit, dass er die Aufmerksamkeit der Polizei nicht auf sich lenken wollte, denn er beabsichtigte nicht – wie er Lady Vespasia gegenüber geäußert hatte – sich dem Erpresser zu widersetzen, ganz gleich, wie dessen Forderung aussehen mochte.

Pitt ging die Frage durch den Kopf, was Balantyne beim Anblick der Morgenzeitungen empfunden haben mochte. Er musste krank vor Besorgnis sein und wusste wahrscheinlich nicht, was er zu seiner Verteidigung unternehmen konnte. Weder konnte er beweisen, dass der gegen ihn erhobene Vorwurf haltlos, noch, dass nicht er der Mörder des vor seiner Haustür aufgefundenen Mannes war. Auch wenn inzwischen feststand, dass es sich dabei nicht um Cole, sondern um Slingsby handelte, war er damit noch nicht vom

Verdacht befreit, konnte doch dieser ohne weiteres ein Bote des Erpressers gewesen sein.

Vor allem aber dachte Pitt, während er erneut auf die heiße, staubige Straße trat, an Cornwallis und daran, wie elend er sich wohl gefühlt hatte, als ihm klar geworden war, dass sich der Erpresser nicht mit leeren Drohungen abgab. Mit seinem Vorgehen gegen Sir Guy hatte er gezeigt, dass er entschlossen war, sie wahr zu machen, und auch über die nötigen Mittel verfügte. Es bestand nicht die geringste Hoffnung, sich ihm zu entziehen.

Im Hause Tannifer wurde Pitt sogleich empfangen und in Parthenopes Boudoir geführt, den Raum, in dem Damen gewöhnlich lesen, sticken oder die Zeit mit angenehmem Geplauder zubringen, wobei sie nur in den seltensten Fällen von Männern gestört werden.

Im Unterschied zu anderen Damenzimmern, die er kannte, war dieser Raum in schlichten, kühlen Farben gehalten. Er enthielt nicht eine Spur von dem üblichen orientalischen Schnickschnack, der im letzten Jahrzehnt so sehr in Mode gekommen war. Er war überaus individuell eingerichtet und schien, ohne Zugeständnisse an die Erwartungen anderer zu machen, ausschließlich den Geschmack seiner Bewohnerin zu spiegeln. Die Vorhänge aus ungemustertem Stoff waren in einem kühlen Grünton gehalten und auch die glasierte grüne Vase auf dem Tischchen wies nicht das übliche Blütenmuster auf. Ihre Form war Schmuck genug. Die alten, schlichten Möbel waren englischer Herkunft.

»Danke, dass Sie gleich gekommen sind, Mr. Pitt«, sagte Parthenope, nachdem die Zofe die Tür geschlossen hatte. Das schlichte blaugraue Kleid, zu dem sie ein weißes Busentuch trug, stand ihr bei aller Strenge sehr gut, auch wenn etwas Weiblicheres ihre eckigen Formen weniger hätte hervortreten lassen. Sie wirkte recht mitgenommen und unternahm keinen Versuch, es zu verbergen. Die Morgenzeitung sowie eine Stickerei mitsamt mehreren Docken Stickgarn in verschiedenen Braun- und Beigetönen lagen auf dem Tisch neben ihrem Stuhl. Die Nadel hatte sie in den Stramin gesteckt, die Schere und der silberne Fingerhut lagen auf dem Teppich, als hätte sie sie in großer Eile fallen gelassen.

»Haben Sie das gesehen?«, fragte sie und wies auf die Zeitung. Sie stand in der Mitte des Raumes, als wäre sie zu aufgebracht, um sich zu setzen.

»Guten Morgen, Mrs. Tannifer. Sofern Sie den Artikel über Sir Guy Stanley meinen – ja, ich habe ihn gelesen und ich war auch bereits bei Sir Guy.«

»Ach ja?«, unterbrach sie ihn. »Wie geht es ihm?« Ihre Augen leuchteten und auf ihrem Gesicht verdrängten Sorge und Mitgefühl einen Augenblick lang die Angst.

»Kennen Sie ihn?«, fragte er interessiert.

»Nein.« Sie schüttelte rasch den Kopf. »Aber ich kann mir denken, welche Qualen er empfindet.«

»Sie sind also überzeugt, dass die Unterstellungen in dem Zeitungsartikel nicht zutreffen«, sagte Pitt überrascht. Damit fiele ihr Urteil weniger hart aus als das vieler Menschen.

Ein flüchtiges Lächeln lief wie ein Sonnenstrahl über ihr Gesicht und war gleich wieder verschwunden. »Vermutlich, weil ich weiß, dass mein Mann schuldlos ist. Irre ich mich etwa?« Diese Frage klang fast wie eine Herausforderung.

»Nicht, dass ich wüsste«, gab Pitt zur Antwort. »Sir Guy ist Opfer desselben Briefschreibers wie Mr. Tannifer und daher glaube ich ihm, wenn er sagt, dass der Vorwurf, den man ihm macht, jeglicher Grundlage entbehrt.«

Sie senkte ein wenig die Stimme. »Aber er hatte den Mut, ihm entgegenzutreten. Ganz wie der Herzog von Wellington gesagt hat: ›Bringen Sie es ruhig an die Öffentlichkeit und seien Sie verdammt‹. Wie ich ihn bewundere!« Auf ihren Wangen lag eine leichte Röte und ihre Stimme klang aufrichtig. »Was für einen entsetzlichen Preis er bezahlen muss. Ich kann mir nicht vorstellen, dass er das Regierungsamt, das er anstrebte, jetzt noch bekommt. Er wird sich mit seinem Mut trösten müssen und vielleicht mit der Achtung jener Menschen, die ihn gut genug kennen, um die Anschuldigung zurückzuweisen.« Sie sagte das mit einer Wärme, die ihrer Stimme eine ganz eigenartige Schönheit verlieh. Sie holte tief Luft und straffte die schmalen Schultern. »Ich hoffe nur, dass auch wir uns der Zukunft stellen werden. Ich werde ihm noch heute Morgen schreiben und ihm mitteilen, was ich denke. Vielleicht tröstet es ihn ein wenig. Mehr kann ich nicht tun.«

Pitt wusste nicht, was er darauf antworten sollte. Er wollte nicht die Unwahrheit sagen und konnte sich das vielleicht auch nicht leisten, sofern er etwas von ihr erfahren wollte. Auf der anderen Seite war er weder bereit, ihr zu sagen, was ihm Sir Guy anvertraut hatte, noch sie zur Mitwisserin seiner eigenen Zweifel zu machen.

»Sie zögern, Mr. Pitt«, sagte sie. Offenbar hatte sie ihn gut beobachtet. »Es gibt etwas, das Sie mir nicht sagen wollen. Stehen die Dinge schlimmer, als ich befürchtet habe?«

»Nein, Mrs. Tannifer. Ich überlege lediglich, wie ich formulieren kann, was ich sagen möchte, um nicht weiterzugeben, was man mir unter dem Siegel der Verschwiegenheit anvertraut hat. Obwohl sich Sir Guy Stanley und Mr. Tannifer in der gleichen Lage befinden, möchte ich nicht mit dem einen über den Fall des anderen reden, denn das würde nur zu Peinlichkeiten führen.«

»Damit haben Sie Recht«, stimmte sie rasch zu, »und Ihre Haltung ehrt Sie. Aber wissen Sie mittlerweile, wer dieser teuflische Mensch sein kann? Sicherlich hilft jeder noch so unbedeutende Hinweis. Ich... ich habe Sie heute nicht nur gerufen, weil ich nicht weiter weiß und mir nicht einmal vorstellen kann, wie ich diesen Kampf führen soll, sondern weil auch ich Ihnen etwas zu sagen habe. Nehmen Sie doch bitte Platz.« Sie wies auf den einfachen Polsterstuhl gegenüber dem ihren.

Pitt wartete, bis sie sich gesetzt hatte, und nahm dann Platz. Mit einem Mal schien es Hoffnung zu geben.

»Nun, Mrs. Tannifer. Was können Sie mir sagen?«

Sie beugte sich ein wenig vor, ohne ihre Röcke zu ordnen, die vom langen Sitzen zerknittert waren. »Wir haben einen weiteren Brief bekommen. Im Großen und Ganzen werden darin die Behauptungen des ersten wiederholt, nur sind sie diesmal weniger allgemein gehalten, denn der Erpresser verwendet Wörter wie ›Betrüger‹ und ›Unterschlagung‹.« Ihre Wangen röteten sich vor Zorn und Betroffenheit. »Diese Vorwürfe sind so ungerecht! Sigmund hat nie etwas genommen, was ihm nicht zustand. Er ist der redlichste Mann, den ich kenne. Mein Vater war Oberst eines Regiments, daher weiß ich, was Begriffe wie Ehre und Treue bedeuten, und mir ist auch bekannt, dass man sich das rückhaltlose Vertrauen verdienen muss, ohne das man sich in einer solchen Position nicht halten kann.« Sie senkte den Blick. »Entschuldigung. Das wollte ich gar nicht sagen. Wir setzen ja bereits voraus, dass alle Beschuldigungen ungerechtfertigt sind. Auch diese Mitteilung wurde buchstabenweise aus der *Times* ausgeschnitten und auf ein weißes Blatt Papier geklebt. Der Brief ist mit der ersten Post gekommen und war, ganz wie der vorige, auf der Hauptpost aufgegeben worden. Die beiden unterscheiden sich nur im Wortlaut.« Sie sah zu ihm auf.

»Wird darin etwas verlangt, Mrs. Tannifer?«

»Nein.« Sie schüttelte den Kopf. Ihre schmalen Hände hielt sie im Schoß verkrampft, ihre Augen waren voller Sorge. »Er scheint eine Art Ungeheuer zu sein, das andere quälen und peinigen will und dem als Lohn die Befriedigung genügt, die ihm das verschafft.« Sie sah ihn mit verzweifeltem Ernst an. »Aber ich halte es für möglich, dass es ein weiteres Opfer gibt, Mr. Pitt. Ich habe lange überlegt, ob ich Ihnen das sagen soll oder nicht, und wenn ich es tue, wird das meinem Mann unter Umständen nicht recht sein. Aber ich möchte unbedingt wissen, wie man sich dieser Sache stellen kann, und außerdem verhindern, dass andere auf die gleiche Weise ruiniert werden wie der arme Sir Guy Stanley.«

Pitt beugte sich vor. »Sagen Sie mir, was Sie wissen, Mrs. Tannifer. Vielleicht hilft es und es dürfte kaum mehr Schaden anrichten, als ohnehin geschehen wird, ganz gleich, was wir tun oder unterlassen.«

Sie holte tief Luft und stieß den Atem langsam aus. So unbehaglich sie sich offenkundig fühlte, sie wurde in ihrer Entschlossenheit, zu kämpfen und ihren Mann zu verteidigen, nicht wankend.

»Ich habe mit meinem Mann in seinem Arbeitszimmer über die Sache gesprochen. Sie macht ihm weit mehr zu schaffen, als er Ihnen gegenüber zugegeben haben dürfte. Mehr als die Möglichkeit des finanziellen Ruins oder des Endes seiner Laufbahn quält ihn das Bewusstsein, dass ihm andere Menschen, Bekannte, Leute, die ihn bewundern und an deren Meinung ihm liegt, zutrauen könnten, er sei kein Ehrenmann. Das schmerzt unendlich. Es ist schon möglich, dass ein ruhiges Gewissen der köstlichste Besitz eines Menschen ist, aber ein guter Name in den Augen der anderen kommt gleich danach.«

Er sagte nichts darauf. Er wusste, wie sehr auch ihm daran lag, dass ihn andere für ehrenhaft hielten. Wichtiger war ihm höchstens noch, dass man ihn als großzügig ansah und überzeugt war, er füge niemandem je mit Absicht Schmerz zu.

»Was ist geschehen, Mrs. Tannifer?«

»Ich hatte den Raum gerade verlassen, die Tür zum Vestibül aber noch nicht vollständig geschlossen. So bekam ich mit, wie mein Mann den Hörer des Telefons aufnahm und Mr. Leo Cadell im Außenministerium verlangt hat. Sie müssen wissen, wir haben ein Telefon und es ist eine ganz ausgezeichnete Einrichtung. Ursprünglich wollte ich in die Küche gehen, wo ich mit der Köchin etwas zu besprechen hatte, dann aber hörte ich, wie sich Sigmunds Sprechweise änderte. Er klang sehr betroffen und in seiner Stimme lagen Mitgefühl und Angst.« Sie sah Pitt aufmerksam an.

»Ich kenne meinen Mann sehr gut. Wir waren einander immer sehr nah und hatten nie Geheimnisse voreinander. Mir war sogleich klar, dass ihm Mr. Cadell etwas Wichtiges und Vertrauliches mitgeteilt haben musste. Aus dem, was ich ihn sagen hörte, schloss ich, dass man Mr. Cadell aufgefordert hatte, binnen kürzester Zeit einen hohen Geldbetrag aufzubringen. Er ist durchaus wohlhabend, doch bedeutet das nicht zwangsläufig, dass er solche Summen ohne weiteres flüssig machen kann. Wer bei so etwas nicht gut beraten wird, kann dabei ziemlich viel Geld einbüßen.« Sie holte Luft. »Sigmund hat ihm zu helfen versucht, so gut er konnte, und ich merkte, dass er annahm, es gehe darum, eine plötzlich aufgetretene

Schuld in noch unbekannter Höhe zu bezahlen, ohne dass sich der Termin hinausschieben lässt.«

»Das könnte eine Erpressung sein«, stimmte Pitt zu. »In dem Fall aber wäre er der Erste, dem man eine konkrete Forderung gestellt hat. Bisher ist von keinem anderen Geld verlangt worden.«

»Ich bin nicht sicher, dass es sich darum handelt«, räumte sie ein. »Ich habe das lediglich aus dem Klang von Sigmunds Stimme geschlossen – und ich habe anschließend sein Gesicht gesehen.« Sie schüttelte rasch den Kopf. »Er war natürlich nicht bereit, mit mir darüber zu sprechen, denn alles, was ihm Mr. Cadell gesagt hat, ist streng vertraulich. Auf keinen Fall aber ging es um luxuriöse Extravaganzen. Sigmund war zutiefst bekümmert, ist noch einmal auf den Erpresserbrief zu sprechen gekommen und hat mich gefragt, wie tief es mich treffen würde, wenn wir in stark eingeschränkten finanziellen Verhältnissen leben müssten. Ob ich unter solchen Umständen bereit wäre, London zu verlassen und an einem anderen Ort zu leben, möglicherweise sogar in einem anderen Land.« Ihre Stimme klang entschlossen und zuversichtlich. »Ich habe mich selbstverständlich dazu bereit erklärt! Solange wir unsere Ehre haben und beisammen sind, kann ich an jedem beliebigen Ort leben und alles tun, was die Umstände von uns verlangen.« Trotzig hob sie das Kinn und sah Pitt in die Augen. »Lieber ließe ich mich gleich dem armen Sir Guy Stanley durch Verleumdungen zugrunde richten, als diesem Ungeheuer auch nur einen Penny zu zahlen und damit seiner Bosheit weitere Nahrung zu geben!«

»Ich danke Ihnen für Ihre Offenheit, Mrs. Tannifer«, sagte Pitt im Brustton der Überzeugung. Er bewunderte den Mut und die Gattentreue dieser bemerkenswerten Frau, die von Leidenschaft und dem

Bewusstsein beseelt war, Schmerzen ertragen zu können. Ihr Mitgefühl für Sir Guy existierte keineswegs nur in ihrer Einbildung.

Er stand auf, um sich zu verabschieden.

»Wird Ihnen, was ich Ihnen gesagt habe, etwas nützen?«, fragte sie und erhob sich ebenfalls. »Werden Sie auf diese Weise mehr in Erfahrung bringen können?«

»Das muss sich zeigen«, sagte er. »Auf jeden Fall werde ich Mr. Cadell aufsuchen. Vielleicht kann er mir mehr über die Forderungen sagen, die man ihm gestellt hat, und möglicherweise auch, was man über ihn zu enthüllen droht. Jeder zusätzliche Hinweis könnte dazu beitragen einzugrenzen, wer über das nötige Wissen verfügt, solche Briefe zu schreiben. Immerhin wird in jedem einzelnen Fall der Empfänger der Botschaft eines Fehlverhaltens beschuldigt, das ihn am tiefsten treffen würde. Das verrät eine gewisse Kenntnis der Person und ihrer Lebensumstände. Sollten Sie mehr erfahren, lassen Sie es mich doch bitte unverzüglich wissen.«

»Selbstverständlich, und viel Erfolg, Mr. Pitt.« Sie stand in der Mitte ihres einzigartig friedlichen Zimmers, eine eher kantige, schlanke Gestalt voll leidenschaftlicher Gefühle. »Spüren Sie den Teufel auf, der uns das antut – um unser aller willen!«

KAPITEL
SIEBEN

Kaum hatte Pitt das Haus verlassen, um Sir Guy Stanley aufzusuchen, als Charlotte die Zeitung zur Hand nahm, um den Artikel noch einmal zu lesen. Sie wusste weder, ob der Erpresser Sir Guy gedroht hatte, noch, was er von ihm haben wollte, doch das war belanglos. Wie auch immer die Sache aussehen mochte, gewiss wären die anderen Opfer entsetzt und von Mitgefühl für ihn und Angst um sich erfüllt. Ob Zufall oder absichtliche Warnung an die anderen – das Ergebnis würde dasselbe sein: Sie würden den Druck verstärkt spüren und diesmal würde er möglicherweise ihre Belastungsfähigkeit übersteigen.

Rasch erklärte sie Gracie, was sie zu tun beabsichtigte, und ging dann nach oben, um sich umzuziehen. Sie entschied sich für dasselbe gelbe Ausgehkleid wie beim ersten Mal, denn darin fühlte sie sich am selbstsichersten. Anschließend machte sie sich mit einem Gemisch von Empörung und Besorgnis zu Fuß auf den Weg zum Bedford Square.

Dem Lakaien, der ihr öffnete, teilte sie mit, sie wünsche den General zu sprechen und hoffe, dass er zu Hause und bereit sei, sie zu empfangen.

Auf dem Weg durch das Vestibül begegnete sie Lady Augusta, die ein herrliches Kleid in Braun- und Goldtönen trug. Sie kam die Treppe genau in dem Augenblick herunter, als Charlotte an der untersten Stufe mit dem aufwändig geschnitzten Treppenpfosten vorüberging.

»Guten Morgen, Mrs. Pitt«, sagte die Hausherrin eisig mit weit geöffneten Augen und gehobenen Brauen. »Welches uns bisher unbekannte entsetzliche Ereignis wollen Sie heute gemeinsam mit uns beklagen? Ist eine Katastrophe eingetreten, von der mich mein Mann noch nicht in Kenntnis gesetzt hat?«

Charlottes Zorn war zu groß, als dass sie sich von ihr oder sonst jemandem hätte ins Bockshorn jagen lassen; außerdem hatte Lady Vespasias unendliche Überlegenheit auf sie abgefärbt. Sie blieb stehen und betrachtete Lady Augusta mit Gleichmut.

»Guten Morgen. Wie freundlich, dass Sie daran Anteil nehmen. Doch ist mir schon von früher bekannt, dass Sie in Ihrer Warmherzigkeit von anderen immer nur das Beste angenommen haben.« Ohne die Zornesröte auf Lady Augustas Gesicht zu beachten, fuhr sie fort: »Die Antwort auf Ihre Frage hängt mehr oder weniger davon ab, ob Sie heute zum ersten Mal herunterkommen oder bereits unten waren, vielleicht zum Frühstück?« Sie ließ sich weder von Lady Augustas unübersehbarem Ärger noch davon beeindrucken, dass sie die Luft scharf einsog. »Bedauerlicherweise handelt es sich um eine überaus betrübliche Nachricht. In einem Zeitungsartikel wird Sir Guy Stanley in ausgesprochen niederträchtiger Weise angegriffen, außerdem finden sich natürlich die üblichen ekelhaften Enthüllungen über die Affäre von Tranby Croft. Die allerdings habe ich nicht gelesen.«

»Und woher wollen Sie dann wissen, dass sie ekelhaft sind?«, fauchte Lady Augusta.

Charlotte weitete die Augen ein wenig, als überrasche die Frage sie. »Es erscheint mir grundsätzlich ekelhaft, dass man das Verhalten eines Herrn beim Kartenspiel in aller Öffentlichkeit breittritt«, gab sie

255

zur Antwort. »Irre ich, wenn ich vermute, dass Sie ebenso empfinden?«

Mit verzerrtem Gesicht zischte Lady Augusta durch zusammengebissene Zähne: »Selbstverständlich nicht.«

»Wie schön«, murmelte Charlotte und hoffte inständig, Balantyne werde kommen und sie aus ihrer unangenehmen Lage befreien.

Lady Augusta neigte nicht dazu, klein beizugeben, und erneuerte ihren Angriff. »Da nicht die Angelegenheit von Tranby Croft Sie hierher führt, muss ich annehmen, dass Ihrer Ansicht nach Sir Guy Stanleys Ungemach uns auf die eine oder andere Weise betrifft. Allerdings glaube ich nicht, dass ich den Herrn kenne.«

»Tatsächlich nicht?«, fragte Charlotte, als sei diese Aussage völlig nebensächlich, was sie in der Tat auch war.

Jetzt war Lady Augusta unübersehbar wütend. »Nein! Welchen Grund könnten Sie also haben anzunehmen, sein Ungemach, ob verdient oder nicht, beträfe mich so sehr, dass ich auf Ihr Mitgefühl angewiesen wäre, Mrs. Pitt? Vor allem, wenn man bedenkt«, fügte sie mit einem Blick auf die Standuhr im Vestibül hinzu, »dass es halb zehn am Vormittag ist?«

Der Ton, in dem sie das sagte, machte deutlich, wie unerhört es ihr schien, dass jemand zu einer solch unmöglichen Stunde einen Besuch machte.

»Nun ja, eigentlich hatte ich angenommen, die Sache liege Ihnen am … Herzen«, sagte Charlotte mit einer Seelenruhe, die sie selbst überraschte, wobei sie immer dringender wünschte, der General möge endlich auf der Bildfläche erscheinen. »Ich hätte Ihnen meine Karte schicken und um drei vorbeikommen sollen.«

»In dem Fall haben Sie den Weg nicht nur vergeblich gemacht«, gab Lady Augusta mit einem erneuten Blick auf die Uhr zurück, »sondern sich auch ziemlich verfrüht!«

Während Charlotte sie mit einem liebenswürdigen Lächeln bedachte, überlegte sie krampfhaft, was sie sagen konnte. Ganz abgesehen von ihrem Wunsch, mit Balantyne zu sprechen, war ihr der Gedanke zuwider, vor einer Frau zurückweichen zu müssen, die sie nicht ausstehen konnte. Diese Abneigung hatte Lady Augusta nicht mit gegen Charlotte gerichteten Worten oder Taten auf sich gezogen, sie ging ausschließlich auf die Gefühlskälte zurück, mit der sie ihren Mann behandelte.

»Ich kann mir nicht vorstellen, dass Sie sich so teilnahmslos verhalten würden, wenn Ihnen die Hochachtung bekannt wäre, die General Balantyne Sir Guy entgegenbringt«, sagte sie mit hinterhältigem und falschem Charme. »Ein solches Verhalten wäre ja herzlos... das aber würde Ihnen sicher niemand unterstellen...«

Erneut sog Lady Augusta den Atem scharf ein und stieß ihn hörbar aus.

Jetzt ertönten Schritte im Gang und General Balantyne wurde im Vestibül sichtbar. Bei Charlottes Anblick trat er auf sie zu. »Mrs. Pitt! Wie geht es Ihnen?« Sein Gesicht war von Besorgnis, Angst und Qualen zermartert. Tiefe Schatten lagen unter seinen Augen und die Linien um seinen Mund hatten sich deutlich vertieft.

Unendlich erleichtert wandte sich Charlotte ihm zu und ließ Lady Augusta einfach stehen.

»Mir geht es gut«, sagte sie und sah ihn offen an. »Aber was in der Zeitung steht, hat mich doch mitgenommen. Mit einer solchen Entwicklung hatte ich nicht gerechnet und ich weiß noch gar nicht, was ich davon halten soll. Thomas hat natürlich Sir Guy sogleich aufgesucht, aber ich werde erst heute Abend hören, was er erfahren hat, vorausgesetzt, er ist bereit, mit mir darüber zu sprechen.«

Balantyne sah an ihr vorbei zu seiner Gattin hin. Lady Augusta gab einen Laut von sich, als wolle sie etwas sagen, habe es sich dann aber doch anders überlegt. Charlotte, die sich nicht zu ihr umwandte, hörte, wie Röcke gerafft wurden. Dann rauschte Lady Augusta davon.

»Es war sehr freundlich von Ihnen zu kommen«, sagte Balantyne ruhig. »Ich muss gestehen, dass ich mich ausgesprochen freue, Sie zu sehen.« Er ging ihr voraus zu seinem Arbeitszimmer und öffnete ihr die Tür. Obwohl wegen der ungewöhnlich hohen Außentemperatur kein Feuer im Kamin des behaglich eingerichteten, hellen Raumes brannte, war es dort warm. Auf einem runden Beistelltischchen stand eine große, grün glasierte Vase mit weißen Lilien, deren Duft den ganzen Raum erfüllte, und die Blüten schienen das Sonnenlicht, das durch die hohen Fenster hereinfiel, förmlich einzufangen.

Balantyne schloss die Tür.

»Haben Sie die Zeitung gelesen?«, fragte ihn Charlotte übergangslos.

»Ja. Zwar kenne ich Sir Guy nicht besonders gut, mag mir aber gar nicht ausdenken, wie entsetzlich sich der Arme fühlen muss...« Er strich sich das Haar mit beiden Händen aus der Stirn und nach hinten. »Natürlich wissen wir nicht, ob er zu den Opfern des Erpressers gehört, aber ich denke schon. Es spielt eigentlich auch keine Rolle. Auf jeden Fall sieht man, wie eine bloße Anspielung, ein leises Flüstern, genügt, einen Menschen zugrunde zu richten – als hätte die Affäre um Tranby Croft das nicht längst hinreichend klar gemacht. Natürlich ist es gut möglich, dass Gordon-Cumming tatsächlich schuldig ist ...« Mit einem Mal erbleichte er, sein Gesicht verzog sich vor Schmerz. »Großer Gott! Was sage ich da? Ich kenne den Mann überhaupt nicht, lediglich Gerüchte, die über ihn im Umlauf sind, den Klatsch aus den Klubs, Gesprächsfetzen, die ich zufällig aufgeschnappt habe! So wie ihm wird es uns allen gehen!« Unsicheren Schritts trat er zu einem der Ledersessel und ließ sich schwer hineinsinken. »Welche Hoffnung bleibt uns?«

Sie setzte sich ihm gegenüber. »Immerhin liegen die Dinge nicht ganz so wie bei Gordon-Cumming«, sagte sie leise, aber mit fester Stimme. »Es besteht kein Zweifel daran, dass die Leute Baccarat gespielt haben. Das bestreitet niemand. Außerdem war sein Ruf auch vorher nicht ganz einwandfrei, da fällt es vielen nicht schwer, den Betrugsvorwurf zu glauben. Hat von Ihnen früher etwa schon einmal jemand behauptet, Sie seien vor dem Feind davongelaufen?«

»Nein ...« Er hob den Kopf ein wenig. Der Anflug eines Lächelns trat auf sein Gesicht. »Zwar liegt in Ihren Worten ein gewisser Trost, aber es gibt sicher noch genug Menschen, die nur allzu gern bereit sind, das Schlimmste anzunehmen. Ich habe nie zuvor gehört, dass jemand Sir Guys Ehre oder Rechtschaffenheit in Zweifel gezogen hätte – und jetzt lesen Sie, was in den Zeitungen steht! Ich zweifle, dass er mit einer Verleumdungsklage Erfolg haben würde. Die Formulierungen sind so durchtrieben – und was könnte er schon beweisen? Doch sogar, wenn er Erfolg hätte – wäre, was er dabei gewinnen würde, auch nur ein Viertel dessen wert, was er an seinem Ruf eingebüßt hat? Geld hat nur wenig zu bedeuten, wenn es um Liebe oder Ehre geht.«

Damit hatte er Recht und ihm widersprechen zu wollen wäre nicht nur unvernünftig gewesen, sondern auch kränkend.

»Es stimmt, mit einem solchen Vorgehen würde man nicht nur nichts erreichen, sondern sich auch noch zusätzlich selbst bestrafen«, gab sie ihm Recht. »Überdies würde eine Gerichtsverhandlung den Menschen eine zusätzliche Handhabe liefern, weitere Anwürfe zu äußern. Alle Behauptungen sind so raffiniert erdacht, dass es unmöglich ist, sie zu widerlegen. Das hat der Täter offensichtlich gut im Voraus überlegt.« Sie beugte sich vor, so dass die Sonne die Manschette ihres Kleiderärmels in einem lebhaften Goldton erstrahlen ließ. »Trotzdem dürfen wir nicht in unseren Bemühungen nachlassen! Es muss noch jemanden geben, der sich an das erinnern kann, was damals bei dem Hinterhalt in Abessinien wirklich geschehen ist, und dessen Aussage man Glauben schenkt. Wir müssen einfach weiter suchen.«

Auf seinem Gesicht lag keinerlei Hoffnung. Er bemühte sich, zu einem Entschluss zu kommen, doch geschah das mechanisch und ohne dass sein Herz daran beteiligt war. »Sie haben Recht. Ich habe auch schon überlegt, an wen ich noch herantreten könnte.« Er lächelte ein wenig. »Zu den schlimmsten Dingen in dieser Angelegenheit gehört, dass man allmählich jeden verdächtigt, seine Finger dabei im Spiel zu haben. Ich gebe mir die größte Mühe, mich nicht zu fragen, wer es sein könnte, wenn ich aber nachts wach im Bett liege, kommen die Gedanken von selbst, ohne dass ich etwas dagegen unternehmen kann.« Er presste die Lippen zusammen. »Ich nehme mir fest vor, ihnen keinen Raum zu geben, merke aber, während die Stunden vergehen, dass ich es doch getan habe. Ich kann an niemanden mehr denken, ohne ihn zu verdächtigen. Menschen, an deren Anstand und Freundschaft ich nie gezweifelt habe, stehen mit einem Mal als Fremde vor mir und ich frage mich, was ihre Motive sein könnten. Mein ganzes Leben hat sich verändert, weil ich alles anders sehe als zuvor. Ich stelle alles Gute in Frage – könnte sich nicht Täuschung und geheimer Verrat dahinter verbergen?« Er sah sie mit unverhohlener Besorgnis an. »Mit solchen Gedanken begehe ich letzten Endes Verrat an mir selbst, an allem, was ich sein möchte und zu sein glaubte.« Seine Stimme wurde leiser. »Das ist womöglich das Schlimmste, was er mir antut: Er zeigt mir einen Teil meines Wesens, von dem ich nicht wusste, dass er existiert.«

Sie begriff, was er meinte, sah es ihm nur allzu deutlich an. Er wirkte allein, verängstigt und verletzlich. Alle Sicherheit, die er im Laufe von Jahren erworben hatte, war in wenigen Tagen dahingeschwunden.

»Das hat nichts mit Ihnen persönlich zu tun«, sagte sie freundlich und legte ihm die Hand auf den Jackettärmel. »Es ist einfach Teil der Menschennatur. Jedem von uns würde es so gehen. Der einzige Unterschied ist, dass die meisten das nicht wissen und wir es uns nicht vorstellen können, solange wir die Erfahrung nicht gemacht haben. Manches liegt außerhalb unseres Fassungsvermögens.«

Er blieb eine Weile schweigend sitzen. Als er den Blick zu ihr hob, lag in seinen Augen der Ausdruck von Wärme, eine Zärtlichkeit, von der sie nicht wusste, wie sie sie deuten sollte. Dann war der Augenblick vorüber und er holte tief Luft.

»Ich denke an verschiedene Männer, die ich mit Bezug auf die Militäraktion in Abessinien fragen könnte«, sagte er betont beiläufig. »Außerdem muss ich zum Mittagessen in meinen Club.« Er konnte die plötzliche Anspannung um seine Augen und Lippen herum nicht verbergen. »Eigentlich würde ich lieber nicht hingehen, aber ich habe Verpflichtungen, denen ich mich nicht entziehen kann – nicht entziehen will. Ich bin nicht bereit, es dahin kommen zu lassen, dass ich wegen solcher Dinge meine Zusage breche.«

»Das verstehe ich gut«, bestärkte sie ihn. Sie nahm ihre Hand von seinem Ärmel und erhob sich langsam. Gern hätte sie ihn beschützt, aber es gibt keinen Schutz vor Fehlschlägen. Man kann lediglich versuchen, sich dem Gegner immer wieder zu stellen, ob er einen nun offen oder aus dem Hinterhalt angreift. Sie lächelte ihm ein wenig trübselig zu. »Sie dürfen stets auf meine Unterstützung zählen. Soweit ich Ihnen helfen kann, bin ich jederzeit dazu bereit.«

»Vielen Dank«, sagte er leise. »Ich werde daran denken.« Er ging zur Tür, die ins Vestibül führte, und hielt sie ihr auf. Dabei trat eine leichte Röte auf sein Gesicht. Er wandte sich beiseite.

An ihm vorüber verließ sie den Raum und nickte dem wartenden Lakaien zu.

Während Pitt in Lady Vespasias in blassen Farben gehaltenem Salon darauf wartete, dass sie herunterkam, ließ er durch die Fenster seinen Blick durch den von Sonnenlicht überfluteten Garten schweifen. Er wusste, dass es für einen nachmittäglichen Höflichkeitsbesuch zu früh war, vor allem im Hinblick auf ihr vorgerücktes Alter, aber wenn er zu einer passenderen Uhrzeit gekommen wäre, hätte er mit der Möglichkeit rechnen müssen, sie nicht zu Hause anzutreffen, weil sie ihrerseits Besuche machte. Das aber hatte er auf jeden Fall vermeiden wollen, denn sein Anliegen duldete keinen Aufschub.

Der Duft nach weißem Flieder lag in der Luft und die Stille ließ sich beinahe mit Händen greifen, denn der Raum lag auf der der Straße abgewandten Seite. Kein Lufthauch regte sich. Man hörte nicht das leiseste Rascheln im Laub. Nur eine Drossel ließ in der Hitze des frühen Nachmittags kurz ihr Lied ertönen und schwieg dann wieder.

Er wandte sich um, als er hörte, wie sich die Tür öffnete.

»Guten Tag, Thomas.« Lady Vespasia kam herein, leicht auf ihren Stock gestützt. Zu ihrem Kleid aus ekrü- und elfenbeinfarbener Spitze trug sie eine im Licht schimmernde Perlenkette, die ihr fast bis zur Taille reichte. Trotz des ernsten Anlasses für seinen Besuch musste er unwillkürlich lächeln.

»Guten Tag, Tante Vespasia«, sagte er. Er genoss es, dass sie ihm diese Anrede gestattete. »Es tut mir Leid, dich um diese Stunde zu stören, aber die Sache ist so wichtig, dass ich es nicht darauf ankommen lassen mochte, dich zu verpassen.«

Mit einer wegwerfenden Handbewegung sagte sie: »Meine Besuche können ohne weiteres einen Tag warten. Ich wollte mir lediglich den Nachmittag damit vertreiben, dass ich gewisse gesellschaftliche Pflichten erfülle. Es ist nichts von Bedeutung und geht ebenso gut morgen oder nächste Woche.« Sie ging über den Teppich zu ihrem Lieblingssessel, der so stand, dass ihr Blick in den Garten fiel.

»Du bist sehr großzügig«, sagte er.

»Unsinn! Als ob du nicht wüsstest, dass mich das geistlose Gewäsch zu Tode langweilt! Wenn eine der albernen Gänse nur noch ein einziges Wort über Annabelle Watson-Smiths Verlobung sagt, werde ich mit meiner Antwort darauf einen Skandal hervorrufen. Heute Nachmittag hatte ich einen Besuch bei Mrs. Purves machen wollen. Ich kann mir wirklich nicht vorstellen, wie sie es schafft, dass es in ihrem Haus auch nur einen einzigen heilen Lampenzylinder gibt, denn mit ihrem Lachen bringt sie Glas zum Zerspringen. Du müsstest inzwischen wissen, dass du mir nicht um den Bart zu gehen brauchst.«

»Entschuldige«, sagte er zerknirscht.

»Ist schon gut. Und setz dich doch um Himmels willen hin! Ich bekomme ja Genickstarre, wenn ich zu dir aufsehen muss.«

Gehorsam nahm er ihr gegenüber Platz.

Sie sah ihn aufmerksam an. »Vermutlich bist du wegen dieser verheerenden Geschichte mit Sir Guy Stanley hier. Hast du feststellen können, ob auch er zu den Opfern dieses Erpressers gehört?« Sie hob leicht eine Schulter. »Selbst wenn das nicht der Fall sein sollte und es sich bei dieser Tragödie lediglich um einen Zufall handelt, dürfte das für die Betroffenen keinen Unterschied machen. Ich kann mir gut vorstellen, was Dunraithe White empfindet. Die Angelegenheit scheint mir ausgesprochen ernst.«

»Das ist sie auch.« Es kam ihm eigentümlich vor, in diesem herrlichen von Blumenduft erfüllten Raum über solche Bosheit und Qual zu sprechen, die ein Mensch anderen mit voller Absicht zufügte. »Und dabei kennst du nicht einmal ihr vollständiges Ausmaß. Ich war heute Morgen bei Sir Guy – das Ganze ist schlimmer, als ich angenommen hatte. Man hat ihm tatsächlich auf dieselbe Weise wie den anderen gedroht.«

»Und da er sich geweigert hat, klein beizugeben«, fuhr sie mit finsterer Miene fort, »hat sich der Erpresser entsetzlich an ihm gerächt, womit er gleichzeitig den anderen eine Warnung zukommen lässt.«

»Ich wünschte, es wäre so«, warf er ein.

Sie riss die Augen auf. »Ich verstehe nicht. Spiel bitte nicht Versteck mit mir, Thomas! Ganz gleich, wie die Wahrheit aussieht, ich kann sie durchaus ertragen. Ich habe ein langes Leben hinter mir und vermutlich mehr gesehen, als du dir vorstellen kannst.«

»Ich spiele nicht Versteck mit dir«, sagte er aufrichtig. »Ich wollte, die Dinge lägen so einfach, dass man Sir Guy eine Forderung gestellt und er sich geweigert hätte, sie zu erfüllen. Man hat aber außer einer versilberten Taschenflasche nichts von ihm verlangt. Sie soll wohl eine Art Symbol sein, vermutlich etwa so, wie man von Balantyne die Schnupftabaksdose verlangt hat. Einfach ein persönlicher Gegenstand als Beweis für die Macht des Erpressers. Sir Guy hat die Flasche dessen Boten übergeben. Die Bloßstellung in der Zeitung ist ohne Vorwarnung gekommen und dürfte nichts anderes sein als eine Machtdemonstration. Zufällig war Sir Guy das Opfer; es hätte ebenso gut jeden anderen treffen können.«

Sie sah ihn unverwandt an, während sie den Sinn seiner Worte in sich aufnahm.

»Es sei denn, Sir Guy besitzt nichts, worauf der Erpresser Wert legt«, fuhr er fort, als denke er laut, »und er hat ihn aus diesem Grund vor der Öffentlichkeit bloßgestellt. Auch damit würde er den anderen gleichsam ganz nebenbei Angst einjagen.«

»Das heißt, der Arme hatte nie eine Gelegenheit, sein Schicksal abzuwenden.« Lady Vespasias Gesicht war bleich. Mit gerecktem Kinn und im Schoß gefalteten Händen saß sie da. Sie besaß genug Selbstbeherrschung, sich auf keinen Fall Panik oder Verzweiflung anmerken zu lassen, doch verriet ihre Haltung, wie sehr sie innerlich litt. »Er hätte das Ergebnis weder mit Worten noch mit Taten beeinflussen können. Ich bezweifle stark, dass er getan hat, was man ihm vorwirft.«

»Jedenfalls bestreitet er es«, sagte Pitt, »und ich glaube ihm. Aber eigentlich bin ich wegen einer anderen Sache hier. Im Fall Sir Guy Stanley kannst du vermutlich nichts für mich tun, wohl aber möglicherweise in dieser anderen Angelegenheit.«

Ihre silbrigen Augenbrauen hoben sich. »Worum geht es dabei?«

»Heute Morgen hat mich Mrs. Tannifer zu sich gebeten. Sie hatte den Zeitungsartikel gelesen und machte sich die größten Sorgen –«

»Wer ist diese Mrs. Tannifer?«, unterbrach sie ihn.

»Die Frau des Bankiers Sigmund Tannifer.« Er hatte nicht daran gedacht, dass sie den Fall noch nicht kannte.

»Etwa ein weiteres Opfer?«

»Ja. Da sie das Herz auf dem rechten Fleck hat und nicht nach der Meinung anderer schielt, hat ihr Tannifer die Wahrheit nicht vorenthalten.«

Ein flüchtiges Lächeln trat auf Lady Vespasias Lippen. »Mr. Tannifers angebliches Vergehen hat wohl nichts mit seinem Eheleben zu tun?«

»Nein, mit Geld«, ging er auf ihren munteren Ton ein. »Er soll das Vertrauen von Kunden seiner Bank missbraucht haben. Ein böser Vorwurf, der den Mann mit Sicherheit zugrunde richten würde, wenn er nur den geringsten Wahrheitsgehalt hätte – aber auf der privaten Ebene liegt er ganz und gar nicht. Seine Frau steht voll und ganz hinter ihm.«

»Und ist verständlicherweise beunruhigt?«

»Ja«, nickte er. »Aber nicht nur das. Sie ist entschlossen, auf jede ihr mögliche Weise zu kämpfen. Sie hat mich zu sich gebeten, weil sie zufällig Zeugin eines Telefongesprächs zwischen ihrem Mann und Mr. Leo Cadell geworden ist, der offensichtlich im Außenministerium eine bedeutende Position bekleidet.« Er hielt inne, als er auf Lady Vespasias Gesicht Schmerz aufzucken sah. Ihre Finger verkrampften sich ein wenig in ihrem Schoß. »Ich wollte dich fragen, ob du Mr. Cadell kennst, und ich sehe, dass das der Fall ist.«

»Seit vielen Jahren«, sagte sie so leise, dass er ihre Worte kaum hören konnte. Als sie sah, dass er sich vorbeugte, räusperte sie sich. »Ich kenne seine Frau von Geburt an. Sie ist mein Patenkind und ich war auch bei ihrer Hochzeit... das ist inzwischen auch schon wieder fünfundzwanzig Jahre her. Ich habe Leo immer gut leiden können. Sag mir, was ich tun kann.«

»Zwar hatte ich gehofft, dass du die beiden kennst, doch wäre es mir lieber gewesen, du würdest sie weniger gut kennen. Es tut mir so Leid für dich.« Damit war es ihm ernst. Diese widerwärtige Angelegenheit schien alles zu durchdringen, überall schienen sich Angst und Schmerz auszubreiten und nach wie vor wusste er weder, wo er suchen sollte, noch, wo er zurückschlagen konnte. »Siehst du eine mögliche Verbindung zwischen Balantyne, Cornwallis, Dunraithe White, Tannifer und Cadell? Fällt dir etwas ein, was sie gemeinsam haben?«

»Nein«, sagte sie, ohne sich auch nur einen Augenblick zu bedenken. »Ich habe schon viele Stunden damit zugebracht zu überlegen, auf welcher Ebene Macht oder Einfluss dieser Männer einander begegnen könnten oder ob sie, wie fern auch immer, miteinander verwandt sein könnten. Es sollte mich wundern, wenn sie einander mehr als nur flüchtig kennen. Ich frage mich schon die ganze Zeit, ob es jemanden geben könnte, den sie, und sei es unwissentlich, gekränkt haben, doch Cornwallis war in der Marine, Balantyne im Heer, Dunraithe hat meines Wissens das Land nie verlassen und war sein Leben lang Jurist. Tannifer ist, wie du sagst, Bankier und Leo Diplomat im Außenministerium. Selbst wenn sie dieselbe Schule besucht hätten, wäre das nicht zur selben Zeit gewesen, da sie nicht im gleichen Alter sind. Brandon Balantyne ist bestimmt mindestens fünfzehn Jahre älter als Leo Cadell.« Sie sah verwirrt und ratlos drein.

»Auch ich habe hin und her überlegt«, teilte er ihr mit, »und habe festzustellen versucht, ob zwischen ihnen über Investitionen Kontakte auf finanzieller oder geschäftlicher Ebene bestehen könnten. Sogar in Richtung Glücksspiel oder Sport habe ich nachgedacht, doch es scheint keinerlei Beziehung zu geben. Sollte doch eine existieren, muss sie in ferner Vergangenheit liegen. Ich habe Cornwallis gefragt, da er der einzige ist, von dem ich annehmen darf, dass er mir offen sagt, woran er sich erinnert. Er schwört, dass er mit Ausnahme Balantynes bis vor einigen Jahren nicht einmal die Namen dieser Männer gehört hatte.«

»Dann sollte ich mich wohl einmal mit Theodosia unterhalten.« Als Tante Vespasia Anstalten traf, sich zu erheben, sprang Pitt auf und bot ihr seine Hand, die sie zögernd nahm. »Noch bin ich nicht gebrechlich, Thomas«, sagte sie ein wenig steif. »Ich schnelle einfach nicht so von meinem Sitz hoch wie du.« Er begriff, dass der Ärger in diesen Worten nicht ihm galt, sondern den Einschränkungen des Alters. Verstärkt wurde ihr Ärger dadurch, dass sie sich außerstande sah, ihre Freunde zu beschützen, während sich täglich deutlicher abzeichnete, einer wie ernsthaften Bedrohung sich diese ausgesetzt sahen.

»Danke, dass du mir zugehört hast«, sagte er. »Bitte mach nur dann eine Zusage, Dinge, die man dir mitteilt, vertraulich zu behandeln, wenn das die einzige Möglichkeit ist, die Wahrheit zu erfahren. Ich muss alles wissen, was du herausbekommen kannst.«

Sie sah ihn mit ihren silbrig-grau schimmernden Augen an. »Mir ist das Ausmaß der Gefahr ebenso bewusst wie dir, Thomas, und ich weiß auch, wie verheerend es sich auf die betroffenen Menschen wie auch auf unsere ganze Gesellschaft auswirken könnte, wenn nur einer dieser Männer den Forderungen des Erpressers nachgibt. Selbst wenn es sich dabei um etwas vergleichsweise Unbedeutendes handelte und nicht einmal gegen das Gesetz verstieße, ist doch die bloße Tatsache, dass ein anderer sie zu einem solchen Handeln veranlassen kann, der erste Hinweis auf eine tödliche Krankheit. Ich hatte mein Leben lang mit Männern wie ihnen zu tun, mein Lieber, und weiß daher, wie sie leiden und was sie fürchten. Ich verstehe, wie sehr sie sich schämen, weil sie keine Möglichkeit sehen, sich zur Wehr zu setzen, und mir ist klar, was ihnen die Achtung ihrer Mitmenschen bedeutet.«

Er nickte. Weiter brauchte nichts gesagt zu werden.

Vor Cadells Haus stieg Lady Vespasia aus ihrer Kutsche. Eigentlich waren um diese Zeit äußerstenfalls sehr formelle Besuche zulässig, doch hatte sie keine Lust, die für Besuche vertrauter Freunde vorgesehene Stunde abzuwarten. Theodosia hatte jederzeit die Möglichkeit, eventuellen Besuchern durch den Lakaien mitteilen zu lassen, dass sie nicht im Hause sei, und konnte dafür einen beliebigen Grund angeben – beispielsweise, dass eine ältere Verwandte unwohl sei. Auch wenn das nicht der Wahrheit entsprach, denn Lady Vespasia befand sich bei bester Gesundheit, würde es seinen Zweck erfüllen. Außerdem war sie zutiefst beunruhigt.

Dem Kutscher sagte sie, er solle zu den Stallungen fahren, damit kein Außenstehender die Kutsche sehen konnte. Sie werde nach ihm schicken, wenn sie zum Aufbruch bereit sei. Bevor er abfuhr, trug sie ihm noch auf, an der Haustür zu läuten.

Das Hausmädchen ließ sie ein und führte sie in das große Empfangszimmer mit seinen burgunderfarbenen Vorhängen und den chinesischen Vasen, die sie noch nie hatte leiden können – sie waren das Hochzeitsgeschenk einer Tante, deren Gefühle die Cadells nicht verletzen wollten.

Schon nach wenigen Augenblicken kam Theodosia.

»Guten Tag, meine Liebe.« Aufmerksam sah Lady Vespasia ihre Patentochter an. Der zwischen ihnen liegende Altersunterschied von fünfunddreißig Jahren war weniger auffällig als sonst. Theodosia war einst ebenfalls bemerkenswert schön gewesen, zwar nicht ganz so hinreißend wie Lady Vespasia, aber immer noch schön genug, um vielen Männern den Kopf zu verdrehen und dem einen oder anderen das Herz zu brechen. Jetzt durchzogen silbrige Strähnen ihr blauschwarzes Haar nicht nur an den Schläfen, sondern auch über der Stirn. Sie hatte wunderschöne dunkle Augen und hohe Wangenknochen, doch die Stumpfheit ihrer Haut verriet, dass sie schlecht schlief. Auch fiel auf, dass sie sich nicht mit ihrer üblichen Anmut bewegte.

»Tante Vespasia!« Weder Müdigkeit noch Angst vermochten die Freude über den Besuch zu dämpfen. »Hätte ich gewusst, dass du kommst, hätte ich den Leuten gesagt, dass ich für niemanden sonst zu sprechen bin. Wie geht es dir? Du siehst blendend aus.«

»Gut, vielen Dank«, antwortete Lady Vespasia. »Zwar vermag eine gute Schneiderin eine Menge, doch zaubern kann nicht einmal die beste von ihnen. Der Körper lässt sich mit Hilfe eines Korsetts zusammenhalten, das für eine erstklassige Haltung sorgt, aber um unserem Gesicht auf ähnliche Weise etwas Gutes zu tun, haben wir keinerlei Mittel.«

»An deinem ist aber nichts auszusetzen!« Theodosia schien überrascht und ein wenig belustigt.

»Das will ich hoffen, abgesehen von dem, wofür der Zahn der Zeit verantwortlich ist«, stimmte Lady Vespasia mit trockenem Humor zu. »Doch wenn ich ehrlich sein soll, kann ich das Kompliment nicht erwidern, meine Liebe. Man sieht dir an, dass du dir Sorgen machst.«

Die wenige Farbe wich aus Theodosias Wangen. Sie nahm rasch gegenüber Lady Vespasia Platz, die bei ihrem Eintritt sitzen geblieben war.

»Ach je, sieht man das so deutlich? Ich hatte geglaubt, es recht gut kaschiert zu haben.«

Lady Vespasia gab zu: »Die meisten würden wohl nichts merken. Aber ich kenne dich seit dem Tag deiner Geburt und vor allem«, fügte sie hinzu, »habe ich bei meinem Aussehen oft genug selbst nachgeholfen, um zu wissen, wie das vor sich geht.«

»Du hast Recht, ich schlafe in letzter Zeit nicht besonders gut«, sagte Theodosia und sah Lady Vespasia an. Dann wandte sie den Blick wieder ab. »Vielleicht bin ich inzwischen in einem Alter, in dem man das lange Aufbleiben nicht mehr so gut wie früher verträgt. Das mag töricht sein, aber ich gestehe es mir nur ungern ein.«

»Meine Liebe«, sagte Lady Vespasia sehr freundlich. »Wer lange aufbleibt, kann morgens ausschlafen, und du bist in der glücklichen Lage, bis Mittag im Bett bleiben zu können, wenn dir danach ist. Sofern du nicht gut schläfst, bist du krank oder etwas geht dir so nahe, dass du es nicht einmal im Bett vergessen kannst. Ich nehme an, dass Letzteres der Fall ist.«

Dass sie mit dieser Vermutung Recht hatte, ließ sich an Theodosias Zügen fast so deutlich ablesen, als hätte sie es in Worte gefasst. Unter dem Blick ihrer Patentante wurde ihr Widerstand schwächer, ohne dass sie jedoch ihre Situation erklärt hätte.

»Darf ich dir etwas über einen guten Bekannten erzählen?«, fragte Lady Vespasia.

»Selbstverständlich.« Theodosia entspannte sich ein wenig. Der unmittelbare Druck war von ihr genommen. Die Röcke elegant um sich drapiert, lehnte sie sich zurück, bereit zuzuhören. Ihre Augen ruhten auf Lady Vespasias Gesicht.

»Ich will dir nicht viel über seine Person oder seine Lebensumstände erzählen«, begann Lady Vespasia, »denn wie du bald verstehen wirst, möchte ich verhindern, dass du errätst, um wen es sich handelt. Vielleicht würde es ihm zwar nichts ausmachen zu wissen, dass du seine missliche Lage kennst, aber darüber habe nicht ich zu entscheiden.«

Theodosia nickte. »Ich verstehe. Was also möchtest du mir sagen?«

»Es handelt sich um einen hochverdienten Offizier, der den Dienst quittiert hat«, fuhr Lady Vespasia fort, ohne den Blick von Theodosias Gesicht zu nehmen. »In seiner langen und ehrenvollen Laufbahn hat er großen Mut und außerordentliche Führungseigenschaften bewiesen. Er wurde allgemein geschätzt, sowohl von seinen Freunden als auch von Menschen, die ihm, aus welchem Grund auch immer, eher reserviert gegenüberstanden.«

Die Hände locker im Schoß gefaltet, hörte Theodosia mit höflicher Anteilnahme zu. Das war auf jeden Fall einfacher, als sich nach ihren eigenen Befürchtungen fragen zu lassen. Das Licht brach sich blitzend in ihrem mit Perlen und Smaragden besetzten Ring.

»Wie die meisten Menschen hatte auch er sein gerütteltes Maß an privatem Kummer«, fuhr Lady Vespasia fort. »In jüngster Zeit aber ist etwas völlig Neues geschehen, und zwar ohne die geringste Vorwarnung.«

»Das tut mir Leid«, äußerte Theodosia ihr Mitgefühl. In ihren Augen war deutlich zu lesen, dass sie an diesen oder jenen Familienzwist oder an finanzielle Rückschläge dachte, eben an die Art Missgeschick, das jeden befallen kann.

Ohne den Ton ihrer Stimme im Geringsten zu ändern, fuhr Lady Vespasia fort: »Er bekam einen Brief, den jemand aus Buchstaben aus der *Times* zusammengestückelt hatte, natürlich anonym ...«

Sie sah, wie Theodosia erstarrte und ihre Hände sich verkrallten, tat aber so, als hätte sie nichts bemerkt. »In unmissverständlichen Worten wurde ihm darin der Vorwurf gemacht, er habe sich vor vielen Jahren bei einem der unbedeutenderen Feldzüge unseres Heeres der Feigheit vor dem Feind schuldig gemacht.«

Theodosia schluckte. Ihr Atem ging rasch, als bekäme sie nicht genug Luft und werde gleich in diesem warmen, behaglichen Zimmer ersticken. Sie setzte zum Sprechen an, überlegte es sich aber anders.

Es fiel Lady Vespasia schwer fortzufahren, doch wenn sie jetzt aufhörte, würde sie nichts erreichen und niemandem helfen.

»Ganz unumwunden wurde ihm gedroht, man werde die Einzelheiten dieses frei erfundenen Vorfalls an die Öffentlichkeit bringen«, sagte sie. »Damit aber wäre der Mann mitsamt seiner Familie zugrunde gerichtet. Zwar trifft der Vorwurf in keiner Weise zu, doch liegen die Ereignisse lange zurück. Außerdem geschah das Ganze in einem fernen Land, mit dem wir jetzt nicht mehr viel zu tun haben, so dass es ihm kaum möglich sein dürfte, seine Schuldlosigkeit nachzuweisen. Es ist grundsätzlich einfacher zu beweisen, dass etwas stattgefunden hat als das Gegenteil.«

Theodosias Gesicht war bleich. So sehr hatte sie sich verkrampft, dass der Stoff ihres rauchblauen Kleides zum Zerreißen gestrafft war.

»Sonderbarerweise«, fuhr Lady Vespasia in der ein-
getretenen Stille fort, »hat der Verfasser des Briefes
nichts verlangt, weder Geld noch irgendeine Ver-
günstigung, wirklich nichts. Soweit mir bekannt ist,
hat mein Bekannter inzwischen mindestens einen
weiteren solchen Brief bekommen.«

»Das ist ja... grauenhaft«, flüsterte Theodosia.
»Und wird er etwas unternehmen?«

»Dazu hat er kaum eine Möglichkeit«, sagte Lady
Vespasia und sah sie bedeutungsvoll an. »Ich frage
mich, ob er weiß, dass er nicht das einzige Opfer dieses Menschen ist.«

Verblüfft fragte Theodosia: »Was? Ich meine...
glaubst du, dass es noch mehr gibt?«

»Mir sind vier weitere bekannt. Es könnten ohne
weiteres auch fünf sein. Was meinst du dazu?«

Theodosia fuhr sich mit der Zunge über die mit
einem Mal trockenen Lippen. Sie zögerte lange. Die
Standuhr im Vestibül schlug die Viertelstunde. Im
Garten vor den bis zum Boden reichenden Fenstern
sang ein Vogel. Hinter der Gartenmauer hörte man
Kinder spielen.

»Ich habe Leo versprochen, es niemandem zu
sagen«, setzte Theodosia schließlich an, doch die
Angst in ihrem Gesicht zeigte nur allzu deutlich, wie
sehr sie sich danach sehnte, die Last mit jemandem
zu teilen.

Lady Vespasia wartete.

Der Vogel draußen sang weiter, wiederholte immer wieder denselben Ruf – eine Amsel, die vermutlich hoch in einem Baumwipfel in der Sonne saß.

»Wahrscheinlich weißt du es bereits«, sagte Theodosia schließlich. »Ich verstehe selbst nicht, warum
ich zögere, außer weil diese Anschuldigung so... Es
ist alles so dumm und zugleich so wirklich, dabei
kommt es mir so... so... unvorstellbar vor, aber...«,

seufzte sie. »Warum suche ich nach Entschuldigungen? Es ändert ohnehin nichts.«

Sie heftete den Blick auf Lady Vespasia. »Auch Leo hat zwei solche Briefe bekommen, in denen ihm Fehlverhalten vorgeworfen, aber nichts von ihm verlangt wird. Darin steht nur, wenn die Sache öffentlich bekannt würde, wäre das sein... unser beider... Untergang... und auch der Sir Richard Astons.«

Lady Vespasia war verwirrt. Sie konnte sich keinen Vorwurf vorstellen, der sowohl Leo und Theodosia als auch Aston einschloss. Letzterer war Leos Vorgesetzter im Außenministerium, ein charmanter, witziger und intelligenter Mann von untadeligem Ruf und beachtlichem Einfluss. Seine Gemahlin war mit mehreren der ersten Adelsfamilien des Landes verwandt.

Theodosia lachte, aber es klang hohl und freudlos. »Offensichtlich bist du nicht darauf verfallen«, sagte sie. »Sir Richard hat befürwortet, dass Leo befördert wird.«

»Dass Leo diese Beförderung verdient hat«, gab Lady Vespasia zur Antwort, »hat er hinlänglich bewiesen. Aber selbst wenn das nicht so wäre, ist es höchstens ein Fehler, jemanden in eine Position zu befördern, die ihm nicht zusteht. Auf keinen Fall aber ist es ein Verbrechen, und schon gar nicht Leos oder deins.«

»Das Vertrauen, das du in mich setzt, scheint deinen Realitätssinn zu trüben«, sagte Theodosia mit einer Stimme, in der Bitterkeit schwang. »Der Vorwurf lautet, dass Leo für seine Beförderung gezahlt hat.«

»Das ist ja lachhaft«, tat Lady Vespasia den Gedanken ab. »Immerhin besitzt Aston ein beachtliches Vermögen, und einen wie hohen Betrag auch immer Leo aufbringen könnte, er würde für Aston keinen großen Unterschied machen. Außerdem hast du gesagt, du seiest mit in die Sache verwickelt. Jedenfalls habe ich es so verstanden, als werde sein Ruin auch dich treffen.«

Noch während sie das sagte, fiel ihr eine abscheuliche und widerwärtige Möglichkeit ein. Zwar würde sie einen solchen Vorwurf jederzeit als hanebüchen abtun, doch jemand, dem Theodosia nicht weiter am Herzen lag, würde ihn womöglich glauben.

»Ich sehe dir an«, sagte Theodosia freundlich, »dass du endlich verstehst. Ja, in dem Brief heißt es, Sir Richard habe in mir mehr gesehen als eine gute Bekannte. Nicht nur soll Leo ihm angeboten haben, mich ihm im Gegenzug für seine Beförderung als Geliebte zuzuführen, Sir Richard soll sich auch damit einverstanden erklärt haben.« Sie brachte es nur mit größter Mühe heraus und ihre Hände zuckten. »Es gibt in der Tat ein Element an der Geschichte, das eine Beziehung zur Wirklichkeit hat. Mir ist aufgefallen, dass mich Sir Richard... begehrenswert gefunden hat, aber er hat nie die geringste Andeutung in dieser Richtung gemacht und von Annäherungsversuchen kann überhaupt keine Rede sein. Ich habe mich angesichts seines Interesses lediglich... ein wenig unbehaglich gefühlt, weil er der Vorgesetzte meines Mannes war.« Die Haut auf ihrem Kiefer spannte sich. »Warum sollte ich mich dafür entschuldigen? Ich war schön! Ich könnte ein Dutzend Frauen nennen, ach was, zwei Dutzend, die in einer ähnlichen Situation waren!«

»Du brauchst es mir nicht zu erklären«, sagte Lady Vespasia mit leichtem Schmunzeln, »ich verstehe es auch so.«

Theodosia errötete. »Entschuldige, natürlich, und wohl besser als ich. Vermutlich hast du in dieser Hinsicht dein Leben lang Neid und Missgunst ertragen müssen, boshafte Äußerungen und Anspielungen.«

Lady Vespasia hob das Kinn ein wenig. »Es liegt nicht alles in der Vergangenheit, meine Liebe. Der Körper wird zwar ein wenig steif und ermattet rascher, wir beherrschen die Begierden des Fleisches besser, die Fülle des Haars schwindet und das Gesicht zeigt die Spuren der Jahre und was sie aus uns gemacht haben, aber die Leidenschaft und das Bedürfnis nach Liebe sterben nicht. Das gilt auch für Eifersucht und Ängste, leider.«

»Von mir aus«, sagte Theodosia rasch. »Aber trotz all dieser Nachteile sind wir ja wohl gern, wie wir sind. Doch was kann ich tun, um Leo zu helfen?«

»Eisern schweigen«, antwortete Lady Vespasia sogleich. »Wenn du den geringsten Versuch unternimmst, den Vorwurf zu bestreiten, wirst du die Leute auf Gedanken bringen, auf die sie von sich aus nie gekommen wären. Sir Richard würde dir kaum Dank dafür wissen und Lady Aston ebenso wenig. Sie ist nicht sehr umgänglich, eher herrisch und das Beste, was man über ihre Erscheinung sagen kann, wäre ein Vergleich mit einem hochgezüchteten Rassehund, und zwar einem von der Art, die schlecht Luft bekommen. Höchst bedauerlich.«

Theodosia versuchte zu lachen, was ihr misslang. »Sie ist im Umgang eigentlich recht liebenswürdig, und wenn ihre Ehe auch auf Heiratspolitik gründet, scheint er doch sehr an ihr zu hängen. Sie hat Humor und Phantasie, immerhin zwei Eigenschaften, die länger vorhalten als Schönheit.«

»Damit hast du Recht«, stimmte Lady Vespasia zu. »Vor allem aber ist das Leben mit ihnen weit lohnender und leichter, was allerdings nur die wenigsten wissen. Schönheit wirkt viel unmittelbarer. Frag jede beliebige Zwanzigjährige, ob sie lieber schön oder amüsant sein möchte, und es sollte mich überraschen, wenn du unter zwanzig auch nur eine Einzige findest, die sich für den Humor entscheidet. Zweifellos gehört Lucy Aston nicht zu den neunzehn.«

»Das stimmt. Kann ich sonst nichts tun, Tante Vespasia?«

»Im Augenblick fällt mir nichts weiter ein«, erklärte diese. »Sollte Leo allerdings einen Brief bekommen, der ihn unter Druck setzt, etwas zu tun, halte ihn um der Liebe zu ihm oder auch zu dir selbst willen unbedingt davon ab. Wie groß auch immer der Skandal wäre, den die Veröffentlichung dieses Vorwurfs auslösen würde, er wäre gering, verglichen mit dem Ruin, den es mit sich brächte, wenn sich Leo bereit finden sollte, eine solche Forderung zu erfüllen. Sir Guy Stanley kann bezeugen, dass diese Art Willfährigkeit den Erpresser nicht unbedingt zum Schweigen bringt, und ihr würdet obendrein die Schande auf euch laden zu tun, was dieser Teufel in Menschengestalt von euch verlangt hat. Er kann euren Ruf zugrunde richten, aber eurer Ehre könnt nur ihr selber schaden. Lasst es nicht dahin kommen!« Sie beugte sich ein wenig vor und sah ihre Patentochter eindringlich an. »Mach ihm klar, dass du alle falschen Vorwürfe zu ertragen vermagst und alle Folgen, die sich daraus ergeben. Er soll keinesfalls zulassen, dass dieser Mann ihn auf seine Ebene hinabzieht oder zum Werkzeug seiner Verworfenheit macht.«

»Das will ich tun«, versprach Theodosia. Sie nahm Lady Vespasias Hände und drückte sie warm. »Danke, dass du gekommen bist. Ich hätte nie den Mut aufgebracht, damit zu dir zu kommen, aber ich fühle mich jetzt stärker und weiß, was ich zu tun habe. Bestimmt kann ich Leo helfen.«

Lady Vespasia nickte. »Ich werde dir zur Seite stehen«, versprach sie. »Wir sind nicht allein und wir werden den Kampf nicht aufgeben.«

Tellman war eifrig damit beschäftigt, den Ereignissen der letzten Lebenstage Josiah Slingsbys nachzuspüren. Jemand hatte ihn getötet, sei es vorsätzlich, sei es unbeabsichtigt in einem Kampf, der zu weit gegangen war. Das war eins der wenigen Dinge in der ganzen Angelegenheit, deren man sicher sein durfte. Auf jeden Fall musste sie aufgeklärt werden, einerlei, ob sie nun in einem Zusammenhang mit der Erpressungsgeschichte stand oder nicht. Diese Straftat durfte man nicht aus den Augen lassen, auch wenn für Pitt zur Zeit andere Aufgaben wichtiger zu sein schienen. Tellman rechnete mehr oder weniger damit, dass die Spur, der er folgte, irgendwo General Balantynes Weg kreuzen würde. Vielleicht war es leichter, auf diese Weise etwas zu erreichen, als wenn er sich Balantyne unmittelbar vornahm, auch wenn sich das wohl nicht mehr lange hinausschieben lassen würde.

Als Erstes bemühte er sich festzustellen, wo Slingsby gelebt hatte. Das war zwar zeitraubend und mühselig, aber nicht übermäßig schwierig für jemanden, der es gewohnt war, Hehlern, Prostituierten und den Betreibern billiger Herbergen mit einem Gemisch aus Drohungen, List und kleinen Bestechungen gegenüberzutreten. In solchen Absteigen mieteten sich vorzugsweise Menschen für wenige Pennies pro Nacht ein, die der Polizei nicht auffallen wollten, denn die Wirte, die für die Gesetzeshüter ebenso wenig übrig hatten wie ihre Gäste, nahmen das Geld, ohne Fragen zu stellen. So war es für beide Seiten am besten.

Tellman tat so, als gehöre er zu den herumlungernden Bettlern und Taschendieben und knüpfte ein Gespräch mit einem Mann an, dessen Stoppelhaare darauf hinwiesen, dass er noch nicht lange aus dem Gefängnis entlassen war. Zwar hatte er einen mächtigen Brustkorb, doch hustete er erbärmlich. Die dunklen Ringe unter seinen Augen deuteten auf Erschöpfung hin.

Von ihm erfuhr Tellman, dass Slingsby häufig mit einem gewissen Ernest Wallace zusammen gesehen worden war. Der Jähzorn dieses Mannes war ebenso ausgeprägt wie seine Fähigkeit, an Fallrohren empor-zuklettern sowie auf Dachfirsten und Fensterbänken zu balancieren.

Den Rest des Tages verbrachte Tellman damit, sich in Shoreditch, einem der Londoner Elendsvier-tel, nach Wallace zu erkundigen. Kaum etwas schien für den Mann zu sprechen, der bei anderen offenbar in erster Linie Abneigung und beträchtliche Angst hervorrief. Als Könner seines Diebsmetiers verfügte er über ein hohes und regelmäßiges Einkommen. Bis-her war es ihm gelungen, sich dem Zugriff der Polizei zu entziehen, denn trotz aller Verdachtsmomente hatte man ihm bisher noch nie etwas nachweisen können. Wohl aber war er mit fast jedem, mit dem er zu tun gehabt hatte, in Streit geraten und zwei oder drei von denen, die Tellman aufspürte, konnten Nar-ben als Andenken daran vorweisen.

In diesen Kreisen gehörte es zum Ehrenkodex, der Polizei nicht einmal dann Namen zu nennen, wenn es um das eigene Leben ging. Jemand wie Tellman stand für diese Menschen im feindlichen Lager und das war ihm auch bewusst. Trotzdem gab er die Hoff-nung nicht auf, jemanden zu finden, dem Wallace so übel mitgespielt hatte, dass er auf Rache sann und be-reit war, ihn ans Messer zu liefern. Sofern Tellman so jemanden fand, brauchte er nur noch dessen letztes Zögern zu überwinden, indem er ihm ein wenig Angst einjagte und eine kleine Belohnung versprach.

Einen ganzen Tag lang suchte er in Ginschänken und auf Straßenmärkten. Er wurde ungezählte Male angerempelt, und obwohl er sämtliche Taschen geleert hatte, fiel er mehrfach den Beutelschneidern zum Opfer, die mit so großem Geschick vorgingen, dass er weder ihre Hände noch die Klinge spürte, mit der sie den Stoff seiner Taschen durchschnitten. Er nahm seine Mahlzeiten in Garküchen am Straßenrand zu sich, schlich durch tropfnasse Seitengässchen, musste Abfallhaufen ausweichen, hörte, wie Ratten davoneilten, und wenn er auf einen aussichtsreichen Kandidaten stieß, setzte er ihm abwechselnd mit Drohungen und Schmeicheleien zu, bis er schließlich am Ziel war. Eine Frau, die von Wallace schwer misshandelt worden war und daraufhin eine Fehlgeburt erlitten hatte, hasste ihn so sehr, dass ihr gleichgültig war, wie er sich zu ihrer Rache stellen mochte.

Während Tellman sie vernahm, musste er darauf achten, dass er sie nicht zu Äußerungen verleitete, die den Eindruck erwecken konnten, sie beabsichtige, Wallace am Zeug zu flicken, denn das würde ihre Aussage vor Gericht entwerten.

»Mir geht es um Slingsby«, betonte er immer wieder. »Er ist mir was schuldig.«

Das Gesicht halb im Schatten, lehnte sie an einer dunklen Backsteinmauer. Der aus den Fabrikschloten aufsteigende Rauch verdunkelte den Himmel und der Geruch von Abwässern lag schwer in der Luft.

»Wenn Se Wallace finden, ha'm Se auch Joe Slingsby«, sagte sie. »Das is' der einzige, der noch mit Ernie arbeitet. Jedenfalls war das bis vor kurzem so. Keine Ahnung, ob er's noch immer macht.« Sie zog die Nase hoch. »Vor 'ner Woche ha'm sich die beiden entsetzlich geprügelt. Das war am selben Abend wie die Kneipenschlägerei im *Goat an' Compasses*. Dabei hätte das Schwein Joe Slingsby fast

umgebracht. Seitdem hab ich Joe hier nich' mehr geseh'n. Is' wohl abgehau'n.« Erneut zog sie die Nase
hoch und fuhr sich mit dem Handrücken über den
Mund. »Ich an seiner Stelle wär wiedergekommen
und hätt ihm 'n Messer zwischen die Rippen gejagt.
So'n verdammter Sauknochen. Wenn ich nah genug
an ihn rankäm, tät ich das sogar selber. Aber der
würde mich kommen sehen und so schlau is' der von
alleine, dass er sich nich' in dunkle Gassen traut.«

»Sind Sie sicher, dass Joe Slingsby an dem Abend
vor einer Woche mit Wallace zusammen war?« Obwohl sich Tellman bemühte, seine Stimme unbeteiligt klingen zu lassen, merkte er, wie sich seine
Worte vor Eifer förmlich überstürzten. Sie hörte es
ebenfalls.

»Hab ich das nich' grade gesagt?« Sie sah ihn an.
»Sind Sie taub oder was? Ich hab keine Ahnung, wo
sich Joe aufhält. Hab seit damals nix von ihm geseh'n. Aber wo Ernie Wallace steckt, das weiß ich. Er
schmeißt mit Geld um sich, wie wenn er zu viel davon hätte.«

Tellman schluckte. »Wollen Sie damit sagen, dass
er und Joe Slingsby an jenem Abend einen Einbruch
verübt und sich wegen der Beute gestritten haben und
Wallace aus dem Streit als Sieger hervorgegangen ist?«

»Na klar doch!«, sagte sie verächtlich. »Was sonst?
Sie sind wohl nich' besonders helle, was?«

»Schon möglich.« Er musste sehr vorsichtig sein.
Er tat so, als sei er von ihrer Darstellung nicht überzeugt, und wandte sich ab. »Vielleicht aber auch
nicht.«

Sie spie auf den schmalen Gehweg. »Is' mir auch
egal«, sagte sie schroff und tat einen Schritt beiseite.

»Mir aber nicht!« Er griff nach ihrem Arm. »Ich
muss Ernie Wallace haben! Ich lasse auch etwas
springen, wenn ich erfahre, was genau passiert ist.«

»Von Joe hör'n Se auf kein'n Fall was!«, sagte sie höhnisch. »Der hat verdammt schlecht dabei abgeschnitten.«

»Woher wollen Sie das wissen?«, fragte er.

»Weil ich's geseh'n hab. Was sonst?«

»Hat Slingsby gesagt, dass er sich Wallace noch einmal vornehmen wollte? Wohin ist er anschließend gegangen?«

»Keine Ahnung. Nirgends wohin.« Grob zog sie ihren Arm fort. »Er hätte leicht tot sein können.« Mit einem Mal änderte sich ihr Gesichtsausdruck. »Ach je! Vielleicht war er ja auch tot! Keiner hat ihn seitdem geseh'n!«

»Falls sich das beweisen ließe«, sagte Tellman gedehnt und sah sie durchdringend an, »wäre klar, dass ihn Ernie Wallace auf dem Gewissen hat. Dafür müsste er dann hängen.«

»Das lässt sich beweisen.« Sie erwiderte seinen Blick mit starren Augen. »Dafür sorg ich, das schwör ich Ihnen.«

Sie hielt Wort. Auf ihre Angaben gestützt, stöberte er Ernest Wallace mit Hilfe zweier Polizeibeamter auf und nahm ihn wegen Mordes an Josiah Slingsby fest. Doch wie beharrlich oder raffiniert man ihn verhören mochte, Wallace blieb allen Drohungen und Versprechungen zum Trotz bei seiner Behauptung, er habe sich nach der Schlägerei davongemacht und Slingsby in dem finsteren Gässchen zurückgelassen, wo er zu Boden gegangen war.

»Warum zum Teufel hätte ich den zum Bedford Square schleppen sollen?«, fragte er verblüfft. »Wozu? Glaubt ihr wirklich, ich zerr mitten in der Nacht 'ne Leiche durch halb London, bloß damit ich se jemand vor die verdammte Haustür knallen kann? Was für'n Sinn soll das ha'm?«

Die Behauptung schließlich, er habe dem Toten Albert Coles Sockenquittung in die Tasche gesteckt, ließ ihn ernstlich an Tellmans Verstand zweifeln.

»Socken? Sie sind ja total bekloppt!«, schnaubte er empört. »Wovon reden Sie eigentlich?« Er stieß ein dröhnendes Gelächter aus.

Tellman verließ das Polizeirevier von Shoreditch tief in Gedanken. Unwillkürlich schob er die Hände tiefer in die Taschen, ohne zu merken, dass er damit Pitt imitierte. Er glaubte Wallace, und zwar einfach deshalb, weil das, was er sagte, einen Sinn ergab. Er hatte Slingsby in einem Anfall von Jähzorn bei einer unsäglich dummen, gewalttätigen Auseinandersetzung getötet, die auf einen Streit um Geld zurückging. Von Vorsatz oder Planung konnte keine Rede sein, weder vorher noch hinterher.

Wer aber hatte dann Slingsby die Quittung in die Tasche gesteckt und woher kam sie? Vor allem, wozu sollte das Ganze dienen?

Darauf fiel ihm nur eine vernünftige Antwort ein ... Man wollte General Brandon Balantyne erpressen. Wo aber befand sich Albert Cole mittlerweile? Lebte er oder war auch er tot?

Auf der Straße herrschte drückende Hitze. Sie stieg in Wellen von den Pflastersteinen auf und es kam ihm vor, als wollten ihn die hohen Backsteinmauern links und rechts des Weges zermalmen. Die munter vorübertrabenden Droschkenpferde wie auch die vor Brauereifuhrwerke gespannten Kaltblüter waren von dunklem Schweiß bedeckt. Der scharfe Geruch nach Pferdemist, der in der Luft lag, war Tellman lieber als der alles durchdringende Gestank, der aus den Gossen aufstieg.

Von einer kleinen Gruppe Zuhörer umgeben, stand ein Moritatensänger an einer Straßenecke. In den Versen, die er vortrug, ging es um die Affäre von Tranby Croft und die Zuneigung des Kronprinzen zu Lady Frances Brooke. Der angebliche Falschspieler Gordon-Cumming kam in seiner Fassung deutlich besser weg als der Kronprinz und dessen Kumpane.

Tellman blieb stehen, hörte eine Weile zu, gab dem Mann ein Drei-Pence-Stück und ging dann weiter.

Was wollte der Erpresser? Geld oder irgendein korruptes Verhalten? Hinter der Geschichte musste mehr stecken als nur Slingsbys Leiche, selbst wenn man sie für die Albert Coles hielt. Das allein würde Balantyne nie dazu bringen zu tun, was man von ihm verlangte. Es konnte nicht anders sein: Die Lösung all dieser Fragen musste bei Balantyne liegen. Also würde er Pitts Auftrag folgen und sich genauer um den General kümmern. Dabei aber musste er mit größter Umsicht vorgehen und durfte Gracie keinen Ton darüber sagen. Beim Gedanken an sie glühte sein Gesicht und er stellte mit einer Mischung aus Überraschung und Verärgerung fest, was für ein schlechtes Gewissen ihm schon die Absicht verursachte, ihr diese Angaben vorzuenthalten. Immerhin hatte er, wenn auch nur mittelbar, versprochen, ihr zu helfen.

Als er die Hände noch tiefer in die Taschen schob, merkte er, dass das Futter zerschnitten war. Er hatte es ganz vergessen. Leise fluchend schritt er mit gesenkten Schultern und fest zusammengepressten Lippen kräftig aus. Der Geruch nach verfaultem Holz, Ruß und Abwässern drang ihm in die Nase.

Gleich am nächsten Morgen ging Tellman seine Notizen zu Balantynes militärischer Laufbahn noch einmal durch. Er musste etwas über den Mann erfahren, um zu sehen, wo dessen Schwächen lagen, zu erkennen, womit er sich möglicherweise Feinde gemacht hatte und wer das sein konnte. Das Offizierspatent hatte ihm der Vater gekauft, er selbst hatte keinerlei Verdienst daran. Das wenige, was Tellman dadurch erfahren hatte, dass er ihm nach der Entdeckung der Leiche am Bedford Square gefolgt war, hatte ihm einen Mann gezeigt, der mit seinen Gefühlen hinterm Berg hielt und seinen wenigen Vergnügungen allein nachging.

Tellman straffte die Schultern und beschleunigte den Schritt. Sicher gab es noch weit mehr in Erfahrung zu bringen, das in unmittelbarer Beziehung zur Erpressung und zu der Frage stand, wer den toten Josiah Slingsby zum Bedford Square transportiert und dem General vor die Tür gelegt hatte. Für die strafrechtliche Seite mochte das nicht besonders erheblich sein, war es Tellman doch gelungen, Wallace wegen Mordverdachts zu verhaften. Doch auch Erpressung galt als Verbrechen, ganz gleich, wer das Opfer war.

Mit Offizieren wollte Tellman nicht reden. Das waren Männer von Balantynes Schlag und Lebenshintergrund, die ebenfalls ihr Patent gekauft hatten. Sie würden beim Versuch Außenstehender, etwas zu erfahren, ganz selbstverständlich die Reihen schließen, wie sie das grundsätzlich taten, wenn jemand ihr behagliches Leben voller Privilegien infrage stellte. Er wollte mit einfachen Soldaten sprechen, die nicht zu hochnäsig waren, ihm von Mann zu Mann zu antworten und offen zu sagen, wer Lob und wer Tadel verdiente. Mit ihnen konnte er von Gleich zu Gleich sprechen, von ihnen würde er Einzelheiten, Ansichten und Namen erfahren.

Nach drei Stunden hatte er Billy Treadwell aufgespürt, bis vor fünf Jahren einfacher Soldat in Indien, inzwischen aber Wirt des *Red Bull* an der Themse. Er war ein hagerer Mann mit kräftiger Hakennase, der häufig lächelte. Von den schief sitzenden, blitzend weißen Zähnen, die er dabei zeigte, waren die beiden oben in der Mitte angeschlagen.

»General Balantyne?«, fragte er munter, auf ein Fass im Hof gestützt. »Damals war er Major. Das liegt lange zurück, aber ich kann mich natürlich erinnern. Was is' mit ihm?« Er fragte das nicht herausfordernd, sondern neugierig. Die in Indien verbrachten Jahre hatten seine Haut tief gebräunt und die für England ungewöhnliche Hitzewelle schien ihm nicht das geringste Unbehagen zu bereiten. Er kniff lediglich die Augen zusammen, weil sich die Sonne auf dem Wasser spiegelte, suchte aber keinen Schatten auf.

Tellman, dessen Haut die Sonne verbrannte und dessen Füße glühten, setzte sich auf das niedere Ende der Backsteinmauer, die den Hof vom kleinen Gemüsegarten trennte. Die vom Fluss, den er nicht sehen konnte, herüberdringenden Geräusche bildeten einen angenehmen Hintergrund.

»Sie haben in Indien unter ihm gedient, nicht wahr?«, fragte er.

Treadwell sah ihn mit schief gehaltenem Kopf an. »Das wissen Se doch, sonst würden Se nich' fragen. Wieso int'ressiert Se das überhaupt?«

Tellman hatte sich auf der Herfahrt mit dem Dampfboot überlegt, was er auf diese Frage antworten sollte. Trotzdem war er nach wie vor unsicher. Er wollte die Antwort des Mannes weder auf die eine noch die andere Weise beeinflussen.

»Das ist schwer zu sagen, ohne einen Vertrauensbruch zu begehen«, sagte er gedehnt. »Es besteht Grund zu der Annahme, dass eine schwere Straftat vorbereitet wird, und ich vermute, dass der General zu den vorgesehenen Opfern gehören könnte. Ich möchte verhindern, dass es dahin kommt.«

»Warum warnen Se'n dann nich' einfach?«, fragte Treadwell durchaus vernünftig und warf einen Blick über die Schulter zu einem Dampfer, der nahe am Ufer vorüberkam, als überlege er, ob er ihm Gäste bringen könne.

»So einfach ist das nicht.« Auf diesen Einwand war Tellman vorbereitet. »Wir wollen auch den Täter fassen. Wir nehmen als sicher an, dass uns der General helfen würde, wenn er eine Möglichkeit dazu hätte.«

Treadwell wandte sich ihm wieder zu. »Das glaub ich gerne«, sagte er. Es klang ehrlich. »Er war immer offen und anständig. Bei ihm hat man jederzeit gewusst, woran man war, nich' wie bei so manchem andern.«

»Alles streng nach Recht und Gesetz, was?«, fragte Tellman.

»Nich' unbedingt.« Der Mann schien sich jetzt ganz und gar auf das Gespräch zu konzentrieren und nicht mehr an sein Geschäft zu denken. »Er konnte ohne weiteres auch mal fünfe gerade sein lassen, wenn er das für richtig gehalten hat. Ihm war klar, dass Männer von einer Sache überzeugt sein müssen, wenn man erwartet, dass sie dafür ihr Leben einsetzen. Genauso wie se von 'nem Befehlshaber überzeugt sein müssen, wenn se gehorchen soll'n, ohne dass se wissen, warum.«

»Stellen Sie Befehle nicht in Frage?«, fragte Tellman ungläubig.

»Natürlich nich'«, gab Treadwell verächtlich zur Antwort. »Aber dem einen Offizier gehorcht man nur murrend, und dem anderen vertraut man.«

»Und wie war das bei Balantyne?«

»Dem hat man vertraut.« Die Antwort kam ohne das geringste Zögern. »Der Mann hat gewusst, was er wollte. Er hat von keinem verlangt, was er nich' selber getan hätte. Manche von denen halten sich fern vom Schuss... so einer war er nich'.« Er kam herüber, setzte sich auf das Fass und blinzelte ein wenig in die Sonne, ohne sich von der Hitze beeindrucken zu lassen. Er gab sich erkennbar seinen Erinnerungen hin. »Ich weiß noch genau, wie man uns damals an der Nordwestgrenze eingesetzt hat.« Seine Augen wanderten in die Ferne. »Man muss das Gebirge gesehen haben, um das zu glauben. Riesige, glänzende weiße Berge haben buchstäblich über uns am Himmel gehangen. Man hätte glauben können, dass die denen da oben Löcher in den Fußboden kratzen.« Er holte tief Luft.

»Jedenfalls hatte Major Balantyne Befehl, mit zwanzig Mann zum Pass aufzusteigen und im Rücken der Pathanen wieder runterzukommen. Der Regimentschef war damals noch neu da oben und hat den Pathanen nich' viel zugetraut. Major Balantyne wollte ihm klarmachen, dass die zu den besten Soldaten auf der Welt gehören. Intelligente, zähe Burschen, die vor nix Angst haben.« Er schüttelte den Kopf und seufzte matt. »Aber davon wollte der Oberst nix wissen. War wohl einer von den Knallköppen, die sich nix sagen lassen.« Er warf einen Blick zu Tellman hinüber, um zu sehen, ob dieser der Geschichte folgte.

»Und?«, drängte Tellman ungeduldig. Er spürte, wie ihm der Schweiß den ganzen Körper hinablief.

»Also hat der Major Männchen gemacht«, fuhr Treadwell fort, »ja, Sir, nein, Sir, und den Befehl entgegengenommen. Kaum waren wir außer Sichtweite, hat er gesagt, sein Kompass wär kaputt und wir sollten losmarschieren und die Pathanen von zwei Seiten in die Zange nehmen, uns ihnen aber nich' zum Kampf stellen, sondern einfach ein paar Schüsse abfeuern. Während die sich noch überlegten, von wo wir kämen, sollten wir wieder abhauen.« Er sah Tellman aus zusammengekniffenen Augen an.

»Und hatten Sie mit diesem Vorgehen Erfolg?« Der Bericht fesselte Tellman unwillkürlich.

»Na klar«, sagte Treadwell mit breitem Grinsen. »Und das Lob dafür hat der Oberst eingestrichen. Er war zwar stinkesauer auf den Major, konnte aber nix machen. Er musste sich von allen anhören, was für ein toller Hecht er war, und auch noch danke sagen. Blieb ihm ja wohl nix andres übrig, was?«

»Aber das Verdienst daran hatte der Major!«, begehrte Tellman auf. »Hat er das den Zuständigen nicht gesagt?«

Treadwell schüttelte den Kopf. »Sie ha'm wohl nich' gedient, was?« In seiner Stimme lag Mitleid und eine gewisse Herablassung, wie man sie Unwissenden gegenüber an den Tag legt. »So was hätte unser Major nie getan. Man drängt sich beim Militär nich' in den Vordergrund. Er war einer vom alten Schrot und Korn. Hat seine Pflicht getan, ohne sich zu beklagen. Ich hab geseh'n, wie er zum Umfallen müde war und trotzdem weitergemacht hat. Er wollte seine Männer nich' im Stich lassen, versteh'n Se? Darauf kommt's bei 'nem guten Offizier an. Er muss immer 'n bisschen besser sein wie andere, sonst würden ihm die Leute nich' folgen.«

Brüllendes Gelächter kam aus der Tür des Wirtshauses.

Tellman runzelte die Brauen. »Konnten Sie ihn gut leiden?«, fragte er.

Treadwell schien die Frage nicht zu verstehen. »Was meinen Sie mit ›gut leiden können‹? Er war Major. Offiziere hasst man oder man geht für sie durchs Feuer. Gut leiden kann man Freunde, Kameraden im Glied, aber nich' Vorgesetzte, denen man gehorchen muss.«

290

Tellman wusste, welche Antwort er auf die nächste Frage bekommen würde, bevor er sie stellte. Trotzdem wollte er sie hören.

»Haben Sie den Major gehasst oder wären Sie für ihn durchs Feuer gegangen?«

Treadwell schüttelte den Kopf. »Wenn ich Se nich' vor mir sehen würde, ich müsste Se für 'nen Trottel halten. Hab ich Ihnen nich' grade gesagt, dass er einer von den Besten war?«

Tellman war verwirrt. Ihm blieb nichts anderes übrig, als zu glauben, was Treadwell sagte, denn nicht nur dessen Augen zeigten, dass er von seinen Worten überzeugt war, auch seine Belustigung über das Unverständnis des Außenstehenden war ungespielt.

Tellman dankte ihm und ging. Was hatte in den Jahren, die seither ins Land gegangen waren, aus Balantyne den harten und einsamen Mann gemacht, der er jetzt war? Warum konnte er zwischen ihm und dem Bild, das Treadwell von ihm entworfen hatte, so recht keine Ähnlichkeit entdecken?

Als Nächstes spürte er einen gewissen William Sturton auf. Dieser Mann hatte in seiner langen Dienstzeit den Aufstieg vom einfachen Soldaten bis zum Feldwebel geschafft, worauf er ungeheuer stolz war. Mit vom Rheuma steifen Gliedern saß er auf einer Parkbank. Haupthaar und Backenbart schimmerten weiß im Schatten der Bäume. Nur allzu gern war er bereit zu erzählen, und er schwärmte dem jungen Mann ihm gegenüber, der von nichts eine Ahnung hatte und gern zuzuhören schien, von den Ruhmestaten der Vergangenheit vor.

»Und ob ich mich an Oberst Balantyne erinnern kann«, sagte er mit emporgerecktem Kinn, nachdem sich Tellman vorgestellt hatte. »Unter ihm sind wir nach der Meuterei in Lucknow eingezogen. So was hat die Welt noch nich' geseh'n.« Mit angespannten Zügen bemühte er sich, der Erinnerungen Herr zu werden, die ihm nach wie vor keine Ruhe zu lassen schienen. Tellman konnte sich keins der Bilder vorstellen, die in dem Alten lebendig waren. Zwar kannte er Armut, Verbrechen und Krankheit, wusste, wie verheerend die Cholera in den Elendsvierteln englischer Städte tobte, hatte die Leichen erfrorener Bettler, Alter und Kinder gesehen, die auf der Straße lebten. Nichts von der Qual, die auf Hilflosigkeit und Gleichgültigkeit zurückgeht, war ihm fremd. Den Krieg aber hatte er nie erlebt. Ein Mordfall hier und da war eine Sache, doch das Gemetzel bei der Massentötung von Menschen kannte er nicht. Er konnte nur versuchen, sich da hineinzuversetzen, und betrachtete aufmerksam die Züge des Feldwebels.

»Sie sind in die Stadt eingezogen«, erinnerte er ihn.

»Ja.« Sturton sah vor sich hin, wie durch einen Schleier. »Was mir gewaltig in die Knochen gefahren is', war der Anblick von Frauen und Kindern. Dass Männer in Stücke gehauen wurden, daran war ich gewöhnt.«

»Oberst Balantyne ...«, erinnerte ihn Tellman. Die anderen Einzelheiten mochte der Mann sich sparen. Er hatte darüber gelesen und auch in der Schule genug darüber gehört, um zu wissen, dass es abscheulich war.

Eine leichte Brise fuhr durch das Laub. Es klang wie sanfter Wellenschlag am Ufer. In der Ferne lachte eine Frau.

»Ich werd sein Gesicht nie vergessen.« Sturton schien vollständig in die Vergangenheit eingetaucht zu sein. Man hätte glauben können, er wäre in Indien und nicht in der weniger sengenden Hitze eines englischen Sommernachmittags. »Er hat buchstäblich ausgeseh'n wie der leibhaftige Tod. Wie er abgesessen is', hab ich gedacht, er würde von seinem Gaul fallen. Seine Knie waren so weich, dass er auf dem ersten Leichenhaufen beinah ins Stolpern gekommen is. Auf'm Schlachtfeld sieht man dauernd Tote, aber das da war was ganz und gar anderes.«

Ohne es eigentlich zu wollen, versuchte sich Tellman die Szene vorzustellen, und ihm wurde schlecht. Er überlegte, was Balantyne empfunden haben mochte, wie tief es wohl gegangen war. Mittlerweile machte er den Eindruck eines Mannes, der nichts an sich heranließ.

»Was hat er getan?«, fragte er.

Sturton sah ihn nicht an. Seine Gedanken waren um vierunddreißig Jahre in die Vergangenheit zurückgekehrt, nach Lucknow. »Es is' jedem von uns entsetzlich an die Nieren gegangen«, sagte er leise. »Der Oberst hat dann das Kommando übernommen. Er war bleich wie der Tod und seine Stimme hat gezittert, aber er hat jedem gesagt, was er zu tun hatte, und uns erklärt, wie wir in den Gebäuden nach versteckten Kriegern suchen sollten, um in keinen Hinterhalt zu geraten.« Während er die Erinnerung lebendig werden ließ, trat unüberhörbarer Stolz darüber in seine Stimme, dass er seine Pflicht getan hatte, davongekommen war und jetzt in weit angenehmeren Zeiten lebte. »Er hat Posten aufstellen lassen für den Fall, dass die Aufständischen wiederkamen«, fuhr er fort, ohne Tellman anzusehen, der neben ihm saß. »Er hat die Jüngsten auf Posten geschickt, damit se nix mit den Leichen zu tun hatten. Das hat so manchem ziemlich zu schaffen gemacht. Wie schon gesagt, das lag an den Frauen. Zum Teil hatten die noch ihre kleinen Kinder dabei. Er selbst hat nachgeseh'n, ob von denen womöglich noch jemand am Leben war. Gott allein weiß, wie er das ausgehalten hat. Ich hätt das nich' gekonnt. Aber dafür war er ja Oberst, un nich' ich.«

»Oberst war er, weil ihm sein Vater ein Offizierspatent gekauft hatte«, sagte Tellman. Im gleichen Augenblick wünschte er, ohne so recht zu wissen, warum, dass er das nicht gesagt hätte.

Sturton sah ihn mit gelassener Verachtung an. Der Ausdruck auf seinem Gesicht zeigte deutlich, dass er es für sinnlos hielt, Tellman etwas erklären zu wollen. »Man sieht, dass Se nix von Pflicht und all den Sachen versteh'n, sonst würden Se so was Dämliches nich' sagen. Unserm Oberst Balantyne wären wir in die Hölle gefolgt, und zwar voll Stolz. Er hat uns geholfen, die Toten zu begraben, und an den Gräbern gebetet. Ich kann heute noch seine Stimme hör'n, wenn ich nachts die Augen zumach. Man hat keine Träne geseh'n, wie denn auch, aber das ganze Elend hat auf sei'm Gesicht gelegen.« Er seufzte tief und schwieg eine Weile.

Diesmal unterließ Tellman es, ihn zu unterbrechen. Sonderbare und beunruhigende Empfindungen erfüllten ihn. Er versuchte sich den General in jüngeren Jahren vorzustellen, als Mann mit Empfindungen wie Zorn, Schmerz, Mitleid, die er alle mit großer Anstrengung verbarg, weil seine Pflicht es verlangte, weil er die Männer führen musste und um ihretwillen nicht zulassen durfte, dass sie ihn schwach sahen oder an ihm zweifelten. Das war nicht der Balantyne, den er zu kennen geglaubt hatte.

»Warum woll'n Se überhaupt all das über ihn wissen?«, drang Sturtons Frage in seine Gedanken. »Ich sag nix gegen ihn. Da gibt es nix. Wenn Se glauben, er hat was ausgefressen, müssen Se dumm sein, und zwar noch 'nen ganzen Streifen dümmer, wie ich gedacht hab!«

Tellman begehrte nicht auf; er war zu verwirrt, als dass er den Versuch unternommen hätte, sich zu rechtfertigen.

»Nein...«, sagte er gedehnt. »Nein, so etwas glaube ich nicht. Ich bin einem auf der Fährte, der ihm schaden will... der sein Feind ist.« Er sah den Ausdruck von Grimm auf Sturtons Gesicht. »Vielleicht aus der Zeit der Strafexpedition nach Abessinien, vielleicht auch nicht.«

»Was für 'ne Art Feind is das?«, fragte Sturton voll Abscheu. »Ha'm Se 'ne Ahnung, worum's da geht?«

»Jemand will ihn mit einer erlogenen Geschichte erpressen«, antwortete Tellman. Sogleich fürchtete er, möglicherweise zu viel gesagt zu haben. Bei jedem Schritt, den er tat, kam es ihm vor, als begebe er sich auf verminten Boden.

»Dann seh'n Se aber bloß zu, dass Se 'n finden!«, sagte Sturton empört. »Un zwar bald! Ich helf Ihn' dabei!« Er streckte sich, als wolle er sich sogleich ans Werk machen.

Tellman zögerte. Warum eigentlich nicht? Er konnte Hilfe von Leuten brauchen, die wussten, was sie taten. »Gut«, nahm er das Angebot an. »Ich muss alles wissen, was Sie über den Angriff auf den Nachschubtross bei Arogee feststellen können. Darum geht es bei der Geschichte.«

»Wird gemacht«, sagte Sturton knapp. »Ha'm Se Bow Street gesagt? Ich meld mich dann bei Ihn'.«

Die nächsten zwei Tage brachte Tellman damit zu, Balantyne unauffällig zu folgen. Das war nicht schwer, denn der General ging nur selten aus und schien dabei so tief in Gedanken versunken, dass er nicht nach links und rechts sah, geschweige denn hinter sich. Vermutlich hätte Tellman Schritt für Schritt neben ihm hergehen können, ohne von ihm bemerkt zu werden.

Beim ersten Mal, als er ihn beschattete, unternahm
der General in Begleitung seiner Gattin, einer dunkel-
haarigen, gut aussehenden Frau, eine Ausfahrt mit der
Kutsche. Auf Tellman wirkte die Frau einschüchternd
und er gab sich große Mühe, nicht zufällig ihre Aufmerksamkeit zu erregen. Er überlegte, warum Balantyne wohl auf sie verfallen sein mochte – bis ihm der
Gedanke kam, dass es sich um eine von den Familien
arrangierte Ehe handeln konnte, bei der es um gesellschaftliche Rücksichten oder um Geld gegangen sein
mochte. Die Frau machte auf ihn einen durchaus eleganten Eindruck, als sie an ihrem Mann vorüber, den
sie kaum ansah, vom Haus zur offenen Kutsche schritt
und sich vom Kutscher beim Einsteigen helfen ließ.

Sie ordnete ihre Röcke mit einer einzigen geübten
Handbewegung und hielt den Blick starr vor sich gerichtet. Nicht einmal, als Balantyne neben ihr Platz
nahm, wandte sie den Kopf. Er sagte etwas zu ihr und
sie antwortete darauf, nach wie vor, ohne ihn anzusehen. Dann gab sie dem Kutscher den Befehl abzu-
fahren.

In sonderbarer Weise hatte Tellman Mitleid mit
dem General; es kam ihm vor, als hätte er selbst eine
Zurückweisung erlitten. Es war eine merkwürdige
Empfindung, die ihn ganz und gar überraschte.

Er folgte den beiden zu einer Kunstausstellung. Da
man ihm den Zutritt verwehrte, wartete er, bis sie
eine gute Stunde später wieder herauskamen. Lady
Augusta wirkte intelligent, schroff und ungeduldig.
Balantyne unterhielt sich mit einem weißhaarigen
Mann. Sie schienen tief in ihr Gespräch versunken
zu sein und einander mit einer Achtung zu behandeln, die an Zuneigung grenzte. Tellman fiel ein,
dass auch der General zeichnete.

Lady Augusta wippte ungeduldig mit dem Fuß.
Trotzdem dauerte es noch einige Minuten, bis Balan-

tyne wieder zu ihr stieß. Auf dem ganzen Heimweg nahm sie ihn nicht zur Kenntnis. Am Bedford Square stieg sie aus der Kutsche und ging zur Haustür, ohne sich umzusehen oder auf ihn zu warten.

Beim zweiten Mal verließ der General das Haus allein. Er sah bleich und sehr matt aus und machte große Schritte. Dem Jungen, der an der Great Russell Street die Straße kehrte, gab er eine Drei-Pence-Münze und dem Bettler an der Ecke zur Oxford Street einen Shilling.

Auch diesmal suchte er den Jessop-Club auf, tauchte aber kaum eine Stunde später bereits wieder im Eingang auf. Tellman folgte ihm bis zum Bedford Square.

Anschließend kehrte er zur Bow Street zurück und las in Pitts alten Akten den Mordfall von Devil's Acre und die schreckliche Tragödie Christina Balantynes nach. Das Ganze erfüllte ihn mit maßlosem Entsetzen und quälender Hilflosigkeit.

Er nahm eine kurze Abendmahlzeit ein, ohne sie zu genießen, denn seine Gedanken beschäftigten sich mit den Vorfällen in den dunklen Gassen von Devil's Acre. Er sah das Blut förmlich auf den Pflastersteinen vor sich. Hin und wieder drängten sich einzelne Schreckensszenen in den Vordergrund: Verängstigte kleine Mädchen, nicht älter als Pitts Tochter Jemima, stießen Schreie aus, die niemand hörte außer den anderen kleinen Mädchen, ebenso hilflos und verängstigt wie sie selbst.

Seine Gedanken wanderten zu Christina Balantyne und dem General. Vielleicht wäre er selbst in einer entsprechenden Situation auch geworden wie dieser, ein Mann, der sich der Gesellschaft der Menschen entzieht. Gebe Gott, dass er so etwas nie erleben musste!

Am nächsten Morgen folgte Tellman dem General mit einer deutlich gewandelten Einstellung und stellte zu seiner Verblüffung fest, dass dieser auf den Stufen des Britischen Museums mit Charlotte Pitt zusammentraf.

Als er sah, welche Freude bei ihrem Anblick auf Balantynes Züge trat, kam er sich vor wie ein Voyeur oder Eindringling. Dem General schien diese Begegnung unendlich viel zu bedeuten, ohne dass er sich das selbst – oder gar ihr – einzugestehen wagte. Auf seinem Gesicht lag unübersehbar der Ausdruck von Verletzlichkeit.

Die Offenheit, mit der Charlotte dem General entgegentrat, zeigte ihm, dass sie nicht im Entferntesten ahnte, welcher Art dessen Gefühle für sie waren. Sie sorgte sich um ihn, das war ihr deutlich anzusehen. Wenn Tellman das nicht schon von Gracie gewusst hätte, jetzt wäre es ihm aufgefallen, während er die beiden beobachtete.

Sie wandten sich um und betraten das Gebäude. Ohne auch nur eine Sekunde lang eine andere Möglichkeit zu erwägen, folgte er ihnen. Als sich Charlotte nach einer Frau umsah, die unmittelbar hinter ihr ging, fiel ihm mit plötzlichem Erschrecken ein, dass sie ihn auf den ersten Blick erkennen würde, und er kam sich fast nackt vor.

Er ließ sich auf ein Knie nieder und senkte den Kopf, als habe sich ein Schnürsenkel gelöst. Dabei geriet ein Mann hinter ihm ins Stolpern und konnte nur mit Mühe das Gleichgewicht bewahren. Die Schimpfkanonade, die er auf Tellman abfeuerte, lenkte weit mehr Aufmerksamkeit auf ihn, als er damit erregt hätte, dass er den beiden einfach in größerem Abstand gefolgt wäre. Er war so wütend auf sich, dass er sich hätte ohrfeigen können.

Fortan würde er sich so weit wie möglich von den beiden entfernt halten und sich darauf beschränken müssen, das Spiegelbild der beiden in den Ausstellungsvitrinen des jeweiligen Raumes zu beobachten. Balantyne achtete nicht auf ihn, er hatte nur Augen für Charlotte, sie aber würde ihn bereits erkennen, wenn sie ihn nur von der Seite sah, vielleicht sogar von hinten.

Eine Weile gelang es ihm, sich hinter einer geschwätzigen Frau in einem schwarzem Bombasinkleid zu halten und zu beobachten, wie die beiden, unbefangen miteinander plaudernd, von Raum zu Raum schritten, wobei sie so taten, als betrachteten sie die Exponate, während sie in Wahrheit nichts sahen. Charlotte, die über die Erpressung und den Mord auf dem Laufenden war, schien entschlossen, alles zu tun, um Balantyne zu unterstützen. Tellman hatte sie schon früher so erlebt, wenn auch möglicherweise nicht ganz so engagiert, und kannte ihre Fähigkeit, sich in etwas hineinzusteigern.

Von Zeit zu Zeit musste er, während sie vor einer Vitrine stehen blieben, so tun, als fessele ihn, was jeweils gerade in der Nähe war. Ein einzelner Mensch, der nicht angelegentlich etwas betrachtete, fiel an diesem Ort sofort auf.

Unversehens fand er sich vor einer Schnitzerei aus einem assyrischen Palast. Sie stammte, wie es auf dem erläuternden Schild hieß, aus dem achten Jahrhundert vor Christi Geburt. Eine Zeichnung vermittelte einen Eindruck davon, wie die Palastanlage ausgesehen haben konnte. Ihre Größe verblüffte ihn – der Palast musste überwältigend gewesen sein! Zwar konnte er den Namen des Herrschers nicht aussprechen, doch fand er das Ganze überraschend beachtenswert. Sobald er Zeit hatte, mehr darüber zu lesen, würde er eines Tages zurückkehren und sich die

Sache noch einmal ansehen – vielleicht sogar mit Gracie.

Jetzt aber musste er Charlotte und Balantyne folgen. Beinahe hätte er sie aus den Augen verloren.

Allmählich begriff er, warum ihr dieser Fall wichtig war. Balantyne war völlig anders, als er ihn eingeschätzt hatte – er hatte sich mit Bezug auf den Mann in jeder Hinsicht geirrt. Angesichts dieser krassen Fehleinschätzung musste er sich fragen, wie es mit all den anderen Menschen stand, die er als hochnäsig und überprivilegiert ansah, die er nicht leiden konnte und leichthin abgetan hatte. Was war von seinen vorgefassten Meinungen zu halten?

Würde Gracie mit einem so unwissenden und voreingenommenen Mann wie ihm überhaupt etwas zu tun haben wollen? Er war verwirrt und ärgerte sich über sich selbst.

Nach einer Weile wandte er sich um, ging hinaus und schritt die Stufen zum Hof hinab in die Sonne. Es musste über so vieles nachdenken. Der Aufruhr seiner Gefühle war noch stärker als der seiner Gedanken.

KAPITEL
ACHT

Nach allem, was ihm Parthenope Tannifer mitgeteilt hatte, fühlte sich Pitt verpflichtet, Leo Cadell aufzusuchen. Vielleicht wusste auch Cadell nicht, wer sich hinter dem Erpresser verbarg, doch durfte er nicht die geringste Gelegenheit ungenutzt lassen, der Sache nachzugehen. Immerhin war es möglich, dass man Cadell als erstem aller Opfer eine konkrete Forderung gestellt hatte. Macht besaß er auf jeden Fall. Seine Position im Außenministerium gestattete es ihm, das Ergebnis heikler Verhandlungen auf verschiedenen Gebieten zu beeinflussen. Schon früher war Pitt der Gedanke gekommen, möglicherweise sei eines der Opfer dem Erpresser wichtiger als die anderen. Unter Umständen gab es eines, das für seine Ziele – wie auch immer die aussehen mochten – eine Schlüsselrolle spielte. Es war nicht abwegig zu vermuten, dass es zu diesen Zielen gehörte, bei bestimmten politischen Schritten im Ausland oder innerhalb des eigenen Weltreichs Einfluss auf die Regierung auszuüben.

Als Ergebnis auf diese Weise gesteuerter Entscheidungen war es möglich, Vermögen zu gewinnen oder zu verlieren. Beispielsweise war die Lage in Afrika hochbrisant. Wo es um Grundbesitz und Gold ging, war in den Augen mancher ein Menschenleben nicht viel wert und hatte Ehre schon gar nichts zu bedeuten. Männer wie Cecil Rhodes und andere, die in ihren Fußstapfen folgten, dachten bei ihrem Bemühen, immer weiter in den ungeheuren Kontinent vorzudringen und ihn auszubeuten, mittlerweile in Größenordnungen von Armeen und Nationen. In einem solchen Zusammenhang war das Schicksal einzelner Menschen kaum von Bedeutung.

Pitt hatte England nie verlassen, kannte aber genug Leute, die im Ausland gewesen waren, um zu wissen, dass Männer und Frauen, die am Rande der sich immer weiter ausdehnenden Zivilisation lebten, stets mit einem plötzlichen Ende rechnen mussten, sei es von der Hand eines Gewalttäters oder durch eine der vielen Tropenkrankheiten. Über den extremen und unerlässlichen Wandel mit Bezug auf Leben und Werte gerieten Begriffe wie Ehre und Geradlinigkeit, die in der Heimat nach wie vor eine bedeutende Rolle spielten, nur allzu leicht in Vergessenheit. So hoch war der Gewinn, der diese Menschen lockte, dass solche Dinge dabei häufig in den Hintergrund traten.

Pitt hatte sich bei Cadell angemeldet und bekam zwei Tage nach seinem Gespräch mit Parthenope Tannifer einen Termin in dessen Amtsräumen im Außenministerium.

Nach einer Viertelstunde des Wartens wurde er vorgelassen. Cadell erhob sich hinter seinem Schreibtisch und sah den Eintretenden fragend an. Sein schmales Gesicht mit den regelmäßigen Zügen sah nicht besonders gut aus, doch machte er einen umgänglichen, wenn nicht gar freundlichen, Eindruck. Allerdings schien er müde und abgespannt zu sein und es war unübersehbar, dass er Pitt nur widerwillig empfing. Lediglich wegen dessen Hinweis auf eine äußerst dringliche Polizeiangelegenheit, die keinen Aufschub dulde und bei der ihm niemand außer Cadell helfen könne, hatte er sich dazu bereit gefunden.

»Guten Morgen, äh, Oberinspektor«, sagte Cadell mit einem angedeuteten Lächeln, zog aber die ausgestreckte Hand nahezu sogleich wieder zurück, als hätte er vergessen, warum er sie ihm hatte reichen wollen. »Bedauerlicherweise muss ich Sie bitten, sich sehr kurz zu fassen, denn ich habe in fünfundzwanzig Minuten eine Unterredung mit dem Botschafter des Deutschen Reiches. Es tut mir aufrichtig Leid, Sie so kurz abfertigen zu müssen, doch kann ich diesen Termin keinesfalls hinausschieben.« Er wies auf einen leuchtend rot gepolsterten eleganten Stuhl aus dem frühen 18. Jahrhundert. »Bitte nehmen Sie Platz und sagen Sie mir, was ich für Sie tun kann.«

Zwar ließ sich eine so unangenehme und schmerzliche Angelegenheit in fünfundzwanzig Minuten kaum gründlich abhandeln, aber es war Pitt klar, dass Cadell ihm lediglich die angegebene Zeit einräumen würde. »Unter diesen Umständen will ich mich nicht lange bei der Vorrede aufhalten, wenn es Ihnen recht ist«, sagte er und sah ihn an. »Diese Angelegenheit ist zu wichtig, als dass man sie unbeendet lassen könnte, weil andere Geschäfte drängen.«

Cadell nickte.

Gern wäre Pitt feinfühliger vorgegangen, doch blieb ihm nichts anderes übrig, als gleich zur Sache zu kommen. »Was ich Ihnen zu sagen habe, muss unter uns bleiben und auch ich werde selbstverständlich vertraulich behandeln, was Sie mir sagen, soweit mir das möglich ist.«

Mit erneutem Nicken sah Cadell ihn erwartungsvoll an. Sofern er den Grund von Pitts Anwesenheit kannte, war er ein glänzender Schauspieler, doch war das wohl für einen Diplomaten wie ihn eine unerlässliche Eigenschaft.

»Mehrere Männer in herausragender Position, bei der es eher um Einfluss als um Geld geht, werden erpresst«, sagte Pitt ohne Umschweife.

Wortlos verzog Cadell das Gesicht, kaum wahrnehmbar. Vielleicht hatte sich Pitt aber auch getäuscht und der Eindruck ging auf eine leichte Veränderung des Lichts zurück, das durch das Fenster hereinfiel.

»Weil bisher von niemandem Geld verlangt wurde«, fuhr er fort, »sind wir zu dem Ergebnis gekommen, dass möglicherweise eine Forderung gestellt wird, die sich auf Einfluss oder Macht bezieht. Keiner der Männer weiß, wann oder auf welche Weise ihn das über ihnen allen schwebende Damoklesschwert treffen kann. Meiner Überzeugung nach ist der Vorwurf, der ihnen gemacht wird, in allen Fällen ungerechtfertigt, doch bezieht er sich jeweils auf Ereignisse, die so weit in der Vergangenheit liegen, dass ihn keiner von ihnen widerlegen kann.«

Cadell stieß ganz langsam die Luft aus. »Aha.« Er ließ Pitts Gesicht nicht aus den Augen. Sein Blick kam diesem geradezu unnatürlich angespannt vor. »Darf ich fragen, ob Sir Guy Stanley zu diesen Männern gehört?«

»Gewiss, und die Antwort lautet ja«, sagte Pitt ruhig. Er sah, wie sich Cadells Augen weiteten, und hörte, wie er ganz leise die Luft einsog.

»Ich verstehe …«

»Das glaube ich nicht«, ergriff Pitt wieder das Wort. »Man hat von ihm nichts verlangt, lediglich eine vergleichsweise wertlose versilberte Taschenflasche als eine Art symbolisches Zeichen der Unterwerfung, also so etwas wie eine Trophäe.«

»Und warum … warum hat man ihn dann öffentlich bloßgestellt?«

»Das weiß ich nicht«, bekannte Pitt. »Vermutlich, um den anderen Opfern eine Warnung zukommen zu lassen. Ich nehme an, dass der Erpresser auf diese Weise seine Macht wie auch seine Bereitschaft demonstrieren wollte, diese einzusetzen.«

Cadell saß reglos da, nur seine Brust hob und senkte sich, während er unnatürlich langsam atmete. Seine auf der Schreibtischplatte liegenden Hände wirkten geradezu hölzern. Offenbar kostete es ihn große Mühe, sich zu beherrschen.

Schritte ertönten auf dem Gang und verhallten.

»Sie haben mit Ihrer Vermutung Recht«, sagte Cadell schließlich. »Ich weiß zwar nicht, wie Sie darauf verfallen sind, dass auch ich zu den Opfern gehören könnte... und vielleicht sollte ich auch nicht danach fragen. Was man mir unterstellt, ist... widerwärtig und entbehrt jeglicher Grundlage. Aber natürlich gibt es Menschen, die aus Gründen, die sie selbst am besten kennen, nur allzu gern bereit sind, so etwas zu glauben und öffentlich zu wiederholen. Das würde nicht nur mich zugrunde richten, sondern auch andere. Wollte ich aber den Vorwurf bestreiten, würde das Menschen, die sonst nie dergleichen vermutet hätten, auf den Gedanken bringen, es müsse etwas Wahres daran sein. Ich bin völlig hilflos.«

»Verlangt hat man von Ihnen bisher nichts?«, fragte Pitt.

»Nein. Nicht einmal ein Zeichen der Unterwerfung, wie Sie es genannt haben.«

»Ich danke Ihnen für Ihre Offenheit, Mr. Cadell. Könnten Sie mir den Brief beschreiben? Oder besser noch, darf ich ihn sehen, sofern er sich noch in Ihrem Besitz befindet?«

Cadell schüttelte den Kopf. »Ich habe ihn nicht mehr. Er bestand aus Buchstaben, die man aus einer Zeitung, vermutlich der *Times*, ausgeschnitten und auf ein Blatt Papier geklebt hat. Abgestempelt war er von der Hauptpost.«

»Genau wie die anderen«, nickte Pitt. »Würden Sie es mich wissen lassen, falls Sie weitere Mitteilungen

305

dieser Art bekommen oder Ihnen etwas einfällt, was Licht auf die Sache werfen könnte?«

»Selbstverständlich.« Cadell erhob sich und geleitete seinen Besucher zur Tür.

Pitt ging, unsicher, ob Cadell ihm in einem solchen Fall tatsächlich Mitteilung machen würde. Trotz der übermenschlichen Selbstbeherrschung, zu der der Mann erkennbar fähig war, musste ihn die Sache zutiefst erschüttert haben. Im Unterschied zu den anderen hatte er Pitt nicht gesagt, was man ihm vorwarf. Vermutlich hatte ihn die Anschuldigung zu sehr getroffen und zu große Angst in ihm hervorgerufen.

Andererseits hatte Dunraithe White die Sache nur Vespasia anvertraut. Auch von ihm hätte Pitt es nicht erfahren.

In Whitehall winkte er eine Droschke herbei und ließ sich auf kürzestem Wege zu Cornwallis fahren. Er fand ihn an seinem mit Papieren übersäten Schreibtisch. Seine Augen waren gerötet, seine Gesichtshaut an den Wangen und um die Lippen grau. Offensichtlich suchte er etwas. Bei Pitts Eintreten hob er den Blick. Er wirkte müde und angespannt und schien froh über die Unterbrechung.

Mitgefühl und Zorn über seine eigene Hilflosigkeit stieg in Pitt auf. Ihm war klar, dass er Cornwallis mit dem, was er ihm jetzt sagen musste, eine noch größere Last auflud.

»Guten Morgen, Pitt. Haben Sie Neuigkeiten?«, fragte Cornwallis, noch bevor Pitt die Tür schloss. Ein Blick genügte ihm, um zu sehen, dass ihm keine Erfolgsmeldung gebracht wurde. Eine Anspannung in ihm löste sich, doch ging das wohl weniger auf Behagen als auf Verzweiflung zurück, auf das Bewusstsein, eine weitere Niederlage erlitten zu haben.

Unaufgefordert nahm Pitt Platz. »Ich habe mit Leo Cadell im Außenministerium gesprochen. Mrs. Tannifer hat Recht: Auch er gehört zu den Opfern.«

Cornwallis sah ihn aufmerksam an. »Im Außenministerium.«

»Ja. Aber man hat von ihm bisher nichts verlangt, nicht einmal als symbolische Geste.«

Cornwallis beugte sich vor und fuhr sich mit den Händen von der Stirn nach hinten über den kahlen Schädel. »Damit hätten wir einen Richter, einen Staatssekretär im Ministerium des Inneren, einen Diplomaten im Ministerium für auswärtige Angelegenheiten, einen Großbankier, einen General a.D. und den stellvertretenden Polizeipräsidenten. Was haben wir sechs gemeinsam, Pitt?« Er sah ihn an, in seinen Augen flackerte Verzweiflung. »Immer wieder habe ich mir den Kopf zerbrochen. Was könnte man von uns wollen? Ich war bei Sir Guy Stanley. Er ist ein armer Teufel …«

»Ich war auch bei ihm«, sagte Pitt, ließ sich wieder auf den Stuhl sinken und schlug die Beine übereinander. »Er konnte mir nichts sagen, was wir nicht schon wussten.«

»Er hatte dem Erpresser nicht einmal Widerstand geleistet.« Cornwallis beugte sich vor. »Vermutlich soll Sir Guys Bloßstellung als Machtdemonstration dienen und uns anderen Angst einjagen.« Er wartete, ob Pitt widersprach, und fuhr dann leiser und stockend fort: »Ich habe heute Vormittag einen weiteren Brief bekommen. Im Großen und Ganzen ist er wie die anderen, nur ein wenig kürzer. In ihm wird mir mitgeteilt, man würde mich aus all meinen Clubs ausschließen – das sind zwar nur drei, aber eigentlich lege ich großen Wert auf meine Mitgliedschaft.« Er ließ den Blick über die ungeordneten Papiere auf seinem Schreibtisch wandern, als

307

sei es ihm unmöglich, jemandem in die Augen zu sehen.

»Ich ... ich halte mich gern dort auf, denn da habe ich es richtig behaglich. Man kann hingehen, wenn einem danach ist, oder ein ganzes Jahr wegbleiben – alles ist wie immer. Tiefe, bequeme Sessel. Bei schlechtem Wetter brennt ein wärmendes Feuer im Kamin. Ich mag das Knistern. Es ist so lebendig wie das Meer um ein Schiff herum. Die Clubdiener kennen einen so genau wie die eigene Besatzung. Man braucht ihnen nicht jedes Mal zu sagen, was man haben möchte. Wenn einem danach ist, kann man stundenlang einfach dasitzen und Zeitung lesen. Man kann aber auch mit einem der anderen ein Gespräch anknüpfen, wenn man Lust auf Unterhaltung hat.«

Sein Mund zog sich schmal zusammen. »So jedenfalls war das bis jetzt. Mittlerweile ist mir der Aufenthalt dort weiß Gott verleidet. Ich würde überhaupt nicht mehr hingehen, wenn ich nicht gewisse Pflichten übernommen hätte, die ich nicht vernachlässigen möchte. Mir ...« Er sah beiseite. »Mir ist nicht einerlei, was die Leute von mir denken.«

Pitt wusste nicht, was er sagen sollte. Cornwallis war einsam, ein Mann ohne die Liebe und die Wärme, das Zugehörigkeitsgefühl oder die Verantwortung, die Frau und Kinder mit sich bringen. Bei ihm daheim warteten nur Dienstboten auf ihn. Er konnte kommen und gehen, wann es ihm beliebte. Niemand brauchte oder vermisste ihn. Für seine Freiheit musste er einen hohen Preis zahlen: Jetzt hatte er niemanden, der mit ihm sprach, seine Aufmerksamkeit verlangte oder ihm Trost bot, ihn von seinen Befürchtungen und seiner Einsamkeit ablenkte, ihm die Alpträume erträglicher machte oder die Art von Gesellschaft und Zuneigung bot, die

308

nicht von den jeweils herrschenden Umständen abhingen.

Cornwallis begann die Papiere auf seinem Schreibtisch herumzuschieben, als suche er nach etwas Bestimmtem, wobei er aus der bloßen Unordnung ein wahres Chaos machte.

»White hat bereits aufgegeben«, sagte er, starr vor sich hinblickend.

Pitt war wie elektrisiert. Davon hatte er nichts gewusst. »Was, etwa sein Richteramt? Wann?«

Cornwallis hob ruckartig den Kopf. »Nein, seine Mitgliedschaft im Jessop-Club. Andererseits…« Seine Stimme klang angespannt. »Es ist nicht auszuschließen, dass er das auch noch tut. Damit hätte er sich der Versuchung entzogen und die Macht aufgegeben, das Verlangen dieses Unholdes zu erfüllen – immer vorausgesetzt, dass ein solches Verlangen geäußert wird.«

Wieder fuhr er mit der Hand von der Stirn nach hinten, als gäbe es dort Haare zurückzustreichen. »Wenn man allerdings sieht, wie der Erpresser Sir Guy behandelt hat, dürfte er auch imstande sein, White sogar dann noch rücksichtslos bloßzustellen, um uns anderen klar zu machen, mit wem wir es zu tun haben. Ich kann mir nicht vorstellen, dass White diese Möglichkeit nicht in seine Überlegungen einbezogen hat.«

»Davon weiß ich nichts«, sagte Pitt aufrichtig.

Cornwallis seufzte. »Ich auch nicht. Als ich ihn im Club gesehen habe, kurz bevor er seine Mitgliedschaft aufgekündigt hat, sah er entsetzlich aus. Er ist mir wie jemand vorgekommen, der sein eigenes Todesurteil gelesen hat. Ich habe wie ein Dummkopf in meinem Sessel gesessen und den Kopf in eine verdammte Zeitung gesteckt – wie Sie wissen, bringe ich es inzwischen nicht einmal mehr fertig, die

309

Times zu lesen.« Teilnahmslos spielten seine Finger mit den Briefen, Aktennotizen und Listen, die vor ihm lagen.

»Ein Blick auf White hat mir gezeigt, was er empfinden musste. Ich konnte praktisch seine Gedanken lesen, so sehr ähnelten sie den meinen. Er war krank vor Sorgen, bemüht, die Angst zu unterdrücken für den Fall, dass jemand etwas merkte, und er gab sich Mühe, unbeteiligt zu erscheinen. Dabei hat er aber immer wieder über die Schulter gesehen, vermutlich, weil er sich gefragt hat, wer noch Bescheid wusste, wer sein Verhalten für sonderbar hielt, wer Verdacht geschöpft hatte. Das ist fast das Schlimmste, Pitt.« Er hob den Blick. Seine Züge waren angespannt, glänzend und straff spannte sich die Haut über seinen Wangenknochen. »Im Kopf wirbeln einem Gedanken herum, die man verabscheut, ohne dass man sich dagegen wehren könnte. Leute sprechen mit einem und man deutet jede Äußerung falsch und überlegt, ob sich ein anderer Sinn dahinter verbirgt. Man wagt keinem Bekannten in die Augen zu sehen, aus Angst, dort einen wissenden Blick zu entdecken oder Abscheu. Schlimmer noch ist, dass man fürchtet, er könne das Misstrauen spüren, mit dem man ihn betrachtet.« Mit einem Mal stand er auf und trat ans Fenster, wobei er Pitt den Rücken halb zukehrte.

»Ich empfinde Abscheu vor dem Menschen, den diese Sache aus mir gemacht hat, und finde es widerwärtig, dass ich das zugelassen habe. Trotzdem weiß ich nicht, wie ich dagegen angehen soll. Gestern bin ich ganz zufällig in Piccadilly einem alten Bekannten aus der Marine über den Weg gelaufen. Er schien ganz begeistert zu sein, mich zu sehen, und ist zu mir auf die andere Straßenseite gekommen, wobei ihn fast eine Kutsche überfahren hätte. Mein erster Gedanke bei seinem Anblick war, ob er der Erpresser sein könnte! Dann habe ich mich so geschämt, dass ich ihm nicht in die Augen sehen konnte ...«

Bemüht suchte Pitt nach Worten des Trostes. Aber konnte er etwas sagen, was nicht unaufrichtig gewesen wäre? Dass ihn der Mann sicherlich verstanden oder ihm verziehen hätte? Verzeiht uns jemand, den wir für einen Erpresser halten, und sei es noch so flüchtig? Hätte Cornwallis ihn verdächtigt, ihre Beziehung würde nie wieder dieselbe sein wie früher. Etwas wäre unwiederbringlich dahin. Er hätte sich gesagt, Cornwallis hätte dich besser kennen müssen. Erpressung ist verwerflich, grausam, verräterisch und vor allem feige.

Mit einem Mal lachte Cornwallis. »Danke, dass Sie mir zumindest keine Floskel aufgetischt haben wie ›halb so schlimm‹ oder ›er würde das sowieso nicht merken‹ oder auch ›er hätte das bestimmt selbst nicht anders gemacht‹.« Nach wie vor drehte er Pitt den Rücken zu und hielt den Blick auf die Straße unter ihm gerichtet. »Es ist durchaus schlimm und ich würde von niemandem erwarten, dass er mir eine solche Haltung vergibt. Auch ich könnte niemandem vergeben, der mir so etwas zutraute. Am schlimmsten aber ist das Bewusstsein dieser Situation, ob nun ein anderer davon weiß oder nicht. Ich bin nicht mehr der, für den ich mich früher gehalten habe. Ich habe weder den Mut noch die Urteilskraft, die ich zu besitzen glaubte. Das nimmt mich am meisten mit.« Er wandte sich Pitt zu und stand jetzt mit dem Rücken zum Licht. »Der Erpresser hat mir einen Teil meines Wesens gezeigt, den ich lieber nicht kennengelernt hätte, denn er gefällt mir nicht.«

»Es muss jemand sein, der Sie kennt«, sagte Pitt leise. »Wie wäre es ihm sonst möglich gewesen, so viel über jenen Vorfall zu erfahren, dass er ihn in dieser entstellten Form wiedergeben konnte?«

Mit leicht gespreizten Beinen stand Cornwallis da, als stemme er sich gegen das Achterdeck eines stampfenden Schiffes. »Darüber habe ich mir auch schon Gedanken gemacht. Glauben Sie mir, Pitt, ich bin mitten in der Nacht in meinem Schlafzimmer auf und ab gegangen oder habe auf dem Rücken liegend die Decke angestarrt und dabei jeden Mann vor meinem inneren Auge Revue passieren lassen, der mir seit meiner Schulzeit über den Weg gelaufen ist. Ich habe mir den Kopf über die Frage zerbrochen, wen ich, mit Absicht oder aus Versehen, ungerecht behandelt haben könnte, an wessen Tod oder Kränkung mir jemand die Schuld geben könnte, weil er eine Situation falsch gedeutet hat.« Achselzuckend breitete er die Hände aus. »Mir fällt nicht einmal ein, was ich mit den anderen Opfern gemeinsam haben könnte. Mit Balantyne habe ich kaum je ein paar Worte gewechselt. Sicher, wir gehören beide dem Jessop-Club und einem Offiziersclub am Strand an, aber ich kenne hundert andere Männer mindestens ebenso gut wie ihn. Vermutlich habe ich mit ihm nicht öfter als ein Dutzend Mal geredet.«

»Kennen Sie Dunraithe White?« Auch Pitt ging in Gedanken die Möglichkeiten durch.

»Ja, aber nicht besonders gut.« Offensichtlich war die ganze Sache Cornwallis ein Rätsel. »Wir haben einige Male miteinander zu Abend gegessen und uns über seine Reisen unterhalten. Ich weiß nicht einmal mehr, worum es dabei ging. Ich fand ihn recht angenehm. Er ist Gartenliebhaber. Ich glaube, wir haben über Rosen gesprochen. Seine Frau kann Räume gestalten und hat einen Sinn für Farben. Es war deutlich zu sehen, dass er an ihr hängt. Das hat mir an ihm gefallen.« Auf Cornwallis' Gesicht trat flüchtig ein verträumter Ausdruck, während er der Erinnerung nachhing. »Später habe ich dann noch einmal mit ihm zu Abend gegessen. Eine Gerichtssache hatte ihn lange in der Stadt festgehalten. Er wäre viel lieber nach Hause gegangen, doch das war nicht möglich.«

»Man sagt, dass seine Urteile in jüngster Zeit befremdlich wirken«, sagte Pitt in Erinnerung an das, was ihm Vespasia mitgeteilt hatte.

»Ist das sicher?«, fragte Cornwallis rasch. »Sind Sie der Sache nachgegangen? Wer sagt das?«

Bei jedem anderen hätte Pitt mit der Antwort gezögert und sich auf seine Pflicht zur Amtsverschwiegenheit berufen, doch Cornwallis gegenüber kannte er in dieser Angelegenheit keine Geheimnisse.

»Theloneus Quade.«

»Quade!« Cornwallis schien wie vor den Kopf geschlagen. »Der gehört doch nicht etwa auch zu den Opfern? Großer Gott, wo soll das noch enden? Quade ist so rechtschaffen wie nur einer –«

»Nein, er wird nicht erpresst«, beeilte sich Pitt zu sagen. »Aber ihm sind in jüngster Zeit Whites Entscheidungen aufgefallen und er macht sich Sorgen. Lady Vespasia Cumming-Gould hat White in diesem Zusammenhang aufgesucht.«

»Ach so … ich verstehe.« Cornwallis biss sich auf die Lippe. Stirnrunzelnd trat er an seinen Schreibtisch und starrte trübe auf die Papierberge. Dann wandte er sich Pitt wieder zu. »Glauben Sie, dass diese willkürlich erscheinenden Urteile auf seine Besorgnis wegen der Erpressung zurückgehen? Meinen Sie, er hat Angst vor dem, was man als Nächstes von ihm verlangen wird? Oder könnten sie der Preis sein, den er dem Erpresser zahlt? Ist womöglich eine dieser befremdlichen Entscheidungen von besonderer

Bedeutung? Könnte es sein, dass es diejenige ist, um die sich alles dreht?«

Auch Pitt war dieser Gedanke gekommen und er hatte bereits ernsthaft darüber nachgedacht. Allerdings war er ihm nicht weiter nachgegangen, weil seine Hauptsorge Cornwallis galt.

»Letzteres könnte der Fall sein«, gab er zur Antwort. »Sind Sie sicher, dass nicht darin die Verbindung zwischen Ihnen und ihm besteht – ein zur Entscheidung anstehender Sachverhalt, mit dem Sie beide zu tun haben?«

»Inwieweit wären in dem Fall die anderen daran beteiligt?«, fragte Cornwallis. »Geht es um eine politische Angelegenheit? Stanley ist bereits zugrunde gerichtet. Die Rolle, die er spielt, ist mittlerweile kaum noch von Bedeutung – oder doch? Hat es schon immer zum Plan gehört, ihn auszuschalten, zu verhindern, dass er in das von ihm angestrebte Amt gelangt?« Er spreizte seine Hände weit. »Und Cadell? Sollte eine ausländische Macht dahinter stehen? Natürlich pflegt Tannifers Bank Beziehungen mit vielen Banken auf dem europäischen Kontinent. Es könnte um ungeheure Geldbeträge gehen. Balantyne hat in Afrika gekämpft. Könnte das dahinter stehen?« Seine Stimme hob sich ein wenig. Mit einem Mal lag eine Spur Eifer darin. »Hat es möglicherweise mit der Finanzierung der Diamanten- oder Goldförderung in Südafrika zu tun? Oder geht es einfach um Grund und Boden, um Expeditionen ins Innere des Kontinents, in deren Verlauf neue Gebiete wie das Maschonaland oder das Matabeleland beansprucht werden sollen? Es könnte auch um irgendeine Entdeckung gehen, von der wir nichts ahnen.«

»Balantyne hat den größten Teil seiner Dienstzeit in Indien verbracht«, sagte Pitt nachdenklich und überlegte, ob da Zusammenhänge bestehen konnten.

»Soweit ich weiß, war er in Afrika lediglich an der Operation in Abessinien beteiligt und das liegt am anderen Ende des Kontinents.«

Cornwallis zog sich seinen Stuhl herbei, setzte sich, beugte sich vor und fasste Pitt dabei fest ins Auge. »Eine Eisenbahnlinie vom Kap nach Kairo. Afrika ist eine neue Welt. Es wäre das kolossalste Projekt des neuen Jahrhunderts. Überlegen Sie nur, um was für Unsummen es dabei geht!«

Zwar erfasste Pitt zum Teil, was für eine gewaltige Vision dahinter stand, doch gewann sie vor seinem inneren Auge nicht wirklich Gestalt. Zweifellos gab es da Möglichkeiten, sein Glück zu machen, war damit ein Ausmaß an Macht verbunden, zu dessen Erreichung viele Menschen bereit wären zu töten und erst recht zu erpressen.

Mit umwölkter Stirn sah Cornwallis ihn an. Die ungeheuren Dimensionen dessen, was er da vor seinem geistigen Auge sah, überwältigten ihn. Mit eindringlicher Stimme sagte er: »Pitt, wir müssen eine Lösung finden, nicht nur um meinetwillen oder wegen der anderen Männer, für die es den Ruin bedeuten könnte. Hier geht es womöglich um eine Sache, bei der weit mehr auf dem Spiel steht als die Hand voll Menschenleben, die zur Zeit bedroht scheinen. Hinter der Sache könnte ein Korruptionsfall stecken, der imstande wäre, den Lauf der Geschichte auf Gott weiß wie viele Jahre hinaus zu verändern.« Er beugte sich noch weiter vor. In seinen Augen lag ein harter Glanz. »Sobald einer von uns unter dem Druck der Drohung etwas Unzulässiges tut, eine Straftat oder gar Landesverrat begeht, hat ihn der Mann vollständig in der Hand. Dann kann er verlangen, was er will, und es bliebe kein Ausweg – außer dem Tod.«

»Ja, ich weiß«, pflichtete Pitt ihm bei. Er sah den Abgrund an Korruption offen vor sich. Jeder der Männer litt allein, getrieben von Angst und Erschöpfung, rings von Verdächtigungen umgeben, bis er dem Druck nicht länger standzuhalten vermochte. Sie zu ermorden wäre weit weniger grausam.

Aber Wut darüber zu empfinden war Energieverschwendung, war vielleicht genau das, was der Erpresser wollte. Sie führte zu nichts, kostete Kraft und Zeit und trübte das klare Denken.

Mit Mühe gewann Pitt seine Fassung zurück. »Ich werde mir alle im Laufe des letzten Jahres von Dunraithe White entschiedenen Fälle genau ansehen sowie alle, die ihm der Geschäftsverteilungsplan am Gericht für die voraussehbare Zukunft zuweist.«

»Halten Sie mich auf dem Laufenden«, verlangte Cornwallis mit Nachdruck. »Am besten erstatten Sie mir täglich Bericht, damit wir unsere Ergebnisse vergleichen können. Zur Zeit tappen wir noch im Dunkeln und wissen nicht einmal, in welche Richtung wir gehen müssen. Es könnte sich um Unterschlagung oder Betrug handeln oder auch um einen Mord, der allem Anschein nach in der Privatsphäre stattgefunden hat. Geld muss auf jeden Fall mit hineinspielen, sonst hätte der Mann nicht Tannifer mit einbezogen, außerdem Auslandsinteressen – das würde erklären, warum er sich Cadell vorgenommen hat und vielleicht auch, dass er auf Balantyne verfallen ist…« Seine Stimme wurde lauter. Er hob die Hand und ließ einen Zeigefinger auf den Tisch niederfahren. »Ich hab's: Söldner! Eine Privatarmee? Vielleicht kennt Balantyne einen Mann, der bereit wäre, Soldaten dafür zu rekrutieren oder sich an deren Spitze zu stellen. Möglicherweise besitzt er ein Wissen, von dem er nicht einmal ahnt, dass es dem Mann nützlich ist… Außerdem dürfte es um einen wie auch immer gearteten Fall von strafrechtlicher Bedeutung gehen, an dem White und ich beteiligt sind oder bei dem ich noch hinzugezogen werden soll. Vielleicht haben wir hier einen Anfang.« In seinen Augen schimmerte Hoffnung. »Ich hätte White selbst fragen können, aber da er aus dem Jessop-Club ausgeschieden ist, habe ich keine Möglichkeit mehr, ihn beiläufig anzusprechen. Balantyne kommt nur zu den Ausschusssitzungen, die ihm vermutlich ebenso lästig sind wie mir. Der Mann sieht aus, als hätte er schon seit Wochen keine Nacht vernünftig geschlafen.«

Pitt verkniff sich den Hinweis, dass Cornwallis gleichfalls diesen Eindruck machte.

»Bei Cadell ist es nicht ganz so schlimm«, fügte Cornwallis hinzu und stand wieder auf. »Allerdings muss ich gestehen, dass ich ihn zuletzt vor mindestens einer Woche gesehen habe … bevor man dem armen Sir Guy den Todesstoß versetzt hat.«

»Ach, Sie kennen Leo Cadell?«, fragte Pitt rasch. Zwar hatte er das nicht gewusst, doch hätte es ihn eigentlich nicht überraschen dürfen. Der Kreis jener Männer, in deren Händen alle wichtigen Entscheidungen lagen, bestand aus wenigen hundert, die alle miteinander einer Hand voll Clubs und sonstigen Vereinigungen angehörten.

Cornwallis zuckte die Achseln. »Flüchtig. Er sitzt ebenfalls im Wohlfahrtsausschuss unseres Clubs. Wir treffen uns von Zeit zu Zeit, um das Los von Waisenkindern zu erleichtern. Das ist inzwischen der einzige Grund, warum ich überhaupt noch hingehe. Ich kann die armen Würmer ja nicht im Stich lassen.«

Auch Pitt erhob sich. »Ich nehme mir jetzt einmal die Fälle des Richters Dunraithe White vor. Vermutlich finden wir da das fehlende Bindeglied.«

»Gut. Geben Sie Bescheid, sobald Sie auf etwas stoßen, wie vage es auch aussehen mag«, drängte ihn Cornwallis.

Pitt versprach es und ging, nicht ohne eine Liste aller laufenden Fälle Cornwallis' sowie ein kurzes erklärendes Einführungsschreiben mitgenommen zu haben. Von einer Droschke ließ er sich zum Gericht Old Bailey fahren.

Die Liste der noch zur Entscheidung anstehenden Fälle, die er im Laufe des Nachmittags zusammenbekam, brachte ihn nicht weiter. Zwar war an einigen von ihnen sowohl Cornwallis als auch White beteiligt, doch war die Beziehung zwischen ihnen kaum wahrnehmbar. Er musste unbedingt Genaueres erfahren, und zwar möglichst von jemandem, der die Situation überblickte. Dafür kam in erster Linie Theloneus Quade in Frage. Ihn im Gericht anzusprechen, wo er den Vorsitz führte, dürfte schwierig und vermutlich auch unklug sein. Da Pitt seine Anschrift nicht kannte, blieb ihm nur ein erneuter Besuch bei Tante Vespasia.

Um sechs Uhr abends stand er vor ihrer Tür.

»Bringst du Neuigkeiten?«, fragte sie, als ihn das Mädchen ins Gesellschaftszimmer führte, wo sie im Schein der späten Nachmittagssonne Zeitung las. Sie legte das Blatt sogleich beiseite, und das keineswegs nur, weil es ein Gebot des Anstands war – sie machte sich wirklich Sorgen. Das schwarzweiße Hündchen zu ihren Füßen hob ein Augenlid, um sich zu vergewissern, dass der Besucher der war, für den es ihn dem Geruch nach gehalten hatte, ließ es befriedigt wieder sinken und schlief erneut ein.

»Eigentlich nicht«, gab er mit einem Blick auf die *Times* zur Antwort. Er sah, dass sie den Bericht über die Urteilsverkündung im Fall von Tranby Croft las. Sir William Gordon-Cumming war schuldig gesprochen worden. Es überlief Pitt sonderbar kalt. Er dachte weniger an die Frage, ob der Mann betrogen hatte oder

318

nicht – ihn erschreckte, dass man einen simplen Fall unehrenhaften Verhaltens beim Kartenspiel in der Öffentlichkeit so lange breitgetreten hatte, bis eine Unzahl von Menschen, von unverhülltem Hass getrieben, Aussagen machte, die einander widersprachen, und das Ganze die Ausmaße eines nationalen Skandals mit tragischen Folgen angenommen hatte. All das wäre seiner Ansicht nach nicht nötig gewesen. Angesichts so vieler Dinge im Leben, die unvermeidbar sind, schien es ihm widersinnig zuzulassen, dass ein so geringfügiger Vorfall derart aufgebauscht wurde.

»Zumindest dürfte der Kronprinz erleichtert sein, dass der Fall erledigt ist«, sagte er.

Vespasia warf einen Blick auf die zu Boden gefallene Zeitung. Auf ihrem Gesicht war deutlich Abscheu zu erkennen.

»Das nehme ich an«, sagte sie eisig. »Er hat den Gerichtssaal noch vor der Urteilsverkündung verlassen. Heute beginnen die Renntage von Ascot und Lady Drury, die auf ihrem Heimweg bei mir vorbeigekommen ist, sagt, er sei gemeinsam mit Lady Brooke zur königlichen Loge gefahren. Das war, vorsichtig ausgedrückt, taktlos und die Menge hat ihn ausgebuht und ausgezischt.«

Pitt fiel ein, dass sich Tante Vespasia nicht gern den Hals verrenkte, um zu ihm aufzusehen, und so setzte er sich. »Und was wird mit Gordon-Cumming?«, fragte er.

Ohne zu zögern gab sie zur Antwort: »Man wird ihn unehrenhaft aus dem Heer ausstoßen, alle Clubs werden ihm die Mitgliedschaft aufkündigen und die Gesellschaft wird ihn schneiden. Er kann von Glück sagen, wenn er künftig noch jemanden findet, der sich zu ihm bekennt.« Es war nicht einfach zu erkennen, wie ihre Meinung zu dem Fall aussah. Auf ihrem Gesicht lag unübersehbar Mitgefühl, auch wenn sie ihn möglicherweise für schuldig hielt. Pitt kannte sie gut genug, um zu wissen, wie komplex ihre Empfindungen waren. Nicht nur stand den Angehörigen ihrer Generation nichts höher als die Ehre, sie waren auch der Ansicht, seine Rolle als Thronfolger hätte den Prinzen von Wales zur Zurückhaltung verpflichtet, so dass er sich weder am Glücksspiel beteiligen noch den Lebemann hätte herauskehren dürfen. Obwohl sie etwa im gleichen Alter wie Königin Viktoria war und dieselbe historische Epoche durchlebt hatte wie jene, unterschied sie sich, soweit ihm bekannt war, in jeder Hinsicht von ihr.

»Hältst du ihn für schuldig?«, fragte er.

Sie öffnete ihre faszinierenden silbergrauen Augen weit, wobei sich ihre vollkommen geschwungenen Brauen kaum hoben. »Im Zusammenhang mit dem Fall, dem wir uns hier gegenübersehen, habe ich gründlich über diese Frage nachgedacht. In gewisser Weise dürfte der Schuldspruch die öffentliche Meinung widerspiegeln, jedenfalls den Sektor, der für Männer wie Dunraithe White und Brandon Balantyne von Bedeutung ist.« Mit leicht gerunzelter Stirn fuhr sie fort, wobei sie Pitt offen ansah: »Es scheint mir unbestreitbar, dass seine Art, die Einsätze zu machen, unklug war, vor allem wenn man bedenkt, in welcher Gesellschaft er sich befand.« Der Ausdruck in ihren Augen ließ sich nicht enträtseln. »Bei dieser Geschichte steht niemand besonders gut da, keiner der Männer und keine der Frauen. Es wird gemunkelt, und ganz abwegig scheint mir das nicht, man habe die ganze Sache in der Absicht inszeniert, Gordon-Cumming in Misskredit zu bringen, damit er als Rivale des Prinzen von Wales um die Gunst von Frances Brooke aus dem Rennen geworfen wurde.«

»Ist das etwa die Lady Brooke, mit der der Prinz heute zum Pferderennen gefahren ist?«, fragte Pitt überrascht. Er hielt ein solches Verhalten für ausgesprochen unintelligent oder unnötig überheblich, wenn nicht gar beides.

»Eben die«, sagte sie trocken. »Ich weiß nicht, ob die Behauptung zutrifft, aber die bloße Möglichkeit, dass es sich so verhalten könnte, zeigt schon, in welche Richtung die öffentliche Meinung geht.«

»Also dürfte er schuldlos sein?«, fragte er ruhig.

»Das weiß ich nicht«, gab sie zur Antwort. »Es heißt, dass die Geschworenen für ihren Spruch nur eine Viertelstunde gebraucht haben. Er wurde auch durchaus mit Spott und Hohn aufgenommen. Aber so, wie der Richter den Fall zusammengefasst hatte, war eine andere Entscheidung kaum möglich.«

»Und alles, um den Hals des Prinzen aus der Schlinge zu ziehen?«, fragte er.

Sie machte eine kaum wahrnehmbare Geste der Verzweiflung. »So sieht es aus.«

»Dann hat das mit unserer Sache nichts zu tun…«

Sie lächelte leicht. »Aber anderes hat damit zu tun, mein lieber Thomas. Die öffentliche Meinung ist ausgesprochen wetterwendisch und ich fürchte, unser Erpresser weiß nur allzu genau, was er tut. Er hat sich seine Opfer so geschickt ausgesucht, dass wir uns auf keinen Fall der Täuschung hingeben sollten, wir könnten ihn bei einem Fehler ertappen. Um deine Frage klar zu beantworten: Ja, ich fürchte, der arme Gordon-Cumming ist unschuldig.«

»Ich habe mir alle Fälle angesehen, in denen eine Verbindung zwischen Cornwallis und Dunraithe White bestehen könnte«, sagte Pitt nachdenklich, womit er zum eigentlichen Anlass seines Besuchs zurückkehrte, »und befürchte mittlerweile, dass die Verschwörung viel weiter reicht, als ich ursprünglich vermutet hatte. Wahrscheinlich wird sich der Mann nicht damit begnügen, Geld zu erpressen. Ihm dürfte es vor allem darum gehen, Männer in Macht-positionen zu korrumpieren…«" Bei diesen Worten hielt er aufmerksam den Blick auf sie gerichtet, weil er wissen wollte, ob sie seine Vorstellung für absurd hielt, sah aber lediglich, dass sie ihm konzentriert zuhörte. »Die Sache könnte mit der Anmeldung von Gebietsansprüchen in Afrika zu tun haben. Hier ließe sich am ehesten eine Beziehung zwischen all den Männern erkennen, von denen wir wissen.«

»Sicher hast du Recht«, stimmte sie mit einem Nicken zu. »Natürlich wissen wir nicht, wer unter Umständen sonst noch davon betroffen ist. Zu den beängstigendsten Aspekten dieses Falles scheint mir zu gehören, dass ohne weiteres noch mehr Vertreter der Regierung, der Rechtspflege oder anderer Zweige der Gesellschaft darin verwickelt sein können, die über Macht und Einfluss verfügen. Aber in der Tat spricht eine gewisse Wahrscheinlichkeit für die Afrika-Theorie. Die wenigsten von uns lassen sich träumen, welche Unsummen man dort zur Zeit ver-dienen kann. Vermutlich könnte Cecil Rhodes auf je-nem Kontinent ohne weiteres eine Art eigenes Reich errichten. Das Gold scheint eine Art von Wahn-sinn auszulösen – denn es hat während der ganzen Menschheitsgeschichte Leute gegeben, die sich von der Aussicht auf seinen Besitz haben blenden lassen.«

Er nahm das Blatt zur Hand, auf dem er die fünf Fälle notiert hatte, an denen sowohl Cornwallis als auch Dunraithe White beteiligt waren, und zeigte es ihr.

Durch ihre Lorgnette warf sie einen Blick darauf. »Brauchst du weitere Informationen über diese Fälle?«, fragte sie, als sie fertig war.

»Ja. White würde mir mit Sicherheit nichts sagen, denn wie du mir selbst mitgeteilt hast, denkt er nicht im Traum daran, dem Erpresser Widerstand zu leis-ten. Cornwallis möchte ich lieber nicht fragen, und zwar nicht nur, weil ich ihn auf dem Gebiet der Politik als unerfahren einschätze, sondern auch, weil wir mit der Möglichkeit rechnen müssen, dass die Sache doch an die Öffentlichkeit gelangt. Für diesen Fall möchte ich ihn nicht kompromittieren.« Selbst in diesem ruhigen, im Sonnenlicht liegenden Raum, der ihm so angenehm vertraut war, spürte er eine lastende Vorahnung, die sich nicht ohne weiteres abschütteln ließ. »Sollte es dahin kommen, muss ich die Möglichkeit haben, ihm beizustehen.«

»Das versteht sich von selbst, Thomas«, sagte sie ruhig. »Mir brauchst du nicht zu erklären, was es mit Verdächtigungen und Ehre auf sich hat.« Sie hielt seinem Blick stand. »Vielleicht solltest du mit Theloneus sprechen. Sicher kann er mehr herausbekommen, als er bisher weiß. Die Sache beunruhigt ihn ebenso sehr wie uns. Auch er fürchtet, dass es sich um eine weit verzweigte politische Verschwörung handelt, bei der große Entscheidungen auf dem Spiel stehen, die sich, einmal getroffen, nicht ohne weiteres rückgängig machen lassen. Wir sollten ihn aufsuchen – es sei denn, du hältst es für klüger, allein zu ihm zu gehen.« An ihrem Blick erkannte er, dass sie sich nicht gekränkt oder zurückgesetzt fühlen würde, wenn er ohne sie ginge.

»Mir ist dein Blickwinkel wichtig. Außerdem würdest du ihm vermutlich Fragen stellen, auf die ich nicht verfallen wäre.«

Sie nickte zustimmend und dankbar. Es gefiel ihr, nicht vom Leben um sie herum ausgeschlossen zu bleiben. Ihr Intellekt und ihre Neugier waren so wach wie eh und je und die immer gleichen Gesprächsstoffe der Angehörigen der gehobenen Gesellschaft langweilten sie schon seit Jahren ebenso wie deren Eigenheiten. Nur ein wahrhaft ausgefallener Exzentriker vermochte sie noch zu belustigen oder ihre Aufmerksamkeit zu erregen. Doch sie hätte sich eher die Zunge abgebissen, als das zu sagen. So lächelte sie lediglich und fragte ihn, ob es ihm recht sei, zuerst mit ihr zu Abend zu essen. Er nahm an.

»Selbstverständlich gibt es da viele Möglichkeiten«, sagte Theloneus Quade, während sie im Licht der späten Abendsonne in der Stille seiner Bibliothek saßen. Den kleinen Garten vor dem Fenster erfüllten Vogelgesang und das Plätschern eines kleinen steingefassten Springbrunnens. Ein sanfter goldener Lichtschimmer lag auf den voll erblühten Rosen, silbrig blitzte eine weiße Klematis.

»Man muss mit der Möglichkeit rechnen, dass Tannifer dazu gedrängt wird, ein Darlehen zu gewähren, für das es keine hinreichende Sicherheit gibt«, fuhr er fort, »oder das nicht zurückgezahlt werden kann. Vielleicht erwartet man auch von ihm, dass er betrügerischen Machenschaften nicht nachgeht, wie zum Beispiel Unterschlagungen, oder dass er ganz allgemein ein Auge zudrückt.«

»Das ist mir klar.« Pitt lehnte sich in dem bequemen Sessel zurück. In dem stillen Raum herrschte ein sonderbarer Zauber und es gab viele Hinweise auf den ganz persönlichen Geschmack seines Bewohners. Schon beim Eintreten waren ihm Bücher zu den verschiedensten Wissensgebieten aufgefallen: der Niedergang des Oströmischen Reiches, chinesisches Porzellan, die Geschichte der russischen Zaren, die Werke Dantes und William Blakes sowie Bücher zu einem Dutzend weiterer Themen, die in keinem Zusammenhang miteinander standen. An einer Wand hing ein Bonington-Aquarell mit Schiffen, das ziemlich wertvoll wirkte, auf jeden Fall aber großartig war.

»Es könnte auch jemand dahinter stehen, der eine Tat begangen hat, für die er demnächst vor Gericht

kommt«, fuhr Quade fort. »Möglicherweise hofft er,
der Gerechtigkeit auf diese Weise in den Arm fallen
zu können. Es ist denkbar, dass die anderen Opfer als
Zeugen in Frage kommen, nur dass sie noch nichts
davon wissen, und er ist der Ansicht, dass er sie
durch Drohungen gefügig machen oder ihre Aussage
entwerten kann, indem er ihre Glaubwürdigkeit un-
tergräbt. Das will er offenbar damit erreichen, dass er
sie in den Ruin treibt.« Die Frage in dem Blick, mit
dem er Pitt ansah, war unübersehbar. Sein freundliches Gesicht wirkte einfühlsam, aber nur ein Tor
hätte das und seine leise Stimme als Hinweis auf
Schwäche oder Unentschlossenheit gedeutet.

»Bisher habe ich keine Beziehung zwischen den Opfern entdecken können«, erklärte Pitt. »Sie scheinen
weder gemeinsame Interessen noch einen gemeinsamen Hintergrund zu haben und kennen einander nur
sehr flüchtig, etwa so, wie alle Londoner einer gewissen Gesellschaftsschicht miteinander bekannt sind.
Es gibt nur eine bestimmte Anzahl von Herrenclubs,
man gehört der Nationalen Geographischen Gesellschaft an, besucht das Britische Museum, geht ins
Theater, in die Oper oder zum Pferderennen. Obwohl
sich alles im selben Kreise abspielt, finde ich keine
Überschneidung zwischen ihnen, keinen Grad der Bekanntschaft, der nicht ebenso für tausend andere gilt.«

»Und keinem von ihnen wurde bisher eine Geldforderung gestellt?«, fragte Quade.

»Da bin ich nicht sicher.« Pitt dachte an Cadell.
»Unter Umständen könnte das bei Cadell aus dem
Außenministerium der Fall sein.« Er teilte ihm mit,
was er von Parthenope Tannifer erfahren hatte, und
berichtete von seinem eigenen Besuch bei Cadell und
dessen Reaktion.

Quade schwieg eine Weile, während er darüber
nachdachte.

Draußen begann es zu dämmern. Der Rasen lag bereits im Schatten und der Himmel färbte sich golden. »Ich werde das Gefühl nicht los, dass es um mehr geht«, unterbrach Tante Vespasia die Stille. »Geld ließe sich viel einfacher mit Hilfe handfester Drohungen und einem klaren Hinweis auf die Art der Zahlung erpressen. Das Muster scheint mir nicht zu stimmen.«

Pitt wandte sich um und sah sie an. Im Abendlicht konnte man ihr silbergraues Haar ohne weiteres für goldblond halten. Auf ihrem Gesicht, gegen dessen Schönheit die Jahre nichts ausrichten zu können schienen, lag der Ausdruck von Besorgnis.

»Ich neige dazu, dir Recht zu geben«, sagte Quade schließlich. »Die absichtsvolle Art, mit der der Erpresser seine Macht ausübt, macht mir ganz den Eindruck, als werde er von den Opfern etwas verlangen, was diesen im tiefsten Herzen widerstrebt. Bis er diese Forderungen aber stellt, werden Anspannung, Angst und Erschöpfung sie so geschwächt haben, dass ihnen keine Kraft zum Widerstand bleibt, so dass sie bereit sind, fast alles zu tun, was von ihnen verlangt wird, selbst etwas, was sie unter normalen Umständen ablehnen würden, ohne sich auch nur einen Augenblick zu besinnen.«

»Ich frage mich nur«, sagte Vespasia stirnrunzelnd, »warum man ausgerechnet Brandon Balantyne einen Toten vor die Tür gelegt hat. Das ist immerhin ein äußerst dramatisches und ziemlich extremes Vorgehen.« Sie ließ den Blick von Pitt zu Quade und wieder zurück wandern. »Hier hatte die Polizei keine andere Möglichkeit, als einzugreifen. Welchen Grund könnte der Erpresser haben, das zu wünschen? Man sollte doch annehmen, dass er öffentliches Aufsehen um jeden Preis zu vermeiden wünscht.«

»Auch mir gibt das zu denken«, gestand Pitt. »Es sei denn, man wollte Balantyne einem extremen

Druck aussetzen, ohne dass ich allerdings den Grund dafür ahne.«

»Könnte es nicht ein Zufall sein, dass der arme Albert Cole ausgerechnet da ums Leben gekommen ist?«, meldete sich Quade zu Wort.

»Das wohl nicht.« Als Pitt sah, wie überrascht die beiden auf die Gewissheit reagierten, mit der er das sagte, fiel ihm ein, dass sie noch nichts von der neuen Entwicklung in dem Fall wussten, und so fuhr er fort: »Tellman ist der Sache nachgegangen. Die bei dem Toten gefundene Sockenquittung hatte uns zu der Annahme veranlasst, es handele sich um Albert Cole. Darin hat uns ein Anwalt aus Lincoln's Inn Fields bestärkt, der ihn als Cole identifiziert hat.« Vorgebeugt und den Blick fest auf Pitt gerichtet, lauschten sie aufmerksam. »Doch inzwischen hat sich herausgestellt, dass es sich in Wahrheit um einen kleinen Gauner namens Josiah Slingsby handelt, der mit einem seiner Kumpane in Streit geraten ist. Dabei hat ihn dieser, ein jähzorniger Geselle namens Ernest Wallace, getötet.«

»Und am Bedford Square liegen lassen?«, fragte Vespasia verblüfft.

»Wahrscheinlich haben die beiden da bei einem Einbruch Balantynes Schnupftabaksdose gestohlen«, folgerte Quade. »Ach nein«, verbesserte er sich sogleich, »Sie haben ja gesagt, dass er sie dem Erpresser selbst gegeben hat. Ich muss gestehen, Mr. Pitt, dass die ganze Geschichte in meinen Augen keinen Sinn ergibt. Sie sollten sie besser noch einmal erklären. Wir müssen da etwas übersehen haben. Fangen wir mit dem richtigen Albert Cole an. Wo hält er sich auf?«

»Wallace hat Slingsby nicht am Bedford Square umgebracht«, warf Pitt ein, »und auch nicht in der Nähe. Der Streit hat in einem Gässchen in Shoreditch stattgefunden. Genau da hat er Slingsby auch liegen gelassen und das Weite gesucht. Er schwört Stein und

Bein, dass er nicht in der Nähe des Bedford Square war, und Tellman glaubt ihm das. Ich übrigens auch.«

»Und was ist mit der Sockenquittung?«, fragte Quade. »Hat er Albert Cole gekannt?«

»Er bestreitet das. Im Übrigen scheint es auch keinen Grund zu geben, das Gegenteil anzunehmen.«

»Und was sagt Cole selbst?«

»Den haben wir noch nicht gefunden. Tellman hat den Auftrag, ihn aufzuspüren.«

»Dann hat also jemand diesem Slingsby Albert Coles Quittung in die Tasche gesteckt, die Leiche zum Bedford Square transportiert und vor Balantynes Haustür gelegt«, sagte Vespasia mit einem Schauder, den sie nicht zu unterdrücken vermochte. »Daraus kann man wohl nur schließen, dass er Balantyne in Verlegenheit bringen, wenn nicht gar erreichen wollte, dass man ihn wegen Mordes festnimmt.«

»Du vergisst, dass es sich um den Erpresser handeln muss«, erinnerte Quade sie. »Wer sonst sollte dem Toten die Schnupftabaksdose in die Tasche gesteckt haben?«

Vespasia sah von Quade zu Pitt. »Aber warum? Wenn man Balantyne festgenommen hätte, wäre er weder imstande gewesen, Gelder zu zahlen noch irgendeine Art von Einfluss auszuüben.«

»Die einzige andere Möglichkeit«, überlegte Quade, »besteht darin, dass ihn der Erpresser aus dem Weg haben möchte, damit er ihm bei seinen Plänen nicht in Quere kommen kann. Es wäre denkbar, dass er bei Balantyne mit seinen Korruptionsversuchen auf Granit gebissen hat und ihn daher auf diese Weise aus dem Weg schaffen wollte.«

»Damit sind wir wieder bei der Frage, wie diese Pläne aussehen«, sagte Pitt hilflos. »Weder kennen wir sie, noch ist es uns bisher gelungen, Gemeinsamkeiten zwischen diesen Männern zu entdecken.« Er nahm die Liste mit den zur Entscheidung anstehenden Fällen heraus und übergab sie Mr. Quade. »Können Sie mir etwas darüber sagen? An jedem dieser Fälle war Cornwallis beteiligt und sie alle sind Dunraithe White zur Verhandlung zugewiesen worden. Hat einer der anderen Männer auf die eine oder andere Weise damit zu tun, und wäre es auch nur von ferne?«

Pitt und Vespasia schwiegen, während Quade die Liste mit gespannter Aufmerksamkeit durchging. Draußen wurde es rasch dunkel. Die Rosen ließen sich nur noch verschwommen erkennen. Nur über den Baumwipfeln lag noch ein wahrnehmbarer Lichtschimmer. Die Abendbrise fuhr durch das Laub einer Pappel, so dass diese wie ein glänzender Kirchturm aussah. Schwarz zeichnete sich ein Schwarm Stare vor dem sanften Blau des Himmels ab. Obwohl Elend und geschäftiges Treiben der Stadt nur wenige Schritte entfernt jenseits der hohen Gartenmauer lagen, hätte man glauben können, in einem anderen Land zu sein.

Die Uhr im Vestibül schlug die halbe Stunde.

»Manche dieser Fälle sind lediglich betrüblich«, sagte Quade schließlich. »Da haben sich Menschen in ihrer kurzsichtigen Habgier über alles hinweggesetzt und mit ihren Straftaten die Familien ihrer Opfer zugrunde gerichtet, aber damit ist die Sache auch erledigt. In gewisser Hinsicht ist der weitere Verlauf in jedem von ihnen vorgezeichnet und daran könnten weder Cornwallis noch White etwas ändern. Ein fähiger Strafverteidiger mag unter Hinweis auf die besonderen Umstände und damit, dass er den Angeklagten in einem menschlicheren Licht erscheinen lässt, eine gewisse Verminderung des Strafmaßes erreichen, aber am Urteil als solchem ändert das nichts.«

»Und die anderen?«, fragte Pitt.

»In einem Fall geht es um Mord innerhalb der Familie. Höchstwahrscheinlich hat sonst niemand mit der Sache zu tun, aber unmöglich ist es nicht. Da der Auslöser eine schöne Frau war, die mit ihrer Gunst sehr freizügig umging, sind möglicherweise noch andere Männer in den Fall verwickelt, aber ich vermag mir nicht so recht vorzustellen, auf welche Weise Erpressung dem Ehemann nützen sollte, dem die Tat zur Last gelegt wird. Da er sich bis zur Verhandlung in Haft befindet, hätte das ohnehin ein anderer für ihn einfädeln müssen. Unmöglich ist das allerdings nicht, denn er hat zwei ehrgeizige Brüder, die ihm die Stange halten.«

»Könnte der Fall alle unsere Erpressungsopfer mit einbeziehen?«, fragte Pitt zweifelnd.

»Sofern es um Laetitia Charles geht, mit Sicherheit nicht«, sagte Vespasia ziemlich scharf. »Sie war, krass gesagt, eine Frau, die mit ihren Gefühlen außergewöhnlich großzügig umging und einen recht anspruchslosen Geschmack hatte. Ihre Offenheit grenzte an Vulgarität und ihr überwältigender Hang zum Absurden ging oft auf Kosten ihrer Bewunderer und ihres Mannes«, sagte sie mit einem leichten Zucken ihrer schmalen Schultern. Der Ausdruck ihres im Schatten liegenden Gesichts ließ sich nicht deuten. »Ein Mann wie Kapitän Cornwallis hätte vor ihr Reißaus genommen und sie wiederum hätte ihn zum Gähnen langweilig gefunden. Leo Cadell hätte jeglichen Kontakt mit ihr aus bloßem Selbsterhaltungstrieb vermieden und wäre ihr sogar auf gesellschaftlicher Ebene aus dem Weg gegangen. Dunraithe White hat in seinem ganzen Leben noch keine andere Frau als Marguerite angesehen. Selbst wenn er es gewollt hätte, und ich bin bereit, diese Möglichkeit einzuräumen, hätte ihm sein Ehrgefühl nicht eine ruhige Minute gelassen und zumindest ich wüsste von der Sache.«

Quade lächelte gequält. »Wahrscheinlich hast du Recht, meine Liebe. Damit bleiben noch zwei Fälle von Betrug und Unterschlagung, in denen es um hohe Beträge geht. Der eine betrifft internationale Bankgeschäfte mit dem europäischen Kontinent, genau gesagt, mit dem Deutschen Reich, und die Weiterleitung von Mitteln an ein sehr fragwürdiges Unternehmen in Südafrika. Im anderen geht es um den Versuch, gefälschte Kuxe zu verkaufen, also Anteilsscheine an Bergbauunternehmen, die sich ebenfalls in Afrika befinden.«

»Könnte zwischen den beiden eine Verbindung bestehen?«, fragte Pitt rasch.

»Auf den ersten Blick nicht, aber man kann es nicht ausschließen.« Quade sah erneut auf das Blatt. »Man müsste wissen, wer die Erwerber der Kuxe sind. Denkbar wäre es, dass alle Opfer zu ihnen gehören.«

»Und wo in Afrika liegen diese Bergbauunternehmen?«, fasste Pitt nach.

»Soweit ich weiß, in verschiedenen Gegenden des Kontinents.« Quade runzelte die Stirn. »Es könnte sich lohnen, der Sache weiter nachzugehen. Bis der Fall verhandlungsreif ist, wird es ohnehin noch eine Weile dauern.«

»Die Ermittlungen sind noch nicht abgeschlossen?«, fragte Pitt mit einem sonderbaren Gefühl. »Wer führt sie?«

»Oberinspektor Springer«, antwortete Quade. »Die Federführung hat Cornwallis.« Mit gespanntem Blick sah er Pitt an. Auf seinen Zügen ließ sich deutlich erkennen, was er dachte.

»Aha«, sagte Pitt gedehnt. Er verabscheute sich selbst wegen der Gedanken, die ihm unwillkürlich kamen. Auch Vespasia sah zu ihm hin, doch konnte sie sein Gesicht nicht deutlich erkennen, da die Gaslampen noch nicht entzündet waren. Das letzte Tageslicht schwand jetzt rasch. Durch die offenen Fenster hörte man das Rauschen im Laub der Pappel wie Wellenschlag an einem fernen Strand.

Quade ergriff statt seiner das Wort. »Natürlich kann man sich vorstellen, dass Cornwallis unter Druck gesetzt wird, den Fall ruhen zu lassen, Springer abzuziehen, die Ermittlungen einzustellen und die Beweismittel auf die eine oder andere Weise unbrauchbar zu machen. In ähnlicher Weise könnte man auch Dunraithe White unter Druck setzen, ein abwegiges oder aberwitziges Urteil zu fällen.«

»Wäre das Verfahren damit nicht ungültig?«, fragte Pitt.

»Nur im Fall eines Schuldspruchs«, gab Quade zur Antwort. »Die Krone hat keine Möglichkeit, gegen einen Freispruch anzugehen. Andernfalls würden bestimmte Verfahren unter Umständen nie zu Ende geführt.«

»Da haben Sie Recht.« Pitt hatte nicht gründlich genug über die Frage nachgedacht. Die Vorstellung, dass sich Cornwallis in einer solchen Situation befinden und bereits kompromittiert sein könnte, quälte ihn mehr, als er geglaubt hätte. Zwar hatte Cornwallis nichts gesagt, doch war er aus seiner Zeit als Kapitän auf hoher See an die Einsamkeit gewöhnt, an Situationen, in denen er niemandem etwas anvertrauen durfte, weil er sonst unter Umständen seinen Führungsanspruch rettungslos verwirkt hätte. In manchen Situationen war ein Kapitän auf dem Achterdeck seines Schiffes so allein, als gäbe es auf der weiten Fläche des Ozeans niemanden außer ihm. Sein herausgehobener Rang, seine Pflichten, seine Vorrechte, alles gründete sich darauf, dass er nie die geringste Schwäche zeigte, nie den Eindruck machte, unentschlossen zu sein oder etwas nicht zu wissen, keinen Fehler beging. Nur so konnte er in einem Element überleben, das seinen eigenen Gesetzen gehorchte und weder Gnade noch Mitgefühl kannte.

Die wenigen an Land verbrachten Jahre hatten sicherlich nicht genügt, das Wesen dieses Mannes grundlegend zu ändern, und möglicherweise würden sie es nie tun. Vermutlich würde er im Angesicht einer Gefahr immer auf die ihm vertrauten Mechanismen zurückgreifen, die ihn zahllose Gefahren hatten überstehen lassen – ein Instinktverhalten, das ganz automatisch ablief und gegen das er nicht einmal etwas hätte unternehmen können, wenn das seine Absicht gewesen wäre.

»Hat auch Tannifer mit der Sache zu tun?«, fragte Pitt und musste an Parthenope und ihre wilde Entschlossenheit denken, ihrem Mann zur Seite zu stehen.

»Da es um Unterschlagung geht, ist das möglich«, gab Quade zur Antwort.

»Und Cadell?«, fuhr Pitt fort.

»Es handelt sich um Gelder, die nach Afrika gegangen sind. Das kann das Außenministerium berühren.«

»Balantyne?«

»Ich sehe nicht, wie, aber es gibt noch vieles aufzudecken.«

»Ich verstehe.« Pitt erhob sich langsam. »Ich danke Ihnen, dass Sie mir Ihre Zeit gewidmet und mich an Ihren Überlegungen haben teilnehmen lassen.«

Lady Vespasia beugte sich vor, um aufzustehen, und Quade bot ihr den Arm. Sie nahm ihn, aber ohne sich darauf zu stützen. Es sollte nicht so aussehen, als brauche sie Hilfe.

»Wir waren wohl nicht besonders hilfreich, nicht wahr?«, fragte sie Pitt. »Tut mir Leid, Thomas. Die Wege der Freundschaft sind bisweilen voller Fallen und manche davon können große Schmerzen verursachen. Ich wollte, ich könnte voll Zuversicht sagen, dass Cornwallis bestimmt nicht nachgeben wird, aber das entspricht nicht meiner Überzeugung und du würdest das auch merken. Ich kann auch nicht sagen, dass ihm die Sache nichts anhaben kann, wenn er mit äußerstem Mut und Ehrbewusstsein standhält. Doch trotz der wenigen und unzulänglichen Waffen, die uns zu Gebote stehen, werden wir den Kampf auf keinen Fall aufgeben.«

»Das ist mir klar«, sagte er mit einem Lächeln. »Noch sind wir nicht geschlagen.«

Sie erwiderte sein Lächeln flüchtig, war aber innerlich so aufgewühlt, dass sie mehr nicht herausbrachte.

Sie verabschiedeten sich und Quade sah ihnen aus dem hell erleuchteten Eingang nach. Inzwischen brannten die Straßenlaternen. Während sie in Vespasias Kutsche heimfuhren, hatte keiner von beiden das Bedürfnis, etwas zu sagen.

Am nächsten Morgen suchte Pitt Cornwallis auf. Er war förmlich zerrissen zwischen seiner Pflicht, der Sache bis in die letzten Verästelungen nachzugehen, und seinen freundschaftlichen Gefühlen diesem Mann gegenüber. Ganz gleich, ob Cornwallis das verstand oder nicht, Pitt durfte keinesfalls seine Aufgaben vernachlässigen, denn damit hätte er keinem von beiden genützt.

Wieder schritt Cornwallis in seinem Arbeitszimmer auf und ab. Bei Pitts Eintreten wandte er sich um und blieb abrupt stehen, als hätte man ihn bei verbotenem Tun ertappt. So, wie er aussah, konnte er in letzter Zeit nicht besonders viel geschlafen haben; wahrscheinlich aß er auch nicht richtig. Die Augen lagen tief in ihren Höhlen und zum ersten Mal, seit Pitt ihn kannte, saß das Jackett nicht glatt auf seinen Schultern.

»Ich habe wieder einen Brief bekommen«, sagte er übergangslos. »Heute Morgen.« Er wartete ab, bis Pitt seine Frage stellte.

Pitt spürte, wie ihn ein Frösteln überlief. Das musste die Forderung sein. Er konnte es an Cornwallis' Augen sehen.

»Was will er?« Er bemühte sich, nicht zu zeigen, dass er es bereits wusste.

Mit belegter Stimme, als wäre sein Hals entzündet, sagte Cornwallis: »Ich soll die Ermittlungen einstellen«, antwortete er. »Andernfalls würde der Vorfall auf der *Venture* in allen Londoner Zeitungen bekannt gegeben. Ich könnte es noch so sehr bestreiten, es würde immer Leute geben, die an meiner Darstellung zweifeln und den Vorwurf glauben. Man… man würde mich aus meinen Clubs ausschließen, vielleicht sogar degradieren. Sehen Sie nur, wie es Gordon-Cumming wegen eines weit unbedeutenderen Vergehens ergangen ist!« Sein Gesicht war aschfahl und es gelang ihm nur mit übermenschlicher Willensanstrengung zu verhindern, dass seine Hände zitterten.

»Welche Ermittlungen?«, fragte Pitt und rechnete damit zu hören, dass es um den Unterschlagungsfall ging, den Springer bearbeitete.

»Die Ermittlungen in der Erpressungssache!«, stieß Cornwallis mit gerunzelter Stirn hervor. »Die Wahrheit über Slingsby und den Mord vom Bedford Square soll nicht bekannt werden – es soll verborgen bleiben, wer den Toten vor Balantynes Tür gelegt hat! Was in drei Teufels Namen will der Kerl bloß von uns?« Unwillkürlich hob er die Stimme. In ihr schwang ein Anflug von Panik.

Der Raum, der im hellen Sonnenlicht dalag und durch dessen offenes Fenster der Verkehrslärm von der Straße wie Donnerhall hereindrang, schien vor Pitts Augen zu verschwimmen.

»Aber Sie werden doch nicht...«, zwang er sich zu sagen. Er konnte kaum die Lippen bewegen.

Eine leichte Röte trat auf Cornwallis' eingefallene Wangen. Die scharfen Züge um seinen Mund herum entspannten sich ein wenig. »Natürlich nicht«, sagte er mit großem Nachdruck und voll Pathos. Es schien ihn selbst zu überraschen, als hätte er nicht geglaubt, eine Sache so leidenschaftlich vertreten zu können. »Wo denken Sie hin, Mann Gottes!« Er schien noch etwas hinzufügen zu wollen, vielleicht einige Worte des Dankes, dass Pitt nichts anderes von ihm angenommen hatte, doch hielt er sie wohl im letzten Augenblick für zu offen, für einen zu vertrauten Hinweis auf Freundschaft und Verletzlichkeit. Es war besser, sie ungesagt zu lassen, so zu tun, als verstehe sich das von selbst. Über solche Dinge sprachen Männer nicht miteinander.

»Natürlich nicht.« Pitt schob seine Hände tief in die Taschen. »Zumindest haben wir jetzt einen weiteren Ansatzpunkt, von dem aus wir vielleicht weiterkommen.« Er musste etwas sagen, was zur Sache gehörte, und wäre es noch so belanglos. »Am besten suche ich Cadell noch einmal auf.«

»Tun Sie das«, stimmte Cornwallis zu. »Teilen Sie mir mit, was Sie ermittelt haben.«

Pitt ging zur Tür. »Vielleicht gehe ich auch zu Balantyne«, fügte er im Hinausgehen hinzu. »Ich berichte Ihnen dann, ob es bei ihm etwas Neues gibt.«

KAPITEL
NEUN

Am Vorabend war Pitt spät nach Hause gekommen, hatte aber trotzdem Charlotte nicht nur mitgeteilt, was es Neues gab, sondern auch, welche Gedanken ihn beunruhigten. Sie war nur allzu bereit gewesen, ihm zuzuhören, einerseits, um ihm seine Last zu erleichtern, andererseits, weil sie selbst gern Genaueres erfahren wollte. Noch weit nach Mitternacht hatten sie miteinander geredet, so groß war beider Besorgnis und ihr Bedürfnis gewesen, sich gegenseitig beizustehen.

Am nächsten Vormittag sorgte sich Charlotte mehr denn je um General Balantyne. Es sah ganz so aus, als habe es der Erpresser mehr und in persönlicherer Weise auf ihn abgesehen als auf die anderen Opfer. Pitt hatte ganz bewusst nicht gesagt, dass es Balantyne, wenn man ihm den Mord an Albert Cole zur Last gelegt hätte, nicht möglich gewesen wäre, wie auch immer geartete Forderungen des Erpressers zu erfüllen. Sie hatte auch ohnedies verstanden, dass der Erpresser von Balantyne weder Geld verlangte, noch dass er seinen Einfluss geltend machte, sondern eher darauf aus war, ihn zu vernichten. Sein Ziel schien es zu sein, die Gegenseite handlungsunfähig zu machen, und das würde er mit dem Ruin oder auch mit dem Tod seines Opfers erreichen. Pitt war diesem Thema ausgewichen, weil er Charlotte nicht weh tun wollte, aber der Gedanke drängte sich von selbst auf, sobald man über die Sache nachzudenken begann.

Es war ein herrlicher Sonnentag, aber glücklicherweise ein wenig kühler als zuvor. Endlich wehte ein leichter Wind, der die erstickende Hitze milderte. Bei so herrlichem Wetter blieb nur im Hause, wer unbedingt musste. Charlotte hatte sich mit Balantyne wie beim vorigen Mal am Britischen Museum verabredet, war jedoch froh, als ein Fahrradbote eine Mitteilung brachte, in der dieser anfragte, ob sie einverstanden sei, sich stattdessen am Eingang zum Königlichen Botanischen Garten im Regent's Park mit ihm zu treffen.

Sogleich schrieb sie freudig eine bejahende Antwort und gab sie dem Jungen mit.

So stand sie um elf Uhr in einem altrosa Kleid und mit einem von Vespasias ausgefallensten Hüten im Sonnenschein gleich hinter dem Eingang und sah den Vorüberkommenden zu. Diesem Zeitverbreib gab sie sich sehr gern hin, immer vorausgesetzt, man ließ sie nicht allzu lange warten. Dabei versuchte sie sich vorzustellen, was für Menschen das wohl waren, die sie da sah, in was für Häusern sie wohnen mochten, welches Leben sie führten, warum sie hergekommen waren und so weiter.

Da waren Liebespaare, die, ohne einen Blick an die Welt um sie herum zu verschwenden, Arm in Arm gingen, miteinander tuschelten und lachten. Andere waren zurückhaltender, taten so, als wären sie lediglich gute Bekannte, die einander zufällig getroffen hatten, und gaben sich die größte Mühe, den Eindruck zu erwecken, als bestünde keine besondere Beziehung zwischen ihnen. Kichernd und mit gebauschten Unterröcken zog eine Gruppe halbwüchsiger Mädchen, deren Haar im Licht der Sonne schimmerte, den Weg entlang. Der leichte Musselinstoff ihrer pastellfarbenen Kleider blähte sich im leisesten Windhauch. Sich dicht beieinanderhaltend, warfen sie unauffällig den jungen Männern scheinbar gänzlich uninteressierte Blicke zu, wobei ihre Wangen glühten.

Zwei junge Soldaten führten ihre eleganten Ausgehuniformen spazieren. Unwillkürlich musste Charlotte denken, dass sie in Zivil wahrscheinlich aussehen würden wie jeder beliebige Lehrjunge oder Ladenschwengel. Der einzige Unterschied lag in ihrem schneidig-forschen Auftreten und der feschen Montur. Lächelnd sah sie zu ihnen hin. Wie sie so vorüberstolzierten, wirkten sie zugleich draufgängerisch und unschuldig. Ob Balantyne vor dreißig Jahren ebenso gewesen war?

Sie konnte ihn sich unmöglich so jung und unreif vorstellen.

Eine ältere Dame in lavendelfarbenem Kleid kam vorüber. Vielleicht trug sie Halbtrauer oder die Farbe gefiel ihr. Sie setzte langsam einen Fuß vor den anderen und betrachtete aufmerksam die Fülle der herrlichen Blumen.

Obwohl Charlotte wusste, dass Balantyne kommen würde, sah sie ihn erst, als er neben ihr stand.

»Guten Morgen«, sagte er und sie fuhr zusammen. »Sie sind herrlich, nicht wahr?«

Sie begriff, dass er die Rosen meinte. »Ja, bezaubernd.« Mit einem Mal hatte sie jedes Interesse an ihnen verloren. Im grellen Licht des Morgens erkannte sie die Erschöpfung auf seinen Zügen, das Netz feiner Linien um Augen und Mund, die Schatten unter den Augen, die von zu wenig Schlaf zeugten.

»Wie geht es Ihnen?«, erkundigte er sich und sah sie an, als sei ihm die Antwort sehr wichtig.

»Lassen Sie uns ein wenig spazieren gehen«, schlug sie vor und hob die Hand.

Ohne zu zögern bot er ihr seinen Arm.

»Sehr gut«, antwortete sie, während sie zwischen den Beeten umherwandelten, zwei Menschen unter vielen anderen. »Aber die Lage hat sich kaum gebessert, eher fürchte ich, dass das Gegenteil der Fall ist.« Sie spürte, wie sich die Muskeln seines Armes unter ihrer Hand verkrampften. »Es hat diese und jene sonderbare Entwicklung gegeben, von denen nichts in den Zeitungen gestanden hat. So ist zweifellos erwiesen, dass der Tote doch nicht Albert Cole war, sondern ein kleiner Dieb aus Shoreditch namens Josiah Slingsby.«

Er blieb stehen, fuhr herum und sah sie an. »Aber das ergibt doch keinen Sinn!«, sagte er. »Hat er die Schnupftabaksdose gestohlen? Wem? Der Erpresser kann er auf keinen Fall gewesen sein, denn heute Morgen habe ich einen weiteren Brief bekommen.«

Obwohl sie mit dieser Möglichkeit gerechnet hatte, durchfuhr es sie, als hätte ihr jemand einen Schlag versetzt. Wieder hatte der Unbekannte ausgeholt und die Menschen daran erinnert, dass er wirklich war und die Macht besaß, ihnen Leid zuzufügen.

»Was steht darin?« Die Worte kamen mühselig, ihr Mund war wie ausgedörrt.

»Das Gleiche wie vorher«, sagte er und begann weiterzugehen. Dort, wo sie standen, wehte kein Wind und der schwere Duft der Rosen lag die Sinne betäubend in der Luft.

»Hat er immer noch nichts verlangt?«, fragte sie. Täte er es doch! Auf den Schlag zu warten war fast schlimmer, als sich ihm zu stellen, wenn es so weit war. Wahrscheinlich aber gehörte die Angst zum Plan, die Schwächung des Opfers und die gnadenlose Hatz, bis der Angriff erfolgte.

»Nein.« Er hielt den Blick vor sich gerichtet und vermied es, sie anzusehen. »Weder Geld noch sonst etwas. Ich weiß schon nicht mehr, wie viele Stunden ich wach gelegen und mir zu überlegen versucht habe, was er eigentlich von mir will. Ich bin in Gedanken alle Gebiete durchgegangen, auf denen ich tätig werden könnte oder Einfluss besitze, habe an jeden Menschen gedacht, auf dessen Verhalten ich zum Guten oder Bösen einwirken könnte – und mir ist nichts eingefallen.«

Die Vorstellung war ihr zuwider, aber sie musste konsequent sein, wenn sie gegen die Bedrohung ankämpfen wollte. »Gibt es jemanden, dem Sie bei der Beförderung oder mit Bezug auf Geld im Wege stehen?«

»Sie meinen beim Militär?« Er lachte; es klang beinahe schrill. »Wohl kaum. Ich habe den aktiven Dienst quittiert und besitze weder einen Adelstitel noch erhebliche Vermögenswerte. Das wenige, was mir gehört, wird Brandy erben. Er kann auf keinen Fall hinter dieser Sache stehen; das wissen Sie ebenso gut wie ich.«

»Und andere gesellschaftliche oder finanzielle Positionen?«, hakte sie nach. »Irgendwelche Wahlämter?«

Er lächelte. »Ich bin Vorsitzender einer Vereinigung von Forschungsreisenden, die sich einmal im Vierteljahr treffen und einander Geschichten erzählen, die wir dank unserer Vorstellungskraft und unseres Wunschdenkens kräftig aufbauschen und ausschmücken, um uns zu unterhalten. Wir sind alle über fünfzig, viele über sechzig, und sonnen uns im Ruhm und Glanz unserer einstigen Taten. Wir denken an Afrika, wie es früher war, ein wahrhaft dunkler Kontinent voller Geheimnisse und Abenteuer, durch den wir gezogen sind, von Sehnsucht nach dem Unbekannten getrieben, lange bevor jemand im Zusammenhang mit Investitionen und der Erweiterung unseres Machtbereichs an diesen Kontinent dachte.«

»Aber als Ergebnis Ihres Aufenthalts dort besitzen Sie Kenntnisse, die sich verwerten ließen, nicht wahr?«, fuhr sie fort.

»Schon, aber ich kann mir nicht vorstellen, dass einer der heutigen Forschungsreisenden oder Finanziers damit etwas anfangen könnte.« Er runzelte die Stirn. »Meinen Sie, die Sache könnte im Zusammenhang mit Afrika stehen?«

»Mein Mann hält das zumindest für eine Möglichkeit. Meine Großtante Vespasia sieht dahinter eine weit reichende Verschwörung, von der sich jemand beträchtlichen materiellen Vorteil verspricht.«

Sie kamen jetzt an anderen bunten Beeten voll reicher Düfte vorüber. Über dem Rascheln von Kleidern und dem leisen Gemurmel der Gespräche war das Summen der Bienen zu hören.

»Vorstellbar wäre das«, sagte er.

»Und sonstige Ämter?«, fragte sie.

»Ich war Vorsitzender einer Gesellschaft zur Förderung junger Künstler, aber meine Amtszeit ist im vorigen Jahr abgelaufen.« Er gab sich Mühe, mit dem Klang seiner Stimme zu betonen, wie unbedeutend die Sache war. »Außerdem gehöre ich seit einiger Zeit einer Gruppe innerhalb des Jessop-Clubs an, die Gelder für ein Waisenhaus aufzubringen versucht. Ich kann mir nicht vorstellen, dass mir jemand dies Amt streitig machen möchte. Erstens ist es nichts Exklusives und zweitens vermute ich, dass jeder willkommen wäre, der bereit ist, sich daran zu beteiligen.«

»Das klingt in der Tat nicht wie etwas, was man durch Erpressung erreichen möchte«, stimmte sie zu.

Schweigend legten sie etwa hundert Schritte auf dem Weg zurück, der um die Anlage des Botanischen Gartens herum in den eigentlichen Regent's Park führt. Es wurde allmählich wärmer, und der leichte Wind hatte sich gelegt. In der Ferne spielte eine Musikkapelle.

»Vermutlich hat die Polizei ihren Verdacht, ich könnte etwas mit der Sache zu tun haben, nicht aufgegeben, nur weil sich herausgestellt hat, dass der Tote Slingsby und nicht Cole heißt«, sagte er schließlich. »Immerhin kann er wie jeder andere Botengänge für den Erpresser erledigt haben. Haben Sie gesagt, dass er ein Dieb war?«

»Ja, und gelebt hat er in Shoreditch, also weit vom Bedford Square entfernt«, sagte sie rasch. »Dort hat ihn einer seiner Kumpane umgebracht. Mein Mann weiß, dass die ganze Sache nicht das Geringste mit Ihnen zu tun hat.«

»Warum lässt sein Mitarbeiter dann nicht von mir ab?«

»Er will in Erfahrung bringen, was den Erpresser an Ihnen interessiert«, sagte sie im Brustton der Überzeugung. »Es kann nur irgendein Einfluss sein, über den Sie verfügen, irgendeine Macht oder Informationen, die Ihnen zugänglich sind. Was verbindet Sie eigentlich mit den anderen Opfern?«

Ein trübseliges Lächeln legte sich auf seine Züge und er sagte mit bitterem Spott: »Da mir unbekannt ist, um wen es sich handelt, kann ich das nicht einmal raten.«

»Sie haben Recht«, sagte sie betroffen. »Einer ist Bankier, ein anderer Diplomat, Sir Guy Stanley kennen Sie selbstverständlich ...« Sie sah, wie in seinem Gesicht Mitgefühl aufblitzte, und fuhr fort: »Dann haben wir einen Richter ...« Sollte sie den Namen Cornwallis nennen oder nicht? Pitt hätte es wohl lieber gesehen, dass sie es unterließ, aber die Situation war zu bedrohlich für Geheimnisse, die ohnehin weitgehend nur gehütet wurden, um Menschen Peinlichkeiten zu ersparen. »Und der Letzte ist stellvertretender Polizeipräsident.«

Er sah sie an. »Cornwallis«, sagte er leise. »Selbstverständlich erwarte ich nicht, dass Sie mir das bestätigen. Es tut mir sehr Leid – ein wirklich anständiger Mann, auf den man bauen kann.«

»Kennen Sie ihn gut?«

»Nein, nur flüchtig. Wir gehören demselben Klub an – sogar zweien. Ein aufrechter Charakter.« Wieder schwieg er eine Weile. »Guy Stanley habe ich auch gekannt. Nicht besonders gut, aber ich mochte ihn.«

»Sie sprechen in der Vergangenheit von ihm.«

Sein Gesicht verschloss sich. »Ach ja. Tut mir Leid. Das ist unentschuldbar. Ich habe viel an ihn denken müssen, seit die Sache bekannt geworden ist. Armer Teufel.« Er zitterte ein wenig, zog die Schultern hoch und erschauerte dann, als friere er trotz des warmen Sonnenscheins. »Ich war bei ihm. Wollte ihm sagen ... ich weiß nicht, vielleicht nur, was Sie mir sagen wollten, als Sie zu mir gekommen sind, dass ich ihn immer noch als meinen Freund betrachte. Ich bin fest überzeugt, dass der Vorwurf, den man ihm macht, nicht zutrifft, habe aber keine Ahnung, ob er mir geglaubt hat.«

Ein Hund mit einem Stöckchen in der Schnauze querte ihren Weg.

Balantyne sah starr vor sich hin. »Vielleicht hätte ich den Mut aufbringen sollen, ihm zu sagen, dass auch ich Opfer dieses Erpressers bin. Aber nicht einmal ihm gegenüber habe ich es fertig gebracht zu sagen, wessen man mich beschuldigt. Jetzt ärgere ich mich darüber. Hätte ich es doch getan, dann wüsste er vielleicht, dass ich ihm glaube. Aber vermutlich hatte ich Sorge, er werde mir die Wahrheit nicht glauben.« Erneut wandte er sich ihr zu. »Genau das ist es: Ich bin mir keines Menschen mehr sicher. Ich misstraue Leuten, bei denen ich das noch vor einem Monat für ausgeschlossen gehalten hätte. Man begegnet mir mit Anstand, Freundschaft und Güte und ich zweifle an der Aufrichtigkeit dieser Gefühle, sehe dahinter eigennützige Beweggründe, wittere Betrug und lese einen Doppelsinn in die harmlosesten Äußerungen hinein. Sogar was ich an Gutem besitze, beflecke ich auf diese Weise.«

Sie drückte seinen Arm fester und trat so nah an ihn heran, dass die Federn ihres Hutes fast seine Wange berührt hätten.

»Sie müssen nicht nur einen kühlen Kopf bewahren, sondern auch ein warmes Herz«, sagte sie freundlich. »Sie wissen doch, dass es sich nicht so verhält, wie Sie sagen. Sie sollten sich darauf verlassen, dass wir uns nicht so ohne weiteres in die Irre führen lassen oder so grausam sind.« Sie zwang sich zu einem Lächeln. »Soweit bekannt ist, haben Sie nur einen Feind und nicht einmal der ist überzeugt, dass seine Anschuldigung auf Tatsachen beruht. Er weiß es besser.«

Der Wind, der wieder aufgelebt war, erfasste eine lose Strähne ihres Haars und blies sie ihr über die Stirn.

»Danke«, sagte er kaum hörbar und schob die Strähne zurück unter den Rand von Vespasias Hut. Diese Geste stellte eine große Vertraulichkeit dar. Es war in diesem flüchtigen Augenblick im Sonnenschein nicht von Bedeutung, konnte aber schon am nächsten Tag Folgen haben. Doch die Erinnerung an das Heute würde ihr niemand rauben können.

Mit einem süßen Schmerz wurde ihr flüchtig klar, dass sie ganz ohne ihre Absicht unvorsichtig gewesen war, doch das ließ sich nicht rückgängig machen.

Ein Stückchen weiter lachte eine Frau mit einem blauen Sonnenschirm. Zwei kleine Jungen spielten

Fangen und wälzten sich glücklich im Gras, ohne darauf zu achten, dass sie schmutzig wurden.

Sie musste weitergehen, musste etwas sagen, was natürlich klang.

»Wie gesagt, Tante Vespasias Ansicht nach muss es etwas mit Afrika zu tun haben«, sagte sie. »Die Lage dort ist brisant und man kann ebenso rasch ein Vermögen erwerben wie verlieren.«

»Damit hat sie Recht«, stimmte er zu. Auch er schritt weiter und hatte sich wieder dem zugewandt, worum es eigentlich ging. »Das wäre eine Erklärung dafür, warum er auf die genannten Männer verfallen ist.«

»Könnte es um die Eisenbahnlinie vom Kap nach Kairo gehen?«, fragte sie.

Sie sprachen eine Weile über Afrika-Politik, Cecil Rhodes und die nordwärts gerichtete Landnahme, die Aussicht auf die Entdeckung ungeheurer Mengen an Gold und Diamanten, die einander widerstrebenden Interessen anderer europäischer Länder, darunter insbesondere das Deutsche Reich.

Doch als sie sich gegen Mittag voneinander verabschiedeten, waren sie der Lösung der entscheidenden Frage keinen Schritt näher gekommen: Was könnte Balantyne einem solchen politischen Abenteurer bieten, womit mochte er einem Mann im Wege stehen, der sein Glück in Afrika oder wo auch immer machen wollte?

Während sich Charlotte im Botanischen Garten mit Balantyne unterhielt, suchte Pitt noch einmal Sigmund Tannifer auf. Diesmal hatte ihn dieser selbst darum gebeten. Er fand ihn in trüber Stimmung vor. Parthenope war nicht da.

»Ich habe die Sache mit meiner Frau besprochen«, sagte Tannifer, kaum dass sie einander begrüßt hatten und er und sein Gast in seinem reich geschmückten Arbeitszimmer einander gegenüber Platz genommen hatten. »Wir haben lange hin und her überlegt, wer dahinter stecken könnte, und noch länger über die Frage nachgegrübelt, was man von mir verlangen wird, wenn es schließlich so weit ist.« Er sah hohlwangig aus und schien der nervlichen Belastung kaum noch gewachsen zu sein. Mit der Linken führte er fortwährend unruhige Bewegungen aus und Pitt fiel auf, dass die kristallene Cognac-Karaffe, die auf dem Schränkchen hinter ihm stand, zu mehr als drei Vierteln geleert war. Er hatte Verständnis dafür, dass ein Mensch unter solchen Umständen ein wenig zusätzlichen Trost suchte.

»Und sind Sie zu einem Ergebnis gekommen?«, fragte er.

Tannifer, der mit hängenden Schultern dasaß, biss sich auf die Lippe. »Offen gestanden nein, Oberinspektor. Man muss, was ich Ihnen jetzt vortragen möchte, wohl eher als Spekulation bezeichnen.« Er lächelte flüchtig. »Vielleicht habe ich nur einen Vorwand für ein Gespräch mit Ihnen gesucht, weil ich hoffe, dass Sie mich beruhigen können. Wahrscheinlich verhalte ich mich damit wie jemand, der sich den Verband von einer Wunde reißt, um zu sehen, ob sie heilt.« Die Art, wie er mit den kräftigen Schultern zuckte, machte einen sonderbar niedergeschlagenen Eindruck. »Es hilft weder der Wunde noch dem Seelenfrieden – trotzdem kann man sich nicht beherrschen.«

Pitt verstand genau, was er meinte. »Und was glauben Sie also, Mr. Tannifer?«

Er wirkte ein wenig befangen, sagte dann aber: »Ich möchte Ihnen auf keinen Fall ins Handwerk pfuschen, Oberinspektor, denn mit Sicherheit verstehen Sie davon weit mehr als ich. Wie ich es auch drehe und wende, als einziges Gebiet, auf dem ich einem anderen nützlich sein und er meine Fähigkeiten für seine Ziele missbrauchen könnte, fällt mir das Finanzwesen ein.« Lautlos mit den Fingern auf der Sessellehne trommelnd, sah er Pitt an.

Dieser nickte zum Zeichen, dass er verstanden hatte, unterbrach ihn aber nicht.

Tannifer konnte seine Unruhe nicht verbergen. »Als Erstes habe ich überlegt, welche Gemeinsamkeiten zwischen mir und den anderen Opfern bestehen könnten. Natürlich weiß ich nicht, um wen es sich handelt, doch sagt mir der gesunde Menschenverstand, wer sie sein könnten. Der Fall des armen Guy Stanley ist nur zu offensichtlich. Da aber, was ihn betrifft, die Drohung bereits ausgeführt worden ist...« Das Trommeln auf der Sessellehne verstärkte sich. »Vermutlich gehört auch Brandon Balantyne dazu...« Er wartete, um zu sehen, ob er auf Pitts Zügen etwas ablesen konnte oder ob dieser seine Annahme bestätigte. Seine Lippen strafften sich – offenkundig hatte ihm Pitts Gesichtsausdruck die gewünschte Bestätigung geliefert. »Und wie Ihnen meine Frau wohl schon gesagt hat – ich weiß von ihr, dass sie mit Ihnen darüber gesprochen hat –, bin ich mehr oder weniger sicher, dass auch Leo Cadell auf dieselbe Weise bedroht wird. Er dürfte überzeugt sein, dass man von ihm Geld verlangen wird, jedenfalls ist das mein Eindruck. Aber ich habe nie angenommen, dass Geld das eigentliche Ziel des Erpressers ist.«

Pitt nickte.

»Teilen Sie meine Ansicht?«, fragte Tannifer rasch. Seine Stimme wurde zuversichtlicher. »Sicher haben wir Recht. Ich habe mich unter der Hand nach den anderen erkundigt und mir Gedanken über meine eigene Zuständigkeit gemacht. Ich habe die Möglichkeit, bedeutende Kredite zur Investition auf bestimmten Gebieten zu vergeben, in erster Linie zum Erwerb von Grund und Boden, aber auch für die Entwicklung von Projekten zur bergmännischen Gewinnung von Edelmetallen wie beispielsweise Gold.«

Trotz seines Entschlusses, sich nichts anmerken zu lassen, setzte sich Pitt unwillkürlich ein wenig aufrechter hin.

Sofern Tannifer das aufgefallen war, zeigte er es nicht. Mit vor Konzentration gefurchtem Gesicht war er tief in seinen Sessel gesunken.

»Es wäre betrügerisch, wollte ich solche Kredite ohne entsprechende Sicherheit vergeben«, sagte er nachdenklich. »Aber hindern könnte mich daran niemand. Im Bestreben festzustellen, worum es letztlich gehen könnte, habe ich mich mit Leo Cadells letzten Reisen beschäftigt und mich diskret nach seinen Interessen erkundigt. Auf diese Weise hoffte ich zu erkennen, wer hinter der Sache stehen könnte.« Er sah Pitt aufmerksam an. »Alles weist nach Afrika, Oberinspektor. Kaum jemand weiß, was für unermessliche Schätze in den Gebieten zu holen sind, deren Erkundung Cecil Rhodes zur Zeit vorantreibt. Wer sich dort engagiert, könnte im Verlauf der nächsten zwanzig Jahre ein gewaltiges Vermögen anhäufen, wenn nicht gar ein eigenes Reich gründen.«

Damit sagte Tannifer praktisch, was auch Vespasia und Theloneus Quade schon befürchtet hatten.

Er ließ Pitt nicht aus den Augen und fuhr fort: »Ich sehe, Sie folgen mir.« Er holte tief Luft. »In einem Gespräch mit mir hat Cadell etwas über Richter Dunraithe White verlauten lassen, was mich zu der Annahme veranlasst, auch er könnte zu den Opfern gehören ...«

Pitt war verblüfft. Woher hätte Cadell das wissen können? Hatte er aus Whites unberechenbarem Verhalten oder aus dessen extremer psychischer Belastung darauf geschlossen? Vielleicht fiel es jemandem, der das eigene Leiden genau genug beobachtete, nicht besonders schwer, ein Mitopfer zu entdecken.

»Ich kann dazu nichts sagen«, sagte Pitt ruhig. »Aber in der Tat ist zumindest ein Richter betroffen. Macht das Ihre Folgerungen schlüssiger?«

»Ich bin nicht sicher. Ehrlich gesagt sehe ich die Dinge noch sehr undeutlich.« Tannifer lächelte trübselig. »Vielleicht vergeude ich Ihre Zeit, aber ich bringe es einfach nicht fertig, tatenlos dazusitzen und zu warten, bis der Schlag kommt.« Die Situation schien ihm peinlich zu sein und er war wohl unsicher, ob er noch etwas hinzufügen sollte.

»Sagen Sie ruhig ungescheut, was Sie denken, Mr. Tannifer«, ermunterte ihn Pitt. »Sofern Sie mit Ihren Vermutungen Recht haben, handelt es sich um eine weit verzweigte Verschwörung, deren Auswirkungen, wenn sie zum Ziel führt, weit bedeutender sein werden als der Ruin einiger Ehrenmänner und ihrer Familien.«

Tannifer senkte den Blick. »Das ist mir klar. Lediglich die Achtung vor der Privatsphäre anderer hält mich zurück, doch ist solches Feingefühl angesichts der Umstände möglicherweise fehl am Platz.« Er hob rasch den Blick. »Wie Cadell mir gegenüber angedeutet hat, könnte ein Vorfall in der Marinelaufbahn des stellvertretenden Polizeipräsidenten Cornwallis Anlass zu Missverständnissen geben und ihn daher für die gleiche Art von Druck empfänglich machen, der auf mich ausgeübt wird.« Er sah Pitt mit erkennbarer Besorgnis an. »Ich befürchte sehr, dass der Erpresser darauf drängen wird, die Untersu-

chung dieses Falles einzustellen, damit er vor Nachforschungen sicher ist. Seinen Plänen in Afrika
könnte Cornwallis zwar nicht förderlich sein, aber
vielleicht hofft der Mann, Ihr Vorgesetzter werde Sie
dazu bringen, Ihren Eifer zu mäßigen ...« Er stieß den
Atem aus. Es klang wie ein Seufzer. »Einfach grässlich! Wohin auch immer wir uns wenden, überall sehen wir uns Sackgassen und neuen Bedrohungen
gegenüber.«

Pitt machte eine zustimmende Handbewegung,
konzentrierte sich aber auf das, was Tannifer über
Cadell gesagt hatte, ohne dessen Bedeutung ganz zu
erfassen. Der Vorfall in Cornwallis' Laufbahn als
Decksoffizier war in keiner Weise fragwürdig; der Erpresser hatte ihn lediglich so ausgedeutet. Tannifer
wusste das nicht, wohl aber Pitt. Auf keinen Fall
durfte er dies Wissen preisgeben.

»Es ist eine große Gefahr«, sagte er.

»Aber Sie werden nicht zulassen, dass man Sie ...
auf diese Weise an Ihrer Arbeit hindert?«, fragte Tannifer mit belegter Stimme. »Sie werden ...« Er
brachte den Satz nicht zu Ende.

Pitt antwortete nicht.

Tannifer sah beiseite. »Es ist wohl nicht so einfach?«, fragte er leise. »Wir bilden uns gern ein, dass
wir den Mut haben, dem Erpresser zu sagen, er solle
zum Teufel gehen, aber die öffentliche Bloßstellung,
die Einsamkeit und die Demütigung sind durchaus
real.« Er sah Pitt offen in die Augen. »Von Ruin zu
sprechen ist eine Sache, sich ihm stellen zu müssen
eine andere. Jedenfalls danke ich Ihnen für Ihre Ehrlichkeit.«

»Wir hatten die Möglichkeit erwogen, dass man
von Ihnen die Freigabe bedeutender Mittel für eine
Expedition nach Afrika erpressen könnte, die vom
Kap aus nordwärts ins Maschonaland und Matabele-

land führen sollte«, sagte Pitt nachdenklich. »Oder Mittel für den Bau einer Eisenbahnlinie vom Kap nach Kairo...«

Tannifer setzte sich ruckartig auf. »Glänzend!« Er ballte die Fäuste auf den Sessellehnen. »Einwandfrei, Oberinspektor. Ich muss gestehen, Ihre Fähigkeit, Schlüsse zu ziehen, ist höher entwickelt, als ich Ihnen zugetraut hatte. Ich fühle mich sehr bestärkt – vielleicht ist das töricht, aber ich werde mich daran aufrichten.« Er stand auf und hielt ihm die Hand hin.

Pitt nahm sie und merkte verblüfft, mit welcher Kraft Tannifer die seine drückte. Als er ging, hatte er das Gefühl, einen Schritt vorwärts getan zu haben, auch wenn das Ergebnis nach wie vor unbekannt und vermutlich bitter war.

Ihm blieb nichts anderes übrig, als Leo Cadell erneut aufzusuchen. Im Ministerium gab es dazu keine Möglichkeit, denn Cadells Terminkalender für den Nachmittag war bereits voll und so wartete er in dessen Haus auf ihn. Es war keine Unterredung, auf die er sich freute, und Cadells abgespanntes Gesicht machte die Sache nicht einfacher.

Pitt erhob sich von dem Sofa, auf dem er gewartet hatte.

»Guten Abend, Mr. Cadell. Ich bedaure, Sie am Ende eines langen Arbeitstages noch stören zu müssen, aber es gibt Unaufschiebbares zu besprechen und ich konnte Sie vorher nicht erreichen.«

Cadell nahm Platz. Es sah aus, als schmerzten ihn alle Glieder, und es kostete ihn sichtlich große Mühe, die Formen der Höflichkeit zu wahren.

»Worüber möchten Sie sprechen, Mr. Pitt?«

»Ich habe viel über die Frage nachgedacht, welcher Art von Druck man Sie aussetzen könnte, vor allem, was Ihre Stellung im Außenministerium betrifft«, begann Pitt. Es fiel ihm schwer, den Verdacht aufrechtzuerhalten, der ihm in Tannifers Haus gekommen war. Er musste sich an die Qual erinnern, die sein Gegenüber anderen möglicherweise verursachte, an den Ruin, der Guy Stanley fraglos bereits heimgesucht hatte, ohne dass er eine Möglichkeit gehabt hätte, sich dagegen zu wehren, und wäre es in unehrenhafter Weise. Es war keineswegs undenkbar, dass sich der Erpresser als eins der Opfer tarnte. Welch bessere Möglichkeit hätte er zu erfahren, in welche Richtung die Nachforschungen gingen oder wie weit sie Erfolg hatten? Möglicherweise handelte es sich bei dem Erpresser um einen glänzenden Schauspieler. Wer wusste schon, was hinter Cadells besorgter Miene und dem geduldig höflichen Lächeln lag? Er war Diplomat, seine ganze Laufbahn gründete darauf, dass er es fertig brachte zu verbergen, was er empfand.

Cadell sah Pitt aufmerksam an und wartete, dass er zur Sache kam.

»Sie sind in großem Maßstab an afrikanischen Angelegenheiten beteiligt und tragen in diesem Zusammenhang viel Verantwortung«, fuhr Pitt fort. »Das gilt insbesondere für die Gebiete Maschonaland und Matabeleland.«

»Zu meinen Obliegenheiten gehören die Beziehungen zu anderen europäischen Mächten, die dort Interessen haben«, korrigierte ihn Cadell. »Vor allem das Deutsche Reich hat ein Auge auf Ostafrika geworfen. Die Lage ist weit unübersichtlicher, als Ihnen klar sein dürfte. Die Möglichkeiten, sehr viel Geld zu verdienen, sind immens. Südafrikas Bevölkerung besteht überwiegend nicht aus Briten, sondern aus Buren, die unserem Land alles andere als freundlich gesonnen sind und auch wohl kaum als verlässliche Partner gelten dürften.« Während er sprach, sah er Pitt unausgesetzt an. Offenbar wollte er sehen, wie weit der Besucher verstand, was er sagte. »Mr. Rhodes handelt nach seinen eigenen Gesetzen. So gern wir ihm die Flügel stutzen würden, wir haben kaum eine Möglichkeit dazu.«

Pitt war nicht bereit, Cadell zu viel von seinen Gedanken zu verraten. Vielleicht war, was er von Tannifer erfahren hatte, der einzige Trumpf, den er in der Hand hielt. Wie glatt auch immer die Miene sein mochte, die Erpresser zur Schau trugen, es waren rücksichtslose Gesellen, die keinerlei Bedenken kannten, wenn es darum ging, andere bis ins Mark zu treffen. Vermutlich genossen sie ihre Macht sogar – jedenfalls ließ Sir Guy Stanleys Fall das vermuten.

Er sah Cadell an. »Angenommen, der Erpresser würde mit einem entsprechenden Ansinnen an Sie herantreten – stünde es da in Ihrer Macht, ihm zu Willen zu sein, wenn sich zeigte, dass seine Absichten auf eine Gebietserweiterung in Afrika zielen, auf den Erwerb eines Vermögens dort oder vielleicht auf die Verfügungsgewalt über eine Eisenbahnlinie vom Kap nach Kairo?«

Cadell zeigte sich verblüfft. »Großer Gott! Glauben Sie, das will er?«

Was mochte ihn entsetzen – das Vorhaben oder dass Pitt es durchschaut hatte?

»Wäre das möglich?«, ließ er nicht locker.

»Ich ... ich weiß nicht.« Cadell wirkte äußerst beunruhigt. »Ich vermute, dass es ... Informationen gibt, die ich an bestimmte Menschen weiterleiten könnte, Hinweise auf die Absichten Ihrer Majestät Regierung, die einem solchen Menschen von Nutzen wären ... oder sein könnten.«

»Und wenn es sich dabei um einen militärischen Abenteurer handelte?«, fuhr Pitt fort. »Gesetzt den Fall, jemand will eine Privatarmee auf die Beine stellen?«

Cadells Gesicht war bleich. Er beugte sich in seinem Sessel vor. »Das übersteigt bei weitem alles, was ich angenommen hatte. Ich... ich dachte, es würde um Geld gehen. Vielleicht war das weltfremd von mir. Glauben Sie mir, sollte jemand mit einem solchen Ansinnen an mich herantreten, ich würde es sogleich Sir Richard Aston mitteilen, ganz gleich, ob ich wüsste, wer dahintersteckt oder nicht und unabhängig von den damit verbundenen Folgen. Ich bin unter keinen Umständen bereit, mein Land zu verraten.«

Pitt hätte ihm das gern geglaubt, aber was sollte Cadell sonst sagen? Wie würde er sich in Wahrheit verhalten? Pitt konnte nicht vergessen, dass eben dieser Cadell, der ihm jetzt den Biedermann vorspielte, Tannifer von Cornwallis' schwacher Stelle in Kenntnis gesetzt hatte. Das aber konnte er von niemandem als dem Erpresser selbst wissen. In Wahrheit gab es diese schwache Stelle gar nicht, das war das Einzige, was all diese Männer mit Sicherheit gemeinsam hatten. Der Erpresser kannte sie einen wie den anderen so gut, dass er imstande war, aus ihrer Vergangenheit etwas zu konstruieren, womit er ihren üblichen Mut und ihre Entschlossenheit untergraben und aus ihnen Nervenbündel voller Selbstzweifel machen konnte, Männer, die in einem Albtraum lebten und sogar die ihnen nahe stehenden Menschen voll Misstrauen betrachteten.

»Kennen Sie den stellvertretenden Polizeipräsidenten Cornwallis?«, fragte Pitt unvermittelt.

»Was?« Cadell war überrascht. »Nein... nun ja, flüchtig. Wir gehören demselben Klub an. Ich sehe ihn gelegentlich. Warum? Oder sollte ich das besser nicht fragen?«

Sagte er das, weil er Bescheid wusste, oder hatte er erraten, worum es ging, wie das unter solchen

Umständen wohl jeder intelligente Mensch fertig brächte? Pitt musste sich eine harmlose Antwort einfallen lassen. Auf keinen Fall durfte er preisgeben, was ihm Tannifer im Vertrauen mitgeteilt hatte. Sofern Cadell der Erpresser war, fiel es ihm sicherlich nicht schwer, sich eine grausame und tückische Rache zu überlegen.

»Er ist mit der Aufklärung des Falles betraut«, sagte er, »und hat mir gegenüber die Möglichkeit eines politischen Motivs durchblicken lassen.«

»Da kann ich Ihnen nicht weiterhelfen«, antwortete Cadell matt. »Glauben Sie mir, Mr. Pitt, wenn ich nur das Geringste in dieser Beziehung wüsste und mit Ihnen darüber reden dürfte, ich täte es. Ich brauche Ihnen wohl nicht zu erklären, dass ein Großteil der mir zugänglichen Angaben über Afrika vertraulich ist. Dabei geht es um die Pläne unserer Regierung mit Bezug auf Mr. Rhodes und die Britische Südafrika-Kompanie. Entsprechendes gilt für alle Fragen im Zusammenhang mit der Besiedlung von Maschonaland und Matabeleland sowie unsere Beziehungen zu anderen europäischen Mächten mit Interessen auf dem afrikanischen Kontinent. Es käme einem Akt des Landesverrats gleich, wenn ich Ihnen Einzelheiten darüber mitteilte – ich müsste mich auf den groben Umriss beschränken und der würde Ihnen nichts nützen.«

Pitt merkte, dass es sinnlos war, weiter in Cadell zu dringen, und so dankte er ihm und verabschiedete sich.

Während Vespasia gemächlich über ihren Rasen schritt und überlegte, dass er bald wieder einmal gemäht werden müsste, sah sie Pitt in der offenen Fenstertür ihres Wohnzimmers stehen. Überrascht merkte sie, dass die Furcht vor dem, was er bringen

konnte, ihren Atem stocken und ihr Herz rasen ließ.
So rasch sie konnte, eilte sie auf ihn zu, wobei sie
sich kaum auf ihren Stock stützte.

»Guten Abend, Thomas«, sagte sie, als sie nah genug war, bemüht, sich ihre Besorgnis nicht anmerken zu lassen. »Leider haben die Tulpen ihre beste
Zeit hinter sich und sehen allmählich schrecklich
zerrupft aus.«

Lächelnd ließ er seinen Blick im Schein der Abendsonne über die schweren Rosen schweifen, die in
voller Blüte standen, über die Fülle des Blauregens
und die großen bunten Tulpen, die angeblich ihre
beste Zeit hinter sich hatten.

»Ich finde, alles sieht großartig aus.«

Sie betrachtete ihn von Kopf bis Fuß und ihr fiel
ein, dass er selbst gern im Garten arbeitete, wenn
ihm sein Beruf Zeit dazu ließ. »Gewiss, aber ein
Purist würde da womöglich andere Maßstäbe an-
legen.«

Er bot ihr den Arm und sie nahm ihn. Gemeinsam
gingen sie über das Gras zur Terrasse und die Stufen
zum Haus empor.

Er wartete, bis sie im Salon Platz genommen hatte.
Dann sagte er: »Leider habe ich sehr unangenehme
Nachrichten, Tante Vespasia.«

»Das habe ich deinem Gesicht angesehen, mein
Lieber«, gab sie zur Antwort. »Also heraus mit der
Sprache.«

»Tannifer hat mich heute zu sich gebeten. Er
scheint ebenfalls anzunehmen, dass sich der Erpresser die Lage der Dinge in Afrika zunutze machen und
sie in seinem Sinne beeinflussen möchte.«

»Das ist nichts Neues, Thomas«, gab sie zurück.
Sie merkte, dass in ihrer Stimme eine Spur Schärfe
lag; ihr war gar nicht bewusst gewesen, wie angespannt sie war. »Das hatten wir doch längst vermu-

tet«, fuhr sie fort. »Hat er irgendwelche Belege für diese Theorie geliefert?«

Er spürte, wie sehr ihr daran lag, etwas zu erfahren, und kam gleich zur Sache. »Er hat in zwei Zusammenhängen Cadells Namen genannt, das eine Mal mit voller Absicht. Dabei ging es um dessen berufliche Interessen an afrikanischen Angelegenheiten.«

Auf ihrem Gesicht zeigte sich Betrübnis und ihre Besorgnis nahm zu. Sie musste hart schlucken, unterbrach ihn aber nicht.

»Die andere Äußerung ist ihm wohl eher aus Versehen herausgerutscht, zumindest was den gedanklichen Inhalt betrifft«, fuhr er ruhig fort. »Er fürchtet, dass auch Cornwallis zu den Opfern gehören könnte. Auf diese Möglichkeit, sagt er, habe ihn eine Äußerung Cadells über ein Vorkommnis in Cornwallis' Offizierslaufbahn hingewiesen, das Anlass zu Missverständnissen biete und ihn daher angreifbar mache.«

Zuerst konnte sie die Bedeutung des Gesagten nicht richtig einordnen und sie befürchtete, Pitt habe seine Haltung Cornwallis gegenüber geändert.

»Aber Cornwallis hat doch gesagt, das entspreche nicht der Wahrheit«, wandte sie ein. »Neigst du inzwischen dazu, das in Zweifel zu ziehen?«

»Nein.« Er schüttelte ganz leicht den Kopf. »Ich frage mich nur: Wieso wusste Cadell davon und welchen Grund hatte er, Cornwallis für eins der Opfer zu halten?«

Dann begriff sie. Kälte breitete sich in ihr aus. Sie wagte nicht, sich die Tragödie auszumalen, zu der es kommen konnte. Sie kannte Theodosia von Geburt an und hatte sie ebenso aufwachsen sehen wie ihre eigenen Kinder.

»Aber Leo Cadell gehört doch selbst zu ihnen«, sagte sie. Im selben Augenblick begriff sie, wie wenig das zu bedeuten hatte. Es war ohne weiteres möglich, dass sich der Erpresser als Opfer ausgab; in dieser Rolle konnte er seine Ziele sogar noch besser verfolgen.

Pitt merkte, dass es unnötig war, Einwände zu erheben.

»Natürlich schließt ihn das nicht vom Verdacht aus«, sagte sie mit großer Anstrengung. »Aber ich kenne ihn und seine Art, sich zu verhalten, seit vielen Jahren. Sag mir nur nicht, dass sich der Mensch unter Druck oder im Angesicht von Verlockungen ändern kann – das ist mir hinlänglich bekannt.« Sie hörte an ihrer Stimme, dass sie zu rasch und mit zu großem Nachdruck sprach, doch schien sie außerstande, etwas dagegen zu unternehmen. Ihre Gedanken rasten voraus, folgten bereits einer Spur, die sich nicht mehr auslöschen ließ. »Natürlich hat er seine Schwächen. Er ist ehrgeizig und kann das Wesen anderer Menschen gut einschätzen. Aber er ist weder habgierig noch wagemutig.« Sie spürte, wie ein Schauer sie überlief. »Außerdem ist er ein Patriot vom alten Schrot und Korn.«

Gesammelt hörte Pitt ihr zu. Rötlich-golden lag der durch die Fenstertür hereinfallende Sonnenschein auf dem Teppich. Das schwarzweiße Hündchen hatte es sich in der Wärme bequem gemacht und war wieder eingeschlafen.

»Ich glaube nicht, dass Leo grausam oder raffiniert genug ist, auf einen solchen Plan zu verfallen«, sagte sie überzeugt. »Allerdings ist nicht ausgeschlossen, dass er Theodosias Schönheit bewusst für sein Vorankommen eingesetzt hat. Nur würde er das nie eingestehen, nicht einmal sich selbst.« Sie verabscheute sich wegen dieser Worte, denn was sie sagte, war ihr im tiefsten Herzen zuwider. Schon vor Pitt darüber zu sprechen erschien ihr wie ein Verrat, doch entsprach es der Wahrheit. Sogar sie hatte eine Weile überlegt, ob die Behauptung des Erpressers zutreffen konnte. Gab es einen nachdrücklicheren Beweis für die Genialität des Erpressers? Selbst sie war dem Gedanken erlegen; wie viel eher würden andere es glauben? Sie schämte sich wegen ihrer mangelnden Freundestreue nicht nur Leo, sondern auch Theodosia gegenüber. Aber der Gedanke war ihr gekommen und hatte sie zweifeln lassen.

Jetzt sprach Pitt. »Ich war bei Cadell«, sagte er mit Nachdruck und sah sie aufmerksam an. »Er scheint mit der Möglichkeit zu rechnen, dass man Geld von ihm verlangen könnte. Mrs. Tannifer hat ein Gespräch mit angehört, in dem es darum ging, dass er eine beträchtliche Summe aufzubringen hatte, die jedoch nicht genannt wurde.«

»Aber der Erpresser hat kein Geld verlangt«, gab Vespasia zur Antwort. »Das ergibt doch keinen Sinn.«

Noch während sie das sagte, warf der Gedanke seinen Schatten. Sie weigerte sich, es zu glauben. Es konnte einfach nicht wahr sein... Es gehörte sich nicht, einem Menschen so etwas zu unterstellen. Sie tat genau das, was der Erpresser wollte; sie hatte ihre geistige Unabhängigkeit und ihre innersten Überzeugungen verraten! »Ach, Unsinn!«, sagte sie zu laut.

Pitt schwieg. Sie sprachen noch ein wenig über die Sache, dann verabschiedete er sich. Noch eine ganze Weile nach seinem Weggang war sie außerstande, den traurigen Gedanken zu verscheuchen, der sie bedrückte, und so verbrachte sie einen langen und überraschend einsamen Abend.

Während sich Pitt mit Vespasia unterhielt, saß Charlotte in ihrer Küche und goss Tellman, der gekommen war, weil er Pitt zu Hause anzutreffen gehofft hatte, Tee ein. Seinem Gesichtsausdruck nach zu urteilen, war er zugleich verwirrt und erfreut, als sich zeigte, dass Pitt wohl später als erwartet kommen würde und sich daher Charlotte und Gracie als Einzige seinen Bericht anhören konnten.

Dankbar trank er den Tee und ruhte seine Füße aus. Wahrscheinlich hätte er am liebsten die Schuhe ausgezogen, wie Pitt das zu tun pflegte, doch durfte er sich diese Freiheit keinesfalls herausnehmen.

»Nun?«, sagte Gracie, die am Spülstein stand, und sah zu ihm hinüber. »Se sind doch bestimmt für was anderes gekommen, als wie sich bloß hinzusetzen.«

»Ich wollte zu Mr. Pitt«, sagte er und wich ihrem Blick aus.

Nur mit Mühe zügelte sie ihre Ungeduld. Charlotte merkte ihrem Gesicht den Ärger an und sah, wie sich Gracies mädchenhafte Brust hob und senkte, während sie tief Luft holte.

Der rötlich getigerte Kater Archie strich durch den Raum, fand vor dem Ofen eine ihm genehme Stelle und setzte sich.

»Wenn Se's uns nich' sagen woll'n, damit wir's weitergeben, heißt das, Sie trau'n uns nich'«, sagte Gracie ganz ruhig.

Tellman schien Charlottes Anwesenheit fast vergessen zu haben. Die Vorstellung, Gracie könne annehmen, dass er ihr nicht traue, bereitete ihm sichtlich Unbehagen. Es war deutlich zu sehen, welcher Kampf in ihm tobte.

Ohne ihm im Geringsten zu helfen, wartete Gracie mit verschränkten Armen und sah ihn an. Auf ihrem kleinen Gesicht lag erkennbar Ungeduld.

»Das hat mit Vertrauen nichts zu tun«, sagte er schließlich. »Es geht um eine Polizei-Angelegenheit.«

Gracie dachte eine Weile darüber nach. »Sicher ha'm Se Hunger«, sagte sie.

Überrascht hob er den Blick. Damit hatte er offenbar nicht gerechnet. Vermutlich war er auf einen Zornesausbruch gefasst gewesen.

»Ja oder nein?«, fragte sie. »Hat's Ihn' die Sprache verschlagen?« Ihre Stimme klang sarkastisch. »Das is' ja wohl kein Polizeigeheimnis, oder?«

»Natürlich habe ich Hunger«, knurrte er mit von Röte übergossenem Gesicht. »Immerhin war ich den ganzen Tag auf den Beinen.«

»Immer hinter General Balantyne her, was?«, fragte sie. Auch sie achtete nicht auf Charlotte. »Muss ja ganz schön anstrengend sein. Wo war er denn überall?«

»Ich habe ihn nicht beschattet«, gab er zur Antwort. »Dazu gibt es keinen Grund.«

»Ich hab nie geglaubt, dass er's war.« Verächtlich rümpfte sie die Nase und schloss: »Dann ha'm Se ja wohl gar nix gemacht?«

Tellman schwieg. Sein Unbehagen schien sich eher noch gesteigert zu haben. Charlotte merkte ihm eine innere Unruhe an, die sie an ihm nicht kannte. Sein Weltbild war ins Wanken geraten. Er hatte sich genötigt gesehen, von vorgefassten Ansichten Abschied zu nehmen. Nachdem sich seine Meinung über General Balantyne nicht mit der Wirklichkeit deckte, musste er jetzt womöglich viele andere Menschen, die er zuvor mit einem bestimmten Klassenetikett versehen hatte, als Einzelwesen betrachten. Zumindest anfangs fällt es einem Menschen immer schwer, sich damit abzufinden, dass seine vorgefassten Meinungen infrage gestellt werden, auch wenn er sich allmählich daran gewöhnt und die neue Sehweise in der fernen Zukunft vielleicht sogar befreiend wirkt.

Er tat ihr Leid, doch war ihr klar, dass er das auf keinen Fall gewollt hätte. Hin und wieder fiel ihr ein, wie es bei ihr selbst gewesen war, als sie Pitt kennengelernt und er ihr die Welt gezeigt hatte, die sich in jeder Beziehung von dem unterschied, was sie als höhere Tochter bis dahin gekannt hatte. Die Träume und Ängste, die Liebe, Einsamkeit und Qualen der Menschen, die in dieser Welt lebten, mochten einen anderen Ursprung haben als ihre eigenen, waren ihnen aber dem Wesen nach völlig gleich. Zuvor hatte sie die einfachen Leute auf der Straße so gut wie nicht als Individuen wahrgenommen, sondern eher als einheitliche Masse gesehen, doch waren diese Männer und Frauen ebenso einzigartige Menschen wie sie selbst und ihr Leben ebenso voller Empfindungen und Ereignisse wie ihr eigenes. Es hatte sie geschmerzt zu erkennen, wie blind sie gegenüber all dem gewesen war. Trotz aller Verachtung für ihre damalige Engstirnigkeit fiel es ihr nach wie vor nicht leicht, sich einzugestehen, wie Unrecht sie damit gehabt hatte.

Sie erkannte die Verwirrung auf den Zügen Tellmans, der mit gesenktem Kopf dasaß. Seine knochigen Hände lagen auf dem Tisch zu beiden Seiten des Teebechers, den ihm Gracie hingestellt hatte.

Der schwarze Kater Angus kam zur Hintertür herein und setzte sich so dicht neben Archie, dass dieser beiseite rücken musste. Dann begann sich Angus zu putzen.

Gracie räusperte sich. »Wenn's Ihn' recht is', kann ich Ihn' 'n Räucherhering un' 'n paar Butterbrote machen«, bot sie ihm an. Dabei sah sie kaum zur Herrin des Hauses, um deren Zustimmung einzuholen. Was sie tat, hing mit der Aufdeckung eines Verbrechens zusammen, da bedurfte es keiner speziellen Erlaubnis.

Tellman zögerte, doch war ihm der Wunsch, die Einladung anzunehmen, deutlicher vom Gesicht abzulesen, als er wohl selbst wusste.

Achselzuckend wandte sich Gracie ab. Sie traf die Entscheidung für ihn und behandelte ihn damit wie den siebenjährigen Daniel. Sie nahm die Kasserolle vom Wandbrett, stellte sie auf die Herdplatte und goss Wasser aus dem Kessel hinein.

»Se kriegen ihn gedünstet«, sagte sie über die Schulter. »Braten is' mir zu viel Aufwand. Außerdem is' er dann zarter.« Mit diesen Worten verschwand sie in der Speisekammer.

Tellman warf einen besorgten Blick zu Charlotte hinüber.

»Nur zu, Mr. Tellman«, sagte sie voll Wärme. »Ich habe Ihre Einsicht, dass General Balantyne mit Josiah Slingsbys Tod nichts zu tun hat, dankbar und mit großer Freude gehört.«

Er biss sich auf die Lippe, nach wie vor verwirrt. »Er scheint ein sehr anständiger Herr zu sein, Mrs. Pitt, und ein guter Soldat. Ich hab mit einer ganzen Reihe von Männern gesprochen, die unter ihm gedient haben. Sie empfinden… Achtung für ihn… sogar eine Art Ergebenheit… und Zuneigung.« Nach wie vor lagen in seiner Stimme Überraschung und Zögern.

Unwillkürlich musste Charlotte lächeln, zum Teil einfach vor Erleichterung. Zwar hatte sie Balantyne nie auch nur von ferne verdächtigt, aber es war wichtig, dass auch Tellman das so sah und sagte. Belustigt beobachtete sie den Ausdruck seines Gesichts.

Gracie kam mit einem großen Räucherhering aus der Speisekammer und legte ihn befriedigt in die Kasserolle, ohne Charlotte oder Tellman weiter zu beachten. Sogleich erhoben sich beide Katzen und näherten sich schnuppernd dem Herd. Als nächstes nahm Gracie einen Laib aus dem hölzernen Brotkasten und schnitt mehrere dünne Scheiben ab, nicht ohne die Schnittfläche zuvor mit Butter zu bestreichen. Sie legte sie auf einen Teller, füllte den Wasserkessel erneut und setzte ihn auf. Sie ging ihren Tätigkeiten nach, als wäre außer ihr niemand in der Küche.

Immer noch vor sich hin lächelnd, beschloss Charlotte, die beiden allein zu lassen. Mochte Tellman seine Schwerfälligkeit überwinden, so gut er konnte. Während sie auf die Tür zuging, warf er ihr einen einigermaßen verzweifelten Blick zu, doch sie tat so, als hätte sie nichts von dem mitbekommen, was da vor sich ging, und erklärte, sie werde ein wenig mit Jemima und Daniel spielen.

Am nächsten Morgen kam Pitt später als sonst in die Bow Street. Kaum hatte er sein Dienstzimmer betreten, als an die Tür geklopft wurde. Bevor er den Mund auftun konnte, trat atemlos ein Polizeibeamter ein, der völlig verwirrt aussah.

»Sir, man hat Mr. Cadell tot aufgefunden. Erschossen!« Er schluckte und versuchte zu Atem zu kommen. »Sieht nach Selbstmord aus. Er hat einen Abschiedsbrief hinterlassen.«

Pitt war wie vor den Kopf geschlagen. Während er noch reglos dasaß und sich das eiskalte Entsetzen in ihm ausbreitete, sagte ihm sein Verstand, dass er damit hätte rechnen müssen. Die Anzeichen waren erkennbar gewesen, aber er hatte sie nicht sehen wollen, vielleicht wegen der Schmerzen, die das Vespasia verursacht hätte. Sogleich fiel ihm Cadells Frau Theodosia ein. Für sie dürfte die Situation nahezu unerträglich sein, auch wenn sie auf die eine oder andere Art damit fertig werden musste, weil es keine andere Möglichkeit gab.

Hatte er Grund, sich etwas vorzuwerfen? War sein gestriger Besuch bei Cadell Auslöser dieser Verzweiflungstat gewesen? Würde Vespasia ihm die Verantwortung daran geben?

Nein, natürlich nicht. Das wäre ungerecht. Sofern Cadell schuldig war, hatte er sich alles selbst zuzuschreiben.

»Sir?« Der Polizist trat mit besorgtem Blick von einem Bein auf das andere.

»Ich komme.« Pitt erhob sich. »Ist Tellman schon im Hause?«

»Ja, Sir. Soll ich ihn holen?«

»Sagen Sie ihm, dass wir uns am Ausgang treffen. Wir nehmen eine Droschke.« Er ging an dem Mann vorüber, ohne auch nur den Hut vom Kleiderständer zu nehmen. Lediglich sein Jackett riss er vom Haken.

Unten traf er auf Tellman, der aus den hinteren Räumen gekommen war. Auf seinem bleichen Gesicht lag der Ausdruck von Betroffenheit. Wortlos traten sie auf die Straße und gingen im Sonnenschein rasch zur Drury Lane. Dort trat Pitt mitten auf die Fahrbahn und winkte, so dass ein Karrengaul vor einem mit Möbeln beladenen Fuhrwerk fast durchgegangen wäre. Da er außerdem die übrigen Fahrzeuge behinderte, während er sich lauthals einem Droschkenkutscher bemerkbar zu machen versuchte, der aus der Great Queen Street einbog, prasselte ein Hagel von Flüchen auf ihn nieder.

Er stieg ein, nannte dem Kutscher das Fahrtziel und schob sich auf die andere Seite des Sitzes, um für Tellman Platz zu machen. Zwar bestand kein Anlass zur Eile und es kam wirklich nicht auf einige Minuten mehr oder weniger an, doch half ihm seine hektische Betriebsamkeit, Wut und Kummer, die er empfand, abzureagieren.

Mehrfach setzte Tellman unterwegs zum Sprechen an, überlegte es sich aber beim Anblick von Pitts Gesicht jedesmal anders.

Vor Cadells Haus entlohnte Pitt den Kutscher und ging über den Gehweg zum Eingang. Der Polizeibeamte, der mit regloser Miene Wache davor hielt, nahm Haltung an.

»Morgen, Sir«, sagte er ruhig. »Wachtmeister Barstone ist drin. Er erwartet Sie schon.«

»Danke.« Pitt ging an ihm vorüber, öffnete die Haustür und trat ein. Es kam ihm sonderbar vor, dass alles genauso aussah wie am Vortag. Der Zeiger der reich verzierten Standuhr, die niemand angehalten hatte, so dass sie nach wie vor laut tickte, ruckte von einer Sekunde zur nächsten. Auch der Messingrand des Schirmständers glänzte wieder, diesmal aber fiel das Licht durch die offene Tür des Gesellschaftszimmers ins Vestibül und nicht durch das Fenster. Die Rosen in der Vase hatten noch keine Kelchblätter verloren, es sei denn, das Mädchen hätte sie bereits eingesammelt.

Pitt hatte vergessen zu fragen, wo sich der Tote befand, und da er eingetreten war, ohne auf einen Lakaien oder den Butler zu warten, befand sich außer ihm niemand im Vestibül. So ging er zur Haustür zurück und läutete, trat dann wieder ins Haus und wartete.

»Soll ich mit dem Personal reden?«, fragte Tellman. »Man weiß nie, was man dabei entdeckt. Sieht ganz so aus, als ob die Sache jetzt zu Ende wäre. So hatte ich mir das eigentlich nicht vorgestellt.«

»Ja, tun Sie das«, unterstützte Pitt den Vorschlag. »Vielleicht erfahren wir von jemandem irgendeine Kleinigkeit, die uns erklärt, wie das alles geschehen ist. Ja… ja… natürlich.« Er straffte sich. Nur nicht nachlässig werden. »Noch wissen wir nicht, ob es sich wirklich um Selbstmord handelt. Es ist eine bloße Annahme.«

»Ja, Sir.« Bereitwillig ging Tellman. Pitt kannte den Grund. Tellman trat den Angehörigen von Toten nicht gern gegenüber. Leichen machten ihm nichts aus – sie hatten ihre Schmerzen hinter sich –, aber mit den Lebenden war das etwas anderes. Sie standen unter Schock, trauerten, wussten nicht aus noch ein. Ihnen gegenüber fühlte er sich hilflos und kam sich wie ein Eindringling vor, obwohl er seine Anwesenheit jederzeit rechtfertigen konnte. Pitt verstand das sehr gut, er empfand ähnlich.

Der Butler kam durch die mit grünem Filz bezogene Tür zum Dienstbotentrakt. Als er sah, dass Pitt bereits im Vestibül stand, trat der Ausdruck von Ärger und Verblüffung auf sein Gesicht. Offensichtlich war ihm über dem Kummer des Morgens entfallen, wer der Besucher war.

»Guten Morgen, Woods«, sagte Pitt mit ernster Miene. »Mr. Cadells Tod ist außerordentlich beklagenswert. Befindet sich Sergeant Barstone im Gesellschaftszimmer?«

Der Butler nahm sich zusammen. »Ja, Sir.« Er schluckte und drehte seinen Hals, als wäre ihm der Kragen zu eng. »Das... das Arbeitszimmer ist verschlossen, Sir. Ich vermute, dass Sie dort hinein müssen.«

»Befindet sich Mr. Cadell dort?«

»Ja, Sir... Ich...«

Pitt wartete.

Woods suchte nach Worten. Es war unübersehbar, dass ihn die Ereignisse mitnahmen. »Ich kann es nicht glauben, Sir!«, sagte er schroff. »Ich bin jetzt seit fast zwanzig Jahren im Hause und kann nicht glauben, dass sich Mr. Cadell selbst das Leben genommen haben soll. Es muss sich anders verhalten, es muss eine andere Lösung geben.«

Pitt ging nicht darauf ein. Es war völlig natürlich, dass Menschen etwas so Entsetzliches und vom Standpunkt dieses Mannes aus so ganz und gar Unerklärbares von sich wiesen.

»Natürlich werden wir allen Möglichkeiten nachgehen«, sagte er ruhig. »Würden Sie mir jetzt das Arbeitszimmer aufschließen? Mein Mitarbeiter Tellman wird mit dem Personal sprechen. Wer hat Mr. Cadell aufgefunden?«

»Polly, Sir, das Hausmädchen. Sie ist heute Morgen ins Zimmer gegangen, um sich zu vergewissern, dass alles sauber und aufgeräumt war. Zur Zeit können Sie noch nicht mit ihr sprechen, Sir. Sie ist schrecklich mitgenommen. So etwas ist für ein junges Mädchen ja auch wirklich gräßlich.« Er zwinkerte wiederholt. »Sie ist sonst ganz vernünftig, tut ihre Arbeit ordentlich, macht nie Ärger, aber sie ist uns einfach ohnmächtig geworden. Sie ist jetzt im Aufenthaltsraum der Wirtschafterin. Ich fürchte, man wird ihr Zeit lassen müssen, Sir.«

»Selbstverständlich. Vielleicht können Sie mir ja selbst schon sagen, was ich für den Anfang wissen muss.«

»Gern, soweit mir das möglich ist, Sir.« Vielleicht half es Woods in der Situation, dass er etwas Nützliches tun konnte. Er nahm einen kleinen Messingschlüssel aus der Tasche und blieb wartend stehen.

»Um wie viel Uhr hat Polly das Arbeitszimmer aufgesucht?«, fragte Pitt.

»Um kurz nach neun, Sir.«

»War das die übliche Zeit?«

»Ja, Sir. Solche Dinge folgen zwangsläufig einer gewissen Routine. So ist es auch am besten, dann vergisst man nichts.«

369

»Es war also jedem bekannt, dass Polly um diese Zeit ins Arbeitszimmer gehen würde?«

»Ja, Sir.« Woods machte einen tief betroffenen Eindruck. Das war leicht zu verstehen und man konnte seinem Gesicht ablesen, was er dachte. Auch Cadell dürfte gewusst haben, dass ihn höchstwahrscheinlich dieses junge Mädchen auffinden würde.

»Und die Tür war unverschlossen ...« Pitt sagte, was offensichtlich war, obwohl es ihn überraschte. Wer Selbstmord begehen will, sorgt gewöhnlich dafür, dass ihn niemand dabei stört.

»Ja, Sir.«

»Hat jemand den Schuss gehört? Der muss doch ziemlich laut gewesen sein.«

»Nein, Sir, wir haben nichts davon gemerkt.« Der Butler wirkte betreten, als hätte man ihn bei einem Fehler ertappt und als hätte sich die Tragödie vermeiden lassen, wenn er den Schuss gehört hätte. Das war zwar widersinnig, aber Kummer und Verständnislosigkeit der Situation gegenüber hatten ihm wohl zugesetzt. »Sie müssen verstehen, Sir, die meisten Dienstboten haben um diese Zeit reichlich zu tun. In der Küche herrschte ein ständiges Kommen und Gehen. Hinten im Hof mussten die Austräger der Lieferanten und dergleichen abgefertigt werden, auf der Straße sind Fuhrwerke und Kutschen hin und her gefahren, und da die Fenster offenstanden, um das Haus durchzulüften, war es auch ziemlich laut. Wahrscheinlich haben wir etwas gehört, aber wohl nicht den richtigen Schluss daraus gezogen.«

»Hat Mr. Cadell heute gefrühstückt?«

»Nein, Sir, nur eine Tasse Tee getrunken.«

»War das nicht ungewöhnlich?«

»Nein, Sir, in letzter Zeit nicht. Ich bedaure sagen zu müssen, dass Mr. Cadells Gesundheit ziemlich angegriffen war.« Er zwinkerte wieder, offensichtlich bemüht, seine Empfindungen zu beherrschen. »Irgendetwas schien ihm große Sorgen zu bereiten. Vermutlich hat ihn eine Auslandsangelegenheit beunruhigt. Immerhin bekleidet er ein höchst verantwortungsvolles Am …« Er verstummte, wohl weil ihm eingefallen war, dass sein Herr nicht mehr lebte. Tränen traten ihm in die Augen und er wandte sich ab. Es war ihm sichtlich unangenehm, vor einem Fremden die Beherrschung verloren zu haben.

Pitt war daran gewöhnt. Er hatte schon zahllose Situationen wie diese erlebt und tat so, als hätte er nichts gemerkt.

»Wo hat Mr. Cadell seinen Tee eingenommen?«

Es dauerte eine Weile, bis der Butler antwortete. »Ich glaube, sein Kammerdiener Didcott hat ihn nach oben ins Ankleidezimmer gebracht, Sir«, sagte er schließlich.

»Und danach hat Mr. Cadell sein Arbeitszimmer aufgesucht?«

»Nehme ich an. Didcott müsste das wissen.«

»Wir werden ihn fragen. Vielen Dank. Jetzt möchte ich ins Arbeitszimmer gehen, wenn Sie gestatten.«

»Gewiss, Sir, selbstverständlich.« Mit leicht unsicherem Schritt ging ihm der Butler durch das Vestibül und einen ziemlich langen Gang vorauf zu einer Eichentür, die er mit dem Schlüssel öffnete. Er blieb davor stehen, während Pitt in den Raum trat.

Leo Cadell lag vornüber auf dem Schreibtisch, auf dessen Platte aus einer Wunde in der rechten Schläfe Blut gelaufen war. Nur wenige Zentimeter von einem Gänsekiel entfernt, an dem die Tinte getrocknet war, sah Pitt gleich neben Cadells ein wenig ungelenk abgeknickter Rechten eine Duellpistole. Als er am Boden nahe dem Schreibtischstuhl ein Kissen entdeckte, bückte er sich, hob es auf und roch daran.

371

Der Geruch von Schießpulver und versengtem Stoff war unverkennbar. Darum also hatte niemand den scharfen Hall des Schusses gehört!

Damit aber war noch nicht erklärt, warum Cadell die Tür nicht von innen verschlossen hatte, damit auffiel, dass etwas nicht in Ordnung war und nicht ausgerechnet ein junges Hausmädchen oder gar seine Frau ihn auffand.

Andererseits gab es keinen Grund, bei einem Mann, der zu dieser Art von Erpressung imstande war, damit zu rechnen, dass er in einer solchen Situation Rücksicht auf die Gefühle eines Hausmädchens oder anderer Menschen nahm. Wie leicht und gründlich man sich doch in seinem Urteil über andere Menschen täuschen kann! Es fiel Pitt nach wie vor schwer, die Dinge hinzunehmen, wie sie waren, und für Vespasia würde das wahrscheinlich nie möglich sein. Trotz all ihrer Weisheit und Welterfahrenheit konnte auch sie sich, wie es aussah, gründlich irren.

Er sah zu den sauber auf dem Schreibtisch aufgeschichteten Papieren hin – Briefe und andere Unterlagen aus dem Außenministerium. Der Text eines Blattes, das links vom Stapel auf der Tischfläche lag, bestand aus Buchstaben und Wörtern, die man aus einer Zeitung, vermutlich wieder der *Times*, ausgeschnitten und aufgeklebt hatte. Er lautete:

Inzwischen dürfte mir die Polizei auf der Fährte sein. Mein Plan kann nicht gelingen und ich werde nicht warten, bis man mich festnimmt. Das würde ich nicht ertragen.

Ich werde nicht miterleben, was nach diesem raschen und sauberen Ende geschieht. Damit ist die Angelegenheit beendet. Alles ist vorüber.

Leo Cadell

Die knappe Mitteilung enthielt weder eine Entschuldigung noch den geringsten Hinweis, dass er etwas bedauert hätte. Vielleicht gab es noch irgendwo einen an seine Frau gerichteten Brief. Pitt konnte sich nicht vorstellen, dass ihr seine Machenschaften bekannt gewesen waren.

Er betrachtete den Brief noch einmal aufmerksam. Er schien genau wie die anderen zu sein, die er gesehen hatte. Die Abstände zwischen den Zeilen wichen ein wenig davon ab, waren nicht so genau wie bei jenen, das aber durfte angesichts der Umstände niemanden überraschen.

Auf dem Schreibtisch sah er eine Schere, einen Brieföffner, eine Stange Siegellack, ein kleines Knäuel Bindfaden und zwei Bleistifte in einem Ständer, aber keinen Klebstoff. Vielleicht hatte Cadell ihn aufgebraucht und den Behälter fortgeworfen.

Wo war die Zeitung, aus der die Wörter und Buchstaben stammten? Sie lag weder auf dem Tisch noch auf dem Boden. Nach einer Weile fand Pitt sie sauber gefaltet im Papierkorb und nahm sie heraus. Na bitte, die *Times* vom Vortag. Man konnte gut sehen, wo die Papierstückchen ausgeschnitten waren.

Er ließ das Blatt wieder fallen. Cadell hatte Recht – was die Polizei betraf, war der Fall beendet. Für die Opfer, vor allem aber für Theodosia, würde er das nie sein.

Das scharfe Licht der Morgensonne fiel durch die Scheiben der zum Garten führenden Fenstertür. Das Mädchen hatte wohl in ihrem Entsetzen vergessen, die Vorhänge zu schließen. Niemand war zu sehen. Pitt ging hinüber, verriegelte die Fenstertür und zog die schweren Samtportieren zu.

Dann verließ er das Arbeitszimmer und schloss hinter sich ab. Er musste unbedingt mit Theodosia sprechen. Das Schwierigste bei jeder Nachforschung in einem Todesfall war das Gespräch mit den Hinterbliebenen des Opfers und die Festnahme eines Verdächtigen. In diesem Fall suchten Schock, Entsetzen und Kummer ein und dieselbe Person heim.

Theodosia saß wie erstarrt im Empfangszimmer. Sie war allein, weder ihre Zofe noch ein Lakai war in der Nähe. Ihr Gesicht war grau; sie hatte die Hände so fest im Schoß ineinander verkrampft, dass die Knöchel durch die Haut schimmerten. Wortlos sah sie Pitt aus fast schwarzen Augen an.

Leise trat er ein und setzte sich ihr gegenüber. Nicht nur ihre Zukunft war mit dem Verlust ihres Mannes zerstört, den sie ihren Worten nach wahrhaft geliebt hatte, sondern, und das schmerzte unendlich mehr, auch ihre Vergangenheit. Sein Tod hatte alles hinweggerissen, was ihre Welt ausgemacht hatte und was für sie von Bedeutung gewesen war, wie auch die Grundlage dessen, woran sie geglaubt hatte. Jetzt erwies sich alles als Lüge, was sie mit Bezug auf ihn für wichtig gehalten und worauf sie nicht nur ihre Beziehung zu ihm, sondern sogar ihr Selbstverständnis und ihre Werturteile gegründet hatte. Was blieb ihr noch? Sie fühlte sich in jeder Hinsicht in die Irre geführt und getäuscht.

Nehmen wir nicht oft die Welt und die Menschen, die uns lieben, anders wahr, als sie sind, nämlich so, wie wir sie uns wünschen?

Pitt hätte ihr gern Trost gespendet, aber es gab keinen.

»Soll ich Tante Vespasia anrufen?«, fragte er.

»Was? Ach so.« Sie schwieg eine Weile. Vermutlich dachte sie über die Frage nach. Dann schien sie zu einem Ergebnis gekommen zu sein. »Nein, noch nicht ... vielen Dank. Das wird ihr sehr zu schaffen machen. Sie hat ...« Ihre Stimme versagte. »Sie hat große Stücke auf Leo gehalten, sie mochte ihn. Warten Sie bitte, bis ich mich ein wenig gefasst und besser verstanden habe, was geschehen ist. Dann werde ich es ihr sagen.«

»Soll ich es ihr mitteilen, damit sie es nicht aus der Zeitung erfährt?«, bot er ihr an. »Ich kann zu ihr gehen und es ihr schonend beibringen.«

Theodosia rang nach Atem und die letzten Blutstropfen wichen aus ihrem Gesicht. Einen Augenblick lang fürchtete Pitt, sie werde zusammenbrechen.

Ohne auf die Gebote der Konvention zu achten, kniete er sich spontan neben sie und hielt ihre Hände, die hart wie Eisen in ihrem Schoß ineinander verschlungen waren. Den freien Arm legte er um sie. »Langsam atmen«, gebot er.

Sie gehorchte, dennoch dauerte es eine Weile, bis sie sich wieder gefasst hatte.

»Entschuldigung«, sagte sie schließlich. »An die Zeitungen hatte ich überhaupt nicht gedacht.«

»Ich gehe bei Tante Vespasia vorbei, wenn ich hier fertig bin«, sagte er entschieden. »Sie wird gewiss bei Ihnen sein wollen. Sicher kommen Sie leichter darüber hinweg, wenn Sie nicht allein sind.«

Sie sah ihn an. Flüchtig trat ihr der Ausdruck von Wärme und Dankbarkeit in die Augen. Sie erhob keine Einwände. Vielleicht war sie froh, dass jemand an ihrer Stelle Entscheidungen traf, etwas tat, ihr die Last zu erleichtern, die sie ab sofort würde allein tragen müssen.

»Vielen Dank.«

Es gab nichts mehr, was er sie hätte fragen müssen. Er stand auf. Sie konnte das Mädchen rufen, falls sie das wollte. Vielleicht war sie einstweilen lieber allein, wollte sich ausweinen. Aber wahrscheinlich würde das erst später kommen.

Er war bereits an der Tür, als sie das Wort an ihn richtete: »Mr. Pitt… es ist völlig ausgeschlossen, dass mein Mann Selbstmord begangen hat… Es muss Mord sein. Ich weiß nicht, wie es geschehen ist und auch nicht, wer es getan hat, aber ich nehme an, dass es der Erpresser war. Wenn Sie nichts unternehmen, kommt er ungestraft davon.« Bei dem letzten Satz, den sie mit plötzlichem ersticktem Zorn sagte, blitzten ihre Augen ihn herausfordernd und fast vorwurfsvoll an.

Er wusste nicht, was er sagen sollte. Außer Gattentreue, Schmerz und Verzweiflung gab es nicht den geringsten Anlass für ihre Behauptung.

»Ich werde nichts als gegeben hinnehmen, Mrs. Cadell«, versprach er, »und den Fall erst abschließen, wenn ich nach Beweisen gesucht habe.«

Die Befragung des Personals durch Tellman und ihn selbst ergab nichts. Niemand hatte etwas von einem Einbruch bemerkt oder einen Unbekannten gesehen. Lediglich der Gärtnerjunge hatte Bindegarn für die alte weiße Kletterrose gebracht, die in voller Blüte stand und hochgebunden werden musste, sonst war niemand durch die hölzerne Gartentür hereingekommen. Die jungen Ausfahrer der Lieferanten hatten am Hintereingang so eifrig mit der Scheuermagd und der Zofe geschäkert, dass sie kaum dazu gekommen waren, ihre Arbeit zu tun, ganz davon zu schweigen, dass sie Zeit gehabt hätten, sich auf dem Grundstück herumzutreiben. Im Haus war niemand gesehen worden.

Auch kannte niemand die Duellpistole. Cadell musste sie wohl schon seit einer Weile besessen haben. Sie gehörte nicht zu dem Paar Pistolen, das in einem Kästchen im Eckschrank des Arbeitszimmers eingeschlossen war. Auch Theodosia erklärte, sie nie zuvor gesehen zu haben, fügte aber hinzu, dass ihr Feuerwaffen aller Art ein Graus seien und sie sicher nicht imstande sei, sie voneinander zu unterscheiden.

Da die Dienstboten nie Gelegenheit bekamen, die im Hause befindlichen Schusswaffen in die Hand zu nehmen oder auch nur anzusehen, konnten sie keinerlei Angaben dazu machen. Es sah ganz so aus, als würde – wie so vieles andere in dieser Erpressungsangelegenheit – auch im Dunkeln bleiben, woher Cadell die Waffe hatte und wie lange er sie schon besaß.

Vor seiner Rückkehr in die Bow Street suchte Pitt Tante Vespasia auf. Sie war von der Nachricht tief getroffen und mochte sich der Vorstellung, Cadell könne hinter den Erpressungen stehen, nicht anschließen, doch im Unterschied zu Theodosia bestritt sie die Möglichkeit nicht rundheraus. Sie dankte Pitt, dass er es ihr selbst gesagt hatte, damit sie es nicht aus der Zeitung erfuhr, und ließ dann ihre Kutsche kommen, um zu ihrer Patentochter zu fahren und ihr möglichst ein wenig Trost zu spenden.

Pitt beschloss, als Nächstes Cornwallis aufzusuchen. Auch er sollte den Vorfall nicht erst der Abendzeitung entnehmen.

»Cadell?«, fragte er verblüfft. Er stand in der Mitte seines Arbeitszimmers; offenbar war er wieder damit beschäftigt, auf und ab zu gehen. Er wirkte abgespannt. Seine linke Schläfe zuckte immer wieder. »Ich ... ich nehme an, dass Sie sich Ihrer Sache sicher sind.«

»Können Sie sich eine andere Erklärung denken?«, fragte Pitt unglücklich.

Cornwallis zögerte. Er schien sich zutiefst elend zu fühlen, doch während sie miteinander sprachen, wich die Anspannung ein wenig von ihm und seine

Schultern nahmen eine etwas natürlichere Haltung ein. Gewiss, das war eine überraschende und überaus betrübliche Wendung, aber seine eigene Heimsuchung war vorüber. Obwohl er sich dafür verachtete, fühlte er sich unwillkürlich erleichtert.

»Nein«, sagte er nach einer Weile. »So, wie Sie die Sache schildern, muss das die Lösung sein. Eine entsetzliche Tragödie. Wie bedauerlich. Ich hätte mir gewünscht, es wäre ein anderer gewesen... jemand, den ich nicht kannte. Vermutlich ist das töricht von mir. Ich musste ihn ja kennen... es musste jemand sein, den wir alle kannten! Gut gemacht, Pitt... und...« Er wollte ihm danken, dass er zu ihm gehalten hatte, man konnte es ihm an den Augen ablesen, aber er wusste nicht, wie er es sagen sollte.

»Ich gehe wieder in die Bow Street«, sagte Pitt knapp, »und kümmere mich um die Einzelheiten.«

»Ja«, nickte Cornwallis. »Ja, natürlich.«

KAPITEL
ZEHN

Zu ihrem Besuch bei Theodosia nahm Lady Vespasia ihre Zofe mit und alles, was sie brauchte, um über Nacht oder notfalls auch länger bei ihrer Patentochter zu bleiben. Sie dachte nicht daran, sie mit dem Kummer, der Verwirrung und der Verzweiflung allein zu lassen, die bei einem so entsetzlichen Verlust nicht ausbleiben konnten. Sie hatte in ihrem langen Leben schon früher Fälle von Selbstmord erlebt und wusste, dass diese Todesart für die Angehörigen in mancherlei Hinsicht am schwersten von allen zu ertragen war, zumal die Einsamkeit und die Schuldgefühle, die zwangsläufig darauf folgten, die Qualen verdoppelten.

An jenem ersten Nachmittag und Abend ging es nur darum, Theodosia dabei behilflich zu sein, den ersten Ansturm des Schmerzes zu überstehen, der mit der allmählichen Erkenntnis einherging, dass Leo tatsächlich tot war. Am nächsten Morgen würde es noch schlimmer sein. Zwar würde der Schlaf – und wäre er noch so kurz – eine Atempause bringen, doch gleich nach dem Erwachen würde die Erinnerung zurückkehren. Das war etwa so, als bekäme man die Nachricht noch einmal mitgeteilt – nur ohne den Schock, der den Schmerz gnädigerweise zum Teil auffängt.

Sie sprachen bis spätabends in Theodosias Boudoir miteinander. Sie schien das Bedürfnis zu haben, ihr alles Mögliche über Leo zu erzählen, vor allem aus der Zeit, als sie einander kennengelernt hatten. Mit wachsender Verzweiflung erinnerte sich Theodosia an Dutzende von Situationen, in denen er sich tapfer, gütig oder weise verhalten hatte, an Gelegenheiten, bei denen er besonders ehrenhaft gehandelt hatte. Obwohl ihn niemand gerügt hätte und es auch niemandem aufgefallen wäre, wenn er sich anders verhalten hätte, hatte er ganz selbstverständlich sein Bestes gegeben.

Während Lady Vespasia zuhörte, merkte sie, dass vieles von dem, was Theodosia sagte, in ihrem eigenen Gedächtnis lebendig war. Es gab so vieles, was sie im Laufe der Jahre an ihm zu bewundern gelernt hatte, und es fiel ihr nur zu leicht, sich an all das zu erinnern, was an Leo liebenswert gewesen war.

Kurz vor Mitternacht brach Theodosia unvermittelt in Tränen aus. Sie brachten zwar Erleichterung mit sich, erschöpften Theodosia aber auch. Nach einer Weile bereitete ihr Lady Vespasias Zofe einen Schlaftrunk zu und sie legte sich schlafen. Auch Lady Vespasia trank etwas davon und zog sich eine Viertelstunde darauf ebenfalls zurück.

Der nächste Morgen war weit schlimmer als befürchtet und sie ärgerte sich, das nicht vorausgesehen zu haben. Auf dem Weg zum Frühstückszimmer begegnete sie im Vestibül dem Butler. Er sah blass aus und hatte gerötete Augen.

»Guten Morgen, Mylady«, sagte er mit belegter Stimme und räusperte sich. »Wie geht es Mrs. Cadell?«

»Sie schläft noch«, antwortete Lady Vespasia. »Und ich denke, man sollte sie nicht stören. Würden Sie mir bitte die Zeitungen bringen?«

»Die Zeitungen, Mylady?« Seine Augenbrauen hoben sich.

»Ja, bitte.«

Er blieb regungslos stehen. »Meinen Sie die ganze Zeitung, Mylady?«

»Natürlich die ganze, Woods! Drücke ich mich etwa unklar aus?« Sicher wäre es angenehmer gewesen, die Blätter verbrennen zu lassen. Das war auch ihr erster Impuls gewesen, aber sie musste unbedingt wissen, was darin stand. Manchen Tatsachen musste man sich einfach stellen. »Sie finden mich im Frühstückszimmer. Für mich bitte nur Tee und Toast.«

»Gewiss, Mylady«, sagte der Butler beflissen. »Ich ... ich werde sie bügeln lassen –«

»Sparen Sie sich die Mühe.« Offenbar hatte man nach dem Tode des Hausherrn die bisherigen Gewohnheiten mit Bezug auf die Zeitungen aufgegeben. »Ich werde sie so durchgehen, wie sie sind.« Ohne auf seine Antwort zu warten, suchte sie das Frühstückszimmer auf.

Er brachte ihr die drei Zeitungen auf einem Tablett, geglättet, aber nicht gebügelt. Was sie berichteten, war gleichermaßen katastrophal. Eines der Blätter fasste die übelsten Einzelheiten aller drei zusammen und fügte Spekulationen hinzu, die zugleich grausam und destruktiv waren. Verfasst hatte den Artikel Lyndon Remus, der im Zusammenhang mit der Leiche vom Bedford Square und der möglichen Beziehung General Balantynes zur Tat seine eigenen Nachforschungen angestellt hatte und wohl auch Pitt gefolgt war, denn er wusste, dass dieser Dunraithe White, Tannifer und Sir Guy Stanley aufgesucht hatte.

In seinem Artikel über Cadells Selbstmord sprach er von einer durch Pitt aufgedeckten Verschwörung und behauptete, Pitt habe kurz vor Cadells Festnahme gestanden.

Zwar war Oberinspektor Pitt nicht bereit, sich in der Angelegenheit zu äußern, doch hat niemand auf der Revierwache in der Bow Street bestritten, dass gegen Mr. Cadell, der sich gestern Morgen in seinem Arbeitszimmer erschossen hat, eine Untersuchung in einem äußerst bedeutsamen Verschwörungsfall geführt wurde. In diesen mit Erpressung und Mord verknüpften Fall sollen Mitglieder der obersten Gesellschaftsschicht verwickelt sein, und zwar führende Persönlichkeiten aus Finanz-, Militär- und Regierungskreisen.

Da Mr. Cadell ein hohes Amt im Außenministerium bekleidet hat, muss man sich fragen, ob diese Verschwörung die Interessen unseres Landes im Ausland berührt und das rasche Eingreifen der Polizei im letzten Augenblick einen möglichen Landesverrat vereitelt hat.

Wir wollen hoffen, dass weitere Schuldige, so es welche gibt, nicht gedeckt, sondern für ihre Verbrechen zur Rechenschaft gezogen werden, unabhängig davon, ob diese bereits ausgeführt wurden oder lediglich beabsichtigt sind. Man hat in der Vergangenheit weniger hochstehende Persönlichkeiten für unbedeutendere Taten die volle Härte des Gesetzes spüren lassen.

So ging es über mehrere Absätze weiter. Als Lady Vespasia die Lektüre beendet hatte, war sie so empört, dass sie die Zeitung auf den Tisch legte, da sie sie kaum noch ruhig halten konnte.

Der Journalist Lyndon Remus mochte anfangs die aufrichtige Absicht verfolgt haben, Korruption bloßzustellen, aber sein Ehrgeiz hatte sein Urteilsvermögen getrübt. Die Aussicht auf persönlichen Ruhm und die Macht, welche die Feder ihm verlieh, hatten ihn dazu veranlasst, unbegründete Anschuldigungen auszusprechen, ohne im Geringsten daran zu denken, auf welche Weise sich seine Behauptungen auf die Hinterbliebenen auswirken mochten. Die Frage, ob die von ihm an den Pranger gestellten Menschen schuldig oder unschuldig waren, schien ihn kalt zu lassen. Keinesfalls würde eine spätere Richtigstellung die Schmerzen oder die Ausgrenzung ungeschehen machen, denen ein solcher Verdacht sie zwangsläufig aussetzte.

»Ich habe die Zeitungen gelesen«, sagte Lady Vespasia, als Woods zurückkehrte, um zu sehen, ob er den Frühstückstisch abräumen lassen könnte. »Sie können sie jetzt verbrennen. Mrs. Cadell braucht sie nicht zu sehen.«

»Sehr wohl, Mylady«, sagte er rasch. Während er die Zeitungen mit leicht zitternden Händen an sich nahm, war ihm deutlich anzusehen, was er dachte.

»Wie geht es Ihren Leuten?«, fragte ihn Lady Vespasia.

»Wir kommen zurecht, Mylady«, antwortete er. »Ich bedaure sagen zu müssen, dass sich vor dem Haus Individuen eingefunden haben, die Fragen zu stellen versuchen... für die Zeitungen. Sie haben... außergewöhnlich schlechte Manieren. Sie dringen in das Privatleben anderer Menschen ein und zeigen nicht die geringste Achtung vor der... Würde des Todes.«

»Haben Sie den Hintereingang verschlossen?«, fragte sie. »Wir brauchen heute keine Lieferungen.«

»Bis... bisher nicht«, gab er zu. »Ich werde das mit Ihrer Erlaubnis sogleich nachholen.«

»Tun Sie das. Und niemand soll an die Haustür gehen, ohne sich vergewissert zu haben, wer davor steht, und ohne meine oder Mrs. Cadells Einwilligung. Ist das klar?«

»Sehr wohl. Die Köchin möchte wissen, was Sie zum Lunch zu speisen wünschen, Lady Vespasia. Ich nehme an, dass Sie im Hause sein werden.« Er sah leicht verzweifelt drein.

»Selbstverständlich«, sagte sie. »Ich bin überzeugt, dass alles, was sie kocht, gleichermaßen schmackhaft ist. Es wäre aber schön, wenn sie etwas Leichtes zubereiten könnte. Beispielsweise eine Eierspeise oder einen frischen Obstsalat.«

»Wie Sie wünschen, Mylady. Vielen Dank.«

Anschließend suchte Lady Vespasia das Gesellschaftszimmer auf, dessen steife Atmosphäre ihr der Stimmung im Hause angemessen zu sein schien.

Theodosia kam kurz nach zehn herunter. Sie trug Schwarz, doch obwohl sie erschöpft und elend aussah, hielt sie den Kopf hoch und gab sich entschlossen.

»Ich habe viel zu tun«, sagte sie, noch bevor Lady Vespasia dazu kam, sie nach ihrem Ergehen zu fragen. Ohnehin wäre die Frage sinnlos gewesen, denn vermutlich würde sie nie in ihrem Leben schwerer leiden als an jenem Morgen. »Du bist die Einzige, die ich um Hilfe bitten kann«, fügte sie hinzu.

»Ich will doch sehr hoffen, dass es jemanden gibt, der mit Leos Angelegenheiten vertraut ist«, gab Lady Vespasia zur Antwort, während sie Theodosia aufmerksam ansah, »damit du dich nicht selbst darum zu kümmern brauchst. Aber natürlich kann auch ich das für dich erledigen, wenn es dir lieber ist.«

Theodosia hob die Brauen. »So etwas meine ich nicht, Tante Vespasia. Ich bin sicher, dass Mr. Astell imstande ist, all diese Dinge zu erledigen. Allerdings fände ich es schön, wenn du mir raten könntest, wie ich mich am besten verhalte.« Sie krauste die Stirn ein wenig, während sie sich konzentrierte. »Ich bin fest davon überzeugt, dass sich Leo nicht das Leben genommen hat. So weit hätte ihn niemand treiben können, was auch immer er gedacht oder befürchtet haben mag. Auf keinen Fall kann er der Drahtzieher gewesen sein, der hinter der Erpressung steckt.« Sie stand mit dem Rücken zum Raum, das Gesicht auf den Garten gerichtet, doch ohne dessen Blumen und die tanzenden Schatten wahrzunehmen.

»Ich gebe mich keineswegs der Täuschung hin, alles über ihn zu wissen«, sagte sie langsam. »Man weiß nie alles über einen anderen Menschen ... und es ist auch besser so, denn das wäre aufdringlich und, schlimmer noch, langweilig. Aber ich denke, dass ich Leo gut genug gekannt habe, um nicht von ihm über seine Empfindungen getäuscht zu werden. Mir wäre weder sein Frohlocken über das kurz bevorstehende Gelingen eines solchen Planes noch seine Verzweiflung über einen Fehlschlag entgangen, der ihn zu einem solchen Schritt hätte treiben können.«

Lady Vespasia wusste nicht so recht, was sie darauf sagen sollte. Schon oft hatte sie Menschen gut zu kennen geglaubt und war dann durch die Ereignisse eines anderen belehrt worden. Doch Theodosia hatte nicht von moralischen Werten gesprochen, sondern von Gefühlen; die aber konnte man beobachten und das Argument ließ sich nicht einfach von der Hand weisen.

»Mir ist durchaus klar, wie auf andere wirken muss, was ich jetzt sage«, fuhr Theodosia mit leiser Stimme fort, nach wie vor zum Fenster gewandt. »Ich erwarte auch nicht, dass du es mir unbesehen glaubst. Aber welche Frau könnte es einfach hinnehmen, ihren Mann zu verlieren – noch dazu auf diese Weise? Daher denke ich nicht daran, verzweifelt die Hände zu ringen, und beabsichtige, der Sache nachzugehen.«

»Das wird nicht leicht sein«, sagte Lady Vespasia in fürsorglichem Ton. »Du wirst dabei mit ziemlichem Widerstand rechnen müssen ...«

»Das ist mir klar.« Theodosia rührte sich nicht. »Wenn nicht Leo dahinter steht, muss es ein anderer sein. Wer auch immer es ist, er dürfte kaum damit einverstanden sein, dass ich etwas infrage stelle, was offensichtlich wie ein glatter Schlussstrich unter die Angelegenheit aussehen soll.« Sie wandte sich um. Ihre Schultern waren starr. »Wirst du mir helfen, Tante Vespasia?«

Mit einem Blick auf Theodosias hohlwangiges Gesicht erkannte sie die Verzweiflung in deren Augen. Man musste damit rechnen, dass der Versuch scheiterte und ihnen noch mehr Kummer eintrug, als sie bereits litten. Aber konnte sie die Bitte abschlagen? Das würde nicht nur Theodosia nicht von ihrem Vorhaben abbringen, sondern auch deren Einsamkeit steigern.

»Bist du sicher, dass das dein Wunsch ist?«, fragte Lady Vespasia sanft. »Manchmal ist es besser, nicht die ganze Wahrheit zu wissen. Vergiss nicht, dass sich, was wir entdecken könnten, möglicherweise nicht von ferne mit dem deckt, was du dir vorgestellt hast. Außerdem wirst du dir bestimmt Feinde machen.«

»Das ist mir klar.« Theodosia blieb stehen, wo sie war. »Meinst du, das wäre für mich viel schlimmer, als es sowieso wird, wenn sich die Sache erst einmal herumgesprochen hat? Sir William Gordon-Cumming dürfte es nicht als Einziger unerträglich finden, weiterhin in London oder den umliegenden Grafschaften zu leben. Der Erpresser hat mir so viel genommen, dass mir kaum noch etwas zu verlieren bleibt. Ich erwarte nicht, dass du mir einen märchenhaften Ausgang meiner Unternehmung versprichst, Tante Vespasia. Mir ist klar, dass es so etwas nicht gibt. Aber steh mir bitte mit deiner Klugheit hilfreich zur Seite. Ich denke, du weißt, dass ich nicht von meinem Vorhaben ablassen werde, ob du mich nun unterstützt oder nicht – nur sind meine Erfolgsaussichten im letzteren Fall weit geringer.«

Lady Vespasia lächelte ein wenig betrübt. »Dann bleibt mir eigentlich keine Wahl, sonst müsstest du ja annehmen, dass ich dich gern scheitern sehen möchte. Nichts wäre mir lieber, als wenn sich beweisen ließe, dass Leo weder der Erpresser war, noch sich das Leben genommen hat. Wir müssen unser Vorgehen aber sehr sorgfältig planen und genau überlegen, wie und womit wir anfangen wollen.«

Theodosia tat einige Schritte und ließ sich schwer in einen Sessel sinken. Mit einem Mal wirkte sie ein wenig verloren. »Entschuldige bitte«, sagte sie. »Aber an wen könnte ich mich sonst wenden? Und wer könnte mir auch nur annähernd so helfen wie du?« Trotz aller Entschlossenheit wusste sie nicht so recht, was sie tun konnte.

»Bist du sicher, dass du bereit bist, dich dem Ergebnis zu stellen, wie auch immer es aussehen mag?«, fragte Lady Vespasia erneut. »Immerhin musst du mit der Möglichkeit rechnen, dass es anders ausfällt, als du dir erhoffst.«

»Natürlich«, stieß sie unglücklich und tonlos, doch voller Entschiedenheit und Überzeugung hervor. »Aber auf keinen Fall wird es so sein, wie man gegenwärtig behauptet. Womit fangen wir an?«

»Als Erstes überlegen wir mit kühlem Kopf, wie wir am besten vorgehen. Und eine Tasse heißer Tee kann auch nicht schaden«, sagte Lady Vespasia mit Nachdruck.

Mit kaum wahrnehmbarem Lächeln trat Theodosia an den bestickten Glockenzug. Als das Mädchen kam, bestellte sie Tee.

»Und jetzt zum kühlen Überlegen«, sagte sie, als sie wieder allein waren.

Lady Vespasia setzte sich bequem zurecht und begann: »Der Erpresser muss all seine Opfer persönlich kennen, denn er ist nicht nur mit ihrem Vorleben bestens vertraut und weiß, womit er sie am tiefsten treffen konnte, sondern ihm war auch klar, an welcher Stelle in ihrer Laufbahn sich der jeweilige angebliche Vorfall am glaubwürdigsten unterbringen ließ.«

»Das stimmt«, sagte Theodosia. »Du sagst ›er‹. Könnte es nicht eine Frau sein? Es wäre doch weltfremd anzunehmen, Frauen wären zu solcher Gerissenheit oder Grausamkeit unfähig.«

»Das wäre es in der Tat«, sagte Lady Vespasia. »Dann aber hätte die Leiche vor Brandon Balantynes Haustür wohl nichts mit der Sache zu tun, was ich jedoch für unwahrscheinlich halte. Ich kann mir nur schwer vorstellen, unter welchen Umständen eine Frau, die mit den Opfern bekannt war, von Slingsbys Tod gewusst und zugleich die Möglichkeit gehabt haben könnte, seine Leiche dorthin zu transportieren, wo man sie aufgefunden hat. Unmöglich ist aber auch das nicht.«

»Das hatte ich nicht bedacht«, gab Theodosia zu. »Nehmen wir also an, dass es sich um einen Mann handelt. Ich bin mit den meisten Ereignissen aus Leos Leben vertraut. Nicht nur weiß ich, wo er zur Welt gekommen, aufgewachsen und zur Schule gegangen ist, mir sind auch die näheren Umstände seines Studiums und seines Eintritts in den diplomatischen Dienst bekannt. Ich habe mir immer wieder den Kopf zerbrochen, aber mir fallen einfach keine Feinde ein, die dahinter stecken könnten.« Sie runzelte die Stirn. »Es scheint ein Naturgesetz zu sein, dass jemand, der im Leben Erfolg hat, in anderen damit Neid erweckt, wenn nicht gar schlimmere Gefühle. Leider neigen viele Menschen, denen der Erfolg versagt bleibt, dazu, andere für ihr eigenes Scheitern verantwortlich zu machen.«

Das Mädchen brachte ein Tablett mit frisch aufgegossenem Tee und stellte es auf das Tischchen zwischen ihnen. Als sie eingießen wollte, bedeutete ihr Theodosia, dass sie gehen könne, und übernahm diese Aufgabe selbst.

Lady Vespasias Ansicht nach handelte es sich nicht um eine persönliche Abrechnung und sie gab zu bedenken: »In dem Fall müssten wir etwas finden, woran sämtliche Opfer beteiligt waren. Hat Leo sie überhaupt alle gekannt?«

Theodosia sah sie mit einem Anflug von Humor an. »Das weiß ich nicht. Du warst so zurückhaltend, dass du mir nicht einmal alle Namen genannt hast.«

»Ach natürlich!« Das hatte Lady Vespasia ganz vergessen. Unter den gegebenen Umständen war Diskretion bedeutungslos; jetzt kam es darauf an, den Makel von Leos Namen zu tilgen und den Erpresser dingfest zu machen, der nach wie vor sein Unwesen trieb, wenn Theodosia mit ihrer Vermutung recht hatte. »General Balantyne, Cornwallis, Sigmund Tannifer, Guy Stanley und Dunraithe White.«

Theodosia war verblüfft. »Das habe ich nicht geahnt«, sagte sie leise. »Parthenope Tannifer kenne ich. Sie war einige Male hier. Eine wirklich interessante Frau. Die Männer gehören verschiedenen Generationen und Lebensbereichen an! Ist nicht Dunraithe White Richter?«

»Ja, und John Cornwallis stellvertretender Polizeipräsident«, fügte Lady Vespasia hinzu. »Man kann sich fragen, ob es hier nicht jemand geradezu darauf anlegt, der Geltung von Recht und Gesetz im Lande die Grundlage zu entziehen. Allerdings passt Brandon Balantyne nicht recht ins Bild.«

»Irgendeine Verbindung muss es aber geben«, sagte Theodosia mit Nachdruck, »und wir müssen sie finden. Mit den Berufen der Männer kann es nichts zu tun haben und auch nicht mit ihrer früheren Schule oder Universität.«

»Dann bleibt nur die gesellschaftliche Ebene«, folgerte Lady Vespasia und nippte an ihrem Tee. Trotz der Wärme, die das in der sommerlichen Morgensonne liegende Zimmer durchflutete, war das heiße Getränk eine Wohltat. Im Hause war es ungewöhnlich still. Vermutlich gingen die Dienstboten auf Zehenspitzen umher. Jemand hatte vor dem Haus Stroh auf die Fahrbahn geschüttet, um den Hufschlag der Pferde zu dämpfen. Mit einem Mal fiel ihr ein: »Vielleicht ist es um Geld gegangen! Könnte Leo finanziell an einer Unternehmung beteiligt gewesen sein, an der auch die anderen Anteile haben?«

»Eine Unternehmung, mit der etwas nicht stimmt«, griff Theodosia den Gedanken begeistert auf. »Ja! Warum nicht? Das ergäbe einen Sinn.« Sie stand auf. »Sicher lassen sich in seinem Arbeitszimmer Unterlagen darüber finden. Wir wollen einmal nachsehen.«

Lady Vespasia begleitete sie, der Tee blieb unbeachtet stehen.

Sie verbrachten den Rest des Vormittags und den frühen Nachmittag in Leo Cadells Arbeitszimmer und unterbrachen ihre Suche lediglich mit einem kleinen Mittagsimbiss, auf dem Lady Vespasia um Theodosias willen bestand. Bei ihrer Suche nach Belegen stellten sie fest, dass er bei seinen Geldanlagen im Großen und Ganzen mit beträchtlicher Umsicht vorgegangen war. Lediglich bei einer eher leichtfertigen Investition in ein Unternehmen in der Karibik hatte er einen geringen Betrag eingebüßt, alle anderen Anlagen hingegen erwiesen sich als zufriedenstellend, wenn nicht gar exzellent. Er hatte erstaunlich wenig Geld in riskante Unternehmungen im Ausland investiert und offenbar peinlich darauf geachtet, alles zu vermeiden, was auch nur den Anschein erwecken konnte, er habe von Kenntnissen Gebrauch gemacht, die ihm als Angehörigem des diplomatischen Dienstes zugänglich waren.

Immer niedergeschlagener las Lady Vespasia die Angaben zu den Investitionen, die Leo im Laufe der Jahre getätigt hatte, und ihren Erträgen. Sie spiegelten das Finanzgebaren eines Mannes, der zwar gut für seine Familie sorgte, aber betont darauf achtete, das in seiner privilegierten Stellung erlangte Wissen nicht in finanzielle Vorteile umzumünzen – lieber nahm er Verluste in Kauf. Der Mann, den sie darin wiedererkannte, hatte nicht das Geringste mit der Person zu tun, die Lyndon Remus in den Zeitungen geschildert hatte, und auch nichts mit dem Erpresser, für den ihn die Polizei entsprechend den Umständen seines Todes hielt. Sie fand es erstaunlich, dass nackte Zahlen ein solches Bild von einem Menschen zeichnen konnten.

»Hier ist nichts«, sagte Theodosia enttäuscht kurz nach halb drei. Erschöpft saß sie am Schreibtisch, auf dem allerlei Papiere verstreut lagen. Sie wirkte angegriffen. »Als einzige Gemeinsamkeit mit den anderen, deren Namen du genannt hast, fällt mir auf, dass er für diese und jene wohltätige Einrichtung gespendet hat. Sonst wüsste ich wirklich nicht, was er mit ihnen hätte gemeinsam haben können. Es waren auch keine besonders hohen Beträge, jedenfalls nicht solche, um deretwillen man jemanden erpressen würde.«

»Was für wohltätige Einrichtungen sind das?«, fragte Lady Vespasia. Sie wollte einfach etwas sagen, weil sie fürchtete, dass Theodosia ihr Stillschweigen sonst so deuten könnte, als hätte sie aufgegeben.

Überrascht sagte Theodosia: »In erster Linie geht es da offenbar um ein Waisenhaus. Verschiedene Mitglieder des Jessop-Klubs, die einen Ausschuss zur Unterstützung dieser Einrichtung gebildet haben, gehören ihrem Beirat an. Ich weiß, dass sich Leo bemüht hat, regelmäßig an dessen Sitzungen teilzunehmen, und nur fortgeblieben ist, wenn die Arbeit ihn nicht losließ. Jetzt fällt mir ein, dass ihm auch General Balantyne angehört; das hat Leo einmal erwähnt.« Sie entnahm der Schreibtischschublade ein Bündel Briefe und begann darin zu lesen.

Lady Vespasia öffnete eine der anderen Schubladen und fand weitere Briefe.

Eine halbe Stunde lang stießen sie auf nichts, was auch nur die geringste Bedeutung zu haben schien. Es kam ihnen ungehörig vor, Briefe zu lesen, die nicht für sie bestimmt waren. Zwar enthielten sie nichts, wofür sich Leo hätte schämen oder was ihm hätte peinlich sein müssen. Es waren nicht einmal besonders persönliche Briefe, aber es erschien ihnen unpassend, als Außenstehende diese Briefe zu lesen. Während Lady Vespasia sie durchging, kam ihr Leos Tod erst richtig zu Bewusstsein.

Dann fiel ihr der entscheidende Hinweis in einem handschriftlich an ihn adressierten Schreiben auf. Es war eher eine Art Aktennotiz und der Hinweis war so unauffällig, dass sie ihn beinahe übersehen hätte. Es ging um die Schirmherrschaft über eine Kunstausstellung zur Geldbeschaffung für wohltätige Zwecke, die in Anwesenheit einer bekannten Dame der Gesellschaft eröffnet werden sollte. Die Sache lag über ein halbes Jahr zurück und schien von keiner besonderen Bedeutung zu sein. Vermutlich hatte Leo das Blatt lediglich aufgehoben, weil er sich darauf die Anschrift eines in Paris lebenden Sammlers chinesischer Ingwertöpfe notiert hatte. Mit einem Mal fiel ihr die

Absenderangabe unter dem Briefkopf des Jessop-Clubs auf. Sie enthielt die Namen der Beiratsmitglieder: Brandon Balantyne, Guy Stanley, Lawrence Bairstow, Dunraithe White, John Cornwallis, James Cameron, Sigmund Tannifer und Leo Cadell.

Sie hob den Blick. Theodosia las nach wie vor. Der Berg der um sie herum verstreuten Papiere wuchs immer mehr an.

»Sagt dir der Name Lawrence Bairstow etwas?«, fragte Lady Vespasia. »Oder James Cameron?«

»Ich kenne Mary Ann Bairstow«, gab Theodosia zur Antwort und hob den Blick. »Warum? Was hast du entdeckt?«

»Könnte auch Lawrence Bairstow zu den Opfern gehören?«

Mit einem Mal legte sich ein Ausdruck von Enttäuschung auf Theodosias Züge. »Nein. Der arme Mann ist senil. Er ist viel älter als die anderen und hat vermutlich nicht den geringsten Einfluss mehr, ob gut oder schlecht. Soweit mir bekannt ist, kümmern sich die Familienanwälte um seine persönlichen Angelegenheiten.« Sie konnte den Schmerz nicht aus ihrer Stimme heraushalten.

»Und James Cameron?«, versuchte Lady Vespasia es erneut, ohne recht zu wissen, warum oder ob es einen Sinn hatte. Es wäre ihr unerträglich gewesen, einfach aufzuhören.

»Der einzige James Cameron, den ich kenne, ist krank und hat vor mehreren Monaten das Land verlassen«, sagte Theodosia. »Er wollte in einem wärmeren und trockeneren Klima leben, ich glaube, in Frankreich, bin aber nicht sicher. Warum möchtest du das wissen? Hast du etwas entdeckt?«

»Möglicherweise wissen wir jetzt, was die Männer gemeinsam hatten«, sagte Lady Vespasia langsam. »Allerdings vermag ich nicht zu sehen, welche

Art von Vermögensvorteil sich dabei herausschlagen ließe.«

Theodosia sprang auf und entriss ihr das Blatt. Sie las es und hob dann verwirrt den Blick. »Sie alle gehören diesem Ausschuss im Jessop-Club an. Aber dabei geht es um Geld für ein Waisenhaus. Meinst du wirklich, Veruntreuung von Spendengeldern könnte dahinterstecken?« Der Ausdruck in ihren Augen schwankte zwischen Hoffnung und Verzweiflung. »Es scheint mir kaum der Mühe wert. Was könnte schon dabei herauskommen?«

»Auf jeden Fall Schimpf und Schande, wenn es bekannt würde«, sagte Lady Vespasia, bemüht, sich ihre innere Erregung nicht anmerken zu lassen. »Bedürftige Waisen zu bestehlen ist besonders verwerflich.«

»Daran hatte ich nicht gedacht.« Es kostete Theodosia große Mühe, ihre zitternden Hände stillzuhalten. Zwar wünschte sie von ganzem Herzen, dass der Fund etwas zu bedeuten hatte, wagte aber nicht, zu viel zu hoffen. Andererseits war ihr Kummer so groß, dass sie diesen Strohhalm nicht einfach fahren lassen mochte. »Das… das könnte es doch sein… oder nicht?«

Trotz ihrer Überzeugung, dass es wahrscheinlich damit nichts weiter auf sich hatte, brachte Lady Vespasia es nicht übers Herz, ihr jegliche Zuversicht zu rauben. Vielleicht war es jetzt wichtiger, Theodosia einen Hoffnungsschimmer zu lassen, als sie mit der mutmaßlichen Wahrheit zu erschrecken. Erst einmal musste sie diese Situation überstehen, dann würde man weitersehen.

»Möglich ist es«, sagte sie. »Wir wollen sehen, ob wir noch weitere Hinweise in dieser Richtung finden. Anschließend nehme ich das Blatt zu Thomas Pitt mit, um zu sehen, was er daraus macht.«

»Meinst du den Oberinspektor der Polizei?« Die Hoffnung schwand aus Theodosias Gesicht. »Er ist von Leos Schuld überzeugt.«

»Er wird mir zuhören, wenn ich ihm von der Sache berichte.« Lady Vespasia sagte das mit einer Sicherheit, die sie nicht empfand.

»Meinst du wirklich?« Theodosia klammerte sich daran.

»Aber ja. Jetzt wollen wir sehen, was sich noch finden lässt.«

Zwei weitere Stunden gründlichster Suche, in deren Verlauf sie jedes Stückchen Papier im Schreibtisch und in den Schubladen des Schränkchens lasen, förderten lediglich ein einziges Blatt zutage, das möglicherweise von Bedeutung sein mochte. Es handelte sich um einen etwa zwei Wochen alten Brief. Er lautete:

Mein lieber Cadell,
Es mag sein, dass ich übereifrig bin, aber ich mache mir Sorgen über die Höhe der Geldbeträge, die an das Waisenhaus in Kew gehen. Bei einer gründlichen Durchsicht der Konten bin ich zu dem Ergebnis gekommen, dass man der Sache nachgehen sollte. Ich habe das Thema auch im Ausschuss zur Sprache gebracht, bin aber überstimmt worden.

Natürlich ist es möglich, dass ich mit Bezug auf die gegenwärtigen Lebenshaltungskosten nicht auf dem Laufenden bin, trotzdem würde ich gern Ihre Meinung zu der Sache hören. Ich hoffe sehr, dass wir zu einem Ihnen genehmen Zeitpunkt darüber sprechen können.

Ich verbleibe als Ihr ergebener Diener
Brandon Balantyne

Theodosia war von diesem Fund so beflügelt, dass Lady Vespasia sie nicht darauf hinzuweisen wagte, wie banal das Ganze höchstwahrscheinlich war.

»Nimmst du das mit zu Oberinspektor Pitt?«, drängte sie.

»Natürlich.«

»Gleich?«

»Ich gehe bei ihm vorbei, bevor ich nach Hause fahre«, versprach Lady Vespasia. »Jetzt aber, meine Liebe, mache ich mir weit größere Sorgen um dich. Bist du sicher, dass du heute Nacht allein zurechtkommst? Ich kann wiederkommen, wenn du das möchtest. Es macht mir nicht die geringsten Ungelegenheiten. Ich kann ohne weiteres frische Wäsche kommen lassen.«

Theodosia zögerte. »Nein... ich muss wohl... lernen, mich daran zu gewöhnen...«, sagte sie schließlich.

Lady Vespasia traf die Entscheidung für sie. »Ich komme zurück, sobald ich mit Thomas gesprochen habe. Ich weiß nicht, wie lange das dauern wird, denn man muss damit rechnen, dass ich ihn nicht sofort antreffe. Warte also bitte nicht mit dem Abendessen auf mich. Ich bin mit allem zufrieden, was die Köchin für mich aufhebt.«

»Selbstverständlich«, sagte Theodosia und Dankbarkeit lag auf ihren Zügen. »Du bist... so gütig!«

Lady Vespasia fand Pitt in seinem Dienstzimmer in der Bow Street. Von seinem Standpunkt aus war der Fall abgeschlossen; jetzt galt es, all die anderen Dinge zu erledigen, die sich angesammelt hatten, während er sich mit dem Mord vom Bedford Square und der Erpressung beschäftigt hatte. Er war hocherfreut, Tante Vespasia zu sehen, und begrüßte sie voll Überschwang.

396

Mit einem kritischen Blick auf seinen mit Papieren übersäten Schreibtisch sagte sie, nicht ohne Sarkasmus: »Ich scheine dich zu stören. Vielleicht sollte ich bis nach Feierabend warten und dich zu Hause besuchen.«

»Aber ich bitte dich!« Er wies auf den Stuhl, den er ihr hingeschoben hatte. »Nichts ist so dringend, dass es mich von einem Gespräch mit dir abhalten könnte.«

»Es sieht mir aber sehr dringend aus«, merkte sie mit leicht spöttischem Lächeln an, während sie vorsichtig Platz nahm. »Vermutlich ist es außerdem ziemlich mühselig. Ich werde dich nicht lange aufhalten.«

»Ach was.« Er erwiderte ihr Lächeln, wobei in seinen Augen zum ersten Mal seit Wochen Munterkeit aufblitzte. Er kehrte an seinen Platz zurück. »Ich werde mich mit dem begnügen, was du an Zeit für mich erübrigen kannst. Was gibt es?«

Sie seufzte. Ihre fröhliche Stimmung war verflogen. »Vermutlich nichts. Ich habe bei der Durchsicht von Leo Cadells Papieren etwas entdeckt, was allen Opfern des Erpressers gemeinsam ist. Zumindest einer von ihnen hatte dabei gewisse Vorbehalte – und zwar derjenige, der letztlich am schwersten beschuldigt wurde.«

»Balantyne?« Pitt wirkte überrascht. »Worum geht es denn?«

Sie nahm Balantynes Brief an Cadell und die auf dem Briefpapier des Jessop-Club verfasste Aktennotiz aus ihrem Ridikül und gab sie ihm.

Er las beide aufmerksam und hob dann den Blick. »Ein Waisenhaus? Was ist mit den beiden anderen, deren Namen da stehen, Bairstow und Cameron? Gehören die auch zu den Opfern?«

»Wir haben keinen Grund, das zu vermuten. Im Gegenteil spricht alles dafür, dass sie nicht dazugehören und es auch nicht können«, gab sie zur Antwort. »Soweit ich von Theodosia weiß, ist Bairstow senil und Cameron hat England verlassen. Er lebt jetzt im Ausland. Mithin bleiben von den Mitgliedern des Ausschusses nur jene, die wir kennen.«

Sie sah ihn aufmerksam an und merkte, dass sich sein Gesichtsausdruck veränderte. Offenbar hatte er angebissen. »Würdest du mir um Theodosias willen den Gefallen tun und dir die Sache einmal näher ansehen, Thomas? Vermutlich geht es dabei genau um das, was man auf den ersten Blick vermutet, nämlich um die Unterstützung einer verdienstvollen Sache durch eine Gruppe von Männern, die zufällig ein und demselben Club angehören. Da mir aber Theodosias Wohl sehr am Herzen liegt und ich mir außerdem nicht recht vorstellen kann, dass Leo ein Erpresser gewesen sein und Selbstmord begangen haben soll, halte ich es für richtig, allem nachzugehen, was darauf hinweist, dass es sich nicht so verhält, wie abgelegen es auch scheint.« Sie bat andere Menschen nur ungern um einen Gefallen und sah an Pitts Gesicht, dass er das begriff.

»Verständlich«, stimmte er zu. »Ich will gleich morgen nach Kew hinausfahren und mir die Buchführung dieses Waisenhauses einmal genauer ansehen. Ich denke, dass man mir dort keine Steine in den Weg legen wird, wenn ich mich auf Cornwallis berufe.«

»Ich bin dir wirklich sehr dankbar, Thomas.« Sie erhob sich. Die letzten zwei Tage waren für sie anstrengend gewesen. Mit einem Mal überwältigte sie der Kummer. Sie merkte, dass es ihr schwer fallen würde, genug Kraft aufzubringen, um Theodosia wieder unter die Augen zu treten und bis spät in die Nacht aufzubleiben, um sie zu trösten und ihr Gesellschaft zu leisten. Sie hatte keine Möglichkeit, die

Schmerzen ihrer Patentochter zu lindern, sie konnte sie lediglich mit ihr teilen. Das aber zumindest musste sie tun, wenn ihr an Theodosia lag.

Der nächste Tag war herrlich. Die Luft war von einer besonderen Klarheit und hin und wieder milderte ein lindes Lüftchen die Auswirkungen der andauernden Hitzewelle. Straßen und Parks waren voller Menschen und auf der Themse sah man neben Vergnügungsdampfern, Fähren, Lastkähnen und sonstigen Wasserfahrzeugen Dutzende von Ruderbooten. Der Gesang aus vielen Kehlen, die Klänge von Drehorgeln und Blechpfeifen drangen zu Pitt herüber. Kinder riefen einander zu und von Zeit zu Zeit hörte man Gelächter.

Er nahm das Dampfboot flussaufwärts nach Kew. Es war nicht nur die angenehmste Art, dorthin zu gelangen, sondern wahrscheinlich auch die schnellste.

Während er an Deck zwischen einem rotgesichtigen Mann und einer korpulenten Frau stand, die eine gestreifte Bluse trug, überlegte er, ob er der Sache wirklich nachgehen sollte. Immerhin bot ihm das eine Möglichkeit, dem Papierberg zu entfliehen, der sich während seiner Ermittlungen in der Erpressungsangelegenheit aufgetürmt hatte. Außerdem wollte er Tante Vespasias Bitte auf keinen Fall abschlagen. Sie hatte ungewöhnlich erschöpft ausgesehen. Zwar hatte der Kummer allem Anschein nach weder ihren Unternehmungsgeist noch ihre Entschlusskraft vermindert, doch hatte Pitt gespürt, dass sie kurz davor stand, die Niederlage hinzunehmen. Das aber war für ihre Verhältnisse eine sehr tief greifende Veränderung und der eigentliche Grund, warum er die Fahrt flussaufwärts, die er jetzt unternahm, vor sich selbst gerechtfertigt hatte. Als sich das Dampfboot an Battersea vorüber südwärts nach Wandsworth wandte, stach ihm die

Sonne ins Gesicht, doch strich ihm zugleich der Wind kühlend über die Stirn. Bis Kew lagen noch zwei große Flussschleifen vor ihm. Er würde die Fahrt genießen.

Unwillkürlich musste er lächeln, als er sah, wie die Ruderboote im letzten Augenblick einem drohenden Zusammenstoß mit anderen Wasserfahrzeugen um Haaresbreite auswichen. Auf wackligen Beinen standen in ihnen kleine Jungen in Matrosenanzügen, die von ihren besorgten Müttern am Bund ihrer kurzen Hosen gehalten wurden. Mädchen mit bebänderten Strohhüten winkten aufgeregt, während sich Väter befriedigt und stolz in die Riemen legten.

Am Ufer sah man Menschen beim Picknick. Flüchtig ging es Pitt durch den Kopf, dass manche von ihnen am Abend einen kräftigen Sonnenbrand haben würden. In der Nähe des Wassers merkte man nicht so schnell, wie stark die Sonne vom Himmel brannte.

Es stand zu befürchten, dass er mit dieser Fahrt zum Waisenhaus seine Zeit vergeudete. Selbst wenn in der Buchführung hier und da ein kleines Manko aufgetreten sein sollte, was Balantyne dazu gebracht hatte, Verdacht zu schöpfen, ging es doch bei weitem nicht um die gleiche Art von Verbrechen wie bei der Erpressung, mit der sie es zu tun hatten. Dabei konnten im Laufe vieler Jahre äußerstenfalls einige hundert Pfund abhanden gekommen sein, andernfalls wäre die Sache längst aufgefallen.

Warum hatte Balantyne nicht einfach eine Offenlegung der Bücher verlangt, statt Cadell seine Besorgnis mitzuteilen? Es war kaum anzunehmen, dass dieser zu solchen Extremen wie einer Leiche vor der Haustür gegriffen hatte, um zu verhindern, dass Balantyne der Sache weiter nachging.

Damit aber erhoben sich wieder Fragen, auf die Pitt bislang keine befriedigende Antwort gefunden hatte. Wer hatte Josiah Slingsbys Leiche von Shoreditch zum Bedford Square geschafft? Wer hatte ihm Albert Coles Sockenquittung untergeschoben – und wie war dieser Jemand überhaupt in deren Besitz gekommen?

Hinzu kam die Frage, wo sich Albert Cole inzwischen aufhielt, sofern er noch lebte, und warum er sich auf und davon gemacht hatte. Sofern er aber nicht mehr lebte, warum hatte man dann nicht ihn vor Balantynes Haustür liegen lassen, sondern Slingsbys Leiche? War Cole möglicherweise eines natürlichen Todes gestorben?

Letzteres kam Pitt ziemlich unwahrscheinlich vor und lieferte ihm außerdem weder Antworten auf die Fragen im Zusammenhang mit Slingsbys Leichnam noch auf die, woher Cadell davon gewusst hatte.

Aber spielten all diese rätselhaften Dinge jetzt noch eine Rolle?

Im Kielwasser eines vorüberkommenden Vergnügungsdampfers, von dessen Deck jauchzende Menschen herüberwinkten, tanzte die Fähre wie ein Korken auf und ab. Blendend hell lag das Licht der Sonne auf dem Wasser.

War es übertrieben von ihm, in diesem Fall eine vollständige Lösung zu erwarten, genau wissen zu wollen, was geschehen war? Oder war es ein Beweis von Diensteifer, dass er bestrebt war, die vollständige Wahrheit zu erkunden?

So oder so, unbestreitbar unternahm er, statt in der Bow Street seine Papiere aufzuarbeiten, eine Bootsfahrt themseaufwärts, um Tante Vespasia ein wenig beizustehen. Trotz allem, fürchtete er, würde sie sich letzten Endes mit der Vorstellung abfinden müssen, dass der Erpresser Leo Cadell gewesen war. Er selbst hatte es in einem Brief gestanden, der den anderen zum Verwechseln ähnelte. Möglicherweise verdankte er seine Kenntnis der Lebensumstände der anderen Opfer seinen Kontakten mit ihnen im Jessop-Club.

Beiläufig geführten Gesprächen ließ sich eine ganze Menge über andere Menschen entnehmen, wenn man dem einen oder anderen Punkt ein wenig nachging und Fragen stellte, die den Eindruck erweckten, auf Interesse oder Bewunderung gegründet zu sein. Alles Übrige hätte der Mann in öffentlich zugänglichen Archiven finden können. So wäre es ihm ohne weiteres möglich gewesen, bei Heer und Marine Einzelheiten unter dem Vorwand zu erfragen, dass seine Stellung im Außenministerium dies Wissen erfordere.

Immer wieder aber kam Pitt auf die Frage zurück: Woher kannte Cadell Slingsby? Und vor allem: Woher wusste er, dass er Cole ähnlich sah?

Er schob den Gedanken eine Weile von sich und genoss die Fahrt auf dem Fluss und den herrlichen Tag. Alle Menschen um ihn herum freuten sich ihres Lebens.

Das Waisenhaus, das inmitten von Kew lag, war ein weitläufiges altes Gebäude, in dessen von einer Mauer umgebenem Park viele Bäume standen. Gewiss bot es fünfzig oder sechzig Kindern und dem Personal, das nötig war, sich um sie zu kümmern, genug Platz.

Pitt schritt die sauber gescheuerten Stufen zum Haupteingang empor und zog an der Tür die Glocke. Schon bald öffnete ihm ein etwa siebzehnjähriges Mädchen in einem dunkelblauen Baumwollkleid mit gestärkter Schürze und Häubchen.

»Ja, Sir?«, sagte sie in hilfsbereitem Ton.

Er stellte sich vor und erkundigte sich, ob er einen der Zuständigen sprechen könne. Dabei ließ er durchblicken, dass er sich auf keinen Fall abweisen lassen würde.

Das Mädchen führte ihn in einen sehr hübschen Raum gegenüber der Eingangstür und bot ihm an, auf

einem der abgewetzten, aber überraschend bequemen Stühle Platz zu nehmen, während sie Mr. Horsfall holen ging.

Schon bald trat der Leiter des Waisenhauses ein. Er
überragte sogar Pitt, hatte einen wohlgerundeten
Bauch und ein freundliches Gesicht, als lächele er oft
und gern.

»Was können wir für Sie tun, Sir?«, fragte er diensteifrig. »Dolly hat etwas von Polizei gesagt. Ich hoffe
nicht, dass einer unserer Schutzbefohlenen Ärger
gemacht hat. Wir halten sie nach Kräften zu einem
anständigen Benehmen an, und auch wenn es wie
Eigenlob klingt, denke ich doch sagen zu dürfen, dass
wir in den meisten Fällen durchaus Erfolg haben.
Aber Kinder sind nun einmal Kinder.«

»Ich habe keinen Anlass, an Ihren Worten zu zweifeln«, sagte Pitt aufrichtig. »Ich bin nicht von der örtlichen Polizei, sondern komme aus der Bow Street.«
Ohne auf die Überraschung im Gesicht des anderen
zu achten, fuhr er fort: »Es geht um finanzielle Angelegenheiten. Der Selbstmord eines Mannes, der
dem Wohltätigkeitsausschuss angehört, der Ihrem
Heim beträchtliche Summen zukommen lässt, hat
die Frage nach möglichen Unregelmäßigkeiten auf-
geworfen.«

Mit einem Mal sah Horsfall betrübt aus. »Ach je,
wie unangenehm. Nun, Sir, Sie dürfen sich natürlich
unsere Bücher gern ansehen. Doch versichere ich
Ihnen, sollte es solche Unregelmäßigkeiten geben,
dann auf keinen Fall hier. Wir gehen höchst gewis-
senhaft mit dem um, was wir bekommen.« Er nickte.
»Uns bleibt gar nichts anderes übrig. Wir dürfen keinen Augenblick vergessen, dass wir mit fremdem
Geld wirtschaften. Wenn die Spender uns nicht vertrauen können, bekommen wir nichts mehr.« Bei
diesen Worten sah er Pitt an.

Es ließ sich mit Händen greifen, dass er damit Recht hatte, und Pitt kam sich töricht vor, weil er die Zeit des Verwalters und seine eigene Zeit vergeudete. Das aber konnte er jetzt kaum sagen.

»Vielen Dank«, antwortete er. »Es geschieht auch nur der Vollständigkeit halber. Es wäre nachlässig, diesen Punkt zu übersehen.«

»Das verstehe ich selbstverständlich.« Horsfall nickte erneut und hakte die Daumen in die Ärmellöcher seiner Weste. »Soll ich Ihnen die Bücher bringen oder wollen Sie lieber mit in mein Büro kommen? Dort können Sie sich an den Schreibtisch setzen.«

»Das wäre sehr entgegenkommend von Ihnen«, nahm Pitt das Angebot an. Natürlich war ihm die Möglichkeit bewusst, dass es eine Art ›offizielle‹ Buchführung geben könnte, bei der eventuelle Unterschlagungen vertuscht wurden. Im Stillen aber sagte er sich, dass er von diesem Besuch ohnehin nie etwas anderes erwartet hatte, als Tante Vespasia mitteilen zu können, er habe alles getan, was ihm möglich sei.

Nur unterbrochen von einer kurzen Mittagspause im Gasthaus, verbrachte er den Rest des Vormittags und den größten Teil des Nachmittags damit, die Bücher des Waisenhauses zu prüfen. Er ging endlose Belege durch, auf denen Bareinnahmen sowie Ausgaben für Lebensmittel, Brennstoff, Kleidungsstücke, sonstige Waren und Löhne verzeichnet waren, und fand alles in bester Ordnung. Hätte ihm Horsfall nicht die Notwendigkeit für diese geradezu pedantische Genauigkeit erklärt, sie wäre ihm verdächtig erschienen. Über jeden noch so unbedeutenden Betrag wurde Rechenschaft abgelegt und Pitt zweifelte keine Sekunde daran, dass er die genaue Entsprechung dazu finden würde, wenn er die Liste der Zuwendungen des Jessop-Clubs mit der gleichen Sorgfalt durchginge.

Die Anwesenheit von Kindern im Gebäude fiel ihm kaum auf. Ganz wie Horsfall gesagt hatte, führten sie sich bemerkenswert gut. Er sah zwei Mädchen von etwa fünf und sechs Jahren. Sie gingen Hand in Hand, dann begann mit einem Mal die eine zu laufen und zog die andere mit sich. Kurz darauf folgte ihnen eine etwa Zehnjährige, die einen Jungen von höchstens zwei Jahren auf dem Arm hatte. Aus dem Augenwinkel sah er weitere Bewegungen und er hörte Stimmen.

Er schloss die Bücher, dankte Horsfall und bat um Entschuldigung für die Belästigung. Als er sich verabschiedete, kam er sich ein wenig töricht vor. Das Waisenhaus schien nicht den geringsten Anlass für eine Beunruhigung Balantynes – oder auch Cadells – zu liefern. Unter Umständen hatte die in seinem Brief geäußerte Sorge weniger der Frage gegolten, wie die Mittel verwendet wurden, als wie sich das nötige Geld aufbringen ließ. Er hätte Balantyne zwar danach fragen können, hielt das aber nicht für der Mühe wert.

Viel wichtiger schienen ihm die Fragen, auf welche Weise Cadell von Slingsbys Tod erfahren, wie er die Leiche transportiert hatte und wo sich Albert Cole aufhielt. Sofern er tot war, wäre es wichtig zu wissen, auf welche Weise er gestorben war, falls aber nicht – was war dann aus ihm geworden? Gleich am nächsten Morgen würde er Tellman darauf ansetzen. Auf dem Heimweg wollte er bei Tante Vespasia vorbeigehen und ihr sagen, dass die Buchführung im Waisenhaus zu keinerlei Beanstandungen Anlass gebe.

Die Mitteilung von Leo Cadells Tod betrübte Charlotte in erster Linie um Tante Vespasias willen, aber auch, weil sie sich vorstellen konnte, was seine

Witwe durchmachte. Auf der anderen Seite fühlte sie sich ungeheuer erleichtert, hatte sie doch große Ängste um General Balantyne wie auch um Cornwallis ausgestanden. Nicht nur konnte sie selbst beide Männer gut leiden, sie wusste auch, wie sehr Pitt ihnen zugetan war.

Balantyne dürfte den Bericht über Cadells Tod in der Zeitung kaum übersehen haben, denn dieser nahm zusammen mit Lyndon Remus' Spekulationen über die lange und tragische Geschichte, die sich seiner Ansicht nach hinter Cadells Niedergang vom glänzenden Diplomaten zum Erpresser und Selbstmörder verbergen musste, einen großen Teil der Titelseite ein.

Zwar leuchtete Charlotte die Notwendigkeit ein, Persönlichkeiten des öffentlichen Lebens zu durchleuchten und ihrer Handlungsweise auf den Grund zu gehen, weil sonst die Gefahr von Unterdrückung und Tyrannei bestand, doch musste eine solche Kontrolle ihrer Ansicht nach verantwortungsbewusst gehandhabt werden. Immerhin war es nur allzu leicht, die gewaltige Macht des geschriebenen Wortes zu missbrauchen, und in gewissem Sinne tat Lyndon Remus genau das, was er von Cadell behauptet hatte. Der Tod Cadells und das Leiden seiner Angehörigen bedeutete für Charlotte nicht die geringste Befriedigung, zumal es ihr nicht so vorkam, als hätte die Gerechtigkeit einen Sieg errungen. Wohl aber ging ihr auf, wie anfällig der Ruf eines Menschen ist, und ihr war nur allzu klar, welchen Kummer Theodosia Cadell leiden musste.

Ein Botenjunge brachte eine Anfrage General Balantynes, ob sie bereit sei, ihn um drei Uhr nachmittags zu treffen, wieder im Botanischen Garten. Sie schrieb sogleich zurück, dass sie gern seiner Einladung folgen werde.

Da der Tag nicht mehr so drückend heiß war, nutzten viele Menschen die Gelegenheit, sich im Freien zu ergehen. Staunend sah Charlotte, wie groß die Zahl derer war, die keine Pflichten zu haben schienen und sich ihre Zeit nach Belieben einteilen konnten. Bevor sie Pitt kennengelernt hatte, wäre ihr ein solcher Gedanke nie gekommen. Junge Damen ihrer Gesellschaftsschicht hatten viel zu viel Zeit und nicht annähernd genug Aufgaben, um sie sinnvoll auszufüllen. Es kam ihr vor, als hätte sie damals ständig in der Hoffnung gelebt, dass am nächsten Tag endlich etwas geschehen werde.

Sie sah Balantyne, kaum dass sie das Tor durchschritten hatte. Er stand allein und betrachtete die vorüberziehenden uniformierten Soldaten, die Liebespaare, die Arm in Arm gingen, die jungen Mädchen in Begleitung ihrer Mütter, die ihre Sonnenschirme in geradezu gefährlicher Weise schwangen, während sie betont unauffällig zu den jungen Männern hinüberschielten. Man hätte glauben können, dass Balantyne sie alle beobachtete. Doch er hielt den Kopf still; offenbar war er mit seinen Gedanken ganz woanders.

Charlotte trat zu ihm. Er bemerkte sie erst, als sie ihn fast erreicht hatte.

»Mrs. Pitt!« Er sah sie schwermütig an und suchte ihren Blick. »Wie geht es Ihnen?« Er achtete nicht im Geringsten auf ihre Erscheinung; offenbar war er vollständig mit seinen Empfindungen beschäftigt.

»Recht gut«, antwortete sie. Sie musterte ihn besorgt und stellte fest, dass seine Züge so angespannt waren wie eh und je. Eigentlich hatte sie in ihnen Erleichterung zu sehen erwartet, war doch die schwere Bedrohung von ihm genommen, die ihn seit Wochen gequält hatte. »Und Ihnen?«

Er lächelte flüchtig. »Ich hatte angenommen, dass ich mich besser fühlen würde«, gab er zu. »Wahrscheinlich nimmt mich die Sache immer noch sehr mit. Ich mochte Cadell.« Er bot ihr den Arm. »Ist das nicht albern? Ich kann diesen Druck nicht einfach von einem Tag auf den anderen abwerfen, obwohl ich jetzt weiß, was der Mann in Wahrheit wollte. Vermutlich bin ich doch kein so guter Menschenkenner, wie ich angenommen hatte.« Er zuckte bedauernd die Schultern.

»Das tut mir wirklich Leid«, sagte sie. »Auch Großtante Vespasia hat sich, glaube ich, noch nie so gründlich in einem Menschen geirrt. Sicher wissen Sie, dass Mrs. Cadell ihre Patentochter ist.«

»Nein, das war mir nicht bekannt.« Schweigend ging er einige Schritte neben ihr her. »Die arme Frau. Ich kann mir gut vorstellen, wie nahe ihr der Verlust gegangen sein muss.«

Unwillkürlich wandten sich Charlottes Gedanken Balantynes Tochter Christina zu. Vermutlich entsprang das Mitgefühl, das er für Theodosia Cadell empfand, seiner eigenen Erfahrung; wahrscheinlich hatte er bei seinen Worten an seine Tochter gedacht. Zwar mochte die Zeit den Schmerz gelindert haben, doch ganz aufhören würde er wohl nie. Sie warf einen Seitenblick auf ihn und beschloss, ihn nicht zu stören. Das wäre unentschuldbar. Seine Mundwinkel wirkten angespannt, seine Nackenmuskeln straff.

Nach einer Weile sagte er: »Jetzt ist die Furcht von uns allen genommen. Wir brauchen keine Angst mehr vor dem zu haben, was die Post bringt, können unseren Bekannten, denen wir auf der Straße begegnen, unbefangen in die Augen sehen, ohne uns fragen zu müssen, was sie wohl denken, welcher Doppelsinn sich hinter der harmlosesten ihrer Äußerungen verstecken mag. Ich habe ein schlechtes Gewissen allen gegenüber, an denen ich gezweifelt habe, und hoffe inständig, dass sie nie etwas davon erfahren werden. Sonderbarerweise habe ich Cadell zu keinem Zeitpunkt in meine Verdächtigungen einbezogen. Ich habe ihn immer für einen feinen Kerl gehalten.« Inzwischen schritten sie zwischen Rosenbeeten dahin, über denen im Sonnenschein schwerer Duft hing.

Sie hätte gern etwas Geistreiches geantwortet, aber ihr fiel nichts ein.

Allerdings schien er auch keine Antwort zu erwarten. Offensichtlich war er froh über ihre bloße Anwesenheit und freute sich, jemanden zu haben, dem er mitteilen konnte, was ihm gerade durch den Kopf ging.

»Es ist entsetzlich, dass das Ende unserer Heimsuchung, zugleich der Beginn des Kummers anderer Menschen sein muss«, fuhr er fort. »Wie wird Mrs. Cadell das nur ertragen? Die Kenntnis der wahren Zusammenhänge wird ihre Vergangenheit wie ihre Zukunft zerstören. Hat sie eigentlich Kinder?«

»Ich bin nicht sicher. Ich glaube, Tante Vespasia hat etwas von Töchtern gesagt, aber ich habe nicht richtig zugehört. In wie grauenvoller Weise sich doch die Lebensumstände eines Menschen von einem Tag auf den nächsten ändern können.« Sie sah zu den Leuten hin, die an ihnen vorüberkamen. Einer wie der andere wirkte so unbeschwert, keine andere Sorge schien sie zu drücken als die, ob ihre Kleider der letzten Mode entsprachen oder das Lächeln eines jungen Mannes ihnen oder dem jungen Mädchen hinter ihnen galt. Trotzdem war es nicht ausgeschlossen, dass auch ihnen unter diesem oberflächlichen Firnis das Herz brach. Sie alle mussten ihr Leben auf die eine oder andere Weise meistern, wenn sie nicht untergehen wollten. Der Preis dafür war hoch; er konnte ohne weiteres in Armut oder Einsamkeit bestehen. Auch sie war einmal jung gewesen und hatte sich in ähnlicher Weise verzweifelt gefühlt.

»Mir will nicht in den Kopf«, fuhr Balantyne mit gerunzelter Stirn fort, »warum Cadell mir Slingsbys Leiche mit der Schnupftabaksdose und Albert Coles Quittung in der Tasche vor die Tür gelegt hat. Was wollte er damit erreichen? Etwa, dass ich wegen Mordes vor Gericht gestellt werde?« Er wandte sich ihr verwirrt zu. »Hat er mich so sehr gehasst? Warum? Ich konnte ihn doch gut leiden…«

»Ich weiß es nicht«, gab sie zu. »Und ich verstehe noch weniger, auf welche Weise er die Leiche dorthin geschafft haben soll. Schließlich ist Slingsby in Shoreditch umgebracht worden.«

Er seufzte. »Vermutlich werden wir das nie erfahren. Der Mann muss ein völlig anderes Leben geführt haben, als wir alle vermutet haben. Ich habe mich noch in keinem Menschen so getäuscht.« Er lachte kurz auf. »Immerhin habe ich an *ihn* geschrieben, als ich mir Sorgen wegen des Waisenhauses in Kew gemacht habe.«

»Was hat Ihnen denn Sorgen gemacht?«, fragte sie, nicht aus Anteilnahme, sondern lediglich, um das Gespräch in Gang zu halten.

»Das Geld«, sagte er und lächelte betrübt. »Das kommt mir jetzt alles so banal vor. Es war nicht einmal ein großer Betrag.«

»Hat etwas gefehlt?«, fragte sie.

»Nein, im Gegenteil. Ich war der Ansicht, dass wir nicht genug zusammenbrachten – ich meine, genug, um für die Deckung aller Bedürfnisse zu sorgen. Es mag ja sein, dass ich mit Bezug auf solche Alltagsdinge ein wenig weltfremd bin. Wahrscheinlich haben die da draußen in Kew einen großen Gemüsegarten. Ich weiß nicht einmal mehr, was Kinder so essen. Aus meiner eigenen Kindheit erinnere ich mich aus-

schließlich an Milchreis, süsse Puddinge und Marme-
ladenbrote. Wahrscheinlich hat es noch eine ganze
Menge anderer Sachen gegeben.«

Schweigend gingen sie ein Stück weiter. Fünf Minuten später hatten sie den Kreis abgeschritten und
waren wieder am Eingang. Er blieb stehen.

»Ich ...« Er räusperte sich. »Ich ... ich bin Ihnen
sehr dankbar für Ihre Freundschaft.« Hüstelnd löste
er seinen Arm aus ihrem. »Ich weiß das mehr zu
schätzen, als Ihnen klar sein dürfte oder als ich Ihnen
nach den Geboten des Anstandes gestehen darf.« Er
hörte unvermittelt auf, im Bewusstsein, bereits zu
viel gesagt zu haben.

Sie sah den zärtlichen Glanz in seinen Augen und
begriff alles, was er nie sagen konnte und was sie nie
geschehen lassen würde.

Sie senkte die Lider, um seinem Blick auszuweichen. »Ich habe ... ich habe aus einem Impuls heraus
gehandelt«, sagte sie kaum hörbar. »Manchmal ...
ehrlich gesagt, ziemlich oft ... behält bei mir das Gefühl die Oberhand über den Verstand. Dafür bitte
ich um Entschuldigung. Aber ich hatte nie an Ihre
Schuld geglaubt und mir lag wirklich daran zu beweisen, dass ich damit Recht hatte.« Den Blick nach
wie vor gesenkt, zwang sie sich zu einem Lächeln.
»Ich bin sehr froh, dass zumindest das deutlich geworden ist. Es wäre mir lieb gewesen, auch all die anderen Fragen lösen zu können, aber das wird wohl
nicht möglich sein.« Sie sah ihn eine Weile an,
wandte sich dann ab und verließ den Park. Obwohl
ihr klar war, dass er ihr nachsah, bis sie ihm aus den
Augen entschwand, konnte sie sich nicht umwen-
den. Sie durfte es nicht.

KAPITEL
ELF

Da Pitt auf dem Rückweg von Kew noch zu Lady Vespasia gefahren war, kam er erst spät nach Hause. Die alte Dame tat ihm zutiefst Leid, denn ihm war klar, dass er mit seinem Bericht ihre letzten Hoffnungen zunichte gemacht hatte.

Jetzt saß er mit Charlotte im Wohnzimmer. Die Tür zum Garten, die fast den ganzen Tag offen gestanden hatte, war geschlossen. Zwar war es noch hell, doch lag schon eine fühlbare Kühle in der Luft. Der süße Geruch von frisch gemähtem Gras auf dem Nachbargrundstück hing im Raum und erinnerte ihn daran, dass auch er seinen Rasen mähen und vor allem Unkraut rupfen musste.

Charlotte hatte ihre Näharbeit beiseite gelegt. Beim Anblick der Stoffmenge des für Jemima bestimmten Kleides kam ihm schlagartig zu Bewusstsein, wie rasch ihrer beider Tochter gewachsen sein musste. Dass sie kein kleines Mädchen mehr war, hatte er in letzter Zeit des öfteren daran gemerkt, dass sie durchaus ihren eigenen Willen hatte und ihren Kopf durchsetzen wollte. Unwillkürlich kam ihm die Erinnerung an Christina Balantyne und voll tiefen Mitgefühls dachte er über die Frage nach, in welchem Ausmaß sich Menschen im Laufe der Zeit ändern, ohne dass andere das wahrnehmen, weil sie so viel zu tun haben. Mädchen wuchsen heran und wurden Frauen.

»Dein Besuch im Waisenhaus hat also nichts ergeben?«, fragte Charlotte in seine Gedanken hinein.

412

Nur allzu gern sprach er mit ihr darüber. Dadurch wurde zwar nichts besser, es schmerzte aber weniger.

»Ja. Ich habe mir die Bücher genauestens angesehen, aber alles war in denkbar bester Ordnung. Nicht nur waren alle Einnahmen und Ausgaben peinlichst genau abgerechnet, man konnte auch deutlich sehen, dass dort Ordnung und Sauberkeit höchstes Gebot sind. Außerdem scheint man sich bestens um die Kinder zu kümmern, denn das halbe Dutzend, das ich gesehen habe, machte mir einen glücklichen und gesunden Eindruck. Sie wirkten frisch gewaschen und gut gekleidet.«

»Aber General Balantyne hat mir gesagt, dass er sich wegen des Waisenhauses Sorgen macht.« Mit leicht gerunzelter Stirn sah sie ihn unverwandt an. Er begriff, dass sie gefragt werden wollte, wann sie Balantyne zuletzt gesehen hatte.

Trotz der Bedrückung, die er empfand, musste er unwillkürlich lächeln. Sie war so leicht zu durchschauen.

»Nun, es sieht ganz so aus, als ob er dazu keinen Grund gehabt hätte«, sagte er. »Man könnte sich glücklich schätzen, wenn es um alle öffentlichen Einrichtungen so gut bestellt wäre.«

»Seine Befürchtung richtete sich nicht darauf, dass sie Gelder veruntreuen könnten«, erklärte sie, »wohl aber sorgte er sich, dass sie zu wenig verbrauchten.« Sie holte tief Luft. »Er hat gleich zugegeben, dass er vielleicht nicht genug vom Haushalt versteht. Vermutlich hat er tatsächlich keine rechte Vorstellung davon, wie gut man mit Kartoffeln, Haferschrot, Milchreis und natürlich auch Brot zurechtkommen kann.«

»In dem Fall kann er aber auch nicht viel vom Versorgungswesen beim Militär verstehen«, merkte Pitt an.

»Danach habe ich ihn nicht gefragt«, gestand sie. »Ich glaube, es hat ihn ziemlich erschüttert, wie falsch er Leo Cadell eingeschätzt hat. Er schien ihn wirklich zu achten und ihm zu vertrauen.«

»Das kann ich mir denken«, sagte Pitt ruhig. »Auch Tante Vespasia ist zutiefst getroffen. Ich glaube...«

»Ja?«, fragte sie rasch mit ernstem Gesicht.

»Du solltest sie vielleicht ein wenig öfter besuchen... in nächster Zeit oder es ihr zumindest auf taktvolle Weise anbieten.«

Sie lächelte ein wenig betrübt. »Für mich ist es nicht einfach, mich Tante Vespasia gegenüber taktvoll zu verhalten. Sie kann meine Gedanken fast schon lesen, bevor ich mir selbst über sie klar geworden bin.«

»Dann versuch es einfach gar nicht erst und biete es ihr offen heraus an.«

»Thomas...«, sagte sie zögernd.

»Ja?«

»Was hat Cadell eigentlich von all den Leuten gewollt? Ging es ihm nur um Geld oder hatte es etwas mit Afrika zu tun, wie du angenommen hast?«

»Das wissen wir nicht. In seinem Abschiedsbrief steht sehr wenig darüber. Weit mehr beschäftigt mich die Frage, woher ihm Slingsby und dessen Ähnlichkeit mit Cole bekannt war – ganz davon zu schweigen, wie er von Slingsbys Tod erfahren haben könnte.«

»Das weißt du nicht?« Sie war erstaunt.

»Nein. Mir ist zwar klar, was er damit bezweckt haben könnte, dass man Slingsbys Leiche für die Albert Coles hielt. Natürlich wollte er den Druck auf Balantyne steigern. Aber warum ist nicht gleich Albert Cole selbst ermordet worden? Die Wahrscheinlichkeit, dass Cadell ihn kannte, war weit größer.

Cole hat in Lincoln's Inn Fields gearbeitet, wo sich Cadell ohne weiteres aufgehalten haben kann, wie jeder der Erpressten. Dunraithe White war auf jeden Fall gelegentlich dort.«

»Und was ist jetzt mit Albert Cole?«, fragte sie aufgeregt. »Wo hält er sich auf?«

»Ich habe nicht die geringste Ahnung.«

»Warum hat er sich nicht gemeldet, als die Zeitungen von seinem Tod berichtet haben?«, hakte sie nach.

»Vermutlich liest er keine Zeitungen«, antwortete er lächelnd. »Immerhin müssen wir mit der Möglichkeit rechnen, dass er nicht lesen kann.«

»Ach, daran habe ich gar nicht gedacht.« Sie schien flüchtig erstaunt über ihre Gedankenlosigkeit, doch dann fuhr sie fort: »Aber andere Leute lesen Zeitungen. Jedenfalls hält er sich wohl an keinem der Orte auf, an denen man ihn sonst gesehen hat, oder? Er hat sein Zimmer aufgegeben, verkauft keine Schnürsenkel mehr an der Ecke vor dem Anwaltsviertel und verkehrt auch nicht mehr in der Wirtschaft, wo er ab und zu sein Bier getrunken hat. Das hast du mir selbst gesagt.«

Sein Anflug von Humor währte nicht lange. »Es ist nicht ausgeschlossen, dass auch er nicht mehr lebt, dass aber die Ursache seines Todes nicht in die Pläne dieser Leute gepasst hat.«

»Was könnte das beispielsweise gewesen sein?«, wollte sie wissen.

»Irgendeine Krankheit, oder er könnte ertrunken sein. Wie will man General Balantyne die Schuld am Tod eines Menschen, den man vor seiner Tür findet, in die Schuhe schieben, von dem sich herausstellt, dass er ertrunken ist?«

Wider Willen musste sie lachen. Die Vorstellung war unsinnig und geradezu grotesk. Aber rasch

wurde sie wieder ernst. »Der arme Mann«, sagte sie
mehr zu sich selbst als zu ihm. »Damit haben wir
aber noch keine Antwort auf die Frage, woher Cadell
von Slingsby wusste und zufällig außerdem gerade zu
jener Zeit in Shoreditch war. Was um alles in der
Welt könnte er dort gesucht haben?«

Pitt zuckte die Achseln. »So gern ich das wüsste –
ich habe nicht die blasseste Vorstellung. Mir ist nicht
einmal klar, ob ich es wissen muss und ob das jetzt
überhaupt noch von Bedeutung ist.«

»Aber ja«, gab sie ohne das geringste Zögern zurück. »Die ganze Sache ergibt doch so, wie sie jetzt
ist, keinen Sinn. Du musst zumindest feststellen,
was mit Albert Cole geschehen ist. Wenn ihn niemand vermisst, heißt das nicht zwangsläufig, dass er
unwichtig ist.«

Pitt sagte nichts dagegen.

Am nächsten Morgen suchte Pitt Cornwallis auf.
Zwar lagen die Schatten der Müdigkeit noch auf
dessen Zügen, aber der gehetzte Ausdruck war aus
seinen Augen verschwunden. Der Mann war wie
ausgewechselt, stand aufrecht und mit straffen
Schultern im Raum und sah Pitt geradezu munter an.
Man merkte ihm auf den ersten Blick an, dass die
quälende Angst vorbei war, die schwere Last von seinen Schultern genommen. Der Albtraum hatte ein
Ende. Er war dem Leben wiedergegeben, Mut und
Selbstvertrauen waren zurückgekehrt.

Beinahe hätte Pitt die Sache mit Albert Cole auf
sich beruhen lassen. Mussten sie wirklich wissen,
was mit ihm geschehen war? Was auch immer es
sein mochte, es ließ sich nicht ändern. Cadell hatte
gestanden und das passte zu allen bekannten Fakten. Sein Amt hatte ihm die Möglichkeit geboten,
Angaben über alle Erpressungsopfer zusammenzu-

tragen, die er ausnahmslos aus dem Jessop-Club kannte.

»Guten Morgen, Pitt«, sagte Cornwallis munter. »Sie haben glänzende Arbeit geleistet. Ich bin Ihnen wirklich dankbar.« Sein Gesicht verfinsterte sich. »Allerdings geht es mir entsetzlich nahe, dass der Täter Cadell gewesen sein soll. Ich konnte ihn gut leiden. Ich will damit sagen… ich konnte den Menschen gut leiden, für den ich ihn hielt. Es ist schlimm, wenn man dahinter kommt, dass jemand nicht von ferne dem Bild entspricht, das man sich von ihm gemacht hat. Es erschüttert das Vertrauen in die eigene Urteilskraft. Dabei hatte ich immer angenommen, ich könnte den Charakter anderer Menschen richtig einschätzen.« Er runzelte die Stirn. »Schließlich gehörte das zu meiner Arbeit.«

»Alle haben sich in ihm geirrt«, gab Pitt zur Antwort. Es klang ein wenig gezwungen.

Cornwallis entspannte sich. »Ja, so kommt mir das auch vor. Jedenfalls ist die Sache erledigt.« Er hob die Brauen. »Haben Sie noch etwas anderes auf dem Herzen?«

Jetzt musste er sich entscheiden. Es gab zu viele ungeklärte Fragen. Er dachte an Lady Vespasia.

»Na ja, eigentlich ist es nach wie vor derselbe Fall. Ich bin noch nicht in jeder Beziehung zufrieden…«

Cornwallis schien verblüfft und bestürzt. »Was? Sie können doch unmöglich an Cadells Schuld zweifeln. Immerhin hat er sich erschossen und ein Geständnis hinterlassen. Glauben Sie etwa, dass er damit einen anderen decken wollte?« Er breitete ratlos die Hände aus. »Und wen? Sofern er nicht schuldig war, wäre er ebenso ein Opfer gewesen wie wir anderen. Wollen Sie etwa sagen, dass eine Verschwörung dahintersteht?«

417

»Nein.« Pitt kam sich töricht vor. »Nichts in der Art. Ich möchte nur gern verstehen, auf welche Weise er –«

»Darüber habe ich nachgedacht«, unterbrach ihn Cornwallis, steckte die Hände in die Taschen und kehrte an seinen Schreibtisch zurück. »Inzwischen habe ich eine ziemlich klare Vorstellung davon, was für ein Mensch er war. Er hat uns alle recht gut gekannt, jedenfalls vom Jessop-Club her.« Er setzte sich, lehnte sich auf dem Stuhl zurück und schlug die Beine übereinander. Mit ernstem Blick fuhr er fort: »Ich kann mich erinnern, einmal mit ihm zu Abend gegessen zu haben. Ich weiß nicht mehr im Einzelnen, worüber wir uns unterhalten haben, aber es ging unter anderem um die verschiedenen Orte, an denen wir uns im Laufe unseres Lebens aufgehalten haben. Er kann bei der Gelegenheit ohne weiteres von mir erfragt haben, auf welchen Schiffen ich gedient habe. Sich anschließend im Marineministerium meine Personalakte anzusehen wäre ihm als einem Mitarbeiter im Außenministerium ohne besonderen Vorwand möglich gewesen.« Er lächelte trübselig.

Auch Pitt setzte sich, bereit, seine Position zum gegebenen Zeitpunkt zu verteidigen. »In ähnlicher Weise hätte er sich über Balantynes Laufbahn informieren können.«

Cornwallis nickte. »Es ist wirklich erstaunlich, wie redselig Männer bei einem guten Essen im Club werden können.« Er lächelte ein wenig. »Man kramt seine Erinnerungen hervor, und sofern einem jemand zuhört, der einem sympathisch ist und womöglich sogar ein bisschen über sich selbst erzählt, redet und redet man bis tief in die Nacht. Niemand stört einen oder fordert einen zum Gehen auf. Auf diese Weise hätte Cadell alles Mögliche über jeden von uns herausbekommen können.« Unvermittelt sah er Pitt betroffen an. »Falls es Ihnen der Mühe wert erscheint, die Clubdiener zu fragen, ob sie sich erinnern können, dass er mit bestimmten Leuten bis spät in die Nacht zusammengesessen hat, tun Sie das ruhig. Aber eine verneinende Antwort würde nichts beweisen. Es ist durchaus möglich, dass sie es vergessen haben, und ebenso könnte es auch woanders gewesen sein. Die meisten von uns gehören mehr als einem Club an.«

»Ich habe keine Zweifel, was die Quelle seiner Informationen betrifft«, gab Pitt zur Antwort. »Eine kurze Unterhaltung, einige Nachforschungen und ein wenig intelligentes Raten werden da schon genügt haben.«

»Nehmen wir die Sache mit der Schnupftabaksdose«, sagte Cornwallis rasch. »Cadell könnte beispielsweise Balantyne in dessen Wohnung aufgesucht haben. Ach, da fällt mir ein, das wäre nicht einmal nötig gewesen, denn Balantyne hatte sie einmal in den Club mitgebracht; ich habe sie bei der Gelegenheit selbst gesehen. Allerdings könnte ich mich nicht an Einzelheiten erinnern, weil ich nicht darauf geachtet habe. Sie wissen ja, wie das mit Dingen ist, die man sieht, ohne sie genau ins Auge zu fassen. Es wäre gar nicht weiter verwunderlich, wenn auch Guy Stanley seine Taschenflasche mitgehabt hätte. Manche Leute trinken lieber ihre eigene Whisky- oder Cognacsorte. Ich meine mich zu erinnern, dass er eine Vorliebe für Single Malt hatte.«

»Gewiss, all das bereitet keine Schwierigkeiten«, stimmte Pitt erneut zu. »Aber darauf wollte ich gar nicht hinaus.« Wie viel sollte er sagen? Gründeten sich Tante Vespasias Zweifel auf mehr als Freundestreue? »Wie hat er von Slingsbys Tod in Shoreditch erfahren und auf welche Weise hat er die Leiche zum Bedford Square geschafft? Vor allem aber: Woher wusste er von der Ähnlichkeit zwischen Slingsby und Cole, die er sich zunutze machen konnte? Woher hatte er Coles Quittung und wo hält sich Cole auf?«

»Ich ahne nicht von ferne, was Cadell in Shoreditch getrieben hat«, gab Cornwallis stirnrunzelnd zurück. »Es sieht ganz so aus, als hätte er ein Doppelleben geführt, von dem niemand etwas wusste. Vielleicht war er ein Spieler.« Sein Gesicht verzog sich vor Abscheu und seine Stimme klang leicht aufgebracht. »Mag sein, dass er auch zu Gewalttätigkeit neigte. Es kann ein Dutzend Gründe dafür geben, warum er sich dort aufgehalten hat. Manche Menschen haben einen Hang zur Nachtseite des Lebens. Das dürften Sie besser wissen als ich. Vielleicht war er Zeuge, als Slingsby umgebracht wurde, und hat die Gelegenheit beim Schopf ergriffen.«

»Na schön, sagen wir, er hat ihn als Cole ausgegeben und vor Balantynes Tür gelegt«, sagte Pitt. »Aber warum? Welchen Grund sollte er haben, ihn mitten in der Nacht durch halb London zu schleppen? Schließlich ist das ein ziemlich riskantes Unternehmen. Und was ist mit Albert Cole? Wo hält er sich auf?«

»Allem Anschein nach hat Cadell die Gefahr geliebt«, sagte Cornwallis scharf. »Vielleicht, weil ein Teil seines Wesens durch sein Dasein als Diplomat, der sich unter allen Umständen äußerst korrekt verhalten musste, wie auch als Mann, der sein Leben lang mit ein und derselben Frau verheiratet war, unterdrückt wurde. Ich habe solche Fälle schon früher erlebt.« Unwillkürlich ballte er die auf dem Tisch liegende Hand zur Faust und seine Stimme wurde schärfer. »Mein Gott, Pitt, unglaublich viele Männer führen sich wie Trottel auf – Frauen übrigens durchaus auch, soweit mir bekannt ist.« Er beugte sich vor. »Warum gibt sich ein Mann dem Glücksspiel hin,

riskiert Kopf und Kragen bei zu schnellen Kutsch-
fahrten, setzt sich auf gefährliche Pferde und verliebt
sich in die falschen Frauen? Warum gibt er sich mit
so sinnlosen und gefährlichen Dingen wie beispielsweise Bergsteigen ab oder erprobt seine Kräfte in anderer Weise gegen die Natur? In neun von zehn Fällen steht am Ende nichts weiter als das Bewusstsein
seines Erfolgs und genau das will er.«

»Sie sind also der Ansicht, dass Cadell zu dieser
Art von Mensch gehörte?«, fragte Pitt mit zweifeln-
dem Gesicht.

»Eigentlich war ich das nicht«, gab Cornwallis zur
Antwort. »Aber offenkundig habe ich mich in ihm
getäuscht. Ich hatte ihn nicht für jemanden gehalten,
der imstande ist, aus reinem Machttrieb Bekannte zu
erpressen und mit anzusehen, wie sie leiden«, fügte
er bitter hinzu. »Mir will einfach nicht in den Kopf,
wie sich jemand an so etwas erfreuen kann. Ich kann
nur vermuten, dass er dringend Geld gebraucht hat,
weil er vielleicht beim Spielen verloren hat und daher von jedem von uns so viel verlangen wollte, wie
wir uns leisten konnten, wenn er uns so weit hatte,
dass wir bereit waren zu zahlen.«

Pitt kaute auf seiner Lippe. »Und wo ist Albert
Cole?«

Cornwallis stand unvermittelt auf und trat ans
Fenster. Pitt den Rücken zugekehrt, sah er hinaus.
»Ich habe nicht die geringste Ahnung. Wahrschein-
lich hatte er überhaupt nichts mit Cadell zu tun und
das Ganze ist ein reiner Zufall. Er kann sich aus dem
Staub gemacht haben oder gestorben sein.«

»Und was ist mit der Quittung?« Pitt mochte
nicht aufgeben, nicht nur um Tante Vespasias willen, sondern auch, weil ihm sein gesunder Menschenverstand sagte, dass es einleuchtendere Lösun-
gen geben müsse.

Cornwallis hielt den Blick nach wie vor auf die Straße gerichtet. »Das weiß ich nicht«, gab er zu. »Vielleicht hat sich der Verkäufer in dem Sockengeschäft geirrt. Ist das denn jetzt überhaupt noch wichtig?«

Pitt sah auf Cornwallis' breite Schultern. »Balantyne hat Cadell auf das Geld für das Waisenhaus in Kew angesprochen. Er hat sich Sorgen gemacht, dass es nicht genug sein könnte.«

Verstört wandte sich Cornwallis um. »Was hat das mit der Sache zu tun?«

»Vermutlich nichts«, räumte Pitt ein. »Ich habe mir erlaubt, nach Kew hinauszufahren und mir die Buchführung anzusehen. Sie war einwandfrei.«

»Und was war der Grund für diese Unternehmung?«

»Es fällt Lady Vespasia Cumming-Gould nach wie vor sehr schwer zu glauben, dass Cadell schuldig gewesen sein soll...«

»Das wundert mich nicht im Geringsten!« Cornwallis kam durch den Raum zurück, das Gesicht ärgerlich verzogen. »Immerhin ist sie die Patentante seiner Witwe! Es fällt niemandem leicht zu glauben, dass ein Mensch, an dem ihm liegt, ein grässliches und tückisches Verbrechen begangen haben soll. Auch ich habe mich mit der Vorstellung nicht ohne weiteres anfreunden können. Der Mann war mir ausgesprochen sympathisch.« Er holte tief Luft. »Aber je länger sie sich der Einsicht widersetzt, desto schwerer wird es ihr fallen und desto mehr wird es sie schmerzen.«

Pitt sagte, wobei er sich mehr vom Gefühl als vom Verstand leiten ließ: »Wenn Sie glauben, dass es sich bei Lady Vespasia lediglich um eine alte Dame handelt, die nicht bereit ist, sich einer unangenehmen Wahrheit zu stellen, kennen Sie sie schlecht und unterschätzen sie gründlich. Sie kannte Leo Cadell

422

schon vor seiner Hochzeit. Sie besitzt ein hohes Maß an Weisheit und Erfahrung, vor allem, was die Art von Männern angeht, mit der wir es zu tun haben, und sie hat mehr von der Welt gesehen als Sie oder ich.« Er hatte schärfer gesprochen, als es seiner Absicht entsprach, aber das ließ sich jetzt nicht mehr ändern.

Cornwallis stieg die Röte ins Gesicht. Anfänglich glaubte Pitt, es sei der Zorn, dann aber ging ihm auf, dass er sich schämte.

Cornwallis wandte sich ab. »Tut mir Leid. Ich habe größte Hochachtung vor Lady Vespasia. Meine eigene Erleichterung... hat mich einen Augenblick lang blind für den Kummer anderer gemacht.« Seiner Stimme war anzuhören, dass er seine Gefühle nur mühsam beherrschte. »Mir liegt so sehr daran, die Sache aus der Welt geschafft zu wissen, dass ich die Vorstellung nicht ertragen kann, sie könnte nach wie vor nicht erledigt sein. Ich musste in jüngster Zeit über so manches nachdenken, was ich den größten Teil meines Lebens als gegeben hingenommen habe, seien es Ereignisse oder Menschen. So glaubte ich beispielsweise die Meinung anderer über mich zu kennen. Sogar meine Laufbahn hat... nun, das tut jetzt nichts mehr zur Sache.« Er stieß lautlos die Luft aus und wandte sich erneut Pitt zu. »Sie sollten zusehen, dass Sie Cole finden, zumindest aber Tellman auf ihn ansetzen. Sonst gibt es wohl nichts Dringendes, oder?«

Bevor Pitt antworten konnte, ertönte ein scharfes Klopfen an der Tür.

Der Mann, der auf Cornwallis' »Herein!« eintrat, machte einen verwirrten Eindruck und sagte: »Richter Quade möchte Sie sprechen, Sir. Er sagt, die Sache duldet keinen Aufschub, und sie scheint ihn sehr zu beunruhigen.«

»Schicken Sie ihn rein«, sagte Cornwallis. »Pitt, Sie bleiben besser hier.«

Als kurz darauf Theloneus Quade eintrat, zeigte sich, dass der Beamte in keiner Weise übertrieben hatte. Auf dem schmalen, freundlichen Gesicht des Richters lag der Ausdruck tiefer Sorge.

»Ich bitte um Entschuldigung, dass ich hier einfach so hereinplatze, Mr. Cornwallis.« Er sah zu Pitt hin. »Gut, dass Sie auch hier sind, Mr. Pitt. Zu meinem Bedauern hat es eine Entwicklung gegeben, die mir höchst beunruhigend erscheint und von der ich annehme, dass ich Sie vorsichtshalber davon in Kenntnis setzen sollte.« Er wirkte beschämt, aber zugleich entschlossen.

»Worum geht es?«, fragte Pitt, der nicht besonders überrascht war und schon Böses ahnte.

Der Richter sah von einem zum anderen. »Dunraithe White hat sich soeben von einem ziemlich wichtigen Betrugsfall entbinden lassen, der ihm laut Geschäftsverteilungsplan zugeteilt war. Es geht dabei um Vorgänge in einem großen Investmenttrust. Sein Verhalten bringt für alle Beteiligten beträchtliche Unannehmlichkeiten mit sich und wird den Prozess verzögern, denn man muss erst Ersatz für ihn finden.«

Mit resignierter Stimme fragte Cornwallis: »Ist er krank?«

»Das behauptet er«, erwiderte Quade, »aber als ich ihn gestern Abend in der Oper gesehen habe, war er bei bester Gesundheit.« Sein Mund wurde schmal und verkniffen. »Da ich zufällig seinen Hausarzt kenne, habe ich mir erlaubt, ihn anzurufen und mich nach White zu erkundigen. Ich muss bekennen, dass ich da ein wenig geflunkert und gesagt habe, ich hätte gehört, White befinde sich im Krankenhaus, und ich sei bereit, notwendige Erledigungen für ihn zu übernehmen oder Briefe zu schreiben. Ganz offensichtlich hatte der Mann keine Ahnung, wovon ich sprach, und meinte, ich sei einem Irrtum aufgesessen. Natürlich ist es möglich, dass Dunraithe erkrankt ist, ohne den Arzt zu rufen. Das aber entspräche nicht seinem üblichen Verhalten. Selbst wenn er es nicht gewollt hätte, hätte seine Frau ihn kommen lassen.«

Cornwallis öffnete den Mund, als wolle er etwas dagegen einwenden, überlegte es sich dann aber anders. Die Gelöstheit war aus seinen Zügen gewichen, unwillkürlich hatte er sich wieder angespannt. »Ich vermute«, sagte Quade betrübt, »dass sich ein Brief des Erpressers verspätet hat und erst heute Morgen mit der Post bei White eingetroffen ist. Das wiederum könnte ihn zu der Annahme veranlasst haben, dass Cadell Mittäter hatte und die Bedrohung existiere nach wie vor.« Er sah von einem zum anderen. »Ich weiß nicht, ob Sie dazu etwas Endgültiges sagen können. Sofern es tatsächlich keinerlei Bedrohung mehr gibt, könnten Sie ihn unter Umständen davon überzeugen, andernfalls müssten wir uns weiterhin um eine Aufklärung des Falles bemühen – denn dann sähe es ganz so aus, als ob wir noch nicht damit fertig wären.«

Cornwallis sah erst zu Pitt und dann zu Quade hinüber. »Wir haben gerade über den Fall gesprochen, als Sie gekommen sind«, sagte er offen. »Wir kennen weder die Lösung, noch wissen wir, welche Ziele Cadell verfolgt hat. Vermutlich wollte er Geld, aber das ist lediglich eine Vermutung. Außerdem haben wir ihn für einen Einzeltäter gehalten, was sich jetzt gegebenenfalls als Irrtum herausstellt.« Seine Stimme war belegt. Die Last der Angst, die gerade erst von ihm gewichen war, hatte erneut von ihm Besitz ergriffen und schien nach der kurzen Atempause umso schwerer zu wiegen. Mit einem Mal wirkte sein Gesicht abgespannt und fahl. Er hatte wohl auch in der Nacht zuvor nicht ruhig geschlafen und vermutlich hatten ihn die wenigen Mahlzeiten, die er genossen hatte, nicht sonderlich gekräftigt.

»Ich werde sogleich Mr. White aufsuchen«, sagte Pitt ruhig. Er sah zu Quade hin. »Begleiten Sie mich? Sofern stimmt, was Lady Vespasia über seine an Aufopferung grenzende Hingabe an seine Frau sagt, lässt er mir sonst womöglich durch seinen Butler ausrichten, er sei zu krank, mich zu empfangen. Ich kann ihm ja nicht gut sagen, woher ich weiß, dass er den Arzt nicht hat kommen lassen.«

»Gern«, erklärte sich Quade bereit. »Ich hatte auch schon daran gedacht. Erforderlichenfalls kann ich eine Gerichtsangelegenheit vorschützen. Ganz gleich, wie er sich fühlt, er kann sich nicht weigern, mit mir darüber zu reden.« Betrübt verzog er das Gesicht. »Ehrlich gesagt weiß ich nicht, was mir lieber wäre: dass seine Entschuldigung der Wahrheit entspricht, oder das Gegenteil.«

Quades Entschluss, Pitt zu begleiten, erwies sich als klug. Auf dem Gesicht des Butlers, der die Tür öffnete, lag kühle Abweisung. Offenkundig war er entschlossen, dafür zu sorgen, dass niemand den Frieden seines Herrn störte. Als sich aber Quade vorstellte und den Grund seines Kommens darlegte, kam der Butler zu dem Ergebnis, dass er in diesem Fall die Entscheidung seinem Herrn überlassen müsse, und nahm pflichtgemäß Quades Karte auf seinem Silbertablett mit nach oben.

Mit finsterer Miene kehrte er wenige Minuten später zurück.

»Wie schon gesagt, geht es Mr. White nicht gut, Sir. Sollte die Sache in der Tat keinen Aufschub dulden, ist er selbstverständlich bereit, mit Ihnen zu sprechen. Ich hoffe, es macht Ihnen nichts aus, einige Minuten zu warten, bis er herunterkommen kann.« Trotz des höflichen Tons lag in seinen Worten eine unverhohlene Aufforderung.

»Gewiss«, sagte Quade liebenswürdig. Er nahm Platz in einem der großen Sessel des Arbeitszimmers, in das die Besucher geführt worden waren. Unwillkürlich musste Pitt denken, dass dies wohl einer der wenigen Räume im Hause war, in dem Marguerite White sie höchstwahrscheinlich nicht stören würde, so dass ihr Mann nicht zu erläutern brauchte, warum sie zu zweit gekommen waren.

Sie warteten schweigend. Einige Male setzte Pitt zum Sprechen an, unterließ es dann aber. Alles Nötige war bereits gesagt. Jetzt kam es nur noch darauf an festzustellen, ob White in der Tat einen weiteren Brief des Erpressers bekommen hatte oder tatsächlich krank war. Es war ohne weiteres denkbar, dass die Angst und Bedrückung der letzten Wochen seine Widerstandskraft zu sehr ausgehöhlt hatten.

In Hose und weicher Hausjoppe trat Dunraithe White ein. Sein Gesicht wirkte grau, wie bei jemandem, der mehrere Nächte nicht geschlafen hat, und seine Haut sah trocken und brüchig aus. Er schien beim Rasieren mit seinen Gedanken nicht bei der Sache gewesen zu sein, denn er hatte sich zweimal geschnitten und am Kinn waren einige Bartstoppeln stehen geblieben. Offenbar hatte der Butler Pitt lediglich als einen weiteren Besucher angekündigt, denn White war förmlich entsetzt, als er ihn erkannte.

»Oberinspektor! Ist etwa schon wieder etwas vorgefallen?« Er räusperte sich. »Stokes hat nicht gesagt, dass Sie ebenfalls hier sind. Lediglich Ihren Namen hat er genannt«, wandte er sich an Quade. »Ich ... ich dachte, es handele sich um eine Gerichtsangelegenheit.«

»So ist es auch«, antwortete Quade. »Ich weiß nicht, was ich davon halten soll, dass Sie den Fall Leadbetter niedergelegt haben. Gewiss ist Ihnen klar, dass Sie damit die Arbeit des Gerichts in ungeziemender Weise beeinträchtigen und erhebliche Mehrkosten verursachen, weil zwangsläufig eine Verzögerung im Prozess eintritt, bis jemand gefunden wird, der den Fall an Ihrer Stelle übernehmen kann. Besteht keine Aussicht, dass Sie mithilfe Ihres Arztes in ein oder zwei Tagen wieder so weit hergestellt sind, dass Sie ihn weiterführen können?«, fragte er betont unschuldig.

»Davon kann überhaupt keine Rede sein«, antwortete White, ohne eine Sekunde zu überlegen. »Es wäre verantwortungslos von mir, Ihnen Voraussagen über die Dauer des Genesungsprozesses zu machen.« Er schluckte. »Es liegt ... es liegt im Interesse aller Beteiligten, auch der Anklagevertretung und der Verteidigung, wenn man den Fall einem Kollegen übergibt.« In dem Blick, den er Quade zuwarf, lag Verzweiflung.

Als Pitt auf Quades Gesicht Mitgefühl erkannte, vermutete er, dieser werde nachgeben, doch er täuschte sich. Mit gleichbleibender Freundlichkeit fuhr Quade fort, geradeso, als hätte White nichts gesagt: »Es tut mir Leid, aber ich muss unbedingt wissen, was hinter dieser Sache steckt. Sie sehen in der Tat leidend aus, scheinen allerdings nicht krank zu sein, und das ist nicht dasselbe.«

White schien aufbegehren zu wollen, fand jedoch wohl nicht die richtigen Worte.

»Sofern Sie krank sind«, fuhr Quade fort, »gestatten Sie, dass ich Ihren Arzt kommen lasse. Ich kenne ihn gut und zweifle nicht daran, dass er sich sogleich Zeit für Sie nehmen und binnen einer Stunde kommen würde.«

»Also wirklich!«, fuhr ihn White an. »Ich bin durchaus imstande, selbst meinen Arzt kommen zu lassen, wenn ich seine Hilfe brauche. Sie nehmen sich zu viel her...« Er wandte sich mit einer matten Armbewegung ab. »Bitte lassen Sie die Sache auf sich beruhen und geben Sie sich mit meiner Erklärung und meiner Entschuldigung zufrieden, Ich kann nichts weiter dazu sagen.«

Ohne sich vom Fleck zu rühren, sagte Quade ganz ruhig: »Das glaube ich nicht. Es mag sein, dass ich Ihnen Unrecht tue, und in dem Fall stehe ich in Ihrer Schuld, aber ich halte Sie nicht für krank im medizinischen Sinne. Ich bin sicher, dass der Lordkanzler durchaus Verständnis dafür aufbrächte, wenn –«

White fuhr herum. »Wollen Sie mir etwa drohen?«, stieß er mit wütendem Blick hervor.

Quade schien ungerührt. »Setzt jemand Sie unter Druck, obwohl Cadell nicht mehr lebt?«, fragte er sanft.

Der letzte Rest von Farbe wich aus Whites Gesicht. Eine ganze Weile sagte er nichts und weder Quade noch Pitt brachen das Schweigen.

»Sind Sie sicher, dass Cadell der Erpresser war?«, fragte White schließlich. Er schien die Worte kaum herauszubringen.

»Er hat ein schriftliches Geständnis abgelegt«, ergriff Pitt zum ersten Mal das Wort. »Es sieht aufs Haar genau so aus wie die Erpresserbriefe und es ist das gleiche weiße Papier.«

»Das würde ich ja gern glauben!«, sagte White verzweifelt. »Großer Gott, Sie ahnen ja nicht, wie sehr...«

Quade runzelte die Stirn. »Warum fällt Ihnen das so schwer? Haben Sie ein weiteres Schreiben bekommen? Hat man Sie unter Druck gesetzt, den Fall Leadbetter abzugeben?«

White schüttelte den Kopf und stieß ein bitteres Lachen aus. Es klang hysterisch. »Nein… das hat nichts damit zu tun.« Seine Stimme versagte. »Ich kann mich dem Fall einfach nicht stellen. Ich erwäge, mich ganz vom Richteramt zurückzuziehen. So kann ich nicht weitermachen.« Er hielt die ausgestreckten Hände vor sich hin. Sie zitterten erkennbar. »Aber Sie haben Recht, ich habe tatsächlich mit der Morgenpost einen weiteren Brief bekommen.«

»Darf ich ihn sehen?«, fragte Pitt.

White wies auf den Kamin. »Ich habe ihn verbrannt… damit er nicht zufällig Marguerite in die Hände fiel. Er war genau wie die anderen… Drohungen bis hin zum Ruin, aber keine konkreten Forderungen.« Unwillkürlich ballte er die Fäuste. »So kann ich nicht weitermachen… und ich will es auch nicht!« Er sah von einem zum anderen. »Meine Frau hat entsetzliche Angst. Zwar weiß sie nicht, worum es geht, aber sie bekommt natürlich zwangsläufig mit, dass ich mich sorge und gräme. Ich habe ihr gesagt, dass es mit einem meiner Fälle zusammenhängt, aber das wird sie nicht ewig glauben. Zwar versteht sie nicht viel von diesen Dingen, doch sie ist nicht dumm und zieht ihre Schlüsse aus dem, was sie sieht.« Unwillkürlich wurde seine Stimme sanfter. »Mein Wohlergehen liegt ihr sehr am Herzen. Allmählich leidet auch ihre Gesundheit unter den Auswirkungen der Angelegenheit und ich kann die Sache nicht auf alle Zeiten vor ihr geheim halten. Irgendwann wird sie merken, dass ich nicht die Wahrheit sage, und das wird ihre Angst noch steigern. Da sie mir immer vertraut hat, würde das ihren Seelenfrieden zutiefst untergraben.« Er hob das Kinn und seine Schultern strafften sich. »Sie können fragen, so viel Sie wollen – ich werde tun, was auch immer dieser Halunke von mir verlangt. Ich bin nicht bereit, Marguerite einem Skandal oder dem Ruin auszusetzen. Ich habe Ihnen das schon früher gesagt und ich verstehe nicht, warum Sie es mir nicht geglaubt haben. Ich hatte angenommen, dass Sie mich besser kennen.« Steif wandte er sich ab.

Ein Dutzend Argumente kam Pitt in den Sinn, aber ihm war klar, dass ihm White nicht zuhören würde. Angst und Erschöpfung sowie der leidenschaftliche Wunsch, seine Frau zu schützen, würden jeden Appell an die Vernunft abprallen lassen.

Quade unternahm einen letzten Anlauf. »Vergessen Sie nicht – Cadell ist tot! Er kann weder Ihnen noch Ihren Angehörigen schaden. Denken Sie bitte noch einmal in Ruhe nach, bevor Sie eine Entscheidung fällen, die zwangsläufig das Ende einer langen und bemerkenswerten Laufbahn bedeuten würde. Ich will Ihre letzten Worte nicht gehört haben ...«

White wandte sich ihm zu, seine Augen funkelten vor Zorn.

»Denn andernfalls«, fuhr Quade fort, ohne darauf zu achten, »müsste ich dem Lordkanzler von der Sache Mitteilung machen. Wenn ihm zu Ohren käme, dass Sie Ihre persönlichen Angelegenheiten höher stellen als die Pflichten Ihres Berufs, würde es ihm wohl überaus schwer fallen, Sie weiterhin mit einem Amt wie diesem zu betrauen.«

Mit aschgrauem Gesicht und nicht ganz festem Stand sah White ihn an. »Sie formulieren das sehr unverblümt, Quade. Aus diesem Gesichtswinkel hatte ich die Sache nicht gesehen.« Er schluckte schwer. »Vermutlich stellt sie sich für Sie aber so dar.«

»Das würde Ihnen an meiner Stelle nicht anders gehen«, versicherte ihm Quade, »und es würde sich auch Ihnen so darstellen, wenn Sie nur einen Augenblick darüber nachdächten. Wäre es Ihnen lieber gewesen, ich hätte das erst gesagt, nachdem Sie Ihre endgültige Entscheidung getroffen haben?«

Es dauerte eine Weile, bis White schließlich antwortete. »Nein. Ich habe meinen Beruf gern ausgeübt und werde ohne ihn sicher nicht wissen, was ich tun soll. Aber ich sehe voraus, dass meine Gesundheit unter den gegenwärtigen Umständen dauerhaft angegriffen sein würde. Ich werde noch heute Vormittag mein Rücktrittsgesuch an den Lordkanzler abfassen.« In seiner Stimme lag die Endgültigkeit der Verzweiflung. »Er wird es mit der Nachmittagspost bekommen. Sie haben mein Wort darauf. Anschließend werde ich diesen verdammten Brief einfach vergessen, ganz gleich, von wem er kommt. Ich denke, meine Frau und ich sollten uns mindestens einen Monat Ruhe auf dem Lande gönnen.«

Quade unternahm keinen weiteren Versuch, ihn von seinem Entschluss abzubringen. Er verabschiedete sich und trat mit Pitt in den Sonnenschein, den Lärm und die Alltäglichkeit der Straße hinaus. Weder Pitt noch Quade sagte etwas, bis sie sich voneinander trennten und Pitt seinem Begleiter für die Unterstützung dankte. Weitere Worte waren nicht erforderlich.

Auf dem Weg zu Cadells Haus überlegte Pitt, was dieser gewusst haben mochte. Zwar war es nicht schwer, sich vorzustellen, auf welche Weise er genug über seine Clubkameraden erfahren – und sich den Rest zusammengereimt – hatte, um sie zu erpressen, doch fiel ihm nach wie vor keine Antwort auf die Frage ein, woher er Slingsby und Cole kennen mochte, ganz zu schweigen von Ernest Wallace. In welcher Beziehung stand er zu dem Mord in Shoreditch? War es ihm tatsächlich um Geld gegangen und hätte er welches gefordert, wenn es schließlich so weit gewesen wäre? Warum aber? Wofür mochte er so viel Geld gebraucht haben – immerhin hatte er ein mehr als üppiges Einkommen und verfügte über ererbten Reichtum.

Oder war er ein Sadist gewesen, der Lustgewinn aus der Macht bezog, andere zu verletzen, zu quälen und zugrunde zu richten? Tante Vespasia, die ihn seit über einem Vierteljahrhundert kannte, hatte nie einen solchen Zug an ihm entdeckt. Oder stand hinter dem Ganzen tatsächlich ein verrücktes afrikanisches Abenteuer, ging es um Spekulation und das Errichten von Wirtschaftsimperien?

Was auch immer es sein mochte, er hoffte, bei einer gründlicheren Durchsuchung aller Papiere Cadells und einer ausführlicheren Befragung von dessen Frau und Dienstboten einen roten Faden zu finden, irgendeinen Hinweis auf eine Lösung.

Er hielt die nächste Droschke an, die vorüberkam, und nannte dem Kutscher das Fahrtziel.

Auf der Straße vor dem Haus lag nach wie vor Stroh und selbstverständlich waren alle Vorhänge geschlossen, so dass die Fenster blind erschienen. Man hatte fast den Eindruck, als wäre das Haus selbst tot.

Doch auf sein erstes Läuten wurde er sogleich eingelassen, und schon nach wenigen Minuten trat Theodosia ins Gesellschaftszimmer. Als einzigen Schmuck trug sie zu ihrem schwarzen Kleid eine Trauerbrosche aus Gagat. Ihre Augen lagen tief in den Höhlen und ihre Haut wirkte grau. Offensichtlich hatte sie sich gegen jede Verschönerung ihres Aussehens entschieden, wohl weil sie solch künstliche Hilfen für zu grell hielt. Trotz allen Kummers sah sie mit ihren hohen Wangenknochen, dem langen schlanken Hals und dem dichten, sorgfältig frisierten dunklen Haar mit den Silbersträhnen schön aus. Ihr Anblick erinnerte ihn an Tante Vespasia.

»Gibt es noch etwas, was ich für Sie tun kann, Oberinspektor?«, fragte sie. »Oder haben Sie etwas entdeckt?« Sie bemühte sich betont, jegliche Hoffnung in ihrer Stimme zu unterdrücken, und es gelang ihr auch fast.

Was konnte er darauf antworten, ohne grausam zu sein?

»Nein, es gibt nichts Neues«, sagte er sofort und sah, wie der Glanz in ihren Augen erlosch. »Ich habe lediglich Fragen, auf die ich keine Antworten finde, aber weiterhin suche.«

Sie war zu gut erzogen, als dass sie unhöflich darauf reagiert hätte. Vielleicht musste sie auch daran denken, dass er zu Lady Vespasias guten Bekannten gehörte.

»Ich vermute, dass Sie hergekommen sind, um hier zu suchen.«

»Bitte. Ich würde mir gern Mr. Cadells Briefe und Papiere ansehen, alles, was er hier im Hause hatte, und noch einmal mit dem Personal sprechen, insbesondere mit seinem Kammerdiener und dem Kutscher.«

»Wozu?«, fragte sie, doch dann beschlich sie eine Ahnung und ihr Gesicht verfinsterte sich. »Sie halten ihn doch nicht etwa für den Mörder des unglücklichen Menschen, den man am Bedford Square gefunden hat? Das kann nicht Ihr Ernst sein! Wie hätte er ihn kennen sollen?«

»Natürlich nicht«, sagte er rasch. »Wir kennen den Täter. Es gibt Zeugen und der Mann ist festgenommen und unter Anklage gestellt worden. Aber er schwört, die Leiche nicht von Shoreditch zum Bedford Square gebracht zu haben, sondern vom Tatort geflohen zu sein. Auch dafür gibt es Zeugen. Ich möchte wissen, auf welchem Wege der Tote vor General Balantynes Tür gelangt ist und wer ihm dessen

Schnupftabaksdose in die Tasche gesteckt hat, um zu erreichen, dass er als ein anderer identifiziert wurde.«

»Was für eine Schnupftabaksdose?«, fragte sie verwirrt.

»General Balantyne besaß eine außergewöhnliche Schnupftabaksdose«, erklärte Pitt. »Sie sieht aus wie ein Reliquiar, besteht aber nicht aus Gold, sondern aus Talmi. Er hat sie dem Erpresser gegeben.« Er sah, wie sie bei dem Wort ›Erpresser‹ zusammenzuckte, aber es gab nun einmal kein anderes. »Als Zeichen der Ergebung in die Situation. Man hat sie in der Tasche des Toten gefunden, zusammen mit einer Quittung für den Kauf von Socken, nach der wir ihn – fälschlich, wie wir inzwischen wissen – als einen gewissen Albert Cole identifiziert haben. Dieser Cole hatte während der Zeit unter Balantyne gedient, zu der angeblich der Vorfall stattfand, dessentwegen der General bedroht wurde.«

»Und Sie sind jetzt der Ansicht, dass mein Mann die Leiche wo auch immer gefunden, woanders hingeschafft und ihr diese Gegenstände in die Taschen gesteckt hat?«, fragte sie ungläubig, aber ohne die Kraft aufzubegehren. Sie war vor Verwirrung und Schmerz wie betäubt. »Spielen solche Einzelheiten überhaupt noch eine Rolle, Mr. Pitt? Müssen Sie all dem so peinlich genau nachgehen?«

»Ich muss mehr über die Zusammenhänge wissen, Mrs. Cadell«, gab er zur Antwort. »Es gibt zu viel Ungeklärtes. Es kommt mir so vor, als hätte ich etwas unterlassen. Außerdem möchte ich wissen, was mit dem wirklichen Albert Cole geschehen ist: Wo hält er sich auf, falls er noch lebt? Und falls nicht, wüsste ich gern, ob er eines natürlichen Todes gestorben ist oder ob man ihn ebenfalls umgebracht hat.«

Sie stand stocksteif. »Vermutlich bleibt Ihnen nichts anderes übrig. Ich ... hoffe nur, dass Sie eine andere Erklärung finden, die nichts mit meinem Mann zu tun hat. Auch wenn alles, was Sie bisher entdeckt haben, auf ihn hinweist, kann ich das unmöglich von dem Mann glauben, den ich gekannt und geliebt habe.« Ihre Lippe zitterte ein wenig und sie machte eine ungeduldige Handbewegung. »Sie müssen mich für eine Törin halten. Vermutlich sagt das jede Frau, deren Mann ein Verbrechen begangen hat. Wahrscheinlich rechnen Sie inzwischen damit.«

»Wenn die Menschen so einfach zu durchschauen wären, Mrs. Cadell, könnte jeder meine Arbeit tun, und zwar weit besser als ich«, sagte er in liebenswürdigem Ton. »Es kann Wochen dauern, bis ich einen Fall gelöst habe, und nur allzu häufig ist alle Mühe vergebens. Doch selbst wenn ich Erfolg habe, bin ich oft ebenso überrascht wie jeder andere. Meist sehen wir, was wir sehen wollen und womit wir rechnen.«

Ein flüchtiges Lächeln trat auf ihre Züge. »Womit möchten Sie anfangen?«

»Mit dem Kammerdiener, wenn es Ihnen recht ist.«

Das Gespräch mit dem Kammerdiener Didcott erwies sich als unergiebig. Offensichtlich stand er unter Schock und litt unter der durchaus verständlichen Sorge, wie seine Zukunft aussehen würde. Immerhin musste er damit rechnen, demnächst keine Anstellung mehr zu haben. Er beantwortete jede Frage, so gut er konnte, doch ging, was er sagte, nicht über das hinaus, was bereits über Cadell bekannt war. Alles drehte sich um dessen Arbeit im Außenministerium, seine gesellschaftlichen Verpflichtungen und die diplomatischen Empfänge, bei denen seine Anwesenheit unerlässlich gewesen war. Sofern er Kleidungsstücke besessen hatte, die sich für Ausflüge in die Elendsviertel und Besuche der dortigen Spielhöllen eigneten – ganz zu schweigen von Stätten, an denen Faust- und Hundekämpfe ausgetragen wurden –, hatte er sie nicht im Hause aufbewahrt.

Bei der Durchsuchung sämtlicher Schränke und Schubladen stellt Pitt fest, dass Cadells Garderobe größtenteils aus Gesellschaftskleidung bestand. Zwar hatte er sich, wie nicht anders zu erwarten, stets gepflegt gekleidet, doch angesichts seiner Stellung und seines Einkommens gewiss nicht extravagant.

Didcott hatte für die Empfänge und sonstigen gesellschaftlichen Ereignisse, an denen Cadell teilgenommen hatte, eine Art Terminkalender geführt, um sicherzustellen, dass stets genug frische Hemden da waren und die anderen Kleidungsstücke bei Bedarf sauber und frisch gebügelt waren. Sorgfältig las Pitt, was für die letzten drei Monate darin vermerkt war. Sofern Cadell all diese Termine wahrgenommen hatte – und Didcott versicherte ihm, das sei der Fall gewesen –, dürfte er kaum Zeit für Eskapaden irgendwelcher Art gehabt haben. Es war nicht recht vorstellbar, wann er Shoreditch oder einen anderen Ort hätte aufsuchen können, um dort seinen Lastern zu frönen und mit vollen Händen Geld auszugeben.

Es sah auch ganz so aus, als habe er in letzter Zeit den Jessop-Club nur äußerst selten aufgesucht. Didcotts Liste zufolge war er in den vergangenen zwei Monaten höchstens dreimal dort gewesen. Pitt überlegte, ob er dort nachfragen sollte. Vielleicht hatte die Seltenheit seiner Besuche im Klub nichts mit der Sache zu tun, aber sie war merkwürdig und passte nicht ins Bild.

Er ging nach unten und suchte in den Stallungen den Kutscher auf, der Cadell in den vergangenen acht Jahren regelmäßig gefahren hatte. Doch trotz eingehendster Befragung konnte auch dieser nichts beitragen, das von Nutzen gewesen wäre. Er sah Pitt mit großen, betrübten Augen an und schien von fast

437

allem, was dieser sagte, völlig verwirrt zu sein. Mit Sicherheit, erklärte er, habe er seinen Herrn nie nach Shoreditch oder in ein ähnlich geartetes Stadtviertel gebracht.

Es sah ganz so aus, als hätte sich Cadell, sofern er solche Ausflüge unternommen hatte, einer Droschke oder eines anderen öffentlichen Verkehrsmittels bedient, wenn er nicht sogar mit einem Begleiter dorthin gefahren war.

Lag darin die Lösung? Handelte es sich etwa um eine Verschwörung? Doch mit wem? Pitt hielt das für wenig wahrscheinlich, beschloss aber, alle Papiere noch einmal durchzugehen und alles erneut zu lesen. Er musste wissen, ob es darin einen Hinweis auf einen Dritten gab, der an der Sache beteiligt sein konnte.

Man bot ihm einen Mittagsimbiss an. Er nahm an, aß aber im Esszimmer der Dienstboten. Sie traten ihm freundlich und höflich gegenüber, doch ließ sich ihr Kummer mit Händen greifen und sie sprachen nur wenig.

Er machte sich wieder an die Arbeit und verbrachte den Rest des Nachmittags damit, jede Schublade und jeden Schrank gründlich zu durchsuchen. Sogar die Bücher auf dem Regal im Arbeitszimmer durchblätterte er. Diesen Raum, der einzige im Hause, den Cadell als sein privates Refugium hatte betrachten können, hatte das Gesinde ausschließlich in seiner Gegenwart betreten. Dort hatte er Akten bearbeitet, die er aus dem Amt mit nach Hause gebracht hatte.

Pitt fragte alle Dienstboten, ob am Tag vor Cadells Tod oder an jenem Vormittag ein Brief an Dunraithe White oder einen anderen Empfänger aufgegeben worden sei, doch keiner wusste etwas von einem solchen Schreiben.

In der Schreibtischschublade im Arbeitszimmer fand sich kein Klebstoff. Schreibpapier war da, doch unterschied es sich im Griff und in der Größe von dem der Erpresserbriefe. Es sah ganz so aus, als hätte er sie nicht dort verfasst. Konnte er das wirklich in seinem Büro getan haben? Oder gab es einen weiteren Ort, von dem sie noch nichts wussten?

Das Einzige, was Pitts Aufmerksamkeit erregte, war eine Notiz in Cadells Terminkalender: »Balantyne nach wie vor wegen Kew besorgt. Ich sollte das ernst nehmen; er ist kein Dummkopf.«

Pitt dankte Theodosia und machte sich zum Bedford Square auf. Er wollte von Balantyne eine sinnvolle Erklärung bekommen, warum er wegen des Waisenhauses besorgt gewesen war.

Pitt hatte nicht den Eindruck, einer heißen Spur zu folgen, konnte aber die Sache keinesfalls auf sich beruhen lassen.

Der Lakai ließ ihn ein und als er die Mitte des Vestibüls erreicht hatte, trat ihm Lady Augusta entgegen. Das grau gestreifte Kleid, das sie trug, stand ihr glänzend. Sie begrüßte ihn mit eisiger Herablassung. Vieles an ihr forderte zur Bewunderung heraus, manches war angsteinflößend, aber es kam ihm auch vor, als ob sie Mitleid verdiente. Unwillkürlich musste Pitt daran denken, wie sie früher gewesen war, an ihren Mut und ihre Entschlusskraft. Von wie viel Kummer und Einsamkeit mochte sie nunmehr in den Stunden ihrer Einsamkeit heimgesucht werden? Jetzt war sie nichts als kalte Abweisung. Vermutlich fühlte sie sich alles andere als glücklich.

»Was für eine Tragödie führt Sie diesmal zu uns, Mr. Pitt?«, fragte sie, während sie mit für eine Frau ihres Alters bemerkenswerter Anmut auf ihn zutrat. Sie wirkte ganz und gar nicht zerbrechlich, nichts an ihr ließ auf Verletzlichkeit schließen. »Und was veranlasst Sie zu der Annahme, wir könnten Ihnen aus der Verlegenheit helfen?«

»Es handelt sich nach wie vor um dieselbe Tragödie, Lady Augusta«, antwortete er betrübt. »Auch bin ich keineswegs sicher, dass mir General Balantyne helfen kann. Trotzdem muss ich ihn fragen.«

»Müssen Sie?«, fragte sie mit sarkastischem Unterton. »Es kostet mich Mühe, das zu verstehen, aber vermutlich wird von Ihnen erwartet, dass Sie Ihre Handlungsweise auf irgendeine Weise rechtfertigen.«

Pitt ging darauf nicht ein. Auch wenn er damit wohl nicht nur seine eigene Zeit, sondern auch die des Generals vergeudete, würde er ihn nach Kew fragen.

»Das Waisenhaus?«, sagte Balantyne überrascht. Er stand mit dem Rücken zur eichenen Kaminumrandung im Empfangszimmer und sah Pitt erstaunt an. »Ja, ich habe das Thema Cadell gegenüber zur Sprache gebracht. Zweimal, glaube ich ... vielleicht auch dreimal.« Er runzelte die Stirn. »Ich verstehe nicht, warum Sie sich darüber jetzt Sorgen machen. Falls die Leute unfähig sein oder nicht genug Geld haben sollten, geht das die Polizei doch kaum etwas an.«

»Ging es um eine vermeintliche Unfähigkeit der Heimleitung, als Sie die Sache Cadell gegenüber zur Sprache gebracht haben?«, fragte Pitt verblüfft. »Haben Sie auch mit den anderen Mitgliedern des Ausschusses gesprochen?«

»Natürlich. Sie schienen die Sache aber nicht für besonders wichtig zu halten.«

»Soweit ich weiß, wurde den Leuten in Kew Ihrer Ansicht nach nicht genug Geld zur Verfügung gestellt«, sagte Pitt. »Heißt das, dass Sie den Verdacht hatten, jemand zweige Geld für private Zwecke ab oder entziehe es auf andere Weise seinem bestimmungsgemäßen Gebrauch?«

»Nein«, sagte Balantyne. »Ich weiß nicht, ob ich einen konkreten Verdacht hatte. Es kam mir einfach so vor, als ob dort nicht mit genügend Sorgfalt gearbeitet würde.«

»Warum haben Sie gerade Cadell darauf angesprochen?«

»Weil ich vermutete, dass er mir zuhören und mit dem Zuständigen darüber reden würde. Der Mann heißt Horsfall.«

»Ich war selbst dort und habe mir die Bücher angesehen«, gestand Pitt. »Sie liefern keinerlei Rechtfertigung für ein irgendwie geartetes Misstrauen.«

»Daran zweifle ich nicht im Geringsten«, sagte Balantyne nicht ohne Schärfe. »Ich hatte auch keine Sorge, dass es dort nicht mit rechten Dingen zugehen könnte, wohl aber, dass die Leute nicht genug Geld bekamen, um sich ordnungsgemäß um die Kinder kümmern zu können. Ich befürchtete, dass die Kinder frieren… oder hungern mussten.«

»Ich habe einige von ihnen gesehen«, gab Pitt zur Antwort. »Man konnte den Eindruck haben, dass man sich gut um sie kümmerte. Sie waren sauber, gut gekleidet und kamen mir rundum gesund vor.«

Balantyne war verwirrt. »Dann muss ich mich wohl geirrt haben.« Aber in seiner Stimme lag Ungläubigkeit. Er schien nicht recht bereit, seine vorgefasste Überzeugung aufzugeben.

»Was hatte Sie auf den Gedanken gebracht, dass etwas nicht stimmen könnte?« Auch Pitt war verwirrt, denn wie Cadell achtete er Balantyne und konnte dessen Ansichten nicht einfach als unerheblich abtun, selbst wenn sie unbegründet zu sein schienen.

Balantyne verzog das Gesicht. »Ich war ab und zu in Kew, kenne die Größe der Anlage und weiß, wie viele Kinder dort Platz haben. Es ist mir unverständlich, wie die Leute mit dem Geld auskommen können, das ihnen zur Verfügung steht. Ich habe den Eindruck, dass es viel zu wenig ist.« Er zuckte leicht mit der Achsel. »Es ist mir unerfindlich, warum sie nicht mehr verlangt haben.«

»Waren Sie als Einziger dieser Ansicht?« Pitt dachte an die anderen Ausschussmitglieder im Jessop-Club. Nicht einmal mit der ausuferndsten Phantasie ließ sich diese Sache mit Erpressung und Tod in Zusammenhang bringen.

»Sieht ganz so aus«, sagte Balantyne ein wenig kläglich. »Ich habe die Frage bei einer der Sitzungen unseres Ausschusses angesprochen. Cornwallis schien der Ansicht zu sein, dass ich mich irrte. Allerdings ist er an das gewöhnt, was es auf Schiffen zu essen gibt, und das ist kaum eine vergleichbare Welt.« Sein Mund wurde schmal. »Außerdem ist die Kost dort alles andere als ideal, erst recht, wenn es um Kinder geht. Damals nahm ich an, zumindest Cadell hätte die Möglichkeit erwogen, der Sache nachzugehen.«

»Aha«, sagte Pitt. Er war zutiefst enttäuscht. Was hatte er erwartet? In diesem Zusammenhang würde er nie und nimmer ein Motiv für Erpressung und erst recht keines für Mord finden. »Danke, dass Sie mir Ihre Zeit geopfert haben, General. Es ist wohl besser, dass ich dieser Sache nicht weiter nachgehe.«

»Sie meinen das Waisenhaus in Kew?«, fragte Balantyne.

»Nein... nein. Ich meine die Möglichkeit, dass es etwas mit Cadells Erpressungsversuchen oder seinem Tod zu tun hat. Selbst wenn Sie mit Ihrer Vermutung Recht haben sollten, dürfte das kaum ein Motiv liefern.«

Balantyne zeigte sich offen erstaunt. »Hatten Sie das angenommen?«

»Ich weiß nicht. Es schien mir das Einzige zu sein, was Sie alle gemeinsam hatten, doch jetzt merke ich, dass es dabei auf die Mitgliedschaft im Ausschuss ankam und nicht auf dessen Ziele.«

»Was haben Sie über Albert Cole ermittelt?«, fragte Balantyne.

»Nach wie vor nichts. Aber wir werden der Frage weiter nachgehen.« Pitt hielt ihm die Hand hin. »Noch einmal danke. Ich hoffe, dass ich Sie nicht wieder zu stören brauche.«

Balantyne ergriff die Hand wortlos, aber herzlich.

Im Dämmerlicht des warmen Abends ging Pitt zu Fuß nach Hause. Nach wie vor erfüllte ihn Unbehagen, ließen ihm ungelöste banale Fragen keine Ruhe. Unter keinen Umständen durfte er seine Aufgabe als erfüllt ansehen.

KAPITEL
ZWÖLF

»Suchen Sie Albert Cole«, hatte Pitt zu Tellman gesagt, »tot oder lebend. Stellen Sie fest, warum er sich aus dem Staub gemacht hat und weder in seinem Zimmer noch in Lincoln's Inn Fields anzutreffen war; sollte er tot sein, ermitteln Sie, wie er ums Leben gekommen ist. Sofern das durch fremde Hand geschehen ist, möchte ich wissen, wer der Täter war, welches Motiv er hatte, wann die Tat geschehen ist – und wo.«

»Weiter nichts?«, hatte Tellman sarkastisch gefragt. Er hatte wissen wollen, warum sich Pitt die Mühe gemacht hatte, eigens nach Kew hinauszufahren, und was zum Teufel ein rundum zufriedenstellend geführtes Waisenhaus mit der Sache zu tun haben konnte.

Die Antwort darauf hatte Pitt ihm schuldig bleiben müssen. Während Pitt ihn seiner Suche überließ, hatte er sich noch einmal den offenen Fragen im Fall Cadell zugewandt. War es überhaupt möglich, dass er Slingsbys Leiche eigenhändig von Shoreditch zum Bedford Square geschafft hatte? Sofern aber nicht er es getan hatte, was äußerst wahrscheinlich war – wer dann? Pitt hatte Tellman von seiner Absicht in Kenntnis gesetzt, Cadells Witwe aufzusuchen und dessen Kammerdiener und Kutscher zu befragen, um festzustellen, ob sich irgendeine Verbindung nach Shoreditch entdecken ließ.

Auch wenn Tellman den ihm erteilten Suchauftrag recht kurz angebunden bestätigte, machte er

444

sich – und das hätte er, nach seiner ehrlichen Meinung gefragt, auch eingeräumt – bereitwillig daran, ihn zu erledigen. Selbstmord hielt er nicht für eine befriedigende Lösung des Falles. Zu viel blieb dabei ungeklärt. Wahrscheinlich würde man nie erfahren, was einen Mann wie Leo Cadell dazu gebracht hatte, alles aufs Spiel zu setzen, was er besaß. Immerhin handelte es sich dabei um Glück und Vermögen in einem Umfang, wie es sich Tellman nicht einmal hätte erträumen können – obwohl in seinen Träumen in jüngster Zeit durchaus ein gewisses Maß an Glück vorgekommen war. Beim Gedanken daran errötete er heftig. Aber verstehen würde er den Mann wohl nicht – lediglich die Fakten, um die es ging, die Zusammenhänge und die Einzelheiten würde er unter Umständen aufhellen können. Dazu aber war es nun einmal nötig, Albert Cole aufzufinden, und so machte er sich entschlossen an die Arbeit.

Unterdessen ging Pitt der Frage nach, auf welche Weise Slingsbys Leiche von Shoreditch zum Bedford Square gelangt war und, wichtiger noch, wer sie dort hingeschafft hatte. Selbstverständlich begann er mit seinen Nachforschungen bei Cadell. Jetzt, da dieser tot war, würde ihn das Außenministerium nicht mehr so nachdrücklich abschirmen wie zuvor.

Es fiel Pitt nicht besonders schwer festzustellen, was Cadell am Tag vor der Auffindung des Toten getan hatte: Einen Teil seiner Zeit hatte er mit Büroarbeit verbracht, einen anderen bei verschiedenen Zusammenkünften mit Vertretern der deutschen Botschaft. Zum Zeitpunkt der Prügelei zwischen Slingsby und Wallace in Shoreditch hatte er sich in einer Besprechung mit dem deutschen Botschafter befunden.

Natürlich war es ohne weiteres möglich, dass er sich in den frühen Morgenstunden nach Shoreditch begeben hatte. Dazu aber hätte jemand zuvor Slingsbys Leiche von dort, wo er tot auf der Straße zusammengebrochen war, fortschaffen und an einem sicheren Ort aufheben müssen. Außerdem setzte das voraus, dass Cadell diesen Ort gekannt hatte. All das war ziemlich spekulativ, denn eine weitere Voraussetzung wäre gewesen, dass er Wallace mit Slingsbys Ermordung beauftragt hatte, weil jener Albert Colc ähnelte!

Woher aber hätte Cadell einen Schlägertypen wie Wallace kennen sollen?

Pitt beschleunigte den Schritt und schlängelte sich auf dem Gehweg durch die Menge von Einkaufenden, kleinen Angestellten, Botenjungen und Fremden. Er musste unbedingt mit Wallace reden, bevor die Verhandlung gegen ihn stattfand, bei der vermutlich das Urteil ›Hinrichtung durch den Strang‹ herauskommen würde. Warum hatte er Tellman im Verhör nicht gesagt, dass er die Leiche fortgeschafft hatte? Für das Strafmaß dürfte es kaum einen Unterschied machen, wenn er erklärte, dass Slingsby bei einer Schlägerei und nicht als Ergebnis eines vorbedachten Anschlags ums Leben gekommen war.

Oder nahm er etwa an, sein Fall werde vor Dunraithe White kommen, und rechnete er deshalb mit einem Freispruch? Gehörte White dem Kreis der Opfer an, damit Vorsorge für einen solchen Fall getroffen war?

Warum aber überhaupt jemanden töten, um Balantyne in Verdacht zu bringen? Hätte nicht die Drohung mit dem Hinweis auf den Abessinien-Feldzug genügt? Gab es etwas, was man von Balantyne wollte, nicht aber von den anderen?

Nach einer Weile merkte Pitt, dass er fast im Laufschritt dahineilte. Er hielt mit wild rudernden Armen eine Droschke an, sprang hinein und rief dem Kutscher zu: »Nach Newgate, zum Gefängnis.« Das

Pferd ruckte so kräftig an, dass er gegen die Sitzlehne geschleudert wurde.

In Newgate angekommen, klopfte er an die Trennwand und rief dem Kutscher zu: »Tut mir Leid. Ich habe es mir anders überlegt – fahren Sie nach Shoreditch.«

Etwas Unverständliches knurrend, wendete der Kutscher auf der Stelle. Pitt konnte sich ausmalen, was er dachte.

Er begann mit seinen Nachforschungen in dem Wirtshaus, in dem Tellmans Bericht zufolge Wallace und Slingsby miteinander in Streit geraten waren. Anschließend befragte er die unmittelbaren Anwohner. Obwohl eine ganze Anzahl von Münzen nötig war, um dem Gedächtnis und der Aussagebereitschaft dieser Menschen auf die Sprünge zu helfen, hatte er am Ende des Tages nichts in der Hand, was ein Gericht als Beweis hätte gelten lassen. Pitt erfuhr lediglich, dass Slingsbys Leiche binnen einer halben Stunde nach dem Mord vom Tatort verschwunden war. Seiner Überzeugung nach konnte Wallace in diesem Zeitraum ohne weiteres zurückgekehrt sein und sie fortgeschafft haben. Nichts wies auf die Beteiligung eines Dritten hin und alle, die er befragte, verdächtigten Wallace, weil die Leiche ihn und sonst niemanden belastet hätte. Ganz allgemein wurde die Ansicht vertreten, er habe sie in die Themse geworfen, das aber wohl nur, weil das die nächstliegende Lösung zu sein schien. Der Gedanke, er hätte sie auf einen Kehrichtkarren oder ein ähnliches Fahrzeug laden und zum Bedford Square bringen können, wäre ihnen nicht nur zu abwegig, sondern auch sinnlos erschienen.

Als Nächstes musste Pitt feststellen, ob jemand Wallace ein solches Fahrzeug geliehen hatte oder ob jemandem im fraglichen Zeitraum eines abhanden gekommen war.

Mithilfe weiterer freigebiger Zuwendungen, denen er durch ein gewisses Maß an Drohungen und Versprechungen Nachdruck verlieh, bekam Pitt schließlich heraus, dass in der fraglichen Nacht zum großen Ärger eines gewissen Obadiah Smith tatsächlich ein Karren, mit dem dieser den Inhalt der Abortgruben jenes Stadtviertels abzutransportieren pflegte, vom Hof verschwunden, am nächsten Morgen aber wieder da gewesen war.

»Wer will schon so 'ne Karre klauen?«, fragte er aufgebracht.

Pitt sparte sich die Mühe, es ihm zu erklären.

Er verließ Shoreditch mit einem gewissen Hochgefühl. Den Weg nach Newgate konnte er sich jetzt wohl sparen. Zwar würde Wallace mit Sicherheit alles bestreiten, doch war Pitt unterdessen zu der Überzeugung gelangt, dass er Slingsby in Cadells Auftrag umgebracht hatte, und zwar von vornherein in der Absicht, ihn mit der Schnupftabaksdose und der Quittung für die Socken in der Tasche, die er möglicherweise selbst gekauft hatte, vor Balantynes Tür zu legen, so dass man annehmen konnte, es handele sich um Coles Leiche. Was für ein Gesicht Wallace wohl machen würde, wenn er erführe, dass Cadell nicht mehr lebte und ihm auf keinen Fall aus der Patsche helfen konnte! Das mit anzusehen dürfte höchst amüsant sein.

Nach wie vor aber blieben zwei wichtige Fragen unbeantwortet: Warum hatte man Slingsby und nicht Cole getötet? Und wo hielt sich Cole auf?

Als Tellman am Abend Pitt Bericht erstattete, der selbst erst seit einer knappen halben Stunde zu Hause war, zeigte sich, dass er nichts über Cole in Erfahrung gebracht hatte. In düsterem Schweigen saßen alle um den Küchentisch. Charlotte hatte eine große Kanne

Tee aufgegossen und Gracie machte sich nicht einmal mehr die Mühe, so zu tun, als schäle sie Kartoffeln oder putze sie Bohnen. Sie dachte nicht im Traum daran, sich mit solchen Aufgaben zu beschäftigen, während es wirklich wichtige Dinge zu besprechen gab.

»Kein Mensch hat eine Ahnung, wo er stecken könnte«, sagte Tellman mürrisch. »Er kann sich sonstwo aufhalten. Ob er Angehörige hat, weiß man nicht, niemand hat ihn je über welche sprechen hören. Wenn es welche gibt, können die ebenso gut in Wales wie in Schottland leben.«

»Aus den Unterlagen seines Regiments dürfte sich ermitteln lassen, woher er stammt«, merkte Pitt an.

Tellman wurde über und über rot, wütend auf sich selbst, weil er nicht darauf verfallen war, sich dort zu erkundigen.

»Er würde aber doch nich' nach Hause geh'n, wenn se hinter ihm her sind, oder?«, gab Gracie zu bedenken. »Wenn *wir* rauskriegen können, woher er is', schaffen die das sicher auch. Nehm ich jedenfalls an.« Sie ließ den Blick von Pitt zu Tellman und wieder zurück wandern. »Sicher versteckt er sich irgendwo, wo 'n keiner kennt. Ich an seiner Stelle jedenfalls würd das so machen.«

»Wer sollte hinter ihm her sein?«, fragte Pitt. »Soweit wir wissen, hat er sich nichts zuschulden kommen lassen, und er verfügt auch über kein Wissen, das jemandem gefährlich werden könnte.«

»Und warum is' er dann abgehauen?«, fragte sie. Die Stichhaltigkeit dieses Einwandes war nicht von der Hand zu weisen. »Wie Se sagen, hatte er 'n guten Platz für seine Arbeit und 'n gutes Zimmer. So was gibt man nich' einfach so aus Daffke auf, sondern nur, wenn man was Besseres hat oder – oder wenn se hinter ei'm her sind.«

»Das war allerdings ziemlich gewagt, oder nicht?«, fragte Tellman zögernd und warf Gracie einen dankbaren Blick zu. Angesichts des Gefallens, den sie ihm mit ihrem Einwand getan hatte, unterließ er es, dessen Schlüssigkeit infrage zu stellen. »Dann hätte sich also ein uns bisher Unbekannter Cole vorgeknöpft, und zwar einen Tag bevor jemand den armen Slingsby mit dem Ziel umgebracht hat, dass man den Toten für Cole hält.«

»Genauso ist es!« Krachend ließ Pitt die Faust auf den Tisch fahren. Mit einem Mal passte alles zueinander. »Eigentlich war Cole als Mordopfer vorgesehen, er ist aber den Tätern entkommen. Vielleicht, weil er ihnen als erfahrener Soldat im Kampf Mann gegen Mann überlegen war«, sagte er eifrig. »Natürlich war ihm klar, dass man sich auf seine Fährte setzen würde und er beim nächsten Mal damit rechnen musste, ein Messer oder eine Kugel in den Rücken zu bekommen. Folglich ist er mit unbekanntem Ziel verschwunden. Irgendwohin, nur raus aus London, an einen Ort, wo ihn garantiert niemand suchen wird.« Er wandte sich an Gracie. »Es ist, wie du gesagt hast. Sie kennen seine militärische Vergangenheit, denn schließlich war sie der Grund, warum sie auf ihn verfallen waren. Daher wird er unter keinen Umständen einen Ort aufgesucht haben, der mit seinem früheren Leben zu tun hat.« Er sah sich am Tisch um. »Das ist der Grund, warum wir Cole nicht finden können und vermutlich auch nie finden werden.«

»Daraufhin haben sie einen Mann aufgetrieben, der ihm ähnlich sah«, nahm Charlotte den Faden auf. »Die Schnupftabaksdose hatten sie ja und die Sockenquittung haben sie entweder gestohlen oder selbst besorgt.«

»Letzteres«, meldete sich Tellman zu Wort. »So etwas ist ganz leicht. Man geht in einen Laden, kauft drei Paar Socken, verhält sich auffällig, sagt, dass man Soldat war und daher weiß, wie wichtig es ist, sich um seine Füße zu kümmern. An all das hat sich der Verkäufer erinnert, aber nicht an das Gesicht des Käufers.«

»Wer aber sind ›sie‹?«, kehrte Charlotte kopfschüttelnd von den logischen Gedankenverbindungen zu ihren Empfindungen zurück. »Cadell, immer vorausgesetzt, er war an der Sache beteiligt – und wer noch? Ernest Wallace? Aber warum?« Sie biss sich auf die Lippe und ihrem Gesicht war anzusehen, dass sie nichts von der Theorie hielt. »Ich kann mich mit diesem Tatablauf einfach nicht anfreunden.« Sie sah von Pitt zu Tellman. »Bisher haben wir noch keinen Grund dafür gehört, warum Cadell mit einem Mal Geld gebraucht haben soll, und wir wissen nichts von einem Plan, in Afrika oder sonstwo zu investieren. Tante Vespasia sagt, dass er auf keinen Fall die Art Mensch war.«

Mit einem Seufzen legte Pitt über den Tisch hinweg seine Hand auf die ihre. »Natürlich möchte sie das gern denken – aber welche andere Möglichkeit gäbe es denn?«

»Dass es ein anderer war«, sagte sie, doch ohne die Gewissheit in ihrer Stimme, die sie gern hineingelegt hätte. »Selbstmord begangen hat er, weil... ich weiß nicht. Die Erpressungsgeschichte hat ihn schrecklich mitgenommen, er hatte einfach nicht mehr die Kraft weiterzumachen.«

»Und deshalb hat er auch gleich ein Geständnis abgelegt?«, fragte Pitt sanft. »Im vollen Bewusstsein dessen, was er damit seinen Angehörigen antun würde, vor allem seiner Frau? Theodosia und er haben erwachsene Kinder, einen Sohn und zwei Töchter. Hast du gesehen, wie Lyndon Remus und die anderen Zeitungsschreiber den Skandal ausgeschlachtet haben? Im Vergleich damit verblasst die Geschichte des armen Gordon-Cumming geradezu.«

»Dann hat er es eben nicht getan«, sagte sie verzweifelt. »Jemand muss ihn ermordet haben.«

»Aber wer?«, fragte Pitt. »Die Eingänge des Hauses standen unter ständiger Beobachtung. Niemand außer den Dienstboten hat es betreten oder verlassen.«

Sie entzog ihm ihre Hand und ballte die Fäuste. »Wie auch immer, ich bin nicht bereit, an seine Schuld zu glauben. Bei der Geschichte gibt es etwas, was wir nicht wissen.«

»Sogar eine ganze Menge!«, sagte Pitt trocken. Er zählte an den Fingern ab: »Wir wissen weder, wozu Cadell Geld wollte oder brauchte, noch, ob das der Hintergrund für die Erpressung war. Wir wissen nicht, warum er auf die anderen Mitglieder des Waisenhaus-Ausschusses im Jessop-Club verfallen ist. Es muss Dutzende anderer Männer gegeben haben, die er ebenso gut gekannt hat und die er mithilfe erdachter und fehlgedeuteter Ereignisse in ein Netz der Angst hätte einspinnen können. Schon gar nicht wissen wir, auf welche Weise er die Bekanntschaft von Ernest Wallace gemacht oder warum er ihm vertraut hat.«

»Wir wissen auch nicht, warum Wallace gelogen hat, um ihn zu decken, und bisher nicht davon abgerückt ist«, fügte Tellman hinzu.

»Doch«, gab Pitt zur Antwort. »Zumindest können wir es uns denken. Er sitzt in Newgate. Da er weder weiß, dass Cadell tot ist, noch, dass Dunraithe White soeben sein Richteramt niedergelegt hat, nimmt er nach wie vor an, Cadell werde White das Messer an die Kehle setzen, damit er freigesprochen wird.«

»Dann klär ihn doch auf«, gab Charlotte zurück. »Vielleicht fällt ihm dann alles wieder ein. Mach ihm klar, dass er völlig allein steht, weil ihn alle im Stich gelassen haben. Cadell hat sich dem Zugriff der Gerechtigkeit entzogen und er wird hängen müssen – allein.«

»Es ist doch völlig egal, ob einer allein oder mit andern an den Galgen kommt«, sagte Gracie angewidert. »Das fühlt sich bestimmt nicht anders an. Er hat Slingsby umgebracht, also muss er baumeln.«

Pitt stand auf. »Ich gehe zu ihm.«

Charlotte riss die Augen weit auf. »Jetzt noch? Es ist halb sieben.«

»Bis neun Uhr bin ich zurück«, versprach er und war schon auf dem Weg zur Tür. »Ich muss unbedingt mit ihm reden.«

Pitt verabscheute Besuche im Gefängnis. Die Steine der Mauern um ihn herum schienen Hoffnungslosigkeit geradezu auszustrahlen, als hätten sie die Wut und das kalte, graue Elend zahlloser Insassen gespeichert, die ihr Leben sinnlos vertan hatten. Seine Schritte hallten vielfach gebrochen von den Wänden, während er dem Schließer folgte. Man hätte annehmen können, eine Unzahl ungesehener Männer begleite sie, Gespenster, denen die Flucht von dort nie gelingen würde.

Ein nicht besonders großer Mann, von dessen Zügen die Absicht abzulesen war, Schweigen zu bewahren, wurde in den Raum geführt, wo Pitt wartete – Ernest Wallace. Hinter seinem selbstgefälligen Gesichtsausdruck erkannte man den Zorn, den er ein Leben lang angestaut hatte. Während er Pitt ansah, lag in seinen Augen kein Hinweis auf Furcht. Es schien ihn zu belustigen, dass der Besucher um seinetwillen den langen Weg nach Newgate gemacht hatte. Unaufgefordert setzte er sich ihm gegenüber an den rohen Holztisch. Mit teilnahmsloser Miene bezog der Schließer, ein Mann mit einem gewaltigen Brustkasten, Posten neben der Tür. Was auch immer die beiden sagen mochten, er hatte all das schon früher gehört.

»Wohin sind Sie nach Ihrer Schlägerei mit Slingsby gegangen?«, begann Pitt fast im normalen Gesprächston.

Falls Wallace von der Frage überrascht war, verbarg er es gekonnt. »Weiß nich' mehr«, antwortete er. »Was für 'ne Rolle spielt das noch?«

»Worum ging es bei Ihrem Streit?«

»Hab ich schon gesagt. Er hatte mir was weggenommen, was ihm nicht gehörte. Ich wollte es wiederhaben und da hat er losgelegt. Natürlich hab ich mich gewehrt. Brauch mich ja wohl nich' umbringen lassen.« Er sagte das mit einer gewissen Befriedigung und sah Pitt dabei herausfordernd an.

Der Fall würde in ein oder zwei Wochen zur Verhandlung kommen. Dort, in dem stinkenden Raum, in dem der Geruch der Verzweiflung hing, verwandelte sich Pitts Vermutung, der Mann sei überzeugt, der Erpresser werde das Verfahren mit dem Ziel beeinflussen, dass ein Urteil gegen ihn auf keinen Fall wegen Mordes ergehen würde, in Gewissheit.

»Und als Sie gesehen haben, dass er tot war, haben Sie Fersengeld gegeben?«, fragte er.

»Was?«

»Sie sind davongelaufen.«

»Ja. Mir würde ja doch keiner glauben. Und damit hatte ich ja wohl auch Recht, oder etwa nich'? Säß ich sonst wegen Mord hier?« Er fragte das voller Selbstgerechtigkeit. »Sie hätten mal seh'n sollen, wie ich mich gegen 'nen Kerl wehren musste, der stärker war wie ich und 'nen gehörigen Rochus hatte.« Es sah aus, als lächle er.

»Ist Albert Cole ebenfalls tot?«, fragte Pitt unvermittelt.

Wallace beherrschte seine Züge, konnte aber nicht verhindern, dass ihm das Blut aus dem Gesicht wich und seine Hände, die er betont gelassen auf den Tisch gelegt hatte, unwillkürlich zuckten.

»Wer?«

»Albert Cole.« Pitt lächelte. »Der Mann, der Slingsby ähnlich sah und für den man Slingsbys Leiche ursprünglich hielt. Er hatte eine Quittung in der Tasche, die Cole gehörte.«

Wallace grinste breit. »Ach ja! Das hat euch ganz schön aus dem Tritt gebracht, was?«

»Das lag nur an der Quittung«, erklärte Pitt. »Und an einem Anwalt aus Lincoln's Inn, der ihn identifiziert hat. Aber Cole ist nirgends zu finden.«

Wallace heuchelte Überraschung. »Tatsächlich? Was es nich' alles gibt. Das Leben is' schon komisch, was?« Er amüsierte sich sichtlich und wollte, dass sein Gegenüber das merkte.

Pitt wartete geduldig.

»Unbedingt«, gab er ihm Recht. »Übrigens vermute ich, dass Sie mir deshalb nicht sagen können, wohin Sie gegangen sind, nachdem Sie Slingsby umgebracht hatten, weil Sie schon nach wenigen Minuten zurückgekommen sind und die Leiche auf einen Abfallkarren geladen haben, den Sie sich nach Einbruch der Dunkelheit ›ausgeliehen‹ hatten. Damit haben Sie Slingsby zum Bedford Square gebracht und entsprechend Ihrem Auftrag vor General Balantynes Tür abgeladen.«

Wallace war erkennbar unruhig. Seine Schultermuskeln waren angespannt, die Sehnen an seinem dürren Hals standen hervor, doch nach wie vor hielt er den Blick fest auf Pitt gerichtet.

»Ach ja? Das könn' Se sowieso nich' beweisen, also is' es egal. Ich hab gesagt, dass ich 'n in Notwehr um-

455

gebracht hab, weil er mich angegriffen hat, und abgehauen bin ich, weil ich Angst hatte, dass man mir nich' glauben würde.« Jetzt klang seine Stimme spöttisch. »Un das tut mir schrecklich Leid, Euer Ehren. So 'nen Fehler mach ich nie wieder.«

»Wo wir gerade von Richtern sprechen«, merkte Pitt gleichmütig an, »Mr. Dunraithe White hat sein Amt niedergelegt.«

Wallace sah verständnislos drein. »Muss ich wissen, wovon Sie da reden?«

Zwar hatte Pitt keinesfalls mit einer solchen Reaktion gerechnet, doch verbarg er seine Enttäuschung. »Vielleicht nicht. Ich hatte gedacht, dass Ihr Fall vielleicht vor ihm verhandelt würde.«

»Na ja, wenn er kein Richter mehr is', fällt das ja wohl flach, was?«

Jetzt feuerte Pitt den Schuss ab, den er so lange zurückgehalten hatte.

»Und noch etwas, wovon Sie hier möglicherweise nichts erfahren haben: Leo Cadell ist tot.«

Wallace regte sich nicht.

»Selbstmord«, fügte Pitt hinzu. »Nachdem er die Erpressungen gestanden hat.«

Wallaces Augen weiteten sich. »Erpressungen?«, fragte er. Pitt hätte geschworen, dass in seiner Stimme Überraschung lag.

»Ja. Er ist tot.«

»Ha'm Se schon gesagt.« Das Lächeln auf seinen Lippen war nicht die entsetzte Fratze eines Mannes, der seine letzte Hoffnung dahinschwinden sah; eher drückte es die Befriedigung eines Menschen aus, der seiner Sache nach wie vor sicher war, selbst nachdem man ihm Mitteilungen gemacht hatte, die er nicht ganz verstand.

Jetzt war Pitt vollständig verwirrt. Vernunft und Hoffnung entglitten ihm.

Wallace merkte es und sein Lächeln verstärkte sich und erfasste auch seine Augen.

Mit einem Mal war Pitt wütend und empfand das Bedürfnis, diesen Mann windelweich zu prügeln. Bevor seine Niederlage noch deutlicher wurde, stand er auf und teilte dem Schließer mit, das Gespräch sei zu Ende. Unsicher verließ er das Gefängnis mit seiner grauen und erstickenden Atmosphäre.

Ebenso unsicher und eher noch wütender traf er in der Keppel Street ein, nur dass sich inzwischen seine Wut eher gegen ihn selbst als gegen Wallace richtete.

»Was gibt es?«, wollte Charlotte wissen, als er die Küche betrat. Alle saßen noch wie vorher um den Tisch und sahen ihn erwartungsvoll an. Vermutlich hatten sie ihn durch den Gang herbeikommen hören. Er hatte nicht einmal die Straßenschuhe ausgezogen. Während er sich setzte, goss ihm Gracie mechanisch eine Tasse Tee ein.

»Ich habe ihm gesagt, dass er meiner Überzeugung nach zurückgekehrt ist und die Leiche zum Bedford Square geschafft hat«, sagte er. »Das hat ihn sichtlich getroffen.«

Tellman nickte befriedigt.

»Dann habe ich ihm mitgeteilt, dass Dunraithe White sein Amt niedergelegt hat«, fuhr Pitt fort. »Das hat ihm überhaupt nichts gesagt.«

»Vermutlich kannte er den Namen nicht«, sagte Charlotte hilfreich, »und wusste nur, dass der Erpresser einen Richter in der Hand hatte.«

»Danach habe ich gesagt, dass Cadell tot ist«, schloss Pitt und sah in die erwartungsvollen Gesichter um sich herum. »Es war ihm völlig gleichgültig.«

»Was?«, fragte Tellman ungläubig und der Mund blieb ihm offen stehen.

»Er muss ihn gekannt haben!«, sagte Charlotte mit einem Mal. »Sie können nicht alles brieflich verabredet haben!« Sie sah ihn mit großen Augen an. »Oder willst du damit sagen, dass es doch nicht Cadell war?«

»Ich weiß nicht, was ich sagen will«, räumte Pitt ein. »Ich weiß nur, dass ich den Fall nach wie vor nicht durchschaue.«

Ein längeres Schweigen trat ein. Der Wasserkessel auf dem Herd begann zu pfeifen und Gracie stand auf, um ihn an eine kühlere Stelle der Platte zu rücken.

Dankbar trank Pitt seinen Tee. Es war nicht nur Durst, sondern auch das Bedürfnis, den Gefängnisgeschmack aus dem Mund zu bekommen, wie er jetzt merkte.

Charlotte sah ihn mit leicht gerötetem Gesicht an, als wolle sie um Entschuldigung bitten.

»General Balantyne hat sich Sorgen wegen der Gelder für das Waisenhaus in Kew gemacht...«, erinnerte sie ihn zurückhaltend.

»Ich bin hingefahren«, sagte Pitt müde, »und habe die Bücher gründlich durchgesehen. Alles ist bis auf den letzten Penny abgerechnet. Ich habe auch die Kinder gesehen, sie sind gesund, gut gekleidet und gut genährt! Außerdem hast du gesagt, dass Balantyne der Ansicht war, man habe ihnen zu wenig Geld gegeben und nicht zu viel.«

»Das wär mal ganz was Neues!«, merkte Gracie trocken an. »Ich hab noch nie davon gehört, dass 'n Waisenhaus genug Geld gehabt hätte und schon gar nich' zu viel. Ich hab auch noch von kei'm gehört, wo die Kinder anständig angezogen sind und satt zu essen kriegen. 'tschuldigung, Mr. Pitt, aber ich glaub, da hat man Ihnen was vorgemacht. Wahrscheinlich waren das die von dem Direktor, aber nie im Leben Waisenkinder.«

»Das glaube ich nicht«, sagte Pitt. »Ich habe insgesamt mehr als zwanzig Kinder gesehen.«

»Zwanzig?«, fragte Gracie ungläubig.

»Mindestens. Eher fünfundzwanzig«, versicherte er ihr.

»In 'nem Waisenhaus?«

»Ja.«

»Wie groß is' das denn? Paar kleine Hütten?«

»Natürlich nicht. Ein sehr stattliches Gebäude mit mindestens einem Dutzend Schlafräume, würde ich sagen.«

In Gracies Blick lag unendliche Nachsicht. »Dann hat man Sie auf jeden Fall beschwindelt. In so'n Haus passen mindestens hundert Kinder. Zehn in jedem Zimmer, wenn man die kleinen mitrechnet. Um die kümmern sich dann die großen.«

»So viele waren es bei weitem nicht.« Er rief sich die hellen, freundlichen Räume ins Gedächtnis, die er besichtigt hatte. Zwar waren es nur zwei oder drei gewesen, aber er hatte sie selbst ausgewählt und Horsfall war bereit gewesen, ihm alles zu zeigen, was er sehen wollte.

»Wo waren dann die anderen Kinder?«, wollte Gracie wissen.

»Mehr waren nicht da«, sagte Pitt stirnrunzelnd. »Und das verfügbare Geld hätte auch nur ausgereicht, um die etwa zwei Dutzend zu ernähren, zu kleiden und die Kosten für Brennmaterial und den Unterhalt des Hauses zu bestreiten.«

»Kann ja nich viel gewesen sein«, sagte Gracie wegwerfend. »'n Waisenkind kriegt man für 'n paar Pennies am Tag mit Brot, Kartoffeln und Soße satt. Anzuziehen kriegt es abgelegte und umgearbeitete Sachen. Von denen gibt's in Seven Dials 'n ganzen Haufen für 'nen Shilling. Schuhe ebenso. Wenn 'n Kind irgendwo untergebracht wird, lässt es seine Sachen meistens im Waisenhaus, und wenn eins aus Sachen rauswächst, wachsen andere rein.«

459

»Was willst du damit sagen?«, wandte sich Charlotte an sie. Im Schein der gelb in ihrem Wandhalter flackernden Gasflamme wirkten ihre Augen dunkel.

»Vielleicht bringen sie besonders viele Kinder aus dem Heim außerhalb unter«, gab Tellman zu bedenken. »Wenn sie da etwas lernen, können sie sich später in den verschiedensten Berufen nützlich machen.«

»Se leben ja in 'ner Traumwelt«, sagte Gracie kopfschüttelnd. »Waisenkinder bringt man nich' so einfach unter. Wer will heutzutage noch zusätzliche Mäuler stopfen? Außer se arbeiten.«

»Es waren kleine Kinder«, ergänzte Pitt. »Viele von denen, die ich gesehen habe, waren erst drei oder vier Jahre alt.«

In Gracies Augen traten Mitleid und Zorn. »Glau'm Se etwa, Kinder von drei oder vier Jahren könn' nich' arbeiten? Und ob die könn'! 'n paar von den armen Kleinen müssen sogar ziemlich hart ran. Se geben keine Widerworte und laufen auch nich' weg. Dafür ha'm se zu viel Angst und außerdem wissen se nich', wohin se laufen sollten. Man lässt se arbeiten, bis se erwachsen sind oder sterben.«

»Die Kinder dort haben nicht gearbeitet, sondern gespielt«, sagte Pitt nachdenklich. »Auf mich haben sie einen glücklichen und gesunden Eindruck gemacht.«

»Die sind nur so lange da, bis man sie irgendwo unterbringen kann«, klärte ihn Gracie auf. »Wenn man gesunde Kinder verkauft, kann man 'n Haufen Geld verdienen, vor allem, wenn man 'ne regelmäßige Quelle hat.«

Unter dem Eindruck dieser schrecklichen Äußerung stieß Charlotte mit leiser Stimme ein Wort hervor, das ihre Mutter entsetzt hätte.

Tellman sah Gracie bestürzt an. »Woher wissen Sie das alles?«, fragte er.

»So war das bei 'ner Freundin von mir«, sagte sie betrübt. »Ihre Mutter wurde umgebracht und ihr Vater is' gehenkt worden. Sie is' mit ihren Brüdern im Waisenhaus gelandet. Ich hab se im Jahr drauf besucht. Sie musste Werg zupfen; ihre Brüder hatte man nach Norden ins Bergwerk geschickt.«

Charlotte bedeckte ihre Augen mit den Händen. »Muss Tante Vespasia das erfahren, Thomas? Es würde ihr das Herz brechen, wenn sie hört, dass Cadell hinter solchen Machenschaften gestanden hat!«

»Ich weiß ja nicht einmal, ob es sich so verhält«, gab er ausweichend zur Antwort. Eigentlich aber war er überzeugt, dass Gracie Recht hatte. Wer erreichen wollte, dass solche Vorgänge geheim blieben, hatte jeden Anlass, zum Mittel der Erpressung zu greifen. Daher also hatte man Brandon Balantyne unter Druck gesetzt und ihm angedroht, man werde ihn zugrunde richten. Er hatte zu viele Fragen gestellt. Einen Mann wie ihn zum Schweigen zu bringen war nach den Ereignissen in Devil's Acre möglicherweise alles andere als einfach. Das also war der Grund, warum alle Mitglieder des Waisenhaus-Ausschusses im Jessop-Club zu den Opfern des Erpressers gehörten. Dabei war weder Zufall noch Willkür im Spiel.

Charlotte sagte nichts weiter. Sie kannte ihren Mann zu gut. Tellman und Gracie saßen schweigend da.

»Morgen fahren wir beide nach Kew«, sagte Pitt zu Tellman.

* * *

Sie trafen gegen zehn Uhr vormittags am Waisenhaus ein. Es war ein windstiller Tag, und während sie die leichte Anhöhe zum Haupteingang emporstiegen, spürten sie die drückende Hitze.

Tellman betrachtete das Haus mit zusammengepressten Lippen. Pitt konnte sich denken, dass ihm
dabei die entsetzlichen Dinge durch den Kopf gingen,
die Gracie berichtet hatte. Er holte Luft, als wolle er
etwas sagen, ließ es dann aber. Schweigend warteten
sie an der Tür.

Ein etwa elfjähriges Mädchen mit glatten Haaren
öffnete ihnen.

»Sie wünschen?«, fragte sie.

»Wir möchten gern mit Mr. Horsfall sprechen«,
sagte Pitt kurz und bündig.

Ein kleiner Junge rannte durch die Diele und tat
so, als wäre er ein galoppierendes Pferd, von einem
zweiten gefolgt, der lachend nach ihm in einem Sei-
tengang verschwand. Von irgendwoher ertönte Ge-
kreisch.

Pitt spürte, wie Wut in ihm aufstieg. Er musste
sich zur Ordnung rufen und sich sagen, dass sein
Zorn unter Umständen ungerechtfertigt war. Immerhin war es denkbar, dass Gracie Unrecht hatte.
Vielleicht hätte das Geld für mehr Kinder gereicht
als die wenigen, die er gesehen hatte, und vielleicht
waren ja woanders mehr untergebracht. Er durfte
nicht von vornherein die Möglichkeit ausschließen, dass Horsfall tatsächlich Familien fand, die sie
aufnahmen, und es konnte auch sein, dass zur Zeit
sogar Mangel an Waisenkindern herrschte, weil es
viele kinderlose Ehepaare gab, die auf eines warteten.

»Bitte gleich«, fügte er hinzu, als ihn das Mädchen
zweifelnd ansah.

»Jawohl«, sagte sie gehorsam und öffnete die Tür
ein Stück weiter. »Warten Sie bitte im Besucherzim-
mer. Ich sage ihm Bescheid.« Sie führte die beiden
Männer in den behaglichen Raum, den Pitt schon
kannte. Dann hörten sie, wie sie über den Holzfuß-

boden des Ganges davoneilte. Tellmans wie Pitts innere Unruhe war zu groß, als dass sie sich hätten setzen können.

»Er wird uns ja wohl nicht durch die Lappen gehen?«, sagte Tellman zweifelnd.

Pitt hatte diese Möglichkeit erwogen, doch gab es für Horsfall keinen Grund, etwas zu befürchten. »Wenn das seine Absicht wäre, hätte er es bereits getan, nachdem sich Cadell erschossen hat.«

»Meinen Sie, Horsfall weiß Bescheid?« Mit gerunzelter Stirn schürzte Tellman die Lippen. »Falls ja, warum ist er dann noch hier? Erbt er das Waisenhaus? Wohin geht das Geld überhaupt? Warum sollte er mit Cadell teilen? Meinen Sie, das Haus hier hat Cadell gehört?«

Auch Pitt waren diese Fragen schon gekommen und noch andere, die ihm weit mehr Sorgen bereiteten. Er konnte nicht vergessen, mit welch selbstgefälliger Überheblichkeit Wallace die Nachricht von Dunraithe Whites Amtsverzicht sowie die von Cadells Tod aufgenommen hatte.

Dass er auf den Namen White nicht reagiert hatte, konnte zwei Gründe haben: Entweder wusste er nicht, auf welche Weise White in die Sache verwickelt war, so dass er nicht begriff, was die Niederlegung seines Richteramtes bedeutete, oder er durfte sich darauf verlassen, dass der Erpresser dem Richter zu verstehen geben würde, er werde in einem solchen Fall seine Drohung wahr machen und ihn zugrunde richten.

Warum aber hatte die Mitteilung von Cadells Tod Wallace nicht bis ins tiefste Mark erschüttert? Immerhin schwand damit für ihn jegliche Aussicht, dem Strang zu entkommen.

Darauf konnte es nur eine Antwort geben: Sein Schicksal hing nicht von Cadell ab. Entweder hatte

Cadell einen Komplizen gehabt, was erklären würde, warum Horsfall noch nicht die Flucht ergriffen hatte, oder Cadell war nicht der Erpresser gewesen.

Tellman sah Pitt aufmerksam an und wartete, dass er etwas sagte.

Guy Stanley konnte nicht der Erpresser sein, denn sich selbst hätte er nie und nimmer so gründlich ruiniert. Pitts Überzeugung nach war es auch nicht Balantyne und die Möglichkeit, dass es Cornwallis sein könnte, hatte er nicht eine Sekunde lang erwogen. Damit blieben White und Tannifer.

Er sah zu Tellman hin. »Wo war Dunraithe White, als Cadell erschossen wurde?«

»Sie meinen, er hat sich nicht selbst erschossen?«, nahm Tellman die gegenüber der ursprünglichen Lesart geänderte Formulierung sofort auf.

»Das müssten wir ermitteln«, gab Pitt zur Antwort. Er stieß seine Hände tief in die Taschen, lehnte sich an die Wand und sah Tellman an.

»Es war doch sonst niemand da«, gab Tellman zu bedenken. »Das haben Sie selbst gesagt.«

»Wallace ist überzeugt, dass der Erpresser noch lebt, obwohl er weiß, dass Cadell tot ist«, hielt Pitt dagegen. »Wie wäre es mit Tannifer?«

»Ich weiß nicht.« Tellman schüttelte den Kopf. Unruhig schritt er in dem Raum auf und ab. »Er kann nicht in Cadells Haus gewesen sein, sonst hätte man ihn gesehen.«

Es blieb keine Zeit, diese Gedanken weiter auszuspinnen, denn in diesem Augenblick öffnete sich die Tür und Horsfall trat ein. Verständnislos sah er von einem der beiden Besucher zum anderen.

»Guten Morgen, meine Herren. Was kann ich diesmal für Sie tun?«

Die lässige Haltung des Mannes brachte Pitt umso mehr auf, als er selbst völlig verwirrt war. Ihm war nur allzu klar, dass ihm etwas Wesentliches nach wie vor verborgen blieb.

»Guten Morgen«, sagte er finster und mit spürbarer Anspannung. »Wie viele Kinder haben Sie gegenwärtig hier, Mr. Horsfall?«

Der Mann sah verwirrt drein. »Nun, ich denke, so an die fünfzehn.« Er sah flüchtig zu Tellman hin und schluckte. »Wir hatten das große Glück, in jüngster Zeit mehrere von ihnen unterzubringen.«

»Gut«, knurrte Pitt. »Wo?«

»Was?«

»Wo?«, wiederholte Pitt ein wenig lauter.

»Ich verstehe nicht.« Horsfall war nach wie vor recht ungerührt.

»Wo haben Sie sie untergebracht, Mr. Horsfall?«

Tellman trat zur Tür, als wolle er dem Mann jede Rückzugsmöglichkeit abschneiden.

»Äh, Sie meinen die genauen Anschriften? Das müsste ich nachsehen. Ist etwas nicht in Ordnung? War jemand mit einem von ihnen unzufrieden?«

»›Unzufrieden‹ – was für ein sonderbares Wort in diesem Zusammenhang«, sagte Pitt kalt. »Das klingt ja fast so, als hätten Sie sie als Dienstboten vermittelt.«

Horsfall schluckte erneut. Er hob und senkte die Schultern, als wolle er verkrampfte Muskeln lockern. »Ja, der Ausdruck ist unglücklich gewählt«, stimmte er zu. »Aber ich fühle mich für unsere Kinder verantwortlich. Manchmal erwarten die Leute ein besseres Verhalten, als ... als es so jungen Menschen möglich ist. Eine ungewohnte Umgebung, eigenartige und unbekannte Menschen – nicht jedes Kind kommt damit gut zurecht. Sie sind an uns und an die Art gewöhnt, wie wir hier leben.« Er sprach ein wenig zu rasch. »Sie verstehen den Wechsel nicht immer, auch wenn er ihrem Besten dient ...«

»Ich weiß.« Pitts Stimme klang eisig. »Ich habe selbst Kinder, Mr. Horsfall.«

»Ach ja.« Erbleichend leckte sich der Mann die Lippen. Pitt hatte nichts Drohendes gesagt, aber der Blick seiner Augen genügte. »Nun, worin besteht die Schwierigkeit, Mr. ... äh ...«

»Wo haben Sie die Kinder untergebracht?«, wiederholte Pitt seine ursprüngliche Frage, ohne auf Horsfalls Frage einzugehen.

Horsfall faltete die Hände und löste sie wieder. »Ich habe bereits gesagt, dass ich das nachsehen müsste. Ich habe kein besonders gutes Gedächtnis für Adressen ... schon gar nicht, wenn es viele sind.«

»Wohin haben Sie sie geschickt? In welche Teile des Landes, welche Städte?« Pitt ließ nicht locker.

»Nun ja, nach Lincolnshire und Spalding, einige auch in den Norden, nach Durham.«

»Auch in die Grafschaft Nottinghamshire?«, fragte Pitt.

Horsfalls Brauen hoben sich.

»Gewiss, auch dorthin.«

»Und was ist mit Wales, genauer gesagt Südwales?«, fuhr Pitt fort. »Da gibt es doch eine ganze Menge Kohlengruben.«

Auf Horsfalls bleiches Gesicht trat Schweiß. »K-Kohlengruben?«

»Ja. Kinder sind an vielen Orten nützlich ... unter Tage, in Fabriken, sie können in Schornsteine klettern und in engen Winkeln arbeiten, die Erwachsenen nicht zugänglich sind. Das gilt vor allem für kleine Kinder, die noch schmale Schultern haben. Sogar Drei- und Vierjährige kann man dazu anstellen, dass sie Lumpen sortieren, Werg zupfen, auf dem Feld arbeiten. Allerlei Früchte müssen von Hand geerntet werden. Das können kleine Hände ebenso gut wie große, und wer sie gekauft hat, muss ihnen keinen Lohn zahlen.«

»Das ist …« Horsfall schluckte.

»Menschenhandel, Sklaverei«, beendete Pitt seinen Satz.

»Sie können … Sie können das nicht beweisen«, keuchte Horsfall. Jetzt war sein Gesicht von Schweiß überströmt.

»O doch.« Pitt lächelte, so dass man seine Zähne sah.

Horsfall wischte sich mit der Hand über die Stirn.

»Kennen Sie einen gewissen Ernest Wallace?«, fragte Pitt unvermittelt. »Klein, drahtig, sehr jähzornig.«

Es war deutlich zu sehen, dass Horsfall überlegte, was er antworten sollte. Er wusste nicht recht, ob er seine Lage verbessern konnte, indem er es zugab, oder ob es besser war zu leugnen.

Pitt sah ihn ohne das geringste Mitgefühl an.

Tellman rührte sich nicht.

»Ich … äh …« Horsfall zögerte.

»Sie können es sich nicht leisten, mich zu belügen«, mahnte ihn Pitt.

»Na ja …« Horsfall leckte sich die Lippen. »Es ist möglich, dass er gelegentlich hier … im Garten … für uns gearbeitet hat. Ja … ja, so ist es. Wallace, natürlich.« Er sah Pitt an, als wäre dieser ein gefährliches Tier.

»Wohin geht das Geld?«, kehrte Pitt zum ursprünglichen Gegenstand der Vernehmung zurück.

»Was für Geld?«, stotterte Horsfall.

Pitt trat einen halben Schritt auf ihn zu.

»Das weiß ich nicht!« Horsfalls Stimme hob sich, als hätte Pitt ihn körperlich bedroht. »Ich bekomme nur mein Gehalt. Ich weiß nicht, wohin das Geld geht.«

»Sie wissen genau, wohin Sie es schicken«, sagte Tellman erbittert. Zwar war er kleiner als der Leiter des Waisenhauses und nicht so stämmig wie dieser, aber in seiner Stimme lag eine solche Wut, dass Horsfall zusammenzuckte.

»Zeigen Sie es mir!«, befahl Pitt.

»Ich... ich... habe keine Bücher«, protestierte Horsfall und hob die Hände, als wolle er einen Schlag abwehren.

Davon ließ sich Pitt nicht beeindrucken. »Irgendwelche Belege wird es ja wohl geben. Entweder leiten Sie das Geld auf die eine oder andere Weise an jemanden weiter oder es gibt keinen solchen Empfänger und in dem Fall wären Sie für das alles verantwortlich.« Er brauchte nicht weiterzusprechen. Horsfall schüttelte den Kopf und machte abwehrende Handbewegungen. »Gehört das Haus Ihnen?«, fragte Pitt.

»Natürlich nicht! Es gehört der Institution.«

»Und die Gewinne aus dem Verkauf der Kinder?«

»Also... ich würde das nicht so formulieren...«, stammelte Horsfall.

»Menschenhandel und Sklaverei, Mr. Horsfall, verstoßen in diesem Lande gegen das Gesetz. Sie können sich überlegen, ob Sie als Mittäter oder als Alleintäter vor Gericht gestellt werden wollen«, erläuterte Pitt. »Wohin geht das Geld?«

»Ich... ich zeige es Ihnen«, gab Horsfall nach. »Ich habe nur getan, was man mir aufgetragen hat.«

Pitt warf ihm einen Blick voll abgrundtiefen Abscheus zu und folgte ihm aus dem Zimmer, als er ging, um die Belege über seine Transaktionen zu holen. Er prüfte sie gründlich und addierte dann die Zahlen überschlägig. Im Laufe von acht Jahren hatte das Unternehmen mehrere zehntausend Pfund Gewinn abgeworfen. Aber nirgends standen Namen, die einen Hinweis darauf geliefert hätten, in wessen Taschen das Geld geflossen war.

Pitt ließ Horsfall durch die Ortspolizei festnehmen und für das Waisenhaus einen vorläufigen Verwalter einsetzen. Während er und Tellman mit dem Dampfboot nach London zurückkehrten, erfreuten sie sich an der frischen Luft und den Geräuschen auf der Themse, auf der geschäftiges Treiben herrschte.

»Hängen müsste der«, stieß Tellman hervor. »Den haut das Erpresserschwein nicht mehr heraus!«

»Der Teufel soll mich holen, wenn er es bei Wallace schafft«, gab Pitt zurück.

»Wir müssen versuchen festzustellen, wohin das Geld gegangen ist.« Tellman starrte in Richtung der Brücke von Battersea auf das Wasser. Ein Vergnügungsdampfer kam ihnen entgegen. Menschen winkten, Bänder und Wimpel flatterten munter im Winde. Nichts von alldem schien er zu sehen. »Wenn es nicht Cadell war, muss es White oder Tannifer sein.« Er warf einen Blick auf Pitts ausgebeulte Jacketttaschen. »Wir haben genug Material, um festzustellen, wohin das Geld gegangen ist.«

Eineinhalb Tage lang mussten sie mühsam Kauf- und Verkaufsbelege auseinander sortieren, bis sie wussten, wer hinter den menschenverachtenden Aktivitäten steckte. Am zweiten Tag nach ihrer Rückkehr aus dem Waisenhaus hatten sie um vier Uhr nachmittags die Beweise zusammen. Sie wiesen auf Sigmund Tannifer.

Tellman stand da, das letzte Blatt Papier in der Hand, und fluchte lästerlich. »Was wird der schon kriegen?«, sagte er empört. »Er hat kleine Kinder zur Arbeit in die Bergwerke verkauft, als wären es Tiere! Manche von denen werden das Tageslicht nie wieder sehen!« Seine Stimme brach vor Mitgefühl. »Aber wir können nicht beweisen, dass er von Horsfalls Machenschaften wusste. Er wird es einfach von sich weisen und sagen, dass er der Ansicht war, das Geld, das er bekommen hat, seien Mieterträge oder Pachtgebühren irgendwelcher Grundstücke gewesen. Er hat unschuldige Männer erpresst, die vor Angst fast wahnsinnig geworden sind, hat Cadell in den Selbstmord getrieben und White so weit gebracht, dass er sein Richteramt niedergelegt hat. Aber auch das können wir nicht beweisen. Wir müssten Belege dafür vorlegen können, dass er gedroht hat, sie vor der Öffentlichkeit bloßzustellen. Damit aber würden wir sie nur zugrunde richten und sozusagen sein Werk vollenden.« Er fluchte erneut. Seine Hände waren zu Fäusten geballt, seine Augen blitzten. Er wollte von Pitt eine Antwort und erwartete wohl, dass dieser die Ungerechtigkeit auf die eine oder andere Weise verhinderte.

»Dem Gesetz nach gilt das Ganze nicht einmal als Erpressung«, sagte Pitt achselzuckend. »Er hat nichts verlangt. Alles, was er erreichen wollte, war, dass die Männer im Zusammenhang mit dem Waisenhaus Schweigen bewahrten, sofern sie je die wahren Hintergründe entdeckten. Dazu aber ist es nicht gekommen.«

»Wir müssen ihn aber doch für irgendwas beim Kanthaken packen können!« Tellman schrie es fast, während er mit der Faust in die Luft hieb.

»Wir können ihn dafür festnehmen, dass er die Erträge von Horsfalls Geschäften eingesteckt hat«, sagte Pitt. »Kein Geschworenengericht wird glauben, dass er gedacht hat, das seien die Erträge aus dem Verkauf der Erzeugnisse des Waisenhaus-Gemüsegartens.«

»Das hilft doch überhaupt nichts!«, sagte Tellman übelgelaunt.

»Das will ich nicht sagen«, gab Pitt zurück und verzog das Gesicht. »Ich denke, dass unser übereifriger Freund Remus von der Zeitung eine gute Geschichte daraus machen könnte.«

Tellman sah ihn verblüfft an. »Das kann der doch nicht … oder?«

»Wenn ich es ihm sage, schon«, gab Pitt zurück.

»Wir können nicht beweisen, dass Tannifer von Horsfalls Umtrieben wusste.«

»Ich glaube nicht, dass solche Erwägungen Remus hindern würden.«

Tellman riss die Augen auf. »Sie würden ihm das sagen?«

»Ich weiß nicht. Auf jeden Fall möchte ich Tannifer gegenüber durchblicken lassen, dass es diese Möglichkeit gibt.«

Tellman lachte, doch es war ein unfrohes Lachen.

Sigmund Tannifer empfing sie im reich geschmückten Gesellschaftszimmer seines Hauses. Auf seinen glatten Zügen lag nicht der geringste Hinweis darauf, dass etwas nicht in Ordnung sein könnte. Sofern er sich überhaupt Sorgen machte, dann darum, wie Pitt in dem Fall weitergekommen war. Er sah auf seine Gattin Parthenope, die neben ihm stand und deren Gesicht Ruhe ausstrahlte und nichts von der Besorgnis und Angst erkennen ließ, die sie bei Pitts früheren Besuchen so sehr gequält hatten.

»Wie schön, dass Sie kommen, Oberinspektor«, sagte Tannifer und wies einladend auf zwei Sessel. »Ein übles Ende der Geschichte. Ich muss zugeben, dass ich nie im Leben auf den Gedanken gekommen wäre, Cadell könnte so … mir fehlen die Worte …«

»Tückisch, grausam und durch und durch sadistisch sein«, beendete seine Gattin den Satz mit zitternder Stimme. In ihre Augen trat der Ausdruck von Zorn und brennender Verachtung. »Mir tut Mrs. Cadell so schrecklich Leid. Was könnte für eine Frau entsetzlicher sein, als entdecken zu müssen, dass der Mann, den sie geliebt hat, mit dem sie ihr ganzes Erwachsenenleben verheiratet war, dem sie treu zur Seite gestanden und dem sie getraut hat, ein widerwärtiger Lump ist?« So erschüttert war sie, dass ihr schlanker Leib bebte.

Nach einem kurzen Blick auf Pitt wandte sich Tellman ab.

»Meine Liebe«, sagte Tannifer beschwichtigend, »du kannst nicht alle Leiden der Welt auf dich laden. Theodosia Cadell wird sich im Laufe der Zeit wieder erholen. Du kannst ihr nicht helfen.«

»Das ist mir klar«, sagte sie verzweifelt. »Gerade das macht die Sache ja so schrecklich! Wenn ich wenigstens etwas tun könnte…«

»Ich war ziemlich entsetzt, als ich am Tag nach seinem Tod zurückgekehrt bin und die Meldung in der Zeitung gelesen habe«, fuhr Tannifer mit einem Blick auf Pitt fort. »Ich muss zugeben, dass ich das eher jedem anderen zugetraut hätte, aber doch nicht ihm. Er hat uns alle hintergangen.«

»Von wo sind Sie zurückgekehrt?«, fragte Pitt enttäuscht, obwohl es dafür keinen rechten Grund gab. Schließlich wusste er ja bereits, dass niemand in Cadells Haus gewesen war. Was hatte er sich erhofft?

»Von Paris«, gab Tannifer zurück und lehnte sich, die Hände behaglich gefaltet, ein wenig in seinem bequemen Sessel zurück. »Ich habe am Vortag die Kanalfähre genommen. Eine anstrengende Reise. Aber die Bankgeschäfte machen es nun einmal erforderlich, sich von Zeit zu Zeit auch ins Ausland zu begeben. Warum fragen Sie?«

»Aus reiner Neugier«, gab Pitt zur Antwort. Mit einem Mal überflutete ihn sein angestauter Zorn, so dass er fast erstickt wäre. »Und haben Sie Geld in einer französischen Bank deponiert?«

Tannifer hob die Brauen. »So ist es. Interessiert Sie das, Oberinspektor?«, fragte er ausdruckslos und selbstsicher.

»Die Gelder aus dem Waisenhaus werden also in einer französischen Bank angelegt?«, fragte Pitt eisig.

Mit unverändertem Gesichtsausdruck fragte Tannifer: »Gelder aus dem Waisenhaus? Ich verstehe nicht.« Der Klang seiner Stimme hatte sich unüberhörbar verändert.

»Ich spreche von dem Waisenhaus in Kew, das der Ausschuss im Jessop-Club unterstützt«, erläuterte Pitt. »Alle Mitglieder des Ausschusses waren Opfer des Erpressers.«

Tannifer sah ihn an, ohne sich zu rühren. »Tatsächlich? Das war mir gar nicht bekannt, Sie haben die Namen der anderen nie genannt.«

»Ja – Cornwallis, Stanley, White, Cadell, Balantyne und Sie«, sagte Pitt mit frostiger Stimme. »Allen voran Balantyne. Um ihn einzuschüchtern und möglicherweise, um zu erreichen, dass er wegen Mordes vor Gericht gestellt wird, hat man ihm eine Leiche vor die Haustür gelegt. Um ihm zu schaden, hat Wallace versucht, Albert Cole umzubringen. Der aber hat sich gewehrt und ist entwischt.« Er behielt Tannifers Augen fest im Blick. »Dann ist Wallace der glänzende Einfall gekommen, stattdessen Slingsby umzubringen, den er kannte und der Cole sehr ähnlich sah. Wallace hat die Socken gekauft, dem Verkäufer eine erfundene Geschichte aufgetischt, damit sich dieser an ihn erinnern und ihn als Cole identifizieren würde, und Slingsby die Quittung in die Tasche gesteckt. Natürlich zusammen mit Balantynes Schnupftabaksdose.«

»Genial …« Tannifer sah Pitt aufmerksam an. Er öffnete den Mund, als wolle er sich die Lippen lecken, ließ es dann aber sein.

»Nicht wahr?«, bekräftigte Pitt. In seinen Augen lag nicht die geringste Unsicherheit. »Sofern ein Mitglied des Ausschusses auf Balantynes Unbehagen wegen der Gelder eingegangen wäre, die zum Unterhalt einer sehr geringen Zahl von Kindern in das Waisenhaus flossen, hätte die erpresserische Drohung alle zum Schweigen gebracht.«

Parthenope sah Pitt mit fragendem Stirnrunzeln an.

»Was für eine Rolle spielte es, dass für wenige Kinder viel Geld zur Verfügung stand?«, fragte sie. »Sorgen hätte man sich doch nur zu machen brauchen, wenn es zu wenig gewesen wäre. Welchen Grund hätte Mr. Cadell haben können zu wünschen, dass nichts davon bekannt wurde? Ich verstehe das nicht.«

»Es war keineswegs einfach, die Lösung zu finden«, sagte Pitt, jetzt an sie gewandt. »Der Ausschuss hat Geld für das Waisenhaus zusammengebracht, in das eine große Anzahl von Waisenkindern aus ganz London geschickt wurde. Aber weil die Kinder nie lange dort blieben, hat es auch gewaltige Gewinne abgeworfen, die sich im Laufe der Jahre auf Zehntausende von Pfund belaufen haben dürften.«

Er sah in ihr verständnisloses Gesicht, erkannte die Empfindungen, die hinter ihrer Stirn tobten, und hatte einen Augenblick lang Bedenken, ob er fortfahren sollte. Doch sein Zorn riss ihn mit sich. »Sie müssen wissen, dass man sie zur Arbeit in Fabriken, Spinnereien und Bergwerken verkauft hat, vor allem Letzteres, denn dort können sie durch niedrige Stollen kriechen, in die kein Mann hineinkann …«

Sie keuchte und brachte kein Wort heraus. Alles Blut war aus ihrem Gesicht gewichen.

»Ich bedaure«, entschuldigte sich Pitt. »Aber es ließ sich nicht vermeiden, Ihnen das zu sagen, Mrs. Tannifer. Immerhin wurde von den Erträgen solcher

Geschäfte die Einrichtung dieses schönen Hauses bezahlt wie auch das Seidenkleid, das Sie tragen.«

»Das kann nicht sein!«, entfuhr es ihr. Es klang wie ein Schrei.

Pitt holte die Papiere, die er im Waisenhaus an sich genommen hatte, hervor und hielt sie hoch.

Mit angstvollem und flehendem Blick wandte sich Parthenope zu ihrem Mann um.

»Meine Liebe, die meisten dieser Kinder stammten aus den Elendsvierteln«, sagte Tannifer kühl und nüchtern. »Sie waren von klein auf an solche Lebensumstände gewöhnt. Es waren nicht die Kinder von unseresgleichen! Sie hätten so oder so arbeiten müssen, ganz gleich, wohin sie gekommen wären. Immerhin verhungern sie auf diese Weise nicht.«

Sie stand erstarrt.

»Parthenope!« In seinem Ton lag Ungeduld. »Von all dem verstehst du nichts. Du solltest dich da nicht hineinsteigern und lieber an die Realitäten des Lebens denken. Du hast wirklich keine Vorstellung –«

»Das heißt, Leo Cadell war unschuldig!«, stieß sie rau hervor, mit einer Stimme, die jeden Wohlklang verloren hatte. In ihrem Ausruf lagen Qual und Schmerz.

»Ja, er hat niemanden erpresst«, gab ihr Mann zu. »Andererseits hat niemand mehr herausrücken müssen als wertlose Kleinigkeiten.« Er sah sie verärgert an. »Aber ich nehme an, dass man ihn für schuldig halten darf, die Schönheit seiner Frau dazu ausgenutzt zu haben, seine Karriere zu fördern. Es muss wohl recht ehrenrührig sein, denn er hat sich erschossen, als er befürchten musste, dass das bekannt würde. Ein schlechtes Gewissen veranlasst die Leute oft dazu, sonderbare Dinge zu tun.«

Ihr Gesicht war bleich und verzerrt. Es schmerzte fast, mit ansehen zu müssen, wie sie von ihren Emotionen geschüttelt wurde. »Du weißt, wessen man ihn beschuldigt hat.«

Mit etwas sanfterer Stimme sagte er: »Du solltest dich besser ein wenig hinlegen.« Seine Wangen waren leicht gerötet. »Ich werde nach deiner Zofe klingeln. Ich komme nach oben, sobald ich mit Oberinspektor Pitt und seinem Begleiter hier fertig bin.« Er wies auf Tellman.

»Nein!« Sie taumelte zurück, wandte sich um und verließ den Raum so ungestüm, dass die Pendeltür hinter ihr mehrfach hin und her schwang.

Tannifer sah Pitt vorwurfsvoll an. »Mit dieser drastischen Schilderung sind Sie unnötig plump vorgegangen, Oberinspektor. Das hätten Sie meiner Frau ersparen können.« Er sah auf die Papiere, die Pitt in der Hand hielt. »Sofern Sie der Ansicht sind, Belastungsmaterial gegen mich zu haben, kommen Sie wieder, wenn mein Anwalt da ist. Dann können wir über die Sache reden. Jetzt muss ich zu meiner Frau und sehen, ob ich ihr helfen kann, diese Sache zu verstehen. Sie steht den Fakten des Lebens ein wenig naiv gegenüber, idealistisch eben, wie das bei Frauen manchmal so ist.« Ohne Pitts Antwort abzuwarten, trat er ins Vestibül hinaus.

Empört und enttäuscht sah Tellman zu Pitt hinüber. Es war unübersehbar, dass er auf Gerechtigkeit bestand.

Pitt trat zur Tür, doch bevor er sie erreichte, ertönte ein lauter Knall, dem ein dumpfer Fall folgte.

Als Pitt, von Tellman gefolgt, im Laufschritt ins Vestibül stürmte, wäre er fast über etwas gestolpert.

Hoch erhobenen Hauptes und wild entschlossen stand Parthenope auf der Treppe, in den Händen eine Duellpistole.

Mit weit geöffneten Augen und einem ungläubigen, verblüfften Gesichtsausdruck lag Sigmund Tannifer unter ihr auf dem Fliesenboden. Blut lief aus einem Loch in seiner Stirn.

Tellman trat zu ihm, doch war eine nähere Untersuchung überflüssig. Tannifer war tot.

Parthenope ließ die Pistole fallen, so dass sie die Stufen hinabpolterte. Sie sah Pitt verstört an.

»Ich habe ihn geliebt«, sagte sie mit fester Stimme. »Ich hätte alles getan, um ihn zu verteidigen, und ich habe… alles… getan! Ich habe mich als Gärtnerjunge verkleidet und Leo Cadell getötet, weil ich überzeugt war, dass er Sigmund erpresst hat und ihn wegen einer Tat zugrunde richten wollte, die er nicht begangen hatte. Ich wusste, wo ich ihn finden konnte. Ich habe den Abschiedsbrief auf unserem eigenen Briefpapier verfasst, nach dem Muster der Erpresserbriefe, die Sigmund bekam – und die er selbst geschrieben hatte!« Sie begann zu lachen, brach ab und rang nach Luft.

Pitt tat einen Schritt auf sie zu.

Unvermittelt löste sich ihre Erstarrung. Ihr ganzer Körper zitterte, wohl vor Kummer um die verlorene Liebe und Ehre, um den sinnlosen Tod. Sie griff hinter sich in den Rockbund und hielt eine Duellpistole in der Hand, das Gegenstück zu der, die zu Pitts Füßen am Boden lag.

»Nein!«, stieß Pitt hervor und sprang auf sie zu.

Doch so gelassen, als hätte sein Ausruf sie mit innerer Ruhe erfüllt, umklammerte sie den Griff der Waffe mit beiden Händen, steckte sich den Lauf in den Mund und drückte ab.

Der Schuss hallte durch das Vestibül.

Pitt fing sie auf, als sie vornüber stürzte und hielt sie in den Armen. Sie war erstaunlich leicht für so viel Leidenschaft. Er konnte nichts tun, sie war bereits tot. Der Kummer, der Verrat, die unerträgliche Schuld waren vorbei.

Ohne auf das Blut zu achten oder daran zu denken, dass Sanftheit jetzt sinnlos war, hielt er sie nach wie vor in den Armen. Sie hatte voll blinder Leidenschaft geliebt und ihr Herz einem Mann geschenkt, der ihre Träume besudelt hatte. Jetzt hatte sie sich selbst geopfert, um etwas zu schützen, das nie existiert hatte.

Er hielt sie behutsam, als könnte sie noch spüren, was er empfand, als wäre eine Art Mitleid auch jetzt noch von Bedeutung.

Während er mit seiner Last auf den Armen über Tannifer hinwegtrat, hielt ihm Tellman mit bleichem Gesicht und gesenktem Kopf die Tür zum Gesellschaftszimmer auf.

HEYNE

Anne Perry

Ihre spannenden
Kriminalromane lassen
das viktorianische Zeitalter
wieder lebendig werden.
Ein Muß für alle
Liebhaber der englischen
Krimi-Tradition!

01/13235

Eine Auswahl:

Schatten über Bedford Square
01/13594

Die roten Stiefeletten
01/9081

Ein Mann aus bestem Hause
01/9378

Der weiße Seidenschal
01/9574

Schwarze Spitzen
01/9758

Mord im Hyde Park
01/10487

Der blaue Paletot
01/10582

Das Mädchen aus der Pentecost Alley
01/10851

Die Rettung des Königs
01/13060

Eine geschlossene Gesellschaft
01/13109

Die letzte Königin
01/13159

Das Geheimnis der Miss Bellwood
01/13235

Das goldene Buch
01/13345

HEYNE-TASCHENBÜCHER